PARTEA ÎNTÂI
INTERMEZZO PE UN CORIDOR

8–12 aprilie

Se apreciază că șase sute de femei au participat la Războiul de Secesiune din America. Ele s-au înrolat deghizate în haine bărbătești. În această privință, Hollywoodul a scăpat din vedere o parte din istoria culturală — sau poate că subiectul deranjează din punct de vedere ideologic? Cărțile de istorie au avut întotdeauna dificultăți în a relata bravuri ale femeilor care nu au respectat granițele sexului lor și nicăieri aceste granițe nu sunt mai stricte decât atunci când este vorba despre război și mânuirea armelor.

Din Antichitate până în vremurile moderne, istoria conține totuși un mare număr de povești despre femeile războinice — amazoanele. Cele mai cunoscute exemple își au locul în cronici, unde ele apar ca „regine", prin urmare reprezentante ale clasei dominante. Oricât de neplăcut ar părea, succesiunea politică plasează pe tron, la intervale regulate, câte o femeie. Întrucât războaiele nu țin seama de sex, ele au loc chiar și atunci când se întâmplă ca o femeie să fie stăpânitoarea ținutului, ceea ce are drept consecință faptul că și cărțile de istorie sunt obligate să noteze un număr de regine războinice, care au fost obligate să se comporte ca vreun Churchill, Stalin sau Roosevelt. Semiramis din Ninive, care a creat regatul asirian, sau Boadiceea, care a condus una dintre cele mai sângeroase revolte împotriva puterii romane, sunt doar două exemple. De altminteri, statuia ultimei numite se află pe podul de pe Tamisa, chiar în fața Big Ben-ului. Salut-o, dacă se întâmplă să treci pe acolo!

În schimb, cărțile de istorie rămân în general destul de tăcute în privința femeilor războinice sub forma soldaților obișnuiți, care mânuiau armele, făcând parte din regimente și participând la bătălii împotriva trupelor dușmane, în aceleași condiții ca și bărbații. Și totuși, ele au existat dintotdeauna. Aproape niciun război nu a avut loc fără participare feminină.

1

Vineri 8 aprilie

Doctorul Anders Jonasson a fost trezit de sora Hanna Nicander. Era cu puțin înainte de ora două dimineața.

— Ce s-a întâmplat? a întrebat el năuc.

— E pe drum un elicopter. Doi pacienți. Un bărbat mai în vârstă și o femeie tânără, împușcată.

— Bine, răspunse Anders Jonasson ostenit.

Se simțea buimac de somn, deși nu dormise decât vreo jumătate de oră. Era de gardă la secția de urgențe a spitalului Sahlgrenska, din Göteborg. Fusese o seară deosebit de obositoare. De când sosise, de la ora 18:00, spitalul primise patru persoane, victime ale unui accident în care două mașini intraseră în coliziune frontală, în apropiere de Lindome. Una dintre acestea era grav rănită și alta fusese declarată decedată puțin după sosire. Doctorul mai tratase și o chelneriță care fusese opărită pe picioare într-un incident în bucătăria unui restaurant de pe Avenyn, apoi salvase viața unui băiat de patru ani, care aproape se sufocase după ce înghițise roata unei mașinuțe. În plus, mai apucase să dreagă o fetișcană care intrase cu bicicleta într-o groapă. Administrația drumurilor alesese, cum nu se poate mai potrivit, să plaseze groapa la ieșirea de pe o pistă de biciclete și cineva nu avusese nimic mai bun de făcut decât să arunce barele de avertizare în groapă. Fata se alesese cu paisprezece puncte de sutură pe față și avea nevoie de doi incisivi noi. Jonasson mai cususe un vârf de deget pe care un tâmplar amator prea entuziast reușise să și-l taie cu rindeaua.

La ora unsprezece seara, numărul de pacienți se micșorase. Făcuse un rond, controlând starea pacienților nou-veniți și pe urmă se retrăsese într-o cameră de odihnă, ca să încerce să se deconecteze un moment. Era de gardă până la ora 6:00 și rareori obișnuia să doarmă, chiar dacă nu sosea niciun caz urgent, dar în noaptea aceea adormise aproape imediat.

Sora Hanna Nicander i-a adus o cană de ceai. Nu reușise să afle amănunte despre pacienții care urmau să vină.

Anders Jonasson aruncă o privire pe fereastră, văzând fulgerele puternice de deasupra mării. Era într-adevăr ultima clipă posibilă când putea veni un elicopter. Dintr-odată, începu să plouă violent. Furtuna se abătuse peste Göteborg.

În vreme ce se afla la fereastră, a auzit zgomotul motorului și a văzut elicopterul clătinându-se în rafalele de vânt, spre punctul de aterizare. Și-a ținut respirația, observând cât de greu îi era pilotului să păstreze controlul. Apoi, elicopterul a dispărut din câmpul lui vizual și se mai auzea doar motorul, încetinind turația. A mai luat o înghițitură de ceai, punând cana deoparte.

Anders Jonasson a întâlnit brancardierii la intrarea secției de urgențe. Colega de tură, Katarina Holm, a primit primul pacient care fusese adus — un bărbat bătrân cu răni mari pe față. Era rândul doctorului Jonasson să se ocupe de cel de-al doilea pacient, femeia rănită de gloanțe. A făcut o evaluare vizuală rapidă, constatând că era vorba de o fată, probabil o adolescentă, foarte murdară și plină de sânge, cu răni care păreau grave. A ridicat pătura pe care Serviciul de Salvare i-o înfășurase în jurul corpului și a observat că cineva îi pusese o bandă adezivă lată, argintie, peste rănile din șold și din umăr, lucru care i s-a părut o inițiativă deosebit de inteligentă. Banda adezivă ținea bacteriile afară și sângele înăuntru. Un glonț lovise șoldul și trecuse prin țesutul muscular. Apoi, a ridicat umărul femeii, localizând punctul de intrare al glonțului în spinare. Nu exista niciun orificiu de ieșire, ceea ce însemna că glonțul se afla undeva în umăr. Nu putea decât să spere că acesta nu perforase plămânul și, pentru că nu vedea sânge în gura fetei, a tras concluzia că probabil așa se întâmplase.

— La radiografie, îi spuse el asistentei.

Nu trebuia să-i explice mai mult.

În cele din urmă, a tăiat pansamentul pe care personalul Serviciului de Salvare îl înfășurase în jurul capului fetei. A simțit cum îl cuprindeau fiori de gheață, când a pipăit cu degetele punctul de impact și a înțeles că aceasta fusese împușcată în cap. Nici aici nu se afla niciun punct de ieșire.

Anders Jonasson a rămas nemișcat câteva secunde, privind fata. Dintr-odată, se simțea cuprins de descurajare. Deseori își comparase munca cu aceea a unui portar de fotbal. În fiecare zi, la locul lui de muncă veneau oameni în stări diferite, cu un unic scop — acela de a primi ajutor. Printre ei se aflau, de exemplu, mătușica de 74 de ani care se prăbușise în Galeria din Nordstan, suferind un stop cardiac, sau băiatul de 14 ani, cu plămânul stâng perforat de o șurubelniță și fata de 16 ani care ronțăise pastile de ecstasy și dansase șaisprezece ore, după care se prăbușise, vânătă la față. Mai erau și victime ale accidentelor la locul de muncă sau ale unor bătăi. Copii mici, atacați de câini de luptă în piața Vasa și bărbați neîndemânatici, care nu voiseră decât să taie câteva scânduri cu fierăstrăul Black & Decker și reușiseră să-și despice palma până la os.

Anders Jonasson era portarul care stătea între pacient și pompele funebre. Slujba lui consta în a fi persoana care hotărăște ce măsuri trebuie luate. Dacă lua o hotărâre greșită, pacientul putea să moară sau să se trezească invalid pe viață. Cel mai des lua hotărâri bune, ceea ce depindea de faptul că majoritatea celor răniți aveau o problemă specifică și evidentă. O rană de cuțit în plămân și o fractură după un accident de mașină erau ușor de înțeles și clare. Supraviețuirea pacientului depindea de natura rănii și de cât de iscusit era Jonasson.

Existau două tipuri de răni pe care Anders Jonasson le detesta. Arsurile grave, care, aproape indiferent de măsurile pe care le lua, duceau la suferințe pe viață. Apoi, rănile la cap.

Fata din fața lui putea să trăiască având un glonț în șold și altul în umăr. Dar un glonț aflat undeva în creierul ei era o problemă de o cu totul altă dimensiune. Brusc, își dădu seama că sora Hanna spunea ceva.

— Poftim!?

— Ea este.

— Ce vrei să spui?

— Lisbeth Salander. Fata pe care o vânează poliția de mai multe săptămâni, pentru tripla crimă din Stockholm.

Anders Jonasson privi chipul pacientei. Sora Hanna avea dreptate. Era fata din fotografia pe care el și toți ceilalți suedezi o văzuseră pe afișele de la fiecare chioșc de ziare, de la Paşti încoace. Şi acum, asasina fusese ea însăşi împuşcată, ceea ce constituia, desigur, un fel de justiţie poetică.

Dar asta nu-l privea pe el. Treaba lui era să salveze viaţa pacientului, indiferent dacă acesta era un triplu asasin sau laureat al Premiului Nobel. Sau, poate, şi una, şi alta.

Pe urmă, s-a dezlănţuit haosul controlat care caracterizează orice secţie de urgenţe. Personalul din schimbul lui Jonasson ştia bine rutinele. Hainele care se mai aflau pe Lisbeth Salander au fost tăiate. O soră raportă tensiunea arterială — 100/70 —, în vreme ce el însuşi a pus stetoscopul pe pieptul pacientei, ascultându-i bătăile inimii, care păreau relativ regulate, şi respiraţia, care nu era chiar la fel de regulată.

Doctorul Anders Jonasson n-a şovăit nicio clipă pentru a clasifica starea lui Lisbeth Salander drept critică. Rănile din umăr şi şold puteau să mai aştepte, cu câteva comprese sau chiar cu banda adezivă pe care un suflet inspirat o aplicase. Problema importantă era capul. Doctorul Jonasson a comandat o tomografie la scanner-ul în care spitalul investise banii contribuabililor.

Anders Jonasson era un bărbat blond cu ochii albaştri, originar din Umeå. Lucrase la Sahlgrenska şi la spitalul Östra timp de douăzeci de ani, alternând funcţiile de cercetător, patolog şi medic de urgenţă. Avea o particularitate care-i tulbura pe colegi şi făcea ca personalul să se mândrească cu faptul că lucrează cu el; avea principiul că niciun pacient nu are voie să moară în schimbul lui şi, într-un fel miraculos, reuşise să păstreze scorul la zero. Unii dintre pacienţii lui muriseră, de bună seamă, dar aceasta se întâmplase în timpul îngrijirii ulterioare sau din cu totul alte motive.

Jonasson mai avea, de asemenea, o părere total neortodoxă asupra artei medicale. El considera că medicii sunt adesea tentați să tragă concluzii care nu aveau acoperire și, de aceea, renunță prea repede ori, dimpotrivă, dedică prea mult timp încercând să definească exact problema, pentru a putea stabili un tratament corect. Desigur, era metoda pe care o preconizau manualele de medicină — problema era doar că pacientul risca să moară, în vreme ce medicul încă mai făcea raționamente. În cel mai rău caz, medicul ar fi putut ajunge la concluzia că era un caz fără speranță și ar fi întrerupt tratamentul.

Totuși, Anders Jonasson nu mai avusese niciodată un pacient cu un glonț în țeastă. Aici era probabil nevoie de un neurochirurg. Se simțea incompetent, dar, dintr-odată, înțelese că probabil avea mai mult noroc decât merita. Înainte de a se spăla și a-și pune pe el hainele de operație, îi strigă Hannei Nicander:

— Există un profesor american, pe nume Frank Ellis, care lucrează la Karolinska în Stockholm, dar care tocmai se află la Göteborg. E un neurolog celebru și, în plus, un bun prieten al meu. Locuiește la Hotel Radisson, pe Avenyn. Încearcă să-i găsești numărul de telefon.

În vreme ce Anders Jonasson mai aștepta încă rezultatul radiografiei, Hanna Nicander a venit cu numărul de telefon de la Hotel Radisson. Anders Jonasson a aruncat o privire la ceas — era 01:42 — și a ridicat receptorul. Portarul de noapte de la Radisson s-a arătat deosebit de ostil ideii de a face vreo legătură telefonică la ora aceea și doctorul Jonasson a trebuit să emită câteva formulări deosebit de dure despre urgența situației, înainte ca apelul să fie preluat.

— Bună dimineața, Frank, a spus Anders Jonasson, când receptorul a fost, în cele din urmă, ridicat. E Anders.

Am auzit că ești la Göteborg. Ai chef să vii la Sahlgrenska, să asiști la o operație pe creier?

— *Are you bullshitting me?*[1] se auzi o voce ezitantă la celălalt capăt al firului.

Cu toate că Frank Ellis locuia în Suedia de atâția ani și că vorbea suedeza curent, deși cu accent american, limba lui de bază rămânea engleza. Anders Jonasson i se adresă în suedeză, iar Ellis răspunse în engleză.

— Frank, îmi pare rău că n-am fost la conferința ta, dar m-am gândit că ai putea să-mi dai lecții particulare. Am o tânără care a fost împușcată în cap. Orificiul de intrare este imediat deasupra urechii stângi. Nu te-aș fi sunat dacă n-aș avea nevoie de o părere suplimentară. Și mi-e greu să-mi imaginez o persoană mai potrivită în chestiunea respectivă.

— Nu e o glumă? întrebă Frank Ellis.

— E o fată de aproximativ 25 de ani.

— Și a fost împușcată în cap?

— Orificiu de intrare, nicio ieșire.

— Și încă mai trăiește?

— Puls slab, dar regulat, tensiunea arterială de 100/70. Mai are un glonț în umăr și o rană la șold. Sunt două chestii cu care mă descurc singur.

— Sună promițător, spuse profesorul Ellis.

— Promițător?

— Dacă o ființă umană are o gaură de glonț în cap și mai trăiește, situația trebuie considerată drept plină de speranță.

— Poți să mă asiști?

— Trebuie să recunosc că mi-am petrecut seara în tovărășia unor buni amici. M-am băgat în pat la ora unu și probabil că am o alcoolemie impresionantă...

---

[1] „Îți bați joc de mine?" (în engl. în orig.).

— Eu voi lua hotărârea și voi opera. Însă am nevoie de cineva care să mă asiste și să-mi spună dacă fac vreo prostie. Și, ca să fiu sincer, un profesor Ellis beat e probabil cu câteva clase mai bun decât sunt eu treaz, atunci când e vorba să evaluezi răni ale creierului.

— OK. Vin. Dar îmi rămâi dator cu un serviciu.

— Un taxi așteaptă în fața hotelului.

Profesorul Ellis își ridică ochelarii pe frunte, scărpinându-se la ceafă. Își concentră privirea pe ecranul computerului care arăta fiecare colț și cotitură din creierul lui Lisbeth Salander. Ellis avea 53 de ani și părul negru-corb cu câte un fir alb, un început de barbă întunecată și arăta ca unul dintre personajele secundare din serialul american *Spitalul de urgență*. Trupul lui lăsa să se înțeleagă că petrecea săptămânal câteva ore în sala de antrenament.

Frank Ellis se simțea bine în Suedia. Venise aici ca tânăr cercetător, în cadrul unui proiect pe la sfârșitul anilor '70 și rămăsese doi ani. Apoi, mai revenise de câteva ori, până ce primise oferta unui post de profesor la Karolinska. La vremea aceea, era un nume respectat pe plan internațional.

Anders Jonasson îl cunoștea pe Frank Ellis de paisprezece ani. Se întâlniseră la un seminar la Stockholm, descoperind că amândoi erau pescari entuziaști, iar Anders îl invitase la o partidă de pescuit în Norvegia. Păstraseră contactul de-a lungul anilor, ieșind de mai multe ori la alte partide de pescuit. Dar nu lucraseră niciodată împreună.

— Creierul este un mister, spuse profesorul Ellis. Am dedicat cercetării creierului uman douăzeci de ani din viața mea. De fapt, și mai mult.

— Știu. Iartă-mă că te-am deranjat, dar...

— N-are importanță.

Frank Ellis făcu un gest cu mâna.

— O să te coste o sticlă de Cragganmore, data viitoare când ieșim la pescuit.

— Bine. Scap ieftin.

— Acum câțiva ani, pe vremea când lucram la Boston, am avut un pacient — am scris despre cazul acesta în *New England Journal of Medicine*. Era o fată cam de vârsta pacientei tale. Era pe drum spre universitate, când cineva a tras asupra ei cu o arbaletă. Săgeata a pătruns pe sub sprânceana stângă, a străbătut craniul și a ieșit cam la mijlocul cefei.

— Și a supraviețuit? întrebă Jonasson uluit.

— Când a venit la Urgență, arăta al dracului de rău. Am tăiat săgeata și i-am vârât capul într-un scanner. Săgeata trecuse direct prin creier. După toate presupunerile logice, ar fi trebuit să fie moartă sau, oricum, având o traumă atât de masivă, ar fi trebuit să se afle în comă.

— În ce stare se afla?

— A fost conștientă tot timpul. Și nu numai atât; era, desigur, foarte speriată, dar absolut rațională. Singura problemă era că avea o săgeată în cap.

— Ce-ai făcut?

— Păi, am căutat un clește, am tras afară săgeata și am lipit un plasture pe rană. Aproximativ.

— Și s-a descurcat?

— Starea ei a fost critică o lungă perioadă, înainte de a o externa, dar, cinstit vorbind, am fi putut s-o trimitem acasă chiar în ziua în care venise. Niciodată n-am avut o pacientă mai sănătoasă.

Anders Jonasson se întrebă dacă profesorul Ellis nu-și bătea joc de el.

— Pe de altă parte, continuă Ellis, acum câțiva ani, la Stockholm, am avut ca pacient un bărbat de 42 de ani care se izbise cu capul în rama unei ferestre, rănindu-se ușor. Avea grețuri și s-a simțit imediat așa de rău, că a fost transportat cu ambulanța la Urgență. Când l-am primit, era inconștient. Avea un cucui mic și o sângerare foarte redusă. Dar nu s-a mai trezit niciodată și a murit după nouă zile de îngrijire intensivă. Nici astăzi nu știu de ce a murit. În raportul de autopsie am scris „hemoragie cerebrală ca urmare a unui accident", dar niciunul dintre noi n-a fost mulțumit de această formulare. Hemoragia era extrem de redusă și se afla într-un loc în care n-ar fi trebuit să dăuneze în niciun fel. Și totuși, ficatul, rinichii, inima și în cele din urmă plămânii au încetat să mai funcționeze. Cu cât îmbătrânesc, cu atât mi se pare că asta seamănă cu un fel de joc la ruletă. Personal, nu cred că vom ajunge vreodată să înțelegem cum funcționează creierul. Ce ai de gând să faci?

Ciocăni cu pixul în ecran.

— Speram că îmi vei spune tu.

— Mai întâi, spune care e hotărârea ta.

— Păi, în primul rând, cred că e vorba despre un glonț de calibru mic. A pătruns prin tâmplă și s-a oprit în creier, cam la patru centimetri. Se află lângă ventriculul lateral și a provocat o hemoragie.

— Ce măsuri vrei să iei?

— Ca să folosesc terminologia ta — să caut un clește și să scot glonțul, pe unde a intrat.

— O propunere excelentă. Dar eu aș folosi cea mai fină pensetă pe care o ai.

— Așa de simplu?

— În cazul acesta, ce altceva putem face? Putem lăsa glonțul unde se află și s-ar putea ca fata să trăiască până la o sută de ani, dar este o sfidare a norocului. Poate dezvolta epilepsie, migrenă, toate porcăriile posibile. Și, ceea ce în niciun caz nu vrei să faci, e să-i sfredelești craniul și s-o operezi peste un an, când se va vindeca rana propriu-zisă. Glonțul se află la o oarecare distanță de venele importante. În cazul acesta, ți-aș recomanda să-l scoți, dar…

— Dar ce?

— Nu glonțul propriu-zis mă neliniștește. Asta e fascinant cu rănile creierului — dacă fata a supraviețuit când a primit glonțul în cap, înseamnă că va supraviețui și când i se va scoate. Problema e mai curând asta, zise, arătând pe ecran. În jurul orificiului de pătrundere se află o mulțime de fragmente de os. Pot să văd cel puțin zece și au o lungime de câțiva milimetri. Câteva dintre ele s-au înfipt în țesutul cervical. Ele o vor ucide dacă nu ești extrem de atent.

— Această parte a creierului este asociată cu vorbirea și capacitatea numerică.

Ellis ridică din umeri.

— Vorbe goale. N-am nicio idee la ce pot servi tocmai aceste celule cenușii. Asta e tot ce poți face — să-ți dai toată silința. Tu vei opera. Eu voi sta lângă tine. Pot să-mi pun un halat și să mă spăl pe mâini?

Mikael Blomkvist a aruncat o privire la ceas, constatând că era trecut de trei dimineața. Avea cătușe la mâini. A închis ochii o clipă. Era ostenit de moarte, dar adrenalina îl făcea să reziste. A deschis ochii, privindu-l furios pe comisarul Thomas Paulsson, care i-a întors o privire șocată. Stăteau la o masă de bucătărie, într-o fermă albă, dintr-un loc de lângă Nossebro care se numea Gosseberga și despre care Mikael auzise pentru prima oară în viață cu mai puțin de douăsprezece ore în urmă.

Catastrofa era un fapt confirmat.

— Idiot, spuse Mikael.

— Auzi, cum...

— Idiot, repetă Mikael. Am spus, fir-ar a dracului de treabă, cât de periculos este. V-am spus că trebuie să-l mânuiți ca pe o grenadă dezamorsată. A omorât cel puțin trei persoane, e construit ca o mașină blindată și ucide cu mâinile goale. Și dumneata trimiți doi polițiști de țară, ca să-l bage la pârnaie, ca și cum ar fi un bețiv de duminică...

Mikael închise din nou pleoapele. Se întreba ce va mai merge aiurea în noaptea aceea.

O găsise pe Lisbeth Salander puțin după miezul nopții, grav rănită. Chemase poliția și reușise să convingă Serviciul de Salvare să trimită un elicopter, ca s-o transporte la spitalul Sahlgrenska. Descrisese în detaliu rănile ei și gaura de glonț din craniu și găsise sprijinul unei persoane inteligente și de bun-simț, care pricepuse că avea nevoie de îngrijire imediată.

Totuși, durase mai mult de jumătate de oră înainte să sosească elicopterul. Mikael scosese cele două automobile din grajd, aprinsese farurile și marcase o pistă de aterizare, luminând câmpul din fața casei.

Personalul elicopterului și cei doi asistenți acționaseră competent. Unul dintre ei îi acordase lui Lisbeth Salander primul ajutor, pe când celălalt se ocupa de Alexander Zalachenko, cunoscut și drept Karl Axel Bodin. Zalachenko era tatăl lui Lisbeth Salander și cel mai înverșunat dușman al acesteia. Încercase s-o ucidă, dar nu reușise. Mikael îl găsise grav rănit în șopronul de lemne din curtea acelei ferme izolate, cu o izbitură de secure în plină față și cu o rană la picior.

În vreme ce aștepta elicopterul, Mikael a făcut tot ce a putut pentru Lisbeth. A căutat într-un dulap un cearșaf curat, l-a rupt și a făcut din el un prim pansament. Constatase că în gaura din cap sângele se coagulase ca un dop și n-a știut dacă-i bine să îndrăznească să-i pună bandaj sau nu. Până la urmă, a trecut pânza în jurul capului fără s-o strângă, mai mult pentru ca rana să nu fie expusă bacteriilor și murdăriei. Apoi, a stopat sângerarea rănilor din șold și din umăr în felul cel mai simplu posibil. Într-un dulap a găsit un sul de bandă adezivă argintie și pur și simplu a lipit banda peste răni. I-a spălat fața cu un prosop umed, încercând să șteargă o parte din murdărie.

Nu se dusese în șopronul de lemne și nu-i acordase niciun ajutor lui Zalachenko. În adâncul sufletului, constata că, sincer vorbind, nu se sinchisea deloc de acesta.

În vreme ce aștepta salvarea, a sunat-o pe Erika Berger, explicându-i situația.

— Ești teafăr? l-a întrebat Erika.

— Sunt OK, i-a răspuns Mikael. Lisbeth a fost rănită.

— Biata fată, a zis Erika Berger. Am citit în seara asta ancheta Säpo făcută de Björck. Cum o să te descurci?

— Nici nu îndrăznesc să mă gândesc, i-a răspuns Mikael.

În vreme ce vorbea cu Erika, ședea pe dușumea, privind-o atent pe Lisbeth Salander. Îi scosese pantofii și pantalonii, ca să-i poată pansa rana de pe șold și, fără să-și dea seama, a pus mâna pe hainele pe care le aruncase lângă de canapea. A simțit un obiect în buzunarul de pe cracul pantalonilor și a scos afară un computer Palm Tungsten T3.

Încruntând sprâncenele, a cercetat gânditor minicomputerul. Când a auzit zgomotul elicopterului, l-a băgat în buzunarul interior al jachetei. Pe urmă — cât timp mai era încă singur — s-a aplecat, căutând prin toate buzunarele lui Lisbeth Salander. A mai găsit un rând de chei de la apartamentul de lângă Mosebacke și un pașaport, pe numele Irene Nesser. A băgat repede obiectele într-un buzunar de la geanta propriului său calculator.

Prima mașină de poliție, cu Fredrik Torstensson și Gunnar Andersson de la poliția din Trollhättan, a sosit la câteva minute după ce elicopterul Serviciului de Salvare aterizase. Au fost urmați de comisarul delegat Thomas Paulsson, care a preluat imediat conducerea. Mikael a făcut un pas înainte, începând să-i explice ce se întâmplase. Paulsson dădea impresia unui plutonier-adjutant, plin de importanță și cu capul pătrat. Din momentul apariției lui, lucrurile au început să meargă prost.

Paulsson nu dădea niciun semn că ar pricepe despre ce vorbea Mikael. Părea ciudat de speriat și singurul lucru care îl interesa era că fata zdrobită de pe dușumea, din fața canapelei, era tripla asasină Lisbeth Salander, aflată sub urmărire și, prin urmare, o captură deosebit de interesantă. De trei ori îl întrebase pe asistentul atât de ocupat de la Serviciul de Salvare dacă fata putea fi arestată pe loc. În cele din urmă, acesta se ridicase urlându-i lui Paulsson să se țină la un metru distanță.

Pe urmă, Paulsson se concentrase asupra lui Alexander Zalachenko, care zăcea rănit în magazia de lemne și Mikael îl auzise pe comisar raportând prin radio că Salander părea că mai încercase să ucidă o persoană.

În momentul acela, Mikael era așa de iritat de Paulsson, care în mod evident nu asculta niciun cuvânt din ceea ce încerca el să-i spună, încât ridicase vocea și-i ordonase ca imediat să-l sune pe inspectorul de poliție Jan Bublanski, la Stockholm. Își scosese propriul mobil, oferindu-se să formeze numărul. Dar Paulsson nu era interesat de asta.

După aceea, Mikael făcuse două greșeli.

Explicase pe un ton hotărât că adevăratul asasin era un bărbat cu numele de Ronald Niedermann care era construit ca un robot blindat, suferea de analgezie congenitală și pentru moment se afla bine legat, lângă drumul spre Nossebro. Mikael descrisese locul în care putea fi găsit Niedermann și recomandase ca poliția să mobilizeze un pluton de infanterie cu armament greu, ca să-l poată prinde. Paulsson îl întrebase cum ajunsese Niedermann în șanț și Mikael recunoscuse deschis că el era cel care, sub amenințarea unei arme, îl adusese în această situație.

— Amenințarea unei arme? întrebase atunci comisarul Paulsson.

În momentul acela , Mikael ar fi trebuit să înțeleagă că Paulsson era un idiot. Ar fi trebuit să-și scoată telefonul mobil și să-l sune el însuși pe Jan Bublanski, rugându-l să acționeze și să rupă ceața în care părea învăluit Paulsson. În loc să facă asta, Mikael comisese greșeala numărul doi, încercând să predea arma pe care o avea în buzunarul jachetei — Coltul 1911 Government pe care îl găsise mai devreme în apartamentul lui Lisbeth din Stockholm și cu ajutorul căruia reușise să-l stăpânească pe Ronald Niedermann.

Faptul îl făcuse pe Paulsson să-l aresteze imediat pe Mikael Blomkvist pentru deținere ilegală de armă. Apoi, acesta ordonase polițiștilor Torstensson și Andersson să se deplaseze la locul de pe drumul spre Nossebro pe care-l indicase Mikael și să cerceteze dacă era adevărată povestea despre bărbatul legat de un stâlp cu panoul indicând „trecere de elani". Dacă era așa, polițiștii erau nevoiți să-i pună bărbatului în cauză cătușe și să-l conducă la ferma din Gosseberga.

Mikael protestase imediat, explicând că Ronald Niedermann nu era o persoană care să fie pur și simplu prinsă și încătușată — ci era un ucigaș extrem de periculos. Cum Paulsson prefera să ignore protestele lui Mikael, pe acesta îl cuprinsese osteneala. Îl numise pe Paulsson nemernic incompetent, urlând că Torstensson și Andersson or să-l scape naibii pe Ronald Niedermann, dacă nu vor cere întăriri.

Rezultatul izbucnirii lui a fost că i s-au pus cătușe și a fost plasat pe bancheta din spate a automobilului lui Paulsson, de unde a privit, în vreme ce înjura, cum Torstensson și Andersson dispăreau cu mașina lor. Singura rază de lumină în beznă era că Lisbeth Salander fusese transportată la elicopter și dispăruse peste vârfurile copacilor, îndreptându-se spre Sahlgrenska. Mikael se simțea total neajutorat și complet scos din fluxul de informații; putea doar să spere că Lisbeth va ajunge pe mâini competente.

Doctorul Anders Jonasson a făcut două incizii profunde, până la osul craniului și a desfăcut pielea din jurul punctului de intrare al glonțului. Folosea cleme, ca să fixeze deschiderea. O soră a introdus atentă un tub aspirator, ca să îndepărteze sângele. Apoi a urmat partea neplăcută, când doctorul Jonasson a folosit burghiul, pentru a lărgi gaura din osul cranian. Procedura mergea enervant de încet.

În cele din urmă, deschiderea a fost suficient de mare, ca să aibă acces la creierul lui Lisbeth Salander. A introdus cu multă grijă o sondă în creier, lărgind cu câțiva milimetri canalul prin care intrase glonțul. Apoi, a vârât o sondă și mai fină, ca să-l localizeze. Din radiografie constatase că acesta se răsucise și se afla într-un unghi de 45 de grade față de canalul de intrare. A folosit sonda pentru a atinge cu multă grijă suprafața glonțului, încercând, printr-o serie de tentative mai întâi nereușite, să-l ridice, ca să-l poată răsuci în poziția corectă.

În cele din urmă, a introdus o pensetă foarte fină, cu cleștele zimțat. A prins strâns baza glonțului și a tras afară penseta. Glonțul a ieșit, aproape fără să opună vreo rezistență. L-a ridicat, ținându-l o secundă în lumină și a constatat că părea să fie intact, apoi l-a lăsat să cadă pe o tăviță.

— Burete, a spus și ordinul a fost executat pe dată.

A aruncat o privire pe electrocardiograma care arăta că pacienta avea în continuare activitate cardiacă regulată.

— Pensetă.

A tras spre el o lupă puternică, suspendată într-un stativ și a fixat-o pe zona descoperită.

— Cu multă atenție, îi spuse profesorul Frank Ellis.

În următoarele patruzeci și cinci de minute, Anders Jonasson a extras nu mai puțin de treizeci și două de fragmente mici de os din jurul orificiului de intrare. Cea mai mică așchie de os abia putea fi zărită cu ochiul liber.

În vreme ce Mikael Blomkvist încerca, plin de frustrare, să-și scoată telefonul mobil din buzunarul de la piept — ceea ce se dovedise a fi imposibil, cu mâinile prinse în cătușe —, la Gosseberga au sosit mai multe vehicule, atât cu polițiști, cât și cu personal tehnic. Aceștia erau dirijați de comisarul Paulsson, pentru a asigura probele tehnice din magazia de lemne și pentru a face o cercetare temeinică în casa propriu-zisă, unde au fost găsite și confiscate mai multe arme. Mikael urmărea resemnat eforturile lor, din punctul său de observație de pe bancheta din spate a automobilului lui Paulsson.

Abia după mai bine de o oră, comisarul Paulsson a părut să observe că polițiștii Torstensson și Andersson nu se întorseseră încă din misiunea de a-l aresta pe Ronald Niedermann. A părut dintr-odată îngrijorat și a ordonat ca Mikael Blomkvist să fie adus în bucătărie, punându-l să facă din nou descrierea drumului.

Mikael a închis ochii.

Se mai afla încă în bucătărie cu Paulsson, când polițiștii trimiși după Torstensson și Andersson s-au întors. Polițistul Gunnar Andersson fusese găsit ucis, cu gâtul frânt. Colegul acestuia, Fredrik Torstensson, mai trăia încă, dar era grav rănit. Amândoi fuseseră găsiți lângă panoul de atenționare, în șanț. Armele lor de serviciu și automobilul de poliție dispăruseră.

Dacă la început păruse să fie vorba de o situație relativ clară, acum comisarul Paulsson se găsea brusc în brațe cu un dublu asasinat de polițiști și cu un desperado înarmat, care fugise.

— Idiot, repetă Mikael Blomkvist.

— Nu ajută la nimic să jignești poliția.

— În punctul ăsta, suntem de acord. Dar am de gând să te acuz de eroare profesională și n-o să-ți meargă prea bine. Înainte de a termina cu tine, vei fi numit cel mai prost polițist din Suedia, de către toate ziarele din țară.

Amenințarea de a fi expus batjocurii publice se pare că a fost singura care l-a impresionat pe Thomas Paulsson. Dintr-odată, păru neliniștit.

— Ce propui?

— Cer să-l suni imediat pe inspectorul criminalist Jan Bublanski, la Stockholm.

Inspectorul criminalist Sonja Modig se trezi cu un tresărit când telefonul mobil pus la încărcat începu să sune, în cealaltă parte a dormitorului. Privi ceasul de pe noptieră, constatând uimită că era trecut de 4 dimineața. Apoi, se uită la soțul ei, care continua să sforăie pașnic. Acesta ar fi putut dormi și în timpul unui atac de artilerie, fără să se trezească. Se dădu jos din pat clătinându-se și răspunse la telefon.

Bublanski, gândi ea, *cine altul?*

— Iad curat într-o casă din ținutul Trollhättan, o salută șeful, fără alte menajamente. Rapidul X2000 spre Göteborg pleacă la 5 și 10.

— Ce s-a întâmplat?

— Blomkvist i-a găsit pe Salander, pe Niedermann și pe Zalachenko. Blomkvist e arestat pentru insulte aduse unui polițist, pentru împotrivire și deținere ilegală de arme. Salander a fost transportată la Sahlgrenska, cu un glonț în cap. Zalachenko e la Sahlgrenska, cu o secure în țeastă. Niedermann e în libertate. A ucis un polițist în cursul nopții.

Sonja Modig a clipit de câteva ori, simțind oboseala. Cel mai tare ar fi vrut să se cațăre din nou în pat și să își ia o lună de concediu.

— X2000, la 5 și 10. Foarte bine. Ce trebuie să fac?

— Ia un taxi până la Gara Centrală. Vei fi însoțită de Jerker Holmberg. Luați legătura cu comisarul Thomas Paulsson, de la poliția din Trollhättan, care probabil că este răspunzător pentru o bună parte din zăpăceala din noaptea asta și care, după părerea lui Blomkvist este, citez, „un cretin notoriu", închei citatul.

— Ai vorbit cu Blomkvist?

— Pare să fie arestat și pus în lanțuri. Am reușit să-l conving pe Paulsson să-i țină o clipă receptorul la ureche. Eu sunt chiar acum pe drum spre Kungsholmen și voi încerca să fac lumină în ce se petrece. Ținem legătura pe mobil.

Sonja Modig a mai privit o dată ceasul. Apoi, a chemat un taxi și s-a băgat rapid sub duș. S-a spălat pe dinți, și-a trecut un pieptene prin păr, și-a pus o pereche de pantaloni lungi, negri, un maiou negru și un taior cenușiu. A vârât arma de serviciu în geanta de umăr și a ales o scurtă de piele, roșu-închis. În cele din urmă, și-a trezit soțul la viață, explicându-i încotro pleacă și că el va trebui să aibă grijă de copii în dimineața aceea. A ieșit pe ușă exact în momentul în care taxiul se oprea, pe stradă.

N-a fost nevoie să-l caute pe colegul ei, inspectorul criminalist Jerker Holmberg. Plecând de la ideea că acesta trebuia să se afle în vagonul-restaurant, a constatat că lucrurile stăteau întocmai. El îi cumpărase deja cafeaua și un sendviș. Au rămas tăcuți cinci minute, mâncându-și micul dejun. În cele din urmă, Holmberg a dat deoparte ceașca de cafea.

— Poate că ar trebui să ne schimbăm meseria, spuse el.

La ora patru dimineața, un inspector pe nume Marcus Erlander, de la secția criminalistică din Göteborg a ajuns la Gosseberga și a preluat comanda anchetei din mâinile preaîmpovăratului Thomas Paulsson. Erlander era un tip grăsuț și cărunt, de vreo cincizeci de ani. Una din primele măsuri luate a fost să-l elibereze pe Mikael Blomkvist din cătușe și să-i ofere chifle și cafea dintr-un termos. S-au așezat în camera de zi, pentru o conversație particulară.

— Am vorbit cu Bublanski, la Stockholm, a spus Erlander. Ne cunoaștem de mulți ani. Atât el, cât și eu regretăm comportamentul lui Paulsson.

— A reușit să omoare un polițist în noaptea asta, spuse Mikael.

Erlander dădu din cap:

— Îl cunoșteam personal pe Gunnar Andersson. A fost la Göteborg, înainte de a se muta la Trollhättan. Are o fiică de trei ani.

— Îmi pare rău. Am încercat să-i avertizez...

Erlander dădu din nou din cap.

— Am înțeles asta. Ai folosit chiar majuscule și de aceea ți s-au pus cătușe. Dumneata i-ai venit de hac lui Wennerström? Bublanski spune că ești un jurnalist obraznic și un detectiv particular țicnit, dar că probabil știi despre ce vorbești. Poți să mă pui la curent într-un chip ușor de înțeles?

— Prin urmare, acesta este deznodământul uciderii prietenilor mei Dag Svensson și Mia Bergman din Enskede și al asasinării unei alte persoane, care nu-mi este prieten... avocatul Nils Bjurman, care era tutorele lui Lisbeth Salander.

Erlander dădu aprobator din cap.

— După cum știi, poliția a vânat-o pe Lisbeth Salander de la Paști încoace. Ea a fost bănuită de triplul asasinat. De la început, trebuie să-ți fie clar că Lisbeth Salander este nevinovată de toate aceste crime. Dacă are vreun rol în această afacere, este cel de victimă.

— N-am avut nimic de-a face cu cazul Salander, dar după toate câte s-au scris în presă, mi se pare un pic greu de înghițit că ea ar putea să fie nevinovată.

— Și totuși așa stau lucrurile. Este nevinovată. Punct. Adevăratul asasin este Ronald Niedermann, cel care l-a ucis și pe colegul dumitale, în noaptea asta. Lucrează pentru Karl Axel Bodin.

— Acel Bodin, care, de asemenea, se află la Sahlgrenska, cu o secure înfiptă în cap?

— Mai exact, din punct de vedere tehnic, securea nu se mai află în cap. Presupun că Lisbeth este cea care i-a înfipt-o. Adevăratul lui nume este Alexander Zalachenko. El este tatăl lui Lisbeth și fost asasin profesionist în cadrul serviciului de informații rusesc. A dezertat în anii șaptezeci și pe urmă a lucrat pentru Säpo, până la prăbușirea Uniunii Sovietice. Pe urmă, a lucrat ca gangster.

Erlander îl cercetă gânditor pe tipul de pe canapea, din fața lui. Mikael Blomkvist strălucea de transpirație și părea și ostenit, și înghețat. Până acum, argumentase rațional și coerent, dar comisarul Thomas Paulsson — pe cuvintele căruia Erlander nu punea prea multă bază — îl avertizase că Blomkvist aiura despre agenți ruși și asasini nemți plătiți, ceea ce cu greu intra în misiunile de rutină ale poliției criminale suedeze. Probabil că Blomkvist ajunsese la acel punct al istorisirii pe care Paulsson îl respinsese. Dar era vorba de un polițist mort și altul grav rănit, într-un șanț pe drumul care ducea la Nossebro și Erlander voia să asculte. Între timp însă, nu putea să împiedice ca o umbră de neîncredere să i se strecoare în glas.

— Bine. Un agent rus.

Blomkvist zâmbi stins, conștient de cât de stranie era istorisirea lui.

— Un fost agent rus. Pot documenta toate afirmațiile mele.

— Continuă.

— Zalachenko era spion de vârf în anii șaptezeci. A dezertat și a primit azil de la Säpo. După câte pot înțelege, n-a fost o situație unică în siajul naufragiului Uniunii Sovietice.

— OK.

— Nu știu exact ce s-a întâmplat aici în noaptea asta, dar Lisbeth a dat de urma tatălui ei, pe care nu-l mai văzuse de cincisprezece ani. Acesta a maltratat-o pe mama ei așa de cumplit, că în cele din urmă femeia a murit. A încercat s-o ucidă pe Lisbeth și, prin Ronald Niedermann, se află în spatele asasinării lui Dag Svensson și a

Miei Bergman. În plus, este răspunzător de răpirea prietenei lui Lisbeth, Miriam Wu — e vorba de faimosul meci pentru titlu purtat de Paolo Roberto la Nykvarn.

— Dacă Lisbeth i-a crăpat capul tatălui ei cu securea, nu e chiar nevinovată.

— Lisbeth Salander are la rândul ei trei gloanțe în corp. Cred că se va afirma că a fost vorba de legitimă apărare. Mă întreb...

— Da?

— Lisbeth era așa de murdară de pământ și noroi, încât părul era doar un strat de argilă întărită. Avea mult nisip pe haine. Arăta ca și cum ar fi fost îngropată. Și Niedermann are, după cum se pare, obiceiul special de-a îngropa oameni. Poliția din Södertälje a găsit două morminte în hangarul pe care îl posedă clubul de motocicliști Svavelsjö, lângă Nykvarn.

— Trei, de fapt. Au mai găsit un mormânt seara trecută. Dar dacă Lisbeth Salander a fost împușcată și îngropată — atunci, ce făcea ea afară, cu o secure în mână?

— Cum spuneam, nu știu exact ce s-a întâmplat, dar Lisbeth are resurse extraordinare. Am încercat să-l conving pe Paulsson să aducă o patrulă cu câini...

— E pe drum.

— Bine.

— Paulsson te-a arestat pentru jignire.

— Nu e exact. L-am numit idiot, idiot incompetent și cretin. În situația actuală, niciunul din aceste epitete nu este jignitor.

— Hmm. Dar mai ești învinovățit și de deținere ilegală de armă.

— Am făcut greșeala de a încerca să-i predau arma. În rest, nu vreau să mă exprim în această chestiune, înainte de a vorbi cu avocatul meu.

— OK. O lăsăm deoparte. Avem lucruri mai importante de discutat. Ce știi despre acest Niedermann?

— Este un ucigaș. E ceva în neregulă cu el; are mai mult de doi metri înălțime și e construit ca un robot. Întreabă-l pe Paolo Roberto, care a boxat cu el. Suferă de analgezie congenitală. E o boală care constă în aceea că substanța de transmisie în terminațiile nervoase nu funcționează și, prin urmare, el nu poate simți durerea. Este german, s-a născut la Hamburg și în adolescență a fost *skin head**. E extrem de periculos și se află în libertate.

— Ai vreo idee unde s-ar putea gândi să fugă?

— Nu. Știu doar că-l aveam gata împachetat, când cretinul din Trollhättan a preluat conducerea situației.

Cu puțin înainte de ora 5 dimineața, doctorul Anders Jonasson și-a scos mănușile de latex pline de sânge și le-a aruncat la coșul de gunoi. O soră a pus comprese sterile peste rana din șold. Operația durase trei ore. Jonasson a aruncat o privire spre capul ras și chinuit al lui Lisbeth Salander, deja împachetat în pansamente.

Simțea o tandrețe bruscă, de felul celei pe care adesea o nutrea față de cei pe care îi operase. Conform ziarelor, Lisbeth Salander era o ucigașă psihopată, dar în ochii lui ea arăta mai curând ca o vrabie rănită. A scuturat din cap, privindu-l după aceea pe profesorul Frank Ellis, care îl cerceta amuzat.

— Ești un chirurg remarcabil, a spus Ellis.

— Pot să te invit la micul dejun?

— Putem avea clătite cu dulceață?

---

* Grupare neonazistă internațională, ai cărei membri își rad capetele. (*N.red.*)

— Gofre, spuse Anders Jonasson. Acasă la mine. Lasă-mă să dau un telefon, s-o avertizez pe soția mea, și pe urmă luăm un taxi.

Se opri, uitându-se la ceas.

— La urma urmei, poate că e mai bine să nu telefonăm.

Avocata Annika Giannini s-a deșteptat cu un tresărit. A răsucit capul spre dreapta și a văzut că ceasul arăta șase fără două minute. La ora opt avea prima întâlnire cu un client. A răsucit apoi capul spre stânga și a aruncat o privire soțului ei, Enrico Giannini, care dormea dus și care, în cel mai bun caz, avea să se trezească la opt. A clipit hotărâtă de mai multe ori, apoi s-a ridicat și a pus în priză filtrul de cafea, înainte să intre sub duș. S-a spălat pe îndelete, pe urmă s-a îmbrăcat cu pantaloni negri, un tricou polo alb și un taior roșu. A prăjit două felii de pâine, pe care a pus brânză, marmeladă de portocale și un avocado tăiat felii și și-a luat cu ea micul dejun în living, la timp ca să asculte știrile de la ora șapte. Luase prima înghițitură de cafea și tocmai deschisese gura ca să muște din sendviș, când a auzit sumarul știrilor.

Un polițist ucis și altul grav rănit. Situație dramatică noaptea trecută, când mult căutata triplu asasină Lisbeth Salander a fost prinsă.

Mai întâi, i-a venit greu să înțeleagă legăturile, pentru că prima ei impresie fusese că Lisbeth Salander era cea care ucisese polițistul. Informațiile erau sporadice, dar curând a înțeles că un bărbat fusese pus sub urmărire pentru uciderea polițistului. Se dăduse alarmă națională pentru prinderea unui bărbat de 37 de ani al cărui nume nu era încă declarat. Lisbeth Salander era grav rănită și se afla la spitalul Sahlgrenska din Göteborg.

Annika a trecut și pe alte canale, dar nu a aflat mai multe despre cele întâmplate. Și-a căutat telefonul mobil, formând numărul fratelui ei, Mikael Blomkvist — abonatul nu putea fi contactat. A simțit o înțepătură de spaimă. Mikael o sunase în seara trecută, de pe drumul spre Göteborg. Era pe urmele lui Lisbeth Salander. Și ale unui ucigaș, cu numele de Ronald Niedermann.

Când s-a luminat de ziuă, un polițist cu spirit de observație a găsit niște urme însângerate pe terenul din spatele magaziei de lemne. Un câine polițist le-a amușinat, până la o groapă făcută în pământ într-un luminiș de pădure, cam la 400 de metri nord-est de ferma din Gosseberga.

Mikael l-a însoțit pe comisarul Erlander. Au studiat gânditori locul. Le-a fost ușor să descopere o mare cantitate de sânge în jurul gropii.

Au mai găsit și un portțigaret îndoit, cu care se săpase probabil ușor în pământ. Erlander a plasat portțigaretul într-o pungă de probe, notând unde fusese găsit. A mai luat și probe de pământ amestecat cu sânge. Un polițist le-a atras atenția asupra unui chiștoc de țigară marca Pall Mall fără filtru, la câțiva metri de groapă. Și acesta a fost plasat într-o pungă de probe, și etichetat. Mikael și-a adus aminte că văzuse un pachet de Pall Mall pe bufet, în bucătăria lui Zalachenko.

Erlander a aruncat o privire spre cer, scrutând norii grei de ploaie. Furtuna care făcuse ravagii la Göteborg în cursul nopții trecea probabil la sud de regiunea Nossebro, și în curând avea să înceapă ploaia. S-a întors către unul dintre polițiști și l-a rugat să aducă o prelată, ca s-o pună peste groapă.

— Cred că ai dreptate, i-a spus în cele din urmă lui Mikael. O analiză a sângelui va confirma probabil faptul că Lisbeth Salander a zăcut aici, și eu cred că vom descoperi amprentele ei pe portțigaret. A fost împușcată și îngropată, dar a supraviețuit, reușind să se dezgroape, și...

— ... și să se întoarcă la fermă, să-i înfigă toporul în cap lui Zalachenko, încheie Mikael. Fata asta e un drac încăpățânat.

— Dar cum naiba s-a descurcat cu Niedermann?

Mikael ridică din umeri. În privința aceasta, era la fel de perplex ca și Erlander.

2
Vineri 8 aprilie

Sonja Modig și Jerker Holmberg au ajuns la gara centrală din Göteborg puțin după ora opt dimineața. Bublanski telefonase, dându-le noi instrucțiuni; nu mai era nevoie să meargă la Gosseberga, în schimb trebuiau să ia un taxi până în Nya Ullevi, lângă piața Ernst Fontell, unde se afla sediul poliției criminaliste pentru întreaga regiune Västra Götaland. Acolo au așteptat aproape o oră, până ce inspectorul criminalist Erlander și Mikael Blomkvist au sosit de la Gosseberga. Mikael a salutat-o pe Sonja Modig, pe care o mai întâlnise și a dat mâna cu Jerker Holmberg. Li s-a alăturat un coleg al lui Erlander, care aducea ultimele informații referitoare la urmărirea lui Ronald Niedermann. Era un raport foarte scurt.

— Avem un grup de investigare sub conducerea poliției criminaliste. S-a dat, desigur, un ordin de urmărire națională. La șase dimineața am găsit mașina de poliție părăsită, la Alingsås. Acolo dispar pentru moment urmele. Bănuim că a schimbat mijlocul de transport, dar nu avem nicio reclamație despre furtul vreunui automobil.

— Presa? întrebă Modig, aruncându-i lui Mikael Blomkvist o privire prin care parcă își cerea scuze.

— Este vorba de asasinarea unui polițist și s-a făcut mobilizare generală. Vom ține o conferință de presă la ora zece.

— Știe cineva care e starea lui Lisbeth Salander? întrebă Mikael.

Se simțea ciudat de neinteresat de tot ce avea de-a face cu urmărirea lui Niedermann.

— A fost operată în cursul nopții. I s-a scos un glonț din cap. Nu s-a trezit încă.

— S-a pus vreun diagnostic?

— După câte am înțeles, nu vom ști nimic înainte să se trezească. Dar medicul care a operat-o spune că sunt speranțe că va supraviețui, dacă nu se ivesc complicații.

— Și Zalachenko? întrebă Mikael.

— Cine? întrebă colegul lui Erlander care încă nu fusese introdus în detaliile complicate ale istoriei.

— Karl Axel Bodin.

— A, da, și el a fost operat în cursul nopții. A primit o lovitură urâtă în față și alta chiar sub rotula genunchiului. E într-o stare rea, dar rănile nu-i pun viața în pericol.

Mikael aprobă cu o mișcare din cap.

— Pari obosit, spuse Sonja Modig.

— Cam așa e. Am început a treia zi aproape fără somn.

— De fapt, a adormit în mașină pe drum de la Nossebro, spuse Erlander.

— Te simți în stare să mai iei istoria încă o dată de la început? întrebă Holmberg. Scorul pare să fie 3/0 între detectivii particulari și poliție.

Mikael zâmbi slab.

— E o replică pe care aș dori s-o aud de la Bublanski, zise el.

S-au dus la cafeneaua din sediul poliţiei, ca să ia micul dejun. Timp de o jumătate de oră, Mikael le-a explicat, pas cu pas, cum refăcuse din bucăţele istoria despre Zalachenko. După ce a terminat, poliţiştii au rămas o vreme gânditori.

— Sunt unele neclarităţi în povestea ta, spuse în cele din urmă Jerker Holmberg.

— Foarte posibil, răspunse Mikael.

— Nu explici cum ai ajuns în posesia raportului Säpo despre Zalachenko.

Mikael dădu din cap.

— Da. L-am găsit ieri la Lisbeth Salander când, în cele din urmă, am dat de locul unde se ascundea. Probabil că ea îl găsise în casa de vacanţă a avocatului Nils Bjurman.

— Prin urmare, ai găsit ascunzătoarea lui Lisbeth Salander, spuse Sonja Modig.

Mikael aprobă.

— Şi?

— Adresa asta trebuie s-o aflaţi singuri. Lisbeth a depus multă osteneală ca să-şi procure o adresă secretă şi nu am de gând s-o torn.

Modig şi Holmberg se întunecară la faţă.

— Mikael... De fapt, este o anchetă de criminalistică, spuse Sonja Modig.

— Şi tu încă n-ai priceput că Lisbeth Salander este nevinovată şi că poliţia i-a încălcat integritatea într-un fel fără precedent? Ligă satanistă lesbiană, de unde aţi scos-o? Dacă va dori să spună unde locuieşte, sunt convins c-o s-o facă.

— Mai există un lucru pe care nu-l prea pricep, insistă Holmberg. De fapt, ce rol are Bjurman în povestea asta? Spui că el este cel care a declanşat toată istoria, contactându-l pe Zalachenko şi cerându-i s-o omoare pe Salander... Dar de ce să facă una ca asta?

Mikael șovăi un lung moment.

— După părerea mea, el l-a angajat pe Zalachenko ca să se debaraseze de Lisbeth Salander. Intenția era ca ea să ajungă în hangarul acela din Nykvarn.

— Era tutorele ei. Ce motiv putea să aibă ca să scape de ea?

— E complicat.

— Atunci, explică!

— Avea un motiv al dracului de bun. El făcuse ceva despre care Lisbeth avea cunoștință. Lisbeth constituia o amenințare pentru viitorul și prosperitatea lui.

— Dar ce făcuse?

— Cred că este mai bine ca Lisbeth în persoană să vă explice motivul.

Întâlni privirea lui Holmberg.

— Lasă-mă să ghicesc, spuse Sonja Modig. Bjurman i-a făcut ceva rău protejatei sale.

Mikael dădu din cap în semn de aprobare.

— Să ghicesc că a expus-o vreunei forme de violență sexuală?

Mikael ridică din umeri, abținându-se de la orice comentariu.

— Știi despre tatuajul de pe pântecele lui Bjurman?

— Ce tatuaj?

— Un tatuaj făcut de un amator, cu un mesaj care i se întinde pe toată burta... *Sunt un porc sadic, un nemernic și un violator.* Ne-am tot întrebat despre ce putea fi vorba.

Mikael începu brusc să râdă în hohote.

— Ce s-a întâmplat?

— Mă tot întrebam ce a făcut Lisbeth ca să se răzbune. Dar, știți... asta nu vreau s-o discutăm, din aceleași motive ca mai înainte. Este vorba despre integritatea ei personală. Lisbeth este cea care a fost obiectul unei fapte criminale. Ea este victima. Ea va trebui să decidă ce va vrea să vă povestească. *Sorry.*

Părea aproape că își cere scuze.

— Violurile trebuie reclamate poliției, spuse Sonja Modig.

— Sunt de acord. Dar acest viol a avut loc cu doi ani în urmă, și Lisbeth încă nu a vorbit cu poliția despre acest subiect. Ceea ce înseamnă că nu are intenția s-o facă. Poate că în principiu nu sunt de acord cu asta, dar ea este cea care hotărăște. De altfel...

— Da?

— Nu are niciun motiv să se încreadă în poliție. Ultima oară când a încercat să explice ce porc este Zalachenko, a fost închisă la casa de nebuni.

Richard Ekström, șeful anchetei preliminare, simțea furnicături în stomac atunci când, cu puțin înainte de ora nouă în dimineața zilei de vineri, l-a rugat pe Jan Bublanski să se așeze de cealaltă parte a biroului. Ekström și-a îndreptat ochelarii, netezindu-și barba bine îngrijită. Considera situația haotică și amenințătoare. Timp de o lună de zile, fusese șeful celor care o vânau pe Lisbeth Salander. O descrisese pe larg drept dementă și psihopată periculoasă. Lăsase să se scurgă informații, ceea ce avea să fie în propriul său interes, la un viitor proces. Totul arăta cum nu se poate mai bine.

În mintea lui, nu existase nicio urmă de îndoială asupra faptului că Lisbeth Salander era într-adevăr vinovată de triplul asasinat și că procesul va fi o victorie ușoară, un simplu spectacol propagandistic, cu persoana lui în rolul principal. Pe urmă, totul mersese anapoda și dintr-odată se trezea cu un cu totul alt asasin și cu un haos care părea fără sfârșit. *Afurisita de Salander.*

— Da, am nimerit într-o ciorbă blestemată, spuse el. Ce-ai aflat în dimineața asta?

— S-a dat ordin de urmărire a lui Ronald Niedermann, dar acesta este în continuare în libertate. Acum este căutat doar pentru uciderea polițistului Gunnar Andersson, dar presupun că ar trebui să includem și cele trei asasinate din Stockholm. Ar trebui să organizezi o conferință de presă.

Bublanski făcu propunerea cu conferința de presă doar ca să-l zgândărească, fiindcă Ekström detesta cu siguranță ideea.

— Cred că pentru moment mai așteptăm cu conferința de presă, spuse acesta repede.

Bublanski făcu un efort ca să nu zâmbească.

— Este în primul rând treaba poliției din Göteborg, spuse el, spre clarificare.

— Păi, noi îi avem pe Sonja Modig și Jerker Holmberg la fața locului, la Göteborg, și am început o colaborare...

— Amânăm conferința până în momentul în care vom ști mai multe, hotărî Ekström pe un ton tăios. Ceea ce aș vrea să știu este cât de sigur ești că Niedermann e cu adevărat implicat în crimele de aici, din Stockholm.

— Eu, ca polițist, sunt convins. Dar nu stăm prea bine cu probele. Nu avem martori și nu există nicio probă tehnică propriu-zisă. Magge Lundin și Sonny Nieminen de la clubul de motocicliști din Svavelsjö refuză să vorbească și se prefac că n-au auzit niciodată de Niedermann. În mod sigur va fi condamnat pentru uciderea polițistului Gunnar Andersson.

— Tocmai, spuse Ekström. Pentru moment, ne preocupă cazul polițistului ucis. Dar, spune-mi... Nu există ceva care să indice că Salander ar fi totuși implicată în vreun fel în crime? Nu putem să ne gândim că ea și Niedermann au săvârșit împreună asasinatele?

— Mă îndoiesc. Și, în niciun caz, n-aș difuza o asemenea teorie în mod oficial.

— Atunci, ce rol are ea?

— E o istorie foarte complicată. Exact cum a afirmat Mikael Blomkvist de la început, este vorba despre acel personaj Zala... Alexander Zalachenko.

Auzind numele lui Mikael Blomkvist, Ekström tresări în mod vizibil.

— Zala este un asasin profesionist rus, în mod evident lipsit de scrupule, care a operat pe vremea Războiului Rece și care a dezertat, continuă Bublanski. A venit aici în anii șaptezeci și a devenit tatăl lui Lisbeth Salander. A avut spatele asigurat de o facțiune din Säpo, care l-a acoperit ori de câte ori săvârșea vreun delict. Unul dintre oamenii de la Säpo a avut, de asemenea, grijă ca Lisbeth Salander să fie internată într-o clinică de psihiatrie infantilă, atunci când avea 13 ani și amenința să dea la iveală secretele despre Zalachenko.

— Ești de acord că toate astea sunt cam greu de înghițit? Nu e o istorie pe care s-o putem face publică. Dacă am înțeles bine, tot ce are legătură cu Zalachenko este *top secret*.

— Și totuși acesta este adevărul. Am toată documentația.

— Pot să mă uit?

Bublanski împinse spre el mapa cu ancheta de poliție din 1991. Ekström cercetă atent ștampila, indicând că documentul era considerat un secret de stat și numărul dosarului, pe care imediat l-a identificat ca aparținând poliției secrete. Răsfoi grăbit prin teancul gros de aproape o sută de pagini și citi la întâmplare câteva pasaje. În cele din urmă, dădu raportul la o parte.

— Trebuie să o luăm ușor, ca nu cumva situația să ne scape din mâini. Prin urmare, Lisbeth Salander a fost închisă la balamuc pentru că a încercat să-și omoare tatăl... acel Zalachenko. Și acum i-a dat cu securea în cap tăticului ei. În orice caz, fapta va trebui calificată drept tentativă de omor. Și fata va trebui arestată, pentru că l-a împușcat pe Magge Lundin, la Stallarholmen.

— Poți să arestezi pe cine vrei, dar în locul tău aș fi mai precaut.

— Oricum, va fi un scandal enorm, când va fi divulgată toată povestea asta cu Säpo.

Bublanski ridică din umeri. Sarcinile lui de lucru constau în anchetarea delictelor, nu în a se ocupa de scandaluri.

— Blestematul ăla de la Säpo, Gunnar Björck. Ce știm despre rolul lui?

— Este unul dintre actorii principali. Acum e în concediu de boală pentru hernie lombară și pentru moment locuiește în Smådalarö.

— OK... Deocamdată, nu spunem nimic despre Säpo. Acum, e vorba de asasinarea unui polițist, și de nimic altceva. Misiunea noastră este să nu provocăm confuzie.

— Va fi greu să ascundem situația.

— Ce vrei să spui?

— L-am trimis pe Curt Svensson să-l aducă pe Björck pentru interogatoriu.

Bublanski își privi ceasul de mână.

— Pe la ora asta, ar cam fi trebuit să-l găsească.

— Poftim?

— De fapt, plănuisem să am plăcerea personală de a merge în Smådalarö, dar a intervenit cazul polițistului ucis.

— Nu ți-am dat permisiunea să-l arestezi pe Björck.

— Da. Însă nu este vorba de o arestare. Îl aduc doar la interogatoriu.

— Nu-mi place treaba asta.

Bublanski se lăsă pe spate, luându-și un aer confidențial.

— Richard... Situația stă așa. Lisbeth Salander a fost victima unei serii de abuzuri judiciare care au început din copilăria ei. Eu nu am de gând să las povestea să continue. Tu poți alege să-mi iei funcția de șef al echipei de investigații, dar în cazul acesta voi fi obligat să scriu un raport tăios asupra problemei.

Richard Ekström avu aerul unuia care înghițise ceva prea acru.

Gunnar Björck, în concediu de boală din funcția lui de șef adjunct al secției pentru străini de la Säpo, a deschis ușa casei de vară din Smådalarö, dând cu ochii de un bărbat puternic, blond și cu părul tăiat scurt, îmbrăcat într-o geacă de piele neagră.

— Îl caut pe Gunnar Björck.

— Eu sunt.

— Curt Svensson de la secția de criminalistică.

Bărbatul îi arătă legitimația.

— Da?

— Sunteți rugat să mă urmați la Kungsholmen[2], să ajutați poliția în anchetarea cazului Lisbeth Salander.

— Păi... Cred că e vorba de o greșeală.

— Nu e nicio greșeală, spuse Curt Svensson.

— Dumneata nu înțelegi. Și eu sunt polițist. Cred că trebuie să verifici asta cu șeful dumitale.

— Șeful meu este cel care vrea să vorbească cu dumneavoastră.

— Trebuie să dau un telefon și să...

— Puteți telefona de la Kungsholmen.

---

[2] Kungsholmen: cartier din Stockholm unde se află sediul central al poliției din Suedia.

Gunnar Björck simţi deodată că trebuie să se dea bătut. *S-a întâmplat. Voi fi implicat. Blomkvist, blestematul dracului. Blestemata de Salander.*

— Sunt arestat? întrebă el.

— Nu, pentru moment. Dar cred c-o putem face dacă doriţi.

— Nu... nu, sigur că vă urmez. E limpede că vreau să-mi ajut colegii.

— Foarte bine, spuse Curt Svensson, însoţindu-l în casă.

Îl urmări cu atenţie, în vreme ce acesta se îmbrăca şi oprea filtrul de cafea.

La ora unsprezece dimineaţa, Mikael Blomkvist a putut constata că maşina pe care o închiriase se mai afla încă parcată în spatele unui şopron din Gosseberga, dar era atât de epuizat, încât nu putea merge s-o ia şi cu atât mai puţin s-o conducă pe o distanţă mai lungă, fără să constituie un pericol pentru siguranţa circulaţiei. I-a cerut sfatul inspectorului criminalist Marcus Erlander şi acesta i-a propus cu generozitate ca un tehnician din echipa de criminalişti să conducă el maşina până la Göteborg.

— Consideră asta ca o compensaţie pentru felul în care ai fost tratat azi-noapte.

Mikael a dat din cap şi a luat un taxi până la City Hotel, pe strada Lorensberg, aproape de Avenyn. A rezervat o cameră de o persoană cu 800 de coroane pe noapte şi a urcat imediat. S-a dezbrăcat, s-a aşezat gol pe pat şi a scos din buzunarul interior al hainei computerul lui Lisbeth, cântărindu-l în mână. Era în continuare uluit de faptul că nu-i fusese confiscat, atunci când comisarul Thomas Paulsson îi făcuse percheziţie corporală, dar acesta considerase probabil că era computerul lui

Mikael; de fapt, el nu fusese acuzat pe un temei clar și deposedat de lucrurile personale. Mikael a rămas o vreme pe gânduri, apoi a pus computerul în buzunarul genții unde mai păstra și DVD-ul lui Lisbeth pe care era scris *Bjurman* și de care Paulsson, de asemenea, nu dăduse. Mikael era conștient că, din punct de vedere legal, asta se numea reținere de probe, dar era vorba despre obiecte pe care Lisbeth cu siguranță n-ar fi dorit să le vadă în mâini străine.

Și-a deschis telefonul mobil, constatând că bateria era pe terminate și l-a pus la încărcat. I-a telefonat surorii sale, avocata Annika Giannini.

— Hei, surioară.

— Ce ai de-a face cu uciderea polițistului de astă-noapte? l-a întrebat ea imediat.

I-a explicat pe scurt ce se întâmplase.

— OK. Salander se află prin urmare la reanimare.

— Exact. Înainte de a se trezi, nu putem ști cât de gravă este starea ei, dar va avea nevoie de un avocat.

Annika Giannini a rămas o vreme pe gânduri.

— Crezi că ar vrea să mă aibă pe mine?

— Probabil nu va voi să aibă niciun avocat. Nu e genul care să roage pe cineva s-o ajute.

— Pare să fie nevoie de un avocat de drept penal. Lasă-mă să mă uit prin documentația pe care o ai.

— Vorbește cu Erika Berger și cere să-ți dea o copie.

De îndată ce a terminat convorbirea cu Annika Giannini, a sunat-o pe Erika Berger. Cum nu răspundea pe mobil, a format numărul de la redacție. A răspuns Henry Cortez.

— Erika nu e în birou, a spus Henry.

Mikael i-a explicat ce se întâmplase și l-a rugat să transmită informațiile redactorului-șef de la *Millennium*.

— OK. Ce trebuie să facem?

— Astăzi, nimic, spuse Mikael. Eu trebuie să dorm. Am să vin mâine la Stockholm, dacă nu se întâmplă ceva neașteptat. *Millennium* își va prezenta propria versiune asupra evenimentelor în numărul viitor, și până atunci mai este aproape o lună.

A închis telefonul, s-a târât până la pat și a adormit în mai puțin de treizeci de secunde.

Șeful adjunct al poliției departamentale, Monica Spångberg, a ciocănit cu pixul în marginea paharului cu apă minerală, rugând să se facă liniște. Zece persoane se aflau adunate în jurul mesei de conferințe din biroul ei de la sediul poliției. Erau trei femei și șapte bărbați. Erau prezenți șeful secției de criminalistică, șeful adjunct al secției de criminalistică, trei inspectori criminaliști, printre care și Marcus Erlander, precum și responsabilul cu relațiile mass-media al poliției din Göteborg. La întrunire fuseseră de asemenea chemați șeful grupului de anchetă preliminară Agneta Jervas, de la procuratură, precum și inspectorii criminaliști Sonja Modig și Jerker Holmberg, de la Stockholm. Ultimii numiți fuseseră incluși pentru a se arăta bunele intenții față de colaborarea cu colegii din capitală și poate chiar pentru a le demonstra cum se conduce o anchetă adevărată.

Spångberg, care adesea era singura femeie dintr-un anturaj masculin, nu avea reputația de-a pierde timpul cu formalități și fraze amabile. Ea a explicat că șeful poliției departamentale se afla într-o călătorie de serviciu la conferința Europol de la Madrid, că acesta și-a întrerupt sederea când a fost informat de uciderea unui polițist, dar că nu este așteptat să sosească decât seara târziu. După aceea, s-a întors direct către șeful secției de criminalistică Arne Pehrzon și i-a cerut să rezume situația.

— Au trecut mai mult de zece ore de când colegul Gunnar Andersson a fost ucis pe drumul spre Nossebro. Cunoaștem numele asasinului, Ronald Niedermann, dar nu avem încă fotografia acestuia.

— La Stockholm avem doar o fotografie a lui veche de 20 de ani. Am primit-o de la Paolo Roberto, dar este aproape inutilizabilă, a spus Jerker Holmberg.

— OK. După cum se știe, mașina de poliție pe care a furat-o a fost găsită azi-dimineață la Alingsås. Era parcată pe o stradă laterală, cam la 350 de metri de gară. Nu am primit rapoarte despre furtul vreunei mașini în zonă.

— Situația investigațiilor?

— Verificăm trenurile care sosesc la Stockholm și Malmö. Am dat ordin de urmărire națională și am informat poliția din Norvegia și Danemarca. Chiar acum avem aproximativ treizeci de polițiști care lucrează direct cu ancheta și, bineînțeles, toți ceilalți sunt în gardă.

— Nicio pistă?

— Nu. Încă nu. Dar o persoană cu fizicul particular al lui Niedermann nu poate trece nereperată.

— Știe cineva în ce stare se află Fredrik Torstensson? întrebă unul dintre inspectorii de la criminalistică.

— E spitalizat la Sahlgrenska. E grav rănit, cam ca după un accident de mașină. E greu de crezut că un om a putut să provoace asemenea răni doar cu mâinile goale. În afară de fracturi și coaste rupte, are o vertebră atinsă și există riscul să rămână parțial paralizat.

Toți meditară la situația colegului lor câteva momente, înainte ca Spångberg să ia din nou cuvântul. Ea se întoarse spre Erlander.

— De fapt, ce s-a întâmplat la Gosseberga?

— Thomas Paulsson s-a întâmplat la Gosseberga.

Un suspin colectiv se auzi dinspre participanți.

— Nu poate să-l pensioneze careva? E o catastrofă ambulantă.

— Eu îl cunosc foarte bine pe Paulsson, spuse Monica Spångberg pe un ton tăios. Dar n-am auzit nicio plângere împotriva lui în ultima vreme... să zicem, de doi ani.

— Șeful poliției de acolo este un vechi cunoscut al lui Paulsson și a încercat să-l ajute, ținând o mână protectoare asupra lui. Cu cele mai bune intenții, bineînțeles, și nu e vorba despre o critică la adresa lui. Dar, noaptea trecută, Paulsson s-a comportat atât de lamentabil, că mai mulți colegi au raportat situația.

— Ce a făcut?

Marcus Erlander aruncă o privire spre Sonja Modig și Jerker Holmberg. Era, evident, jenat să dezvăluie lipsurile organizației sale în fața colegilor de la Stockholm.

— Cel mai bizar lucru a fost că a pus un agent din echipa tehnică să facă un inventar al magaziei de lemne în care fusese găsit acel Zalachenko.

— Inventar într-o magazie de lemne? zise uimită Spångberg.

— Da... Păi... Voia să știe exact câte lemne se aflau acolo. Ca raportul să fie corect.

O tăcere plină de înțeles se lăsă în jurul mesei, înainte ca Erlander să continue grăbit:

— În dimineața asta, s-a aflat că Paulsson consumă cel puțin două antidepresive puternice, Xanor și Efexor. De fapt, ar trebui să fie în concediu medical, dar și-a ascuns starea față de colegi.

— Ce stare? întrebă pe un ton dur Spångberg.

— Nu știu exact de ce suferă — doctorul nu are permisiunea de a vorbi despre asta —, dar medicamentele pe care le ia sunt, în parte, antidepresive puternice și, în parte, excitante ale sistemului nervos. Azi-noapte era pur și simplu drogat.

— Dumnezeule, spuse Spångberg răspicat.

Arăta ca furtuna care se abătuse asupra Göteborgului în ora dimineții.

— Vreau să-l am aici pe Paulsson, pentru o discuție. Acum.

— Va fi un pic dificil. S-a prăbușit azi-dimineață și a fost internat la spital pentru surmenaj. Pur și simplu, am avut maximum de ghinion că s-a nimerit să fie de serviciu.

— Pot să întreb ceva? spuse șeful secției de criminalistică. Prin urmare, Paulsson l-a arestat azi-noapte pe Mikael Blomkvist?

— A lăsat un raport în care acesta se face vinovat de insultă, împotrivire în fața organelor competente și deținere ilegală de armă.

— Ce spune Blomkvist?

— Recunoaște insultele, dar susține că era în legitimă apărare. Spune că împotrivirea a constat în încercarea verbală, un pic prea violentă, de a-i împiedica pe Torstensson și Andersson să se ducă singuri și fără întăriri să-l aresteze pe Niedermann.

— Martorii?

— Sunt polițiștii Torstensson și Andersson. Lăsați-mă să spun că nu cred o vorbă din acuzația lui Paulsson despre împotrivire violentă. Este o contraacuzație tipică, pentru a para eventualele plângeri din partea lui Blomkvist.

— Dar cum a reușit Blomkvist singur să-l potolească pe Niedermann? întrebă procurorul Agneta Jervas.

— Sub amenințarea cu arma.

— Deci Blomkvist avea o armă. Atunci arestarea lui are, oricum, un temei legal. De unde a făcut rost de armă?

— În legătură cu asta, Blomkvist nu vrea să spună nimic înainte de a vorbi cu un avocat. Însă Paulsson l-a arestat pe Blomkvist tocmai când acesta încerca *să predea* arma poliției.

— Pot să vin cu o propunere neoficială? spuse Sonja Modig cu multă grijă.

Toți întoarseră privirile spre ea.

— L-am întâlnit pe Mikael Blomkvist în mai multe ocazii, în cursul anchetei și părerea mea este că e o persoană îndeajuns de rezonabilă, cu toate că-i jurnalist. Presupun că dumneata vei fi cea care va hotărî dacă e cazul să fie pus sub acuzație.

O privi pe Agneta Jervas, care făcu un semn de aprobare.

— În cazul de față — insultele și împotrivirea sunt doar prostii, așa că presupun că vor fi clasate automat.

— Probabil. Dar acuzația de deținere ilegală de armă e ceva mai serioasă.

— Aș propune să mai așteptați înainte de a apăsa pe trăgaci. Blomkvist a reconstituit singur toată această istorie și e cu mult înaintea poliției. E mai util să rămânem în bune relații cu el și să colaborăm, decât să-i dăm ocazia să execute în presă întregul corp de poliție.

Tăcu. După câteva secunde, Marcus Erlander tuși, dregându-și vocea. Dacă Sonja Modig își întindea bărbia ca să primească pumni, nu voia nici el să fie mai prejos.

— De fapt, sunt total de acord. Și mie mi se pare Blomkvist o persoană plină de bun-simț. I-am cerut chiar scuze pentru tratamentul la care a fost supus azi-noapte. El pare gata să lase lucrurile așa cum sunt. De altminteri, este o persoană integră. A găsit locuința lui Lisbeth Salander, dar refuză să spună unde se află. Nu-i este teamă să înfrunte o discuție oficială cu poliția... Și se află într-o situație în care vocea lui va cântări în presă cel puțin la fel de greu ca orice reclamație făcută de Paulsson.

— Dar refuză să dea poliției informații despre Salander?

— Spune că n-avem decât s-o întrebăm pe Lisbeth.

— Ce fel de armă este? întrebă Jervas.

— Un Colt 1911 Government. Numărul seriei e necunoscut. Am trimis arma la laborator și nu știm încă dacă a fost folosită în vreun context criminal în Suedia. Dacă este așa, atunci situația va fi un pic diferită.

Monica Spångberg ridică pixul.

— Agneta, tu singură hotărăști dacă vrei să începi o anchetă împotriva lui Blomkvist. Îți propun să aștepți rezultatul laboratorului. Individul ăsta, Zalachenko... Ce ne puteți spune despre el voi, cei din Stockholm?

— În fapt, abia ieri, târziu după-amiază, am auzit pentru prima oară vorbindu-se atât despre Zalachenko, cât și despre Niedermann, răspunse Sonja Modig.

— Credeam că la Stockholm vânați o ligă de lesbiene sataniste, spuse unul dintre polițiștii de la Göteborg.

Câțiva dintre ceilalți schițară un surâs. Jerker Holmberg își inspectă preocupat unghiile. Sonja Modig a fost cea care a răspuns la întrebare.

— Între noi fie vorba, pot să vă spun că avem și noi propriul nostru Thomas Paulsson, iar treaba cu liga satanistă e mai curând o pistă falsă, care vine dinspre partea asta.

Apoi, Sonja Modig și Jerker Holmberg dedicară mai bine de o jumătate de ceas ca să povestească ce ieșise la iveală în cursul anchetei.

După ce încheiară, o lungă tăcere se lăsă în jurul mesei de conferințe.

— Dacă informația despre Gunnar Björck e corectă, Säpo va avea parte de o distracție strașnică, conchise în cele din urmă șeful adjunct al brigăzii de criminalistică.

Toți dădură din cap în semn de aprobare. Agneta Jervas ridică mâna:

— Dacă înțeleg bine situația, bănuielile voastre se bazează în mare parte pe supoziții și prezumții. Ca procuror, mă cam neliniștește absența probelor reale.

— Suntem conștienți de acest lucru, spuse Jerker Holmberg. Credem că știm în mare ce s-a întâmplat, dar mai sunt o serie de semne de întrebare la care trebuie să se răspundă.

— Am înțeles că vă ocupați de investigațiile de la Nykvarn, lângă Södertälje, spuse Spångberg. De fapt, despre câte crime este vorba în afacerea asta?

Jerker Holmberg clipi ostenit:

— Am început cu trei omoruri la Stockholm — sunt crimele pentru care a fost pusă sub urmărire Lisbeth Salander, prin urmare avocatul Nils Bjurman, jurnalistul Dag Svensson și doctoranda Mia Bergman. În legătură cu hangarul din Nykvarn, am găsit până acum trei morminte. Într-unul din morminte am identificat un cunoscut vânzător de droguri și hoț mărunt, tăiat în bucăți. În al doilea mormânt am găsit o femeie încă neidentificată. Și n-am terminat de săpat al treilea mormânt. Pare să fie de dată mai veche. În plus, Mikael Blomkvist a făcut legătura cu uciderea unei prostituate la Södertälje, care a avut loc în urmă cu câteva luni.

— Așa că, numărându-l și pe polițistul Gunnar Andersson din Gosseberga, e vorba de cel puțin opt asasinate... e o statistică fioroasă. Îl bănuim pe Niedermann de toate aceste crime? În cazul acesta, trebuie să fie un nebun periculos și un criminal în serie.

Sonja Modig și Jerker Holmberg schimbară o privire. Acum trebuiau să se decidă unde aveau să meargă cu dezvăluirile. În cele din urmă, Sonja Modig luă cuvântul.

— Chiar dacă probele reale lipsesc, atât șeful meu, inspectorul criminalist Jan Bublanski, cât și eu suntem înclinați să credem că Mikael Blomkvist are dreptate când afirmă că primele trei crime au fost săvârșite de Ronald Niedermann. Asta ar însemna că Lisbeth Salander este nevinovată. În ceea ce privește mormintele de la Nykvarn, Niedermann este legat de locul acesta prin răpirea lui Miriam Wu, prietena lui Lisbeth Salander. Nu există nicio îndoială că ea era la rând, pentru al patrulea mormânt. Dar, în prezent, clădirea hangarului este proprietatea unei rude a șefului Clubului de motocicliști din Svavelsjö și trebuie să așteptăm cu concluziile cel puțin până la identificarea cadavrelor.

— Hoțul pe care l-ați identificat deja...

— Kenneth Gustafsson, 44 de ani, cunoscut vânzător de droguri și persoană cu probleme încă din adolescență. La prima vedere, aș spune că este vorba de vreo reglare de conturi internă. Clubul din Svavelsjö este amestecat în diferite acțiuni ilegale, printre care distribuirea de amfetamină. Prin urmare, locul ar putea fi considerat ca un fel de cimitir pentru cei care au intrat în conflict cu motocicliștii. Însă...

— Da?

— Prostituata care a fost ucisă la Södertälje... Se numea Irina Petrova și avea 22 de ani.

— Și?

— Autopsia a arătat că a fost supusă unui tratament extrem de dur și prezenta lovituri care păreau să fi fost aplicate cu o crosă de baseball sau ceva asemănător. Însă traumatismele erau dificil de interpretat și medicul legist n-a putut să indice natura obiectului folosit drept armă. Blomkvist a făcut o observație: Irina Petrova avea traumatisme care puteau fi făcute cu mâinile goale...

— Niedermann?

— E o supoziție plauzibilă. Dar lipsesc probele.

— Ce facem mai departe? întrebă Spångberg.

— Trebuie să discut cu Bublanski, dar normal ar fi să-l interogăm pe Zalachenko. În ceea ce ne privește, suntem interesați să vedem ce știe despre crimele din Stockholm, iar pe voi vă interesează să-l prindeți pe Niedermann.

Unul dintre inspectorii criminaliști din Göteborg ridică un deget.

— Pot să întreb... Ce s-a găsit la ferma aceea din Gosseberga?

— Foarte puțin. Am găsit patru arme. Un Sig Sauer care era demontat și pe cale să fie uns, pe masa din bucătărie. Un P-83 Wanad polonez, pe podea, lângă canapeaua din bucătărie. Un Colt 1911 Government — este pistolul pe care Mikael Blomkvist a încercat să-l predea lui Paulsson. Și, în sfârșit, un Browning de calibru 22, care în colecția aceasta pare mai curând o jucărie. Bănuim că este arma cu care a fost împușcată Lisbeth Salander, pentru că aceasta mai este în viață, deși are un glonț în cap.

— Altceva?

— Am confiscat o geantă cu 200 000 de coroane. Geanta se afla într-o cameră de la etaj, folosită de Niedermann.

— Și sunteți siguri că este camera lui?

— Păi, se află acolo haine mărimea XXL, iar Zalachenko are probabil M.

— Există ceva care îl leagă pe Niedermann de vreo activitate criminală? întrebă Jerker Holmberg.

Erlander clătină din cap.

— Depinde, desigur, de felul în care interpretăm deținerea de arme. Dar, în afară de acestea și de faptul că Zalachenko deține o aparatură foarte avansată de supraveghere electronică a proprietății, nu am găsit altceva care să deosebească ferma din Gosseberga de oricare altă locuință țărănească. E o casă cu foarte puțină mobilă.

Chiar înainte de ora 12, un polițist în uniformă a bătut la ușă, lăsând o hârtie pentru șeful adjunct al poliției departamentale, Monica Spångberg. Ea ridică un deget, cerând atenție:

— Am primit un apel despre o dispariție în Alingsås. O asistentă de la un cabinet stomatologic, pe nume Anita Kaspersson, în vârstă de 27 de ani, a părăsit locuința sa la ora 7:30. Și-a lăsat copilul la grădiniță și pe urmă ar fi trebuit să ajungă la slujbă înainte de opt. Ceea ce n-a făcut. Lucrează la un cabinet privat, aflat la aproximativ 150 de metri de locul în care a fost găsită mașina de poliție.

Erlander și Sonja Modig priviră amândoi la ceas.

— Prin urmare, are patru ore avans. Ce fel de mașină este?

— Un Renault albastru-închis, model 1992. Aici este numărul.

— Lansați imediat un apel de căutare a automobilului. La ora asta, poate să se afle oriunde între Oslo, Malmö și Stockholm.

Mai discutară puțin, după care ședința se termină, cu hotărârea ca Sonja Modig și Marcus Erlander să-l interogheze împreună pe Zalachenko.

Henry Cortez încruntă sprâncenele, urmărind-o cu privirea pe Erika Berger, în vreme ce aceasta ieșea din încăpere, dispărând în chicinetă. Henry Cortez nu putea să indice cu exactitate care era problema. *Millennium* era un loc de muncă mic, de genul acelora în care colaboratorii devin foarte apropiați. El lucrase aici cu jumătate de normă timp de patru ani și în această perioadă fusese martorul câtorva evenimente zbuciumate, nu mai puțin acela în care Mikael Blomkvist petrecuse trei luni la închisoare pentru defăimare și revista aproape se prăbușise. Trăise asasinarea colegului lor, Dag Svensson, și a prietenei acestuia, Mia Bergman.

În timpul tuturor acestor perioade furtunoase, Erika Berger fusese ca o stâncă, pe care nimic nu părea s-o clatine. El nu era uimit de faptul că Erika Berger îi telefonase, trezindu-l în zori și-l pusese la lucru împreună cu Lottie Karim. Afacerea Salander explodase și Mikael Blomkvist era implicat în uciderea unui polițist, la Göteborg. Până aici, totul era clar. Lottie Karim se postase la poliția centrală, încercând să obțină vreo informație inteligibilă. Henry își petrecuse dimineața dând telefoane și încercând să pună cap la cap ce se întâmplase în cursul nopții. Blomkvist nu răspundea la telefon însă, datorită mai multor surse, Henry avea o imagine relativ coerentă a ceea ce se petrecuse în noaptea precedentă.

În schimb, Erika Berger fusese cu mintea aiurea toată dimineața. Se întâmpla extrem de rar ca ea să închidă ușa biroului. Făcea asta doar atunci când avea vizite sau lucra intens la vreo problemă. În dimineața asta, nu avusese nicio vizită și nici nu lucra. Când Henry Cortez bătuse de câteva ori la ușă, ca să-i raporteze vești noi, o găsise șezând pe scaunul de la fereastră, cufundată în gânduri și fixând cu o privire absentă șuvoiul de oameni de pe Götgatan.

Ceva nu era în regulă.

Soneria de la ușă îi întrerupse gândurile. Merse și deschise: în prag se afla Annika Giannini. Henry Cortez o întâlnise pe sora lui Mikael Blomkvist de câteva ori, însă n-o cunoștea bine.

— Bună, Annika, spuse el. Mikael nu este aici astăzi.

— Știu. Cu Erika vreau să vorbesc.

De pe scaunul ei de la fereastră, Erika Berger își ridică privirea și se adună repede când Henry o introduse pe Annika.

— Bună, zise ea. Mikael nu este astăzi aici.

Annika zâmbi:

— Știu. Am venit pentru raportul făcut de Björck, de la Säpo. Micke m-a rugat să mă uit pe el, pentru ca eventual s-o reprezint pe Salander.

Erika dădu din cap. Se ridică, aducând un dosar de pe birou.

Annika șovăi o clipă, gata să părăsească încăperea. Apoi, se răzgândi, așezându-se în fața Erikăi.

— Ei bine, ce nu e în regulă cu tine?

— Plec de la *Millennium.* Și n-am putut să-i spun lui Mikael. Era așa de împotmolit în afacerea Salander, că nu s-a ivit niciodată ocazia, iar eu n-am putut să le spun celorlalți, înainte să-i povestesc lui, și mă simt al dracului de prost.

Annika Giannini își mușcă buza de jos.

— Și, în schimb, acum îmi povestești mie! Ce-o să faci?

— O să fiu redactor-șef la *Svenska Morgon-Posten.*

— Hopa! În cazul acesta, s-ar potrivi felicitări, în loc de jale și lacrimi.

— Dar nu așa îmi imaginam plecarea de la *Millennium!* În mijlocul unui haos blestemat! A picat din senin și nu pot spune nu. Adică e o șansă care nu se întoarce niciodată. Însă am primit propunerea chiar înainte să fie împușcați Dag și Mia, și pe urmă s-a declanșat așa o nebunie aici, că n-am putut să le spun. Iar acum nici nu-ți poți închipui câte mustrări de conștiință am!

— Înțeleg. Și ți-e frică să-i spui lui Micke.

— N-am povestit nimănui. Nu credeam că voi începe lucrul la *SMP* până în vară și mi-am tot spus că mai este timp. Dar acum ei vor să încep cât mai repede posibil.

Tăcu, privind-o pe Annika și părând gata să izbucnească în lacrimi.

— De fapt, asta este ultima mea săptămână la *Millennium.* Săptămâna viitoare sunt plecată și pe urmă... Trebuie să-mi iau câteva săptămâni de concediu, ca să-mi încarc bateriile. Și de la 1 mai încep la *SMP.*

— Ce s-ar fi întâmplat dacă te călca o mașină? Atunci, s-ar fi trezit fără redactor-șef, fără niciun minut de preaviz.

Erika o privi:

— Dar eu n-am fost călcată de mașină. Cu bună știință am tăcut timp de câteva săptămâni.

— Înțeleg că este o situație neplăcută, însă am senzația că Mikael și Christer și ceilalți vor ști să-i facă față. Însă cred că trebuie să le spui imediat.

— Sigur, numai că afurisitul de frate-tău e azi la Göteborg! Doarme și nu răspunde la telefon.

— Știu. Puțini sunt așa de iscusiți în a nu răspunde la telefon cum e Mikael. Dar nu e vorba doar de tine și Micke. Știu că lucrați împreună de douăzeci de ani și tot restul, însă trebuie să te gândești la Christer și la ceilalți din redacție.

— Dar Mikael o să...

— Micke o să sară până în tavan. Sigur că da. Dar dacă nu poate accepta faptul că tu, după douăzeci de ani, vrei să-ți vezi de drum, atunci nu merită timpul pe care l-ai pierdut cu el.

Erika suspină.

— Hai, curaj! Cheamă-i pe Christer și pe ceilalți din redacție. Acum!

Christer Malm a rămas nedumerit câteva minute atunci când Erika Berger i-a chemat pe colaboratorii de la

Millennium în mica sală de conferințe. Ședința de redacție a fost anunțată doar cu câteva minute înainte ca el să plece, ceva mai devreme, căci era vineri. A schimbat o privire cu Henry Cortez și Lottie Karim, la fel de uimiți ca și el. Secretara de redacție, Malin Eriksson, nu știuse nici ea nimic, la fel ca reportera Monika Nilsson și responsabilul cu publicitatea, Sonny Magnusson. Singurul care lipsea de pe tabel era Mikael Blomkvist, care se afla la Göteborg.

Dumnezeule! Mikael nu știe nimic, gândi Christer Malm. *Mă întreb cum o să reacționeze.*

Apoi, înțelese că Erika Berger terminase de vorbit și că în sala de conferințe se lăsase o liniște mormântală. Își scutură capul și se ridică, dându-i Erikăi o îmbrățișare și un sărut pe obraz.

— Felicitări, Ricky, spuse el. Redactor-șef la *SMP.* Nu-i un pas mic, din bărcuța noastră.

Henry Cortez se trezi la viață, începând din senin să aplaude. Erika ridică mâna.

— Stop, spuse ea. Astăzi nu merit aplauze.

Făcu o scurtă pauză, privindu-și colaboratorii din mica redacție.

— Ascultați-mă... Sunt foarte tristă că a fost să fie așa. Voiam să vă povestesc de acum câteva săptămâni, dar cu tot haosul care a urmat crimelor, n-am mai apucat. Mikael și Malin au muncit ca nebunii și, pur și simplu, nu s-a ivit ocazia. De aceea am ajuns aici...

Malin Erikssonn înțelese cu o teribilă luciditate cât de redus era efectivul redacției și cât de îngrozitor de pustiu va fi fără Erika. Orice s-ar fi întâmplat și orice haos s-ar fi produs, Erika fusese stânca pe care Malin putea să se sprijine, totdeauna neclintită în furtună. Păi, nu degeaba o recrutase Balaurul de Dimineață! Dar ce avea să se întâmple acum? Erika fusese întotdeauna o persoană-cheie la *Millennium.*

— Sunt câteva lucruri care trebuie limpezite. Înțeleg că se va produce confuzie în redacție. Nu a fost intenția mea, dar asta este situația. În primul rând: nu voi părăsi cu totul revista. Rămân ca asociat și voi lua parte la ședințele consiliului de conducere. Desigur, nu voi mai avea nicio influență asupra muncii propriu-zis redacționale — s-ar putea ivi conflicte de interese.

Christer Malm aprobă gânditor.

— În al doilea rând, teoretic, îmi voi înceta activitatea în ultima zi din aprilie. Dar, în practică, aceasta este ultima mea zi de lucru. Săptămâna viitoare voi fi plecată; după cum știți, a fost planificat dinainte. Și am hotărât să nu mă mai întorc, pentru că vreau să-mi rezerv câteva zile ca să fac trecerea...

Tăcu un scurt moment.

— Numărul viitor e gata, se află în computer. Nu mai sunt decât câteva fleacuri de pus la punct. Va fi ultimul meu număr. După aceea, un alt redactor-șef va trebui să preia conducerea. În seara asta fac curat în birou.

Tăcerea era densă.

— Cine va fi noul redactor-șef este o hotărâre care trebuie discutată și stabilită în consiliul de conducere. Dar va trebui discutată și de voi, în redacție.

— Mikael, spuse Christer Malm.

— Nu. În niciun caz Mikael. El este de departe cel mai prost redactor-șef pe care l-ați putea alege. E perfect ca responsabil de apariție și genial când e vorba să pună cap la cap și să aranjeze texte imposibile, ca să poată fi publicate. Dar, în același timp, el este și o frână. Redactorul-șef trebuie să fie cineva care mizează pe o atitudine ofensivă. Mikael mai are și tendința de a se îngropa în propriile lui istorii, fiind total absent, uneori săptămâni întregi. Este strălucit când e vorba de o situație arzătoare, dar absolut nul în munca de rutină. O știți cu toții.

Christer Malm aprobă.

— *Millennium* a funcționat pentru că tu și Mikael v-ați echilibrat reciproc.

— Dar nu numai pentru asta. Vă aduceți foarte bine aminte de vremea când Mikael s-a încăpățânat să stea la Hedestad aproape jumătate de an. Atunci *Millennium* a funcționat fără el, exact cum va trebui să funcționeze acum fără mine.

— OK. Care este planul tău?

— Eu aș vrea ca tu să preiei funcția de redactor-șef, Christer...

— Niciodată.

Christer Malm făcu un gest de respingere cu amândouă mâinile.

— ...dar, pentru că știu că vei refuza, am o altă soluție. Malin. Tu vei funcționa ca redactor-șef temporar, cu începere de astăzi.

— Eu? exclamă Malin.

— Exact, tu. Ai fost extrem de bună ca secretar de redacție.

— Dar eu...

— Fă o încercare. Astă-seară voi face curat în birou. Poți să te muți acolo de luni-dimineață. Numărul pe luna mai e aproape gata — ne-am luat deja corvoada de pe umeri. În iunie iese număr dublu și pe urmă suntem liberi o lună. Dacă nu merge, consiliul de conducere va găsi în august pe altcineva. Henry, va trebui să-ți iei normă întreagă și s-o înlocuiești pe Malin, ca secretar de redacție. Apoi, va trebui să mai recrutați pe cineva, un colaborator nou. Însă aceasta este alegerea voastră și a consiliului de conducere.

Erika tăcu o clipă, cercetându-i gânditoare pe cei de față.

— Încă un lucru. Eu încep să lucrez la un alt ziar. *SMP* și *Millennium* nu sunt de fapt concurente, dar eu nu vreau să mai știu nimic mai mult decât știu deja, despre conținutul numărului următor. Din acest moment, discutați totul cu Malin.

— Cum rămâne cu afacerea Salander? întrebă Henry Cortez.

— Discutați cu Mikael. Eu am informații despre Salander, dar voi trece întreaga istorie sub tăcere. Nu va merge la *SMP*.

Erika simți deodată o imensă ușurare.

— Asta a fost tot, spuse ea, încheind ședința; apoi, se ridică și merse în biroul ei, fără niciun alt comentariu.

Redacția revistei *Millennium* rămase tăcută. Abia o oră mai târziu, Malin Eriksson ciocăni la ușa Erikăi.

— Alo!

— Da? întrebă Erika.

— Personalul vrea să spună ceva.

— Ce?

— Vino puțin.

Erika se ridică și merse la ușă. Așternuseră o față de masă și aduseseră cafea și plăcintă.

— M-am gândit că trebuie să mai așteptăm o vreme pentru adevărata serbare de adio, spuse Christer Malm. Dar, până atunci, trebuie să ne mulțumim cu cafea și plăcintă.

Erika Berger zâmbi pentru prima oară în ziua aceea.

3
Vineri 8 aprilie — sâmbătă 9 aprilie

Când Sonja Modig și Marcus Erlander au venit la Alexander Zalachenko, la șapte seara, acesta se trezise din anestezie de vreo opt ore. Trecuse printr-o operație relativ importantă, în cursul căreia i se tăiase o parte din osul obrazului și acesta fusese fixat cu un șurub de titan. Capul îi era bandajat aproape în întregime și i se vedea doar ochiul stâng. Un medic le explicase că lovitura de secure distrusese pometele și atinsese osul frunții, desprinsese o mare parte din carnea de pe partea stângă a feței și dislocase orbita. Rănile îi provocau mari dureri. Zalachenko primise doze mari de calmante, dar era aproape coerent și putea să vorbească. Poliția însă nu trebuia să-l obosească prea tare.

— Bună seara, domnule Zalachenko, îl salută Sonja Modig.

Se prezentă pe ea și pe colegul ei, Erlander.

— Mă numesc Karl Axel Bodin, spuse Zalachenko cu greutate printre dinții strânși. Vocea îi era calmă.

— Știu precis cine sunteți. Am citit lista dumneavoastră de merite la Säpo.

Ceea ce nu era cu totul adevărat, pentru că Säpo nu le dăduse încă nicio hârtie despre Zalachenko.

— Asta a fost demult. Acum sunt Karl Axel Bodin.

— Cum vă simțiți? continuă Modig. Sunteți în stare să continuați discuția?

— Vreau să fac o plângere. Fiica mea a încercat să mă omoare.

— Știm acest lucru. Va fi anchetată la vremea potrivită, spuse Erlander. Pentru moment, dorim să discutăm lucruri mai urgente.

— Ce poate fi mai urgent ca o încercare de asasinat?

— Vrem să auzim ce aveți de spus în legătură cu trei crime săvârșite la Stockholm și cel puțin încă trei la Nykvarn, precum și o răpire.

— Nu știu nimic despre toate astea. Cine a fost ucis?

— Domnule Bodin, avem toate motivele să bănuim că asociatul dumneavoastră, Ronald Niedermann, în vârstă de 37 de ani, e vinovat de aceste fapte, spuse Erlander. Azi-noapte, Niedermann a mai ucis un polițist din Trollhättan.

Sonja Modig era un pic mirată de faptul că Erlander îi făcea pe voie lui Zalachenko, numindu-l Bodin. Zalachenko își roti ușor capul, ca să-l poată vedea pe Erlander. Vocea i se înmuie un pic.

— E foarte... foarte trist să aud asta. Nu știu cu ce se ocupă Niedermann. Eu n-am ucis niciun polițist. Eu însumi am fost victima unei încercări de asasinat.

— Ronald Niedermann este pentru moment pus sub urmărire. Aveți vreo idee despre locul în care s-ar putea ascunde?

— Nu știu cercurile în care se învârte. Eu...

Zalachenko păru să ezite câteva secunde. Vocea lui căpătă un ton confidențial.

— Trebuie să recunosc... dar să rămână între noi... că adesea am fost neliniștit în privința lui Niedermann.

Erlander se aplecă un pic.

— Ce vreți să spuneți?

— Am descoperit că poate fi violent. De fapt, eram speriat de el.

— Vreți să spuneți că v-ați simțit amenințat de Niedermann? întrebă Erlander.

— Exact. Sunt un om bătrân. Nu mă pot apăra.

— Puteți explica relația dumneavoastră cu Niedermann?

— Sunt invalid.

Zalachenko arătă spre piciorul său.

— Este a doua oară când fiica mea încearcă să mă omoare. L-am angajat pe Niedermann ca ajutor, în urmă cu mulți ani. Am crezut că mă va putea apăra... Dar, de fapt, el a preluat controlul asupra vieții mele. Vine și pleacă după cum are chef, iar eu nu am niciun cuvânt de spus.

— Și la ce vă ajută? interveni Sonja Modig. Să faceți ceea ce nu mai puteți face singur?

Zalachenko îi aruncă o privire cu singurul lui ochi.

— Am înțeles că fata dumneavoastră v-a aruncat o bombă incendiară în mașină, cu mai mult de zece ani în urmă, spuse Sonja Modig. Ne puteți explica de ce a făcut-o?

— Despre asta trebuie s-o întrebați pe fata mea. Este bolnavă mintal.

Tonul vocii lui era din nou ostil.

— Vreți să spuneți că nu cunoașteți niciun motiv pentru care Lisbeth Salander v-a atacat în 1991?

— Fata mea e bolnavă mintal. Există probe care atestă faptul acesta.

Sonja Modig își lăsă capul într-o parte. Observă că Zalachenko răspundea evident mai agresiv și mai dușmănos atunci când punea ea întrebările. Își dădu seama că și Erlander observase. *OK... Good cop, bad cop*[*]. Sonja Modig ridică vocea:

— Nu crezi că fapta are de-a face cu felul în care ai maltratat-o pe mama ei așa de violent, că i-ai provocat leziuni cerebrale ireversibile?

Zalachenko o privi pe Sonja Modig cu o expresie calmă.

— Astea sunt doar vorbe. Mama ei era o curvă. Probabil că a încasat-o de la unul dintre clienți. S-a întâmplat doar ca eu să trec pe acolo.

Sonja Modig înălță din sprâncene:

— Deci, ești complet nevinovat?

— Bineînțeles.

— Zalachenko... lasă-mă să văd dacă am înțeles clar. Prin urmare, negi că ți-ai molestat prietena din vremea aceea, pe Agneta Sofia Salander, mama lui Lisbeth Salander, cu toate că aceasta a constituit obiectul unui lung raport secret al celui care se ocupa de dumneata din partea Säpo, Gunnar Björck.

— Nu am fost niciodată condamnat pentru ceva. Nu am fost nici măcar pus sub acuzație. Nu am nicio vină dacă vreun țicnit de la Serviciile Secrete a fantazat despre mine în rapoartele lui. Dacă aș fi fost bănuit, ar fi trebuit cel puțin să mă interogheze.

Sonja Modig rămăsese fără grai. Zalachenko părea să zâmbească în spatele pansamentelor.

— Vreau să depun o plângere împotriva fiicei mele. Ea a încercat să mă ucidă.

Sonja Modig suspină.

— Încep să înțeleg de ce Lisbeth Salander a simțit nevoia să-ți înfigă o secure în țeastă.

---

[*] Polițistul bun, polițistul rău (în engl. în orig.) . (*N.red.*)

Erlander începu să tușească:

— Vă cer scuze, domnule Bodin... Poate ar trebui să ne întoarcem la ceea ce știți despre activitățile lui Ronald Niedermann.

Sonja Modig îi telefonă inspectorului criminalist Jan Bublanski de pe coridorul din fața camerei lui Zalachenko.

— Nimic, spuse ea.

— Nimic? repetă Bublanski.

— A depus plângere împotriva lui Lisbeth Salander, pentru lovituri grave și încercare de asasinat. Afirmă că nu are nimic de-a face cu crimele din Stockholm.

— Și cum explică faptul că Lisbeth Salander a fost îngropată pe proprietatea lui, la Gosseberga?

— Spune că el era răcit și că a dormit cea mai mare parte a zilei. Dacă s-a tras cu arma asupra lui Salander, Niedermann trebuie s-o fi făcut.

— OK. Ce mai avem?

— A fost împușcată cu un Browning calibru 22. De aceea mai e în viață. Am găsit arma. Zalachenko recunoaște că îi aparține.

— Aha. Cu alte cuvinte, știe că-i vom găsi amprentele pe pistol.

— Tocmai. Dar spune că ultima dată când a văzut arma, aceasta se afla în sertarul biroului său.

— Și, prin urmare, genialul Niedermann a luat pistolul, în vreme ce Zalachenko dormea, și a tras în Salander. Putem dovedi contrariul?

Sonja Modig cugetă câteva clipe, înainte de a răspunde.

— E la curent cu legislația suedeză și cu metodele poliției. Nu recunoaște nimic și-l are pe Niedermann ca țap ispășitor. Nu știu ce-am putea dovedi. L-am rugat pe Erlander să-i trimită hainele la expertiză, să vedem dacă se află pe ele praf de pușcă, dar va spune probabil că a făcut exerciții de tragere, cu două zile în urmă.

Lisbeth Salander simțea miros de migdale și etanol. Parcă ar fi avut alcool în gură — încercă să înghită, însă limba îi era amorțită. Se strădui să deschidă ochii, fără să reușească. Auzea în depărtare o voce care părea să-i vorbească, dar nu putea distinge cuvintele. Apoi, vocea deveni clară și inteligibilă.

— Cred că e pe cale să se trezească.

Simți cum cineva îi atinge fruntea și încercă să îndepărteze mâna prea insistentă. În aceeași clipă, o durere ascuțită îi trecu prin umărul stâng. Se destinse.

— Mă auzi?

Vezi-ți de drum.

— Poți deschide ochii?

Cine-i idiotul care nu-mi dă pace?

În cele din urmă, deschise ochii. La început, văzu doar niște puncte luminoase ciudate, înainte ca o făptură să apară în câmpul ei vizual. Încercă să-și centreze privirea, dar făptura se ferea tot timpul. Era ca și cum ar fi avut o mahmureală de zile mari, iar patul nu se oprea din clătinat.

— Lsmpac, bolborosi ea.

— Ce spui?

— Diot.

— Da, sună bine. Poți deschide încă o dată ochii?

Deschise ochii — două crăpături înguste. Văzu o față necunoscută și memoră fiecare amănunt. Un bărbat blond, cu ochii foarte albaștri și o față colțuroasă, strâmbă, la câteva zeci de centimetri de chipul ei.

— Bună. Mă numesc Anders Jonasson. Sunt medic. Ești la spital. Ai fost rănită și ești pe cale să te trezești după operație. Cum te cheamă?

— Psalandr, murmură Lisbeth Salander.

— Bine. Poți să-mi faci un serviciu? Numără până la zece.

— Unu, doi, patru, nu, trei, patru, cinci, șase...

Apoi, adormi din nou.

Doctorul Anders Jonasson era totuși mulțumit de răspunsul pe care îl primise. Își spusese numele și începuse să numere. Asta însemna că fata încă avea capacitățile intelectuale aproape intacte și că nu se va trezi sub formă de colet. Notă ora trezirii, 21:06, aproape șaisprezece ore după ce terminase operația. El dormise aproape toată ziua și se înapoiase la Sahlgrenska pe la ora șapte seara. De fapt, era liber, dar rămăsese în urmă cu hârțogăria.

Nu se putuse abține să nu treacă pe la secția de reanimare, să-și privească pacienta în al cărei creier scormonise în dimineața aceea.

— Lăsați-o să mai doarmă o vreme, dar țineți sub observație electroencefalograma ei. S-ar putea să apară edeme și hemoragii în creier. Părea să aibă dureri violente în umăr, când a încercat să-și miște brațul. Dacă se trezește, dați-i două miligrame de morfină pe oră.

Se simțea ciudat de mișcat atunci când a ieșit pe poarta principală a spitalului Sahlgrenska.

Era aproape două dimineața când Lisbeth Salander s-a trezit din nou. A deschis încet ochii și a văzut un con de lumină pe plafon. După câteva momente, a rotit capul și a devenit conștientă de faptul că avea un guler de protecție în jurul gâtului. Simțea o durere surdă în cap și alta, ascuțită, în umăr, atunci când a încercat să-și schimbe poziția. Închise pleoapele.

Spital, gândi imediat. *Ce fac aici?*

Se simțea complet stoarsă de puteri.

Mai întâi, i-a fost greu să-și concentreze gândurile. Apoi, îi reveniră amintiri răzlețe.

Timp de câteva secunde, a fost cuprinsă de panică, atunci când fragmentele de amintiri s-au năpustit asupra ei, se vedea cum săpa, ca să se dezgroape. Apoi, a strâns dinții, concentrându-se asupra respirației.

Constată că era în viață. Nu era prea sigură dacă era bine sau rău.

Lisbeth Salander nu-și amintea exact ce se întâmplase, dar îi revenea în minte un mozaic cețos de imagini din magazia de lemne, cum ridica securea cu furie și-l lovea în față pe tatăl ei. Zalachenko. Nu știa dacă acesta mai trăia sau era mort.

Nu-și putea aminti exact ce se întâmplase cu Niedermann. Avea o vagă senzație că-l văzuse pe Afurisitul de Kalle Blomkvist. Nu era sigură că nu visase, dar își amintea o bucătărie — trebuie să fi fost bucătăria din Gosseberga — și i se părea că-l văzuse venind spre ea. *Probabil am avut halucinații.*

Întâmplările din Gosseberga păreau deja foarte îndepărtate sau, mai degrabă, ca un vis ciudat. Se concentră asupra prezentului.

Era rănită. Nu era nevoie să-i spună altcineva. Ridică mâna dreaptă, pipăindu-și capul. Era bandajat în întregime. Apoi își aminti brusc. Niedermann. Zalachenko. Babalâcul dracului, avea și el pistol. Un Browning, calibru 22. Care, în comparație cu aproape toate celelalte arme de foc, trebuia considerat ca relativ inofensiv. De aceea trăia.

Am fost împușcată în cap. Puteam vârî degetul în gaură, să-mi ating creierul.

Era uimită că mai trăia. Constată că se simțea ciudat de indiferentă și că, de fapt, nu-i păsa. Dacă moartea era vidul negru din care tocmai se trezise, atunci nu era ceva pentru care să se neliniștească. Nu va remarca niciodată diferența.

Cu această cugetare ezoterică, închise ochii și adormi din nou.

Abia ațipise de câteva minute când, auzind mișcare, a întredeschis pleoapele în fante înguste. A văzut o soră în halat alb aplecându-se peste ea.

— Cred că ești trează, spuse sora.

— Mmm, răspunse Lisbeth.

— Bună, mă numesc Marianne. Înțelegi ce spun?

Lisbeth încercă să facă o mișcare de aprobare, dar înțelese că avea capul fixat în gulerul de protecție.

— Nu, nu te mișca. Nu trebuie să-ți fie teamă. Ai fost rănită și noi te-am operat.

— Apă...

Marianne îi dădu să bea printr-un tub de plastic. În vreme ce bea, înregistră faptul că se mai afla acolo o persoană, în partea stângă.

— Hei, Lisbeth, mă auzi?

— Mmm, răspunse Lisbeth.

— Sunt doctor Helena Endrin. Știi unde te afli?

— Spital.

— Te afli la spitalul Sahlgrenska, din Göteborg. Ai fost operată și ești la secția de terapie intensivă.

— Mm.

— Nu trebuie să-ți fie teamă.

— Am fost împușcată în cap.

Doctor Endrin șovăi o secundă.

— Așa e. Îți amintești ce s-a întâmplat?

— Moșul avea pistol.

— Ei... Da, exact.

— Calibrul 22.

— Așa. Asta n-am știut.
— Cât de rău sunt rănită?
— Ai un prognostic bun. Starea ta a fost foarte critică, dar credem că ai mari șanse de recuperare.
Lisbeth cântări informația. Apoi o fixă pe doctorița Endrin cu privirea. Observă că imaginea era tulbure.
— Ce s-a întâmplat cu Zalachenko?
— Cine e?
— Moșul ăla nenorocit. Trăiește?
— Vrei să spui Karl Axel Bodin.
— Nu. Vreau să spun Alexander Zalachenko. E numele lui adevărat.
— Nu știu nimic despre asta. Bărbatul în vârstă care a venit odată cu tine e într-o stare rea, însă în afara pericolului.
Inima lui Lisbeth își încetini bătăile. Cântări vorbele doctoriței.
— Unde se află?
— În camera alăturată. Dar nu te mai gândi la el acum. Tot ce trebuie să faci este să te concentrezi să te faci bine.
Lisbeth închise ochii. Reflectă o clipă dacă era în stare să se scoale din pat, să găsească ceva ce putea fi folosit drept armă și să termine ceea ce începuse. Apoi, îndepărtă aceste gânduri. Abia reușea să țină pleoapele deschise. Cu alte cuvinte, eșuase în hotărârea ei de a-l ucide pe Zalachenko. *O să scape iar.*
— Vreau să te examinez o clipă. Apoi, vei putea să dormi, spuse doctor Endrin.

Mikael Blomkvist se trezi brusc, fără niciun motiv aparent. Timp de câteva secunde, nici nu știu unde se afla. Apoi, își aminti că luase o cameră la City Hotel. În odaie era beznă totală. Aprinse veioza de lângă pat și privi ceasul. Era două și jumătate noaptea. Dormise cincisprezece ore, fără întrerupere.

Se dădu jos din pat, merse la toaletă și urină. Rămase un moment, reflectând. Știa că nu va mai putea să adoarmă și intră sub duș. Apoi, își puse pe el jeanșii și tricoul roșu-închis, care ar fi avut nevoie de o mașină de spălat. Era mort de foame și sună la recepție, întrebând dacă se putea comanda așa devreme cafea și un sendviș. Se putea.

Își puse mocasinii și haina și coborî la recepție, unde cumpără cafea și un sendviș în folie de plastic cu pâine de secară, brânză și pate de ficat, pe care le luă cu el în cameră. În vreme ce mânca, porni calculatorul său iBook, cuplând cablul la priza de internet. Intră mai întâi pe ediția on-line a ziarului *Aftonbladet*. Arestarea lui Lisbeth era, după cum se așteptase, cea mai importantă știre. Articolul era încă plin de confuzii, dar, cel puțin, se afla pe calea cea bună. Ronald Niedermann, în vârstă de 37 de ani, era urmărit pentru uciderea unui polițist și poliția mai voia să-l audieze în legătură cu cele trei asasinate din Stockholm. Poliția nu comunicase încă nimic despre starea lui Lisbeth Salander, iar lui Zalachenko nu i se dădea numele. Era descris drept fermierul de 66 de ani care locuia la Gosseberga și era evident că presa încă mai avea impresia că acesta era probabil una dintre victime.

După ce termină de citit, își deschise telefonul mobil, constatând că avea 20 de mesaje necitite. Trei dintre ele îi cereau s-o sune pe Erika Berger. Două erau de la Annika Giannini. Paisprezece erau mesaje de la reporteri de la diferite ziare. Unul era de la Christer Malm, care-i trimisese un SMS imperativ: *Ar fi bine să iei primul tren și să vii acasă.*

Mikael încruntă sprâncenele. Era un mesaj neobișnuit din partea lui Christer Malm. SMS-ul fusese trimis în seara precedentă, la ora șapte. Își înăbuși impulsul de a trezi pe cineva la ora trei noaptea. În loc de asta, consultă mersul trenurilor de pe internet, aflând că primul tren spre Stockholm pleca la ora 05:20.

Deschise un nou document Word. Apoi, își aprinse o țigară și rămase nemișcat trei minute, privind țintă ecranul strălucitor. În cele din urmă, ridică degetele și începu să scrie:

> [Numele ei este Lisbeth Salander și Suedia a învățat s-o cunoască din conferințele de presă ale poliției și din articolele ziarelor de seară. Are 27 de ani și 1,50 m înălțime. A fost descrisă ca psihopată, ucigașă și lesbiană satanistă. N-a existat nicio graniță pentru fanteziile și elucubrațiile pe seama ei. În acest număr, *Millennium* povestește despre felul în care oameni de stat au conspirat împotriva lui Lisbeth Salander, pentru a proteja un asasin patologic.]

Scrise fără să se grăbească și apoi corectă prima versiune. Lucră concentrat aproape cincizeci de minute, și rezultară două pagini format A4, care erau de fapt o recapitulare a nopții în care îi găsise pe Dag Svensson și pe Mia Bergman și a motivelor pentru care poliția se concentrase asupra lui Lisbeth Salander ca prezumtiv asasin. Cită articolele din ziarele de seară despre satanistele lesbiene și speranțele lor că asasinatele conțineau picanterii sado-masochiste.

În cele din urmă, aruncând o privire pe ceas, închise grăbit computerul. Își împachetă lucrurile în geantă, merse la recepție și plăti cu cartea de credit, apoi luă un taxi până la gara centrală din Göteborg.

Mikael Blomkvist se duse imediat la vagonul restaurant unde comandă cafea și sendvișuri. Apoi, deschise din nou iBook-ul, recitind textul pe care reușise să-l scrie în ora dimineții. Era chiar la pasajul despre istoria lui Zalachenko, așa că n-o observă pe Sonja Modig înainte ca aceasta să-și dreagă vocea și să-l întrebe dacă îi poate ține tovărășie. El o privi, apoi închise computerul.

— Pe drum spre casă? întrebă Modig.

Mikael dădu din cap, în semn de aprobare.

— Și tu, la fel, după câte înțeleg.

Încuviință, la rândul ei.

— Colegul meu mai rămâne o zi.

— Ai auzit ceva despre starea lui Lisbeth Salander? Eu am dormit de când ne-am despărțit.

— S-a trezit abia aseară. Dar doctorii cred că se va face bine. A avut un noroc extraordinar.

Mikael încuviință. Înțelese că de fapt nu fusese neliniștit pentru ea. Pornise de la ideea că va supraviețui. Altceva era de neconceput.

— S-a mai întâmplat ceva interesant? întrebă el.

Sonja Modig îl privi nehotărâtă. Se întreba cât de multă încredere putea avea în reporterul acesta, care de fapt știa despre afacere mai mult decât ea însăși. Pe de altă parte, ea venise să se așeze la masa lui și cel puțin o sută de ziariști probabil că știau deja ce se petrecuse la sediul poliției.

— Nu vreau să fiu citată, spuse ea.

— Te întreb doar din interes personal.

Ea dădu din cap și-i povesti că poliția îl urmărea pe Ronald Niedermann în toată țara, în special în zona Malmö.

— Și Zalachenko? L-ați interogat?

— Da, l-am interogat.

— Și?

— Nu pot povesti.

— Hai, Sonja. O să știu exact despre ce-ați vorbit cam la o oră după ce ajung la redacție, la Stockholm. Și nu voi scrie o vorbă din ce-mi vei spune.

Ea șovăi un lung moment înainte de a-i întâlni privirea.

— A făcut plângere împotriva lui Lisbeth Salander, pentru că a încercat să-l omoare. S-ar putea să fie arestată pentru rănire gravă și tentativă de omor.

— Și, cu siguranță, ea va invoca dreptul de legitimă apărare.

— Sper s-o facă, spuse Sonja Modig.

Mikael îi aruncă o privire pătrunzătoare.

— Nu prea sună a replică de polițist, spuse el pe un ton neutru.

— Bodin... Zalachenko ne scapă printre degete și are răspuns la toate întrebările. Sunt absolut convinsă că lucrurile s-au întâmplat întocmai cum ne-ai povestit aseară. Asta înseamnă că Salander a fost victima unor abuzuri judiciare constante, de când avea 12 ani.

Mikael aprobă.

— Aceasta este istoria pe care o voi publica eu, spuse.

Ea mai șovăi un moment. Mikael aștepta.

— Am vorbit cu Bublanski acum o jumătate de oră. N-a spus prea multe, dar ancheta asupra lui Salander în legătură cu moartea prietenilor tăi pare să fie suspendată. Se focalizează pe Niedermann.

— Ceea ce înseamnă...

Lăsă cuvintele să plutească în aer. Sonja Modig ridică din umeri.

— Cine se va ocupa de ancheta asupra lui Salander?

— Nu știu. Povestea de la Gosseberga va cădea probabil în primul rând pe seama celor din Göteborg. Dar pot presupune că cineva din Stockholm va avea sarcina de a aduna tot materialul, înaintea unui proces.

— Înțeleg. Putem paria că investigarea va fi trecută celor de la Säpo?

Ea dădu din cap.

Cu puțin înainte de Alingsås, Mikael se aplecă spre ea:

— Sonja... cred că înțelegi despre ce e vorba. Dacă povestea cu Zalachenko devine publică, va fi un scandal enorm. Activiștii Säpo au colaborat cu un psihiatru ca s-o bage pe Salander la balamuc. Singurul lucru pe care îl pot face ei este să continue să jure că, de fapt, Lisbeth Salander e bolnavă psihic și că internarea forțată din 1991 a fost perfect justificată.

Sonja Modig aprobă din nou.

— Voi face tot ce-mi stă în putință să împiedic asemenea planuri. Vreau să spun, Lisbeth Salander este la fel de lucidă ca mine și ca tine. Deosebită, poate, dar capacitățile ei mentale nu pot fi puse sub semnul întrebării.

Sonja Modig aprobă. Mikael făcu o pauză, lăsând cuvintele să fie bine înțelese.

— Aș avea nevoie de cineva din interior, pe care să mă pot baza.

Ea îi întâlni privirea.

— Nu am competența de a stabili dacă Lisbeth Salander e sau nu bolnavă psihic, răspunse ea.

— Nu, dar ai competența să judeci dacă ea este sau nu victima unui abuz judiciar.

— Ce propui?

— Nu-ți spun să-ți părăști colegii, dar vreau să mă informezi dacă descoperi că Lisbeth este pe cale să fie încă o dată expusă abuzurilor judiciare.

Sonja Modig rămase tăcută.

— Nu vreau să-mi dai amănunte asupra detaliilor tehnice ale anchetei sau altceva de genul ăsta. Hotărăște singură. Însă am nevoie să știu ce se întâmplă cu acuzațiile împotriva lui Lisbeth Salander.

— Pare o bună metodă ca să fiu dată afară.

— Tu ești o sursă. Niciodată nu te voi numi și n-o să te bag în bucluc.

Scoase un carnet și scrise o adresă e-mail:

— Aceasta este o adresă anonimă de hotmail. Dacă vrei să-mi spui ceva, folosește-o. Nu trebuie să utilizezi propria ta adresă oficială. Poți să-ți deschizi un cont temporar pe hotmail.

Ea luă adresa, punând-o în buzunarul interior al hainei. Nu promise nimic.

Sâmbătă dimineața, la ora șapte, inspectorul criminalist Marcus Erlander a fost trezit de telefon. Auzea vocile de la televizor și simțea mirosul de cafea din bucătărie, unde soția lui își începuse treburile de dimineață. Ajunsese acasă în apartamentul lui din Mölndal la unu noaptea și dormise ceva mai mult de cinci ore. Înainte de asta, fusese în plină activitate exact douăzeci și două de ore. Prin urmare, nu se simțea încă odihnit, atunci când întinse mâna după receptor.

— Mårtenson, biroul de investigații, schimbul de noapte. Te-ai sculat deja?

— Nu, răspunse Erlander. Abia am apucat să adorm. Ce s-a întâmplat?

— Vești noi. Anita Kaspersson a fost găsită.

— Unde?

— Chiar lângă Seglora, la sud de Borås.

Erlander își vizualiză în minte harta.

— La sud, spuse el. Tipul alege drumurile secundare. Probabil că a condus mașina pe șoseaua 180, a trecut de Borås și a luat-o spre sud. Ați dat alarma la Malmö?

— Și la Helsingborg, Landskrona și Trelleborg. Și la Karlskrona. Mă gândesc la feribotul spre est.

Erlander se ridică, scărpinându-și ceafa.

— Are aproape douăzeci și patru de ore avans. S-ar putea să fi ieșit deja din țară. Cum a fost găsită Kaspersson?

— A bătut la o ușă, la o vilă de la intrarea în Seglora.

— Ce?

— A bătut la o ușă...

— Am auzit. Vrei să spui că trăiește?

— Iartă-mă. Sunt obosit și nu mă exprim exact. Anita Kaspersson a reușit să ajungă la Seglora la ora 03:10 azi-dimineață și a bătut la ușa unei vile, speriind o familie cu copii care dormeau. Era desculță, înghețată de frig și avea mâinile legate la spate. Pentru moment, se află la spitalul din Borås, unde s-a reîntâlnit cu soțul ei.

— Drăcia dracului! Cred că toți am pornit de la ideea că ea nu mai e în viață.

— Adesea mai avem și surprize.

— Surprize pozitive.

— Acum, urmează veștile proaste. Șefa adjunctă a poliției departamentale, Spångberg, e aici de la ora cinci dimineața. Ea a dat ordin să te trezesc imediat și să-ți spun să te duci la Borås, ca s-o interoghezi pe Kaspersson.

Pentru că era sâmbătă dimineața, Mikael presupunea că redacția revistei *Millennium* era goală. L-a sunat pe Christer Malm când X2000[3] trecea de podul Årsta, întrebându-l ce voise să spună cu SMS-ul lui.

— Ai luat micul dejun? l-a întrebat Christer.

— În tren.

— Bine. Vino la mine acasă și am să-ți pregătesc ceva mai substanțial.

— Despre ce este vorba?

---

[3] Tren de mare viteză.

— Îți spun când vii.

Mikael a luat metroul până la Medborgarplatsen și a continuat pe jos, până la Allhelgonagatan. I-a deschis Arnold Magnusson, prietenul lui Christer. Oricât încerca, Mikael nu se putea elibera de sentimentul că privea o reclamă pentru cine știe ce produs. Arnold Magnusson trecuse pe la Dramaten[4] și era unul dintre cei mai solicitați actori din Suedia. Era întotdeauna la fel de stânjenitor să-l întâlnești în realitate. Mikael nu avea obiceiul să se lase impresionat de vedete, dar Arnold Magnusson avea o înfățișare așa de caracteristică, așa de puternic asociată cu unele roluri din filme și de la televizor, mai ales cu Gunnar Frisk, comisarul coleric dintr-o serie televizată extrem de populară, încât Mikael se aștepta de fiecare dată ca Arnold să se comporte exact ca Gunnar Frisk.

— Bună, Micke, spuse Arnold.

— Bună, răspunse Mikael.

— Hai în bucătărie, spuse Arnold, poftindu-l înăuntru.

Christer Malm le servi gofre calde, cu dulceață de mure și cafea proaspăt râșnită. Mikael începuse să saliveze, chiar înainte de a se așeza și de a se arunca asupra farfuriei. Christer Malm îl întrebă ce se întâmplase la Gosseberga. Mikael recapitulă detaliile. Era deja la cea de-a treia gofră, când întrebă despre ce era vorba.

— Am avut o mică problemă la *Millennium,* în timp ce tu erai la Göteborg, spuse Christer.

Mikael înălță întrebător din sprâncene:

— Ce anume?

— Nimic grav. Însă Erika Berger a devenit redactor-șef la *Svenska Morgon-Posten.* Ieri a fost ultima ei zi de lucru la *Millennium.*

---

[4] Dramatiska Teatern (Teatrul Dramatic), cel mai important teatru din Suedia.

Mikael rămase pe scaun, cu jumătate de gofră în mână, pe drum spre gură. Îi luă mai multe secunde până să înțeleagă mesajul.

— De ce n-a spus mai devreme? întrebă el în cele din urmă.

— Pentru că voia să-ți spună mai întâi ție, iar tu ai alergat de colo-colo și n-ai fost de găsit timp de mai multe săptămâni. Considera fără îndoială că ai destule probleme cu episodul Salander. Pentru că voia să-ți spună în primul rând ție, nu ne-a spus nimic nici nouă și zilele au trecut... Așa. Dintr-odată, au copleșit-o mustrările de conștiință și se simțea al dracului de prost. Și noi n-am remarcat absolut nimic.

Mikael strânse din pleoape:

— A naibii treabă!

— Știu. În loc să fii primul, ești ultimul din redacție care afli. Voiam să-ți pot povesti, ca să înțelegi ce s-a întâmplat și să nu crezi că cineva a uneltit pe la spatele tău.

— Nu cred asta. Dar, Dumnezeule! E grozav că a primit postul, dacă vrea să lucreze la *SMP*... Dar ce naiba ne facem noi, la redacție?

— Am pus-o pe Malin redactor-șef temporar, cu începere de la numărul viitor.

— Malin?

— Dacă nu vrei tu să fii redactor-șef...

— Nu, la dracu'...

— Așa am crezut și eu. Prin urmare, Malin va fi redactor-șef.

— Și cine va fi secretar de redacție?

— Henry Cortez. E la noi de patru ani și nu se mai poate spune că e un începător.

Mikael cântări propunerile.

— Am și eu vreun cuvânt de spus? întrebă el.

— Păi... zise Christer Malm.

Mikael râse sec:

— OK. Rămâne cum ați hotărât. Malin e curajoasă, dar încă nesigură. Henry are obiceiul să tragă cam des la întâmplare, dar n-o să-l scăpăm din ochi.

— Așa vom face.

Mikael rămase tăcut. Se gândea că va fi teribil de pustiu fără Erika și nu era sigur ce se va întâmpla cu revista.

— Trebuie să sun acasă la Erika, să...

— Nu cred că e nevoie.

— Cum așa?

— A rămas să doarmă la redacție. Du-te și trezește-o.

Mikael o găsi pe Erika dormind adânc pe canapeaua din odaia ei de lucru. Își petrecuse noaptea golind rafturile și biroul de lucrurile personale și de hârtiile pe care voia să le păstreze. Umpluse cinci cutii mari de carton. Mikael o privi un lung moment din pragul ușii, înainte să intre și să se așeze pe marginea canapelei, trezind-o.

— De ce, pentru numele lui Dumnezeu, nu ai venit la mine să dormi, dacă era neapărat nevoie să-ți petreci noaptea la slujbă? spuse el.

— Hei, Mikael, răspunse ea.

— Christer mi-a povestit.

Erika încercă să spună ceva, însă el se aplecă, sărutând-o pe obraz.

— Ești furios?

— Foarte! spuse el pe un ton tăios.

— Îmi pare rău. Pur și simplu, n-am putut refuza o asemenea propunere. Însă nu mi se pare drept, am impresia că vă las în rahat, pe tine și pe ceilalți de la *Millennium*, într-un moment foarte dificil.

— Nu sunt cea mai potrivită persoană să te critic pentru că părăsești corabia. Acum doi ani, și eu am plecat și v-am lăsat în rahat într-o situație care era substanțial mai dificilă ca acum.

— Sunt două situații complet diferite. Tu ai luat o pauză. Eu termin de tot și am ascuns asta. Îmi pare rău.

Mikael rămase tăcut o vreme. Apoi schiță un zâmbet:

— Când vine ceasul, vine. *A woman's gotta do what a woman's gotta do and all that crap*[5].

Erika surâse. Erau cuvintele pe care le folosise ea atunci când Mikael plecase la Hedeby. El întinse mâna, ciufulindu-i prietenește părul.

— Înțeleg că nu mai vrei să lucrezi în balamucul ăsta, dar să-ți dorești să fii șef în cel mai scorțos ziar de bătrânei din Suedia, asta o să-mi ia ceva vreme s-o rumeg.

— Sunt multe femei care lucrează acolo.

— Aiurea. Uită-te la editoriale. Sunt de pe vremea lui Pazvante. Trebuie să fii complet masochistă. Hai să bem o cafea!

Erika se ridică în capul oaselor.

— Trebuie să știu ce s-a întâmplat azi-noapte la Göteborg.

— Sunt pe cale să scriu povestea, spuse Mikael. Dar se va declanșa războiul când o vom publica.

— Nu noi. *Voi.*

— Știu. O vom publica la momentul procesului. Dar presupun că nu vei lua acest *story* cu tine la *SMP*. De fapt, vreau să scrii o pastilă despre povestea lui Zalachenko, înainte să pleci de la *Millennium.*

— Micke, eu…

---

[5] (În engl. în orig.) O femeie trebuie să facă ce trebuie să facă o femeie, și așa mai departe.

— Ultimul tău editorial. Îl vei scrie când vei avea chef. Probabil că nu va fi publicat înainte de proces, când va fi asta.

— Poate că nu-i o idee prea bună. Despre ce trebuie să trateze?

— Morală, spuse Mikael Blomkvist. Despre faptul că unul dintre colaboratorii noştri a fost ucis pentru că statul nu şi-a făcut datoria acum cincisprezece ani.

Nu trebuia să-i explice mai mult. Erika Berger ştia exact ce fel de articol dorea el. Cântări lucrurile un scurt moment. Fusese de fapt căpitanul vasului atunci când Dag Svensson a fost ucis. Se simţi dintr-odată mult mai bine dispusă.

— OK, spuse ea. Ultimul editorial.

4

Sâmbătă 9 aprilie — duminică 10 aprilie

Sâmbătă la ora unu, procuroarea Martina Fransson din Södertälje își terminase deliberarea. Cimitirul din pădurea de la Nykvarn era o ciorbă blestemată și secția de criminalistică acumulase o grămadă de ore suplimentare, începând cu miercurea când Paolo Roberto avusese meciul de box cu Ronald Niedermann, în magazia de lemne de acolo. Era vorba de cel puțin trei persoane asasinate care fuseseră îngropate în apropiere, de o răpire cu vătămare și rănire gravă a prietenei lui Lisbeth Salander, Miriam Wu, și, pentru a încheia, de un incendiu provocat. Legat de Nykvarn mai era și incidentul din Stallarholmen, care ținea de competența unei alte secții de poliție, dar în care Carl Magnus Lundin, de la clubul de motocicliști din Svavelsjö, jucase un rol principal. Pentru moment, acesta zăcea la spitalul din Södertälje, cu piciorul în ghips și o placă de metal în falcă. Și oricum, aceste infracțiuni cădeau sub autoritatea poliției departamentale, ceea ce însemna că cei de la Stockholm vor avea ultimul cuvânt de spus.

În timpul zilei de vineri, fuseseră lansate ordine de arestare. Cu siguranță, Lundin avea legături cu cele petrecute la Nykvarn. Cu puțină întârziere se stabilise că magazia era proprietatea firmei Medimport, care la rândul ei aparținea unei anume Anneli Karlsson, în vârstă de 52 de ani și stabilită la Puerto Banus, în Spania. Aceasta era verișoară cu Magge Lundin, nu avea cazier și în acest context părea să joace rolul de om de paie.

Martina Fransson închise dosarul cu cercetările preliminare. Erau încă în faza de început și aveau să fie completate cu mai multe sute de pagini, înainte de a veni vremea pentru proces. Însă, chiar de acum, Martina Fransson trebuia să decidă asupra unora dintre chestiuni. Se uită la colegii din poliție:

— Avem destul de mult material ca să deschidem acțiune judiciară împotriva lui Lundin, pentru complicitate în răpirea lui Miriam Wu. Paolo Roberto l-a identificat ca fiind bărbatul care conducea duba. Am să-l arestez și pentru probabilă complicitate la incendiere. Așteptăm acuzația de complicitate la omorârea celor trei persoane care au fost dezgropate pe terenul de acolo, cel puțin până ce acestea vor fi identificate.

Polițiștii făcură semne de încuviințare. Era hotărârea la care se așteptaseră.

— Ce facem cu Sonny Nieminen?

Martina Fransson răsfoi documentarea despre Nieminen de pe masă.

— Este un domn cu o listă de merite impozantă. Jaf, deținere ilegală de arme, lovire, lovire gravă, omucidere și delicte legate de comerțul cu droguri. A fost prins împreună cu Lundin, la Stallarholmen. Sunt absolut convinsă că este amestecat — ar fi neverosimil să nu fie. Dar problema este că nu avem nicio probă împotriva lui.

— El spune că nu a fost niciodată în magazia din Nykvarn și că doar l-a însoțit pe Lundin într-o plimbare cu motocicletele, spuse inspectorul criminalist care fusese însărcinat cu cazul din Stallarholmen din partea poliției din Södertälje. Afirmă că nu știa nimic despre treburile lui Lundin de la Stallarholmen.

Martina Fransson se întrebă dacă exista vreo posibilitate să-i paseze mai departe afacerea procurorului Richard Ekström, de la Stockholm.

— Nieminen refuză să spună ce s-a petrecut, dar neagă cu tărie că a participat la vreo infracțiune, continuă inspectorul criminalist.

— Nu, mai curând pare că el și Lundin au fost victime la Stallarholmen, spuse Martina Fransson, bătând enervată cu degetele în tăblia mesei. Lisbeth Salander, adăugă ea cu evidentă îndoială în glas. Prin urmare, vorbim despre o fetișcană care arată de parcă abia ar fi intrat în pubertate, are 1,50 înălțime și e greu de crezut că posedă forța necesară ca să le țină piept lui Nieminen și lui Lundin.

— Dacă n-a fost înarmată. Cu un pistol, putea să compenseze o bună parte din fizicul ei firav.

— Dar nu se potrivește cu reconstruirea evenimentelor.

— Nu. A folosit gaz paralizant și l-a lovit pe Lundin între picioare cu o asemenea violență, că i-a zdrobit un testicul, ca să nu mai vorbim despre maxilar. Împușcătura în picior pare să fi venit după lovituri. Dar mi-e greu să cred că era înarmată.

— Laboratorul a identificat arma cu care s-a tras asupra lui Lundin. Este un P-38 Wanad polonez, cu muniție Makarov. A fost găsit la Gosseberga, lângă Göteborg și are pe el amprentele lui Lisbeth Salander. Putem presupune că a luat pistolul cu ea, la Gosseberga.

— Da. Dar numărul seriei arată că arma a fost furată acum patru ani, la un jaf petrecut într-un magazin de arme din Örebro. Hoțul a fost prins imediat, dar reușise să vândă armele. Era un talent local, avea probleme cu drogurile și avea cunoștințe în cercul din jurul clubului motocicliștilor din Svavelsjö. Aș plasa mult mai bine pistolul fie la Lundin, fie la Nieminen.

— S-ar putea ca Lundin să fi avut pistolul și Salander să-l fi dezarmat, timp în care să fi pornit glonțul care l-a nimerit pe acesta în picior. Vreau să spun că intenția n-a fost în niciun caz să-l omoare, de vreme ce mai este în viață.

— Sau l-a împușcat în picior din sadism, ce pot să știu! Dar cum i-a venit de hac lui Nieminen? Acesta nu are nicio rană aparentă.

— De fapt, are o rană. Are două arsuri mici pe piept.

— Și?

— Probabil, un pistol electric.

— Prin urmare, Salander avea asupra ei o armă electrică, gaz paralizant și un pistol. Cât cântăresc toate astea? Nu, sunt absolut sigură că Lundin sau Nieminen avea cu el arma și că Salander a luat-o de la aceștia. Nu putem ști exact cum s-au petrecut lucrurile atunci când a fost împușcat Lundin, până când unul dintre cei implicați nu începe să vorbească.

— OK.

— Dar, pentru moment, situația stă așa: Lundin e la arest preventiv, din motivele pe care le-am amintit mai devreme. Iar împotriva lui Nieminen nu avem nimic. Prin urmare, mă gândesc să-l pun în libertate în după-amiaza asta.

Sonny Nieminen era într-o dispoziție mizerabilă atunci când a părăsit celula de la sediul poliției din Södertälje. Avea gura așa de uscată, încât prima oprire a fost la un debit de tutun, unde a cumpărat un pepsi pe care l-a dat imediat peste cap. A mai cumpărat și un pachet de Lucky Strike și o cutie de tutun de mestecat Göteborgs Rape. Și-a deschis telefonul mobil și a verificat bateria, înainte de a forma numărul lui Hans-Åke Waltari, 33 de ani și *Sergent at Arms* la Svavelsjö MC*, numărul trei în ierarhia internă a clubului. A auzit patru semnale, înainte ca Waltari să răspundă.

— Nieminen. Am ieșit.

— Felicitări.

— Unde ești?

— Nyköping.

— Și ce dracu' faci la Nyköping?

— Când tu și Magge ați fost arestați, am luat hotărârea să o lăsăm mai moale, până ce vom ști mai bine cum stau lucrurile.

— Acum știi. Unde sunt ceilalți?

Hans-Åke Waltari i-a explicat unde era fiecare dintre cei cinci membri ai clubului din Svavelsjö. Explicația nu-l făcu pe Nieminen nici mai calm, nici mai mulțumit.

— Și cine dracu' are grijă de prăvălie, în vreme ce voi vă ascundeți ca babele?

— Nu-i corect. Tu și cu Magge ați plecat pentru nu știu ce rahat de afacere, despre care noi n-aveam idee, brusc ați fost implicați într-un schimb de focuri cu afurisita aia de curvă urmărită și Magge e împușcat, iar tu ești arestat. Pe urmă, polițiștii dezgroapă cadavre în depozitul nostru din Nykvarn.

— Și?

— Și am început să ne punem întrebări dacă nu cumva tu și Magge ne-ați ascuns ceva.

---

* MotoClub — Clubul de motocicliști . (N.red.)

— Și ce dracu' ar putea să fie? Noi aducem de lucru la firmă!

— Dar n-am auzit nicio vorbă că depozitul ar fi și cimitir. Ale cui sunt cadavrele?

Sonny Nieminen avea o replică acră pe limbă, dar se stăpâni. Hans-Åke Waltari era un dobitoc, dar situația nu era propice pentru a porni un scandal. Acum trebuia să-și consolideze forțele. După ce negase totul în cinci interogatorii, nu era un lucru deosebit de inteligent să trâmbițeze la telefon că el avea de fapt cunoștințe în materie, la două sute de metri de sediul poliției.

— Lasă dracului cadavrele, spuse el. N-am nicio idee. Dar Magge e în rahat. O să stea la pârnaie o vreme și în lipsa lui eu sunt șef.

— OK. Ce se întâmplă acum? întrebă Waltari.

— Cine vede de proprietate dacă v-ați băgat toți sub pământ?

— A rămas pe poziții Benny Karlsson. Poliția a făcut percheziție chiar în ziua în care v-au arestat. N-au găsit nimic.

— Benny K, izbucni Nieminen. Benny K. este, fir-ar al dracului, un mucos de începător!

— Liniștește-te. Are compania blondului cu care obișnuiați să vă întâlniți, tu și Magge.

Sonny Nieminen simți cum îngheață dintr-odată. Se uită grăbit în jur, depărtându-se câțiva metri de ușa debitului de tutun.

— Ce-ai spus? întrebă cu voce scăzută.

— Tipul ăla blond cu care vă întâlneați tu și cu Magge a apărut și voia să-l ajutăm să-și găsească o ascunzătoare.

— Pe toți dracii, Waltari, e căutat în toată nenorocita asta de Suedie, fiindc-a omorât un polițai!

— Da... De-aia voia să se ascundă. Și noi ce-ar fi trebuit să facem? Doar e amicul tău și-al lui Magge!

Nieminen închise ochii preț de zece secunde. Ronald Niedermann furnizase clubului din Svavelsjö grămezi de tranzacții care le aduseseră câștiguri foarte bune, timp de mulți ani. Dar nu era în niciun caz un prieten. Era un escroc notoriu și un psihopat, în plus un psihopat pe care-l vâna poliția cu aruncătoarele de flăcări. Sonny Nieminen nu se încredea o secundă în Ronald Niedermann. Cel mai bun lucru ar fi fost să fie găsit cu un glonț în țeastă. Atunci poliția s-ar fi potolit.

— Și ce-ați făcut cu el?

— Benny K. are grijă de el. L-a dus la Viktor.

Viktor Göransson era casierul și expertul financiar al clubului și locuia foarte aproape de Järna. Göransson făcuse liceul de științe economice și își începuse cariera în calitate de consultant financiar al unui sârb, mare proprietar de restaurante, înainte ca banda acestuia să intre la pușcărie pentru fraude economice. Îl întâlnise pe Magge Lundin la Kumla[6], la începutul anilor '90. Era singurul de la Svavelsjö MC care purta costum și cravată.

— Waltari, urcă în mașină și vino la Södertälje. Caută-mă în fața gării, peste patruzeci și cinci de minute.

— Aha! De ce ești așa de grăbit?

— Pentru că trebuie să luăm situația în mâini cât de repede posibil.

Hans-Åke Waltari îl privea pe furiș pe Sonny Nieminen, care nu scotea un cuvânt, în vreme ce mergeau cu mașina spre Svavelsjö. Spre deosebire de Magge Lundin, Nieminen nu fusese niciodată o companie plă-

[6] Kumla – una dintre cele mai cunoscute închisori din Suedia.

cută. Era chipeș și părea molatic, dar era un individ periculos care se aprindea ușor, mai ales dacă băuse. Pentru moment, părea treaz, dar pentru Waltari viitorul era incert, cu un șef ca Nieminen. Magge știuse întotdeauna să-l facă pe Nieminen să se calmeze. Acum se întreba cum va arăta viitorul, cu Nieminen ca președinte temporar al clubului.

Benny K. nu se afla în local. Nieminen a încercat de două ori să-l sune pe mobil, dar n-a primit răspuns.

Au mers la ferma lui Nieminen, aflată cam la un kilometru de localul clubului. Poliția făcuse percheziție și acolo, dar nu găsise nimic relevant pentru ancheta legată de Nykvarn. El se găsea acum în libertate, tocmai pentru că nu se descoperise nimic care să-l lege de vreun act criminal.

A făcut un duș și s-a schimbat, în vreme ce Waltari îl aștepta răbdător în bucătărie. Pe urmă, au mers pe jos cam 150 de metri în pădurea din spatele casei lui Nieminen și au dat la o parte stratul de pământ care acoperea o ladă îngropată nu foarte adânc, în care se aflau șase arme, printre care un AK5, o cantitate destul de mare de muniție și mai mult de două kilograme de exploziv. Era mica provizie de armament a lui Nieminen. Două dintre armele din ladă erau Wanad P-83 poloneze. Făceau parte din același stoc ca și arma pe care Lisbeth Salander o luase de la Nieminen, la Stallarholmen.

Nieminen refuză să se mai gândească la Lisbeth Salander. Era un subiect neplăcut. În celula de la sediul poliției din Södertälje, își derulase în minte iar și iar scena, cum sosiseră el și Magge Lundin la casa de vacanță a avocatului Nils Bjurman și o găsiseră în curte pe Lisbeth Salander.

Evenimentele luaseră o turnură cu totul neașteptată. Se duseseră acolo ca să incendieze blestemata aia de casă de vacanță. Urmaseră instrucțiunile cretinului ăluia blond. Și se împiedicaseră de afurisita de Salander — singură, 1,50 înălțime și slabă ca bățul. Nieminen se întreba câte kilograme cântărea ea de fapt. Pe urmă, totul mersese aiurea și se transformase într-o orgie de violență, la care niciunul dintre ei doi nu se așteptase.

Din punct de vedere strict tehnic, putea explica succesiunea evenimentelor. Salander avusese un spray cu gaz lacrimogen pe care îl golise în fața lui Magge Lundin. Magge ar fi trebuit să fie pregătit, dar nu fusese. Îl lovise de două ori și nu e nevoie de prea multă forță musculară pentru a sparge falca cuiva. Îl luase pe nepregătite. Se putea explica.

Dar, după aceea, trecuse la el, la Nieminen — bărbați bine făcuți și antrenați se gândeau de două ori, înainte de a se apropia de el. Fata se mișca iute. El se chinuise să-și scoată arma. Ea îl trântise la pământ cu o ușurință umilitoare, ca și cum ar fi alungat o muscă. Avea un pistol electric. Avea...

Când s-a trezit, nu-și amintea aproape nimic, Magge Lundin era împușcat în picior și sosise poliția. După un șir de tratative între poliția din Strängnäs și cea din Södertälje, ajunseseră în pușcărie la Södertälje. Iar ea furase Harley-Davidson-ul lui Magge Lundin. Tăiase emblema clubului Svavelsjö de pe geaca lui de piele — un simbol care făcea lumea să se dea la o parte la coada de la cârciumă și care îi conferea un statut pe care un Svensson[7] obișnuit nici nu-l putea pricepe. Îl umilise.

Sonny Nieminen se simți brusc clocotind pe dinăuntru. Tăcuse la toate interogatoriile poliției. Niciodată nu va putea povesti ce se întâmplase la Stallarholmen. Până

---

[7] Cel mai comun nume de familie suedez.

în acel moment, Lisbeth Salander nu însemnase nimic pentru el. Era un mic proiect suplimentar, de care se ocupa Magge Lundin — din nou, la însărcinarea blestematului de Niedermann. Acum, o ura cu o pasiune care-l uimea. Obișnuia să fie rece și să analizeze situațiile și știa că va avea ocazia cândva, în viitor, să se răzbune și să șteargă pata rușinoasă. Mai întâi însă, trebuia să facă ordine în haosul pe care Salander și Niedermann împreună îl provocaseră la clubul Svavelsjö.

Nieminen scoase amândouă pistoalele poloneze rămase, le încărcă și pe unul dintre ele i-l dădu lui Waltari.

— Avem vreun plan?

— Vom merge să stăm puțin de vorbă cu Niedermann. Nu este unul dintre noi și nu a mai fost prins de poliție până acum. Nu știu cum va reacționa când va fi arestat, dar dacă vorbește, poate să ne bage pe toți în bucluc. Și-atunci intrăm la pârnaie cât ai zice pește.

— Vrei să spui că trebuie să...

Nieminen se decisese deja că Niedermann trebuia să dispară, dar își dădu seama că nu era momentul să-l sperie pe Waltari, înainte de a ajunge la fața locului.

— Nu știu. Dar va trebui sondăm terenul. Dacă are vreun un plan și poate dispărea repede, peste graniță, poate îl ajutăm s-o facă. Însă atâta vreme cât riscă să fie arestat de poliție, este o amenințare pentru noi.

Ferma lui Viktor Göransson de lângă Järna era cufundată în întuneric, atunci când Nieminen și Waltari au ajuns, la apusul soarelui. Chiar și acest lucru părea îngrijorător. Au rămas în mașină o vreme, așteptând.

— Poate că sunt plecați, sugeră Waltari.

— Sigur. A ieșit la cârciumă, cu Niedermann, spuse Nieminen, deschizând portiera.

Ușa de la intrare nu era încuiată. Nieminen a aprins plafoniera. Au trecut din odaie în odaie. Era ordine și curățenie, ceea ce se datora femeii, cum naiba o chema, cu care locuia Göransson.

I-au găsit pe Viktor Göransson și pe concubina lui în pivniță, aruncați într-o vană.

Nieminen s-a aplecat, cercetând cadavrele. A întins un deget, atingând femeia al cărei nume nu și-l putea aminti. Era rece și țeapănă. Însemna că muriseră poate de 24 de ore.

Nieminen nu avea nevoie de niciun raport al medicului legist ca să-și dea seama cum murise femeia. Grumazul îi fusese rupt, așa încât capul fusese răsucit cu 180 de grade. Era complet îmbrăcată, cu un pulover și jeanși și, după câte putea Nieminen să vadă, nu avea și alte răni.

Viktor Göransson era însă doar în izmene. Fusese bătut zdravăn, avea vânătăi și răni pe tot corpul. Amândouă brațele îi fuseseră rupte și oasele împungeau în toate părțile, ca niște crengi. Fusese supus unui tratament dur și îndelungat, care putea fi calificat drept tortură. În cele din urmă fusese ucis cu o lovitură puternică în gât, după câte putea judeca Nieminen, și laringele era afundat adânc în grumaz.

Sonny Nieminen se ridică, o luă în sus pe scară și ieși afară, în curte. Waltari îl urmă. Nieminen traversă curtea și merse la grajd, cinzeci de metri mai departe. Ridică zăvorul și deschise ușa.

Găsi acolo un Renault albastru-închis, model 1991.

— Ce mașină avea Göransson? întrebă el.

— Conduce un Saab.

Nieminen dădu din cap. Pescui cheile din buzunarul hainei și deschise o ușă, în fundul grajdului. Fu nevoie să arunce doar o privire, ca să înțeleagă că sosise prea târziu. Ușa grea a unui dulap pentru arme era deschisă.

Nieminen făcu o grimasă.

— Mai mult de 800 000 de coroane, spuse el.

— Ce? întrebă Waltari.

— Mai mult de 800 000 de coroane avea Svavelsjö MC în dulapul ăsta. Banii noștri.

Trei persoane fuseseră la curent cu locul unde păstra clubul banii, în așteptarea unor investiții și a spălării lor. Viktor Göransson, Magge Lundin și Sonny Nieminen. Niedermann se ascundea. Și avea nevoie de bani lichizi. Știa că Göransson avea grijă de finanțe.

Nieminen închise la loc ușa și ieși cu pași lenți din grajd. Gândea intens, încercând să aibă o vedere de ansamblu asupra situației dezastruoase. O parte din fondurile clubului se aflau sub formă de acțiuni, unele la care el însuși avea acces și altele la care se putea ajunge cu ajutorul lui Magge Lundin. Dar o mare parte din plasamente se aflau doar în creierul lui Göransson, în afară de cazul că i-a dat instrucțiuni clare lui Magge Lundin. Lucru asupra căruia Nieminen avea îndoieli — Magge nu fusese niciodată un pasionat de chestiuni economice. Nieminen estima că Svavelsjö MC pierduse aproximativ 60% din fonduri, odată cu moartea lui Göransson. Era o lovitură teribilă. În primul rând, aveau nevoie de bani lichizi, ca să facă față cheltuielilor zilnice.

— Ce facem acum? întrebă Waltari.

— Acum ne ducem și anunțăm poliția despre cele întâmplate.

— Poliția?

— Da, fir-ar a dracului de treabă. Amprentele mele se află în casă. Vreau ca Göransson și curva lui să fie găsiți cât mai repede, așa încât legiștii să stabilească data morții lor în perioada în care eu eram arestat.

— Înțeleg.

— Bravo. Caută-l pe Benny K. Vreau să vorbesc cu el. Dacă mai e în viață, adică. Și pe urmă o să-l căutăm cum trebuie pe Ronald Niedermann. Fiecare contact pe care îl avem în cluburile de motocicliști din tot Nordul o să fie cu ochii în patru după el. Vreau să am capul nemernicului pe o farfurie. Probabil că se deplasează cu Saabul lui Göransson. Caută numărul de înmatriculare.

Când Lisbeth Salander s-a trezit, era ora două, în după-amiaza zilei de sâmbătă și tocmai o examina un doctor.

— Bună ziua, spuse el. Mă numesc Benny Svantesson și sunt medic. Ai dureri?

— Da, spuse Lisbeth Salander.

— Vei primi imediat calmante. Dar, mai întâi, vreau să te examinez.

Îi pipăi și îi apăsă trupul care o durea peste tot. Lisbeth începu să se enerveze, înainte ca el să termine, dar hotărî că se simțea prea istovită și că era mai bine să-și țină gura, în loc să inaugureze șederea la Sahlgrenska printr-un scandal.

— Cum sunt? întrebă ea.

— O să fie bine, spuse medicul, făcând câteva însemnări, înainte să se ridice.

Ceea ce nu era prea grozav ca informație.

După plecarea lui, veni o soră și îi aduse o ploscă. Apoi, a fost lăsată să doarmă din nou.

Alexander Zalachenko, alias Karl Axel Bodin, tocmai lua prânzul compus din hrană lichidă. Chiar și cele mai mici mișcări ale mușchilor feței îi provocau dureri violente în maxilar și în pomeți, iar să mestece, nici nu putea fi vorba. În timpul operației din noaptea trecută, i se plasaseră două șuruburi de titan în falcă.

Durerea însă nu era așa de mare, ca să n-o poată suporta. Zalachenko era obișnuit cu durerea. Nimic nu se putea compara cu cea pe care o trăise timp de săptămâni și luni în șir, în urmă cu cincisprezece ani, după ce arsese ca o făclie în automobil, pe Lundagatan. Îngrijirile care au urmat nu au fost decât un lung maraton de chinuri.

Doctorii îl considerau în afara de orice pericol, însă era serios rănit și, având în vedere vârsta, trebuia să rămână la secția de terapie intensivă încă vreo două zile.

În timpul zilei de sâmbătă, a primit patru vizite.

La ora zece, s-a întors inspectorul criminalist Erlander. De data aceasta, Erlander o lăsase acasă pe colțoasa de Sonja Modig și era însoțit în schimb de un alt inspector criminalist, mult mai simpatic, Jerker Holmberg. I-au pus cam aceleași întrebări despre Ronald Niedermann ca în seara precedentă. El își avea discursul pregătit și n-a făcut nicio greșeală. Când au început să-l preseze cu întrebări despre eventualul lui amestec în traficul de carne vie și alte activități criminale, a negat din nou că ar fi avut știință despre acestea. Era un pensionar bolnav și nu știa despre ce vorbeau. A dat toată vina pe Ronald Niedermann și s-a oferit să-i ajute în toate felurile, pentru a-l localiza pe ucigașul fugar.

În schimb, nu știa, desigur, cât de mult ajutor practic ar putea să le dea. Nu avea nicio idee despre cercurile în care se învârtea Niedermann și la cine ar fi putut căuta adăpost.

La ora unsprezece, primise o scurtă vizită a unui reprezentant al procuraturii, care îi comunicase oficial că este bănuit de complicitate la maltratare și rănire gravă, respectiv tentativă de omor asupra lui Lisbeth Salander. Zalachenko răspunsese prin a-i explica răbdător că el era victima și că, de fapt, Lisbeth Salander fusese cea care încercase să-l ucidă. Procuratura îi oferea ajutor juridic sub forma unui avocat din oficiu. Zalachenko a spus că se va gândi la propunere.

Ceea ce nu avea de gând să facă. Avea deja un avocat și prima lui acțiune în dimineața aceea fusese să-i telefoneze și să-i ceară să vină la el cât mai repede. Martin Thomasson a fost, prin urmare, cel de-al treilea vizitator la patul bolnavului. Acesta a intrat cu o mină relaxată, și-a trecut mâna prin părul blond, și-a potrivit ochelarii și a dat mâna cu clientul său. Era grăsuț și șarmant. Desigur, fusese bănuit că lucrase pentru mafia iugoslavă, ceea ce mai era încă subiectul unei anchete, dar avea, de asemenea, faima că își câștiga toate procesele.

Zalachenko ajunsese la Thomasson printr-un tovarăș de afaceri, în urmă cu cinci ani, când avusese nevoie să-și restructureze anumite fonduri legate de o firmă din Liechtenstein, al cărei proprietar era. Nu erau sume exorbitante, însă Thomasson acționase excepțional și Zalachenko economisise o sumă frumoasă de la plata impozitelor. După aceea, Zalachenko îl mai folosise în câteva ocazii. Thomasson înțelegea că banii proveneau din activități criminale, ceea ce nu păruse să-l îngrijoreze. În cele din urmă, Zalachenko hotărâse ca întreaga activitate să fie reorganizată într-o nouă firmă, care era proprietatea lui și a lui Niedermann. Se adresase lui Thomasson cu propunerea ca avocatul să intre ca al treilea partener și să se ocupe de partea financiară. Thomasson acceptase imediat.

— Aha, domnule Bodin, nu pare să vă meargă prea bine.

— Am fost victima unor maltratări grave și a unei tentative de omor, spuse Zalachenko.

— Văd. O anume Lisbeth Salander, dacă am înțeles exact.

Zalachenko spuse cu voce scăzută:

— Partenerul nostru, Niedermann, s-a vârât în bucluc, după cum probabil că ai înțeles.

— Am înțeles.

— Poliția bănuiește că sunt amestecat și eu.

— Ceea ce, de bună seamă, nu este adevărat. Sunteți o victimă și e important ca această imagine să fie imediat bine reflectată în presă. Domnișoara Salander a avut deja parte de publicitate negativă... Mă ocup eu de asta.

— Mulțumesc.

— Dar trebuie să spun de la început, dreptul penal nu este specialitatea mea. Voi avea nevoie de un ajutor. Am să găsesc un avocat în care să puteți avea încredere.

Cel de-al patrulea vizitator al zilei a sosit la ora unsprezece seara și a reușit să treacă de infirmiere, arătându-și legitimația și spunând că are o misiune urgentă. A fost condus în camera lui Zalachenko. Pacientul mai era încă treaz și medita.

— Numele meu este Jonas Sandberg, l-a salutat vizitatorul, întinzând o mână pe care Zalachenko a ignorat-o.

Era un bărbat de vreo 35 de ani. Avea părul de culoare deschisă și era îmbrăcat lejer, într-o pereche de jeanși, cămașă în pătrățele și scurtă de piele. Zalachenko l-a cercetat în tăcere vreo 15 secunde.

— Chiar mă întrebam când o să-și facă apariția unul dintre voi.

— Lucrez la Säpo, spuse Jonas Sandberg, arătându-și legitimația.

— Nu cred, replică Zalachenko.

— Scuzați-mă?

— Poate ești angajat la Säpo, dar nu lucrezi pentru ei.

Jonas Sandberg rămase tăcut un scurt moment, privind în jur, prin cameră. Își trase un scaun.

— Vin așa de târziu, pentru că n-am vrut să atrag atenția. Am discutat cum putem să te ajutăm și trebuie să punem la punct ceea ce se poate întâmpla. Pur și simplu, sunt aici ca să-ți aud versiunea și să-ți înțeleg intențiile, astfel încât să putem elabora o strategie comună.

— Și cum te-ai gândit că ar putea arăta strategia asta?

Jonas Sandberg îl cercetă gânditor pe omul din patul de spital. În cele din urmă, își depărtă mâinile:

— Domnule Zalachenko... Mi-e teamă că s-a pus în mișcare un proces ale cărui urmări negative sunt greu de prevăzut. Am discutat situația. Groapa de la Gosseberga și faptul că Salander a fost împușcată de trei ori sunt greu de explicat. Dar nu e pierdută orice speranță. Conflictul între dumneata și fiica dumitale poate explica frica față de ea și faptul că ai luat măsuri așa de dramatice. Mi-e teamă însă că va fi vorba de câteva luni petrecute la închisoare.

Zalachenko se simți dintr-odată înveselit și ar fi izbucnit în râs, dacă acest lucru nu ar fi fost cu totul imposibil, gândindu-se la starea în care era. A fost doar un freamăt slab al buzelor. Orice altceva îi provoca dureri prea violente.

— Prin urmare, aceasta este strategia noastră comună?

— Domnule Zalachenko. Știți ce înseamnă expresia „evaluare a pagubelor". Este necesar să ajungem la un acord. Vom face tot ce ne stă în puteri, ca să vă ajutăm cu un avocat și altele de felul acesta, dar avem nevoie de colaborarea dumneavoastră și de anumite garanții.

— Vei primi o garanție. Veți avea grijă ca toate astea să dispară.

Făcu un semn cu mâna.

— Niedermann este țapul ispășitor și garantez că el nu va putea fi găsit.

— Există probe tehnice, care...

— Mi se rupe de probele tehnice. Este vorba doar despre cum va fi făcută ancheta și cum vor fi prezentate faptele. Garanția mea este următoarea... Dacă nu faceți să dispară toate astea, atunci voi invita mass-media la o conferință de presă. Am nume, date, fapte. Doar nu e nevoie să-ți amintesc cine sunt.

— Nu înțelegeți...

— Înțeleg foarte bine. Ești băiatul de mingi. Transmite-i șefului tău ce ți-am spus. El o să înțeleagă. Spune-i că am copii după... tot. Pot să vă dau la fund.

— Trebuie să încercăm să ajungem la un acord.

— Această discuție s-a terminat. Acum, pleacă. Și spune-le ca data viitoare să-mi trimită un tip matur, cu care să pot vorbi.

Zalachenko întoarse capul, așa încât pierdu contactul vizual cu vizitatorul lui. Jonas Sandberg îl cercetă pe Zalachenko o clipă. Apoi, înălță din umeri și se ridică. Ajunsese aproape de ușă, când auzi din nou glasul lui Zalachenko:

— Încă un lucru.

Sandberg se întoarse.

— Salander...

— Ce e cu ea?

— Trebuie să dispară.

— Ce vreți să spuneți?

Sandberg păru pentru un moment așa de neliniștit, că Zalachenko zâmbi, cu toată durerea din maxilar.

— Înțeleg că voi, peștișorii sugari, sunteți prea sensibili ca s-o omorâți și că nu aveți resurse ca s-o faceți. Cine s-o facă... tu? Dar trebuie să dispară. Depoziția ei trebuie declarată nevalabilă. Trebuie băgată la balamuc pe viață.

Lisbeth Salander auzise pași trecând pe coridor, prin fața camerei ei. Nu putuse distinge numele lui Jonas Sandberg și nu mai auzise niciodată pașii aceștia.

Ușa ei rămăsese deschisă toată seara, în vreme ce sora o vizita cam din zece în zece minute. Îl auzise pe vizitator venind și explicându-i unei surori, chiar în fața ușii ei, că trebuie să-l întâlnească pe Karl Axel Bodin într-o chestiune urgentă. Își dăduse seama că se legitimase, dar nu fusese schimbat niciun cuvânt, care să-i dea vreun indiciu asupra numelui sau ce fel de legitimație avea.

Sora îl rugase să aștepte, în vreme ce va intra să verifice dacă domnul Karl Axel Bodin mai era treaz. Lisbeth Salander trăsese concluzia că legitimația trebuie să fi fost una convingătoare.

Și-a dat seama că sora a mers pe coridor la stânga și că a avut nevoie de 17 pași ca să ajungă la destinație, în vreme ce vizitatorul, curând după aceea, a avut nevoie doar de 14 pași, ca să străbată aceeași distanță. Aceasta da o medie de 15,5 pași. Aproximând lungimea pașilor la 60 cm și înmulțind cu 15,5, însemna că Zalachenko se afla într-o cameră la o distanță de 930 cm, pe culoar la stânga. OK, hai să spunem 10 m, ceea ce însemna că Zalachenko se afla la două uși distanță de ea.

După cifrele verzi ale ceasului digital de pe noptieră, vizita durase exact nouă minute.

Zalachenko rămase treaz multă vreme după ce Jonas Sandberg plecă. Își dăduse seama că nu era numele lui adevărat, pentru că spionii amatori suedezi, conform experienței lui, aveau o anume fixație în folosirea numelor conspirative, chiar atunci când nu era deloc necesar. În orice caz, Jonas (sau cum îl chema, de fapt) fusese prima indicație că Secția luase cunoștință despre situația lui. Ținând seamă de interesul mediatic, ar fi fost greu să n-o facă. Vizita era prin urmare o confirmare a faptului că situația constituia o sursă de neliniște. Ceea ce și trebuia.

Cântări avantajele și dezavantajele, alinie posibilitățile și înlătură alternativele. Își dădea seama că lucrurile merseseră total anapoda. Într-o lume ideală, ar fi trebuit ca el să se afle în casa sa din Gosseberga, Ronald Niedermann să fie în siguranță peste graniță și Lisbeth Salander să zacă într-o groapă, în pământ. Chiar dacă din punct de vedere rațional înțelegea ce se întâmplase, pentru nimic în lume nu putea pricepe cum reușise ea să iasă din mormânt, apoi să ajungă până la fermă și să-i distrugă existența cu două lovituri de topor. Avea resurse incredibile.

În schimb, înțelegea foarte bine ce se întâmplase cu Ronald Niedermann și de ce fugise, mort de frică, în loc s-o termine scurt cu Salander. Știa că ceva nu era în ordine în capul lui Niedermann, că acesta avea vedenii — credea în fantome. Nu o singură dată trebuise să intervină în ocazii în care Niedermann acționase irațional și se făcuse ghem de frică.

Acest lucru îl îngrijora pe Zalachenko. Era convins că, de vreme ce Niedermann nu fusese încă prins, acesta funcționase rațional în cele 24 de ore de după fuga din Gosseberga. Probabil se refugiase la Tallinn, unde putea căuta protecție printre contactele din imperiul criminal al lui Zalachenko. Ceea ce-l îngrijora era că nu putea să prevadă momentul când Niedermann se va bloca. Dacă se întâmpla în timp ce încerca să fugă, va face greșeli, și dacă va face greșeli, va fi prins. Nu se va preda de bunăvoie, ceea ce va însemna că vor muri polițiști și, probabil, va muri și Niedermann.

Acest gând îl întrista pe Zalachenko. Nu voia ca Niedermann să moară. Niedermann era fiul lui. Pe de altă parte, oricât de întristător ar fi fost, Niedermann nu trebuia prins viu. Niedermann nu fusese niciodată în pușcărie și Zalachenko nu putea să-și imagineze cum se va comporta acesta în situația unui interogatoriu. Bănuia că, din nefericire, Niedermann nu va putea să rămână tăcut. În consecință, ar fi fost un avantaj să fie împușcat de poliție. Avea să-și plângă fiul, însă alternativa era mult mai rea. Însemna că Zalachenko însuși își va petrece restul vieții în pușcărie.

Dar trecuseră 48 de ore de la fuga lui Niedermann și acesta încă nu fusese prins. Era bine. Însemna că Niedermann funcționa, și un Niedermann care funcționa era de neînvins. Pe termen lung, mai exista un motiv de neliniște. Se întreba cum se va descurca de unul singur Niedermann, fără ca tatăl lui să se afle acolo, ca să-l dirijeze în viață. De-a lungul anilor, observase că dacă înceta să-i dea instrucțiuni sau îi lăsa frâul prea liber, ca el însuși să ia decizii, acesta putea aluneca într-o stare apatică, de nehotărâre.

Zalachenko înțelegea încă o dată cât de grave erau aceste deficiențe. Ronald Niedermann era fără îndoială o ființă foarte inteligentă, având calități fizice care făceau din el un om de temut. În plus, era un organizator remarcabil și plin de sânge rece. Singura lui problemă era că pur și simplu îi lipsea instinctul de conducător. Avea tot timpul nevoie de cineva care să-i spună ce trebuie să facă.

Însă, pentru moment, toate acestea se aflau în afara controlului său. Acum era vorba de Zalachenko însuși. Situația lui era precară, poate mai precară decât fusese vreodată.

Nu considerase vizita lui Thomasson din timpul zilei ca deosebit de încurajatoare. Thomasson era și va rămâne un expert în legislația întreprinderilor și, oricât de eficient era în acest domeniu, nu era un ajutor foarte eficace în situația actuală.

Apoi, fusese vizita lui Jonas Sandberg. Sandberg constituia o frânghie de salvare mult mai rezistentă decât Thomasson. Dar frânghia putea, de asemenea, să se transforme în ștreang. Trebuia să-și joace bine cărțile și să preia controlul asupra situației. Controlul însemna totul.

Și, în fine, avea propriile resurse pe care se putea baza. Pentru moment, avea nevoie de îngrijire medicală. Dar peste câteva zile, poate o săptămână, va fi refăcut. Dacă lucrurile vor ajunge prea departe, s-ar putea să trebuiască să se bazeze doar pe sine însuși. Asta însemna că va trebui să dispară, chiar de sub nasul polițiștilor care se învârteau în jurul lui. S-ar putea să aibă nevoie de o ascunzătoare, de pașaport și de bani lichizi. Toate acestea putea să i le procure Thomasson. Mai întâi însă trebuia să fie destul de sănătos, ca să poată fugi.

La ora unu, sora de gardă a intrat la el. S-a prefăcut că doarme. După ce aceasta a închis ușa, s-a ridicat cu greu în capul oaselor, trecându-și apoi picioarele peste marginea patului. A rămas nemișcat un lung moment, testându-și simțul de echilibru. Apoi, a pus atent piciorul stâng pe podea. Spre norocul lui, lovitura de secure atinsese piciorul drept, deja distrus. S-a întins după proteza care se afla într-un dulap de lângă pat și a prins-o pe ciotul piciorului. Apoi, s-a ridicat în picioare. Și-a lăsat greutatea pe piciorul sănătos și a încercat să-l pună jos și pe cel drept. Când s-a lăsat pe el, o durere intensă l-a fulgerat.

A strâns din dinți și a făcut un pas. S-ar fi putut să aibă nevoie de cârje și era convins că spitalul n-o să întârzie să i le propună. S-a sprijinit de perete, începând să se târască spre ușă. I-a luat mai multe minute și a fost silit să se oprească după fiecare pas, ca să-și potolească durerea.

Odihnindu-se pe piciorul sănătos, a crăpat ușa și a cercetat coridorul. Nu vedea pe nimeni, și atunci a scos capul și mai mult. Auzea voci slabe la stânga și a întors capul. Încăperea în care se aflau surorile de gardă era cam la douăzeci de metri distanță, în partea cealaltă a coridorului.

A întors capul și spre dreapta și a văzut ieșirea, la capătul coridorului.

Mai devreme, în cursul zilei, întrebase despre starea lui Lisbeth Salander. La urma urmei, era tatăl ei. După câte se părea, surorile aveau instrucțiuni să nu discute starea pacienților. Una dintre ele spusese pe un ton neutru că starea acesteia era stabilă. Dar, fără să-și dea seama, aruncase o privire involuntară spre stânga coridorului.

Într-una din aceste camere, între a sa și a surorilor, se afla Lisbeth Salander.

Închise ușa cu grijă și se târî înapoi la pat, unde își scoase proteza. Era leoarcă de transpirație, când se strecură în cele din urmă sub cearșaf.

Inspectorul criminalist Jerker Holmberg s-a întors la Stockholm duminică, pe la vremea prânzului. Era obosit, flămând și se simțea slăbit. A luat metroul până la Rådhuset și pe urmă a mers pe jos, până la sediul poliției de pe Bergsgatan, urcând apoi în biroul inspectorului criminalist Jan Bublanski. Sonja Modig și Curt Svensson sosiseră deja. Bublanski convocase ședința în mijlocul zilei de duminică, pentru că știa că procurorul Richard Ekström avea treabă în altă parte.

— Mulțumesc că ați venit, spuse Bublanski. Cred că e timpul să avem o discuție calmă între noi, să încercăm să facem lumină în tot rahatul ăsta. Jerker, ai ceva nou de spus?

— Nimic, în afară de ce am comunicat la telefon. Zalachenko nu dă înapoi nici cu un milimetru. Se consideră complet nevinovat și n-are nimic de declarat. Doar că...

— Da?

— Ai avut dreptate, Sonja. E unul dintre indivizii cei mai siniștri pe care i-am întâlnit vreodată. Pare un pic ciudat s-o spun. Polițiștii nu judecă așa, dar dincolo de atitudinea lui calculată zace ceva ce-ți dă fiori.

— OK, își drese glasul Bublanski. Ce știm? Sonja?

Ea zâmbi slab.

— Detectivii particulari au câștigat runda asta. Nu pot să-l găsesc pe Zalachenko în niciun registru oficial, în schimb apare un Karl Axel Bodin, născut în 1939, la Uddevalla. Părinții lui au fost Marianne și Georg Bodin. Au existat în realitate, dar au murit într-un accident, în 1946. Karl Axel Bodin a crescut la un unchi stabilit în Norvegia. Prin urmare, nu există nicio informație despre el înainte de 1970, când a revenit în Suedia. Povestea lui Mikael Blomkvist, că acesta e un fost agent rus al Säpo care a cerut azil politic, pare imposibil de verificat, însă înclin să cred că are dreptate.

— Și asta ce înseamnă?

— Este evident faptul că i s-a dat o identitate falsă, ceea ce trebuie să se fi întâmplat cu buna știință a autorităților.

— Deci, Säpo?

— Blomkvist o afirmă. Dar eu nu știu cum s-au întâmplat exact lucrurile. Dacă este așa, ar însemna că au fost falsificate certificatul de naștere și alte documente, care apoi au fost plasate în registrele suedeze. Nu îndrăznesc să mă pronunț asupra legalității acestor fapte, depinde probabil de cel care a luat hotărârea. Dar, ca să se facă asemenea lucruri pe cale legală, trebuie luată o hotărâre la nivel guvernamental.

Tăcerea se așternu în biroul lui Bublanski, în vreme ce inspectorii de poliție cântăreau implicațiile.

— OK, spuse Bublanski. Suntem patru polițiști bătuți în cap. Dacă guvernul este amestecat, nu eu sunt cel care îl va chema la interogatoriu.

— Hmm, făcu Svensson. Asta ar putea eventual duce la o criză constituțională. În SUA, membrii guvernului pot fi chemați la interogatoriu într-un tribunal obișnuit. În Suedia, acest lucru trebuie să se facă prin Comisia Constituțională.

— Ceea ce ar trebui să facem este să-l întrebăm pe șef, spuse Jerker Holmberg.

— Care șef? întrebă Bublanski.

— Thorbjörn Fälldin[8]. El era pe-atunci prim-ministru.

— OK. Ne ducem unde o fi locuind el acum, și-l întrebăm pe fostul prim-ministru dacă a falsificat actele de identitate pentru un spion rus refugiat în Suedia. Nu cred că e o idee bună.

— Fälldin locuiește în Ås, în regiunea Härnösand. Eu sunt de acolo, la câțiva kilometri de el. Tatăl meu face parte din Partidul de Centru și-l cunoaște foarte bine. Și eu l-am întâlnit de câteva ori, pe vremea când eram copil, dar și ca adult. E un tip foarte deschis.

Trei inspectori de poliție îl priviră uluiți pe Jerker Holmberg.

— Îl cunoști pe Fälldin, spuse ezitând Bublanski.

Holmberg dădu din cap. Bublanski se strâmbă.

---

8 Prim-ministru centrist al guvernului tripartit de dreapta, între 1976–1978 și 1979–1981.

— Cinstit vorbind... spuse Holmberg. Ar rezolva un număr de probleme, dacă îl putem face pe fostul prim-ministru să vină cu o explicație, ca să știm în ce ne-am vârât. Pot să mă duc acolo, să vorbesc cu el. Și dacă nu vorbește, nu vorbește; dar, dacă vorbește, s-ar putea să economisim o grămadă de timp.

Bublanski cântări propunerea. Apoi, scutură capul, în semn de negație. Cu coada ochiului, îi văzu pe Sonja Modig și pe Curt Svensson făcând la fel.

— Holmberg... E bine că te oferi, dar cred că deocamdată lăsăm deoparte ideea asta. Înapoi, la cazul nostru... Sonja.

— După spusele lui Blomkvist, Zalachenko a venit aici în 1976. După câte înțeleg, există o singură persoană care i-ar fi putut da informația.

— Gunnar Björck, zise Curt Svensson.

— Nouă ce ne-a spus Björck? întrebă Jerker Holmberg.

— Nu cine știe ce. Spune că e secret profesional și că nu poate discuta nimic fără aprobare de la superiorii lui.

— Și cine sunt superiorii lui?

— Refuză să le dea numele.

— Și ce facem cu el?

— L-am reținut pentru cumpărare de servicii sexuale. Dispunem de o excelentă documentare, datorită lui Dag Svensson. Ekström a fost extrem de furios, însă deoarece eu am făcut cererea, riscă să aibă probleme dacă abandonează ancheta, spuse Curt Svensson.

— Aha, încălcarea legii care interzice cumpărarea de servicii sexuale. Asta poate să ducă la o amendă, presupun.

— Probabil. Dar l-am băgat în sistem și-l putem chema din nou la interogatoriu.

— Acum însă suntem în ograda celor de la Säpo. Ar putea provoca turbulențe.

— Problema e că nimic din ceea ce s-a întâmplat n-ar fi fost posibil fără amestecul Säpo. E posibil ca Zalachenko să fie cu adevărat un spion rus care a fugit și a primit azil politic. E, de asemenea, posibil ca el să fi lucrat pentru Säpo, ca expert și ca sursă, sau cum s-o fi numind și că existau motive pentru a-i procura o identitate falsă și anonimat. Dar se ridică trei probleme. În primul rând, este ancheta care s-a făcut în 1991 și care a dus la închiderea ilegală a lui Lisbeth Salander. În al doilea rând, activitatea lui Zalachenko, de atunci încoace, nu are nimic de-a face cu securitatea statului. Zalachenko este un gangster obișnuit și foarte probabil părtaș la mai multe asasinate și alte infracțiuni. Și, în al treilea rând, nu există nicio îndoială că Lisbeth Salander a fost împușcată și îngropată pe proprietatea lui, la Gosseberga.

— Apropo de asta, spuse Jerker Holmberg, aș dori foarte mult să citesc și eu faimoasa anchetă.

Bublanski se posomorî:

— Ekström a pus mâna pe ea vineri și când l-am rugat să mi-o dea înapoi, a spus că va face o copie, ceea ce n-a mai făcut. În loc de asta, mi-a dat telefon și mi-a spus că a vorbit cu procuratura și că există o problemă: conform acesteia, dacă raportul a fost clasat ca material secret, acesta nu poate să circule și nici să fie copiat. Procuratura a cerut toate copiile, până la elucidarea afacerii. Ceea ce înseamnă că și Sonja a fost obligată să dea înapoi copia pe care o avea.

— Prin urmare, nu mai avem raportul?

— Nu.

— La dracu', exclamă Holmberg. Nu e semn bun.

— Nu, spuse Bublanski. Dar, în primul rând, asta înseamnă că cineva acționează împotriva noastră și, în plus, că acționează rapid și eficient. Raportul acela a fost exact ce ne-a adus pe pista bună.

— Și atunci, va trebui să vedem cine acționează împotriva noastră, spuse Holmberg.

— Un moment, interveni Sonja Modig. Îl avem și pe Peter Teleborian. El a contribuit la anchetă, prin profilul pe care i l-a făcut lui Lisbeth Salander.

— Tocmai, zise Bublanski pe un ton supărat. Și ce a spus?

— Era foarte îngrijorat pentru securitatea ei și îi voia binele. Dar, după ce și-a spus lecția, a adăugat că fata este foarte periculoasă și că poate opune violență. O bună parte din raționamentul nostru s-a bazat pe afirmația lui.

— Și l-a ațâțat în mare măsură și pe Hans Faste, spuse Holmberg. Apropo de asta, avem noutăți despre el?

— Și-a luat concediu, răspunse Bublanski sec. Întrebarea e: ce facem mai departe?

Și-au petrecut următoarele două ore discutând posibilitățile. Singura decizie practică pe care au luat-o a fost că Sonja Modig urma să se întoarcă la Göteborg a doua zi, ca să vadă dacă Lisbeth Salander avea ceva de spus. Când, în cele din urmă, ședința s-a încheiat, Sonja Modig și Curt Svensson au plecat împreună spre parcare.

— Mă gândesc doar că… zise Curt Svensson și se opri.

— Da? întrebă Sonja Modig.

— Când am vorbit despre Teleborian, tu ai fost singura dintre noi care ai pus întrebări și ai venit cu obiecții.

— Aha.

— Da… deci. Un instinct bun.

Curt Svensson nu era cunoscut ca unul care să arunce cu laude în stânga și-n dreapta și, în definitiv, era prima dată când îi spunea Sonjei Modig ceva pozitiv sau încurajator. O lăsă lângă mașina ei, privindu-l uimită.

5
Duminică 10 aprilie

Mikael Blomkvist își petrecuse noaptea de sâmbătă spre duminică în pat cu Erika Berger. Nu făcuseră dragoste, doar stătuseră de vorbă. O mare parte din conversație fusese consacrată detaliilor din cazul Zalachenko. Aveau atâta încredere unul în altul, încât Mikael nu se lăsase o clipă împiedicat de faptul că Erika urma să lucreze la un ziar concurent. Iar Erika însăși nu avea nici cea mai mică intenție să-i fure subiectul. Era un subiect incendiar al revistei *Millennium* și dacă simțea ceva, era poate o doză de frustrare că nu va participa la numărul acela. Ar fi fost un mod plăcut de a-și încheia activitatea la revistă.

Au vorbit despre viitor și despre ce va implica noua situație. Erika era ferm hotărâtă să-și păstreze partea la *Millennium* și să rămână în consiliul de conducere. Totuși, amândoi înțelegeau că ea nu mai putea să participe la munca redacțională curentă.

— Dă-mi câțiva ani la *Balaur*... și cine știe? Poate mă întorc la *Millennium* când voi fi aproape de pensie, spuse ea.

Au discutat și relația lor atât de complicată. Nu voiau să schimbe nimic, dar firește că nu se vor mai putea întâlni așa de des ca până atunci. Avea să fie ca în anii '80, înainte de *Millennium*, când lucrau în locuri diferite.

— Va trebui pur și simplu să ne fixăm întâlnirile dinainte, a constatat Erika, schițând un zâmbet.

În dimineața zilei de duminică, și-au luat un rămas-bun grăbit, înainte ca Erika să se ducă la soțul ei, Greger Backman.

— Nu știu ce să spun, a zis Erika. Dar recunosc toate semnele că te afli în mijlocul unui *story* și că toate celelalte vin pe locul al doilea. Știi că te comporți ca un psihopat când lucrezi?

Mikael a zâmbit, îmbrățișând-o.

După plecarea ei, Mikael și-a petrecut dimineața sunând la spitalul Sahlgrenska și încercând să afle care era starea lui Lisbeth Salander. Nimeni nu voia să-i spună nimic, așa că, în cele din urmă, l-a sunat pe inspectorul criminalist Marcus Erlander, care s-a milostivit de el explicându-i că starea lui Lisbeth era satisfăcătoare, date fiind circumstanțele și că doctorii erau relativ optimiști. A întrebat dacă o putea vizita. Erlander i-a răspuns că prin hotărârea procuraturii Lisbeth Salander era în stare de arest și nu putea primi vizite, dar că, pentru moment, întrebarea rămânea teoretică. Starea ei era de așa natură, încât nici nu putuse fi interogată. Mikael a obținut promisiunea că Erlander îi va telefona, în caz că starea ei se va înrăutăți.

Când și-a verificat lista de apeluri pierdute de pe telefonul mobil, a văzut că avea 42 de apeluri și SMS-uri de la diferiți ziariști care încercaseră cu disperare să dea de el. Știrea că el era cel care o găsise pe Lisbeth și chemase salvarea, fiind, prin urmare, implicat în derularea evenimentelor, fusese în ultima zi obiectul unor speculații dramatice în mass-media.

Mikael a șters toate mesajele de la jurnaliști. Apoi, i-a telefonat surorii sale Annika Giannini, invitând-o să ia prânzul împreună.

După aceea, l-a sunat pe Dragan Armanski, director al firmei de pază Milton Security. Acesta se afla la locuința sa din Lidingö.

— Ai o capacitate deosebită de a face să apară titluri de-o șchioapă în ziare, spuse Armanski pe un ton sec.

— Scuză-mă că nu te-am sunat mai devreme, în cursul săptămânii. Am primit mesajul de la tine, dar nu am avut timp să...

— Avem în curs o anchetă proprie, la Milton. Și am înțeles de la Holger Palmgren că tu ai informații. Dar se pare că ne-ai luat-o cu câteva mile înainte.

Mikael șovăi un moment, neștiind prea bine cum să formuleze ce avea de spus.

— Pot avea încredere în tine? întrebă el.

Armanski păru uimit de întrebare:

— Din ce punct de vedere?

— Ești de partea lui Salander sau nu? Pot să mă bazez pe faptul că-i vrei binele?

— Sunt prietenul ei. Dar, așa cum știi, nu înseamnă neapărat că și ea este prietena mea.

— Știu. Dar ce te întrebam este dacă ești pregătit să te plasezi în colțul ringului de partea ei și să te bați cu dușmanii săi. Or să fie multe runde în lupta asta.

Armanski reflectă un moment.

— Sunt de partea ei, spuse în cele din urmă.

— Pot să-ți dau informații și să discut lucruri cu tine, fără să mă tem că o să te duci la poliție sau ceva de genul ăsta?

— Nu mă pot amesteca în ceva criminal, spuse Armanski.

— Nu asta te-am întrebat.

— Poți să ai încredere totală în mine, atâta vreme cât nu îmi dezvălui că ești implicat în vreo activitate criminală sau altceva de genul ăsta.

— Bine. Trebuie să ne vedem.

— Vin în oraș diseară. Luăm cina împreună?

— Nu, nu am timp. Însă ți-aș fi recunoscător dacă am putea să ne întâlnim mâine-seară. Tu, eu și poate încă vreo câteva persoane, să stăm de vorbă în liniște.

— Ești bine-venit la Milton. Să spunem la ora 18:00?

— Încă un lucru... Mă întâlnesc peste două ore cu sora mea, Annika Giannini. Ea se gândește să accepte să fie avocatul lui Lisbeth, dar, desigur, nu poate lucra gratis. Eu pot să plătesc o parte din onorariu, din buzunarul propriu. Poate contribui și Milton Security?

— Lisbeth va avea nevoie de un avocat extrem de competent. Scuză-mă, dar nu cred că sora ta este o alegere potrivită. Am vorbit deja cu juristul-șef de la Milton Security și el va căuta avocatul care ne trebuie. Mă gândesc la Peter Althin, sau altcineva de calibrul lui.

— Greșit. Lisbeth are nevoie de un altfel de avocat. Vei înțelege ce vreau să spun, când vom ajunge să vorbim. Dar poți da bani pentru apărarea ei, dacă va fi nevoie?

— Deja mă gândisem ca Milton Security să angajeze un avocat...

— Asta înseamnă da sau nu? Eu știu ce s-a întâmplat cu Lisbeth. Știu cu aproximație cine se află în spatele afacerii. Știu de ce. Și am un plan de atac.

Armanski începu să râdă.

— OK. Am să-ți ascult propunerea. Dacă n-o să-mi placă, mă retrag.

— Te-ai gândit la propunerea mea, s-o reprezinți pe Lisbeth Salander? întrebă Mikael, de îndată ce-și sărută sora pe obraz și își primi sendvișurile și cafeaua.

— Da. Și trebuie să spun nu. Tu știi că eu nu sunt avocat de drept penal. Chiar dacă scapă de acuzația că a săvârșit crimele pentru care a fost urmărită, rămân o grămadă de alte capete de acuzare. Va avea nevoie de cineva de un cu totul alt tip și experiență decât mine.

— Greșești. Ești avocat și competența ta este mai mult decât recunoscută în problemele drepturilor femeii. Eu afirm că ești exact avocatul de care ea are nevoie.

— Mikael... Cred că nu înțelegi exact despre ce este vorba. Este o afacere criminală complicată, și nu un simplu caz de maltratare sau abuz sexual. Dacă accept s-o reprezint, acest lucru poate duce la o catastrofă.

Mikael zâmbi.

— Cred că ai pierdut din vedere poanta. Dacă Lisbeth, spre exemplu, ar fi fost acuzată pentru uciderea lui Dag și a Miei, eu aș fi angajat un avocat gen Silbersky[9] sau altă somitate în afaceri criminale. Dar acest proces va trata cu totul alte lucruri. Și tu ești avocatul perfect pe care mi-l pot imagina.

Annika Giannini suspină adânc.

— E mai bine să-mi explici.

Au vorbit aproape două ore. Când Mikael a terminat de explicat, Annika Giannini era convinsă. Mikael a luat telefonul, sunându-l din nou pe Marcus Erlander, la Göteborg.

— Hei. Sunt tot Blomkvist.

— Nu am nicio veste nouă despre Salander, spuse Erlander iritat.

---

[9] Leif Silbersky — celebru avocat suedez.

— Ceea ce, în situația de față, consider că este o veste bună. În schimb, eu am vești noi despre ea.

— Da?

— Da. Are un avocat care se numește Annika Giannini. Stă aici, în fața mea, și ți-o dau acum la telefon.

Mikael întinse telefonul peste masă.

— Bună ziua. Mă numesc Annika Giannini și am fost solicitată s-o reprezint pe Lisbeth Salander. În consecință, trebuie să iau legătura cu clienta mea, ca să mă poată accepta ca avocat al apărării. Și am nevoie de numărul de telefon al procurorului.

— Înțeleg, spuse Erlander. După câte știu, a fost deja contactat un avocat din oficiu.

— Foarte bine. A întrebat-o cineva pe Lisbeth Salander care este părerea ei?

Erlander avu un moment de șovăială:

— Sincer vorbind, nu am avut încă posibilitatea să schimbăm nicio vorbă cu ea. Sperăm să putem vorbi mâine, dacă starea ei o va permite.

— Foarte bine. Atunci, spun acum și aici că, până în momentul în care domnișoara Salander va exprima o altă părere, trebuie să mă considerați avocatul ei. Nu o puteți supune niciunui interogatoriu dacă eu nu sunt prezentă. Puteți să-i comunicați și să o întrebați dacă mă acceptă ca avocat sau nu. S-a înțeles?

— Da, spuse Erlander, cu un oftat. Nu știa prea bine despre ce era vorba din punct de vedere strict juridic.

Se gândi o clipă.

— Vrem în primul rând să o întrebăm dacă are vreo informație despre locul în care se află criminalul Ronald Niedermann. Este în ordine dacă o vom întreba în absența dumneavoastră?

Annika Giannini avu o clipă de șovăială.

— Bine... Puteți să ascultați informațiile ei, dacă poate ajuta poliția să-l localizeze pe Niedermann. Dar nu trebuie să-i adresați alte întrebări, care să se refere la o eventuală punere sub acuzație sau alte învinuiri la adresa ei. De acord?

— Cred că da.

Marcus Erlander își părăsi imediat biroul și urcă un etaj, bătând la ușa șefului anchetei preliminare, procuroarea Agneta Jervas. Îi relată convorbirea pe care o avusese cu Annika Giannini.

— Nu știam că Lisbeth Salander are un avocat.

— Nici eu. Dar Giannini a fost angajată de Mikael Blomkvist. Nu este sigur că Salander are cunoștință despre asta.

— Însă Giannini nu este specialistă în drept penal. Ea se ocupă cu drepturile femeilor. Am ascultat o conferință a ei, cândva, e deșteaptă, dar absolut nepotrivită în această afacere.

— În orice caz, Salander va decide.

— E posibil ca în cazul acesta să contest în tribunal alegerea. Pentru propriul interes al lui Salander, trebuie să primească un avocat adevărat și nu o celebritate care vânează publicitatea. Hmm! În plus, Salander este declarată incapabilă să ia hotărâri proprii. Nu știu prea bine dacă se aplică și aici.

— Ce vom face?

Agneta Jervas cugetă un timp.

— E un balamuc întreg. Nici nu sunt sigură cine se va ocupa de proces până la urmă, poate îi va fi trecut lui Ekström, la Stockholm. Dar ea trebuie să aibă un avocat. OK... Întreab-o dacă vrea s-o aibă pe Giannini.

Când Mikael a ajuns acasă, la ora cinci după-amiază, a deschis iBook-ul și a reluat textul pe care începuse să-l scrie la hotel, în Göteborg. A lucrat timp de șapte ore, până ce a identificat principalele lacune ale poveștii. Mai avea de făcut câteva investigații. O întrebare care nu-și găsea răspunsul în documentele existente era ce persoane din Säpo, în afară de Gunnar Björck, conspiraseră pentru a o închide pe Lisbeth Salander la balamuc. Și nici nu aflase relația exactă dintre Björck și psihiatrul Peter Teleborian.

La miezul nopții, a închis computerul și s-a dus să se culce. Pentru prima oară după multe săptămâni, simțea că poate să se relaxeze și să doarmă liniștit. *Story*-ul era sub control. Oricâte semne de întrebare mai rămâneau, avea deja suficient material ca să declanșeze o avalanșă de titluri pe prima pagină a ziarelor.

Simțea impulsul să-i telefoneze Erikăi Berger și s-o pună la curent cu ultimele noutăți. Apoi, își dădu seama că ea plecase de la *Millennium*. Dintr-odată, îi era greu să adoarmă.

La gara centrală din Stockholm, bărbatul cu servieta neagră a coborât încet din trenul de 19:30 care venea de la Göteborg și a rămas o clipă nemișcat în mulțimea de oameni, încercând să se orienteze. Își începuse călătoria plecând din Laholm puțin după ora opt dimineața și mergând la Göteborg, unde făcuse o oprire ca să ia prânzul cu un vechi prieten, înainte de a-și continua drumul spre Stockholm. Nu mai fusese la Stockholm de doi ani și de fapt nu plănuise să se mai întoarcă vreodată. Cu toate că locuise acolo cea mai mare parte a vieții lui profesionale, se simțea mereu ca o pasăre străină la Stockholm, stare care revenea la fiecare vizită pe care o făcuse acolo, după ce se pensionase.

Traversă cu pași înceți gara, își cumpără ziarele de seară și două banane de la chioșcul de presă și cercetă gânditor două femei musulmane cu văluri pe cap, care trecură grăbite pe lângă el. Nu avea nimic împotriva femeilor cu văl pe cap. Nu era treaba lui dacă lumea voia să se deghizeze. În schimb, îl deranja faptul că o făceau în mijlocul Stockholmului.

Mai merse pe jos vreo 300 de metri până la hotelul Frey, de lângă poșta veche de pe Vasagatan. Era hotelul unde se caza în vizitele tot mai rare la Stockholm. Era curat și se găsea în centru. În plus, era ieftin, o necesitate, de vreme ce acum își plătea singur călătoria. Rezervase camera cu o zi în urmă și se prezentase ca Evert Gullberg.

De îndată ce ajunse în cameră, făcu o vizită la toaletă. Ajunsese la vârsta când era obligat să viziteze toaleta tot mai des. De ani de zile nu mai dormise o noapte întreagă fără să se trezească și să aibă nevoie să meargă la baie.

După vizita la toaletă, își scoase pălăria, o pălărie englezească de fetru verde-închis, cu boruri mici, și slăbi nodul de la cravată. Avea 1,84 înălțime și cântărea 68 kg, ceea ce însemna că era slab și avea o constituție firavă. Purta un veston pepit și pantaloni gri-închis. Deschise valiza neagră din care scoase două cămăși, o cravată de rezervă și lenjerie de schimb, pe care le puse în comodă. Apoi, își atârnă paltonul și vestonul pe cuierul aflat în dulapul din spatele ușii.

Era prea devreme ca să se culce. Era prea târziu ca să aibă curajul să facă vreo plimbare de seară, ocupație pe care oricum n-o găsea pe gustul său. Se așeză pe scaunul obligatoriu fiecărei camere de hotel și privi în jur. Deschise televizorul, dar îl dădu încet, ca să nu audă ce se spunea. Se întrebă o clipă dacă să sune la recepție, să comande cafea, dar hotărî că era prea târziu. În loc de asta, deschise minibarul și își turnă o gură de Johhny Walker, cu câteva picături de apă. Deschise ziarele de seară și citi atent tot ce era legat de vânătoarea pe urmele lui Ronald Niedermann și de cazul Lisbeth Salander. După o vreme, scoase un carnet cu coperți de piele și făcu câteva însemnări.

Fostul șef de birou de la Säpo, Evert Gullberg, avea 78 de ani și oficial era pensionar de paisprezece ani. Dar așa se întâmplă cu bătrânii spioni. Ei nu mor niciodată, ci se strecoară în întuneric.

Imediat după sfârșitul războiului, când Gullberg avea 19 ani, voise să-și facă o carieră în marină. Își efectuase serviciul militar ca mus la marină și după aceea intrase la școala de ofițeri. Dar, în locul unei plasări tradiționale pe mare, cum se așteptase, fusese trimis la Karlskrona, la serviciul de informații al flotei. Nu-i era greu să înțeleagă nevoia de-a supraveghea transmisiile inamice, încercând să descopere ce se petrecea de cealaltă parte a Mării Baltice. În schimb, munca i se părea plicticoasă și neinteresantă. La școala de traducători a armatei învățase totuși rusa și poloneza. Aceste cunoștințe lingvistice erau unul dintre motivele pentru care în 1950 fusese recrutat de poliția secretă. Era în vremea în care Georg Thulin, o persoană de o corectitudine ireproșabilă, conducea brigada a treia a poliției secrete. Când începuse el, bugetul poliției secrete era de 2,7 milioane și numărul total al angajaților era de exact 96 de persoane.

Când Evert Gullberg ieșise formal la pensie, în 1992, bugetul poliției secrete mergea până undeva la peste 350 de milioane de coroane și el nu mai știa cât de mulți angajați avea Firma.

Gullberg își petrecuse viața în serviciul secret al națiunii sau, mai bine zis, în serviciul secret al poporului, condus de social-democrați. Ceea ce era o ironie, deoarece el, la fiecare campanie electorală, îi vota credincios pe moderați, în afară de cea din 1991, când votase cu bună știință împotriva lor, pentru că înțelesese că șeful partidului, Carl Bildt, era o adevărată catastrofă politică. În anul acela îl votase plin de resemnare pe Ingvar Carlsson. Anii cu „cel mai bun guvern al Suediei" confirmaseră cele mai rele temeri ale sale. Regimul moderat își făcuse intrarea într-o vreme când Uniunea Sovietică se prăbușise și, după opinia sa, niciun alt guvern nu fusese mai prost pregătit să întâmpine noile posibilități politice în arta spionajului apărute în blocul din Est și să se folosească de ele. Guvernul lui Bildt invocase, dimpotrivă, rațiuni economice pentru a reduce biroul care se ocupa de Est, mizând în schimb pe balivernele internaționale despre Bosnia și Serbia — ca și cum Serbia ar fi putut vreodată să fie o amenințare pentru Suedia! Rezultatul fusese că posibilitatea de-a plasa informatori pe termen lung la Moscova se pierduse cu totul, iar în ziua în care climatul avea să se înăsprească — ceea ce, după părerea lui Gullberg, era perfect plauzibil —, se vor pune din nou cerințe nerealiste în cârca poliției secrete și a serviciului de informații al armatei, ca și cum aceștia ar putea să scoată ca prin minune agenți, la nevoie.

Gullberg își începuse cariera la biroul pentru ruși din brigada a treia a poliției secrete și, după trei ani petrecuți la un birou, putuse să facă primele studii ezitante pe teren, ca atașat militar cu rangul de căpitan la ambasada suedeză de la Moscova, în anii 1952–1953. În chip ciudat, călca pe urmele unui alt spion celebru. Cu câțiva ani în urmă, postul lui fusese ocupat de către un ofițer nu cu totul necunoscut, colonelul Stig Wennerström[10].

Întors în Suedia, Gullberg lucrase pentru contraspionaj și, zece ani mai târziu, era unul dintre cei mai tineri membri ai poliției secrete care, sub conducerea șefului operativ Otto Danielsson, îl arestau pe Wennerström și-l conduceau la Långholmen, pentru o pedeapsă de închisoare pe viață.

Când poliția secretă a fost reorganizată, pe vremea lui Per Gunnar Vinge[11], în 1964, devenind Secția de Securitate a Poliției Statului, RPS/Säpo, a început să crească numărul angajaților. De atunci, Gullberg a lucrat timp de paisprezece ani la Säpo și a devenit unul dintre veteranii de încredere.

Gullberg nu folosea niciodată prescurtarea Säpo pentru poliția de securitate.[12] El folosea expresia RPS/Säk[13], în ocaziile oficiale și numai Säk, în cele neoficiale. Printre

---

[10] Stig Wennerström (1906–2006): colonel și profesor la Școala Regală de Marină, a fost atașat militar în Uniunea Sovietică (1940–1941; 1949–1952), ocazie cu care a fost racolat de către GRU, pentru care a făcut spionaj până în 1963, când a fost prins, în urma denunțului unei servitoare care a descoperit în casa acestuia microfilme și documente secrete. Printre alte informații, a dezvăluit rușilor planul de apărare al Suediei în caz de atac militar, diferite proiecte secrete, precum și supravegherea aeriană a Mării Baltice (în urma informațiilor lui, în 1952 a fost doborât avionul de recunoaștere TP79, cu opt oameni la bord). Condamnat pe viață pentru înaltă trădare, a fost totuși amnistiat în 1974.

[11] Per Gunnar Vinge, șef al poliției de securitate (Säpo) între 1964–1970. Cunoscut pentru afirmații controversate (cum ar fi aceea că ambasada chineză vinde droguri tineretului suedez), a fost nevoit în 1970 să-și dea demisia, în urma afirmației făcute la o întâlnire internațională că Olof Palme constituie un risc pentru securitatea Suediei.

[12] Säpo — prescurtare pentru Säkerhets Polis.

[13] RPS/Säk — inițialele pentru Riks Polisens Sektionen/ Säkerhet.

colegi, putea să se refere la Întreprindere sau Firmă sau, pur și simplu, spunea Departamentul — dar niciodată Säpo. Motivul era simplu. Cea mai importantă sarcină a Firmei fusese timp de mulți ani așa-numitul „control al personalului", adică anchete și dosare făcute cetățenilor suedezi bănuiți că au opinii comuniste sau sunt trădători de patrie. La Firmă se foloseau termenii „comunism" și „trădător de patrie" ca sinonime. Cuvântul „Säpo", care în cele din urmă fusese adoptat de toți, fusese la origini creat de ziarul comunist *Clarté,* potențial trădător de patrie, ca un fel de termen peiorativ pentru poliția care vâna comuniști. Și, în consecință, nu era folosit nici de Gullberg, nici de vreun alt veteran. El nu putea înțelege în ruptul capului de ce fostul lui șef P.G. Vinge își intitulase memoriile *Șef la Säpo 1962–72.*

Reorganizarea din 1964 avea să decidă viitoarea carieră a lui Gullberg.

Transformarea poliției secrete în RPS/Säpo însemna că poliția secretă de stat devenea ceea ce, în notele Ministerului de Justiție, era descris ca o organizație modernă de poliție. Acest lucru presupunea noi angajări. Continua nevoie de personal nou ridica infinite probleme de rodare, ceea ce într-o organizație extinsă însemna că Dușmanul avea posibilități dramatic îmbunătățite de a-și plasa agenți în poliție. La rândul ei, aceasta însemna că măsurile interne de securitate trebuiau sporite — poliția secretă nu mai putea rămâne un club închis, alcătuit din foști ofițeri, în care toată lumea cunoștea pe toată lumea și cel mai obișnuit merit la o nouă angajare era că tatăl fusese ofițer.

În 1963, Gullberg fusese transferat de la contraspionaj la controlul personalului, care căpătase o importanță crescută în apele tulburi de după arestarea lui Stig Wennerström. În vremea aceea se pusese baza registrelor de opinii care, spre sfârșitul anilor '60, conțineau dosarele a mai mult de 300 000 de cetățeni suedezi cu simpatii politice nepotrivite. Dar controlul cetățenilor suedezi în general era un lucru — aici întrebarea era cum va trebui de fapt să arate controlul de securitate la RPS/Säpo.

Wennerström declanșase o avalanșă de dificultăți interne în cadrul poliției secrete a statului. Dacă un colonel de stat-major de la apărare a fost în stare să lucreze pentru ruși — în vreme ce mai era și consilier al guvernului în probleme de arme nucleare și politică de securitate —, cum mai puteai să fii sigur că rușii nu-și plasaseră un agent pe un loc la fel de central în poliția secretă? Cine putea garanta că șefii și alți responsabili de la Firmă nu lucrau, de fapt, pentru ruși? Pe scurt — cine va spiona spionii?

În august 1964, Gullberg a fost convocat într-o după-amiază la o ședință în biroul directorului adjunct al Säpo, șeful de cabinet Hans Wilhelm Francke. La întrunire mai participau, în afară de el, două persoane din sferele înalte ale Firmei, secretarul general și responsabilul cu bugetul. Înainte de sfârșitul zilei, viața lui Gullberg căpătase un sens nou. Fusese ales. Primise conducerea unei brigăzi cu totul noi, cu numele provizoriu de Secția Specială, prescurtat SS. Prima lui măsură a fost să o reboteze SA, Secția de Analiză. Au trecut câteva minute până ca responsabilul cu bugetul să facă observația că nici SA nu era mai bun ca SS. Numele final al organizației a fost Secția pentru Analiză Apecială, SSA, și, în vorbire curentă, Secția, spre deosebire de Departamentul sau Firma, care se refereau la Säpo în totalitate.

Secția fusese ideea lui Francke. El a numit-o „ultima linie de apărare". Un grup ultrasecret, care se afla în locuri strategice în cadrul Firmei, dar care era invizibil și nu apărea în notele interne sau în alocările bugetare și în care, drept rezultat, nu se putea infiltra nimeni. Sarcina lui — să vegheze asupra securității națiunii. Francke avea puterea să facă toate acestea posibile. Avea nevoie de responsabilul cu bugetul și de secretarul general pentru a crea structura ocultă, dar toți erau soldați de școală veche și camarazi din zecile de înfruntări cu Inamicul.

În primul an, întreaga organizație a constat din Gullberg și trei colaboratori aleși cu grijă. În următorii zece ani, secția a crescut la maximum 11, dintre care doi erau secretari administrativi din vechea școală și restul erau vânători de spioni profesioniști. Era o organizație cu ierarhie simplificată. Gullberg era șeful. Toți ceilalți erau colaboratori, care își întâlneau șeful practic în fiecare zi. Eficiența era mai importantă decât prestigiul și formalitățile birocratice.

Teoretic, Gullberg era subalternul unui lung șir de persoane din ierarhia de sub secretarul general al Säpo, căruia el trebuia să-i prezinte rapoarte lunare; în practică, Gullberg căpătase o poziție unică cu puteri extraordinare. El, și numai el putea să hotărască punerea sub lupă a persoanelor cu cel mai înalt rang din conducerea Säpo. Putea, dacă avea chef, să întoarcă pe față și pe dos viața lui Per Gunnar Vinge în persoană. (Ceea ce a și făcut.) Putea iniția anchete proprii sau putea să decidă ascultarea telefoanelor, fără să fie nevoie să-și explice scopul sau să raporteze vreunui for superior. Modelul lui a devenit legendarul spion american James Jesus Angleton, care avea o poziție asemănătoare în CIA și pe care, de altfel, l-a cunoscut personal.

Din punct de vedere organizatoric, Secția a devenit o microorganizație în cadrul Departamentului, în afară, deasupra și paralel cu tot restul poliției de securitate. Acest lucru a avut și consecințe geografice. Birourile secției erau în Kungsholmen, dar din motive de siguranță au fost practic mutate în afara clădirii, într-un apartament particular de unsprezece camere din Östermalm. Apartamentul a fost transformat în mod discret într-un birou fortificat, niciodată lăsat fără supraveghere, întrucât secretara și servitoarea credincioasă Eleanor Badenbrink ocupa ca locatar permanent două din camerele apartamentului, cele mai apropiate de intrare. Badenbrink era un ajutor nepreţuit, în care Gullberg avea încredere totală.

Din punct de vedere organizatoric, Gullberg și colaboratorii lui au dispărut din viața publică — ei erau finanțați dintr-un „fond special", dar nu existau nicăieri în birocrația formală a poliției de securitate, care ținea de direcția generală a poliției statului sau de Ministerul Justiției. Nici măcar directorul RPS/Säk nu știa de existența acestor oameni, cei mai secreți dintre secreți, care aveau ca misiune să trateze cele mai delicate dintre afacerile delicate.

La vârsta de 40 de ani, Gullberg se afla, prin urmare, în situația în care nu trebuia să se justifice în fața niciunui muritor și putea începe anchete despre ce-i venea lui în cap.

Chiar de la început, Gullberg a înțeles că SAS putea risca să devină un grup sensibil din punct de vedere politic. Misiunea lui era cel puțin confuză și instrucțiunile scrise extrem de reduse. În septembrie 1964, primul-ministru Tage Erlander a semnat o directivă care stipula ca să-i fie acordate credite Secției pentru Analiză Specială (SAS), care avea ca sarcină să se ocupe de unele anchete extrem de delicate, importante pentru securitatea statului. Una dintre aceste douăsprezece afaceri a fost expusă în cursul unei întâlniri de după-amiază de către directorul adjunct al RPS/Säk, Hans Wilhelm Francke. Afacerea a fost clasată imediat drept secretă și a fost arhivată în registrele speciale și la fel de secrete ale RPS/Säk.

Semnătura prim-ministrului însemna cu toate acestea că Secția era o instituție recunoscută juridic. În primul an, bugetul Secției s-a ridicat la 52 000 de coroane. Faptul că bugetul era așa de mic a fost, după părerea lui Gullberg, o lovitură de geniu. Aceasta lăsa să se creadă că întemeierea Secției era una dintre afacerile de duzină, ca multe altele.

Într-un sens mai larg, semnătura prim-ministrului însemna că el recunoscuse că era nevoie de existența unui grup care să poată răspunde de „controlul intern al personalului". Aceeași semnătură putea deci să fie tradusă prin aceea că prim-ministrul își dăduse aprobarea pentru crearea unui grup, care va putea să răspundă chiar de controlul persoanelor „extrem de speciale" din afara Säpo, ca de exemplu prim-ministrul însuși. Această ultimă eventualitate crea probleme politice care puteau deveni serioase.

Evert Gullberg a constatat că i se terminase whisky-ul din pahar. Nu era deosebit de interesat de alcool, dar fusese o zi lungă, o călătorie grea și socotea că se află într-un stadiu al vieții în care nu mai avea importanță dacă se hotăra pentru un whisky sau două, și n-avea decât să-și umple paharul, dacă așa avea chef. Își turnă în pahar puțin Glenfiddich.

Cea mai delicată afacere a fost, de bună seamă, Olof Palme.

Gullberg își amintea fiecare detaliu din ziua alegerilor din 1976. Pentru prima dată în istoria modernă, Suedia avea un guvern de dreapta. Din păcate, Thorbjörn Fälldin era prim-ministru, și nu Gösta Bohman, care era un om din vechea școală, infinit mai potrivit. Dar important era că Olof Palme fusese învins și, prin urmare, Evert Gullberg putea să răsufle ușurat.

Oportunitatea lui Palme ca prim-ministru fusese subiectul multor discuții de prânz de pe coridoarele cele mai secrete ale RPS/Säk. În 1969, Per Gunnar Vinge fusese dat afară, după ce exprimase în cuvinte părerea care era împărtășită de mulți din Departament — și anume, convingerea că Palme ar fi putut fi un agent infiltrat al organizației rusești de spionaj KGB. Părerea lui Vinge n-a fost obiectul niciunei controverse în climatul care domnea la Firmă. Din nefericire, el discutase acest lucru deschis cu guvernatorul din Norrbotten, Ragnar Lassinantti, la o vizită în nord. Lassinantti înălțase din sprâncene de două ori și pe urmă informase cabinetul guvernului, ceea ce dusese la invitarea lui Vinge la o discuție particulară.

Spre marea indignare a lui Gullberg, întrebarea despre eventualele contacte ale lui Palme cu rușii nu primise niciodată răspuns. Cu toate tentativele constante de a se stabili adevărul și de a se găsi probe concludente — *the smoking gun*[14] —, Secția nu dobândise niciodată nici cea mai mică probă că așa stăteau lucrurile. În ochii lui Gullberg, aceasta nu indica în niciun caz că Palme era poate nevinovat, ci doar că acesta era un spion deosebit de viclean și de inteligent, care nu fusese tentat să facă greșelile pe care le-au făcut alți spioni ruși. Palme continua să-i batjocorească, an după an. În 1982, problema Palme fusese reactualizată, atunci când el redevenise prim-ministru. Apoi, s-au tras gloanțele de pe Sveavägen[15] și întrebarea a rămas pentru totdeauna teoretică.

---

14 „Pistolul fumegând".

15 Vineri, 28 februarie 1986, la ora 23:21, Olof Palme a fost ucis cu un foc de revolver în centrul Stockholmului, la intersecția dintre Sveavägen și Tunnelgatan, în momentul în care ieșea, împreună cu soția, de la cinematograf.

Anul 1976 fusese un an dificil pentru Secție. În cadrul RPS/Säk, printre puținele persoane care cunoșteau de fapt existența Secției, apăruse o anume atitudine critică. În cei zece ani care se scurseseră, în total 65 de funcționari din Säpo fuseseră dați afară din organizație, din cauza unei presupuse neîncrederi politice. În cele mai multe cazuri, documentarea era de felul acela în care nimic nu putea fi dovedit, ceea ce avusese drept rezultat faptul că unii șefi începuseră să mârâie că oamenii din Secție aveau paranoia teoriilor conspiraționiste.

Gullberg încă mai clocotea de furie când își amintea una dintre afacerile de care se ocupase Secția. Era vorba despre o persoană care fusese angajată la RPS/Säk în 1968 și pe care Gullberg personal o considerase deosebit de nepotrivită. Era vorba de inspectorul criminalist Stig Bergling[16], locotenent în armata suedeză, care mai târziu s-a dovedit a fi colonel în GRU, serviciul de informații rus. În anii următori, Gullberg încercase de patru ori să facă în așa fel ca Bergling să fie dat afară, dar de fiecare dată eforturile lui fuseseră ignorate. Abia în 1977 s-a întors situația, când Bergling a devenit obiectul bănuielilor, chiar în afara Secției. Era prea târziu. Bergling a constituit cel mai mare scandal din istoria poliției secrete suedeze.

---

16 Stig Bergling (n. 1937), eroul unuia dintre cele mai mari scandaluri legate de poliția secretă suedeză. Acesta, angajat la Säpo în 1969, a avut diferite misiuni internaționale (a fost șef al securității forțelor ONU din Cipru, printre altele). În 1979, pe când se afla în Israel, a fost arestat de serviciul de contraspionaj israelian Mossad, pentru spionaj în favoarea rușilor. A fost judecat în Suedia pentru înaltă trădare și condamnat pe viață. În 1987, profitând de o permisie, a fugit împreună cu soția sa în Uniunea Sovietică, unde au și locuit o vreme; în 1990 au fost transferați în Liban. În 1994, s-a reîntors de bunăvoie în Suedia, unde a mai petrecut trei ani în închisoare, până la eliberarea din 1997.

Criticile la adresa Secției se înmulțiseră în prima jumătate a anilor '70, iar pe la mijlocul deceniului Gullberg auzise mai multe zvonuri legate de faptul că bugetul se va micșora și chiar insinuări că activitatea nu era necesară. Într-un cuvânt, criticile arătau că viitorul Secției era pus sub semnul întrebării. În anul acela, în sânul RPS/Säk se discutau în primul rând amenințările teroriste, o istorie tristă din punctul de vedere al spionajului, și care se referea la niște tineri care o luaseră pe calea greșită, colaborând cu elemente arabe sau pro-palestiniene. Principala întrebare din cadrul RPS/Säk era dacă Secția trebuia să primească fonduri, pentru a se ocupa de cetățenii străini stabiliți în Suedia, sau dacă aceștia vor fi în continuare o problemă exclusivă a departamentului pentru străini.

Plecând de la această discuție birocratică ezoterică, s-a făcut simțită nevoia pentru Secție de a-și atașa serviciile unui colaborator de încredere, care să întărească acest control — de fapt, spionaj — al celor care lucrau la departamentul pentru străini.

A fost ales un tânăr colaborator care lucra la RPS/Säk din 1970 și ale cărui trecut și credibilitate politică erau, prin urmare, de așa natură, încât el a socotit că-l poate plasa printre colaboratorii Secției. În timpul liber, acesta era membru într-o organizație care se numea Alianța Democrată și care era descrisă de mass-media social-democrată drept extremistă de dreapta. În Secție, asta nu însemna o bilă neagră. Trei dintre ceilalți colaboratori erau de fapt membri în Alianța Democratică și Secția jucase chiar un rol important în constituirea Alianței. Contribuia chiar și financiar, cu o sumă destul de mică. Prin această organizație fusese remarcat și apoi recrutat noul colaborator. Numele lui era Gunnar Björck.

Pentru Evert Gullberg a fost o întâmplare incredibil de fericită că, tocmai în ziua aceea, ziua alegerilor din 1976, când Alexander Zalachenko a fugit în Suedia și s-a dus pe jos până la secția de poliție din Norrmalm ca să ceară azil politic, tânărul Gunnar Björck l-a luat în primire, în calitatea lui de funcționar la departamentul pentru străini. Un agent care deja era legat de cele mai secrete dintre secrete.

Björck era ager la minte. El a înțeles imediat rolul lui Zalachenko și a întrerupt interogatoriul, vârându-l imediat pe dezertor într-o cameră, la Hotel Continental. Prin urmare, Evert Gullberg, și nu șeful lui oficial de la departamentul pentru străini a fost cel pe care l-a chemat Gunnar Björck, dând alarma. Apelul sosise la o oră la care secțiile de votare fuseseră închise și toate sondajele arătau că Palme avea să piardă. Gullberg tocmai venise acasă și deschisese televizorul, ca să urmărească seara electorală. Mai întâi, s-a îndoit de informația pe care juniorul i-o transmitea cu înfrigurare. Apoi, s-a dus la Continental, mai puțin de 250 de metri de camera de hotel în care se afla acum, ca să preia conducerea asupra afacerii Zalachenko.

Din momentul acela, viața lui Evert Gullberg s-a schimbat radical. Cuvântul „secret" a căpătat pentru el un sens cu totul nou. A înțeles necesitatea de a crea o nouă structură în jurul transfugului.

Automat a ales să-l includă pe Gunnar Björck în grupul Zalachenko. A fost o hotărâre logică și înțeleaptă, deoarece Björck cunoștea deja existența lui Zalachenko. Era mai bine să-l aibă în interior, decât să-l lase să prezinte un risc în exterior. Asta a însemnat că Björck a fost transferat din postul lui oficial de la departamentul pentru străini la un birou în apartamentul din Östermalm.

În agitația care a urmat, Gullberg a ales ca de la început să informeze o singură persoană din RPS/Säk, mai exact pe secretarul general, care deja era la curent cu activitatea Secției. Secretarul general a rămas să mediteze la această informație mai multe zile, înainte să-i explice lui Gullberg că transfugul era așa de important, încât trebuia informat directorul RPS/Säk, precum și guvernul.

Noul director al RPS/Säk avea la acea oră cunoștință despre existența Secției pentru Analize Speciale, dar nu știa decât vag care erau ocupațiile reale ale acesteia. Fusese instalat în acest post pentru a face curățenie după afacerea IB[17] și era deja pe cale să primească un post important în ierarhia poliției. Șeful RPS/Säk a aflat în câteva discuții confidențiale cu secretarul general că Secția era un grup secret, instituit de guvern, care se afla în afara activității propriu-zise și despre care nu trebuia să se pună întrebări. Pentru că șeful din momentul acela era o persoană care în niciun caz nu punea întrebări ce ar fi putut genera răspunsuri dezagreabile, a dat din cap înțelegător și a acceptat faptul că exista ceva care se numea SAS și că el nu avea nimic de-a face cu asta.

Gullberg nu era deosebit de încântat de faptul că trebuia să-l informeze pe șef despre Zalachenko, dar a ac-

[17] Afacerea IB (Informationbyrån). „Biroul de Informații" era o organizație secretă de contraspionaj care, printre altele, avea misiunea de a strânge informații despre comuniști și alte persoane care puteau constitui riscuri pentru securitatea statului. Alt scop al IB era să organizeze rezistența armată în cazul ocupării Suediei de către sovietici. Organizația respectivă nu avea niciun fel de forme sau temeiuri legale, niciun fel de reguli și niciun control. În 1973, jurnaliștii Jan Guillou și Peter Bratt au dezvăluit existența IB într-o serie de articole. În urma publicării acestor dezvăluiri, cei doi au fost condamnați pentru spionaj la trei ani închisoare (pedeapsa fiind apoi redusă la zece luni).

ceptat realitatea. A subliniat absoluta necesitate a unui secret total, a primit aprobare și a decretat asemenea măsuri, că nici măcar șeful RPS/Säk nu putea discuta subiectul în biroul lui, fără să se ia măsuri speciale de securitate. S-a hotărât ca de Zalachenko să se ocupe în exclusivitate SAS.

Informarea prim-ministrului care-și încheia funcția era exclusă. Din cauza agitației provocate de schimbarea de guvernare, noul prim-ministru era prea ocupat cu numirea miniștrilor și negocierile cu celelalte partide de dreapta. Abia la o lună după formarea guvernului, șeful RPS/Säk împreună cu Gullberg au mers la Rosenbad[18] și l-au informat pe noul prim-ministru. Gullberg a fost până în ultima clipă împotriva informării guvernului, dar șeful RPS/Säk a rămas neclintit — era neconstituțional ca prim-ministrul să nu fie informat. În timpul întâlnirii, Gullberg a folosit întreaga sa elocință pentru a-l convinge pe prim-ministru despre importanța faptului ca informația despre Zalachenko să nu se răspândească în afara propriului birou al acestuia — ca nici ministrul de interne sau ministrul apărării, sau vreun alt membru al guvernului să nu fie informat.

Fälldin fusese zguduit de informația că un agent rus de vârf ceruse azil în Suedia. Prim-ministrul începuse să spună că de fapt el era obligat, din rațiuni constituționale, să discute chestiunea cel puțin cu șefii celorlalte două partide din coaliție. Gullberg era pregătit pentru această obiecție și a jucat cartea cea mai mare pe care o avea la dispoziție. A răspuns explicând cu voce scăzută că, dacă se întâmpla asta, se vedea obligat să-și dea imediat demisia. Amenințarea și-a făcut efectul. Însemna că prim-mi-

---

[18] Clădirea în care se află sediul guvernului.

nistrul în persoană va purta răspunderea dacă povestea va fi cunoscută și dacă rușii vor trimite o patrulă a morții ca să-l lichideze pe Zalachenko. Și dacă persoana care răspundea de securitatea lui Zalachenko se văzuse obligată să demisioneze, o asemenea dezvăluire avea să fie o catastrofă politică și mediatică pentru prim-ministru.

Fälldin, încă nou și nesigur în rolul lui de prim-ministru, a acceptat. A aprobat o directivă care imediat a fost consemnată în dosarul secret și care stipula ca Secția să răspundă de securitatea lui Zalachenko și de acomodarea lui, precum și că informațiile despre Zalachenko nu trebuiau să părăsească biroul prim-ministrului. Fälldin semna astfel o directivă care în practică arăta că el fusese informat, dar care însemna, de asemenea, că nu avea dreptul de a vorbi despre asta. Pe scurt, trebuia să-l uite pe Zalachenko.

Fälldin insistase totuși ca încă o persoană din cancelaria lui, un secretar de stat ales cu grijă, să fie informat și să funcționeze ca om de legătură în problemele legate de spionul transfug. Gullberg a trebuit să fie de acord. Nu credea că o să aibă probleme să manipuleze un secretar, fie el și de stat.

Șeful RPS/Säk era mulțumit. Problema Zalachenko era acum rezolvată din punct de vedere constituțional, ceea ce însemna că el își asigurase spatele. Gullberg era, de asemenea, mulțumit. Reușise să instituie o carantină, ceea ce însemna că va putea să controleze fluxul de informații. El singur îl va controla pe Zalachenko.

Când Gullberg s-a întors în camera lui de lucru din Östermalm, s-a așezat la birou și a scris de mână o listă cu persoanele care aveau cunoștință de existența lui Zalachenko. Lista consta din el însuși, Gunnar Björck, șeful executiv al Secției, Hans von Rottinger, șeful adjunct

Fredrik Clinton, secretara Secției, Eleanor Badenbrink, precum și din doi colaboratori, care aveau misiunea de a aduna și analiza pe măsură ce apăreau informațiile secrete pe care le putea furniza Zalachenko. În total, șapte persoane, care în anii următori aveau să formeze o secție specială în cadrul Secției. S-a gândit la aceștia ca la Grupul Interior.

În afara Secției, secretul era cunoscut de către șeful RPS/Säk, directorul adjunct și secretarul general. În afară de aceștia, mai erau informați prim-ministrul și un secretar de stat. În total, douăsprezece persoane. Niciodată înainte un secret de importanța acestuia nu fusese cunoscut de către un cerc așa de ales.

Dar, după aceea, Gullberg se întunecase la față. Secretul mai era cunoscut de o a treisprezecea persoană. Björck fusese însoțit de către juristul Nils Bjurman. A-l face pe Bjurman colaborator al Secției era exclus. Bjurman nu era propriu-zis funcționar Säpo, el nu era decât un stagiar la RPS/Säk și nu dispunea de cunoștințele și de competența necesare. Gullberg a cântărit mai multe variante, dar, în cele din urmă, a ales să-l îndepărteze cu atenție pe Bjurman din această afacere. L-a amenințat cu închisoare pe viață pentru trădare de patrie dacă Bjurman avea să sufle și numai o silabă despre Zalachenko, a folosit mita, promițându-i misiuni viitoare și, în cele din urmă, laude, care-i creșteau lui Bjurman sentimentul propriei importanțe. A avut grijă ca Bjurman să fie angajat la un bine-cunoscut birou de avocatură și pe urmă să primească un șir de misiuni care să-l țină ocupat. Singura problemă era că Bjurman era atât de mediocru, încât n-a știut de fapt să-și folosească propriile avantaje. El a părăsit biroul de avocatură după zece ani și și-a deschis un cabinet particular, care a devenit curând un birou de avocatură cu un singur angajat, la Odenplan.

În anii următori, Gullberg îl ţinuse pe Bjurman sub observaţie discretă, dar continuă. Abia la sfârşitul anilor '80 a renunţat să-l mai supravegheze, atunci când Uniunea Sovietică era pe cale să se prăbuşească şi Zalachenko nu mai reprezenta o chestiune prioritară.

Pentru secţie, Zalachenko fusese mai întâi o promisiune de succes în enigma Palme, afacere care îl preocupa pe Gullberg în permanenţă. În consecinţă, Palme a fost unul dintre primele subiecte pe care Gullberg le-a abordat, în lunga perioadă de acomodare.

Speranţele au fost repede nimicite, pentru că Zalachenko nu operase niciodată în Suedia şi de fapt nu avea nici cea mai mică cunoştinţă despre ţară. În schimb, Zalachenko auzise vorbindu-se despre „Alergătorul Roşu", un politician suedez sus-plasat, sau poate scandinav, care lucra pentru KGB.

Gullberg făcuse o listă cu nume care aveau legătură cu Palme. Acolo se aflau Carl Lidbom, Pierre Schori, Sten Andersson, Marita Ulvskog şi încă un număr de persoane. În tot restul vieţii sale, Gullberg a revenit iarăşi şi iarăşi la această listă, dar răspunsul a rămas la fel de necunoscut.

Dintr-odată, Gullberg devenise un jucător printre băieţii mari. Era salutat cu respect în clubul exclusiv al războinicilor aleşi, care se cunoşteau între ei şi unde contactele se făceau prin amiciţii personale şi încredere — nu prin canalele oficiale sau regulile birocratice. Avusese şansa să-l întâlnească pe însuşi James Jesus Angleton şi băuse whisky într-un club discret din Londra cu şeful de la MI-6. Era unul dintre cei mari.

Dezavantajul meseriei era că nu va putea niciodată să povestească despre succesele lui, nici măcar în memorii tipărite postum. Și tot timpul îl însoțea spaima că s-ar putea ca Inamicul să-i observe călătoriile și să-l supravegheze — că fără voia lui ar putea să-i conducă pe ruși la Zalachenko.

În această privință, Zalachenko era propriul său dușman.

În primul an, acesta locuise într-un apartament anonim, care era proprietatea Secției. Nu exista în niciun registru sau în vreun alt act oficial și cei din grupul Zalachenko crezuseră că vor avea suficient timp, înainte de-a trebui să-i planifice viitorul. Abia în primăvara lui 1978 primise un pașaport pe numele de Karl Axel Bodin, precum și o biografie anevoios construită — un trecut fictiv, dar verificabil în registrele suedeze.

Atunci era deja prea târziu. Zalachenko ieșise în lume și o regula pe curva aia nenorocită de Agneta Sofia Salander, născută Sjölander, căreia i se prezentase, fără să-i pese, sub numele său adevărat — Zalachenko. Gullberg a înțeles că lucrurile nu stăteau cum trebuie în capul lui Zalachenko. Bănuia că transfugul rus voia de fapt să fie descoperit. Era ca și cum avea nevoie să se urce pe o scenă. Altfel, era greu de explicat cum dracu' putea fi așa de idiot.

Au fost curve, au fost perioade de consum exagerat de alcool, au fost încăierări, cu paznicii restaurantelor și cu alții. De trei ori Zalachenko a fost arestat de poliția suedeză pentru beție și de două ori în legătură cu bătăi prin cârciumi. Și de fiecare dată Secția a fost nevoită să intervină discret și să-l scoată, având grijă ca hârtiile să dispară și rapoartele să fie modificate. Gullberg i-l pusese pe Gunnar Björck ca supraveghetor. Slujba lui Björck consta în a-l dădăci pe spionul transfug aproape tot timpul. Era greu, dar nu exista alternativă.

Totul ar fi putut merge bine. La începutul anilor '80, Zalachenko se mai potolise și începuse să se adapteze. Dar n-a renunțat niciodată la curva de Salander — ba, și mai rău, a devenit tatăl gemenelor Camilla și Lisbeth Salander.

Lisbeth Salander.

Gullberg îi pronunță numele cu o senzație de neplăcere.

Încă de când fetele aveau 9–10 ani, Gullberg începuse să aibă un fel de crampă în stomac când se gândea la Lisbeth Salander. Nu trebuia să fii psihiatru ca să-ți dai seama că nu era normală. Gunnar Björck îi raportase că era recalcitrantă, violentă și agresivă față de Zalachenko și că, în plus, nu părea absolut deloc speriată de el. Spunea rareori ceva, dar își marca într-o mie de alte feluri nemulțumirea față de starea lucrurilor. Era o problemă care lua amploare, dar, cât de uriașă avea să devină această problemă, Gullberg nu-și putuse imagina nici în fanteziile cele mai nebunești. Cel mult, se temea că situația din familia Salander va duce la o anchetă socială, care se va concentra pe Zalachenko. De nenumărate ori îl implorase pe Zalachenko să o rupă cu familia și să dispară din preajma lor. Zalachenko promitea, dar încălca totdeauna promisiunile. Avea alte curve. Avea grămezi de curve. Dar, după câteva luni, se întorcea la Agneta Sofia Salander.

Blestematul de Zalachenko! Un spion care-și lasă sula să-i conducă viața sentimentală, în mod evident, nu este un bun spion. Dar era ca și cum Zalachenko s-ar fi aflat deasupra tuturor regulilor normale sau, cel puțin, considera că se află dincolo de reguli. Și măcar dacă s-ar fi mulțumit să-și reguleze curva, fără să fie nevoie s-o și caftească de fiecare dată când se întâlneau, ar mai fi fost ceva, însă situația ajunsese de așa natură, că Zalachenko își maltrata concubina sistematic. Părea chiar că se comportă astfel ca să-i sfideze pe cei din grupul de supraveghere și că o bătea doar să se amuze și să-i vadă chinuindu-se.

Gullberg nu avea nicio îndoială că Zalachenko era un pervers josnic, dar nu se afla în situația în care să poată alege printre agenții transfugi de la GRU. Avea doar unul singur, care în plus era perfect conștient de valoarea pe care o avea el pentru Gullberg.

Gullberg oftă. Grupul Zalachenko își luase rolul de echipă de curățenie. Era clar. Zalachenko știa că-și poate lua libertăți și că ei vor rezolva problema într-o manieră amabilă, în urma lui. Și când era vorba de Agneta Sofia Salander, el își folosea posibilitățile dincolo de orice limite.

Nu lipsiseră avertismentele, totuși. Când Lisbeth tocmai împlinise 12 ani, l-a lovit cu cuțitul pe Zalachenko. Rănile nu erau grave, dar acesta a fost transportat la spitalul Sankt Göran și grupul Zalachenko a fost nevoit să execute o muncă de curățenie considerabilă. Atunci, Gullberg avusese o Discuție Foarte Serioasă cu Zalachenko. Îi spusese foarte limpede că trebuie să rupă orice legătură cu familia Salander, și Zalachenko îi promisese că va face așa. Își ținuse promisiunea ceva mai mult de o jumătate de an, înainte de a se duce din nou acasă la Agneta Sofia Salander. A bătut-o așa de rău, că femeia a rămas în spital pentru tot restul vieții.

Totuși, Gullberg nu și-ar fi putut niciodată imagina că Lisbeth era o psihopată gata să ucidă, capabilă să fabrice o bombă incendiară. Ziua aceea fusese un haos. Un labirint de anchete se contura și întreaga Operațiune Zalachenko — mai bine spus, întreaga Secție — atârna de un fir foarte subțire. Dacă Lisbeth Salander vorbea, atunci Zalachenko risca să fie descoperit. Dacă Zalachenko era descoperit, mai multe operații care se desfășuraseră în întreaga Europă în ultimii cincisprezece ani riscau să eșueze, iar Secția risca să fie supusă unei anchete publice. Ceea ce trebuia împiedicat cu orice preț.

Gullberg era neliniștit. O anchetă publică ar fi făcut afacerea IB să pară un foileton drăguț. Dacă arhiva Secției era deschisă, vor fi scoase la lumină o serie de situații care nu erau în perfect acord cu constituția, pentru a nu mai vorbi despre supravegherea de mulți ani a lui Palme și a altor personalități social-democrate. Era un subiect foarte sensibil, la doar câțiva ani de la asasinarea lui Palme. Ar fi avut ca rezultat anchete penale împotriva lui Gullberg și a altor angajați ai Secției. Și mai rău — jurnaliștii ăștia nebuni ar fi putut, fără cea mai mică îndoială, să lanseze teoria că Secția se afla în spatele uciderii lui Palme, ceea ce ar fi dus la încă un labirint de dezvăluiri și acuzații. Cel mai rău lucru era că se schimbase conducerea Säpo așa de mult, încât nici măcar șeful cel mai înalt al RPS/Säk nu mai știa despre existența Secției. Toate contactele cu RPS/Säk se opreau pe biroul noului secretar general, care de zece ani era membru al Secției.

O atmosferă de neliniște și panică domnea printre membrii grupului Zalachenko. Gunnar Björck fusese de fapt cel care venise cu soluția, în persoana unui psihiatru cu numele de Peter Teleborian.

Teleborian fusese atașat secției de contraspionaj a RPS/Säk într-un cu totul alt scop, și anume drept consultant, atunci când cei de la contraspionaj se ocupaseră de personalitatea unui potențial spion industrial. Într-un stadiu delicat al anchetei, trebuia să se determine cum avea acesta să reacționeze dacă va fi expus la stres. Teleborian era un tânăr psihiatru promițător, care nu folosea cine știe ce limbaj sofisticat, ci venea cu sfaturi concrete și solide. Aceste sfaturi le permiseseră celor din Säpo să evite o sinucidere și spionul în chestiune putuse fi transformat în agent dublu, care transmitea informații false comanditarilor lui.

După primul atac al lui Salander asupra lui Zalachenko, Björck încercase cu prudență să-l atașeze pe Teleborian Secției, în calitate de consultant. Și acum era mai necesar ca niciodată.

Soluția problemei fusese extrem de simplă. Karl Axel Bodin putea să se piardă undeva, în lumea clinicilor de recuperare. Agneta Sofia Salander avea să fie internată într-un azil, cu leziuni cerebrale ireversibile. Toate anchetele de poliție au fost adunate la RPS/Säk și transferate Secției, prin secretarul general.

Peter Teleborian primise de curând un post de medic-șef adjunct la clinica de psihiatrie infantilă Sankt Stefan, din Uppsala. Singurul lucru de care era nevoie era o expertiză medico-legală, pe care au compus-o împreună Björck și Teleborian și, după aceea, o decizie scurtă, care să nu poată fi combătută de un tribunal de instanță. Era vorba doar despre felul în care erau prezentate lucrurile. Constituția nu avea nimic de-a face cu asta. Era vorba, la urma urmei, de securitatea țării. Oamenii trebuiau s-o înțeleagă.

Și că Lisbeth Salander era bolnavă mintal, era doar evident. Câțiva ani într-o clinică psihiatrică aveau să-i facă, cu siguranță, numai bine.

Gullberg fusese de acord și dăduse undă verde operațiunii.

Toate piesele din puzzle căzuseră pe locul lor și acest lucru se întâmplase într-o vreme în care oricum grupul

Zalachenko era pe cale să se destrame. Uniunea Sovietică încetase să mai existe și epoca de glorie a lui Zalachenko făcea în mod definitiv parte din trecut. El avea un termen de garanție care fusese deja ușor depășit.

Grupul Zalachenko se alesese în schimb cu o sumă generoasă, de bun-rămas, dintr-unul din fondurile Säpo. Îi găsiseră cele mai bune condiții de reabilitare și, cu un suspin de ușurare, l-au condus, o jumătate de an mai târziu, pe Karl Axel Bodin la aeroportul Arlanda, dându-i un bilet simplu pentru Spania. Îi explicaseră limpede că din acel moment Secția și Zalachenko o luau pe drumuri diferite. A fost una din ultimele misiuni ale lui Gullberg. O săptămână mai târziu, la vârsta potrivită, ieșea la pensie, lăsându-și locul urmașului la tron, Fredrik Clinton. Gullberg mai era solicitat doar drept consultant sau sfătuitor în problemele delicate. Rămăsese la Stockholm încă trei ani și lucra aproape zilnic la Secție, dar însărcinările deveneau tot mai rare și, încetul cu încetul, el însuși își făcea lichidarea. S-a întors în orașul de baștină, Laholm, și mai colabora din când în când, de la distanță. În primii ani călătorise cu regularitate la Stockholm, dar chiar și aceste călătorii deveniseră tot mai rare.

Încetase să se mai gândească la Zalachenko. Până în dimineața în care s-a trezit și a găsit-o pe fiica lui Zalachenko în toate paginile ziarelor, bănuită de triplu omor.

Gullberg urmărise buletinele de știri cu un sentiment de confuzie. Înțelegea foarte bine că nu era o simplă întâmplare că Salander îl avusese ca tutore pe Bjurman, dar readucerea în discuție a vechii afaceri Zalachenko nu i se părea un pericol iminent. Salander era bolnavă mintal. Nu-l uimea faptul că ea înscenase o orgie ucigașă. Însă nici nu-i trecuse prin minte că Zalachenko ar putea avea vreo legătură cu această treabă, înainte să dea drumul la televizor pentru știrile de dimineață și să vadă, servite pe tavă, întâmplările de la Gosseberga. Atunci doar începuse să dea telefoane și, în cele din urmă, își rezervase un bilet de tren pentru Stockholm.

Secția se afla în fața celei mai grave crize din ziua în care organizația fusese întemeiată. Totul amenința să se prăbușească.

Zalachenko s-a târât până la toaletă, să urineze. De când spitalul Sahlgrenska îi oferise o pereche de cârje, putea să se miște. Dedicase zilele de duminică și luni unor scurte reprize de antrenament. Încă mai avea dureri cumplite în maxilar și nu putea mânca decât hrană lichidă, dar era capabil să se ridice și să meargă pe distanțe mai scurte.

Era obișnuit cu cârjele, după ce trăise cu o proteză aproape 15 ani. Acum se perfecționa în arta de a se deplasa fără zgomot cu cârjele și colinda înainte și înapoi prin cameră. De fiecare dată când piciorul drept atingea pământul, simțea o durere intensă în os.

Strângea din dinți. Se gândea că Lisbeth se afla într-o cameră în imediata apropiere. Îi luase o zi întreagă să descopere că ea se găsea două uși mai departe pe culoar, la stânga.

La ora două noaptea, zece minute după ce sora își încheiase ultima vizită, totul era tăcut și nemișcat. Zalachenko s-a ridicat cu dificultate și a pipăit după cârje. A mers la ușă, ascultând, dar nu se auzea nimic. A deschis ușa, ieșind pe coridor. Auzea vag muzică, din sala surorilor. S-a deplasat spre ieșirea de la capătul culoarului, a crăpat ușa și a privit pe scară. Acolo se aflau ascensoarele. A luat-o înapoi, pe coridor.

Când a trecut prin fața camerei lui Lisbeth Salander, s-a oprit, odihnindu-se în cârje o jumătate de minut.

Surorile îi închiseseră ușa în noaptea aceea. Lisbeth Salander a deschis ochii, auzind un ușor râcâit pe culoar. Nu putea să identifice zgomotul. Era ca și cum cineva ar fi târât ceva foarte atent pe podeaua coridorului. Un moment, nu se mai auzi nimic și ea se întrebă dacă nu cumva fusese o închipuire. După vreo jumătate de minut, auzi sunetul din nou. Se îndepărta. Senzația neplăcută i se accentuă.

Zalachenko se afla undeva, afară.

Se simțea prizonieră în patul acela. Sub gulerul de protecție, avea mâncărimi. Simțea dorința intensă de a se ridica. După o vreme, reuși să se ridice în capul oaselor. Era cam tot ce putea face. Se lăsă să cadă înapoi, punând capul pe pernă.

După o vreme, pipăi gulerul și găsi nasturii care-l țineau închis. Îi desfăcu și lăsă gulerul să cadă pe podea. Dintr-odată, îi era mai ușor să respire.

Își dorea să fi avut armă la îndemână și destule forțe ca să se ridice și să termine cu el, odată pentru totdeauna.

În cele din urmă, se ridică în coate. Aprinse veioza și privi în jur. Nu vedea nimic care să poată fi folosit drept armă. Apoi, privirea îi căzu pe măsuța folosită de surori, de lângă perete, la trei metri de patul ei. Constată că cineva lăsase pe masă un creion.

A așteptat până ce sora de gardă și-a făcut rondul, ceea ce părea să se întâmple în noaptea aceea la fiecare jumătate de oră. Presupunea că vizitele mai rare însemnau că doctorii hotărâseră că este într-o condiție mai bună, comparativ cu serile anterioare, când sora o vizitase la fiecare 15 minute, sau și mai des. În ceea ce o privea, nu simțea nicio schimbare deosebită.

Când rămase singură, își adună puterile, se ridică în capul oaselor și lăsă picioarele să-i atârne peste marginea patului. Avea electrozi prinşi cu bandă adezivă, care-i înregistrau pulsul şi respiraţia, însă firele mergeau în direcţia locului unde se afla creionul. Se ridică în picioare cu grijă şi se clătină complet, total dezechilibrată. O secundă simţi că e gata să leşine, dar se rezemă de pat şi îşi concentră privirea pe masa din faţa ei. Făcu trei paşi şovăitori, întinse mâna şi apucă creionul.

Se dădu înapoi cu spatele, spre pat. Era total epuizată.

După o vreme, reuşi să tragă peste ea învelitoarea. Luă creionul, pipăindu-i vârful. Era un creion absolut obişnuit, de lemn. Era proaspăt ascuţit şi înţepa ca un ac. Putea fi o armă bună de înfipt în faţă sau în ochi.

Aşeză creionul la îndemână, lângă şold şi adormi.

6
Luni 11 aprilie

Luni dimineața, Mikael Blomkvist s-a trezit puțin după ora 9 și i-a telefonat lui Malin Eriksson care tocmai sosise la *Millennium*.

— Bună dimineața, doamnă redactor-șef! o salută el.

— Încă nu-mi vine să cred că Erika a plecat și că m-ați vrut pe mine ca redactor-șef.

— Da?

— Ea a plecat. Biroul e gol.

— Atunci ar fi o idee bună să te instalezi acolo.

— Nu știu cum să mă comport. Mă simt foarte prost.

— Nu trebuie. Toți sunt de acord că în această situație ești cea mai bună alegere. Și poți oricând să apelezi la mine sau la Christer.

— Mulțumesc pentru încredere.

— Aș, făcu Mikael. Continuă să lucrezi ca de obicei. O vreme, vom rezolva problemele pe măsură ce apar.

— OK. Ce voiai?

Mikael îi răspunse că voia să rămână acasă și să scrie. Malin deveni brusc conștientă că îi raporta ei la fel cum — probabil — obișnuia să o informeze pe Erika Berger la ce anume lucra. O aștepta să facă un comentariu. Sau se înșela?

— Ai vreo instrucțiune pentru noi?

— Nuu... Dimpotrivă, dacă tu ai instrucțiuni pentru mine, sună-mă. Mă ocup în continuare de afacerea Salander și mă gândesc ce soluții trebuie găsite, dar, în tot ce privește revista, mingea este în terenul tău! Ia hotărâri. Eu te voi sprijini.

— Și dacă iau o hotărâre greșită?

— Dacă văd sau aud ceva de genul ăsta, o să-ți spun. În cazurile normale, nu există nicio hotărâre care să fie sută la sută bună sau greșită. Tu vei lua deciziile tale, care poate că nu sunt identice cu cele pe care le-ar fi luat Erika Berger. Și dacă eu voi lua hotărâri, va fi o a treia variantă. Însă acum deciziile tale sunt cele care prevalează.

— OK.

— Dacă ești un șef bun, vei discuta întrebările cu ceilalți. În primul rând, cu Henry și Christer, apoi, cu mine, iar problemele cu adevărat dificile vor fi discutate în ședința de redacție.

— O să-mi dau toată silința.

— Grozav.

Mikael s-a așezat pe canapeaua din living cu iBook-ul pe genunchi și a lucrat fără întrerupere toată ziua. Când a terminat, avea o primă formă a două texte care însumau 21 de pagini. O parte din *story* era centrată pe uciderea colaboratorului Dag Svensson și a iubitei lui, Mia Bergman — la ce lucrau, de ce fuseseră împușcați și cine era ucigașul. În mare, socotea că va trebui să mai scrie încă 40 de pagini pentru numărul din vară al revistei. Și trebuia să se hotărască cum o va descrie pe Salander în textul său, fără să-i prejudicieze integritatea. Știa despre ea lucruri pe care în mod sigur aceasta nu voia să le vadă făcute publice.

Evert Gullberg și-a luat micul dejun, compus dintr-o singură felie de pâine și o ceașcă de cafea neagră, în cafeneaua hotelului Frey. Apoi, a luat un taxi până pe Artillerigatan, în Östermalm. La ora 9:15 a sunat la interfon, spunându-și numele și i s-a dat imediat drumul. A urcat la etajul șase, unde a fost întâmpinat de Birger Wadensjöö, în vârstă de 54 de ani. Noul șef al Secției.

Wadensjöö fusese unul dintre cei mai tineri recruți din Secție, atunci când Gullberg ieșise la pensie. Acesta nu era prea sigur ce părere avea despre el.

Ar fi dorit ca energicul Fredrik Clinton să mai fie încă acolo. Clinton îi urmase lui Gullberg și fusese șef al Secției până în 2002, când diabetul și problemele cardiovasculare îl obligaseră, mai mult sau mai puțin, să se pensioneze. Gullberg nu reușea să-și dea seama din ce aluat era făcut Wadensjöö.

— Bună ziua, Evert, spuse Wadensjöö, dând mâna cu fostul lui șef. Îmi pare bine că ți-ai făcut timp să treci pe aici.

— Nu prea am altceva, în afară de timp, zise Gullberg.

— Știi cum e. N-am prea știut să păstrăm legăturile cu vechii servitori credincioși.

Evert Gullberg ignoră această afirmație. O luă spre stânga și merse în biroul lui de odinioară, așezându-se la masa de conferințe rotundă, de lângă fereastră. Wadensjöö (așa presupunea) atârnase pe pereți reproduceri după Chagall și Mondrian. Pe vremea lui, Gullberg avusese pe pereți planșe cu desene ale unor nave istorice, precum *Kronan* sau *Wasa*. Totdeauna visase la mare și, de fapt, el era la bază ofițer de marină, chiar dacă nu petrecuse pe mare decât câteva luni, în timpul serviciului militar. Biroul avea acum și computere. În rest, arăta aproape exact ca atunci când își încheiase el cariera. Wadensjöö îl servi cu o cafea.

— Ceilalți sosesc imediat, spuse el. M-am gândit că ar fi bine ca mai înainte să stăm puțin de vorbă.

— Câți din vremea mea au mai rămas la Secție?

— Ne-am reorganizat un pic.

— Aha!

— În prezent, se află șapte persoane cu normă întreagă aici, la Secție. Prin urmare, am redus personalul. În total însă Secția are 31 de colaboratori, în cadrul RPS/Säk. Cei mai mulți dintre ei nu vin niciodată aici, își fac slujbele obișnuite și munca pentru noi constituie mai curând un mic adaos, de seară.

— 31 de colaboratori.

— Plus 7. Tu ești cel care ai creat de fapt sistemul. Noi l-am șlefuit doar, și astăzi se vorbește despre o organizație internă și alta externă. Când recrutăm vreo persoană, aceasta își ia liber o perioadă și face școală la noi. Hallberg se ocupă de instruire. Stagiul de bază este de șase săptămâni. Îl ținem la Școala de Marină. După aceea, se întoarce la postul obișnuit, la RPS/Säk, dar este angajatul nostru.

— Aha!

— De fapt, este un sistem extraordinar. Cei mai mulți colaboratori nici nu bănuiesc existența celorlalți. Și aici, la Secție, noi funcționăm mai curând drept cei care primesc rapoartele. Sunt aceleași reguli ca pe vremea ta. Se presupune că suntem o organizație care nu iese în evidență.

— Există o unitate operativă?

Wadensjöö înălță din sprâncene. Pe vremea lui Gullberg, Secția avusese o mică unitate operativă, formată din patru persoane, sub comanda lui Hans von Rottinger, un tip cu experiență.

— Păi, nu chiar. Rottinger a murit acum cinci ani. Avem un băiat mai tânăr, foarte talentat, care face o parte din munca de teren, dar în mod curent folosim pe cineva din organizația externă, dacă este nevoie. Fără a mai vorbi că a devenit mult mai complicat din punct de vedere tehnic ca, de exemplu, să organizezi o ascultare telefonică sau să intri într-un apartament. Acum, peste tot există sisteme de alarmă și alte porcării de-astea.

Gullberg făcu un semn de aprobare.

— Bugetul? întrebă el.

— În total, avem mai mult de 11 milioane pe an. O treime merge la salarii, o treime la întreținere și o treime la activitatea propriu-zisă.

— Prin urmare, bugetul s-a micșorat?

— Un pic. Dar avem mai puțin personal, ceea ce înseamnă de fapt că bugetul Secției a crescut.

— Înțeleg. Povestește-mi acum care sunt relațiile noastre cu RPS/Säk.

Wadensjöö clătină din cap.

— Secretarul general și contabilul-șef sunt de-ai noștri. Oficial, secretarul general este singurul care are acces la activitatea noastră. Suntem atât de secreți, încât nu existăm. Dar, în realitate, mai știu și vreo doi șefi adjuncți de existența noastră. Ei fac tot ce pot să nu audă vorbindu-se despre noi.

— Înțeleg. Ceea ce înseamnă că, dacă se ivesc probleme, actuala conducerea Säpo va avea o surpriză foarte neplăcută. Cum rămâne cu direcția apărării și cu guvernul?

— Am întrerupt legăturile cu apărarea acum vreo zece ani. Iar guvernele, ele vin și pleacă.

— Așa că, dacă vine furtuna, suntem absolut singuri?

Wadensjöö dădu din cap.

— Acesta este dezavantajul cu aranjamentul nostru. Avantajul e însă evident. Dar sarcinile noastre de lucru s-au schimbat, de asemenea. E o cu totul altă situație politică reală în Europa, de când a căzut Uniunea Sovietică.

Munca noastră se referă de fapt tot mai puțin la identificarea de spioni. Acum este vorba despre terorism, dar mai ales să judeci oportunitatea politică a unor persoane în posturi delicate.

— Despre asta a fost vorba întotdeauna.

Se auzi o bătaie în ușă. Gullberg văzu un bărbat îngrijit îmbrăcat, de vreo 60 de ani, și altul, mai tânăr, în jeanși și sacou.

— Bună, băieți, îi salută Wadensjöö. Și, întorcându-se spre Gullberg, zise: Ți-l prezint pe Jonas Sandberg. Lucrează aici de patru ani și răspunde de intervențiile operative. Ți-am povestit despre el. Și Georg Nyström. V-ați mai întâlnit.

— Bună ziua, Georg, spuse Gullberg.

Își dădură mâna. Apoi, Gullberg se întoarse spre Jonas Sandberg.

— Și tu, de unde vii? întrebă Gullberg, cercetându-l.

— Pentru moment, de la Göteborg, spuse în glumă Sandberg. I-am făcut o vizită.

— Lui Zalachenko, zise Gullberg.

— Luați loc, domnilor, îi invită Wadensjöö.

— Unde-i Björck? întrebă Gullberg încruntând din sprâncene, atunci când Wadensjöö își aprinse o cigarillo.

Își scosese haina și se lăsase pe spate, pe scaun. Wadensjöö îi aruncă o privire și fu uimit cât de tare slăbise bătrânul.

— Deci, a fost reținut vineri pentru cumpărare de servicii sexuale, spuse Georg Nyström. Încă n-a început urmărirea judiciară, însă el a recunoscut, în principiu, și s-a întors acasă cu coada între picioare. Locuiește la țară, în Smådalarö, cât timp mai e în concediu de boală. Presa încă n-a aflat povestea.

— Pe vremuri, Björck era absolut cel mai bun dintre oamenii de la Secție, spuse Gullberg. A avut un rol-cheie în afacerea Zalachenko. Ce s-a întâmplat cu el, de când am ieșit eu la pensie?

— E unul dintre foarte puținii colaboratori interni care au plecat de la Secție și s-au întors la activitatea externă. Și pe vremea ta s-a plimbat o grămadă.

— Da, avea nevoie să se odihnească puțin și voia să-și lărgească orizontul. A fost în concediu doi ani, în perioada '80, când lucra ca ofițer al serviciilor de informații. În vremea aceea lucrase ca un nebun cu Zalachenko, aproape zi și noapte, cu începere din 1976 și eu am considerat că avea cu adevărat nevoie de o pauză. A fost plecat între 1985 și 1987, când s-a întors aici.

— Se poate spune că a încetat să lucreze la Secție în 1994 și s-a întors în organizația externă. În 1996, a devenit șef adjunct la departamentul pentru străini și s-a trezit într-un post dificil, unde avea enorm de muncă. Desigur, a păstrat legătura cu Secția tot timpul și, de asemenea, pot să spun că am avut discuții regulate, cam o dată pe lună, până în ultima vreme.

— Deci, este bolnav.

— Nu e nimic grav, mai curând dureros. Are hernie de disc. În ultimii ani, a avut mereu neplăceri. Acum doi ani, a fost în concediu de boală patru luni. Și, pe urmă, a făcut o recidivă în august, anul trecut. Ar fi trebuit să reia lucrul de la 1 ianuarie, dar concediul medical i-a fost prelungit și acum așteaptă să fie operat.

— Și a folosit concediul de boală ca să alerge după curve, spuse Gullberg.

— Da, e neînsurat și vizitele la prostituate durează de mulți ani, dacă am înțeles eu bine, zise Jonas Sandberg, care până în acel moment nu scosese o vorbă, aproape o jumătate de oră. Am citit manuscrisul lui Dag Svensson.

— Aha! Dar ar putea cineva să-mi explice exact ce s-a întâmplat?

— După câte știm, Björck trebuie să fi fost cel care a pus în mișcare tot bâlciul ăsta. E singurul fel în care se poate explica modul cum a ajuns raportul din 1991 în mâinile avocatului Bjurman.

— Care și-a petrecut și el timpul alergând după curve? întrebă Gullberg.

— Nu, după știința noastră. În orice caz, nu apare în materialul lui Dag Svensson. În schimb, el era tutorele lui Lisbeth Salander.

Wadensjöö oftă adânc.

— Se poate spune că a fost greșeala mea. Tu și cu Björck ați scăpat de Salander, băgând-o în 1991 la psihiatrie. Noi contasem pe faptul că va rămâne în afara jocului mult mai mult, însă ea a primit un girant legal, pe avocatul Holger Palmgren, care a reușit de fapt s-o scoată de acolo. La vremea aceea, tu erai deja la pensie.

— Și pe urmă, ce s-a întâmplat?

— O țineam sub observație. Sora ei, Camilla Salander, fusese plasată între timp la o familie de adopție, în Uppsala. Când au împlinit 17 ani, Lisbeth Salander a început dintr-odată să facă săpături în trecut. L-a căutat pe Zalachenko, scotocind prin toate dosarele și registrele oficiale pe care a putut pune mâna. Într-un fel, nu suntem siguri cum, a primit informații despre faptul că sora ei știa unde se află Zalachenko.

— Și era adevărat?

Wadensjöö înălță din umeri.

— De fapt, n-am nicio idee. Surorile nu se întâlniseră de mulți ani, când Lisbeth Salander a dat de urma Camillei și a încercat s-o facă să-i povestească ce știa. Asta s-a terminat cu un scandal monstru și o încăierare de toată frumusețea între surori.

— Da?

— În lunile acelea, o țineam sub observație atentă pe Lisbeth. O informasem de asemeni pe Camilla că sora ei era violentă și bolnavă psihic. Ea a fost cea care a luat legătura cu noi, după vizita neașteptată a lui Lisbeth, prin urmare am întărit măsurile de supraveghere.

— Prin urmare, sora era informatoarea ta?

— Camilla Salander era speriată de moarte de sora ei. Oricum, Lisbeth a atras și atenția altora. S-a certat de mai multe ori cu personalul de la Serviciul de asistență socială și am considerat că încă reprezenta un risc pentru anonimatul lui Zalachenko. Apoi, a avut loc incidentul acela din metrou.

— A atacat un pedofil...

— Exact. După cum se părea, era o natură violentă și avea deficiențe psihice. Am considerat că era mai sigur pentru toate părțile dacă ar dispărea din nou în vreun azil și, ca să spun așa, ne-am folosit de prilej. Cei care au acționat au fost Fredrik Clinton și Rotttinger. L-au angajat pe Peter Teleborian din nou și au încercat, prin intervenția anumitor persoane, să facă în așa fel încât tribunalul să aprobe din nou internarea fetei într-o instituție specială. Holger Palmgren a fost reprezentantul lui Lisbeth și, împotriva tuturor așteptărilor, tribunalul a ales să meargă pe linia lui — cu condiția ca ea să fie pusă sub tutelă.

— Dar cum a ajuns Bjurman să se amestece?

— Palmgren a făcut o congestie cerebrală în toamna lui 2002. Numele „Salander" continua să ne fie semnalat, de câte ori apărea în vreo bază de date, și am avut grijă ca Bjurman să devină noul ei tutore. Trebuie notat faptul că acesta nu avea nicio idee că era vorba de fata lui Zalachenko. Intenția a fost, pur și simplu, ca în cazul în care ea va începe din nou să aiureze despre Zalachenko, Bjurman să reacționeze și să dea alarma.

— Bjurman era un idiot. N-ar fi trebuit niciodată să aibă de-a face cu Zalachenko și cu atât mai puțin cu fata lui.

Gullberg îl privi pe Wadensjöö.

— A fost o greșeală gravă.

— Știu, spuse Wadensjöö. Dar atunci părea o soluție potrivită și nu aveam cum să-mi imaginez că...

— În prezent, unde se află sora lui Lisbeth? Camilla Salander?

— Nu știm. Când avea 19 ani, și-a făcut valiza și a părăsit familia de adopție. De atunci, n-am mai auzit nimic despre ea. A dispărut.

— Bine, continuă...

— Am un informator la gaborii statului care a vorbit cu procurorul Richard Ekström, spuse Sandberg. Cel care conduce investigațiile, comisarul Bublanski, crede că Bjurman a violat-o pe Salander.

Gullberg îl privi pe Sandberg cu o uimire sinceră. Apoi, își trecu gânditor mâna peste bărbie:

— A violat-o? repetă el.

— Bjurman avea un tatuaj peste toată burta cu textul: „Sunt un porc sadic, un nemernic și un violator".

Sandberg puse pe masă o fotografie color, de la autopsie. Gullberg privi cu ochii holbați pântecele lui Bjurman.

— Și fata lui Zalachenko să fi făcut asta?

— Situația e dificil de explicat altfel. Iar ea, după cum se pare, e departe de a fi inofensivă. A scos untul din doi huligani de la un club de motocicliști.

— Fata lui Zalachenko, repetă Gullberg.

Se întoarse spre Wadensjöö:

— Știi ce, cred că ai face bine s-o recrutezi.

Wadensjöö avu un aer așa de surprins, încât Gullberg se simți obligat să adauge că fusese o glumă.

— OK. Să luăm ca ipoteză de lucru că Bjurman a violat-o și că ea s-a răzbunat. Și pe urmă?

— Singurul care ar fi putut spune ce s-a întâmplat este, de bună seamă, Bjurman însuși, dar e un pic dificil, întrucât e mort. Dar fapt este că n-avea habar că-i fata lui Zalachenko, fiindcă lucrul ăsta nu apare în registrele oficiale. Însă undeva, pe parcursul călătoriei, Bjurman a descoperit legătura.

— Dar, la dracu', Wadensjöö, știa doar cine îi e tată și ar fi putut să-i povestească lui Bjurman în orice moment...

— Știu. Noi... Personal, m-am înșelat în afacerea asta.

— Ai dat dovadă de o incompetență impardonabilă, spuse Gullberg.

— Știu. Și mi-am tras palme singur de o mie de ori. Dar Bjurman era unul dintre puținii care aveau cunoștință de existența lui Zalachenko și m-am gândit că era mai bine ca el să descopere că-i fata lui Zalachenko decât vreun tutore necunoscut. Practic, ea ar fi putut să-i povestească oricui.

Gullberg se trase de lobul urechii.

— Mda... Continuă.

— Toate sunt doar ipoteze, spuse Georg Nyström pe un ton împăciuitor. După părerea mea, Bjurman s-a dat la Salander, și ea s-a răzbunat cu asta... zise, arătând spre tatuajul din fotografie.

— Fata lu' tata, spuse Gullberg.

Avea o urmă de admirație în glas.

— Drept urmare, Bjurman a luat legătura cu Zalachenko, ca să se ocupe de fiică-sa. Zalachenko, după cum se știe, avea motive s-o urască pe Lisbeth Salander mai mult decât alții. Și, la rândul lui, a trecut afacerea în mâna celor de la Svavelsjö MC și a acelui Niedermann, cu care se întovărășise.

— Dar cum a făcut Bjurman legătura...

Gullberg tăcu. Răspunsul era evident.

— Björck, spuse Wadensjöö. Singura explicație pentru cum a putut Bjurman să-l găsească pe Zalachenko este că Björck i-a dat informația.

— La dracu', zise Gullberg.

Lisbeth Salander simțea o neliniște tot mai mare, combinată cu o puternică iritare. Dimineața, două infirmiere veniseră să-i facă patul. Ele găsiseră imediat creionul.

— Hopa! Cum a ajuns aici? spusese una dintre ele, băgând creionul în buzunar, în vreme ce Lisbeth îi arunca o privire ucigașă.

Acum era din nou lipsită de arme și, în plus, așa de slăbită, că n-avea forță nici să protesteze.

Se simțise rău tot sfârșitul de săptămână. O durea capul îngrozitor și primea calmante puternice. Mai avea o durere surdă în umăr, care putea brusc s-o fulgere ca un cuțit, atunci când se mișca neatent sau își schimba poziția. Zăcea pe spate, cu gulerul de protecție în jurul gâtului. Gulerul mai avea să rămână acolo câteva zile, până ce rana de la cap va începe să se vindece. Sâmbătă făcuse febră — 38 cu 7. Dr. Helena Endrin concluzionase că avea o infecție în corp. Cu alte cuvinte, nu era sănătoasă. Or, Lisbeth nu avea nevoie de un termometru ca să-și dea seama de asta.

Constata că se afla în continuare captivă într-un pat de spital, chiar dacă de data aceasta lipseau curelele care s-o țină nemișcată. Ceea ce nici măcar nu era necesar. Nu avea putere nici să se ridice în capul oaselor, darămite să se aventureze în cine știe ce evadare.

Luni, la ora prânzului, primi vizita doctorului Anders Jonasson. Îi părea cunoscut.

— Bună ziua. Mă recunoști?

Ea clătină ușor din cap.

— Erai amețită rău, dar eu te-am trezit după operație. Și tot eu te-am operat. Voiam doar să văd cum te simți și dacă totul este în ordine.

Lisbeth Salander îl cercetă cu ochii mari. Ar fi trebuit să fie evident că nu era totul în ordine.

— Am auzit că ți-ai scos gulerul de protecție azi-noapte.

Ea aprobă.

— Nu ți l-am pus de amuzament, ci pentru că trebuie să-ți ții capul nemișcat în vreme ce are loc procesul de vindecare.

O privi atent pe fata tăcută.

— Bine, spuse în cele din urmă. Voiam doar să te văd.

Ajunsese la ușă, când îi auzi vocea:

— Jonasson, nu-i așa?

El se întoarse, privind-o uluit.

— Așa e. Dacă-ți amintești numele meu, trebuie să fi fost într-o formă mai bună decât îmi închipuiam.

— Dumneata ai scos glonțul?

— Așa e.

— Poți să-mi spui cum stau lucrurile? Nu primesc de la nimeni un răspuns rezonabil.

Se întoarse la patul ei, privind-o în ochi.

— Ai avut noroc. Ai fost împușcată în cap, dar se pare că n-a fost atinsă nicio zonă vitală. Acum, există riscul să se producă sângerări în creier. De aceea vrem să stai nemișcată. Ai și o infecție în corp. Se pare că rana de la umăr este de vină. E posibil să trebuiască să te operăm din nou, dacă nu putem învinge infecția cu antibiotice. Vei avea dureri, cât timp are loc procesul de vindecare. Dar, după cum arată situația acum, ai mari șanse să te faci bine.

— O să-mi lase urme în creier?

El șovăi, înainte de a face un semn de aprobare.

— Da, există riscul. Însă toate semnele arată că ai scăpat ușor. Apoi, mai există o eventualitate, să-ți rămână o cicatrice pe creier care să creeze probleme, de exemplu să dezvolți o epilepsie sau altă porcărie de genul ăsta. Dar, cinstit vorbind, toate astea sunt simple speculații. Pentru moment, totul arată bine. Te vindeci. Și, dacă apar probleme pe parcurs, o să le facem față. E un răspuns destul de rezonabil?

Lisbeth dădu din cap.

— Câtă vreme trebuie să rămân aici?

— Vrei să spui în spital. În orice caz, o să dureze vreo câteva săptămâni, înainte să-ți dăm drumul.

— Nu, vreau să spun, cât timp, înainte să mă pot ridica și să încep să merg, să mă mișc?

— Nu știu. Depinde de cicatrizare. Dar ia în considerare cel puțin două săptămâni, înainte să putem începe cu vreo formă de fizioterapie.

Ea îl cercetă serioasă, un lung moment.

— N-ai cumva o țigară? îl întrebă.

Anders Jonasson izbucni fără voie în râs și clătină capul.

— Îmi pare rău. Fumatul este interzis. Dar pot spune să ți se pună plasturi cu nicotină, sau să-ți dea gumă de mestecat cu nicotină.

Ea medită un moment, înainte de a aproba. Apoi, îl privi din nou.

— Ce face boșorogul?

— Cine? A... Vrei să spui...

— Cel care a venit odată cu mine.

— Nu ți-e prieten, bănuiesc. Așa și așa. Va supraviețui. De fapt, s-a sculat și a mers pe aici, cu cârjele. Din punct de vedere fizic, e mai rău lovit decât tine și are o rană la față foarte dureroasă. Dacă am înțeles bine, i-ai înfipt o secure în țeastă.

— A încercat să mă omoare, spuse Lisbeth cu voce scăzută.

— Nu sună deloc bine. Acum trebuie să plec. Vrei să vin să te văd din nou?

Lisbeth Salander medită un moment. Apoi, aprobă scurt. După ce doctorul închise ușa, privi gânditoare în tavan. *Zalachenko primise cârje. Ăsta era zgomotul pe care-l auzise noaptea trecută.*

Jonas Sandberg, care era cel mai tânăr din grup, a fost trimis să cumpere de mâncare. S-a întors cu sushi și cu bere, pe care le-a împărțit în jurul mesei. Evert Gullberg a simțit o undă de melancolie. Exact așa fusese și pe vremea lui, când o misiune ajungea la punctul critic și munca se desfășura fără întrerupere, zi și noapte.

Deosebirea, constată el, era poate că pe vremea lui nimeni n-ar fi avut ideea ciudată de-a comanda pește crud la prânz. Își dori ca Sandberg să fi comandat chiftele cu piure și dulceață de afine. Dar, pe de altă parte, nu-i era foame și putea fără regrete să dea deoparte peștele acela. A mâncat doar o bucată de pâine și a băut apă minerală.

În timp ce mâncau, au continuat discuția. Ajunseseră la un punct în care erau obligați să rezume situația și să hotărască ce măsuri trebuiau luate. Erau decizii care nu puteau să aștepte.

— Nu l-am cunoscut niciodată personal pe Zalachenko, spuse Wadensjöö. Cum era?

— Exact cum este și astăzi, presupun, răspunse Gullberg. Remarcabil de inteligent, cu o memorie a detaliilor aproape fotografică. Însă, după părerea mea, un porc blestemat. Și un pic psihopat, aș crede.

— Jonas, l-ai întâlnit ieri. Care-i concluzia ta? întrebă Wadensjöö.

Jonas Sandberg lăsă tacâmurile din mână.

— El are controlul. Am povestit deja despre ultimatumul pe care ni l-a dat. Ori facem să dispară totul ca prin farmec, ori dă Secția peste cap.

— Cum dracu' își imaginează că putem face să dispară ceva ce s-a vânturat prin toată presa? se miră Georg Nyström.

— Nu e vorba de ce putem sau nu putem noi face. E vorba de nevoia lui de a ne controla, spuse Gullberg.

— Tu ce crezi? O va face? Va vorbi cu mass-media? îl întrebă Wadensjöö.

Gullberg răspunse accentuând cuvintele.

— E aproape imposibil să răspunzi la o asemenea întrebare. Zalachenko nu vine cu amenințări goale și va face ce e mai bine pentru el însuși. În această privință, este previzibil. Dacă-l avantajează să vorbească cu jurnaliștii... dacă poate primi amnistie sau reducerea pedepsei, o va face. Sau dacă se simte trădat și vrea să ne enerveze.

— Indiferent de consecințe?

— Mai ales, indiferent de consecințe. Pentru el e vorba să se arate mai grozav decât noi toți.

— Chiar dacă Zalachenko vorbește, nu e sigur că va fi crezut. Pentru a se putea proba ceva, e nevoie să se ajungă în arhiva noastră. El nu cunoaște această adresă.

— Vrei să-ți iei riscul? Să spunem că Zalachenko vorbește. Cine va vorbi după aceea? Ce facem dacă Björck îi confirmă povestea? Și Clinton, cu dializa lui... ce se va întâmpla dacă a devenit religios sau e scârbit de toate? Gândiți-vă, dacă vrea să se spovedească? Credeți-mă, dacă cineva va începe să vorbească, s-a terminat cu Secția.

— Atunci... ce facem?

În jurul mesei se așternu tăcerea. Gulberg fu cel care reluă firul discuției.

— Problema are două aspecte. În ce privește primul aspect, putem fi de acord care vor fi consecințele în caz că Zalachenko vorbește. Toată blestemata asta de Suedie constituțională ne va sări în cap. Vom fi făcuți una cu pământul. Pot ghici că mulți dintre angajații Secției vor intra la pușcărie.

— Dar activitatea este legală din punct de vedere juridic, noi lucrăm de fapt la ordinul guvernului.

— Nu vorbi prostii, zise Gullberg. Tu știi la fel de bine ca mine că o hârtie cu o formulare vagă care a fost scrisă pe la mijlocul anilor '60 nu mai valorează nimic astăzi. Aș zice că niciunul dintre noi n-ar vrea să știe exact ce se va întâmpla dacă Zalachenko vorbește, adăugă el.

Se făcu din nou tăcere.

— Prin urmare, punctul de la care pornim este să-l facem pe Zalachenko să-și țină gura, spuse în cele din urmă Georg Nyström.

Gullberg încuviință.

— Și, pentru a-l determina să păstreze tăcerea, trebuie să-i oferim ceva substanțial. Problema este că e imprevizibil. Ar putea la fel de bine să ne fiarbă doar din răutate. Trebuie să ne gândim cum vom putea să-l ținem în șah.

— Și pretențiile lui... spuse Jonas Sandberg. Să facem să dispară întreaga istorie și Salander să reintre la balamuc.

— De Salander putem să ne ocupăm. Zalachenko este problema. Dar asta ne duce la al doilea aspect al problemei — limitarea pagubelor. Raportul lui Teleborian din 1991 a fost dezvăluit și acesta este o potențială amenințare la fel de gravă ca Zalachenko.

Georg Nyström tuși, dregându-și glasul:

— De îndată ce am înțeles că raportul a fost descoperit și a ajuns la poliție, am luat măsuri. Am acționat prin juristul Forelius de la RPS/Säk, care i-a contactat pe cei de la procuratura generală. Aceștia au ordonat ca toate copiile să fie strânse de la poliție — că acest raport nu poate fi difuzat sau copiat.

— Cât de mult știu cei de la procuratură? întrebă Gullberg.

— Nimic. Procurorul acționează în urma unei cereri oficiale din partea RPS/Säk, este vorba despre material calificat drept secret și el n-a avut de ales. Nu putea acționa într-alt fel.

— OK. Cine dintre cei de la poliție a citit raportul?

— Au existat două copii, care au fost citite de Bublanski, de colega lui Sonja Modig și, în sfârșit, de șeful anchetei preliminare Richard Ekström. Putem fără îndoială presupune că încă doi polițiști... — Nyström răsfoi printre hârtiile sale — ...un anume Curt Svensson și altul, Jerker Holmberg, știu cel puțin ce cuprinde.

— Prin urmare, patru polițiști și un procuror. Ce știm despre ei?

— Procurorul Ekström, 42 de ani. Este considerat un star în ascensiune. A fost anchetator la ministerul justiției și a avut un număr de procese remarcate. Meticulos. Avid de publicitate. Carierist.

— Social-democrat? întrebă Gullberg.

— Probabil. Dar nu activ.

— Bublanski, prin urmare, conduce investigațiile. L-am văzut la televizor, la o conferință de presă. Nu părea să se simtă bine în fața camerelor.

— Are 52 de ani și un curriculum vitae excepțional, însă și faima de a fi un ursuz. Este evreu și destul de ortodox.

— Și femeia asta... Cine este?

— Sonja Modig. Căsătorită, 39 de ani, mamă a doi copii. A făcut o carieră destul de rapidă. Am vorbit cu Peter Teleborian, care o descrie ca impresionantă. Pune totul sub semnul întrebării.

— OK.

— Curt Svensson este un dur, 38 de ani. Vine de la brigada pentru combaterea crimei organizate din Söderort și s-a vorbit mult despre el după ce a împușcat un huligan, cu câțiva ani în urmă. De altfel, pe el l-a trimis Bublanski ca să-l ridice pe Gunnar Björck.

— Înțeleg. Reține că a ucis. Dacă va fi nevoie să punem sub semnul îndoielii grupul lui Bublanski, vom putea oricând să-l înfățișăm drept un polițist incapabil. Presupun că mai avem contacte mediatice relevante... Și ultimul tip?

— Jerker Holmberg, 55 de ani. Vine din Norrland și este de fapt specialist în cercetarea locului crimei. A avut o ofertă să facă o specializare pentru un post de comisar acum vreo doi ani și a refuzat. Pare să se simtă bine cu treaba pe care o face.

— Este vreunul dintre ei activ din punct de vedere politic?

— Nu. Tatăl lui Holmberg a fost consilier municipal de centru, în anii '70.

— Hmm. Par să fie la locul lor. Și putem presupune că sunt destul de sudați între ei. Pot fi izolați, într-un fel sau altul?

— Mai există un al cincilea polițist care este, de asemenea, amestecat, spuse Nyström. Hans Faste, 47 de ani. Am apucat să aflu că a izbucnit o ceartă serioasă între Faste și Bublanski. Atât de serioasă, că Faste a cerut concediu medical.

— Ce știm despre el?

— Când am întrebat, au fost reacții diferite. Are o lungă listă de merite și propriu-zis nicio bilă neagră. Un profesionist. Însă este o persoană dificilă. Și se pare că cearta între Faste și Bublanski a avut de-a face cu Lisbeth Salander.

— Cum așa?

— Faste pare să fi făcut o fixație pentru o poveste cu o bandă de lesbiene sataniste, despre care au scris toate ziarele. Nu-i place deloc Salander și pare să ia drept sfidare personală existența acesteia. Probabil că el se află în spatele a cel puțin jumătate din toate zvonurile. Am auzit de la un vechi coleg că, în general, are dificultăți în a lucra cu femeile.

— Interesant, spuse Gullberg.

Reflectă un moment.

— Pentru că ziarele au scris deja despre banda de lesbiene, se pot găsi motive pentru a broda mai departe pe firul acesta. În mod sigur, n-o să-i crească credibilitatea lui Salander.

— Prin urmare, polițiștii care au citit raportul lui Björck sunt o problemă. Putem să-i izolăm în vreun fel? întrebă Sandberg.

Wadensjöö își aprinse o nouă cigarillo.

— Ekström este cel care conduce ancheta preliminară...

— Dar Bublanski ține cârma, spuse Nyström.

— Sigur, însă el nu poate merge împotriva unor decizii administrative.

Wadensjöö rămase gânditor. Îl privi pe Gullberg.

— Ai mai multă experiență decât mine, iar toată această istorie are așa de multe ițe și ramificații... Mi se pare că ar fi înțelept să-i îndepărtăm pe Bublanski și pe Modig de Salander.

— Bine, Wadensjöö, spuse Gullberg. Este exact ce vom face. Bublanski este șeful anchetei asupra uciderii lui Bjurman și a cuplului din Enskede. Salander nu mai e de actualitate în acest context. Acum totul se învârte în jurul neamțului aceluia, Niedermann. Deci, Bublanski și echipa lui se vor concentra asupra urmăririi lui Niedermann.

— OK.

— Salander nu mai e treaba lor. Pe urmă, avem ancheta despre Nykvarn... este vorba despre trei crime vechi. Acolo există o legătură cu Niedermann. Ancheta a fost încredințată acum celor de la Södertälje, dar investigațiile trebuie reunite într-una singură. Prin urmare, Bublanski va fi o vreme foarte ocupat. Cine știe... poate îl prinde pe acel Niedermann.

— Hmm.

— Iar Faste... Poate fi convins să se întoarcă la slujbă? Pare o persoană potrivită ca să cerceteze acuzațiile împotriva lui Salander.

— Înțeleg cum gândești, spuse Wadensjöö. Prin urmare, este vorba de a-l determina pe Ekström să separe cele două chestiuni. Dar asta presupune ca noi să-l putem controla pe Ekström.

— N-ar trebui să fie o problemă prea dificilă, spuse Gullberg.

Îi aruncă o privire lui Nyström, care aprobă.

— Pot eu să mă ocup de Ekström, spuse Nyström. Bănuiesc că ar fi preferat să nu audă niciodată despre Zalachenko. A înapoiat raportul lui Björck de îndată ce i l-a cerut Säpo și a spus că de bună seamă se va conforma la tot ce ține de securitatea statului.

— Ce-ai de gând să faci? îl întrebă Wadensjöö bănuitor.

— Lăsați-mă să construiesc un scenariu, spuse Nyström. Presupun că pur și simplu îi vom explica frumos ce trebuie să facă, dacă vrea să evite ca întreaga lui carieră să aibă un sfârșit brusc.

— Al treilea aspect al problemei este cel mai serios, spuse Gullberg. Nu poliția a dat peste raportul lui Björck... L-au primit de la un jurnalist. Și mass-media este, după cum înțelegeți cu toții, o problemă în acest context. *Millennium.*

Nyström își deschise carnetul de însemnări.

— Mikael Blomkvist, spuse el.

Toți cei de la masă auziseră despre afacerea Wennerström și cunoșteau numele lui Mikael Blomkvist.

— Dag Svensson, jurnalistul care a fost ucis, lucra la *Millennium.* Se ocupa de un subiect privind traficul de carne vie. Așa a dat el de Zalachenko. Mikael Blomkvist a fost cel care l-a găsit asasinat. În plus, el o cunoaște pe Lisbeth Salander și a crezut tot timpul în nevinovăția ei.

— Cum mama dracului putea s-o cunoască pe fata lui Zalachenko? Pare o coincidență prea trasă de păr.

— Nu credem că este o simplă întâmplare, spuse Wadensjöö. Credem că Salander este de fapt legătura între ei toți. Nu putem explica în ce fel, dar este singura ipoteză plauzibilă.

Gullberg rămase tăcut, desenând pe foaia caietului de însemnări inele concentrice. Într-un târziu, ridică privirea:

— Trebuie să mă gândesc la asta. Ies la o plimbare. Ne întâlnim peste vreo oră.

Plimbarea lui Gullberg a durat patru ore și nu una, așa cum anunțase. Nu mersese decât vreo zece minute, până când a dat peste o cafenea care servea o grămadă de feluri ciudate de cafea. A comandat o ceașcă de cafea neagră obișnuită și s-a așezat la o masă într-un colț, lângă ieșire. Gândea intens, încercând să descurce ițele complicate ale problemei. La intervale egale, nota câte un cuvânt în agendă.

După o jumătate de oră, un plan începuse să ia formă. Nu era un plan grozav, dar, după ce răsucise pe față și pe dos toate posibilitățile, înțelegea că situația cerea măsuri drastice.

Din fericire, existau resurse umane disponibile. Era realizabil.

S-a ridicat, a găsit o cabină telefonică și l-a sunat pe Wadensjöö.

— Trebuie să amânăm ședința pe mai târziu, a spus el. Am ceva de făcut. E posibil să ne întâlnim la ora 14:00?

Apoi, Gullberg a pornit spre Stureplan, făcând semn unui taxi. De fapt, nu-și putea permite asemenea luxuri din pensia lui mică de fost funcționar, dar, pe de altă parte, se afla la vârsta când nu mai avea motive să economisească pentru cine știe ce extravaganțe. A dat o adresă din cartierul Bromma.

Când, după puțină vreme, a fost lăsat la adresa respectivă, a mers pe jos spre sud, până la o zonă de vile și a sunat la ușa unei case nu prea mari. A deschis o femeie de vreo 40 de ani.

— Bună ziua. Îl caut pe Fredrik Clinton.

— Din partea cui...?

— Un vechi coleg.

Femeia a dat din cap, invitându-l în camera de zi, unde Fredrik Clinton s-a ridicat greu de pe o canapea.

Avea 68 de ani, dar părea mult mai în vârstă. Diabetul și problemele cardiace își lăsaseră urme vizibile.

— Gullberg! a spus Clinton uimit.

S-au privit un moment lung. Apoi, cei doi bătrâni spioni s-au îmbrățișat.

— Nu credeam c-am să te mai văd, a spus Clinton. Presupun că te-a scos din bârlog chestia asta.

A făcut semn spre prima pagină a unui ziar de seară, pe care se vedea imaginea lui Niedermann și titlul: „Asasinul polițistului este vânat în Danemarca".

— Cum te simți? întrebă Gullberg.

— Sunt bolnav, răspunse Clinton.

— Văd.

— Și, dacă n-o să primesc un rinichi nou, voi muri curând. Iar probabilitatea de a primi un rinichi este foarte mică.

Gullberg dădu din cap.

Femeia a venit până în pragul ușii, întrebându-l pe Gullberg dacă dorește ceva.

— Cafea, mulțumesc, spuse el.

Când femeia dispăru, se întoarse spre Clinton:

— Cine e?

— Fiica mea.

Gullberg a dat iarăși din cap. Era fascinant că, deși avuseseră o relație așa de strânsă timp de atâția ani la Secție, colaboratorii nu se întâlneau unii cu alții în timpul liber. Gullberg cunoștea cea mai fină trăsătură de caracter a fiecărui colaborator, calitățile și slăbiciunile lui, dar avea doar o vagă idee despre relațiile de familie ale acestuia. Clinton fusese poate cel mai apropiat camarad de lucru, timp de douăzeci de ani. Știa că acesta fusese căsătorit și avea un copil. Dar nu cunoștea numele fiicei, al fostei soții sau unde obișnuia Clinton să-și petreacă vacanțele. Era ca și cum tot ce se afla în afara Secției era sacru și nu trebuia discutat.

— Ce vrei? îl întrebă Clinton.

— Pot să te întreb ce părere ai despre Wadensjöö?

Clinton clătină din cap.

— Nu mă bag în chestia asta.

— Nu de asta te-am întrebat. Tu îl cunoști. A lucrat cu tine zece ani.

Clinton clătină din nou din cap.

— El conduce Secția astăzi. Ce cred eu este neinteresant.

— Se descurcă?

— Nu e un idiot.

— Dar...?

— E un analist. Foarte bun pentru a dezlega un puzzle. Are instinct. Strălucit administrator, a făcut bugetul să crească într-un fel în care nu credeam că e posibil.

Gullberg făcu un semn de aprobare. Calitatea cea mai însemnată nu fusese numită de Clinton.

— Poți să te întorci la slujbă?

Clinton înălță ochii spre Gullberg.

— Evert... Eu petrec nouă ore din două-n două zile legat la un aparat de dializă, la spital. Nu pot urca scările, fără ca, practic, să mă sufoc. Nu am putere. Deloc.

— Am nevoie de tine. O ultimă misiune.

— Nu pot.

— Poți. Și poți petrece cele nouă ore legat la aparatul de dializă. Poți să urci cu liftul, în loc de scări. Pot să aranjez să te ducă cineva cu targa, dacă trebuie. Am nevoie de mintea ta.

Clinton oftă adânc.

— Povestește, spuse el.

— Pentru moment, ne aflăm în fața unei situații foarte complicate, care cere acțiuni pe teren. Wadensjöö are un cățeluș, Jonas Sandberg, care reprezintă toată echipa de intervenție și nu cred că are destul curaj ca să facă ce trebuie. Poate fi cel mai descurcăreț în chestiuni financiare, dar e prea fricos ca să ia decizii operative și se teme să amestece Secția în munca de teren care e necesară.

Clinton aprobă, zâmbind stins.

— Operațiunea trebuie să se desfășoare pe două fronturi. O parte îl privește pe Zalachenko. Trebuie să-l fac să-și bage mințile în cap și cred că știu cum o voi face. Celălalt front de acțiune trebuie stabilit aici, la Stockholm. Problema este că nu există nimeni în Secție care să se poată ocupa. Am nevoie de tine ca să preiei comanda. O ultimă contribuție. Am un plan. Jonas Sandberg și Georg Nyström vor face munca de teren. Tu conduci operațiunea.

— Nu înțelegi ce îmi ceri.

— Ba da... Înțeleg ce îți cer. Și tu însuți trebuie să hotărăști dacă participi sau nu. Dar, ori noi, bătrânii luptători, ne mobilizăm și ne facem partea noastră de treabă, ori în câteva săptămâni Secția nu va mai exista.

Clinton își sprijini brațul de canapea, lăsându-și fruntea în palmă. Rămase reflectând vreme de vreo două minute.

— Povestește-mi ce plan ai, spuse el în cele din urmă.

Evert Gullberg și Fredrik Clinton au discutat timp de două ore.

Wadensjöö a făcut ochii mari când Gullberg s-a întors, la ora două fără trei minute, urmat de Fredrik Clinton. Clinton arăta ca un schelet. De-abia mergea și răsufla greu, sprijinindu-se cu o mână de umărul lui Gullberg.

— Pentru Dumnezeu, despre ce este vorba? întrebă Wadensjöö.

— Reluăm ședința, spuse Gullberg scurt.

S-au adunat din nou în jurul mesei din biroul lui Wadensjöö. Clinton s-a lăsat să cadă pe scaunul care-i fusese oferit.

— Îl cunoașteți cu toții pe Fredrik Clinton, spuse Gullberg.

— Da, răspunse Wadensjöö. Întrebarea e, ce caută el aici?

— Clinton a hotărât să se reîntoarcă la serviciul activ. Va conduce departamentul operativ al Secției, până ce criza actuală va fi depășită.

Gullberg ridică o mână, întrerupând protestele lui Wadensjöö, înainte ca acesta să fi apucat chiar să le formuleze.

— Clinton este obosit. Va avea nevoie de asistență. Trebuie să se ducă regulat la spital, ca să facă dializă. Wadensjöö, angajezi doi asistenți personali, care să-l ajute în chestiunile practice. Dar să fie clar: în ceea ce privește afacerea asta, Clinton este cel care va lua toate deciziile operative.

Tăcu, așteptând. Nu se auzi niciun protest.

— Am un plan. Cred că vom ajunge cu bine la țărm dacă-l vom urma, însă trebuie să acționăm rapid, pentru a nu pierde ocaziile, spuse el. Apoi, totul depinde de cât de hotărâți sunteți în prezent voi, cei de la Secție.

Wadensjöö simți în vorbele lui Gullberg o notă de sfidare la adresa lui.

— Ascultăm.

— În primul rând: despre poliție am discutat deja. Se va face exact ce am spus. Se va încerca izolarea lor în ancheta viitoare, îndreptându-i pe o pistă secundară, pe urmele lui Niedermann. Aceasta va fi treaba lui Georg Nyström. Orice s-ar întâmpla, Niedermann nu este important. Avem grijă ca Faste să primească însărcinarea de a se ocupa de Salander.

— N-ar trebui să fie prea dificil, spuse Nyström. Va trebui, pur și simplu, să am o discuție discretă cu Ekström.

— Dacă se opune...

— Nu cred că va face asta. E carierist și își vede propriul interes. Dacă va fi nevoie, voi ști, fără îndoială, să găsesc o pârghie. Nu-i va face nicio plăcere să fie vârât într-un scandal.

— Bine. Pasul al doilea este *Millennium* și Mikael Blomkvist. De aceea reia Clinton serviciul. Aici sunt necesare măsuri excepționale.

— Am impresia că n-o să-mi facă nicio plăcere, spuse Wadensjöö.

— Probabil că nu, dar *Millennium* nu poate fi manipulat într-o manieră simplă. Pe de altă parte, amenințarea se bazează aici pe un singur fapt, mai exact pe raportul de poliție făcut de Björck în 1991. Așa cum se prezintă situația acum, presupun că acest raport se află în două locuri, poate trei. Lisbeth Salander a găsit raportul, dar nu știu cum Mikael Blomkvist a pus și el mâna pe acesta. Ceea ce înseamnă că Blomkvist și Salander au intrat în legătură în perioada în care fata era căutată.

Clinton ridică un deget și spuse primele cuvinte de la sosirea lui:

— Asta spune, de asemenea, ceva despre caracterul adversarului nostru. Blomkvist nu se teme să-și asume riscuri. Gândiți-vă la afacerea Wennerström.

Gullberg îl aprobă.

— Blomkvist a dat raportul redactorului-șef Erika Berger, care, la rândul ei, l-a transmis lui Bublanski. Asta înseamnă că și ea a citit raportul. Putem pleca de la ideea că au făcut o copie de siguranță. Bănuiesc că Blomkvist are o copie și că alta se află la redacție.

— Pare plauzibil, spuse Wadensjöö.

— *Millennium* este o revistă lunară, ceea ce înseamnă că nu-l vor publica mâine. Prin urmare, avem timp. Dar trebuie neapărat să punem mâna pe amândouă aceste copii. Și aici nu putem recurge la procuratură.

— Înțeleg.

— Prin urmare, este vorba de a lansa o acțiune operativă și de a intra prin efracție la Blomkvist acasă și în redacția revistei. Ai putea să organizezi asta, Jonas?

Jonas îi aruncă o privire lui Wadensjöö.

— Evert, trebuie să înțelegi că... noi nu facem lucruri de genul ăsta, spuse Wadensjöö. Sunt alte vremuri, în care este vorba mai curând de piratare informatică și supraveghere electronică și altele de felul ăsta. Nu avem resurse pentru un grup operativ.

Gullberg se aplecă peste masă:

— Wadensjöö. Atunci, trebuie să faci rost de resurse pentru acest grup operativ, cât poți de repede. Închiriază oameni din afară. Plătește niște bandiți din mafia iugoslavă, care să-i dea în cap lui Blomkvist, dacă e nevoie. Însă aceste două copii trebuie luate. Dacă nu le mai au, nu mai au nicio probă și, prin urmare, nu pot dovedi nimic. Dacă nu rezolvați asta, înseamnă că poți sta cu degetul în fund, până ce o să-ți bată la ușă Comisia constituțională!

Privirile lui Gullberg și Wadensjöö se încrucișară un lung moment.

— Pot să mă ocup eu de asta, spuse brusc Jonas Sandberg.

Gullberg îl privi pe junior:

— Ești sigur că te descurci cu organizarea unei trebi de felul ăsta?

Sandberg dădu din cap.

— Va fi vorba în mare parte de supraveghere. Grupul operativ trebuie șă primească întăriri, spuse Nyström. Pot propune câteva nume. Avem un tip în organizația externă — el lucrează la protecția personalului de la Säpo și se numește Mårtensson. Nu-i e teamă de nimic și este promițător. Mă gândesc de multă vreme să-l luăm aici, în organizația internă. Chiar m-am gândit că ar putea să-mi urmeze în funcție.

— Sună bine, spuse Gullberg. Clinton trebuie să decidă.

— Mai am și o altă veste, spuse Nyström. Mi-e teamă că mai există și o a treia copie.

— Unde?

— În după-amiaza asta, am aflat că Lisbeth Salander a primit un avocat. Numele ei este Annika Giannini. E sora lui Mikael Blomkvist.

Gullberg aprobă:

— Ai dreptate. Blomkvist i-a dat surorii sale o copie. Altminteri, ar fi aberant. Trebuie, cu alte cuvinte, să-i punem pe toți trei — Berger, Blomkvist, Giannini — sub lupă pentru o vreme.

— În ce o privește pe Berger, nu cred că trebuie să ne facem griji. A fost dată astăzi o declarație de presă, în care se spune că a devenit noul redactor-șef la *Svenska Morgon-Post.* Nu mai are nicio legătură cu *Millennium.*

— OK. Dar, în orice caz, aruncă-i din când în când o privire. Cât despre *Millennium,* trebuie să le punem sub ascultare telefoanele. Trebuie să le controlăm poșta electronică. Trebuie să știm cu cine se întâlnesc și ce vorbesc. E obligatoriu să aflăm ce dezvăluiri au de gând să facă în revistă. Și, în primul rând, trebuie să punem mâna pe raport. O mulțime de detalii, cu alte cuvinte.

Wadensjöö părea să ezite:

— Evert, tu ne ceri să intervenim împotriva redacției unui ziar. Este unul dintre cele mai periculoase lucruri pe care le putem face.

— Nu ai de ales. Ori îți sufleci mânecile și te pui pe treabă, ori a sosit vremea ca altcineva să preia funcția de șef.

Sfidarea atârna deasupra mesei ca un nor.

— Eu cred că mă pot ocupa de *Millennium*, spuse Jonas Sandberg, în cele din urmă. Dar niciunul dintre aceste lucruri nu rezolvă problema de bază. Ce facem cu Zalachenko? Dacă vorbește el, toate celelalte strădanii sunt zadarnice.

Gullberg aprobă cu o mișcare lentă.

— Știu. Aceasta este partea mea din operațiune. Cred că am un argument care-l va convinge pe Zalachenko să păstreze tăcerea. Însă acest lucru necesită o grămadă de pregătiri. Plec la Göteborg chiar după-amiaza asta.

Tăcu, privind în jur. Apoi, se uită țintă la Wadensjöö.

— Clinton va lua deciziile de intervenție în absența mea, hotărî el.

După un moment, Wadensjöö dădu din cap în semn de aprobare.

Abia luni seara dr. Helena Endrin, după ce s-a consultat cu colegul ei, Anders Jonnason, a considerat că starea lui Lisbeth Salander era suficient de stabilă ca să poată primi vizite. Primii ei vizitatori au fost doi inspectori de poliție cărora li s-au acordat 15 minute ca să-i pună întrebări. I-a privit în tăcere pe cei doi polițiști, în vreme ce aceștia intrau în cameră și se așezau.

— Bună ziua. Sunt inspectorul criminalist Marcus Erlander. Lucrez la brigada criminalistă din Göteborg. Aceasta este colega mea Sonja Modig, de la poliția din Stockholm.

Lisbeth Salander nu i-a salutat. A rămas total impasibilă. O recunoscuse pe Modig ca făcând parte din grupul lui Bublanski. Erlander i-a zâmbit cu răceală.

— Am înțeles că nu obișnuiești să schimbi prea multe vorbe cu oficialitățile. În cazul acesta, nu e nevoie să spui absolut nimic. Dar ți-aș fi recunoscător dacă ne-ai asculta puțin. Avem mai multe chestiuni pe care trebuie să le rezolvăm astăzi, și destul de puțin timp. O să mai fie și alte ocazii, mai târziu.

Lisbeth Salander n-a spus nimic.

— Prin urmare, în primul rând vreau să te înștiințez că prietenul tău, Mikael Blomkvist, ne-a semnalat că o avocată, pe nume Annika Giannini, vrea să te reprezinte și că aceasta este la curent cu afacerea. El spune că ți-a pomenit deja numele ei, într-o altă ocazie. Trebuie să primesc confirmarea ta, dacă așa stau lucrurile, și vreau să știu dacă dorești ca avocata Giannini să vină la Göteborg, ca să te reprezinte.

Lisbeth Salander n-a spus nimic.

Annika Giannini, sora lui Mikael Blomkvist. Îi pomenise de ea într-un mesaj. Lisbeth nu se gândise până acum că avea nevoie de un avocat.

— Îmi pare rău, dar trebuie să te rog să răspunzi la această întrebare. Ajunge un da, sau nu. Dacă spui da, procurorul de aici, din Göteborg, va lua legătura cu avocata Giannini. Dacă spui nu, tribunalul va numi pentru tine un avocat din oficiu. Ce vrei?

Lisbeth Salander cântări propunerile. Înțelesese că de fapt avea nevoie de un avocat, dar s-o aibă pe sora Afurisitului de Kalle Blomkvist, asta era prea de tot. Ce-o să se mai distreze! Pe de altă parte, un apărător din oficiu, cu totul necunoscut, nu era în niciun caz mai bine. În cele din urmă, deschise gura și croncăni un singur cuvânt:

— Giannini.

— Bine. Îți mulțumesc. Acum, mai am o întrebare. Nu trebuie să spui nimic, înainte ca avocata să fie de față, dar această întrebare nu te privește pe tine direct, nici buna ta stare, după câte pot înțelege. Poliția îl caută acum pe cetățeanul german, în vârstă de 37 de ani, Ronald Niedermann, învinuit de asasinarea unui polițist.

Lisbeth încruntă o sprânceană. Era o veste nouă. Nu avea nicio idee ce se mai întâmplase după ce înfipsese securea în țeasta lui Zalachenko.

— Aici, la Göteborg, vrem să-l prindem cât mai repede posibil. Colega mea de la Stockholm vrea, de asemenea, să-l audieze în legătură cu cele trei asasinate de care ai fost bănuită mai înainte. Prin urmare, te rugăm să ne ajuți. Întrebarea pe care ți-o adresăm este dacă ai vreo idee... dacă ne poți da orice fel de ajutor, ca să-l localizăm.

Lisbeth își mută bănuitoare privirea de la Erlander la Modig și înapoi.

Ei nu știu că este fratele meu.

Pe urmă, se întrebă dacă voia să-l vadă pe Niedermann arestat sau nu. Cel mai tare ar fi vrut să-l ducă până la gaura săpată în pământ, la Gosseberga și să-l bage acolo. În cele din urmă, ridică din umeri. Ceea ce n-ar fi trebuit să facă, deoarece imediat o fulgeră prin umărul stâng o durere ascuțită.

— Ce zi este astăzi? întrebă ea.

— Luni.

Reflectă o clipă.

— Prima oară când am auzit numele de Ronald Niedermann a fost joia trecută. L-am urmărit până la Gosseberga. Nu am nicio idee unde se află sau unde are de gând să fugă. Pot ghici că va încerca să se pună cât mai repede în siguranță, peste graniță.

— De ce crezi că se gândește să fugă peste graniță?

Lisbeth Salander medită o clipă:

— Pentru că, în vreme ce Niedermann era ocupat să sape un mormânt pentru mine, Zalachenko mi-a spus că se făcuse deja prea mult tam-tam și că era deja planificat ca Niedermann să plece în străinătate pentru o vreme.

Așa de multe cuvinte nu mai schimbase Lisbeth Salander cu un polițist de când avea 12 ani!

— Zalachenko... prin urmare, este tatăl tău.

În orice caz, asta au aflat. Afurisitul de Kalle Blomkvist, probabil!

— Atunci, trebuie să te anunț că tatăl tău a depus o plângere la poliție că ai încercat să-l omori. Dosarul se află pentru moment la procurorul care va decide dacă va urma eventual o acțiune judecătorească. În schimb, ceea ce este deja stabilit este că tu ești acuzată de vătămare gravă. L-ai lovit cu o secure în cap pe Zalachenko.

Lisbeth nu spuse nimic. Se lăsă o tăcere lungă. Apoi, Sonja Modig se aplecă spre ea, vorbind cu glas scăzut:

— Vreau doar să-ți spun că noi, la poliție, nu punem mare temei pe povestea lui Zalachenko. Discută serios cu avocata ta și noi vom reveni după aceea.

Erlander dădu și el din cap. Polițiștii se ridicară în picioare.

— Mulțumesc pentru ajutorul cu Niedermann, spuse Erlander.

Lisbeth era uimită că polițiștii se comportaseră corect și aproape prietenește. Reflecta la replica Sonjei Modig. Trebuie să aibă un motiv ascuns, își zise ea.

7

Luni 11 aprilie — marți 12 aprilie

La ora 17:45 în seara zilei de luni, Mikael Blomkvist și-a închis computerul și s-a ridicat de la masa din bucătărie din apartamentul de pe Bellmansgatan. Și-a luat geaca și s-a dus pe jos până la birourile societății Milton Security, la Slussen. A luat liftul până la recepție, la etajul al treilea și a fost imediat condus până la o sală de conferințe. A intrat exact la ora șase fix, fiind totuși ultimul venit.

— Hei, Dragan, a spus, scuturându-i mâna acestuia. Mulțumesc că ai acceptat să găzduiești această întâlnire neoficială.

A privit în jur. Erau prezenți, în afară de el și de Dragan Armanski, Annika Giannini, Holger Palmgren și Malin Eriksson. Din partea societății Milton Security mai participau fostul inspector criminalist Sonny Bohman care, la însărcinarea lui Armanski, urmărise anchetarea afacerii Salander încă din prima zi.

Holger Palmgren ieșea pentru prima oară în lume, după mai mult de doi ani. Doctorul lui, A. Sivarnandan, nu fusese deloc încântat să-i dea drumul de la clinica de reabilitare din Ersta, dar Palmgren insistase. Fusese adus cu mașina și era însoțit de asistentul său personal, Johanna Karolina Oskarsson, 39 de ani, al cărei salariu era plătit dintr-un fond care apăruse în mod misterios, pentru a i se oferi lui Palmgren cea mai bună îngrijire. Karolina Oskarsson aștepta în fața sălii de conferințe, la o măsuță de cafea. Avea cu ea o carte. Mikael închise ușa.

— Pentru cei care n-o cunoașteți — ea este Malin Eriksson, noul redactor-șef al revistei *Millennium.* Am rugat-o să participe la această întâlnire, pentru că cele pe care le vom discuta îi vor influența munca.

— OK, spuse Armanski. Suntem aici. Te ascultăm.

Mikael se apropie de tabla albă și luă un marker. Aruncă o privire în jur.

— Cred că niciodată n-am trăit ceva mai nebunesc, spuse el. Când acestea se vor termina, voi constitui o asociație non-profit. O voi numi „Cavalerii Mesei Țicnite" și scopul ei va fi să organizeze un dineu anual, unde o vom vorbi de rău pe Lisbeth Salander. Voi toți veți fi membri.

Făcu o pauză.

— Iată cum arată realitatea, spuse el, începând să umple tabla din biroul lui Armanski.

A vorbit timp de o jumătate de oră. Apoi, discuția a continuat aproape trei ore.

După ce ședința s-a terminat, Evert Gullberg a rămas să discute cu Fredrik Clinton. Au vorbit cu voce scăzută câteva minute, înainte ca Gullberg să se ridice și să plece. Vechii camarazi de arme și-au strâns mâinile.

Gullberg a luat un taxi până la Frey Hotel, și-a împachetat lucrurile, a plătit și a luat un tren de după-amiază spre Göteborg. Avea bilet la clasa întâi și un compartiment întreg la dispoziție. Când trenul a trecut de podul

Årsta, a scos un creion și un bloc de hârtie pentru scrisori. A meditat un moment, apoi a început să scrie. A umplut aproape jumătate de pagină, înainte să se răzgândească și să rupă foaia din bloc.

Falsificarea de documente nu era specialitatea lui, nu era expert în materie dar, în acest caz particular, sarcina era simplificată de faptul că scrisorile pe care avea să le scrie vor fi semnate chiar de el. Dificultatea era că niciun singur cuvânt din ele nu va fi adevărat. Când a trecut de Nyköping, mai aruncase încă un număr de ciorne, dar începuse să aibă idee despre cum trebuiau formulate scrisorile. Când a ajuns la Göteborg, avea 12 scrisori de care era mulțumit. A avut grijă ca amprentele lui să fie clare pe hârtia scrisorilor.

La gara centrală din Göteborg, a reușit să găsească un xerox și a făcut copii după scrisori. Apoi, a cumpărat plicuri și timbre și a pus scrisorile la cutia poștală care avea să fie golită la ora 21:00.

A luat un taxi până la City Hotel, de pe Lorensbergsgatan, unde Clinton îi oprise deja o cameră. De fapt, avea să locuiască la același hotel unde, cu câteva zile în urmă, își petrecuse noaptea Mikael Blomkvist. A urcat imediat în cameră și s-a prăbușit pe pat. Era epuizat și nu mâncase decât două felii de pâine toată ziua. Însă în continuare nu-i era foame. S-a dezbrăcat, s-a întins pe pat și a adormit aproape instantaneu.

Lisbeth Salander s-a trezit cu un tresărit, când a auzit ușa deschizându-se. A știut imediat că nu era niciuna dintre surorile de gardă. A mijit ochii și a văzut în cadrul ușii silueta cu cârje. Zalachenko stătea nemișcat și o privea în lumina care se strecura de pe culoar.

Fără să se miște, a văzut cu coada ochiului că ceasul electronic arăta 3:10.

A mișcat privirea câțiva milimetri și a văzut paharul cu apă de pe marginea noptierei. A fixat paharul, socotind distanța. Va ajunge la el, fără să fie nevoie să-și miște trupul.

Avea nevoie de o fracțiune de secundă să întindă brațul și cu o mișcare fermă să izbească buza paharului de marginea dură a noptierei. Îi va mai lua o jumătate de secundă să înfigă ciobul în beregata lui Zalachenko, atunci când acesta se va apleca asupra ei. Mai căută o soluție, dar ajunse la concluzia că era singura ei armă.

Se relaxă, așteptând.

Zalachenko rămase în cadrul ușii două minute, fără să se miște.

Apoi, închise ușa la loc, cu mare precauție. Lisbeth auzi târșâitul slab al cârjelor, în timp ce bărbatul se îndepărta tăcut de camera ei.

După cinci minute, Lisbeth se ridică în coate, se întinse după pahar și bău o înghițitură mare. Își trecu picioarele peste marginea patului și desfăcu electrozii de pe braț și coșul pieptului. Se ridică în picioare și rămase așa, clătinându-se.

I-a luat un minut întreg ca să-și regăsească controlul asupra trupului. Apoi, a șchiopătat până la ușă și, rezemându-se de perete, și-a tras răsuflarea. Era plină de transpirație. Apoi, o cuprinse o furie cumplită.

Fuck you, Zalachenko. Hai să terminăm ce avem de terminat.

Avea nevoie de o armă.

În clipa următoare, auzi pași repezi pe culoar.

La dracu'! Electrozii!

— Pentru numele lui Dumnezeu, ce faci aici? izbucni sora.

— Trebuie... să merg... la toaletă, spuse Lisbeth gâfâind.

— Du-te imediat în pat.

O luă de mână pe Lisbeth și o conduse până la pat. Apoi, veni cu o ploscă.

— Când ai nevoie să mergi la toaletă, ne suni. Pentru asta e butonul de acolo, spuse sora.

Lisbeth nu răspunse nimic. Se concentra, încercând să scoată din ea câteva picături.

În dimineața zilei de marți, Mikael Blomkvist s-a trezit la zece și jumătate, a făcut duș, a pus de cafea și pe urmă s-a așezat la computer. După întâlnirea de la Milton Security din seara trecută, venise acasă și lucrase până la cinci dimineața. Simțea că, în sfârșit, povestea începea să se închege. Biografia lui Zalachenko rămânea în continuare confuză — nu dispunea decât de informațiile pe care le obținuse presându-l pe Björck să le dezvăluie și de detaliile pe care le adăugase Holger Palmgren. *Story*-ul despre Lisbeth Salander era în linii mari gata. El explica, pas cu pas, cum aceasta se confruntase cu o bandă de tipi duri de la RPS/Säk și fusese închisă la clinica psihiatrică pentru a nu da la iveală secretul despre Zalachenko.

Era mulțumit de text. Avea o poveste trăsnet, care va face să fie luate cu asalt chioșcurile de ziare și, în plus, va crea probleme până sus de tot, în birocrația de stat.

Își aprinse o țigară, meditând.

Vedea două goluri mari pe care va trebui să le umple. Unul era ușor de rezolvat. Trebuia să se războiască cu Peter Teleborian și abia aștepta s-o facă. Atunci când va termina cu el, cunoscutul specialist în psihiatria infantilă va fi una dintre cele mai detestate persoane din Suedia. Asta era o problemă.

Cealaltă problemă era mult mai complicată.

Mașinațiunile împotriva lui Lisbeth Salander — el îi numea pe făptași „Clubul Zalachenko" — porneau de undeva din Säpo. Cunoştea un nume, Gunnar Björck, dar acesta nu putea fi singurul vinovat. Trebuia să existe un grup, o secţie de vreun fel sau altul. Sigur să existauşefi, responsabili şi buget. Problema era că nu avea nici cea mai mică idee despre ce trebuia să facă, ca să identifice aceste persoane. Nu ştia nici de unde să înceapă. Avea cunoştinţe vagi despre organizaţia Säpo.

În cursul zilei de luni începuse cercetările, trimiţându-l pe Henry Cortez la mai multe anticariate din Södermalm, cu însărcinarea de a cumpăra orice carte care trata despre poliţia secretă. Cortez sosise acasă la Mikael Blomkvist pe la ora patru în după-amiaza zilei de marţi, cu şase cărţi. Mikael privi teancul de pe masă:

Spionaj în Suedia de Mikael Rosquist (Tempus, 1988), *Şef la Säpo 1962–70* de Per Gunnar Vinge (W&W, 1988), *Puteri secrete* de Jan Ottosson şi Lars Magnusson (Tiden, 1991), *Lupta pentru Säpo* de Erik Magnusson (Corona, 1989), *O misiune* de Carl Lidbom (W&W, 1990) şi — un pic neaşteptat — *An Agent in Place* de Thomas Whiteside (Ballantine, 1966), care trata afacerea Wennerström. Cea din anii '60, deci nu propria lui afacere Wennerström!

Îşi petrecuse cea mai mare parte a nopţii citind sau răsfoind cărţile pe care le găsise Henry Cortez. Apoi trăsese câteva concluzii. În primul rând, cele mai multe cărţi despre Säpo păreau să fi apărut la sfârşitul anilor '80. O căutare pe internet i-a arătat că nu exista literatură recentă cu acest subiect.

În al doilea rând, părea să nu existe nicio lucrare de ansamblu asupra activităţii poliţiei secrete suedeze, de-a lungul anilor. Era poate de înţeles, dacă te gândeai că multe dintre misiuni erau declarate *top-secret* şi de aceea era dificil de scris despre ele, dar părea că nu exista nicio instituţie, cercetător sau mass-media care să privească Säpo cu un ochi critic.

Observă și faptul ciudat că în cărțile aduse de Henry Cortez nu exista nicio referire la alte lucrări. Notele din subsolul paginii constau cel mai des în indicarea unor articole din presa de seară sau interviuri private cu vreun pensionar al Säpo.

Cartea *Puteri secrete* era fascinantă, dar trata în cea mai mare parte perioada de dinaintea și din timpul celui de-al Doilea Război Mondial. Memoriile lui P.G. Vinge i s-au părut mai curând o carte de propagandă, scrisă în propria apărare de către un șef al Säpo care fusese aspru criticat și dat afară. *An Agent in Place* conținea atâtea bizarerii despre Suedia, chiar din primul capitol, încât a aruncat pur și simplu cartea la coșul de gunoi. Singurele cu ambiția declarată de a descrie activitatea poliției secrete au fost *Lupta pentru Säpo* și *Spionaj în Suedia*. Aici se aflau date, nume și documente. În special cartea lui Erik Magnusson i s-a părut o lectură foarte utilă. Chiar dacă nu oferea răspuns la vreuna din întrebările lui imediate, i-a oferit o bună înțelegere a ceea ce făcuse Säpo și cu ce se ocupase această organizație în deceniile trecute.

Cea mai mare surpriză a fost totuși *O misiune* a lui Carl Lidbom, care descria problemele cu care se confruntase fostul ambasador al Suediei la Paris atunci când, la ordinul guvernului, pornise o anchetă asupra Säpo în valurile stârnite de asasinarea lui Palme și de afacerea Ebbe Carlsson[19]. Mikael nu mai citise nimic de Carl Lidbom și a fost surprins de stilul acestuia, în care se amestecau ironia și observațiile tăioase ca briciul. Dar nici măcar cartea

---

[19] Afacerea Ebbe Carlsson: scandal politic din Suedia care a izbucnit la 1 iunie 1988, când ziarul *Expressen* a dezvăluit faptul că Ebbe Carlsson, persoană particulară, fără vreo calificare sau însărcinare oficială, ancheta eventuala implicare a partidului kurd PKK în asasinarea prim-ministrului Olof Palme, cu acordul ministrului de justiție Anna-Greta Leijon.

lui Carl Lidbom nu l-a adus mai aproape de răspunsul la întrebările lui, chiar dacă începuse să-și facă o idee despre cele cu care va trebui să se confrunte.

După ce cugetă o vreme, deschise telefonul mobil și îl sună pe Henry Cortez.

— Hei, Henry. Mulțumesc pentru plimbarea pe care ai făcut-o ieri.

— Hmm. Ce vrei?

— Încă un pic de plimbare.

— Micke, am treabă. Am devenit secretar de redacție.

— Un strălucit pas înainte în carieră.

— Ce vrei?

— De-a lungul anilor, s-au făcut o serie de anchete publice despre Säpo. Carl Lidbom a făcut una. Trebuie să mai existe și altele.

— Aha.

— Ia acasă tot ce găsești în legătură cu parlamentul — bugete, anchete oficiale de stat, interpelări și altele de felul ăsta. Și comandă analele Säpo, cât de departe poți merge în timp.

— Da, șefu'.

— Grozav. Și... Henry...

— Da?

— ... n-am nevoie de ele înainte de mâine.

Lisbeth Salander își petrecuse ziua gândindu-se la Zalachenko. Știa că acesta se afla la două camere de ea, că bântuia noaptea pe coridor și că venise în odaia ei la ora 3:10, în zorii zilei.

Îl urmărise până la Gosseberga cu intenția de a-l ucide. Nu reușise și urmarea era că Zalachenko trăia și se afla la mai puțin de zece metri de ea. Era în rahat. Cât de mult, nu putea spune, dar presupunea că va trebui să fugă și să dispară discret peste graniță, dacă nu voia să riște să fie închisă din nou în vreo casă de nebuni, cu Peter Teleborian ca paznic.

Problema era, desigur, că abia avea putere să se ridice în capul oaselor. Observa unele îmbunătățiri. Durerile de cap persistau, dar veneau în valuri, în loc să fie constante. Durerea din umăr rămânea superficială și nu izbucnea decât atunci când încerca să se miște.

Auzi zgomot de pași pe coridor și văzu o soră deschizând ușa și lăsând să intre o femeie în pantaloni negri, bluză albă și taior de culoare închisă. Era drăguță și suplă, cu păr negru și tunsoare scurtă, băiețească. Emana încredere în sine. Avea o servietă neagră în mână. Lisbeth observă imediat că avea aceiași ochi ca Mikael Blomkvist.

— Hei, Lisbeth. Mă numesc Annika Giannini, spuse ea. Pot să intru?

Lisbeth o cercetă cu ochii lipsiți de expresie. Dintr-odată nu avea niciun chef s-o întâlnească pe sora lui Mikael Blomkvist și îi părea rău că acceptase propunerea ca aceasta să-i fie avocată.

Annika Giannini intră în odaie, închise ușa după ea și își trase un scaun. Rămase tăcută câteva clipe, cercetându-și clienta.

Lisbeth Salander arăta jalnic. Capul îi era un pachet de bandaje. Avea vânătăi enorme, purpurii, în jurul ochilor și ochii injectați.

— Înainte de a începe să vorbim, trebuie să știu dacă vrei într-adevăr să-ți fiu avocată. De obicei, nu mă ocup decât de afacerile civile, în care reprezint victime ale unor violuri sau ale unor agresiuni. Nu sunt avocat de drept penal. În schimb, m-am pus la curent în detaliu cu cazul tău și vreau foarte mult să te reprezint, dacă ești de acord. Vreau, de asemenea, să-ți spun că Mikael Blomkvist este fratele meu — cred că știi deja — și că el și Dragan Armanski îmi plătesc onorariul.

Așteptă un moment dar, neprimind nicio replică din partea clientei, continuă:

— Dacă vrei să fiu avocata ta, voi lucra pentru tine. Prin urmare, nu lucrez pentru fratele meu sau pentru Dragan Armanski. De asemenea, voi primi asistență în tot ce privește afacerea penală din partea fostului tău tutore, Holger Palmgren. E un tip tenace, care s-a târât de la spitalul lui numai ca să te ajute.

— Palmgren? spuse Lisbeth Salander.

— Da.

— L-ai întâlnit?

— Da. Va fi consilierul meu.

— Cum se simte?

— E furios, dar în mod destul de curios nu pare îngrijorat pentru tine.

Lisbeth Salander zâmbi strâmb. Era primul zâmbet de când sosise la spitalul Sahlgrenska.

— Tu cum te simți? întrebă Annika Giannini.

— Ca un sac de rahat, spuse Lisbeth Salander.

— OK. Vrei să mă ai ca avocat al apărării? Armanski și Mikael plătesc onorariul, și...

— Nu.

— Ce vrei să spui?

— Plătesc singură. Nu vreau să am niciun sfanț de la Armanski sau de la Kalle Blomkvist. În schimb, nu voi putea să te plătesc înainte a de a avea acces la internet.

— Înțeleg. Rezolvăm problema asta la momentul potrivit și, oricum, statul va plăti cea mai mare parte din salariul meu. Prin urmare, vrei să te reprezint?

Lisbeth Salander aprobă scurt din cap.

— Bine. Atunci, voi începe prin a-ți transmite un mesaj din partea lui Mikael. El se exprimă criptic, dar spune că tu vei înțelege ce vrea să spună.

— Da?

— Spune că în mare parte mi-a povestit totul despre tine, în afară de câteva lucruri. Primul se referă la calitățile pe care ți le-a descoperit la Hedestad.

Mikael știe că eu am memorie fotografică... și că sunt hacker. N-a spus nimic despre asta.

— În al doilea rând, este vorba de un DVD. Nu știu la ce se referă, dar a spus că e ceva ce tu hotărăști, dacă vrei să-mi spui sau nu. Înțelegi despre ce e vorba?

DVD-ul cu filmul care arăta violul lui Bjurman.

— Da.

— OK.

Annika Giannini păru să ezite brusc:

— Fratele meu mă cam irită. Cu toate că m-a angajat, îmi povestește doar ce vrea el. Și tu te gândești să-mi ascunzi lucruri?

Lisbeth reflectă.

— Nu știu.

— Va trebui să discutăm multe. Acum nu am prea mult timp, pentru că trebuie să mă întâlnesc peste patruzeci și cinci de minute cu Agneta Jervas, care este procuror. Trebuia doar să am confirmarea ta că vrei cu adevărat să-ți fiu avocat. Vreau, de asemenea, să-ți dau o instrucțiune...

— Da.

— Și anume: dacă nu sunt eu de față, nu spui nicio vorbă poliției, orice te întreabă. Chiar dacă te provoacă sau te acuză de diferite lucruri. Poți să-mi promiți asta?

— Fără eforturi prea mari, spuse Lisbeth Salander.

Evert Gullberg fusese total epuizat după evenimentele zilei de luni și s-a trezit abia la ora nouă dimineața, ceea ce era aproape cu patru ore mai târziu față de ora lui obișnuită. S-a dus la baie s-a spălat pe față și pe dinți. A rămas o vreme privindu-și chipul în oglindă, înainte de-a stinge lumina și a se îmbrăca. A scos din valiza neagră singura cămașă curată pe care o mai avea și și-a pus o cravată cu model închis la culoare.

A coborât în sala pentru micul dejun, unde a băut o ceașcă de cafea și a mâncat o felie de pâine albă cu cașcaval și un pic de marmeladă de portocale. A băut un pahar mare de apă minerală.

După aceea, a mers în holul hotelului și l-a sunat pe Fredrik Clinton, de la un telefon cu cartelă.

— Eu sunt. Care e situația?

— Destul de agitată.

— Fredrik, reziști la toate astea?

— Da, e ca pe timpuri. Păcat doar că Hans von Rottinger nu mai e în viață. El era mai bun decât sunt eu la planificarea operațiilor.

— Tu și el erați la fel de capabili. Puteați oricând să vă înlocuiți unul pe altul. Ceea ce și făceați adesea.

— Era vorba de ceva special, el a fost întotdeauna un pic mai bun decât mine.

— Ce faceți acum?

— Sandberg e mai deștept decât credeam. Am apelat la Mårtensson, din organizația externă. El e doar băiat de mingi, dar utilizabil. Am pus sub ascultare telefonul fix și mobilul lui Blomkvist. În cursul zilei, ne vom ocupa de telefoanele lui Giannini și de cele de la *Millennium.* Tocmai examinăm planurile birourilor și ale apartamentelor. Vom intra acolo cât se poate de repede.

— Trebuie să localizezi mai întâi unde se află toate copiile...

— S-a făcut deja. Am avut o șansă extraordinară. Annika Giannini i-a telefonat lui Blomkvist azi-dimineață la ora zece. L-a întrebat tocmai câte copii există și din convorbire a reieșit că Mikael Blomkvist are singura copie. Berger a făcut o copie după raport, dar pe urmă i-a trimis-o lui Bublanski.

— Bine. N-avem timp de pierdut.

— Știu. Dar trebuie să se facă totul dintr-o singură mișcare. Dacă nu adunăm toate copiile raportului lui Björck în același timp, vom da greș.

— Știu.

— E un pic complicat, pentru că Giannini s-a dus la Göteborg azi-dimineață. Am trimis o echipă de colaboratori externi după ea. Sunt chiar acum în avion.

— Bine.

Gullberg nu mai găsi nimic de spus. Rămase tăcut un lung moment.

— Mulțumesc, Fredrik, spuse în cele din urmă.

— Mulțumesc și eu. E mai amuzant decât să stau și să aștept zadarnic un rinichi.

Și-au luat rămas-bun. Gullberg a plătit nota de la hotel și a ieșit în stradă. Mingea se afla în joc. Acum trebuia doar ca și coregrafia să fie exactă.

A început cu o plimbare până la Park Avenue Hotel, unde a rugat să i se permită să folosească faxul. Nu voise s-o facă de la hotelul lui. A trimis prin fax scrisorile pe care le compusese în tren, în ziua precedentă. Apoi, a ieșit pe Avenyn și a căutat un taxi. S-a oprit la un coș de gunoi și a rupt în bucăți fotocopiile pe care le făcuse după scrisori.

Annika Giannini a discutat cu procuroarea Agneta Jervas timp de 15 minute. Voia să știe ce acuzații intenţiona aceasta să pronunţe împotriva lui Lisbeth Salander, dar a înţeles repede că Jervas era nesigură în privinţa a ceea ce urma să se întâmple.

— Pentru moment, mă voi mulţumi s-o reţin pentru vătămare corporală gravă, respectiv tentativă de omor. Prin urmare, mă refer la lovitura de topor pe care Lisbeth Salander i-a dat-o tatălui ei. Presupun că dumneata vei pleda pentru legitimă apărare.

— Poate.

— Dar, cinstit vorbind, pentru moment prioritatea mea este asasinul Niedermann.

— Înţeleg.

— Am luat legătura cu procuratura generală. Acum se discută dacă acuzaţiile împotriva clientei dumitale nu se vor aduna toate şi vor fi transferate unui procuror din Stockholm.

— Pornesc de la ideea că totul se va transfera la Stockholm.

— Bine. Oricum va fi, trebuie să am posibilitatea s-o audiez pe Lisbeth Salander. Când se poate întâmpla asta?

— Am o declaraţie a medicului ei Anders Jonasson. El spune că Lisbeth Salander nu este încă în stare să suporte un interogatoriu, vreme de câteva zile. În afară de rănile grave, este puternic sedată.

— Am primit şi eu o declaraţie asemănătoare. Dar poţi înţelege, desigur, cât de frustrant este pentru mine. Repet, prioritatea mea este pentru moment Ronald Niedermann. Clienta dumitale spune că nu ştie unde se ascunde acesta.

— Ceea ce este adevărat. Ea nu-l cunoaşte pe Niedermann. A reuşit să-l identifice şi l-a urmărit.

— OK, spuse Agneta Jervas.

Evert Gullberg avea în mână un buchet de flori atunci când a intrat în lift, la spitalul Sahlgrenska, împreună cu o femeie cu părul tuns scurt, într-un taior negru. I-a ținut ușa politicos și a lăsat-o să se îndrepte prima spre recepția secției.

— Mă numesc Annika Giannini. Sunt avocată și merg s-o întâlnesc din nou pe clienta mea Lisbeth Salander.

Evert Gullberg a întors capul, privind-o uimit pe femeia care-l însoțise în lift. Și-a mutat privirea pe servieta acesteia, în vreme ce sora controla legitimația Annikăi Giannini și consulta o listă.

— Camera 12, a spus sora.

— Mulțumesc. Am mai fost acolo, găsesc singură.

Și-a luat servieta și a dispărut din câmpul vizual al lui Gullberg.

— Cu ce vă pot fi de ajutor? a întrebat sora.

— Aș dori să las aceste flori pentru Karl Axel Bodin.

— Nu are voie să primească vizite.

— Știu, vreau doar să-i las florile.

— Pot să mă ocup eu de asta.

Gullberg luase florile cu el mai mult ca să aibă o scuză. Voia să-și facă o idee despre felul cum arăta secția. A mulțumit și s-a îndreptat spre ieșire. Pe drum, a trecut pe lângă ușa lui Zalachenko, camera 14, după spusele lui Sandberg.

A așteptat afară, pe scară. Prin ușa de sticlă a văzut sora luând buchetul de flori pe care el tocmai i-l lăsase și dispărând în odaia lui Zalachenko. În timp ce sora se întorcea la locul ei, Gullberg a deschis ușa și s-a dus cu pași rapizi până la camera 14, unde a intrat.

— Bună ziua, Alexander, a spus el.

Zalachenko a privit uimit oaspetele neașteptat.

— Credeam că ești mort de mult, a spus el.

— Încă nu, a răspuns Gullberg.

— Ce vrei? l-a întrebat Zalachenko.

— Tu ce crezi?

Gullberg a tras un scaun, așezându-se.

— Probabil, să mă vezi mort.

— Da, ar fi plăcut. Cum ai putut să fii atât de dobitoc? Noi ți-am dat o viață nouă și tu ai ajuns aici!

Dacă Zalachenko ar fi putut zâmbi, ar fi făcut-o. Poliția secretă suedeză era compusă, după părerea lui, din amatori. Printre aceștia îi număra pe Evert Gullberg și pe Sven Jansson, alias Gunnar Björck. Ca să nu mai vorbească de idioții notorii ca avocatul Nils Bjurman.

— Și acum trebuie să te scoatem din foc încă o dată.

Expresia nu i-a făcut nicio plăcere lui Zalachenko, care odinioară fusese atât de rău ars.

— Nu-mi mai ține lecții de morală. Scoate-mă de aici.

— Asta voiam să discut cu tine.

Gullberg și-a ridicat servieta pe genunchi și a scos un blocnotes, deschizându-l la o pagină albă. Apoi, l-a privit cercetător pe Zalachenko:

— Sunt curios în privința unui lucru — chiar o să ne tai craca de sub picioare, după tot ce-am făcut pentru tine?

— Tu ce crezi?

— Depinde cât de nebun ești.

— Nu mă numi nebun. Sunt un supraviețuitor. Fac ce trebuie să fac, pentru ca să supraviețuiesc.

Gullberg scutură din cap:

— Nu, Alexander, tu faci ceea ce faci pentru că ești rău și putred pe dinăuntru. Ai vrut să cunoști poziția Secției. Sunt aici pentru a-ți vorbi despre asta. Nu vom mai ridica un deget să te ajutăm, de data asta.

Pentru prima oară, Zalachenko avea un aer nesigur.

— Nu ai de ales, spuse el.

— Există întotdeauna o alegere, îi răspunse Gullberg.

— O să...

— N-o să faci absolut nimic.

Gullberg trase adânc aer în piept și băgă mâna în buzunarul exterior al servietei lui negre, scoțând un Smith & Wesson de 9 mm, cu mânerul placat cu aur. Arma era un dar pe care-l primise de la serviciul de informații englez în urmă cu 25 de ani — rezultatul unei informații prețioase pe care o scosese de la Zalachenko și o transformase apoi în valută forte, sub forma numelui unui stenograf de la biroul MI-5 englez care, în bună tradiție Philby, lucra pentru ruși.

Zalachenko păru uimit. Apoi, începu să râdă.

— Ce vrei să faci cu ăsta, să mă împuști? O să-ți petreci restul vieții tale mizerabile în pușcărie.

— Nu cred, spuse Gullberg.

Dintr-odată, Zalachenko nu mai știu dacă Gullberg juca teatru sau nu.

— Va fi un scandal de proporții uriașe.

— Nici asta n-o cred. Vor fi câteva titluri. Dar, peste o săptămână, nimeni nici măcar nu-și va mai aminti numele de Zalachenko.

Ochii lui Zalachenko se îngustară.

— Porc împuțit, spuse Gullberg, cu o asemenea răceală în glas, că Zalachenko simți cum se transformă într-un bloc de gheață.

Gullberg apăsă pe trăgaci, plasându-i glonțul în mijlocul frunții, exact în momentul când Zalachenko începea să-și ridice proteza peste marginea patului. Zalachenko fu aruncat înapoi, în pernă. Se zvârcoli de câteva ori, înainte de a rămâne nemișcat. Gullberg văzu că o floare de stropi roșii se formase pe perete, în spatele patului. Îi țiuiau urechile după zgomotul loviturii și se scărpină automat în ureche cu arătătorul liber.

Apoi se ridică, se apropie de Zalachenko, îi lipi țeava de tâmplă și mai apăsă pe trăgaci de două ori. Voia să fie sigur că boșorogul blestemat era cu adevărat mort.

Lisbeth Salander s-a ridicat cu o tresărire, când a auzit prima împușcătură. A simțit o durere intensă trecându-i prin umăr. Când au răsunat următoarele două împușcături, a încercat să-și treacă picioarele peste marginea patului.

Annika Giannini vorbea cu Lisbeth doar de câteva minute, când s-au auzit focurile de armă. Mai întâi, a rămas ca paralizată, încercând să-și dea seama de unde veneau. Reacția lui Lisbeth Salander a făcut-o să înțeleagă că se petrecea ceva grav.

— Nu te mișca, a strigat Annika Giannini.

Și-a pus cu un gest automat mâna pe pieptul lui Lisbeth Salander, apăsând-o înapoi în pat așa de violent, încât Lisbeth a simțit cum se sufocă.

Pe urmă, Annika a alergat la ușă și a deschis-o. A văzut două surori care se apropiau în goană de o cameră, la două uși distanță. Prima soră s-a oprit brusc în prag. Annika a auzit-o țipând: „Nu, nu face asta!" și pe urmă, s-a dat înapoi cu un pas, izbindu-se de cealaltă soră.

— E înarmat! Fugi!

Annika le-a văzut pe cele două surori deschizând ușa și adăpostindu-se în camera de lângă cea a lui Lisbeth Salander.

În momentul următor, a văzut un bărbat cărunt și slab, într-un sacou pepit, ieșind pe coridor. Avea un pistol în mână. Annika l-a recunoscut drept individul cu care urcase în lift, cu câteva minute în urmă.

Apoi, privirile li s-au întâlnit. El părea confuz. Pe urmă, l-a văzut întorcând arma în direcția ei și făcând un pas înainte. Atunci, și-a tras înapoi capul, a trântit ușa și s-a uitat disperată în jur. Chiar lângă ea era o masă înaltă, de tratament, pe care dintr-o singură smucitură a tras-o până la ușă și a fixat-o sub clanță.

A auzit o mișcare și a văzut că Lisbeth era din nou pe cale să se dea jos din pat. A făcut câțiva pași rapizi, și-a trecut brațele în jurul clientei sale și a ridicat-o. A smuls electrozii și tubul de perfuzie, în vreme ce o ducea în baie, unde a așezat-o pe scaunul de la closet. S-a întors, a închis ușa, apoi a scos din buzunarul taiorului telefonul mobil și a format 112.

Evert Gullberg s-a apropiat de camera lui Lisbeth Salander și a încercat să apese pe clanță. Era blocată de ceva. N-o putea mișca niciun milimetru.

O clipă, a stat nehotărât în fața ușii. Știa că Annika Giannini se afla acolo și se întreba dacă o copie a raportului lui Björck nu se găsea în servieta ei. Nu putea să intre în cameră și nu avea suficientă putere ca să forțeze ușa.

Dar asta nu făcea parte din plan. Clinton avea să se ocupe de avocata Giannini. Treaba lui fusese doar Zalachenko.

Gullberg a privit în jur, dându-și seama că era urmărit de peste douăzeci de surori, pacienți și vizitatori, care-l priveau prin deschizăturile ușilor. A ridicat pistolul și a tras un glonț într-un tablou care atârna pe perete, la capătul culoarului. Publicul lui a dispărut ca prin farmec.

A aruncat o ultimă privire spre ușa închisă și apoi s-a întors hotărât în camera lui Zalachenko, închizând ușa în urma sa. S-a așezat pe scaun, cercetându-l pe transfugul rus care fusese o parte atât de intimă a propriei sale vieți, timp de atâția ani.

A rămas nemişcat aproape zece minute, înainte să audă mişcare pe culoar şi să înţeleagă că sosise poliţia. Nu se gândea la nimic special.

Apoi, a ridicat pistolul pentru ultima oară, l-a îndreptat spre tâmplă şi a apăsat pe trăgaci.

Evenimentele care au urmat au demonstrat ce imprudenţă era să încerci să te sinucizi la spitalul Sahlgrenska. Evert Gullberg a fost transportat de urgenţă la secţia de traumatologie, unde doctorul Anders Jonasson l-a primit, luând imediat o serie de măsuri destinate să-i menţină funcţiile vitale.

Pentru a doua oară în mai puţin de o săptămână, Jonasson a efectuat o operaţie de urgenţă pentru a scoate un glonţ din ţesuturile cerebrale umane. După o operaţie de cinci ore, starea lui Gullberg era critică, însă el se afla în continuare în viaţă.

Rănile lui erau mult mai grave decât cele pe care le avusese Lisbeth Salander. Câteva zile, s-a zbătut între viaţă şi moarte.

Mikael Blomkvist se afla la o cafenea, pe Hornsgatan, când a auzit la radio ştirea că bărbatul de 66 de ani, căruia încă nu i se dădea numele, bănuit de tentativă de omor asupra lui Lisbeth Salander, fusese împuşcat mortal la spitalul Sahlgrenska din Göteborg. Şi-a lăsat pe masă ceaşca de cafea, a luat geanta cu computerul şi s-a grăbit spre redacţia de pe Götagatan. A traversat Mariatorget şi, chiar în momentul în care cotea pe Sankt Paulsgatan, i-a sunat telefonul mobil. A răspuns, continuând să meargă.

— Blomkvist.

— Bună, sunt Malin.

— Am auzit la ştiri. Se ştie cine a tras?

— Încă nu. Henry Cortez e la vânătoare de informații.

— Sunt pe drum. Ajung în cinci minute.

Mikael s-a întâlnit în ușa redacției cu Henry Cortez, care tocmai ieșea.

— Ekström organizează o conferință de presă la ora 15:00, a spus Henry. Mă duc la sediul poliției, în Kungsholmen.

— Ce știm? a strigat Mikael în urma lui.

— Malin, a răspuns Henry, dispărând.

Mikael s-a îndreptat spre biroul Erikăi... greșea, biroul lui Malin Eriksson. Aceasta vorbea la telefon și nota cu înfrigurare pe un carnet galben. I-a făcut semn să se îndepărteze. Mikael s-a dus în chicinetă, a turnat cafea cu lapte în două căni purtând sigla KDU și SSU[20]. Când a revenit în biroul lui Malin, aceasta tocmai terminase conversația. I-a dat ei ceașca pe care scria SSU.

— OK, a spus Malin. Zalachenko a fost împușcat astăzi, la ora 13:15.

L-a privit pe Mikael:

— Tocmai am vorbit cu o asistentă medicală de la Sahlgrenska. Spunea că ucigașul este un bărbat în vârstă, cam de 70 de ani, care a venit ca să-i lase flori lui Zalachenko, cu câteva minute înainte de incident. Asasinul l-a împușcat în cap de mai multe ori și pe urmă s-a împușcat și el. Zalachenko e mort. Asasinul mai trăiește și este operat chiar acum.

Mikael trase adânc aer în piept. De când auzise știrea, la cafenea, avea inima în gât și o stare de panică, temându-se că Lisbeth Salander fusese cea care ținuse arma. I-ar fi complicat cu totul planurile.

— Avem numele celui care a tras? întrebă el.

---

[20] Cănile pentru cafea din redacții se primesc pe la diferite acumulări propagandistice și poartă sigla diverselor partide sau organizații sindicale din Suedia.

Malin clătină din cap tocmai când sună din nou telefonul. Ea ridică receptorul și din conversație Mikael înțelese că era un colaborator extern din Göteborg pe care Malin îl trimisese la Sahlgrenska. Îi făcu un semn cu mâna lui Malin și se duse în biroul lui, unde se lăsă să cadă pe un scaun.

Avea impresia că trecuseră săptămâni de când fusese ultima oară la slujbă. Împinse la o parte o grămadă de corespondență nedeschisă. Îi telefonă surorii sale.

— Giannini.

— Salut. E Mikael. Ai auzit ce s-a întâmplat la Sahlgrenska?

— Da, așa s-ar putea spune.

— Unde ești?

— La Sahlgrenska. Nenorocitul ăla a vrut să tragă în mine.

Mikael rămase fără grai câteva secunde, înainte să înțeleagă ce spunea sora lui.

— Ce dracu'... Ai fost acolo?

— Da. A fost cea mai groaznică chestie pe care am trăit-o.

— Ești rănită?

— Nu. Dar a încercat să intre în camera lui Lisbeth. Am blocat ușa și ne-am încuiat în baie.

Mikael simți că lumea se prăbușește în jurul său. Sora lui fusese aproape...

— Ce face Lisbeth? întrebă el.

— E teafără. Adică, în orice caz, nu a fost rănită în incidentul de astăzi.

Mikael se simți mai ușurat.

— Annika, știi ceva despre ucigaș?

— Nimic. Era un bărbat mai în vârstă, îmbrăcat decent. Mi-a părut că avea un aer confuz. Nu l-am văzut niciodată înainte, dar am urcat în lift cu el, cu câteva minute înainte de asasinat.

— Și Zalachenko este în mod sigur mort?

— Da. Cred că am auzit trei focuri și, după cum am aflat, toate cele trei gloanțe i-au fost trase în cap. A fost un haos total aici, cu o mie de polițiști și cu evacuarea unei secții în care se află oameni grav răniți și bolnavi care nu pot fi transportați. Când a venit poliția, a fost cineva care a vrut s-o interogheze pe Lisbeth, înainte să înțeleagă în ce stare gravă este. A trebuit să ridic tonul.

Inspectorul criminalist Marcus Erlander a văzut-o pe Annika Giannini prin ușa întredeschisă de la camera lui Lisbeth Salander. Avocata avea telefonul la ureche și el a așteptat ca aceasta să termine de vorbit.

La două ore după asasinat, pe coridor încă mai domnea haosul, mai mult sau mai puțin organizat. Accesul în camera lui Zalachenko era interzis. Doctorii încercaseră să-i dea primul ajutor imediat după împușcături, dar renunțaseră curând. Zalachenko nu mai avea nevoie de ajutor. Cadavrul lui fusese transportat la morgă și cercetarea locului crimei era în toi.

Telefonul lui Erlander sună. Era Fredrik Malmberg, din echipa de investigare.

— Avem o identificare sigură a ucigașului, îi comunică Malmberg. Se numește Evert Gullberg și are 78 de ani. 78 de ani! Un criminal veteran.

— Și cine e afurisitul ăsta de Gullberg?

— Pensionar. Locuiește în Laholm. A fost jurist financiar. Am primit un telefon de la RPS/Säk, în care mi s-a comunicat că tocmai s-a început o anchetă asupra lui.

— Când și de ce?

— Când, nu știu. De ce... Se pare că din senin începuse să trimită scrisori confuze de amenințare persoanelor oficiale.

— Cui, de exemplu?

— Ministrului justiției.

Marcus Erlander oftă. Un nebun, prin urmare. Un justițiar.

— Säpo a primit în dimineața asta telefoane de la mai multe ziare, cărora Gullberg le trimisese scrisori. Ministrul justiției i-a dat de asemenea de știre, după ce Gullberg l-a amenințat în mod expres cu moartea pe Karl Axel Bodin.

— Vreau copii ale scrisorilor.

— De la Säpo?

— Da, fir-ar al dracului! Du-te la Stockholm și scoate-le din pământ, dacă trebuie. Vreau să le am pe birou când mă întorc la poliție. Ceea ce o să se întâmple cam într-o oră.

Se gândi o clipă, apoi mai puse o întrebare:

— Cei de la Säpo ți-au telefonat?

— Ți-am spus doar.

— Vreau să spun, ei ți-au telefonat, și nu invers?

— Da, exact așa.

— OK, spuse Marcus Erlander, închizând telefonul.

Se întreba ce muscă îi înțepase pe cei de la Säpo, de le venise brusc ideea de a contacta din proprie inițiativă poliția. De obicei, era aproape imposibil să obții cel mai mic semn de viață de la ei.

Wadensjöö a deschis brusc ușa camerei pe care Fredrik Clinton o folosea ca să se odihnească, atunci când era la Secție. Clinton s-a ridicat cu precauție în capul oaselor.

— Aș vrea să știu ce mama dracului se petrece! strigă Wadensjöö. Gullberg l-a ucis pe Zalachenko și pe urmă și-a tras un glonț în cap!

— Știu, spuse Clinton.

— Știi? urlă Wadensjöö.

Era roșu la față și ai fi zis că e pe cale să facă o congestie cerebrală.

— S-a împușcat dracului pe el însuși. A încercat să se sinucidă! A înnebunit cu totul?

— Prin urmare, este în viață?

— Deocamdată, însă are leziuni grave pe creier.

Clinton oftă.

— Ce păcat! spuse el cu tristețe în glas.

— Păcat?! izbucni din nou Wadensjöö. Gullberg e dement. Nu înțelegi ce a...

Clinton îi tăie vorba:

— Gullberg are cancer la stomac, la intestinul gros și la vezica urinară. E pe moarte de mai mult timp și, în cel mai bun caz, mai are două luni de trăit.

— Cancer?

— A purtat cu el pistolul acela ultima jumătate de an, hotărât să-l folosească atunci când durerile vor deveni insuportabile și înainte să devină o legumă jalnică în vreun spital. Acum, a putut să facă un ultim serviciu Secției. Și-a făcut ieșirea în stil mare.

Wadensjöö era stupefiat:

— Știai că are de gând să-l omoare pe Zalachenko.

— Sigur că da. Misiunea lui era ca Zalachenko să nu mai aibă niciodată posibilitatea să vorbească. Și, după cum știi, nu puteai să-l ameninți sau să-l faci să judece.

— Dar nu înțelegi ce scandal o să iasă? Ești și tu la fel de țicnit ca Gullberg?

Clinton se ridică în picioare cu greutate. Îl privi țintă în ochi pe Wadensjöö și îi dădu un teanc de faxuri.

— A fost o decizie a grupului operativ. Îmi plâng prietenul, însă probabil îl voi urma curând. Cât despre scandal... Un fost jurist, specialist în impozite, a adresat scrisori confuze și paranoice ziarelor, poliției și ministrului justiției. Aici ai un exemplu. Gullberg îl acuză pe Zalachenko de toate, de la asasinarea lui Palme până la încercarea de-a otrăvi populația din Suedia cu clor. Scrisorile sunt evident demente, uneori scrisul nici măcar nu este lizibil, e plin de majuscule, sublinieri, semne de exclamație. Îmi place felul lui liber de a scrie pe margine.

Wadensjöö citi scrisorile, în vreme ce uimirea lui devenea tot mai mare. Își prinse capul în palme. Clinton îl privea.

— Orice s-ar întâmpla, moartea lui Zalachenko nu va avea nimic de-a face cu Secția. Cel care a tras este un pensionar confuz și dement.

Făcu o pauză.

— Cel mai important lucru este ca, din momentul acesta, să te calmezi. N-are rost să facem valuri!

Își aținti ochii asupra lui Wadensjöö. Dintr-odată, privirea bolnavului era dură ca oțelul.

— Trebuie să înțelegi că Secția este vârful de lance al apărării suedeze. Noi suntem ultima linie de rezistență. Sarcina noastră este să veghem la siguranța țării. Orice altceva este lipsit de importanță.

Wadensjöö îl privi la rândul său cu îndoială.

— Noi suntem cei care nu există. Noi suntem cei cărora nimeni nu le aduce mulțumiri. Noi suntem cei care trebuie să ia decizii atunci când nimeni altcineva nu este capabil s-o facă... și în niciun caz politicienii.

În glasul lui era dispreț, când rosti ultimele cuvinte.

— Fă ce ți-am spus și poate că Secția va supraviețui. Dar, ca să se întâmple acest lucru, trebuie ca noi să fim deciși și să luăm măsuri, oricât de dure.

Wadensjöö simțea cum crește în el panica.

Henry Cortez nota cu înfrigurare tot ce se comunica la conferința de presă de la sediul poliției din Kungsholmen.

Procurorul Richard Ekström fusese cel care deschisese conferința. El explicase că în dimineața aceea se luase hotărârea să se încredințeze unui procuror din Göteborg cazul uciderii polițistului de la Gosseberga, pentru care Ronald Niedermann fusese pus sub urmărire, dar că restul anchetei privindu-l pe Niedermann va cădea în sarcina sa. Niedermann era, prin urmare, bănuit de asasinarea lui Dag Svensson și a Miei Bergman. Nu se amintea nimic despre avocatul Bjurman. Procurorul Ekström urma să se ocupe și de ancheta asupra lui Lisbeth Salander, suspectată pentru un lung șir de infracțiuni.

El a explicat că se hotărâse să dea publicității informațiile în legătură cu ceea ce se întâmplase la Göteborg în cursul zilei, ceea ce însemna, de asemenea, că tatăl lui Lisbeth Salander, Karl Axel Bodin, fusese împușcat mortal. Motivul imediat al conferinței de presă era că voia să dezmintă anumite informații apărute în presă și în legătură cu care el primise un șir de telefoane.

— După informațiile pe care le posedăm pentru moment, pot spune că fiica lui Karl Axel Bodin, care este reținută pentru încercare de asasinat asupra tatălui ei, nu are nimic de-a face cu întâmplările din dimineața aceasta.

— Cine este ucigașul? strigă un reporter de la *Dagens Eko*.

— Bărbatul care la ora 13:15 a tras focurile de armă asupra lui Karl Axel Bodin și pe urmă a încercat să se sinucidă a fost identificat. Este un pensionar în vârstă de 78 de ani, care timp îndelungat a fost tratat pentru o boală mortală și pentru probleme psihice legate de aceasta.

— Are vreo legătură cu Lisbeth Salander?

— Nu. Putem dezminți această ipoteză cu toată hotărârea. Cei doi nu s-au întâlnit niciodată și nu se cunosc între ei. Bărbatul de 78 de ani este o figură tragică, care a acționat independent și după propriile fantasme paranoice. Säpo a inițiat de curând o anchetă împotriva lui, din cauză că acesta a trimis un număr de scrisori confuze unor personalități politice și ziarelor. Nu mai târziu de azi-dimineață, a ajuns la ziare și autorități o scrisoare de amenințare a acestuia, adresată lui Karl Axel Bodin.

— De ce poliția nu i-a asigurat protecție lui Karl Axel Bodin?

— Scrisorile care se refereau la acesta au fost trimise abia ieri-seară și, în principiu, au ajuns concomitent cu momentul în care se săvârșea crima. N-a existat nicio posibilitate logică de acțiune.

— Cum se numește bărbatul?

— Deocamdată, nu vrem să dăm această informație, înainte ca persoanele apropiate lui să fi fost înștiințate.

— Ce trecut are?

— După câte am înțeles în dimineața aceasta, a lucrat mai demult ca inspector și jurist financiar. Este pensionar de 15 ani. Ancheta este încă în curs de desfășurare, dar din scrisorile pe care le-a trimis am înțeles că este vorba despre o tragedie care ar fi putut fi oprită dacă societatea ar fi fost mai vigilentă.

— A mai amenințat și alte persoane?

— Am primit această informație, da, dar nu cunosc mai multe detalii.

— Ce înseamnă acest fapt pentru procesul lui Lisbeth Salander?

— Pentru moment, nimic, căci avem depoziția lui Karl Axel Bodin făcută polițiștilor care l-au interogat și există probe tehnice considerabile împotriva ei.

— Cum rămâne cu informațiile conform cărora Bodin a încercat de fapt să-și omoare fiica?

— Acestea fac obiectul unei anchete, dar există bănuieli în privința autenticității lor. Atât cât putem vedea în situația actuală, este vorba despre antagonisme puternice într-o familie dezmembrată.

Henry Cortez avea un aer gânditor. Se scărpină în ureche. Își observă colegii, care notau la fel de grăbiți ca și el.

Gunnar Björck s-a simțit brusc cuprins de panică în clipa în care a auzit știrea despre focurile de armă de la Sahlgrenska. Îl durea cumplit spatele.

Mai întâi, a stat în cumpănă mai mult de o oră, neștiind ce să facă. Apoi, a luat telefonul și l-a sunat pe vechiul său protector Evert Gullberg, la Laholm. N-a răspuns nimeni.

A ascultat știrile și a aflat rezumatul celor spuse la conferința de presă a poliției. Zalachenko ucis de un justițiar de 78 de ani!

Dumnezeule, 78 de ani!

A încercat din nou, în zadar, să dea de Evert Gullberg.

În cele din urmă, panica și neliniștea l-au copleșit. Nu mai putea sta în locuința închiriată din Smådalarö. Se simțea încercuit și amenințat. Avea nevoie de timp ca să reflecteze. Și-a pus într-o valiză niște haine, calmante și obiecte de toaletă. Nu voia să folosească propriul telefon, de aceea a mers șchiopătând până la o cabină telefonică de lângă băcănie și a telefonat la Landsort, rezervând o cameră în vechiul far transformat în hotel. Landsort era la capătul pământului și puțini oameni aveau să-l caute acolo. A rezervat camera pentru două săptămâni.

A aruncat o privire la ceasul de mână. Era obligat să se grăbească, ca să prindă ultimul feribot și s-a întors acasă cât de repede i-o permitea spinarea bolnavă. A mers direct în bucătărie și a controlat dacă filtrul de cafea era scos din priză. Apoi, a ieșit în hol ca să-și caute geanta. A aruncat o privire în camera de zi și a rămas mut de uimire.

Mai întâi, n-a înțeles despre ce era vorba.

Într-un fel misterios, lampa fusese dată jos din tavan și era așezată pe masa de lângă canapea. În locul ei, o frânghie fusese agățată de cârligul lămpii, chiar deasupra unui taburet care de obicei se afla în bucătărie.

Björck a privit frânghia, fără să înțeleagă.

Apoi, a auzit o mișcare în spate și a simțit cum i se înmoaie genunchii.

S-a întors încet.

Erau doi bărbați, de vreo 35 de ani, cu înfățișare mediteraneană. Nu a mai apucat să reacționeze, pentru că ei l-au prins blând de subsuori și l-au purtat de-andăratelea, până la taburet. Când a încercat să se opună, durerea l-a săgetat ca un cuțit prin spinare. Era aproape paralizat atunci când a simțit cum era ridicat în sus, pe taburet.

Jonas Sandberg era însoțit de un bărbat de 49 de ani, cunoscut sub porecla de Falun, care în tinerețe fusese spărgător profesionist și care, după aceea, se recalificase ca lăcătuș. Hans von Rottinger de la Secție îl angajase pe Falun în 1986, într-o operațiune care presupunea să forțeze ușile șefului unei organizații anarhiste. După aceea, Falun fusese angajat la intervale regulate până pe la mijlocul anilor '90, înainte ca acest gen de operațiuni să fie sistat. Fredrik Clinton fusese cel care, dis-de-dimineață, reluase legătura, contactându-l pe Falun pentru o misiune. Falun câștiga 10 000 de coroane la negru în circa 10 minute de muncă. În schimb, se obliga să nu fure nimic din apartamentul-țintă; la urma urmei, Secția nu avea îndeletniciri criminale.

Falun nu știa exact pe cine reprezintă Clinton, dar presupunea că era ceva în legătură cu armata. Îl citise pe

Guillou[21]. Nu punea întrebări. Și, de fapt, se simțea bine să se afle din nou în șa, după atâția ani de tăcere din partea comanditarului său.

Treaba lui era să deschidă ușa. Era expert în efracții și utiliza un șperaclu electric. Totuși, i-a luat cinci minute ca să forțeze încuietoarea de la apartamentul lui Mikael Blomkvist. Apoi, Falun a așteptat afară pe scară, în vreme ce Jonas Sandberg a pășit pragul.

— Am intrat, a spus acesta într-un microfon hands free.

— Bine, a răspuns Fredrik Clinton în cască. Calm și multă atenție. Spune-mi ce vezi.

— Mă aflu în hol, aici e un șifonier și un raft de pălării, la dreapta, iar baia, la stânga. În rest, apartamentul constă dintr-o singură încăpere mare cam de 50 m pătrați. La dreapta se află o mică bucătărie americană.

— Există vreun birou, sau...

— Pare să lucreze la masa din bucătărie sau pe canapeaua din cameră... Așteaptă.

Clinton așteptă.

— Da. E un dosar pe masa din bucătărie cu raportul lui Björck. Pare să fie originalul.

— Bine. Mai e ceva pe masă?

— Mai multe cărți. *Memoriile* lui P. G. Vinge. *Lupta pentru Säpo* de Erik Magnusson. Și mai sunt câteva titluri dintr-astea.

— Vreun computer?

---

[21] Jan Guillou (17 ianuarie 1944), scriitor și jurnalist suedez. A scris romane istorice și de spionaj; eroul romanelor de spionaj, Carl Hamilton, ofițer de contrainformații, este foarte îndrăgit de publicul suedez. Ca jurnalist, Jan Guillou s-a făcut cunoscut pentru dezvăluirea afacerii IB, pentru care a făcut chiar închisoare; este considerat unul dintre cei mai importanți creatori de opinie.

— Nu.

— Vreun seif?

— Nu... Nu, după câte pot vedea.

— OK. Ia-o încet. Verifică fiecare centimetru din apartament. Mårtensson raportează că Blomkvist mai este încă la redacție. Porți mănuși?

— Bineînțeles.

Marcus Erlander a așteptat ca Annika Giannini să termine de vorbit la telefon. Apoi a intrat în camera lui Lisbeth Salander, a întins mâna și s-a prezentat. După care, a salutat-o pe Lisbeth, întrebând-o cum se simte. Lisbeth Salander n-a răspuns. El s-a întors spre Annika Giannini.

— Aș vrea să vă pun câteva întrebări.

— Vă ascult.

— Îmi puteți povesti ce s-a întâmplat?

Annika Giannini i-a descris ce văzuse și cum acționase, până în momentul în care se baricadase în baie, împreună cu Lisbeth Salander. Erlander o privea gânditor. A aruncat o privire spre Lisbeth, apoi a întors din nou ochii spre avocata acesteia.

— Credeți, prin urmare, că venea spre această cameră.

— L-am auzit când încerca să deschidă ușa.

— Sunteți sigură? E ușor să-ți imaginezi lucruri când ești speriat sau agitat.

— L-am auzit. S-a uitat la mine. A îndreptat arma asupra mea.

— Credeți că a încercat să vă împuște?

— Nu știu. Mi-am tras capul înăuntru și am blocat ușa.

— Ceea ce a fost o idee înțeleaptă. Și încă și mai înțelept a fost că v-ați dus clienta în baie. Ușile acestea sunt așa de subțiri, că gloanțele probabil ar fi trecut direct prin ele, dacă ar fi început să tragă. Ceea ce încerc eu să înțeleg este dacă v-a atacat personal sau a reacționat pur și simplu pentru că l-ați văzut. Erați cea mai apropiată de pe culoar.

— Așa e.

— Ați avut impresia că vă cunoștea sau că v-a recunoscut?

— Nu, nu chiar.

— Ar fi putut să vă recunoască din ziare? Ați fost citată în repetate rânduri în legătură cu cazuri importante

— E posibil. Nu pot să răspund la întrebare.

— Iar dumneavoastră nu l-ați mai văzut niciodată înainte?

— L-am văzut în lift, când am urcat aici.

— N-am știut. Ați vorbit cu el?

— Nu. Am aruncat doar o privire, poate o jumătate de secundă. Avea un buchet de flori într-o mână și o servietă în cealaltă.

— S-a uitat la dumneavoastră?

— Nu. Privea drept în față.

— A intrat el primul sau a venit după dumneavoastră?

Annika se gândi o clipă.

— Am intrat, mai mult sau mai puțin, în același timp.

— Părea tulburat, sau...

— Nu. Stătea liniștit, cu buchetul în mână.

— Ce s-a întâmplat după aceea?

— Am ieșit din lift. El a ieșit în același timp și eu m-am dus să-mi vizitez clienta.

— Ați venit direct aici?

— Da... Nu. Vreau să spun, am mers la recepție și m-am legitimat. Procurorul a interzis vizitele la clienta mea.

— Unde se afla bărbatul în timpul acela?

Annika Giannini avu o clipă de șovăială.

— Nu sunt foarte sigură. A venit după mine, asta știu. Da, stați puțin... A ieșit primul din lift, dar s-a oprit și mi-a ținut ușa. Nu pot să jur, dar cred că a mers și el la recepție. Doar că eu am fost mai iute de picior ca el.

Un pensionar ucigaș foarte politicos, gândi Erlander.

— Da, a mers la recepție, încuviință el. A vorbit cu sora și i-a lăsat buchetul de flori. Dar dumneavoastră n-ați mai văzut toate astea?

— Nu. Nu am nicio amintire despre acest lucru.

Marcus Erlander medită un moment, dar nu mai găsea nicio întrebare de pus. O senzație de frustrare îl rodea. Mai avusese și înainte starea aceea și învățase s-o traducă drept o punere în alertă a instinctului său.

Ucigașul fusese identificat ca fiind Evert Gullberg, 78 de ani, fost inspector și probabil jurist financiar. Un bărbat de o vârstă înaintată. Un bărbat asupra căruia Säpo începuse o anchetă, pentru că era un nebun care scria scrisori de amenințare persoanelor cunoscute.

Din experiența lui de polițist știa că există grămezi de nebuni, de obsedați care vânau celebrități și căutau dragostea, stabilindu-și domiciliul în boschetul din spatele vilei acestora. Și când dragostea nu primea răspuns, se putea transforma repede în ură neîmpăcată. Existau stalkeri[22], care veneau din Germania și Italia ca să-și declare iubirea unei tinere cântărețe dintr-un grup cunoscut de muzică pop și care pe urmă erau iritați de faptul că aceasta nu era dispusă să înceapă imediat o relație cu ei. Existau justițiari frământați de nedreptăți reale sau imaginare și care puteau avea un comportament agresiv. Existau psihopați adevărați și indivizi înverșunați obsedați de

---

[22] Un „stalker" este cel care urmărește cu intenții sexuale o persoană celebră.

comploturi, capabili să descopere mesaje care scăpau restului lumii.

Erau destule exemple că unii dintre aceștia puteau trece de la fantezie la acțiune. Nu era uciderea Annei Lindh tocmai un asemenea impuls al unui om nebun? Poate da. Poate nu.

Dar inspectorului criminalist Marcus Erlander nu-i plăcea absolut deloc gândul că un fost jurist, sau ce naiba fusese, bolnav psihic colinda prin spitalul Sahlgrenska cu un buchet de flori într-o mână și un pistol în mâna cealaltă și ucidea o persoană care chiar în acel moment era subiectul unei importante anchete de poliție — ancheta lui. Un bărbat care în registrele oficiale se numea Karl Axel Bodin, dar care, conform spuselor lui Mikael Blomkvist, se numea Zalachenko și era un nenorocit de spion rus transfug și un criminal.

Zalachenko era, în cel mai bun caz, martor și, în cel mai rău caz, amestecat într-o întreagă serie de crime. Erlander avusese posibilitatea să-i ia două scurte interogatorii lui Zalachenko și niciun moment nu crezuse în protestele acestuia cum că e nevinovat.

Și asasinul lui arătase interes pentru Lisbeth Salander, sau cel puțin pentru avocata ei. Încercase să pătrundă în camera acesteia.

Și apoi încercase să se sinucidă, împușcându-se în cap. După părerea medicilor, starea lui era așa de gravă, că reușise de fapt să-și ducă la bun sfârșit tentativa, chiar dacă trupul încă nu aflase că venise timpul să abandoneze partida. Existau motive să crezi că Evert Gullberg nu va ajunge niciodată în fața unui judecător.

Lui Marcus Erlander nu-i plăcea deloc situația. Deloc. Însă nu avea nicio dovadă că focurile de armă ale lui Gullberg fuseseră altceva decât ceea ce păreau să fie.

Oricum ar fi fost, decise să nu lase nimic la întâmplare. O privi pe Annika Giannini.

— Am luat hotărârea să o mutăm pe Lisbeth Salander într-o altă cameră. Există una, în micul culoar din dreapta recepției care, din punctul de vedere al securității, este mult mai bună decât aceasta. Poate fi văzută tot timpul de la recepție și din camera de gardă. Interdicție de vizite totală, cu excepția dumneavoastră. Nimeni nu are voie să meargă la ea fără aprobare sau dacă nu face parte din personalul medical de aici, de la Sahlgrenska. Și voi avea grijă să fie păzită 24 de ore din 24.

— Credeți că viața îi este amenințată?

— N-am nimic care s-o indice. Dar, în orice caz, nu vreau să risc.

Lisbeth Salander ascultase cu atenție discuția între avocata ei și adversarul ei, polițistul. Era impresionată de faptul că Annika Giannini răspunsese atât de exact și de clar, și cu atât de multe detalii. Și mai mult fusese impresionată de felul calm al avocatei de a reacționa în condiții de stres.

În rest, avea o durere de cap cumplită, de când Annika o smulsese din pat și o târâse în baie. Instinctiv voia să aibă de-a face cu personalul cât mai puțin. Nu-i plăcea să ceară ajutor sau să arate semne de slăbiciune. Dar durerea de cap era așa de atroce, că nu putea gândi clar. Întinse mâna, sunând asistenta de gardă.

Annika Giannini își planificase vizita la Göteborg ca pe un prolog al unei misiuni de lungă durată. Își propusese să o cunoască pe Lisbeth Salander, să afle care este exact starea ei și să traseze un prim plan al strategiei pe care ea și cu Mikael o puseseră la cale pentru viitorul proces. Inițial, se gândise să se întoarcă la Stockholm chiar în seara aceea, însă dramaticele evenimente de la Sahlgrenska o împiedicaseră să stea de vorbă pe îndelete cu Lisbeth Salander. Clienta ei se afla într-o stare mult mai rea decât crezuse, atunci când medicii o calificaseră drept stabilă. Avea dureri teribile de cap și febră mare, și în consecință o doctoriță pe nume Helena Endrin i-a prescris calmante puternice, antibiotice și odihnă. Imediat ce clienta ei a fost mutată într-o altă cameră și un polițist s-a postat acolo, Annika a fost dată afară.

A bombănit ceva și și-a privit ceasul — era 16:30. Nu știa ce să facă. Ori pleca înapoi la Stockholm, fiind probabil obligată să se întoarcă a doua zi; ori putea rămâne peste noapte, cu riscul ca Salander să fie prea bolnavă a doua zi, ca să poată primi o altă vizită. Nu-și rezervase cameră la hotel și, în orice caz, ea era un avocat cu onorariu mic și reprezenta femei victime ale violenței, cu venituri modeste, așa că de obicei evita să încarce nota cu facturi costisitoare de hotel. Mai întâi a dat telefon acasă și pe urmă lui Lillian Josefsson, membră în Asociația Femeilor și fostă colegă de facultate. Nu se întâlniseră de doi ani și au pălăvrăgit puțin, înainte ca Annika să ajungă la motivul pentru care sunase.

— Sunt la Göteborg, a spus ea. Plănuisem să mă întorc diseară la Stockholm, dar trebuie să rămân aici peste noapte. Pot să vin pe capul tău?

— Grozav! Te rog, vino, îmi plac vizitele pe nepusă masă! Nu ne-am văzut de un car de ani.

— Nu te deranjez?

— Nu, sigur că nu. M-am mutat. Acum locuiesc pe o stradă lângă Linnegatan. Am și cameră de oaspeți. Și diseară putem ieși în oraș.

— Dacă mai am putere, spuse Annika. La ce oră îți convine?

Au căzut de acord ca Annika să vină pe la șase.

A luat autobuzul până în Linnegatan și a petrecut ora următoare într-un restaurant grecesc. Era moartă de foame și a comandat frigărui cu salată. A reflectat pe îndelete la întâmplările zilei. Mai tremura un pic acum, când adrenalina începuse să scadă, dar era mulțumită de sine. Confruntată cu pericolul, acționase fără șovăială, eficient și calm. Făcuse alegerile potrivite, fără să stea pe gânduri. Era un sentiment plăcut să aibă această certitudine despre sine.

După o vreme, și-a scos agenda din servietă și și-a consultat însemnările. Le-a citit cu mare atenție. Avea foarte multe îndoieli în privința a ceea ce îi spusese fratele ei. Atunci păruse logic, dar, în realitate, acest plan avea lacune uriașe. Dar era hotărâtă să nu renunțe.

La ora șase, a plătit și a luat-o pe jos, până la locuința lui Lillian Josefsson, de pe Olivedalsgatan. Acolo, a tastat codul pe care i-l spusese prietena ei. Ajunsese în holul de la intrare și tocmai căuta din ochi liftul, când fu atacată din senin. Nimic nu-i indicase că ceva nu era în regulă, înainte să fie izbită brutal de zidul din cărămidă. S-a lovit cu fruntea de perete, simțind o durere fulgerătoare.

În momentul următor, a auzit pași care se depărtau rapid și ușa de la intrare deschizându-se și apoi închizându-se. S-a ridicat în picioare, și-a trecut mâna peste frunte și a văzut sânge pe degete. Ce dracu'! A privit buimacă în jur, apoi a ieșit pe stradă. N-a apucat să vadă decât spinarea cuiva, dispărând după colț, pe Sveaplan. A rămas locului, perplexă, un minut întreg.

Apoi a înțeles că îi lipsea servieta și că tocmai fusese jefuită. Au mai trecut câteva secunde, până ce mintea a înregistrat ce se întâmplase. Nu! Dosarul Zalachenko! A simțit șocul plecând din stomac și răspândindu-se în tot corpul; a mai făcut câțiva pași șovăielnici după bărbatul care dispăruse. S-a oprit aproape imediat. N-avea niciun rost. Dispăruse deja.

S-a așezat încet pe marginea trotuarului.

Apoi, a sărit în picioare, căutând în buzunar. Agenda! Mulțumesc, Doamne! O vârâse în buzunarul taiorului, în loc s-o pună în servietă, atunci când părăsise restaurantul. Agenda conținea schița strategiei în cazul Salander, punct cu punct.

A fugit înapoi, la ușa de intrare, a tastat din nou codul, a intrat și a luat-o la fugă, pe scări, până la etajul IV, unde a început să bată cu pumnii în ușa lui Lillian Josefsson.

Era trecut de 18:30 când Annika a fost în stare să-l sune pe Mikael Blomkvist. Avea un ochi vânăt și o rană deschisă în arcadă. Lillian Josefsson i-o dezinfectase și-i pusese un plasture. Nu, Annika nu voia să meargă la spital. Da, i-ar prinde bine o ceașcă de ceai. Abia atunci a început să gândească rațional din nou. Prima măsură a fost să-i telefoneze fratelui său.

Mikael Blomkvist era încă la redacție, unde vâna informații despre asasinul lui Zalachenko împreună cu Henry Cortez și Malin Eriksson. A ascultat cu o neliniște crescândă relatarea Annikăi despre ceea ce se întâmplase.

— Ești bine acum? a întrebat-o.

— Un ochi vânăt. O să fiu în bună stare de funcționare când o să mă calmez.

— La dracu', te-a jefuit și te-a agresat?

— Mi-au luat servieta cu dosarul Zalachenko, pe care l-am primit de la tine. A dispărut.

— Nicio problemă, îți fac o nouă copie.

Mikael tăcu și simți brusc cum i se ridică părul pe ceafă. Mai întâi, Zalachenko. Apoi, Annika.

— Annika... Te sun eu mai târziu.

Închise computerul, îl vârî în geanta de umăr și părăsi fără un cuvânt redacția, în mare grabă. Alergă până acasă, pe Bellmansgatan, apoi pe scări.

Ușa era închisă.

De îndată ce intră în apartament, văzu că dosarul albastru pe care-l lăsase pe masa din bucătărie dispăruse. Nu se obosi să mai caute. Știa exact unde se afla, atunci când părăsise apartamentul. Se lăsă încet să cadă pe un scaun lângă masa din bucătărie, în vreme ce gândurile i se învălmășeau în cap.

Cineva fusese în apartamentul său. Cineva se ocupa de ștergerea urmelor lui Zalachenko.

Atât copia lui, cât și cea a Annikăi lipseau.

Bublanski mai avea încă raportul.

Sau nu-l mai avea?

Mikael se ridică, se duse la telefon, dar se opri cu mâna pe receptor. Cineva fusese în apartamentul lui. Privi cu suspiciune telefonul și căută în buzunar după mobil.

Cât de ușor era să asculți un telefon mobil?

Îl lăsă încet lângă telefonul fix și privi în jur.

Am de-a face cu profesioniști. Cât de greu e să pui un apartament sub ascultare?

Se așeză din nou la masa din bucătărie.

Privi geanta în care se afla computerul.

Cât de greu era să-i citească cineva e-mailul? Lisbeth Salander o făcea în cinci minute.

A reflectat îndelung înainte să se apropie din nou de la telefon și s-o sune pe sora lui la Göteborg. Și-a ales cuvintele cu multă grijă.

— Bună... Cum te mai simți?

— Sunt OK, Micke.

— Povestește-mi exact ce s-a întâmplat, din momentul în care ai ajuns la Sahlgrenska și până ce a avut loc atacul.

Annikăi i-a luat 10 minute ca să povestească întreaga zi. Mikael n-a discutat implicațiile celor spuse de ea, ci i-a tot pus întrebări, până s-a declarat lămurit. Dădea impresia unui frate îngrijorat, în vreme ce mintea lui lucra pe un cu totul alt plan, reconstituind punctele de reper.

Annika se hotărâse să rămână la Göteborg la ora 16 30 după-amiaza și o sunase pe mobil pe prietena ei, aflând adresa și codul de la intrarea în clădire. Hoțul o așteptase în hol la șase fix.

Mobilul ei era ascultat. Era singura explicație plauzibilă. Ceea ce nu putea să însemne decât că și el era ascultat. Altfel nu se explica.

— Dar mi-au luat dosarul Zalachenko, repetă Annika.

Mikael ezită o secundă. Cel care furase dosarul știa deja că acesta era furat. Era normal să-i povestească Annikăi la telefon.

— Și pe-al meu, spuse el.

— Ce?

Mikael îi povesti cum alergase acasă și dosarul albastru de pe masa din bucătărie dispăruse.

— OK, spuse Mikael pe un ton sumbru. E foarte grav. Dosarul Zalachenko a dispărut. Era dovada cea mai importantă din argumentația noastră.

— Micke… Îmi pare rău.

— Și mie, spuse Mikael. La dracu'! Dar nu e vina ta. Trebuia să fi făcut public raportul din prima zi în care l-am găsit.

— Ce facem acum?

— Nu știu. E cel mai rău lucru care se putea întâmpla. Tot planul nostru se prăbușește. Nu mai avem nici o dovadă împotriva lui Björck și a lui Teleborian.

Au mai vorbit vreo două minute, înainte ca Mikael să încheie conversația.

— Aș vrea să te întorci mâine la Stockholm, spuse el.

— *Sorry*. Trebuie s-o văd pe Salander.

— Du-te la ea în cursul dimineții. Și vino aici după-amiază. Trebuie să ne gândim la ce ne rămâne de făcut.

După ce închise telefonul, Mikael rămase nemișcat pe canapea, privind în gol. Apoi, un surâs i se răspândi pe față. Cel care ascultase convorbirea știa acum că *Millennium* pierduse raportul lui Björck din 1991 și corespondența dintre Björck și doctorul de nebuni Teleborian. Știau că Mikael și Annika erau disperați.

Cel puțin, atâta învățase Mikael studiind istoria poliției secrete cu o noapte în urmă — că dezinformarea era baza oricărei activități de spionaj. Și el tocmai plantase dezinformații, care pe termen lung aveau să se dovedească neprețuite.

Deschise geanta computerului și scoase copia pe care o făcuse pentru Dragan Armanski, dar pe care nu apucase să i-o dea. Era ultimul exemplar rămas. Și n-avea de gând să-l piardă. Dimpotrivă, voia să-l copieze imediat în cel puțin cinci exemplare, pe care să le plaseze în locuri potrivite.

Apoi, aruncă o privire la ceas și sună la redacția revistei *Millennium*. Malin Eriksson mai era încă acolo, dar se pregătea să plece.

— De ce ai dispărut așa grăbit?

— Vrei să fii amabilă și să mai aștepți un moment? Mă întorc imediat și vreau să discutăm ceva înainte să pleci.

Nu-și mai spălase hainele de câteva săptămâni. Toate cămășile lui se aflau în coșul de rufe murdare. Și-a pus într-o geantă aparatul de ras și *Lupta pentru Säpo*, împreună cu ultimul exemplar rămas din ancheta despre Björck. A luat-o pe jos până la Dressman, unde și-a cumpărat patru cămăși, două perechi de pantaloni și zece perechi de chiloți și a luat hainele cu el sus, la redacție. Malin Eriksson l-a așteptat, în vreme ce el făcea un duș rapid. Ea se întreba ce se petrece.

— Cineva a intrat la mine acasă și a furat raportul Zalachenko. Altcineva a atacat-o pe Annika, la Göteborg și a furat exemplarul ei. Am confirmarea faptului că telefonul ei este ascultat, și probabil că și al meu, și al tău și toate telefoanele de la *Millennium* sunt puse sub ascultare. Și bănuiesc că dacă cineva își dă osteneala să intre în apartamentul meu, ar fi idiot dacă n-ar profita să pună microfoane.

— Aha, făcu Malin Ericksson cu voce stinsă.

Aruncă o privire mobilului ei, care se afla pe birou.

— Lucrează ca de obicei. Folosește mobilul, dar nu da nicio informație pe el. Mâine îi vom spune și lui Henry Cortez.

— OK. A plecat acum o oră. A lăsat o grămadă de anchete oficiale de stat pe biroul tău. Dar ce faci aici?

— Am de gând să dorm la redacție noaptea asta. Dacă l-au împușcat pe Zalachenko, au furat rapoartele și mi-au pus microfoane în apartament, toate astea mă fac să cred că de-abia au început, și n-au ajuns încă la redacție. A fost lume aici toată ziua. Nu vreau ca redacția să fie goală la noapte.

— Crezi că uciderea lui Zalachenko... Dar asasinul era un bătrân nebun de 78 de ani...

— Nu cred nicio secundă în asemenea coincidențe. Cineva se ocupă să șteargă urmele lui Zalachenko. Mi se rupe cine e bătrânul de 78 de ani și câte scrisori demente le-a trimis el miniștrilor. Poate fi cine știe ce fel de asasin plătit. A venit acolo în scopul de a-l ucide pe Zalachenko... și poate pe Lisbeth Salander.

— Dar el s-a sinucis, sau în orice caz a încercat. Ce asasin plătit face asta?

— Unul care are 78 de ani și poate nu mai are nimic de pierdut. E amestecat în toate astea și, când vom fi săpat suficient, vom fi în stare s-o dovedim.

Malin Eriksson privi cu atenție chipul lui Mikael. Niciodată până atunci nu-l văzuse așa de hotărât și de rece. Se simți brusc străbătută de un fior. Mikael îi observă reacția.

— Încă un lucru. Acum nu ne mai jucăm cu o bandă de criminali, ci cu o autoritate de stat. Va fi dur.

Malin făcu un gest de aprobare.

— Nu credeam că lucrurile vor merge așa de departe. Malin, dacă vrei să te retragi, trebuie doar s-o spui.

Ea ezită o clipă. Se întreba ce ar fi spus Erika Berger. Apoi clătină sfidător din cap.

PARTEA A DOUA
HACKER REPUBLIC

1–22 mai

O lege irlandeză din anul 697 interzice femeilor să fie soldați — ceea ce înseamnă că femeile fuseseră mai înainte soldați. Populații care la diferite momente ale istoriei au avut soldați femei sunt, printre altele, arabii, berberii, kurzii, populația Rajput, chinezii, filipinezii, maorii, papuașii, aborigenii australieni, micronezienii și indienii americani.

Istoria abundă în legende despre femei luptătoare temute, din Grecia Antică. Aceste povestiri vorbesc despre femei care se antrenau în arta războiului, în folosirea armelor și se supuneau privațiunilor fizice încă din copilărie. Ele trăiau separate de bărbați și plecau la război cu propriile regimente. Povestirile conțin adeseori pasaje care lasă să se înțeleagă că ele învingeau bărbații pe câmpul de bătaie. Amazoanele revin frecvent în literatura greacă — de pildă în *Iliada* lui Homer, care datează cam din sec. VI înainte de Hristos.

Tot grecii au fost cei care au creat cuvântul „amazoane". Literal, înseamnă „fără sân". S-ar explica prin aceea că ele își tăiau sânul drept, ca să poată încorda arcul mai bine. Chiar dacă doi dintre cei mai importanți medici greci din istorie, Hippocrates și Galenus, se pare că au fost de acord că această operație creștea capacitatea de a mânui armele, nu se știe sigur dacă asemenea operații erau cu adevărat practicate. Aici se află ascuns un semn de întrebare lingvistic — nu este sigur că prefixul „a" din „amazoană" înseamnă cu adevărat „fără", și s-a spus chiar că de fapt ar însemna exact contrariul că o amazoană era o femeie cu sâni deosebit de mari. De asemenea, nu există în niciun muzeu nici măcar un singur exemplu de imagine, amuletă sau statuie care să reprezinte o femeie căreia îi lipsește sânul drept, în vreme ce acesta ar fi trebuit să fie un motiv care să se repete, dacă legenda despre operația de sâni ar fi fost corectă.

8

Duminică 1 mai — luni 2 mai

Erika Berger a tras adânc aer în piept, înainte de a deschide ușa liftului și a păși în redacția ziarului *Svenska Morgon-Posten*. Era ora zece și un sfert dimineața. Se îmbrăcase îngrijit, cu pantaloni negri, pulover roșu și taior de culoare închisă. Vremea era minunată și, traversând orașul, constatase că mișcarea muncitorească își aduna oamenii și că ea însăși nu mai fusese la o defilare de 1 Mai, de mai bine de douăzeci de ani.

Un scurt moment rămase singură și invizibilă, lângă ușa liftului. Prima zi la noul loc de muncă. De acolo de unde stătea, putea să vadă o mare parte din redacția centrală, având în mijloc biroul de Actualități. Ridică un pic privirea și văzu ușile de sticlă de la biroul redactorului-șef, care în anii următori avea să fie al ei.

Nu era cu totul convinsă că este cea mai potrivită persoană pentru a conduce această organizație mamut care era *Svenska Morgon-Posten.* Era un pas uriaș de la *Millennium,* cu cinci angajați, la un cotidian cu 80 de ziariști și încă 90 de persoane cuprinzând personalul administrativ și tehnic, graficienii, fotografii, departamentul economic, distribuitorii și tot ce mai ținea de fabricarea unui ziar. La toate acestea se mai adăuga o editură, o societate de producție și o societate de administrare. În total, mai mult de 230 de persoane.

O clipă se întrebă dacă nu cumva făcuse o uriașă greșeală.

Apoi, cea mai în vârstă dintre cele două recepționiste descoperi cine sosise la redacție și își părăsi locul, apropiindu-se cu mâna întinsă.

— Doamna Berger. Bine ați venit la *SMP.*

— Mă numesc Erika. Bună ziua.

— Beatrice. Bun venit. Să vă conduc la redactorul-șef, domnul Morander... Da, fostul redactor-șef, vreau să spun.

— Mulțumesc, dar l-am văzut în cușca de sticlă de acolo, spuse Erika zâmbind. Cred c-am să-l găsesc. Oricum, mulțumesc pentru amabilitate.

Trecu prin redacție cu pas rapid, băgând de seamă că murmurul scăzuse puțin în intensitate. Dintr-odată, simțea privirile tuturor asupra ei. Se opri în fața biroului de Știri pe jumătate gol, dând din cap prietenește.

— O să ne cunoaștem mai bine peste un moment, spuse ea și merse mai departe, bătând la ușa de sticlă.

Håkan Morander, redactorul-șef care demisiona, avea 59 de ani și petrecuse 12 ani în cușca de sticlă a redacției ziarului *SMP*. Exact ca și Erika Berger, venise din altă parte — prin urmare, făcuse aceeași plimbare pe care o făcea ea acum. A privit-o cu un aer zăpăcit, a aruncat o privire la ceas și s-a ridicat.

— Bună, Erika, a salutat-o. Credeam că vei începe de luni.

— N-am mai avut răbdare să mai stau acasă încă o zi. Așa că iată-mă.

Morander îi întinse mâna.

— Bun venit. E grozav că preiei tu comanda.

— Cum te simți?

Morander înălță din umeri și chiar în momentul acela sosi Beatrice cu cafeaua și laptele.

— Mă simt funcționând deja cu jumătate de turație. De fapt, nu vreau să vorbesc despre asta. Umbli de colo-colo, te simți ca un adolescent nemuritor și brusc nu mai ai decât puțin timp de trăit. Și un lucru e sigur — n-am de gând să-mi risipesc timpul rămas în cușca asta de sticlă.

Se frecă, fără să-și dea seama, pe piept. Avea probleme cu inima și cu circulația și acesta era motivul bruștei lui plecări și al faptului că Erika Berger începea cu câteva luni mai devreme decât se hotărâse inițial.

Erika se întoarse, privind peisajul redacției. Era pe jumătate gol. Văzu un reporter și un fotograf îndreptându-se spre lift, fără îndoială ca să facă un material despre defilarea de 1 Mai.

— Dacă te deranjez sau dacă ești ocupat astăzi, dispar imediat.

— Treaba mea de astăzi este să scriu un articol de fond de 4 500 de semne despre demonstrațiile de 1 Mai. Am scris așa de multe, că aș putea face asta și în somn. Dacă socialiștii vor să înceapă un război cu Danemarca, va trebui să explic de ce greșesc. Dacă socialiștii vor să evite un război cu Danemarca, va trebui să explic de ce greșesc.

— Cu Danemarca? se miră Erika.

— Păi, o parte din mesajul de 1 Mai trebuie să trateze despre conflicte în problemele integrării. Și, de bună seamă, socialiștii nu vor avea dreptate, orice ar spune.

Morander izbucni în râs.

— Sună cam cinic, remarcă Erika.

— Bun venit la *Svenska Morgon-Posten*!

Erika nu avusese niciodată vreo părere anume despre redactorul-șef Morander. El era un deținător de putere anonim, în elita celorlalți directori din redacție. De câte ori îi citise articolele de fond, îl considerase plictisitor, conservator și expert în plângerile despre impozite, un liberal tipic, militând pentru libertatea de expresie, dar nu-l întâlnise niciodată până atunci și nici nu vorbise cu el.

— Spune-mi cum va fi, zise ea.

— Eu termin la sfârșitul lui iunie. Timp de două luni, vom lucra împreună. Vei descoperi chestii pozitive și chestii negative. Eu sunt un cinic, ai dreptate, așa că văd mai ales partea negativă a lucrurilor.

Se ridică, venind lângă ea, în fața geamului:

— Vei descoperi că acolo, afară, ai un număr de adversari — responsabili de număr și redactori veterani, care și-au creat fiecare micul său imperiu și au un club privat, în care tu nu vei fi admisă. O să încerce să treacă peste limitele existente și să-și vâre în față propriile lor articole și puncte de vedere, și tu va trebui să recurgi la o atitudine foarte dură ca să le reziști.

Erika dădu din cap, aprobând.

— Îi ai pe șefii de noapte Billinger și Karlsson... sunt un capitol în sine. Se detestă unul pe altul și, din fericire, nu lucrează împreună, dar se comportă ca și cum ar fi în același timp responsabili de număr și redactori-șefi. Îl ai pe Anders Holm, de la Actualități, cu care te vei întâlni mereu. Sunt sigur că o să vă ciondăniți destul de des. De fapt, el e cel care face ziarul în fiecare zi. Ai câțiva jurnaliști care sunt vedete și câțiva care ar trebui de fapt pensionați.

— Nu există niciun angajat corect în redacția asta?

Morander izbucni în râs.

— Ba da. Dar tu singură va trebui să decizi cu cine te înțelegi. Avem câțiva jurnaliști care sunt foarte, foarte buni.

— Conducerea?

— Magnus Borgsjö e președintele consiliului de administrație. El a fost cel care te-a recrutat. E șarmant, pe jumătate de școală veche și pe jumătate reformator, dar în primul rând el este cel care hotărăște. Ai câțiva membri ai consiliului, cei mai mulți din familia proprietară, care fac mai mult figurație, și alții care se învârt prin consiliile de administrație ale mai multor firme.

— S-ar părea că nu ești prea mulțumit de conducere?

— Există o împărțire a rolurilor. Tu scoți ziarul. Ei se ocupă de partea economică. Teoretic, ei nu se amestecă în conținutul ziarului, dar întotdeauna apar situații problematice. Cinstit vorbind, Erika, o să fie dur.

— De ce?

— Tirajul a scăzut cu aproape 150 000 de exemplare, din zilele de glorie ale deceniului șase, și *SMP* începe să se apropie de granița peste care devine nerentabil. Am raționalizat și tăiat peste 180 de posturi, începând din 1980. Am trecut la formatul tabloid — ceea ce ar fi trebuit să facem cu 20 de ani în urmă. *SMP* se mai află încă printre marile ziare, dar nu lipsește mult ca să începem să fim socotiți drept un ziar de categoria B. Dacă nu suntem deja.

— Atunci, de ce m-au ales pe mine? întrebă Erika.

— Pentru că vârsta medie a celor care citesc *SMP* este de cincizeci de ani și mai mult, iar procentul de tineri cititori de 20 de ani e, practic, zero. *SMP* trebuie să se înnoiască. Și raționamentul administrației a fost să aducă cel mai neașteptat redactor-șef pe care și l-ar fi putut imagina.

— O femeie?

— Nu numai o femeie. Femeia care a distrus imperiul Wennerström și care este celebrată ca regina jurnalismului de investigație, cu reputația de a fi mai dură decât oricare alta. Gândește-te singură. Dacă tu nu vei putea înnoi ziarul, nimeni n-o va putea face. *SMP* n-o angajează numai pe Erika Berger, ci mai ales reputația Erikăi Berger.

Atunci când Mikael Blomkvist a părăsit cafeneaua Copacabana de lângă cinematograful de cartier din Hornstull, era puțin trecut de ora două după prânz. Și-a pus ochelari de soare și a luat-o pe lângă Bergsund, mergând spre metrou; aproape imediat a văzut mașina Volvo cenușie parcată chiar după colț. A trecut, fără să micșoreze pasul, constatând că era același număr și că mașina era goală.

Era a șaptea oară când observa aceeași mașină în ultimele patru zile. Nu știa dacă aceasta se aflase în apropierea lui și mai înainte, iar faptul că o observase fusese o simplă întâmplare. Prima oară când a remarcat automobilul, acesta fusese parcat în apropierea imobilului în care locuia pe Bellmansgatan, în dimineața zilei de miercuri, când se dusese pe jos spre redacția revistei *Millennium*. Se întâmplase să-i cadă privirea pe plăcuța de înmatriculare care începea cu literele KAB și reacționase, pentru că era numele firmei lui Alexander Zalachenko, Karl Axel Bodin SA. Probabil că nu s-ar mai fi gândit la asta, dacă n-ar fi văzut același automobil și aceeași plăcuță doar câteva ore mai târziu, în vreme ce lua prânzul cu Henry Cortez și Malin Eriksson, în Medborgarplats. De data asta, Volvoul cenușiu era parcat pe o stradă perpendiculară pe cea a redacției.

Se întrebase vag dacă nu era pe cale să devină paranoic, dar când, în aceeași după-amiază, îl vizitase pe Holger Palmgren la centrul de reabilitare din Ersta, Volvo-ul gri se afla în parcarea pentru vizitatori. Nu era o coincidență. Mikael Blomkvist începuse să țină sub observație spațiul înconjurător. N-a fost uimit când a regăsit automobilul, în dimineața următoare.

Niciodată nu văzuse vreun șofer. În urma unei discuții cu cei de la registrul circulației, află că mașina era înregistrată pe numele unui oarecare Göran Mårtensson, 40 de ani, domiciliat pe Vittangigatan în Vällingby. După o altă căutare află că acesta era consultant al întreprinderii și că avea propria sa societate, care avea ca adresă o cutie poștală de pe Fleminggatan, în Kungsholmen. Mårtensson avea un curriculum vitae interesant, în circumstanțele actuale. La vârsta de 18 ani, în 1983, își făcuse serviciul militar la Apărarea de Coastă și pe urmă fusese angajat la Apărare. Avansase până la gradul de locotenent, înainte ca, în 1989 să-și dea demisia, să-și schimbe cu totul meseria și să înceapă să studieze la Școala de Poliție din Solna. Între 1991 și 1996, lucrase la poliția din Stockholm. În 1997, dispăruse din statele de serviciu și în 1999 își înregistrase firma proprie.

Prin urmare, Säpo.

Mikael își mușcă buza de jos. Un jurnalist de investigație conștiincios putea deveni paranoic pentru mai puțin. Trăsese concluzia că se afla sub o supraveghere discretă, dar că aceasta era executată așa de neîndemânatic, încât de fapt o observase.

Era într-adevăr neîndemânare? Singurul motiv pentru care Mikael observase numărul mașinii era că, din întâmplare, acesta însemna ceva pentru el. Dacă n-ar fi fost acel KAB, nu i-ar fi aruncat mașinii nici măcar o privire.

În timpul zilei de vineri, automobilul lipsise. Mikael nu era foarte sigur, însă i se păruse că în ziua aceea avusese parte de compania unui Audi roșu, fără să fie în stare să-i vadă numărul. Sâmbătă însă, Volvoul era înapoi.

Exact la douăzeci de secunde după ce Mikael Blomkvist părăsise Copacabana, Christer Malm și-a ridicat camera digitală Nikon și a făcut o serie de 12 fotografii de pe scaunul său aflat la umbră pe terasa cafenelei Rossos, de pe cealaltă parte a străzii. I-a fotografiat pe cei doi care ieșiseră din cafenea imediat după Mikael și-l urmaseră, trecând prin fața cinematografului.

Unul dintre bărbați era de vârstă incertă, mai curând tânăr, cu părul blond. Celălalt părea ceva mai în vârstă și avea părul rar, blond–roșcat și purta ochelari de soare negri. Amândoi erau îmbrăcați în jeanși și cu geci de piele închise la culoare.

S-au despărțit la Volvo-ul cenușiu. Cel mai vârstnic a deschis ușa, în vreme ce tânărul îl urma pe Mikael Blomkvist, spre metrou.

Christer Malm coborî camera, oftând. Nu avea nicio idee de ce-l luase Mikael deoparte, rugându-l insistent să facă turul cartierului din jurul cafenelei Copacabana duminică după-amiaza, în căutarea unui Volvo cenușiu cu numărul respectiv de înmatriculare. El trebuia să se plaseze în așa fel, încât să poată fotografia persoana care, după spusele lui Mikael, avea să deschidă portiera mașinii imediat după ora trei. În același timp, trebuia să stea la pândă încercând să descopere dacă îl urmărea cineva pe Mikael Blomkvist.

Suna ca începutul unui nou episod din aventurile lui Kalle Blomkvist, superdetectiv. Christer Malm nu era niciodată sigur dacă Mikael era paranoic din fire sau avea înzestrări paranormale. De la întâmplările din Gosseberga, Mikael devenise extrem de retras și în general era greu să comunici cu el. De altfel, acest lucru nu era ceva neobișnuit, atunci când Mikael lucra la un nou subiect complicat — Christer mai trăise exact în aceeași atmosferă de obsesii și secrete în timpul afacerii Wennerström — dar de data asta era mai accentuată ca niciodată.

În schimb, lui Christer nu i-a fost greu să vadă că Mikael Blomkvist era cu adevărat urmărit. Se întrebă în ce nou rahat aveau să intre și ce însemna asta pentru revista *Millennium* în termeni de timp, resurse și forțe. Christer Malm socotea că Mikael alesese greșit momentul să se joace de-a superdetectivul, pentru că redactorul-șef Erika Berger dezertase la *Marele Balaur* și stabilitatea laborios construită a revistei era amenințată.

Pe de altă parte, el nu participase de vreo zece ani la nicio defilare ori demonstrație, în afară de parada gay, și nu avea nimic mai bun de făcut în această zi de 1 mai, decât să-l asculte pe Mikael. S-a ridicat și a luat-o după bărbatul care-l urmărea pe Mikael Blomkvist. Ceea ce nu intra în instrucțiuni. Însă l-a pierdut repede din vedere, de îndată ce au intrat pe Långholmsgatan.

Una din primele măsuri luate de Mikael Blomkvist, atunci când a înțeles că telefonul său este probabil ascultat, a fost să-l trimită pe Henry Cortez să cumpere telefoane mobile de ocazie. Cortez găsise niște rămășițe dintr-un stoc de telefoane Eriksson T10, care costaseră o nimica toată. Mikael a cumpărat cartele anonime de la Comviq și împărți telefoanele lui Malin Eriksson, Henry Cortez, Annika Giannini, Christer Malm și Dragan Armanski. Ele erau folosite doar pentru acele convorbiri pe care în niciun caz nu voiau să le asculte altcineva. Convorbirile normale aveau să se desfășoare pe numerele obișnuite. Ceea ce însemna că fiecare trebuia să se care cu două telefoane asupra sa.

Mikael a mers de la Copacabana la *Millennium*, unde Henry Cortez era de serviciu. De la uciderea lui Zalachenko, Mikael pusese la punct o listă de gardă, ceea ce însemna că redacția revistei nu era niciodată goală și că cineva dormea noaptea acolo. Lista de permanență îi cuprindea pe el însuși, pe Henry Cortez, Malin Eriksson și Christer Malm. Lottie Karim, Monica Nilsson și șeful publicității, Sonny Magnusson, nu se aflau pe listă. Nici măcar nu fuseseră întrebați. Lottie Karim era cunoscută pentru spaima ei de întuneric și nici cu prețul vieții n-ar fi acceptat să doarmă singură la redacție. Monica Nilsson nu era în niciun caz speriată de întuneric, dar lucra din greu la articolele sale și făcea parte din categoria celor care merg direct acasă, după terminarea programului. Iar Sonny Magnusson avea 61 de ani, n-avea de-a face cu munca de redacție și, de altfel, urma să plece curând în concediu.

— Ceva nou? întrebă Mikael.

— Nimic special, răspunse Henry Cortez. Noutățile de azi se referă, desigur, la ziua de 1 mai.

Mikael dădu din cap:

— Am să rămân aici câteva ore. Ia-ți liber și întoarce-te diseară pe la nouă.

După ce Henry Cortez dispăru, Mikael merse la masa de lucru și scoase telefonul mobil anonim. Îl sună pe Daniel Olofsson, ziarist independent din Göteborg. De-a lungul anilor, revista îi publicase mai multe texte lui Olofsson și Mikael avea o mare încredere în capacitatea jurnalistică a acestuia de a strânge informații.

— Salut, Daniel. Mikael Blomkvist la telefon. Ești liber?

— Da.

— Vreau să faci o documentare pentru mine. Îți putem plăti cinci zile și nu va fi nevoie de text. Sau, mai exact — poți să scrii un material dacă vrei, și noi îl vom publica, dar pe noi ne interesează doar documentarea.

— Te ascult!

— E un pic delicat. Nu trebuie să discuți cu nimeni în afară de mine, și cu mine vei comunica doar pe hotmail. Nu vreau să spui nimănui că faci cercetare pentru *Millennium*.

— Sună interesant. Ce vrei să afli?

— Vreau să te duci la spitalul Sahlgrenska ca să faci un reportaj la una din secții. Acest reportaj se va numi *Spitalul de urgență* și va trebui să oglindească deosebirea dintre realitate și serialul de televiziune. Vreau și să urmărești munca de la urgențe și terapie intensivă, timp de câteva zile. Vorbește cu doctorii, surorile și personalul administrativ, și cu toți care lucrează acolo. Cum sunt condițiile de muncă? Ce fac ei? Genul ăsta de chestii. Cu poze, desigur.

— La terapie intensivă?

— Întocmai. Vreau să te concentrezi asupra îngrijirilor care li se dau pacienților cu răni grave, de la serviciul 11 C. Vreau să știu cum arată planul coridorului, cine lucrează acolo și ce trecut are fiecare.

— Hmm, făcu Daniel Olofsson. Dacă nu mă înșel, la 11C este îngrijită o anume Lisbeth Salander.

Nu era prost băiatul!

— A, da? zise Mikael Blomkvist. Interesant. Vezi în ce cameră se află, ce se petrece în camerele din jur și care sunt obiceiurile secției.

— Presupun că acest reportaj va trata despre cu totul altceva, spuse Daniel Olofsson.

— Cum am spus... Nu mă interesează decât documentarea pe care o vei face.

Făcură schimb de adrese de hotmail.

Lisbeth Salander era întinsă pe jos, pe spate, în camera sa de la Sahlgrenska, atunci când sora Marianne deschise ușa.

— Hmm, făcu sora Marianne, pentru a-și exprima îndoiala față de statul pe jos într-o secție de terapie intensivă. Dar admise că era singurul loc în care puteai să faci un pic de exercițiu.

Lisbeth Salander era transpirată după ce petrecuse 30 de minute încercând să facă flotări, întinderi și abdomene, după recomandările terapeutului. Avea o schemă cu un lung șir de mișcări, pe care trebuia să le execute în fiecare zi, pentru a-și întări musculatura umărului și a șoldului, după operația din urmă cu trei săptămâni. Respira greu și simțea că-și ieșise din formă. Obosea repede, iar umărul o strângea la cel mai mic efort. Dar, fără îndoială, era pe cale să se însănătoșească. Durerile de cap, care o chinuiseră în perioada de după operație, se mai liniștiseră și acum se manifestau doar sporadic.

Înțelegea că era destul de sănătoasă ca să poată părăsi spitalul, sau cel puțin să facă o mică ieșire, dacă ar fi fost posibil, ceea ce nu era. În parte, pentru că doctorii încă n-o declaraseră vindecată, în parte, pentru că ușa camerei ei era tot timpul încuiată și păzită de un gardian nenorocit, care nu se mișca de pe scaunul lui din coridor.

În schimb, se recuperase suficient ca să poată fi dusă într-o instituție de reeducare obișnuită. După ce o întorseseră pe toate părțile, poliția și conducerea spitalului căzuseră de acord asupra faptului că Lisbeth trebuia să mai rămână o vreme în camera cu numărul 18. Motivele erau că încăperea era ușor de păzit, că era mereu cineva din personalul spitalului în apropiere și camera era mai retrasă, la capătul culoarului în L. Prin urmare, le era mai simplu s-o păzească în secția 11C, unde personalul învățase regulile de securitate după asasinarea lui Zalachenko și cunoștea deja povestea care-l înconjura, decât s-o mute la o secție cu totul nouă, cu tot ce presupunea asta.

Prezența ei la Sahlgrenska era, în orice caz, o chestiune de câteva săptămâni. De îndată ce doctorii aveau s-o externeze, va fi mutată la închisoarea Kronoberg din Stockholm, în așteptarea procesului. Și persoana care va decide când va fi vremea era doctorul Anders Jonasson.

Trecuseră zece zile de la schimbul de focuri din Gosseberga, înainte ca doctorul Jonasson să dea poliției permisiunea să o interogheze pentru prima oară, ceea ce din punctul de vedere al Annikăi Giannini fusese un lucru excelent. Anders Jonasson pusese, din păcate, bețe-n roate chiar și prezenței sale lângă clienta ei. Ceea ce era enervant.

După toată zarva iscată de asasinarea lui Zalachenko, doctorul făcuse o evaluare a stării lui Lisbeth Salander și în această evaluare intrase și faptul că fata fusese supusă unui stres puternic, ținând cont că fusese bănuită de o triplă crimă. Anders Jonasson ignora cu totul eventuala ei vinovăție sau nevinovăție și, ca medic, nu era interesat absolut deloc de răspunsul la această întrebare. El făcea doar constatarea că Lisbeth Salander fusese expusă la stres. Fusese împușcată de trei ori și unul din gloanțe o nimerise în creier, aproape omorând-o. Avea febră care nu voia să cedeze și puternice dureri de cap.

Deci, doctorul alesese calea sigură. Bănuită de crimă sau nu, ea era pacienta lui și datoria lui era să se îngrijească de grabnica ei însănătoșire. De aceea, interzisese orice vizită, ceea ce nu avea nicio legătură cu interdicția dată de procuratură, motivată juridic. El prescrisese un tratament medicamentos și repaus complet.

Pentru că Anders Jonasson credea că totala izolare era un fel atât de inuman de pedeapsă, încât se învecina cu tortura și că nicio ființă umană nu se simte bine să fie total despărțită de prietenii ei, hotărâse ca avocata lui Lisbeth Salander, Annika Giannini, să facă serviciul de prietenă prin procură. Jonasson avusese o discuție serioasă cu Annika Giannini și îi explicase că va avea intrare la Lisbeth Salander timp de o oră în fiecare zi. În acest răstimp, va discuta cu ea sau pur și simplu îi va ține companie în tăcere. Discuția însă nu va trebui, în măsura posibilului, să aibă de-a face cu problemele lumești ale lui Lisbeth Salander sau cu bătăliile juridice viitoare.

— Lisbeth Salander a fost împușcată în cap și grav rănită, i-a explicat el. Cred că e în afară de pericol, dar există în continuare riscul unor hemoragii sau al altor complicații. Are nevoie de repaus și îi trebuie timp ca să se vindece. Abia după aceea va începe să se ocupe de problemele juridice.

Annika Giannini înțelesese logica din raționamentul doctorului Jonasson. Ea avusese câteva discuții cu Lisbeth Salander, menționând care era strategia ei și a lui Mikael, dar fără să poată să detalieze. Lisbeth Salander era pur și simplu sedată de medicamente și atât de obosită, încât adesea adormea în mijlocul discuției.

Dragan Armanski a examinat seria de fotografii făcute de Christer Malm celor doi bărbați care îl urmăriseră pe Mikael Blomkvist de la Copacabana. Fotografiile erau foarte clare.

— Nu, spuse el. Nu i-am văzut niciodată.

Mikael Blomkvist dădu din cap în semn de aprobare. Se întâlniseră în biroul lui Armanski, la Milton Security, în dimineața zilei de luni. Mikael intrase în clădire prin garaj.

— Prin urmare, cel mai în vârstă este Göran Mårtensson, proprietarul Volvo-ului. El m-a urmărit, ca mustrările de conștiință, cel puțin o săptămână, dar s-ar putea să dureze de mai mult timp.

— După părerea ta, lucrează la Säpo.

Mikael a amintit trecutul lui Mårtensson. Acesta vorbea de la sine. Armanski mai șovăia însă. Sentimentele lui erau contradictorii în fața spuselor lui Blomkvist.

Una era ca poliția secretă să se facă de râs. Alta era starea naturală a lucrurilor, nu numai pentru Säpo, ci fără îndoială pentru toate serviciile de informații ale lumii. Pentru numele lui Dumnezeu, poliția secretă franceză trimisese un comando de scufundători în Noua Zeelandă, ca să arunce în aer *Rainbow Warrior*, vasul organizației Green Peace. Ceea ce ar trebui să fie cea mai idioată operație secretă din istorie, poate cu excepția implicării președintelui Nixon în Watergate. Cu o conducere atât de imbecilă, nu era de mirare că izbucneau scandaluri. Succesele nu se raportau niciodată. În schimb, presa se arunca asupra poliției secrete de câte ori avea loc ceva ilicit, stupid sau ratat, cu toată înțelepciunea pe care toți o avem după ce lucrurile s-au petrecut.

Armanski nu înțelesese niciodată atitudinea mass-mediei față de Säpo.

Pe de o parte, ei considerau Säpo ca o excelentă sursă și aproape orice prostie politică ducea la titluri bătătoare la ochi, pe prima pagină. Säpo bănuiește că... O declarație făcută de Säpo era o sursă care cântărea greu într-un titlu de prima pagină.

Pe de altă parte, presa și politicienii de toate felurile nu ezitau să-i pună la zid, de câte ori îi prindeau, pe oamenii de la Säpo care spionau cetățeni suedezi. Era atât de paradoxal, încât Armanski ajunsese să creadă că atât politicienii, cât și presa o luaseră pe arătură în privința asta.

Armanski nu avea nimic împotriva faptului că Säpo exista. Cineva trebuia să aibă răspunderea, să vegheze ca toți țăcăniții național-bolșevici care se îmbuibaseră cu lecturi din Bakunin, sau cine știe ce alt maestru, să nu încropească vreo bombă din îngrășăminte chimice sau din petrol și s-o pună sub o furgonetă, în față la Rosenbad, ca să arunce în aer tot guvernul suedez. Toți aveau nevoie de Säpo și Armanski socotea că un pic de spionaj nu avea ce să strice, câtă vreme scopul era să păzească securitatea generală a cetățenilor.

Problema era, de bună seamă, că o organizație care are ca misiune să spioneze cetățenii trebuie să se afle sub cel mai strict control de stat și trebuie să asigure în cel mai înalt grad respectarea constituției. Problema cu Säpo era faptul că accesul era aproape imposibil, și pentru politicieni, și pentru cei din guvern, chiar atunci când prim-ministrul numea un anchetator special care, pe hârtie, ar fi trebuit să aibă acces la tot. Armanski împrumutase cartea lui Carl Lidbom, *O misiune,* și o citise cu uimire crescândă. În SUA, cel puțin zece capete ale unor oameni de frunte din Säpo ar fi căzut imediat pentru obstrucție și ar fi fost obligați să apară în fața vreunei comisii publice, în Congres. În Suedia, ei erau aparent inatacabili.

Cazul Lisbeth Salander arăta că ceva era putred în interiorul organizației, dar atunci când Mikael Blomkvist trecuse pe la el, ca să-i dea un telefon mobil sigur, prima reacție a lui Dragan Armanski fusese că Blomkvist era paranoic. Abia atunci când studiase detaliile și se aflase în fața fotografiilor făcute de Christer Malm, constatase, împotriva voinței sale, că bănuielile lui Blomkvist aveau temei. Ceea ce nu prevestea nimic bun, ci lăsa să se creadă că acea conspirație, care o lovise pe Lisbeth Salander cu cincisprezece ani înainte, nu fusese o simplă întâmplare.

Erau pur și simplu prea multe coincidențe pentru ca ele să fie întâmplătoare. S-ar fi putut ca Zalachenko să fi fost asasinat de un justițiar dement. Dar nu în același moment în care lui Mikael Blomkvist și Annika Giannini li se furase un document care constituia baza argumentației lor. Era o adevărată nenorocire. Și, în plus, martorul principal, Gunnar Björck, se spânzurase!

— OK, spuse Dragan Armanski, strângând documentele lui Mikael. Ești de acord să le transmit mai departe contactului meu?

— Prin urmare, este o persoană în care spui că ai toată încrederea.

— Știu că este o persoană de înaltă moralitate și cu un comportament total democratic.

— Din Säpo, spuse Mikael Blomkvist cu evidentă îndoială în glas.

— Trebuie să cădem de acord asupra unui lucru. Atât eu, cât și Holger Palmgren am acceptat planul tău și colaborăm cu tine. Dar îți garantez că nu vom descurca toate acestea de unii singuri. Trebuie să găsim aliați în administrație, dacă nu vrem ca totul să se termine foarte rău.

— OK, aprobă Mikael cu jumătate de gură. Dar eu sunt obișnuit să-mi termin misiunea doar în momentul în care *Millennium* merge la tipar. Niciodată până acum n-am lăsat să iasă informații despre un articol înainte ca acesta să fie publicat.

— În acest caz ai făcut-o deja. Mi-ai povestit mie, surorii tale și lui Palmgren.

Mikael aprobă.

— Dacă ai făcut-o, este pentru că ai înțeles și tu că această afacere depășește cu mult un titlu din revista ta. În cazul ăsta, tu nu ești un jurnalist obiectiv, ci un actor în desfășurarea evenimentelor.

Mikael aprobă din nou.

— Și, ca actor, ai nevoie de ajutor, ca să reușești în scopurile tale.

Mikael aprobă pentru ultima oară. În orice caz, nu le dezvăluise tot adevărul nici lui Armanski, nici Annikăi Giannini. Mai avea încă taine pe care le împărtăşea cu Lisbeth Salander. Dădu mâna cu Armanski.

9

Miercuri 4 mai

Miercuri, la prânz, la trei zile după ce Erika Berger își preluase postul de redactor-șef la *SMP*, Håkan Morander a murit. Stătuse în cușca de sticlă toată dimineața, în vreme ce Erika Berger, împreună cu secretarul de redacție, Peter Fredriksson, avuseseră o întâlnire cu redacția Sport, ca să-i cunoască pe jurnaliști și să se pună la curent cu felul în care lucrau aceștia. Fredriksson avea 45 de ani și, la fel ca Erika, era relativ nou la *SMP*. Lucra la ziar doar de patru ani. Era tăcut, priceput la toate și agreabil, iar Erika hotărâse deja că se va putea baza pe opiniile lui, atunci când va prelua comanda corabiei. Își petrecea o mare parte din timp încercând să-și dea seama în cine putea avea încredere și pe cine va lua ca aliat imediat, în noul ei regim. Fredriksson era în mod definitiv unul dintre candidați. Se întorceau spre spațiul central, când l-au văzut pe Morander ridicându-se și venind spre ușa de sticlă.

Avea un aer perplex.

Apoi, s-a aplecat în față, prinzându-se de spătarul unui scaun, câteva secunde înainte de a se prăbuși.

Era deja mort când a venit salvarea.

În după-amiaza aceea, la redacție a domnit confuzia. Președintele consiliului de administrație Magnus Borgsjö a sosit pe la ora două și a adunat toți colaboratorii pentru un minut de reculegere. A vorbit despre faptul că Morander își dedicase ultimii cincisprezece ani de viață ziarului și despre prețul pe care îl cere adesea meseria de jurnalist. A păstrat un minut de tăcere. Apoi a privit nesigur în jur, ca și cum n-ar mai fi știut cum să continue.

Este neobișnuit ca oamenii să moară la locul de muncă — chiar foarte rar. Oamenii ar trebui să aibă amabilitatea să se retragă, pentru a muri. Ar trebui să dispară, să iasă la pensie sau să se ducă la vreun azil de bătrâni, pentru ca într-o zi să devină brusc subiect de conversație în sala de mese. *Apropo, ai auzit că bătrânul Karlsson a murit vineri? Da, infarct. Sindicatul o să trimită flori la înmormântare.* Să mori la locul de muncă și în fața ochilor colegilor tăi era cumva o agresiune. Erika a simțit starea de șoc care plana asupra redacției. *SMP* rămăsese fără cârmaci. Și-a dat seama brusc că toți o priveau. Era cartea de joc necunoscută.

Fără să fie rugată și fără să știe prea bine ce va spune, făcu un pas înainte și vorbi cu glas tare și răspicat:

— L-am cunoscut pe Håkan Morander, cu totul, trei zile. E un timp scurt, dar, din puținul pe care am reușit să-l văd, pot spune cu sinceritate că aș fi vrut să am posibilitatea să-l cunosc mai bine.

Se opri, când văzu cu coada ochiului că Borgsjö o privea atent. Părea uimit că luase cuvântul. Mai făcu un pas înainte. *Nu zâmbi! Nu trebuie să zâmbești. Ai avea un aer nesigur.* Mai ridică un pic glasul.

— Dispariția subită a lui Morander dintre noi va crea probleme aici, în redacție. Ar fi trebuit să-i urmez abia peste două luni și mă bazam pe faptul că voi avea vreme să profit de experiența lui.

Observă că Borgsjö deschidea gura, ca să spună ceva.

— Din păcate, asta nu se va mai întâmpla și vom trece printr-o perioadă de schimbări. Dar Morander a fost redactorul-șef al unui cotidian, și ziarul va trebui să apară chiar și mâine. Acum au mai rămas nouă ore până la tipar și patru înainte ca pagina editorială să fie gata. Pot să vă întreb... Care dintre voi a fost cel mai bun prieten și omul de încredere al lui Morander?

Urmă un scurt moment de tăcere, în vreme ce jurnaliștii se priveau unii pe alții. Într-un final, Erika auzi un glas, venind din stânga:

— Cred că eu.

Gunnar Magnusson, 61 de ani, secretar de redacție al paginii editoriale și de 35 de ani la *SMP*.

— Cineva trebuie să scrie necrologul lui Morander. Eu nu pot s-o fac... ar fi o aroganță din partea mea. Poți să scrii acest text?

Gunnar Magnusson șovăi o clipă, apoi încuviință din cap.

— Mă ocup eu de asta, spuse el.

— Folosim întreaga pagină editorială, deplasăm tot restul.

Gunnar aprobă din nou.

— Avem nevoie de fotografii...

Privi spre dreapta, descoperindu-l pe Lennart Torkelsson, șeful departamentului foto. Acesta dădu din cap, în semn de aprobare.

— Trebuie să trecem la treabă. Poate va merge puțin mai greu la început. Când voi avea nevoie de ajutor în luarea hotărârilor, o să apelez la voi, bazându-mă pe competența și experiența voastră. Voi știți cum se face acest ziar, în vreme ce eu mai am încă nevoie de o perioadă de ucenicie.

Se întoarse spre secretarul de redacție Peter Fredriksson:

— Peter, am înțeles de la Morander că ești o persoană în care el avea multă încredere. Vei fi mentorul meu în perioada următoare, prin urmare vei avea o povară mai grea de dus. O să te rog să-mi fii consilier. Ești de acord?

Fredriksson aprobă. Ce altceva ar fi putut să facă?

Erika se întoarse spre departamentul editorial.

— Încă un lucru... Morander scria articolul de fond, în dimineața aceasta. Gunnar, poți să intri în computerul lui și să vezi dacă-l terminase? Îl vom publica oricum. A fost ultimul editorial al lui Håkan Morander și ar fi nedrept să nu-l publicăm. Ziarul pe care îl facem astăzi este încă ziarul lui Håkan Morander.

Tăcere.

— Dacă este cineva care are nevoie de o pauză ca să se adune e liber s-o facă. Toți știți ce deadline avem.

Tăcere. Erika observă că erau câțiva care dădeau din cap fără tragere de inimă.

— Hai, toată lumea la treabă, încheie ea cu glas scăzut.

Jerker Holmberg își depărtă mâinile într-un gest de neputință. Jan Bublanski și Sonja Modig păreau neîncrezători. Curt Svensson avea un aer indiferent. Toți trei cercetau rezultatul anchetei preliminare, pe care Holmberg o terminase chiar în dimineața aceea.

— Nimic? întrebă Sonja Modig.

Părea uimită.

— Nimic, spuse Holmberg, scuturând din cap. Raportul final al autopsiei a venit în dimineața asta. Nu există nimic care să indice altceva decât o sinucidere prin spânzurare.

Privirile li se mutară pe fotografiile făcute în camera de zi a casei din Smådalarö. Totul arăta că Gunnar Björck, șef adjunct al departamentului pentru străini din Säpo, se urcase de bunăvoie pe un taburet, legase o funie de cârligul lămpii, și-o trecuse în jurul propriului grumaz și, fără să ezite îi făcuse vânt scaunului la o distanță de câțiva metri de el. Medicul legist nu era sigur de ora exactă când se produsese decesul, dar în cele din urmă stabilise că avusese loc în după-amiaza zilei de 12 aprilie. Björck fusese găsit pe 17 aprilie de nimeni altcineva decât Curt Svensson. Asta după ce Bublanski încercase în repetate rânduri să dea de Björck și, iritat, îl trimisese în cele din urmă pe Svensson să-l aducă.

La un moment dat în acest interval, cârligul lămpii cedase sub greutate și corpul se prăbușise pe podea. Svensson îl văzuse pe fereastră și dăduse alarma. Bublanski și ceilalți veniseră la ceea ce de la început considerasără drept locul crimei, crezând că Björck fusese sugrumat de către o altă persoană. Abia echipa tehnică descoperise cârligul lămpii. Jerker Holmberg primise însărcinarea de a ancheta cum murise Björck.

— Nimic nu indică o crimă și nici că Björck n-ar fi fost singur în momentul acela, spuse Holmberg.

— Lampa...

— Lampa are amprentele stăpânului casei — care a atârnat-o acolo acum doi ani — și ale lui Björck însuși. Asta înseamnă că el a scos lampa.

— De unde provine frânghia?

— De la catargul steagului[23], din spatele casei. Cineva a tăiat mai mult de doi metri de frânghie. Se află un cuțit

[23] Pe vremuri, în Suedia era obiceiul ca stăpânul gospodăriei să ridice un steag, de câte ori era acasă, pentru a-și anunța eventualii vizitatori; obiceiul s-a păstrat până în prezent.

pe pervazul ferestrei dinspre terasă. După declarația proprietarului, este cuțitul lui. De obicei stătea în lada de scule de sub chiuvetă. Amprentele lui Björck se află atât pe mâner, cât și pe lada de scule.

— Hmm, făcu Sonja Modig.

— Ce fel de noduri au fost făcute? întrebă Curt Svensson.

— Obișnuite; lațul propriu-zis este o buclă obișnuită. Poate că e singurul lucru ciudat. Björck era priceput la navigație și știa cum se fac nodurile adevărate. Însă cine poate spune cât de mult se preocupă de noduri un om care se sinucide?

— Droguri?

— Din raportul toxicologic, reiese că Björck lua un calmant puternic, care se dă numai pe rețetă. În sânge avea și o cantitate de alcool, însă într-un procent foarte mic. Cu alte cuvinte, era mai mult sau mai puțin treaz.

— Medicul legist scrie că sunt zgârieturi.

— Una, de trei centimetri, pe partea exterioară a genunchiului stâng. O julitură. M-am gândit că s-ar fi putut produce în zeci de feluri... De exemplu, că s-a lovit de marginea unui scaun, sau ceva de genul ăsta.

Sonja Modig ridică o fotografie care arăta chipul deformat al lui Björck. Frânghia săpase așa de adânc, încât sfoara propriu-zisă nu se mai vedea din pliurile pielii. Fața arăta grotesc de umflată.

— Putem stabili că a atârnat probabil în frânghie timp de mai multe ore, aproape o zi, înainte de a se rupe cârligul. Sângele se află parțial în cap, de unde frânghia l-a împiedicat să se scurgă în restul corpului, parțial în extremități. Când a cedat cârligul, cușca toracică s-a lovit de masă. Prezintă o contuzie adâncă. Dar această leziune s-a produs mult după deces.

— Al dracului fel de a muri, spuse Curt Svensson.

— Nu știu. Frânghia a fost așa de subțire, că a tăiat foarte adânc și a oprit total fluxul sângelui. Trebuie să fi fost inconștient în câteva secunde și mort într-un minut sau două.

Bublanski dădu la o parte hârtiile, cu o expresie de dezgust. Nu-i plăcea deloc. Nu-i plăcea faptul că Zalachenko și Björck păreau să fi murit în aceeași zi. Unul, împușcat de un nebun și celălalt, de propria-i mână. Dar nicio speculație nu putea schimba faptul că examinarea locului crimei nu sprijinea teoria că Björck fusese ajutat să plece pe lumea cealaltă.

— Trăia într-o tensiune teribilă, spuse Bublanski. Știa că afacerea Zalachenko era pe cale să fie dată în vileag și că el însuși risca să fie acuzat și aruncat pradă ziarelor, pentru cumpărare de servicii sexuale. Mă întreb de ce se temea mai mult. Era bolnav și avea dureri cronice de multă vreme… Nu știu. Aș fi apreciat dacă lăsa o scrisoare sau ceva de genul ăsta.

— Mulți dintre cei care se sinucid nu lasă scrisori.

— Știu. OK. Nu avem de ales. Trebuie să clasăm afacerea Björck.

Erika Berger nu se simțea în stare să se așeze imediat pe scaunul lui Morander, în cușca de sticlă, și să dea la o parte lucrurile lui personale. Îl rugă pe Gunnar Magnusson să vorbească cu văduva lui Morander și s-o întrebe când va putea să vină să le ia.

Deocamdată, eliberă un mic spațiu în mijlocul oceanului redacțional, unde își puse laptopul și preluă comanda. Era un haos total. Dar, la trei ore după ce ea luase din mers cârma la *SMP*, pagina editorială se afla la tipar. Gunnar Magnusson scrisese patru coloane despre viața și activitatea lui Morander. Pagina era construită în jurul unui portret al acestuia, cu articolul neterminat în stânga și o serie de fotografii în josul paginii. Layout-ul nu era extraordinar, dar nota afectivă făcea lipsurile acceptabile.

Cu puțin înainte de ora șase seara, Erika trecea prin titlurile de pe prima pagină, discutând textele cu redactorul coordonator, când Borgsjö veni la ea, atingând-o pe umăr. Ridică privirea.

— Putem schimba câteva cuvinte?

Se duseră la automatul de cafea din sala de mese.

— Voiam doar să spun că sunt foarte mulțumit de felul în care ai preluat comanda astăzi. Cred că ne-ai uimit pe toți.

— N-aveam prea mult de ales. Însă lucrurile vor mai șchiopăta, înainte să mă simt în largul meu.

— Suntem conștienți de asta.

— Suntem?

— Vreau să spun atât personalul, cât și conducerea. Mai ales conducerea. Dar, după cele întâmplate astăzi, sunt mai mult ca niciodată convins că ai fost alegerea cea mai potrivită. Ai venit aici în ultima clipă și ai fost nevoită să treci la comandă într-un moment foarte dificil.

Erika aproape roși. Așa ceva nu mai făcuse de când avea 14 ani!

— Pot să-ți dau un sfat...

— Sigur că da.

— Am auzit că ai avut niște divergențe cu Anders Holm, șeful de la Actualități.

— N-am fost de acord asupra orientării din textul despre propunerea de impozite a guvernului. Își pusese propria opinie pe pagina cu Actualitățile. Acolo trebuie să folosim un ton neutru. Părerile proprii trebuie să se afle pe pagina editorială. Și, de vreme ce mă aflu la subiectul ăsta — voi scrie editorialul, din când în când; dar, așa cum am spus, nu simpatizez niciun partid politic și trebuie să știm cine va fi șef la secția Opinii.

— Magnusson, până la noi dispoziții, spuse Borgsjö.

Erika Berger înălță din umeri:

— Mie îmi este indiferent pe cine puneți. Dar trebuie să fie o persoană care să apere pozițiile ziarului.

— Înțeleg. Ceea ce voiam să spun este că va trebui să-i dai lui Holm mai multă independență. Lucrează de mult la *SMP* și este șef la Actualități de cincisprezece ani. Știe ce face. Poate fi căpos, dar practic este indispensabil.

— Știu. Morander mi-a povestit. Dar când este vorba de politica noastră în privința știrilor, mă tem că va trebui să se adapteze. La urma urmei, m-ați angajat ca să înnoiesc ziarul.

Borgsjö dădu gânditor din cap.

— Am înțeles. Vom rezolva problemele pe măsură ce se ivesc.

Annika Giannini era obosită și nervoasă în seara zilei de miercuri, când s-a urcat în trenul rapid X2000, în gara centrală din Göteborg, pentru a se întoarce la Stockholm. Avea impresia că-și mutase domiciliul în tren, în ultima lună. Abia de apuca să-și mai vadă familia. S-a dus după cafea în vagonul restaurant, apoi s-a întors la locul ei, deschizând mapa cu notele de la ultima discuție cu Lisbeth Salander. Ceea ce era de fapt motivul oboselii și enervării sale.

Ascunde lucruri, gândi Annika Giannini. Idioata asta mică nu-mi spune adevărul. Și Micke îmi ascunde și el ceva. Numai Dumnezeu știe ce pun la cale.

Observase, de asemenea, că, deși Micke și clienta sa nu comunicaseră — dacă era într-adevăr așa —, exista între ei o înţelegere tacită şi naturală. Annika nu pricepea despre ce era vorba, dar bănuia că exista ceva ce Mikael Blomkvist socotea că e important să rămână ascuns.

Se temea că era vorba de o chestiune morală, punctul slab al fratelui ei. Era prieten cu Lisbeth Salander. Annika îl cunoştea bine şi ştia că Mikael era loial, dincolo de limita bunului-simţ, faţă de oamenii pe care odată pentru totdeauna îi definise drept prieteni, chiar dacă amicul în chestiune era imposibil şi se înşela complet. Ea mai ştia, de asemenea, că Mikael putea accepta multe prostii, dar că exista o limită care nu trebuia depăşită. Unde se afla această graniţă părea să varieze de la o persoană la alta, însă ştia că de câteva ori Mikael rupsese definitiv cu persoane care până atunci îi fuseseră prieteni apropiaţi, pentru că aceştia făcuseră ceva ce el considerase ca imoral sau inacceptabil. În asemenea ocazii, devenea total rigid. Ruptura era definitivă şi nu putea fi discutată. Mikael nu mai răspundea nici măcar la telefon, dacă respectivul suna, ca să-şi ceară iertare în genunchi.

Ce se petrecea în capul lui, Annika putea înţelege. În schimb, nu pricepea absolut deloc ce se petrecea în mintea lui Lisbeth Salander. Uneori avea impresia că acolo era nemişcare totală.

Aflase de la Mikael că Lisbeth Salander putea fi capricioasă şi extrem de rezervată faţă de cei din jur. Până în momentul în care o întâlnise, Annika crezuse că acesta va fi un stadiu trecător şi că era vorba doar de a-i câştiga încrederea. Acum însă constata că după o lună întreagă — fără a socoti primele două săptămâni, pierdute din cauză că Lisbeth nu avea putere să vorbească — conversaţia era în cea mai mare parte un simplu monolog.

Annika mai notase şi că, în unele perioade, Lisbeth părea să se afle într-o profundă depresie şi că nu avea nici cel mai mic interes pentru a-și rezolva situația și viitorul. Părea că pur și simplu nu înțelege sau că nu-i pasă de faptul că singura posibilitate a Annikăi de a-i asigura o apărare satisfăcătoare depindea de accesul ei la fapte. Nu putea lucra în beznă.

Lisbeth Salander era încăpățânată și închisă. Făcea lungi pauze de gândire și se exprima foarte exact, atunci când spunea ceva. Adesea nu răspundea deloc, iar uneori răspundea brusc la o întrebare pe care Annika i-o pusese cu câteva zile în urmă. În timpul interogatoriilor poliției, Lisbeth stătea tăcută în pat, privind în gol. Cu o singură excepție, ea nu schimbase niciun cuvânt cu polițiștii. Excepția a fost când Marcus Erlander a întrebat-o ce știa în legătură cu Ronald Niedermann; atunci ea îl privise și-i răspunsese la fiecare întrebare. De îndată ce acesta schimbase subiectul, Lisbeth își pierduse interesul, privind din nou în gol.

Annika se aștepta ca Lisbeth să nu spună nimic poliției. Ea nu vorbea din principiu cu oficialitățile. Ceea ce în situația actuală era bine. Cu toate că Annika, la diferite ocazii, o îndemnase formal să răspundă la întrebările poliției, în sinea ei era foarte mulțumită de tăcerea totală a clientei sale. Motivul era simplu. Această tăcere era coerentă. Nu conținea nicio minciună cu care să fie prinsă după aceea și niciun raționament contradictoriu, care să dea prost în sala de judecată.

Însă chiar dacă Annika se așteptase la tăcere, era uluită de faptul că Lisbeth era așa de neclintită. Între patru ochi, o întrebase pe Lisbeth de ce refuza cu atâta încăpățânare să răspundă poliției.

— Vor deforma ceea ce spun și îmi vor folosi cuvintele împotriva mea.

— Dar dacă nu te explici, vei fi condamnată.

— Atunci, așa va fi. Nu eu am provocat tot rahatul ăsta. Dacă vor să mă condamne, nu e problema mea.

Încetul cu încetul, Lisbeth îi povestise aproape tot ce se petrecuse la Stallarholmen, chiar dacă Annika trebuise să tragă de fiecare cuvânt. Totul, în afară de un lucru. Nu îi explicase cum Magge Lundin ajunsese să primească un glonț în picior. Oricât de mult o bătuse la cap, Lisbeth Salander o privea cu obrăznicie, schițând zâmbetul ei strâmb.

Povestise, de asemenea, ce se întâmplase la Gosseberga. Însă nu spusese nimic despre motivul pentru care îl urmărise pe tatăl ei. Venise acolo ca să-și ucidă tatăl — ceea ce afirma procurorul — sau doar pentru a-l convinge s-o lase în pace? Din punct de vedere juridic, deosebirea era strigătoare la cer.

Atunci când Annika aborda subiectul fostului ei tutore, avocatul Nils Bjurman, Lisbeth devenea și mai tăcută. Obișnuitul răspuns era că nu ea îl împușcase și că faptul nici nu se afla printre acuzațiile împotriva ei.

Iar când Annika ajungea în miezul derulării evenimentelor, la rolul doctorului Peter Teleborian în 1991, Lisbeth se transforma într-un zid compact de tăcere.

Nu va ține, constata Annika. *Dacă Lisbeth nu are încredere în mine, vom pierde procesul. Trebuie să vorbesc cu Mikael.*

Lisbeth Salander stătea pe marginea patului, privind pe fereastră. Putea vedea fațada de dincolo de parcare. Șezuse imobilă și fără să fie deranjată mai mult de o oră după ce Annika Giannini se ridicase și trântise, într-un acces de furie, ușa în urma ei. O durea din nou capul, dar nu atât de tare. În schimb, se simțea nemulțumită.

O irita Annika Giannini. Din punct de vedere strict practic, putea înțelege de ce avocata ei o bătea necontenit la cap în legătură cu trecutul. Dar nu avea niciun chef să povestească despre sentimentele sau faptele sale. Considera că viața ei era treaba ei personală. Nu era greșeala ei că taică-său era un sadic patologic și un criminal. Nu era vina ei că frate-său era un ucigaș în serie. Și, slavă Domnului, nimeni nu știa că-i era frate, altminteri și asta ar fi atârnat probabil tot pe umerii ei, în expertiza psihiatrică ce se va face mai devreme sau mai târziu. Nu ea îi ucisese pe Dag Svensson și pe Mia Bergman. Nu ea își numise un tutore, care s-a dovedit a fi un porc care o violase.

Și totuși, viața ei avea să fie întoarsă pe față și pe dos și va fi obligată să dea explicații și să ceară iertare pentru faptul că se apărase.

Voia să fie lăsată în pace. Și, la urma urmei, ea era cea care va fi obligată să trăiască cu sine însăși. Nu se aștepta să-i fie cineva prieten. Nesuferita de Annika Giannini se afla probabil de partea ei, dar era o prietenie profesională, pentru că îi era avocată. Afurisitul de Kalle Blomkvist se afla undeva, afară — Annika nu prea vorbea despre fratele ei și Lisbeth nu întreba niciodată. Nu se aștepta ca acesta să facă prea multe eforturi pentru ea, acum când uciderea lui Dag Svensson era rezolvată și el își putea scrie articolul.

Se întreba ce părere avea despre ea Dragan Armanski, după toate câte se întâmplaseră.

Potrivit Annikăi Giannini, ambii se plasaseră în colțul ringului de partea ei, dar astea erau doar vorbe. Nu puteau face nimic ca să-i rezolve problemele personale.

Se întreba ce simțea Miriam Wu pentru ea.

Se întreba ce simțea ea însăși pentru propria-i persoană și ajunsese la părerea că propria ei viață îi provoca mai ales indiferență.

Fu deranjată brusc de unul dintre paznicii de la securitate, care vârâse cheia în broască, dându-i drumul doctorului Anders Jonasson.

— Bună seara, domnișoară Salander. Cum te simți astăzi?

— Bine, răspunse ea.

Îi consultă fișa și constată că nu mai are febră. Se obișnuise cu vizitele lui, care aveau loc de câteva ori pe săptămână. Dintre toți oamenii cu care intra în contact, era singurul pentru care simțea o doză de încredere. Niciodată nu simțise c-ar fi privit-o ciudat. Venea în camera ei, flecărea un moment și o consulta, ca să vadă cum îi merge. Nu punea nicio întrebare despre Ronald Niedermann sau Alexander Zalachenko, sau dacă era nebună, sau de ce o ținea poliția închisă. Părea să fie interesat numai de felul în care funcționau mușchii ei, dacă vindecarea creierului avansa și cum se simțea în general.

Se tutuiau de la bun început și asta părea firesc. În plus, cotrobăise la propriu în creierul ei. Cineva care ți-a umblat în creier trebuie tratat cu respect, credea ea. Spre propria sa uimire, realizase că găsea vizitele lui Anders Jonasson plăcute, deși el o atingea și-i lua temperatura.

— E în ordine dacă verific?

Făcu examenul obișnuit, privindu-i pupilele, ascultându-i respirația, măsurându-i pulsul și verificându-i tensiunea.

— Cum îmi merge? întrebă ea.

— Ești în mod sigur pe cale să te faci bine. Dar trebuie să lucrezi mai serios cu gimnastica. Și încetează să-ți mai zgândărești coaja de la cap.

Doctorul se opri o clipă.

— Pot să te întreb ceva personal?

Ea îi aruncă o privire.

— Dragonul pe care îl ai tatuat... N-am văzut tot tatuajul, dar constat că e foarte mare și îți acoperă o mare parte din spate. De ce ți l-ai făcut?

— Nu l-ai văzut?

El zâmbi brusc.

— Vreau să spun că l-am întrezărit, dar când erai goală pe masa mea, eram prea ocupat să opresc hemoragii, să scot gloanțe și altele de genul ăsta.

— De ce întrebi?

— Din pură curiozitate.

Lisbeth Salander medită un moment lung. În cele din urmă, îl privi, spunând:

— L-am făcut dintr-un motiv personal despre care nu vreau să vorbesc.

Anders Jonasson medită la răspunsul ei și aprobă gânditor.

— OK. Iartă-mi întrebarea.

— Vrei să-l vezi?

Păru uimit.

— Sigur. De ce nu?!

Lisbeth se întoarse cu spatele la el și își trase maioul peste cap. Se așeză astfel ca lumina de la fereastră să-i cadă pe spate. El constată că dragonul acoperea o porțiune mare, pe partea dreaptă a spinării. Începea pe omoplat, la nivelul umărului și se termina printr-o coadă, în partea de jos a șoldului. Era frumos și fusese făcut de o mână profesionistă. Părea o adevărată operă de artă.

După un moment, ea întoarse capul.

— Mulțumit?

— E frumos. Dar trebuie să te fi durut îngrozitor.

— Da, recunoscu ea. M-a durut.

Anders Jonasson părăsi camera lui Lisbeth Salander vag deconcertat. Era mulțumit de reabilitarea ei fizică, dar nu reușea s-o înțeleagă pe fata aceasta bizară. Nu aveai nevoie de vreun masterat în psihologie ca să tragi concluzia că sufletește nu-i mergea prea bine. Tonul față de el era amabil, dar plin de o neîncredere aspră. Înțelesese, de asemenea, că era politicoasă cu restul personalului, dar nu scotea un sunet de îndată ce poliția venea în vizită. Era extrem de închisă în carapacea ei și punea tot timpul o distanță între ea și cei din jur.

Poliția o pusese în stare de arest și un procuror intenționa s-o acuze de încercare de omor și rănire gravă. El se îndoia că o fată așa de mică și firavă avusese forța fizică necesară în asemenea acte de violență, cu atât mai mult cu cât violența era îndreptată împotriva unor adulți.

Întrebase despre dragonul ei mai mult ca să găsească un subiect personal despre care să discute. De fapt, nu era deloc interesat de ce se împodobise într-un fel așa de exagerat, dar presupunea că, dacă alesese să-și marcheze trupul cu un tatuaj așa de mare, acesta avea un înțeles special pentru ea. Prin urmare, era un bun subiect pentru a începe o discuție.

Își făcuse obiceiul s-o viziteze de câteva ori pe săptămână. Vizitele se aflau de fapt în afara programului său și Helena Endrin era medicul fetei. Însă Anders Jonasson era șef la secția de traumatologie și era deosebit de satisfăcut de propria sa contribuție din seara aceea, când Lisbeth Salander fusese adusă la Urgență. Luase decizia potrivită atunci când hotărâse să îndepărteze imediat glonțul și, după câte putea judeca, fata nu rămăsese cu sechele sub forma unor amnezii, funcții corporale diminuate sau alte handicapuri. Dacă vindecarea va urma în același ritm, fata va putea părăsi spitalul cu o cicatrice în pielea capului, dar fără alte complicații. Despre cicatricele din sufletul ei nu putea să se pronunțe.

S-a întors la biroul lui și a văzut un bărbat în costum închis la culoare care-l aștepta, sprijinit de perete, lângă ușă.

Avea părul răvășit, dar barba îngrijit tunsă.

— Doctor Jonasson?

— Da.

— Bună ziua, numele meu este Peter Teleborian. Sunt medic-șef la clinica psihiatrică Sankt Stefan, din Uppsala.

— A, da, vă recunosc.

— Perfect. Aș dori să stăm puțin de vorbă, dacă aveți timp.

Anders Jonasson a deschis ușa de la biroul său.

— Cu ce vă pot ajuta? a întrebat el.

— Este vorba despre una din pacientele dumneavoastră, Lisbeth Salander. Trebuie s-o vizitez.

— Hmm. În cazul acesta, trebuie să cereți aprobare de la procuratură. Este în arest și vizitele sunt interzise. De asemenea, orice vizită trebuie anunțată în prealabil avocatei lui Salander...

— Da, da, știu. M-am gândit că aș putea evita toată această birocrație. Eu sunt medic, iar dumneavoastră puteți să-mi permiteți, fără probleme, accesul la ea pentru motive medicale.

— Da, ar putea fi un motiv. Dar nu înțeleg exact legătura.

— Am fost timp de mai mulți ani psihiatrul lui Lisbeth Salander, atunci când era internată la clinica Sankt Stefan din Uppsala. Am urmărit-o până ce a împlinit 18 ani, când tribunalul i-a dat drumul în societate, chiar dacă sub tutelă. Poate trebuie să amintesc faptul că m-am împotrivit acestui lucru. De atunci, a fost lăsată să plutească în derivă și astăzi vedem rezultatul.

— Înțeleg, spuse Anders Jonasson.

— Simt în continuare o mare responsabilitate față de ea și, prin urmare, aș vrea să am posibilitatea să evaluez agravarea stării sale în ultimii zece ani.

— Agravare?

— În comparație cu momentul în care a primit îngrijire calificată, ca adolescentă. M-am gândit că am putea găsi o soluție potrivită, ca între medici.

— Apropo, mi-a venit o idee... Poate mă ajutați cu un lucru pe care nu-l înțeleg, ca între medici. Când a fost adusă la Sahlgrenska, i-am făcut un examen medical amănunțit. Un coleg al meu a cerut să vadă fișa medicală a lui Lisbeth Salander. Aceasta era semnată de un anume dr. Jesper H. Löderman.

— Exact. Eu am fost coordonatorul tezei de doctorat a lui Jesper.

— Înțeleg. Dar am observat că această anchetă medico-legală era teribil de vagă.

— A, da?

— Nu conținea niciun diagnostic și părea să fie mai curând o analiză convențională a unui pacient care refuză să vorbească.

Peter Teleborian începu să râdă.

— Da, e o persoană dificilă. După cum arată ancheta, a refuzat consecvent să participe la discuțiile cu dr. Löderman. De aceea s-a exprimat în termeni atât de vagi. A procedat corect.

— Înțeleg. Însă recomandarea a fost totuși internarea.

— Se baza pe trecutul ei. Noi aveam o experiență totală a bolii, care se întindea pe mai mulți ani.

— Da, tocmai asta mi-a fost greu să înțeleg. Când a fost primită aici, noi am încercat să obținem dosarul de la Sankt Stefan. Dar încă nu l-am primit.

— Îmi pare rău. Este însă secret, conform deciziei tribunalului.

— Înțeleg. Și cum vom putea aici, la Sahlgrenska, să-i dăm cea mai bună îngrijire dacă nu avem acces la dosarul ei? De fapt, noi suntem cei care avem acum responsabilitatea medicală pentru ea.

— M-am ocupat de ea de când avea 12 ani și nu cred că vreun alt medic din Suedia cunoaște mai multe despre boala ei decât mine.

— Care este...?

— Lisbeth Salander suferă de un grav dezechilibru psihic. Cum știți, psihiatria nu este o știință exactă. Nu-mi face plăcere să mă limitez la un diagnostic precis. Dar are halucinații evidente, cu tente paranoido-schizofrenice clare. La acestea, mai trebuie adăugate perioadele maniaco-depresive și lipsa ei totală de empatie.

Anders Jonasson îl cercetă pe Peter Teleborian vreo zece secunde, înainte de a-și desface mâinile într-un gest de neputință:

— Nu o să contest un diagnostic al doctorului Teleborian, dar nu v-ați gândit niciodată la ceva mai simplu?

— Cum ar fi...?

— De exemplu sindromul Asperger. De acord, eu nu i-am făcut un examen serios psihiatric, dar dacă ar fi să mă pronunț pe loc, aș avansa o formă de autism. Acest lucru ar explica incapacitatea ei de-a se conforma convențiilor sociale.

— Îmi pare rău, însă pacienții care suferă de sindromul Asperger nu obișnuiesc să dea foc propriilor părinți. Credeți-mă, niciodată n-am întâlnit un sociopat așa de clar definit.

— Eu o consider foarte introvertită, dar nu o sociopată paranoică.

— Este extrem de manipulativă, spuse Peter Teleborian. Se comportă în funcție de ce vrei tu să vezi.

Anders Jonasson încruntă imperceptibil din sprâncene. Peter Teleborian venea dintr-odată cu păreri total opuse judecății pe care și-o formase el despre Lisbeth Salander. Căci ar fi putut-o considera oricum pe Lisbeth Salander, dar în niciun caz manipulatoare. Dimpotrivă, era o ființă care păstra mereu distanța față de cei din jur și nu arăta niciun fel de emoții. Încercă să alăture această imagine celei pe care i-o zugrăvea Teleborian.

— O cunoști de puțin timp, iar în intervalul ăsta rănile au condamnat-o la pasivitate. Eu am văzut izbucnirile ei de violență și ura irațională. Am dedicat mulți ani încercării de-a o ajuta pe Lisbeth Salander. De aceea sunt aici. Propun o colaborare între Sankt Stefan și Sahlgrenska.

— Despre ce fel de colaborare vorbiți?

— Dumneata te ocupi de problemele ei fizice și sunt convins că va fi cea mai bună îngrijire pe care o poate avea. Însă eu simt o mare neliniște în ceea ce privește starea ei psihică. Aș dori să intervin cât mai curând posibil. Sunt gata să ofer tot ajutorul pe care îl pot aduce.

— Înțeleg.

— Trebuie s-o vizitez, pentru a face în primul rând o evaluare a stării ei.

— Înțeleg. Din păcate, nu vă pot ajuta.

— Poftim?

— Cum am mai spus, e în stare de arest. Dacă vreți să începeți un tratament psihiatric, trebuie să vă adresați procurorului Jervas, care decide în aceste probleme, și asta trebuie să se hotărască de comun acord cu avocata ei, Annika Giannini. Dacă este vorba despre o expertiză psihiatrică legală, atunci instanța trebuie să vă mandateze.

— Tocmai această birocrație voiam s-o evit.

— Sigur, numai că eu sunt responsabil pentru ea și dacă va trebui să se prezinte în fața unui tribunal în viitorul apropiat, e necesar să avem documente clare asupra tuturor măsurilor pe care le-am luat. În consecință, trebuie să urmăm întreaga procedură birocratică.

— Înțeleg. Atunci, pot să vă dezvălui că am primit deja o cerere din partea procurorului Richard Ekström din Stockholm, ca să fac o expertiză psihiatrică legală. Aceasta va avea loc în momentul procesului.

— Foarte bine. Atunci veți primi autorizația de a o vizita, fără să trebuiască să încălcăm regulamentul.

— Dar în vreme ce ne preocupăm de proceduri birocratice, există riscul ca starea ei să se înrăutățească. Eu sunt interesat doar de sănătatea ei.

— Și eu sunt, spuse Anders Jonasson. Și, între noi fie zis, pot să vă spun că n-am observat la ea niciun semn de afecțiune psihică. A fost rănită grav și e în stare de șoc. Însă nu cred în niciun caz că ar fi schizofrenică sau că ar suferi de fobii paranoice.

Doctorul Peter Teleborian mai încercă o vreme să-l facă pe Anders Jonasson să-și schimbe părerea. Când a sfârșit prin a înțelege că-și pierdea timpul, s-a ridicat brusc, luându-și adio.

Anders Jonasson a rămas o vreme cercetând gânditor scaunul pe care șezuse Teleborian. Cu siguranță, nu era ceva neobișnuit ca alți medici să-l contacteze cu sfaturi sau puncte de vedere asupra unui tratament. Dar era vorba aproape fără excepție de pacienți care aveau deja un medic responsabil de tratamentul unei afecțiuni în curs. Niciodată până atunci nu i se întâmplase ca un psihiatru să aterizeze, ca o farfurie zburătoare, și să insiste să aibă acces la un pacient pe care nu-l mai tratase de mulți ani, și în afara oricăror reguli birocratice. După un moment, Anders Jonasson și-a privit ceasul, constatând că era aproape șapte seara. A ridicat receptorul și i-a telefonat

Martinei Kalgren, psihologul de gardă pe care spitalul Sahlgrenska îl punea la dispoziția pacienților de la traumatologie.

— Bună seara. Presupun că ai terminat pentru astăzi. Te deranjez?

— Deloc. Sunt acasă și nu fac nimic special.

— Sunt un pic nedumerit. Ai vorbit cu pacienta noastră Lisbeth Salander. Poți să-mi spui care este impresia ta?

— Păi, am vizitat-o de trei ori și m-am oferit să discutăm. Ea a refuzat amabil, dar hotărât.

— Care e părerea ta despre ea?

— Ce vrei să spui?

— Martina, știu că nu ești psihiatru, dar ești o persoană înțeleaptă și plină de bun-simț. Ce părere ți-a făcut?

Martina Kalgren ezită o clipă:

— Nu sunt sigură cum să răspund la întrebare. Primele două dăți când am văzut-o era într-o stare atât de rea, că n-am putut sta de vorbă cu ea. Apoi am vizitat-o acum o săptămână, la cererea Helenei Endrin.

— De ce te-a rugat Helena s-o vizitezi?

— Lisbeth Salander e pe cale să se însănătoșească. Cea mai mare parte a timpului zace pe spate și privește tavanul. Doctor Endrin voia s-o văd.

— Și ce s-a întâmplat?

— I-am spus cine sunt. Am vorbit câteva minute. Am întrebat-o cum îi merge și dacă simte nevoia să aibă pe cineva cu care să vorbească. Ea a spus că nu e cazul. Am întrebat-o dacă aș putea s-o ajut cu ceva. M-a rugat să-i aduc un pachet de țigări.

— Era iritată sau dușmănoasă?

Martina Karlgren cugetă un moment:

— Nu, n-aș putea spune. Era liniștită, dar păstra o mare distanță. Am socotit cererea ei de a-i strecura țigări mai mult ca o glumă, decât ca o cerere serioasă. Am întrebat-o dacă voia să citească ceva, dacă aș putea să-i dau cărți de vreun fel. Mai întâi, nu a vrut, dar pe urmă m-a întrebat dacă nu aveam reviste științifice care să se ocupe de genetică și de cercetări asupra creierului.

— De ce?

— Genetică.

— Genetică?

— Da. I-am spus că există câteva cărți de popularizare științifică pe acest subiect la bibliotecă, dar n-a fost interesată. A spus că citise deja cărți pe subiectul ăsta și a numit câteva lucrări, despre care eu n-am auzit niciodată. Prin urmare, era interesată mai ales de cercetarea în domeniu.

— Da? spuse Anders Jonasson uluit.

— I-am spus că nu avem cărți atât de specializate în biblioteca pentru pacienți — avem mai mult Philip Marlowe, decât literatură științifică —, dar aș putea să văd dacă nu-i găsesc ceva.

— Ai făcut asta?

— Am fost și am împrumutat câteva exemplare din *Nature* și *New England Journal of Medicine*. A fost satisfăcută și mi-a mulțumit că m-am deranjat.

— Dar astea sunt reviste destul de specializate, care conțin mai mult articole științifice și cercetare pură.

— Le citește cu mare interes.

Anders Jonasson rămase pentru un scurt moment fără grai.

— Cum consideri starea ei psihică?

— E reticentă. Nu a discutat nimic personal cu mine.

— O consideri bolnavă psihic, maniaco-depresivă sau paranoică?

— Nu, deloc. În cazul acesta, aș fi dat alarma. De bună seamă, este deosebită, are mari probleme și se află într-o stare de şoc. Însă e liniştită şi la obiect, şi pare să-şi poată stăpâni situaţia.

— Bine.

— De ce întrebi? S-a întâmplat ceva?

— Nu, nu s-a întâmplat nimic. Numai că nu reuşesc s-o înţeleg.

10

Sâmbătă 7 mai — joi 12 mai

Mikael Blomkvist a dat deoparte mapa cu cercetările pe care le primise de la colaboratorul extern Daniel Olofsson, din Göteborg. A privit gânditor pe fereastră, contemplând șuvoiul de trecători de pe Götgatan. Acesta era unul dintre cele mai plăcute avantaje ale biroului său. Strada era plină de viață și ziua, și noaptea, iar atunci când stătea privind pe fereastră nu avea niciodată senzația de singurătate.

Se simțea stresat, cu toate că nu avea vreo treabă urgentă. Se încăpățânase să continue să lucreze cu textele din care avea de gând să alcătuiască numărul de vară al revistei *Millennium*, dar sfârșise prin a-și da seama că materialul era așa de vast, că nici măcar un număr tematic nu va fi suficient. Ajunsese în aceeași situație ca în afacerea Wennerström și hotărâse să-și publice textele în forma unei cărți. Avea deja material pentru mai mult de 150 de pagini și socotea că întreaga carte trebuia să aibă în jur de 300–350 de pagini.

Partea simplă era gata. Descrisese asasinarea lui Dag Svensson și a Miei Bergman și povestise cum se întâmplase ca el însuși să fie cel care le găsise corpurile. Explicase de ce fusese bănuită Lisbeth Salander. Folosise un întreg capitol de 37 pagini, pentru a măcelări, pe de o parte, tot ce scriseseră ziarele despre Lisbeth, pe de alta, pe procurorul Richard Ekström și, indirect, întreaga anchetă a poliției. După o lungă reflecție, îmblânzise critica împotriva lui Bublanski și a colegilor acestuia. O făcuse după ce vizionase o înregistrare a conferinței de presă ținută de Ekström, în care se vedea clar că Bublanski fusese extrem de jenat și evident nemulțumit de concluziile grăbite ale lui Ekström.

După evenimentele dramatice de la început, mersese înapoi în timp, descriind sosirea lui Zalachenko în Suedia, copilăria lui Lisbeth Salander și întâmplările care duseseră la închiderea ei la Sankt Stefan, în Uppsala. Se dedicase cu acribie totală distrugerii doctorului Peter Teleborian și a defunctului Gunnar Björck. Prezentase expertiza psihiatrică legală din 1991 și explicase de ce Lisbeth Salander devenise o amenințare pentru funcționarii anonimi care își făcuseră o datorie din a-l proteja pe transfugul rus. Reprodusese mari părți din corespondența dintre Teleborian și Björck.

În continuare, înfățișa noua identitate a lui Zalachenko și activitatea lui de gangster cu normă întreagă. Îl descria pe ajutorul acestuia Ronald Niedermann, răpirea lui Miriam Wu și intervenția lui Paolo Roberto. În cele din urmă, rezumase deznodământul de la Gosseberga, care dusese la împușcarea și îngroparea lui Lisbeth Salander și explicase cum s-a ajuns ca un polițist să fie ucis cu totul inutil, de vreme ce Niedermann era deja capturat.

Pe urmă, povestirea devenise mai greu de scris. Problema lui Mikael era că în aceasta erau lacune importante. Gunnar Björck nu acționase de unul singur. În spatele întregii desfășurări a evenimentelor ar trebui să se afle un grup mai mare, cu resurse și influență. Altfel nu era posibil. Dar, în cele din urmă, trăsese concluzia că tratamentul absolut ilegal care-i fusese aplicat lui Lisbeth Salander nu ar fi putut fi aprobat de guvern sau de conducerea Säpo. În spatele acestei concluzii nu se afla o încredere exagerată în puterea de stat, ci speranța pe care și-o punea în natura umană. O operațiune de anvergura acesteia n-ar fi putut niciodată rămâne secretă, dacă ar fi avut vreun sprijin politic. Cineva ar fi avut de plătit vreo poliță cuiva și ar fi vorbit, și presa ar fi dat de afacerea Zalachenko cu mulți ani înainte.

Își imagina „clubul Zalachenko" drept un mic grup anonim de activiști. Problema era doar că nu putuse să identifice pe niciunul dintre ei, în afară poate de Göran Mårtensson, în vârstă de 40 de ani, polițistul sub acoperire însărcinat să-l supravegheze pe Mikael Blomkvist.

Ideea era să aibă cartea tipărită și s-o distribuie chiar în ziua în care avea să înceapă procesul împotriva lui Lisbeth Salander. Împreună cu Christer Malm, plănuise să scoată o ediție de buzunar plastifiată, pe care să o distribuie împreună cu numărul de vară al revistei *Millennium*, la un preț ceva mai mare decât cel obișnuit. Împărțise sarcinile între Henry Cortez și Malin Eriksson, care trebuiau să producă texte despre istoria poliției secrete, afacerea IB și altele de felul ăsta.

Acum era sigur că va fi un proces împotriva lui Lisbeth Salander.

Procurorul Richard Ekström o acuzase de vătămare gravă, în cazul Magge Lundin și vătămare gravă, respectiv tentativă de omor, în cazul Karl Axel Bodin, alias Zalachenko.

Încă nu fusese stabilită data procesului, dar de la colegii ziariști Mikael culesese informația că Ekström plănuia să fie în iulie, totul depinzând de starea sănătății lui Lisbeth Salander. Mikael înțelesese planul. Un proces în toiul verii atrage mai puțin atenția, decât un proces într-un alt anotimp al anului.

Își încruntă fruntea, privind pe fereastra biroului său, de la redacția revistei *Millennium.*

Nu se terminase. Conspirația împotriva lui Lisbeth Salander continua. Era singurul fel în care puteau fi explicate telefoanele ascultate, atacul asupra Annikăi Giannini, furtul raportului Salander din 1991. Și, poate, uciderea lui Zalachenko.

Dar îi lipseau probele.

Împreună cu Malin Eriksson și Christer Malm, Mikael luase hotărârea ca editura *Millennium* să publice cartea lui Dag Svensson despre traficul de femei chiar înainte de proces. Era mai bine să prezinte tot pachetul o singură dată și nu exista niciun motiv să aștepte cu publicarea. Dimpotrivă — cartea n-ar putea niciodată trezi un interes mai mare dacă ar fi publicată într-un alt moment. Malin avea responsabilitatea redactării finale a cărții lui Dag Svensson, în vreme ce Henry Cortez îl ajuta pe Mikael cu scrierea cărții despre afacerea Salander. Lottie Karim și Christer Malm (contra voinței sale) deveniseră secretari de redacție temporari la *Millennium*, cu Monica Nilsson ca singur reporter disponibil. Rezultatul acestei creșteri a sarcinilor era că întreaga redacție era în genunchi de oboseală și Malin Eriksson fusese obligată să contacteze mai mulți colaboratori externi, pentru a produce textele. Va fi costisitor, dar nu aveau de ales.

Mikael își scrise o notă pe o hârtie galbenă: trebuia să contacteze familia lui Dag Svensson în legătură cu drepturile de autor. Aflase că părinții lui Dag Svensson locuiau în Örebro și erau singurii moștenitori. În practică, nu avea nevoie de niciun consimțământ pentru a tipări cartea lui Dag Svensson, dar, în orice caz, avea de gând să meargă acolo, ca să le ceară aprobarea. Amânase acest lucru pentru că avusese prea multe de făcut, însă venise vremea să rezolve și acest detaliu.

Apoi, mai rămâneau doar câteva sute de detalii! Unele dintre ele se refereau la felul în care va aborda persoana lui Lisbeth Salander în texte. Pentru a se hotărî, odată pentru totdeauna, trebuia neapărat să aibă o conversație particulară cu ea, ca să-i ceară aprobarea să povestească adevărul ori, cel puțin, părți din adevăr. Și convorbirea particulară nu putea s-o aibă, pentru că Lisbeth era în stare de arest, cu interdicție de a fi vizitată.

În această privință, Annika Giannini nu-i era de niciun ajutor. Ea urma cu scrupulozitate regulile și nu avea intenția să devină curiera lui Mikael Blomkvist, ducându-i mesaje secrete. Și nici nu-i povestea nimic despre ceea ce discuta cu clienta ei — în afară de fragmente care se refereau la conspirația împotriva acesteia, în privința cărora Annika avea nevoie de ajutor. Era frustrant, dar corect. În consecință, Mikael ignora cu totul dacă Lisbeth îi dezvăluise Annikăi faptul că tutorele ei o violase și că ea se răzbunase tatuându-i un mesaj răsunător pe burtă. Câtă vreme Annika nu discuta subiectul, nici Mikael nu putea s-o facă.

Izolarea lui Lisbeth mai crea și o altă problemă, cu totul specială. Ea era expertă în computere și hacker, ceea ce Mikael știa, dar Annika nu. Mikael îi promisese lui Lisbeth să nu dezvăluie niciodată taina ei și își ținuse promisiunea. Problema era că el însuși avea mare nevoie de cunoștințele ei în domeniu.

Prin urmare, trebuia într-un fel oarecare să ia legătura cu Lisbeth Salander.

Oftă și deschise din nou dosarul lui Daniel Olofsson, din care scoase două hârtii. Una era un extras din registrul de pașapoarte, pe numele Idris Ghidi, născut în 1950. Acesta era un bărbat cu mustață, ten închis la culoare și păr negru, cărunt la tâmple.

Cealaltă era rezumatul pe care Daniel Oloffson îl făcuse despre trecutul lui Idris Ghidi.

Născut în 1950, în orașul Mosul din nordul Irakului, Idris Ghidi devenise inginer și luase parte la avântul economic din anii '70. În 1984, începuse să lucreze ca profesor la liceul tehnic din Mosul. Nu era cunoscut ca activist politic. Din nefericire, era kurd și prin definiție potențial criminal în Irakul lui Saddam Hussein. În octombrie 1987, tatăl lui Idris Ghidi a fost arestat, bănuit de activism pro-kurd. Nicio indicație nu fusese dată asupra naturii crimei sale. A fost executat ca trădător de patrie, probabil în ianuarie 1988. Două luni mai târziu, Idris Ghidi a fost ridicat de către poliția secretă irakiană, tocmai în momentul în care începea un curs despre rezistența materialelor în construcția de poduri. A fost dus într-o închisoare din afara orașului Mosul, unde timp de 11 luni a fost supus unor torturi cumplite, în scopul de a face mărturisiri. Ce se așteptau să mărturisească, Idris Ghidi nu a înțeles niciodată și ca urmare tortura a continuat.

În martie 1989, un unchi al lui Idris Ghidi a plătit o sumă echivalentă cu 50 000 de coroane suedeze conducătorului local al partidului Ba'ath*, care a fost fără îndoială considerată o compensație suficientă pentru pagubele pe care Idris Ghidi le pricinuise statului irakian. Două zile mai târziu, acesta a fost eliberat și dat în grija unchiului. La eliberare, cântărea 39 de kilograme și nu era capa-

* Partid socialist arab. (*N. red.*)

bil să meargă. Înaintea eliberării, șoldul stâng îi fusese zdrobit cu o măciucă, astfel încât să nu mai poată alerga de colo–colo și să facă alte prostii în viitor.

Timp de câteva săptămâni, Idris Ghidi s-a zbătut între viață și moarte. Când a început, încetul cu încetul, să se simtă mai bine, unchiul său l-a dus la o gospodărie dintr-un sat aflat la 600 km de Mosul. Acolo, și-a recăpătat forțele în timpul verii și a devenit suficient de puternic ca să învețe din nou să meargă, cu ajutorul unor cârje. Știa prea bine că niciodată nu va fi restabilit complet. Întrebarea era doar ce va face în viitor. În august, a aflat că cei doi frați ai lui fuseseră arestați de poliția secretă. Nu avea să-i mai revadă niciodată. Presupunea că erau îngropați undeva la periferia Mosulului. În septembrie, unchiul lui a aflat că Idris Ghidi era din nou căutat de poliția lui Saddam Hussein. Atunci, acesta a luat hotărârea să recurgă la o persoană anonimă care, în schimbul unei sume echivalente a 30 000 de coroane, l-a dus pe Idris Ghidi peste granița turcă și, cu ajutorul unui pașaport fals, mai departe în Europa.

Idris Ghidi a aterizat la Arlanda, în Suedia, pe 19 octombrie 1989. Nu știa niciun cuvânt în suedeză, dar primise instrucțiuni să meargă la poliția de frontieră și să ceară imediat azil politic, ceea ce a și făcut, într-o engleză rudimentară. A fost transportat la un lagăr de refugiați, în Upplands-Väsby, unde a petrecut următorii doi ani, până ce ministerul imigrației a hotărât că Idris Ghidi nu avea motive suficiente ca să primească aprobare de ședere în Suedia.

La momentul acela, Ghidi învățase suedeza și primise ajutor medical pentru șoldul zdrobit. Fusese operat de două ori și putea să se miște fără cârje. Între timp, în Suedia avusese loc acțiunea de protest a locuitorilor din Sjöbo față de primirea străinilor, lagărele de refugiați fuseseră atacate și Bert Karlsson înființase partidul Ny Democrati[24].

Motivul direct pentru care Idris Ghidi figura în arhivele ziarelor era că, în ultimul moment, primise un nou avocat care ieșise imediat în presă, expunând situația clientului său. Alți kurzi din Suedia s-au mobilizat în cazul Idris Ghidi, printre care membrii combativei familii Baksi[25]. S-au ținut mitinguri de protest și au fost formulate petiții adresate ministrului imigrației Birgit Friggebo. Cazul a fost atât de mediatizat în Suedia, încât ministerul imigrației și-a schimbat decizia și Ghidi a primit permis de ședere și de lucru în regatul Suediei.

În ianuarie 1992, el a părăsit lagărul de refugiați din Upplands-Väsby ca om liber.

După ieșirea din centrul de refugiați, au început noi probleme pentru Idris Ghidi. Trebuia să-și găsească o slujbă, paralel cu faptul că era încă sub tratament pentru șoldul rănit. Idris Ghidi a descoperit curând că faptul că era un inginer constructor bine pregătit, cu experiență de mulți ani și calificative înalte, nu însemna absolut nimic. În anii care au urmat, a lucrat ca distribuitor de ziare, spălător de vase și șofer de taxi. A fost obligat să renunțe la munca de distribuitor de ziare. Pur și simplu, nu putea urca pe scări în ritmul cerut. Munca de șofer de taxi i-ar fi plăcut, cu excepția a două lucruri. Nu cunoștea deloc rețeaua locală de drumuri din regiunea Stockholm și nu putea sta nemișcat mai mult de o oră, înainte ca durerile din șold să devină insuportabile.

---

[24] „Noua Democrație", partid de extremă dreapta.

[25] Familia Baksi: familie kurdă, angajată în lupta pentru drepturile străinilor. Printre ei se află cunoscutul scriitor Mahmud Baksi, Kurdo Baksi, întemeietor al revistei *Svartvitt*, și Nalin Pekgul Baksi, președintă a Asociației Femeilor Social-Democrate și membră în parlament.

În mai 1998, Idris Ghidi s-a mutat la Göteborg. Motivul era că o rudă îndepărtată s-a milostivit de el și i-a oferit un post fix la o firmă de curățenie. Idris Ghidi era incapabil să lucreze cu normă întreagă și a primit o jumătate de normă ca șef al unei echipe de curățenie la spitalul Sahlgrenska, cu care firma avea contract. Era o muncă ușoară și de rutină care consta în spălatul dușumelelor șase zile pe săptămână în anumite sectoare, printre care și 11C.

Mikael Blomkvist a citit rezumatul făcut de Daniel Olofsson și a studiat fotografia lui Idris Ghidi din registrul de pașapoarte. Apoi, a deschis site-ul arhivei de presă și a scos câteva dintre articolele care stătuseră la baza rezumatului lui Olofsson. A citit cu atenție și după aceea a rămas pe gânduri vreme îndelungată. Și-a aprins o țigară. Interdicția de a fuma în redacție fusese suprimată rapid după plecarea Erikăi Berger. Henry Cortez lăsase chiar la vedere o scrumieră pe un birou. În cele din urmă, Mikael Blomkvist a luat foaia A4 pe care Daniel Olofsson o scrisese despre doctorul Anders Jonasson. A citit textul, cu fruntea încruntată în riduri adânci.

Mikael Blomkvist nu a văzut automobilul cu plăcuța de înmatriculare KAB și n-a avut senzația că ar fi urmărit; totuși a preferat să fie sigur, așa că în ziua de luni a luat-o pe jos de la librăria Academiei până la intrarea laterală la NK[26], ieșind apoi pe poarta principală. Cel care ar putea urmări pe cineva în magazinul NK ar trebui să fie un supraom. A închis ambele telefoane mobile și, trecând prin galerie, a ieșit în Piața Gustaf Adolf, prin fața clădirii parlamentului, și de acolo a ajuns în Gamla Stan.

---

26 Nordiska Kompaniet: cel mai mare magazin „de lux" din Stockholm.

Se părea că nimeni nu-l urmărea. A luat-o pe drumuri ocolite, pe străduțe mici, până ce a ajuns la adresa căutată și a bătut la ușă la editura *Svartvitt*.

Era ora trei după-amiaza. Mikael venea neanunțat, dar redactorul Kurdo Baksi[27] era acolo și chipul acestuia s-a luminat, văzându-l pe Mikael Blomkvist.

— Ia te uită, salut, i-a spus amical Kurdo Baksi. De ce nu mai vii deloc să ne vezi?

— Dar tocmai am venit, răspunse Mikael.

— Da, dar au trecut cel puțin trei ani de la ultima vizită.

Și-au strâns mâna.

Mikael Blomkvist îl cunoștea pe Kurdo Baksi din anii '80. Mikael fusese unul dintre cei care-l ajutaseră pe Kurdo Baksi atunci când acesta lansa revista *Svartvitt*, pe care o tipăreau clandestin în timpul nopții, la LO[28]. Kurdo fusese prins asupra faptului de către Per-Erik Åström, viitorul vânător de pedofili de la *Rädda Barnen*, care în anii '80 era secretar la sindicate. Åström apăruse în hala tipografiei într-o noapte târziu, găsise teancuri de foi din primul număr al revistei *Svartvitt*, împreună cu un neobișnuit de tăcut Kurdo Baksi. Åström privise oribilul *layout* al primei pagini și spusese: „La dracu', o revistă nu poate arăta așa". După aceea, desenase logotipul care avea să figureze pe prima pagină timp de 15 ani, până când *Svartvitt* fusese îngropată și înlocuită de editura Svartvitt. În vremea aceea, Mikael Blomkvist termina o perioadă îngrozitoare, în care

---

[27] Kurdo Baksi (1965) a întemeiat în 1987 revista antirasistă *Negru-alb*, forum al luptei de idei împotriva rasismului în Suedia (în 2003 revista și-a încetat apariția, fiind înlocuită de editura *Negru-alb*, cu același profil). În 2003, Baksi a organizat cea mai mare demonstrație antirasistă din Suedia. A primit pentru activitatea sa diferite premii, printre care premiul Olof Palme, în 2000.

[28] Uniunea sindicatelor din Suedia.

fusese responsabilul de știri al LO — singura lui trecere prin zona știrilor. Per-Erik Åström îl convinsese să corecteze și să ajute la redactarea textelor din *Svartvitt*. De atunci, Kurdo Baksi și Mikael Blomkvist rămăseseră prieteni.

Mikael Blomkvist se trânti pe o canapea, în vreme ce Kurdo Baksi aducea cafea de la automatul de pe coridor. Au trăncănit o vreme, ca unii care nu se mai văzuseră de mult, dar erau tot timpul întrerupți de mobilul lui Kurdo care suna — iar acesta purta scurte convorbiri în kurdă ori în turcă sau arabă, sau în cine știe ce altă limbă pe care Mikael n-o înțelegea. Așa fusese întotdeauna la vizitele făcute la editura Svartvitt. Oamenii sunau din lumea întreagă, ca să vorbească cu Baksi.

— Dragul meu Mikael, pari îngrijorat. Ce ai pe inimă? întrebă într-un sfârșit Kurdo Baksi.

— Poți închide telefonul cinci minute, ca să putem vorbi?

Kurdo închise mobilul.

— OK... am nevoie de un serviciu. Un serviciu important, și trebuie făcut imediat și fără să se discute în afara acestei încăperi.

— Spune.

— În 1989, a sosit din Irak în Suedia un refugiat kurd, pe nume Idris Ghidi. Când a fost amenințat cu expulzarea, a fost ajutat de familia ta și a reușit să obțină permisul de ședere. Nu știu dacă a fost tatăl tău sau altcineva din familie cel care l-a ajutat.

— Unchiul meu, Mahmut Baksi, l-a ajutat pe Idris Ghidi. Eu îl cunosc pe Idris. Ce e cu el?

— Chiar acum lucrează la Göteborg. Am nevoie de ajutor să facă o treabă simplă. Sunt gata să-l plătesc.

— Ce fel de treabă?

— Ai încredere în mine, Kurdo?

— Sigur că da. Înotdeauna am fost prieteni.

— Treaba pe care o va face este specială. Foarte specială. Nu vreau să povestesc în ce constă ea, dar te asigur că nu este în niciun fel ilegală și nu va crea probleme nici pentru tine, nici pentru Idris Ghidi.

Kurdo Baksi îl cercetă atent pe Mikael Blomkvist:

— Înțeleg. Și tu nu vrei să-mi povestești despre ce e vorba.

— Cu cât știi mai puțin, cu atât e mai bine. Am nevoie să mă ajuți cu o recomandare către Idris: să fie dispus să asculte ce am să-i spun.

Kurdo medită un scurt moment. Pe urmă, merse la masa de lucru și deschise o agendă. Căută prin ea vreun minut, înainte să găsească numărul lui Idris Ghidi. Apoi, ridică receptorul. Discuția se purtă în kurdă. Mikael desluși după expresia feței lui Kurdo că se începuse cu obișnuitele forme de politețe și ocolișuri. Apoi, el deveni serios și explică despre ce era vorba. După un moment, se întoarse spre Mikael:

— Când vrei să-l întâlnești?

— Vineri după-amiază, dacă-i convine. Întreabă-l dacă-l pot vizita acasă.

Kurdo mai vorbi un moment, apoi încheie convorbirea.

— Idris Ghidi locuiește în cartierul Angered, spuse Kurdo. Ai adresa?

Mikael dădu din cap.

— E acasă vineri, la cinci după-amiaza. Ești bine-venit să-i faci o vizită.

— Mulțumesc, Kurdo, spuse Mikael.

— Lucrează la spitalul Sahlgrenska, e om de serviciu, spuse Kurdo Baksi.

— Știu, răspunse Mikael.

— Am citit în ziare că ești amestecat în afacerea aia cu Salander.

— Exact.

— A fost împușcată.

— Așa e.

— E internată tocmai la Sahlgrenska.

— Și asta e adevărat.

Kurdo Baksi nu era deloc naiv.

El pricepea că Blomkvist era pe cale să facă vreuna din chestiile alea neortodoxe, pentru care era bine cunoscut. Îl știa pe Mikael din anii '80. Nu fuseseră niciodată prieteni apropiați, dar nici dușmani, și Mikael fusese întotdeauna disponibil când Kurdo îi ceruse un serviciu. În ultimii ani, li se întâmplase să bea o bere sau două împreună, când se întâlniseră la vreo petrecere sau la vreo crâșmă.

— Voi fi amestecat în ceva despre care ar trebui să știu? întrebă Kurdo.

— Nu vei fi amestecat în nimic. Rolul tău a fost doar să-mi faci serviciul de-a mă prezenta unuia dintre cunoscuții tăi. Și, repet... Nu-l voi ruga pe Idris Ghidi să facă ceva care e ilegal.

Kurdo aprobă. Această asigurare îi ajungea. Mikael se ridică.

— Îți sunt dator cu un serviciu.

— Întotdeauna ne suntem datori unii altora cu servicii, spuse Kurdo Baksi.

Henry Cortez puse receptorul în furcă și bătu cu degetele în masă așa de zgomotos, încât Monica Nilsson ridică o sprânceană, holbându-se la el. Constată că Henry Cortez era adânc cufundat în gânduri. Se simțea iritată, la modul general, și se hotărî să nu-și lase enervarea să se reverse asupra acestuia.

Monica Nilsson știa că Mikael Blomkvist făcea și desfăcea planuri cu Cortez, Malin și Christer Malm în afacerea Salander, în vreme ce ea însăși și Lottie Karim trebuiau să facă toată munca pentru numărul viitor al unei reviste care nu mai avea o adevărată conducere, din clipa în care Erika Berger încetase să lucreze acolo. N-avea nimic rău de spus despre Malin, dar aceasta nu avea experiența și greutatea pe care le avusese Erika Berger. Iar Cortez nu era decât un băiețandru.

Iritarea Monicăi Nilsson nu era provocată de faptul că nu s-ar fi simțit luată în seamă sau că ar fi vrut să aibă slujbele lor — era ultimul lucru pe care și l-ar fi dorit. Treaba ei consta în a supraveghea guvernul, parlamentul și administrația, pentru *Millennium*. Era o slujbă care îi plăcea și pe care o știa foarte bine. În plus, era destul de ocupată cu alte treburi, cum ar fi să scrie săptămânal o coloană pentru un ziar de sindicat, diferite munci voluntare pentru Amnesty International și altele. Între acestea, nu-și găsea locul slujba de redactor-șef la *Millenium*, care ar fi însemnat să muncească cel puțin douăsprezece ore pe zi și să-și sacrifice weekendurile și sărbătorile legale.

Avea însă impresia că se schimbase ceva la *Millennium*. Revista îi părea dintr-odată străină. Și nu putea pune degetul exact pe ce nu era în ordine.

Mikael Blomkvist era, ca întotdeauna, iresponsabil și dispărea în călătoriile lui bizare, venind și plecând cum avea chef. La urma urmei, era coproprietar al revistei și putea hotărî singur ce voia să facă, dar, la naiba, ar fi trebuit să dea dovadă de un pic de seriozitate!

Christer Malm era cel de-al doilea coproprietar și era cam de același ajutor ca atunci când se afla în vacanță. Fără îndoială, era talentat și luase asupra lui sarcina de redactor-șef uneori, când Erika Berger era în concediu sau ocupată, dar mai mult executa ce hotărau alții. Era strălucit când venea vorba de grafică și prezentări, însă total în afară când trebuia să planifice o revistă.

Monica Nilsson înălță din sprâncene.

Nu, era nedreaptă. O irita faptul că se petrecea ceva în redacție. Mikael lucra împreună cu Malin și Henry și toți ceilalți erau cumva lăsați pe dinafară. Formaseră un cerc închis și se încuiau în biroul Erikăi... al lui Malin, adică, iar când ieșeau de acolo erau tăcuți. Pe vremea Erikăi, revista fusese întotdeauna un colectiv. Monica nu înțelegea ce se petrece, dar se simțea exclusă.

Mikael lucra la afacerea Salander și nu lăsa să-i scape un sunet despre ce se petrecea. Pe de altă parte, nu era ceva neobișnuit. Nu lăsase să-i scape o vorbă nici despre afacerea Wennerström — nici măcar Erika nu știuse —, dar de data aceasta îi avea drept confidenți pe Malin și pe Henry.

Pe scurt, Monica era nervoasă. Avea nevoie de o vacanță. Simțea că trebuie să plece de acolo o vreme. Îl văzu pe Henry Cortez, punându-și haina de catifea reiată.

— Plec să dau o raită, spuse el. Poți să-i spui lui Malin c-o să fiu plecat vreo două ore?

— Ce se întâmplă?

— Cred că s-ar putea să fi descoperit ceva. Un subiect cu adevărat bun. Despre scaunele de closet. Trebuie doar să verific câteva amănunte, dar dacă totul se ține, vom avea un text grozav pentru numărul din iunie.

— Scaune de closet? întrebă Monica Nilsson, privind în urma lui.

Erika Berger strânse din dinți, punând încet jos textul despre viitorul proces al lui Lisbeth Salander. Textul era scurt, două coloane, destinat paginii a cincea a actualităţilor interne. Privi manuscrisul preţ de un minut, strâmbând din nas. Era ora 15:30 şi era joi. Lucra la *SMP* de douăsprezece zile. Ridică receptorul şi sună la şeful departamentului Actualităţi, Anders Holm.

— Bună. Berger la telefon. Fii amabil, caută-l pe reporterul Johannes Frisk şi veniţi imediat amândoi în biroul meu.

Închise telefonul şi aşteptă răbdătoare până ce Holm ajunse în cuşca de sticlă, urmat de Johannes Frisk. Erika îşi privi ceasul.

— 22, spuse ea.

— Ce? întrebă Holm.

— 22 de minute. Ţi-a luat 22 de minute ca să te ridici de la birou, să te duci 15 metri până la biroul lui Johannes Frisk şi să binevoieşti să vii aici.

— N-ai spus că e urgent. Sunt cam ocupat.

— N-am zis că e urgent. Am spus doar să-l cauţi pe Johannes Frisk şi să veniţi în biroul meu. Am spus *imediat*, şi prin *imediat* înţelegeam *imediat*, nu diseară sau săptămâna viitoare, sau când ai tu chef să-ţi ridici fundul de pe scaun.

— Auzi, cred că...

— Închide uşa.

Aşteptă până ce Anders Holm trase uşa în urma lui. Erika îl studia în tăcere. Fără îndoială, era un şef de birou deosebit de competent şi rolul lui consta în a avea grijă ca în fiecare zi paginile ziarului să se umple cu textul potrivit, care să fie uşor de înţeles şi prezentat în ordinea şi pe spaţiul stabilit în şedinţa de dimineaţă. Anders Holm efectiv jongla cu o colosală cantitate de informaţii în fiecare zi. Şi făcea aceasta fără să scape nicio minge.

Problema cu Anders Holm era că ignora în mod consecvent hotărârile luate de Erika Berger. În răstimpul celor două săptămâni, ea încercase să găsească o formulă pentru a putea colabora cu el. Argumentase amabil, încercase cu ordinele directe, îl încurajase să gândească și altfel și, în general, făcuse totul ca acesta să înțeleagă cum voia ea să fie făcut ziarul.

Nimic nu ajutase.

Textul pe care ea îl arunca după-amiaza ajungea oricum în ziar, după ce ea pleca. *A fost un text care a căzut și am avut o gaură pe care a trebuit să o plombez cu ceva.*

Titlul pe care-l hotărâse Erika era șters dintr-odată și înlocuit cu ceva diferit. Nu era întotdeauna o alegere greșită, dar se făcea fără ca ea să fie consultată. Se făcea demonstrativ și provocator.

Mereu era vorba de fleacuri. Ședința de redacție de la ora 14:00 era brusc mutată la 13:50, fără ca ea să fie informată, și cea mai mare parte din decizii fuseseră deja luate, când sosea ea cu întârziere la ședință. *Iartă-mă... în grabă, am uitat să te informez.*

Erika Berger nu putea să înțeleagă pentru nimic în lume de ce Anders Holm luase această atitudine față de ea, însă constatase că discuțiile blânde și mustrările amabile nu ajutau. Până atunci, nu purtase nicio discuție în fața altor colaboratori din redacție, ci încercase să-și limiteze iritarea la discuții particulare și confidențiale. Ele nu dăduseră niciun rezultat și de aceea venise momentul să se exprime mai clar, de data asta în fața colegului Johannes Frisk, fapt care garanta răspândirea conținutului discuției în întreaga redacție.

— Primul lucru pe care l-am făcut când am început să lucrez aici a fost să spun că am un interes special pentru tot ce are de-a face cu Lisbeth Salander. Am explicat că vreau să am informații în avans despre toate articolele planificate și că vreau să văd și să aprob tot ce se va publica. Ți-am amintit asta de cel puțin zece ori și, ultima oară, la ședința de redacție de vinerea trecută. Ce nu ți-e clar?

— Toate textele care sunt planificate sau în curs de fabricare se află în notele informative zilnice de pe intranet. Întotdeauna sunt trimise și pe computerul tău. Ești tot timpul informată.

— Rahat. Când am primit azi-dimineață ziarul în cutia poștală, un articol de trei coloane despre Salander și evoluția afacerii de la Stallarholmen se afla în deschiderea paginii de actualități.

— Este textul Margaretei Orring. E o colaboratoare externă și l-a lăsat abia aseară, la ora șapte.

— Margareta Orring a sunat ca să-și propună articolul ieri, la ora 11. Tu ai fost de acord și i-ai încredințat sarcina ieri, la 11:30. N-ai spus niciun cuvânt despre asta la ședința de la ora 14:00.

— Există în nota informativă zilnică de pe computerul tău.

— A, da, uite ce scrie acolo: „Margareta Orring, interviu cu procurorul Martina Fransson. Relativ la: confiscarea de narcotice la Södertälje".

— Prin urmare, subiectul de bază a fost interviul cu Martina Fransson, despre confiscarea unor steroizi anabolici, pentru care a fost arestat un membru al clubului motociclist din Svavelsjö.

— Tocmai. În informare nu era o vorbă despre Svavelsjö MC sau că interviul avea să se centreze pe Magge Lundin și Stallarholmen și, prin aceasta, pe ancheta despre Lisbeth Salander.

— Presupun că toate astea au apărut în cursul interviului...

— Anders, eu nu pot înțelege de ce, dar tu stai aici, în fața mea și mă minți privindu-mă în ochi. Am vorbit cu

Margareta Orring, care a scris textul. Ea ți-a explicat clar pe ce urma să se centreze interviul ei.

— Îmi pare rău, dar nu am înțeles că interviul va fi centrat pe Salander. Am primit textul seara, foarte târziu. Ce trebuia să fac, să anulez totul? Textul lui Orring era foarte bun.

— Asupra acestui lucru suntem amândoi de acord. E un subiect remarcabil. Și cu asta, e a treia minciună cu care vii, în cam tot atâtea minute. Orring ți l-a lăsat la ora 15:20, prin urmare, cu mult înainte să plecăm la casele noastre, la ora 18.

— Berger, nu-mi place tonul tău.

— Foarte bine. În cazul ăsta, pot să-ți explic că nici eu nu apreciez tonul, subterfugiile și minciunile tale.

— Poate crezi că eu conduc un fel de conspirație împotriva ta...

— Încă nu mi-ai răspuns la întrebare. Și, punctul doi: azi apare textul ăsta, al lui Johannes Frisk, direct pe biroul meu. Nu-mi amintesc să fi discutat ceva despre asta la ședința de la ora 14. Cum se face că unul dintre jurnaliștii noștri a lucrat toată ziua la cazul Salander, fără ca eu să fiu la curent?

Johannes Frisk începu să se foiască. Dar avu înțelepciunea de a-și ține gura.

— Așadar... Noi facem un ziar și probabil există sute de texte pe care tu nu le cunoști. Avem o anumită rutină aici, la *SMP*, cu care toți trebuie să ne obișnuim. Eu nu am nici timpul, nici posibilitatea de a mă ocupa în mod deosebit de anumite texte.

— Nu te-am rugat asta. Am cerut ca eu să fiu prima informată despre tot ce are legătură cu cazul Salander, și în al doilea rând, ca eu să aprob tot ce se publică despre acest subiect. Așadar, încă o dată, ce nu ți-e clar?

Anders Holm oftă, arborând un aer chinuit.

— OK, spuse Erika Berger. Am să mă exprim și mai clar. Nu vreau să mă cert cu tine pe tema asta. Să vedem dacă înțelegi mesajul următor: dacă chestia asta se mai repetă o dată, n-o să mai fii șef la Actualități. O să iasă cu scântei, dar pe urmă vei sta și vei redacta pagina dedicată familiei sau pagina cu serii desenate, sau altceva de genul ăsta. Nu pot să am la Actualități un șef în care să nu mă pot încrede și cu care să nu pot colabora, care-și petrece timpul subminându-mi deciziile. Ai înțeles?

Anders Holm desfăcu mâinile într-un gest care voia să spună că el știa prea bine că acuzațiile Erikăi Berger erau lipsite de sens.

— Ai înțeles? Da sau nu?

— Aud ce spui!

— Te-am întrebat dacă ai înțeles. Da sau nu?

— Chiar crezi că te vei descurca? Ziarul ăsta apare pentru că eu și alte rotițe din mașinărie ne omorâm muncind. Conducerea va...

— Conducerea va face cum spun eu. Sunt aici ca să înnoiesc ziarul. Am o misiune precis formulată, pe care am negociat-o împreună, și care înseamnă că eu am dreptul să fac schimbări redacționale, oricât de importante, la nivelul șefilor. Pot să scap de vechituri și să recrutez sânge nou din afară, dacă vreau. Și, Holm, tu începi tot mai mult să-mi pari o vechitură.

Tăcu. Anders Holm îi întâlni privirea. Avea un aer furios.

— Asta a fost tot, spuse Erika Berger. Îți propun să te gândești atent la ce am vorbit astăzi.

— Nu am de gând să...

— Faci cum vrei. Asta a fost tot. Poți pleca.

Holm se întoarse pe călcâie și ieși din cușca de sticlă. Erika îl văzu dispărând în furnicarul redacției, în direcția bufetului. Johannes Frisk se ridică și făcu gestul de a-l urma.

— Nu tu, Johannes. Rămâi un pic și ia loc.

Luă textul lui și se mai uită încă o dată prin el.

— Ești pe un post provizoriu aici, după cum am înțeles.

— Da. Sunt aici de cinci luni, și aceasta este ultima mea săptămână.

— Câți ani ai?

— 27.

— Îmi pare rău că ai ajuns la mijloc, între mine și Holm. Vorbește-mi despre articolul tău.

— Am primit o informație azi-dimineață și i-am transmis-o lui Holm. El mi-a spus s-o folosesc.

— De acord. Poliția e interesată acum de ipoteza ca Lisbeth Salander să fie amestecată în vânzarea de steroizi anabolizanți. Articolul tău are vreo legătură cu textul de ieri, despre Södertälje, care de asemenea vorbea despre steroizi?

— Nu, după câte știu, dar s-ar putea. Treaba asta, cu steroizii, are legătură cu relația ei cu un boxer. Paolo Roberto și cunoscuții lui.

— Folosește Paolo Roberto steroizi?

— Ce? Nu, sigur că nu. E mai mult vorba de lumea boxului. Salander obișnuia să se antreneze la box cu un număr de ciudați, la un club din Söder. Dar ăsta e punctul de vedere al poliției. Acolo a apărut undeva ideea că ea ar fi fost amestecată în vânzarea de droguri.

— Prin urmare, articolul nu se bazează pe nimic, în afara unui zvon vag?

— Nu este un zvon că poliția are în vedere această posibilitate. Dacă au sau nu dreptate, asta n-o mai știu.

— Bine, Johannes. Atunci, vreau să știi că ceea ce discutăm acum nu are nicio legătură cu Anders Holm. Eu cred că ești un reporter remarcabil. Scrii bine și ai ochi pentru detalii. Pe scurt, este un articol bun. Singura mea problemă este că eu nu cred în conținutul lui.

— Pot să te asigur că este în totalitate corect.

— Și am să-ți explic de ce în articol se află o greșeală fundamentală. De unde vine informația?

— De la o sursă din cadrul poliției.

— Cine?

Johannes Frisk avu o ezitare. Era un răspuns automat. La fel ca toți jurnaliștii din lume, nu voia să-și numească sursa. Pe de altă parte, Erika Berger era redactor-șef și, prin aceasta, una dintre puținele persoane care puteau să-i ceară această informație.

— Un polițist de la secția de criminalistică, pe nume Hans Faste.

— Tu i-ai telefonat sau el ți-a telefonat?

— El m-a sunat.

Erika Berger dădu din cap.

— Pentru ce crezi că te-a sunat?

— L-am intervievat de mai multe ori în timpul urmăririi lui Lisbeth Salander. El știe cine sunt.

— Și mai știe că ai 27 de ani, că ești angajat temporar și poți fi folosit când vrea să-ți plaseze o informație pe care procurorul dorește s-o răspândească.

— Da, am înțeles toate astea. Dar am primit o informație de la unul dintre anchetatori și m-am dus să beau o cafea cu el, iar Faste mi-a povestit asta. El e corect citat. Ce altceva aș putea face?

— Sunt convinsă că l-ai citat corect. Ceea ce ar fi trebuit să se întâmple era că tu trebuia să te duci cu informația la Anders Holm, care ar fi trebuit la rândul lui să-mi bată la ușă și să-mi explice situația, și împreună ar fi trebuit să hotărâm ce e de făcut.

— Înțeleg. Dar eu...

— Tu i-ai lăsat materialul lui Anders Holm, care este șeful secției de Actualități. Ai procedat corect. La Holm s-a rupt firul. Dar hai să analizăm textul tău. În primul rând, de ce voia Faste ca această informație să transpire în afară?

Johannes Frisk ridică din umeri.

— Înseamnă că nu-ți pasă?

— Nu știu.

— Bine. Eu afirm că această istorie este mincinoasă și că Salander nu are absolut nimic de-a face cu steroizii. Ce răspunzi tu?

— Nu pot proba contrariul.

— Exact. Asta ar însemna că, după părerea ta, poți publica un articol care e posibil să fie mincinos, doar pentru că noi nu avem probe pentru a afirma contrariul.

— Nu, există o responsabilitate. Dar noi facem tot timpul echilibristică. Nu putem refuza să publicăm atunci când avem o sursă care afirmă în mod expres un anumit lucru.

— Asta-i doar filosofie. Putem să punem întrebarea de ce vrea sursa ca informația să fie publicată. Lasă-mă să-ți explic pentru ce am dat ordin ca tot ce-o privește pe Salander să ajungă pe biroul meu. Eu cunosc mai multe lucruri pe acest subiect decât oricine altcineva de la *SMP*. Secția juridic a fost informată că am aceste cunoștințe, pe care nu le pot discuta cu ei. *Millennium* va publica un articol pe care eu m-am obligat în scris să nu-l dezvălui pentru *SMP*, cu toate că lucrez aici. Am primit informațiile în calitate de redactor-șef al revistei *Millennium* și, în momentul de față, mă aflu în conflict de interese. Înțelegi ce vreau să spun?

— Sigur.

— Iar informațiile mele de la *Millennium* conțin fapte care mă fac să afirm că această poveste este fără îndoială o minciună, care are ca scop să-i facă rău lui Lisbeth Salander, înainte de proces.

— E greu să-i mai facă vreun rău, ținând seama de toate dezvăluirile care s-au făcut deja despre ea…

— Dezvăluiri care în majoritate sunt mincinoase și denaturate. Hans Faste este una din principalele surse ale tuturor acestor dezvăluiri, care spun că Lisbeth Salander este o lesbiană paranoică și violentă, cu preocupări sataniste și sado-masochiste. Și presa a mușcat momeala lui Faste pur și simplu pentru că el este, la prima vedere, o sursă serioasă și că e întotdeauna amuzant să scrii despre sex. Iar acum el continuă cu o altă afirmație, care va fi încă un bolovan în spinarea lui Lisbeth Salander în fața opiniei publice, și vrea ca *SMP* să-l ajute s-o răspândească. Îmi pare rău, dar nu sunt de acord cât timp lucrez eu aici.

— Înțeleg.

— Chiar înțelegi? Atunci, pot rezuma tot ce ți-am spus într-o singură propoziție. Misiunea ta de ziarist este să pui sub semnul întrebării și să cercetezi critic — nu să repeți papagalicește afirmații care vin de la personaje din conducerea administrației. Nu uita niciodată asta. Tu scrii foarte bine, dar acest talent este complet lipsit de valoare dacă refuzi deontologia profesională.

— Da.

— Am de gând să nu public acest articol.

— OK.

— Nu ține. Eu nu cred în conținutul lui.

— Înțeleg.

— Asta nu înseamnă că nu am încredere în tine.

— Mulțumesc.

— De aceea, am de gând să te trimit înapoi la masa de lucru cu propunerea unui nou subiect.

— Așa!

— E legat de contractul meu cu *Millennium.* Prin urmare, eu nu pot dezvălui ce știu despre istoria Salander. În același timp, sunt redactor-șef la un ziar care riscă să derapeze grav, pentru că redacția nu are informațiile pe care le am eu.

— Hmm!

— Și așa nu se poate. E o situație unică și care nu o privește decât pe Salander. De aceea, am hotărât să aleg un jurnalist pe care să-l îndrum în direcția bună, astfel încât să nu fim prinși cu pantalonii în vine atunci când *Millennium* va publica totul.

— Și crezi că *Millennium* va publica ceva deosebit despre Salander?

— Știu asta. *Millennium* are un material care va răsturna cu fundul în sus cazul despre Salander, și mă scoate din minți că nu pot publica eu povestea asta. Însă e absolut imposibil.

— Dar ai spus că-mi respingi textul, pentru că știi că nu e adevărat... Asta înseamnă că tu afirmi deja că există ceva în această afacere, pe care ceilalți jurnaliști l-au scăpat din vedere.

— Exact.

— Iartă-mă, dar e greu de crezut că toată Suedia mediatică a căzut într-o astfel de cursă...

— Lisbeth Salander a fost victima unei hăituieli mediatice. În cazuri ca acesta, toate legile normale încetează să funcționeze și orice nonsens poate fi plasat pe prima pagină.

— Prin urmare, afirmi că Salander nu este ceea ce pare să fie.

— Încearcă să te obișnuiești cu gândul că e nevinovată, că portretul care i se face în presa de senzație nu valorează nimic și că există cu totul alte forțe în mișcare decât ceea ce a ieșit la iveală până acum.

— Ești sigură de asta?

Erika Berger dădu din cap.

— Și asta înseamnă că ceea ce eu tocmai am încercat să public face parte din campania care continuă împotriva ei?

— Exact.

— Dar tu nu poți spune despre ce e vorba?

— Nu.

Johannes Frisk se scărpină în cap un moment. Erika Berger așteptă până ce el vorbi.

— OK... Ce vrei să fac?

— Du-te înapoi la birou și gândește-te la un alt articol. Nu trebuie să fii stresat, dar, înainte ca procesul să înceapă, aș vrea să poată fi publicat un text lung, poate de două pagini, care să verifice gradul de adevăr din toate afirmațiile care s-au făcut despre Lisbeth Salander. Începe prin a citi tot dosarul de presă și pune cap la cap o listă cu ce s-a spus despre ea, apoi atacă afirmațiile, una după alta.

— Aha...

— Gândește ca un reporter. Cercetează cine a răspândit informația, de ce a fost răspândită și cine a avut de câștigat.

— Însă când va începe procesul cu siguranță nu voi mai fi la *SMP*. Cum am spus, este ultima mea săptămână de stagiar.

Erika scoase o mapă de plastic dintr-un sertar al biroului și luă o hârtie, pe care o puse în fața lui Johannes Frisk.

— Ți-am prelungit contractul cu trei luni. Lucrezi săptămâna asta ca de obicei și revii la lucru săptămâna viitoare.

— Aha...

— Dacă vrei să mai lucrezi la *SMP*.

— Normal.

— Atunci, ești recrutat pentru o muncă de investigație, în afara însărcinărilor obișnuite. Lucrezi sub conducerea mea directă. Vei fi trimisul nostru special la procesul Salander.

— Șeful departamentului de Actualități o să comenteze pe chestia asta...

— Nu-ți face griji cu Holm. Am vorbit cu șeful de la departamentul Juridic și am făcut în așa fel încât să nu fie niciun conflict cu ei. Dar tu te vei ocupa de cercetări de bază, nu vei face raportare de știri. Sună bine?

— Grozav.

— Deci, așa, am terminat cu asta. Ne vedem luni.

Îi făcu semn să plece. Când ridică privirea, îl văzu pe Anders Holm cercetând-o din partea cealaltă a halei centrale. Lăsă în jos privirea, prefăcându-se că n-o vede.

11

Vineri 13 mai — sâmbătă 14 mai

Mikael Blomkvist a avut multă grijă să nu fie urmărit atunci când, în dimineața zilei de vineri, a plecat pe jos de la redacția revistei, spre vechea locuință a lui Lisbeth, de pe Lundagatan. Trebuia să meargă la Göteborg, să-l întâlnească pe Idris Ghidi. Problema era să găsească un mijloc de transport sigur, care să nu fie observat și să nu lase vreo urmă. După o reflecție serioasă, renunțase la alternativa de a merge cu trenul, pentru că nu voia să utilizeze cartea de credit. De obicei, folosea mașina Erikăi Berger, ceea ce acum nu mai era posibil. Se gândise să-l roage pe Henry Cortez sau pe altcineva să-i închirieze o mașină, dar și asta ar fi lăsat urme pe cine știe ce hârtii.

Într-un final, a găsit soluția cea mai simplă. A scos o sumă mai mare de bani de la un automat de pe Götgatan. A folosit cheile lui Lisbeth Salander ca să deschidă portiera Hondei vișinii, care stătea părăsită în fața locuinței ei încă din martie. A potrivit scaunul, constatând că rezervorul era pe jumătate plin. A demarat și s-a îndreptat spre autostrada E4, trecând peste podul de la Liljeholmen.

Ajuns la Göteborg, a parcat pe o stradă laterală care dădea în Avenyn. Era ora 14:50. A luat un prânz târziu, în prima cafenea care i-a ieșit în față. La ora 16:10, a luat tramvaiul spre Angered și s-a dat jos în centrul cartierului. I-a luat 20 de minute până a descoperit adresa unde locuia Idris Ghidi. Era în întârziere cu 10 minute față de ora stabilită.

Idris Ghidi șchiopăta. A deschis ușa, a dat mâna cu Mikael și l-a invitat în camera de zi mobilată spartan. Pe un scrin, lângă masa la care l-a invitat pe Mikael să ia loc, se aflau vreo zece fotografii înrămate, pe care Mikael a început să le privească.

— Familia mea, spuse Idris Ghidi.

Vorbea cu accent puternic. Mikael bănuia că acesta n-ar fi luat testul de limbă propus de Folk Partiet[29].

— Sunt frații dumitale?

— Cei doi frați ai mei, de aici, din stânga, au fost uciși de Saddam în anii '80, ca și tatăl meu, care e în mijloc. Cei doi unchi ai mei au fost uciși de Saddam în anii '90. Mama mea a murit în 2000. Cele trei surori ale mele trăiesc. Locuiesc în străinătate. Două în Siria și sora cea mai mică în Spania.

Mikael dădu din cap. Idris Ghidi turnă cafeaua făcută turcește.

— Kurdo Baksi îți trimite salutări.

Idris Ghidi își înclină capul.

— Ți-a spus ce vreau de la dumneata?

— Kurdo a zis că vrei să mă angajezi pentru o treabă, dar nu și despre ce e vorba. Lasă-mă să-ți spun de la început că nu accept dacă e ceva ilegal. Nu-mi dă mâna să mă amestec în așa ceva.

---

[29] Partidul Poporului, partid care a făcut propunerea controversată ca toți cei care cer cetățenia suedeză să dea examen de limba suedeză și de istorie a Suediei.

Mikael încuviinţă din cap:

— Nu e nimic ilegal în ce-am să te rog să faci, dar este neobişnuit. Treaba propriu-zisă va dura câteva săptămâni şi trebuie făcută în fiecare zi. Pe de altă parte, ajung câteva minute pe zi pentru a o face. Pentru asta, vreau să-ţi plătesc 1 000 de coroane pe săptămână. Banii îi vei primi în mână, din propriul meu buzunar şi nu voi declara nimic la fisc.

— Înţeleg. Ce trebuie să fac?

— Munceşti ca om de serviciu la Sahlgrenska?

Idris Ghidi aprobă.

— Una din îndatoririle dumitale este ca în fiecare zi — sau şase zile pe săptămână, dacă am înţeles exact — să faci curat în sectorul 11 C, adică la terapie intensivă.

Idris Ghidi încuviinţă din cap.

— Iată ce vreau să faci.

Mikael Blomkvist se aplecă spre el, explicându-i despre ce era vorba.

Procurorul Richard Ekström îşi privi oaspetele gânditor. Era a treia oară când îl întâlnea pe comisarul Georg Nyström. Vedea o faţă ridată, încadrată de păr cărunt. Georg Nyström îl vizitase prima oară în zilele de după asasinarea lui Zalachenko. Îi arătase legitimaţia care dovedea că lucrează pentru RPS/Säk. Avuseseră o discuţie lungă, cu voce joasă.

— E important să înţelegi că nu încerc în niciun fel să influenţez ceea ce vei hotărî sau felul în care îţi vei face treaba, spusese Nyström.

Ekström aprobase.

— Mai subliniez, de asemenea, şi faptul că sub niciun motiv nu va trebui să faci publică informaţia pe care ţi-o voi da.

— Înţeleg, zise Ekström.

Dacă ar fi fost să spună adevărul, Ekström ar fi trebuit să admită că nu înțelegea prea bine, dar nu voia să pară idiot, punând prea multe întrebări. Pricepuse că afacerea Zalachenko trebuia tratată cu cea mai mare grijă. De asemenea, mai înțelesese că vizita lui Nyström nu era oficială, chiar dacă acesta avea legături cu persoane foarte sus-puse din cadrul poliției secrete.

— E vorba de viața unor oameni, explicase Nyström chiar de la prima întâlnire. Din punctul de vedere al Säpo, tot ce e legat de afacerea Zalachenko e clasat ca *top secret*. Pot să confirm că e un fost agent secret care a dezertat din serviciile de spionaj militar sovietice și una dintre persoanele-cheie în ofensiva rușilor împotriva Europei de Vest, în anii '70.

— Aha... E ceea ce afirmă, după cum se pare, și Mikael Blomkvist.

— Și în acest caz Blomkvist are perfectă dreptate. El e jurnalist și a dat peste una dintre misiunile cele mai secrete din toate timpurile ale securității suedeze.

— Va publica articolul.

— Sigur că da. El reprezintă mass-media, cu toate avantajele și dezavantajele ei. Noi trăim într-o democrație și e de la sine înțeles că nu putem influența ceea ce scriu ziarele. Inconvenientul în cazul de față este, evident, faptul că Blomkvist nu cunoaște decât o parte infimă a adevărului despre Zalachenko și că mult din ceea ce cunoaște e greșit.

— Înțeleg.

— Ceea ce nu înțelege Blomkvist este că, dacă adevărul despre Zalachenko va fi cunoscut, rușii vor identifica sursele și informatorii noștri din Rusia. Asta înseamnă că oameni care și-au riscat viața pentru democrație vor fi uciși.

— Dar Rusia nu este acum o democrație? Vreau să spun, dacă s-ar fi întâmplat în vremea comunismului...

— Sunt doar iluzii. E vorba despre oameni care s-au făcut vinovați de spionaj împotriva Rusiei — și nu există niciun regim din lume care să accepte așa ceva, chiar dacă s-a întâmplat cu mulți ani în urmă. Și cele mai multe dintre aceste surse mai sunt încă active...

Asemenea agenți nu mai existau, dar procurorul Ekström nu avea de unde s-o știe. El era obligat să-l creadă pe Nyström pe cuvânt. Și nu putea să nu fie, de fapt, măgulit că împărtășea, chiar dacă neoficial, o parte din informația care era una dintre cele mai secrete din Suedia. Era vag uimit de faptul că securitatea suedeză putuse penetra apărarea rusească în felul pe care îl afirma Nyström, și înțelegea că aceasta era o informație care, desigur, nu trebuia răspândită.

— Când am primit misiunea să te contactez, am făcut o evaluare completă a persoanei dumitale, spuse Nyström.

Pentru a seduce pe cineva, trebuie întotdeauna să-i găsești slăbiciunile. Slăbiciunea procurorului Ekström era propria-i convingere despre însemnătatea persoanei sale și el, ca majoritatea oamenilor, aprecia măgulirile. Era vorba de a-l face să se simtă ales.

— Și noi am constatat că dumneata ești o persoană care beneficiază de o mare încredere în cadrul poliției... și, desigur, în cercurile guvernamentale, adăugă Nyström.

Ekström avea aerul mulțumit. A nu da numele persoanelor din guvern care aveau *încredere* în el era o informație care, fără să spună propriu-zis ceva, indica faptul că ar putea conta pe recunoștință, dacă își va juca bine cărțile. Era semn bun pentru viitoarea lui carieră.

— Înțeleg... De fapt, ce dorești?

— Misiunea mea este, pur și simplu, să-ți ofer cât mai discret cu putință informații. Înțelegi, desigur, cât de incredibil de complicată a devenit această afacere. Pe de o parte, se desfășoară o anchetă preliminară în formele cele mai legale, de care răspunzi dumneata personal. Nimeni, nici guvernul, nici Säpo sau altcineva nu trebuie să se amestece în felul în care faci cercetările. Treaba dumitale constă în a afla adevărul și a acuza vinovații. Este una din funcțiile cele mai importante ale unui stat de drept.

Ekström aprobă.

— Pe de altă parte, ar fi o catastrofă națională de proporții aproape de neconceput dacă întregul adevăr despre Zalachenko ar transpira în public.

— Așadar, care este scopul vizitei dumitale?

— În primul rând, scopul meu este să te fac conștient despre cât de delicată este situația. Nu cred că, după cel de-al Doilea Război Mondial, Suedia a fost vreodată mai expusă. S-ar putea spune chiar că soarta Suediei se află acum într-o anumită măsură în mâinile dumitale.

— Cine e șeful dumitale?

— Îmi pare rău, dar nu pot dezvălui numele persoanelor implicate în această afacere. Lasă-mă doar să spun că instrucțiunile mele vin din cele mai înalte sfere ale puterii.

Dumnezeule! Acționa la ordinele guvernului. Dar n-o putea spune, pentru că ar fi fost o catastrofă politică.

Nyström văzu că Ekström înghițise momeala.

— Ceea ce pot face în schimb este să te ajut cu informații. Am împuterniciri foarte largi ca, după propria mea judecată, să te inițiez în materialul cel mai secret pe care îl avem în țara asta.

— Înțeleg.

— Asta înseamnă că dacă ai întrebări despre ceva, orice ar fi, trebuie să mi te adresezi mie. Nu trebuie să vorbești cu nimeni altcineva din Säpo, în afară de mine. Sarcina mea constă în a-ți fi ghid în acest labirint și, dacă există amenințarea unor coliziuni între diferite interese, atunci te vom ajuta să găsești soluții.

— Înțeleg. Trebuie să spun că sunt recunoscător pentru faptul că dumneata și colegii vreți să-mi ușurați situația în felul acesta.

— Vrem ca procedura judiciară să-și urmeze cursul, cu toate că e o situație dificilă.

— Bine. Vă asigur că voi fi extrem de discret. Nu e prima oară când manevrez informații secrete.

— Nu, și noi o știm prea bine.

Ekström avea o grămadă de întrebări pe care Nyström le-a notat cu grijă și la care apoi a încercat să răspundă cât mai complet cu putință. La cea de-a treia vizită, Ekström urma să primească răspuns la mai multe din întrebările pe care le pusese.

Cea mai importantă dintre ele era: care este de fapt adevărul despre raportul lui Björck din 1991?

— Aceasta e una dintre probleme, spuse Nyström.

Avea un aer încurcat.

— Poate ar trebui să încep prin a-ți face cunoscut că, din momentul în care acest raport a ieșit la suprafață, am organizat un grup de analiză care a lucrat aproape zi și noapte, în scopul de a elucida exact ce se întâmplase. Și acum suntem aproape de punctul în care vom putea trage concluziile. Iar acestea sunt foarte neplăcute.

— Înțeleg, din moment de raportul afirmă că Säpo și psihiatrul Teleborian au conspirat pentru a o băga pe Salander la balamuc.

— Dacă ar fi doar atât, spuse Nyström, zâmbind ușor.

— Adică?

— Da, dacă ar fi așa, totul ar fi simplu. S-a comis o infracțiune care ar putea duce la urmărire penală. Problema este că acest raport nu corespunde celor care sunt în arhiva noastră.

— Ce vrei să spui?

Nyström scoase un dosar albastru pe care îl deschise.

— Ceea ce am aici este adevăratul raport, pe care Gunnar Björck l-a scris în 1991. Aici există chiar originalele corespondenței dintre el și Teleborian, pe care le avem în arhivă. Problema este că cele două versiuni nu sunt la fel.

— Explică.

— Ceea ce este mai cumplit e că Björck s-a spânzurat. Credem că a făcut-o din cauza dezvăluirilor despre escapadele lui sexuale, care urmau să fie făcute publice. *Millennium* avea de gând să-l denunțe public. L-a dus la o disperare așa de profundă, încât a preferat moartea.

— Da...

— Raportul original este o anchetă despre încercarea lui Lisbeth Salander de a-și ucide tatăl, pe Alexander Zalachenko, cu un cocktail Molotov. Primele 30 de pagini ale raportului pe care l-a găsit Blomkvist sunt identice cu originalul. Aceste pagini nu conțin nimic deosebit. Discrepanțele apar abia la pagina 33, atunci când Björck trage concluziile și face recomandările.

— Cum așa?

— În versiunea originală, Björck dă cinci recomandări clare. Nu pot ascunde faptul că el sugerează ca afacerea Zalachenko să nu apară în presă. Björck propune ca reeducarea lui Zalachenko — care fusese grav rănit — să se facă în străinătate. Și alte lucruri de genul ăsta. De asemenea, propune să i se ofere lui Lisbeth Salander cele mai bune îngrijiri psihiatrice cu putință.

— Aha!

— Problema este că un număr de propoziții au fost schimbate într-un fel foarte subtil. La pagina 34, există un pasaj în care Björck pare să propună ca Salander să fie declarată psihotică, pentru a nu fi un martor demn de crezare, în cazul că cineva va începe să pună întrebări despre Zalachenko.

— Și această afirmație nu se află în raportul original?

— Exact. Gunnar Björck n-a propus niciodată așa ceva. De altfel, nu ar fi fost legal. A propus ca ea să primească îngrijirea de care de fapt avea nevoie. În copia lui Blomkvist toate acestea au devenit o conspirație.

— Pot să citesc originalul?

— Te rog. Dar când plec trebuie să iau raportul cu mine. Și, înainte să-l citești, lasă-mă să-ți atrag atenția asupra anexei cu corespondența între Björck și Teleborian. Este practic un fals de la cap la coadă. Nu este vorba de modificări subtile, ci de o falsificare grosolană.

— Falsificare?

— Cred că e singurul cuvânt care se potrivește în acest context. Originalul arată că Peter Teleborian primise însărcinarea din partea tribunalului să-i facă un examen psihiatric legal lui Lisbeth Salander. Nimic din asta nu e neobișnuit. Lisbeth Salander avea 12 ani și încercase să-și omoare tatăl cu un cocktail Molotov; ar fi fost curios să *nu* rezulte o anchetă psihiatrică.

— E adevărat.

— Dacă dumneata ai fi fost procurorul, presupun că, de asemenea, ai fi cerut o anchetă, atât socială, cât și psihiatrică.

— Fără îndoială.

— Teleborian era deja un psihiatru de copii cunoscut și respectat și, în plus, lucrase în medicina legală. A primit însărcinarea de a face o expertiză obișnuită și a ajuns la concluzia că Lisbeth Salander era bolnavă psihic... nu trebuie să folosesc termenii tehnici.

— Înțeleg.

— Acest lucru l-a comunicat Teleborian într-un raport, pe care l-a trimis lui Björck și care apoi a fost prezentat în fața tribunalului, și acesta a decis ca Salander să fie îngrijită la Sankt Stefan.

— Înțeleg.

— În versiunea lui Blomkvist, lipsește cu totul acel raport pe care l-a făcut Teleborian. În locul lui, se află o corespondență între Björck și Teleborian, care lasă să se înțeleagă că Björck i-a ordonat să prezinte un examen psihiatric fals.

— Și dumneata afirmi că această corespondență e falsă?

— Fără nicio îndoială.

— Dar cine ar fi avut interesul să facă asemenea falsificări?

Nyström lăsă jos raportul și își încruntă sprâncenele:

— Acum ajungi la miezul problemei.

— Și răspunsul este...

— Nu știm. Grupul nostru de analiză muncește din greu ca să poată să dea un răspuns la această întrebare.

— Pot fi doar fanteziile lui Blomkvist?

Nyström începu să râdă:

— Păi, e o presupunere spre care s-au îndreptat și gândurile noastre la început. Dar nu credem asta. Credem că falsificarea s-a făcut cu mult timp în urmă, probabil în aceeași perioadă în care s-a scris și raportul original.

— Da?

— Și acest lucru duce la concluzii foarte neplăcute. Cel care a făcut falsul era la curent cu afacerea. Și, de asemenea, falsificatorul avea acces la aceeași mașină de scris pe care o folosea și Björck.

— Vrei să spui că…

— Nu știm *unde* a scris Björck raportul său. Poate să fi fost la o mașină de scris, acasă sau la locul de muncă, sau altundeva. Putem imagina două alternative. Ori cel care a făcut falsificarea era cineva din lumea psihiatriei și a medicinii legale, care, din cine știe ce motiv, voia să-l discrediteze pe Teleborian, ori falsul a fost făcut în cu totul alt scop, de către cineva din poliția secretă.

— De ce?

— Acest lucru s-a întâmplat în 1991. S-ar putea să fi fost vreun agent rus infiltrat în RPS/Säk, care dăduse de urma lui Zalachenko. Această posibilitate face că, în acest moment, noi verificăm un mare număr de fișiere personale.

— Dar dacă KGB ar fi aflat… atunci toate astea ar fi fost dezvăluite acum mulți ani.

— Bine gândit. Dar nu uita că era tocmai epoca în care Uniunea Sovietică se prăbușea și KGB-ul era dizolvat. Nu știm ce s-a întâmplat. Poate că a fost o operațiune plănuită, care a fost anulată. KGB-ul a fost întotdeauna mare maestru în falsificarea documentelor și în dezinformare.

— Dar ce scop ar fi putut să aibă KGB-ul, făcând o asemenea falsificare?

— Nici asta nu știm. Un scop plauzibil ar fi fost, evident, de a provoca un scandal în care să fie implicat guvernul suedez.

Ekström își prinse între degete buza de jos.

— Asta înseamnă că evaluarea medicală a lui Lisbeth Salander este corectă?

— Da, da. Fără cea mai mică îndoială. Salander e nebună de legat, dacă pot să mă exprim așa. Nu trebuie să ai nicio ezitare. Măsura de-a o interna într-o instituție psihiatrică a fost perfect corectă.

— Scaune de closet, spuse pe un ton plin de îndoială Malin Eriksson, redactor-șef interimar.

Părea să creadă că Henry Cortez își bate joc de ea.

— Scaune de toaletă, repetă Henry Cortez, dând din cap.

— Vrei să scrii un articol despre scaune de toaletă. În *Millennium?*

Monica Nilsson râse brusc și total nepotrivit. Ea văzuse entuziasmul prost ascuns al acestuia, când sosise la ședința de vineri și recunoscuse toate semnele unui jurnalist care are un subiect bun în lucru.

— Bine, explică.

— E foarte simplu, spuse Henry Cortez. Cea mai mare industrie a Suediei, într-o clasă cu totul specială, este aceea a construcțiilor. E o industrie care în practică nu poate fi mutată în afara granițelor: chiar dacă Skanska se preface că are un birou la Londra și altele de felul ăsta, casele se vor construi în orice caz în Suedia.

— Aha, dar asta nu e ceva nou.

— Nu. Însă ceea ce e pe jumătate nou e că branșa construcțiilor se află cu câțiva ani-lumină în urma oricărei alte industrii din Suedia, în privința liberei concurențe și a eficienței. Dacă Volvo ar construi automobile în același fel, ultimul model al anului ar costa în jur de un milion sau două bucata. Pentru o industrie normală, problema care se pune este să cobori prețul. Pentru industria construcțiilor, este exact invers. Li se rupe de scăderea prețurilor, ceea ce înseamnă că prețul pe metru pătrat crește mereu și statul îi subvenționează cu banii contribuabililor, pentru a nu depăși limita ridicolului.

— Și cum demonstrezi asta?

— Așteaptă. E complicat. Dacă, să spunem, prețul unui hamburger ar fi crescut la fel după anii '70, atunci un Big Mac ar costa acum 150 de coroane sau mai mult. Cât ar costa, cu cartofi prăjiți și coca-cola, nici nu îndrăznesc să mă gândesc, însă salariul meu de aici, de la *Millennium*, nu mi-ar ajunge ca să-l cumpăr. Câți din cei de aici, de la masă, și-ar mai cumpăra un hamburger care costă o sută de coroane?

Nimeni nu răspunse.

— De la sine înțeles. La fel, când cei de la NNC înjghebează repede câteva barăci la Gåshaga, în Lidingö, pe care le numesc locuințe, și iau chirie de 10–12 mii de coroane pe lună, pentru un apartament de trei camere? Câți dintre voi își permit?

— Mie nu-mi dă mâna, spuse Monica Nilsson.

— Nu. Dar tu locuiești deja într-un apartament de două camere lângă Danvikstull, pe care taică-tu ți l-a cumpărat acum 20 de ani și pe care tu ai primi, să spunem, 1 500 000, dacă l-ai vinde. Dar ce face un tânăr de 20 de ani, care vrea să se mute de acasă? Lui nu-i dă mâna. Prin urmare, tinerii locuiesc cu chirie sau cu subchirie, sau acasă, la mama, până ajung pensionari.

— Ce loc au scaunele de closet în tabloul ăsta? întrebă Christer Malm.

— Ajung și la asta. Întrebarea este de ce locuințele sunt așa de al dracului de scumpe? Ei bine, pentru că cei care comandă casele nu știu cum s-o facă. Spus mai simplu, o firmă de locuințe comunală sună la o întreprindere de construcții de tipul Skanska și spune că vrea să comande 100 de apartamente, apoi întreabă cât costă. Și Skanska face socoteala și sună înapoi, spunând că totul costă, de exemplu, 500 de milioane. Ceea ce înseamnă că metrul pătrat costă x coroane și o să coste 10 mii să te muți în el. Prin urmare, tu plătești costul.

— Te rugăm, Henry... vino la subiect.

— Da, sigur, dar tocmai ăsta e subiectul. De ce costă 10 mii ca să te muți în blestematele alea de cazărmi din Hammarbyhamnen? Păi, pentru că firmelor de construcții li se rupe de prețuri. Clientul trebuie în orice caz să plătească. Unul dintre cele mai mari costuri este prețul materialelor. Comerțul cu materiale de construcții se face prin angrosiști care-și pun propriile prețuri. Pentru că nu există nicio concurență adevărată, în Suedia, o cadă de baie costă 5 000 de coroane. Aceeași cadă de baie, făcută de același fabricant, costă 2 000 de coroane în Germania. Nu există nicio explicație logică pentru diferența de preț.

— OK.

— Multe din acestea se pot citi într-un raport al Delegației pentru construcții a guvernului, care a activat în anii '90. După asta, nu s-a schimbat nimic. Nimeni nu negociază prețurile aberante cu firma de construcții. Clienții plătesc docili cât li se cere și, în cele din urmă, locatarii sau contribuabilii acoperă prețul.

— Henry, scaunele de closet!

— Cele câteva schimbări care au avut loc după Delegația pentru construcții au fost pe plan local, mai ales în afara Stockholmului. Există comanditari care s-au săturat de prețurile mari. Un exemplu este firma Karlskronahem, care construiește mai ieftin decât oricine altcineva, pur și simplu cumpărându-și singură materialele. Și, în plus, Svensk Handel s-a amestecat. Ei consideră că prețurile sunt absolut delirante și de aceea încearcă să faciliteze pentru cei care comandă să aducă ieftin acasă produse similare. Și aceasta a dus la o adevărată comedie, la târgul de materiale de construcții de la Älvsjö, de acum un an. Svensk Handel a adus aici un tip din Thailanda, care vindea scaune de closet pentru cel mult 500 de coroane.

— Da. Și?

— Cel mai apropiat concurent era un angrosist suedez care se numește Vitvara SA și care vindea scaune de closet de cel mai adevărat galben-albastru[30] pentru 1 700 de coroane. Și comanditarii inteligenți din primării au început să se scarpine în cap, întrebându-se de ce să arunce 1 700, când pot avea un scaun de closet asemănător din Thailanda cu 500.

— Poate erau de o calitate mai bună? zise Lottie Karim.

— Nu. Erau la fel.

— Thailanda, spuse Christer Malm. Miroase a copii care muncesc ilegal și altele de felul ăsta. Ceea ce poate explica prețul scăzut.

— Nu, spuse Henry Cortez. Copiii muncesc în general în industria textilă și în industria de suvenire. Și în comerțul pentru pedofili, desigur. Vorbesc despre industria adevărată. ONU e cu ochii pe exploatarea copiilor și eu am cercetat firma. Ei își văd de treabă. E vorba de o firmă industrială mare, modernă și respectabilă în branșa obiectelor sanitare.

— Ei bine, e vorba de o țară în care salariile sunt scăzute; prin urmare, riști să scrii un articol care pledează pentru eliminarea industriei suedeze, prin concurența cu cea thailandeză. Să dai afară muncitorii suedezi, să închizi fabricile aici și să imporți din Thailanda. N-o să fii prea bine văzut de muncitorii suedezi!

---

30 Galben-albastru este steagul suedez; deci scaunele cu pricina erau autentic suedeze.

Un surâs se răspândi pe chipul lui Henry Cortez. Se lăsă pe spate, luând un aer teribil de arogant.

— Niema, zise el. Ghiciți unde-și face Vitvara SA scaunele de closet de 1 700 de coroane?

Liniștea se lăsă peste redacție.

— În Vietnam, spuse Henry Cortez.

— Nu poate fi adevărat, spuse Malin Eriksson.

— Ba da! zise Henry. Fabrică scaune de closet acolo de cel puțin 10 ani. Muncitorii suedezi au fost dați afară încă din anii '90.

— Pe naiba!

— Dar acum vine poanta. Dacă am importa direct de la fabrica din Vietnam, prețul ar fi de cel mult 390 de coroane. Ghiciți cum se poate explica diferența dintre Thailanda și Vietnam.

— Nu spune că...

Henry Cortez dădu din cap. Zâmbetul îi era mai lat ca fața.

— Vitvara SA încredințează fabricarea cuiva care se numește Fong Soo Industries. Firma se află pe lista ONU, cu întreprinderile care, cel puțin după verificarea din 2001, foloseau copii. Iar cea mai mare parte din lucrători erau pușcăriași.

Malin Eriksson zâmbi brusc:

— E grozav. E foarte, foarte grozav. Vei deveni cu siguranță jurnalist când vei fi mare. Cât de repede poți să ai articolul gata?

— În două săptămâni. Am de cercetat o grămadă de material despre comerțul internațional. Și, pe urmă, ne trebuie un *bad guy* în articol, așa că vreau să văd cine este proprietar la Vitvara SA.

— O să-l putem pune în numărul din iunie?

— *No problem.*

Inspectorul criminalist Jan Bublanski l-a privit pe procurorul Richard Ekström fără nicio expresie. Întâlnirea dura de 40 de minute și Bublanski simțea dorința puternică de-a întinde mâna și a lua exemplarul din *Legea Regatului Suediei,* care se afla pe marginea biroului lui Ekström, pentru a-l arunca în capul procurorului. Se întreba ce s-ar fi întâmplat dacă ar fi făcut așa ceva. Fără îndoială, ar fi urmat titluri în ziarele de seară și cu siguranță ar fi rezultat o acuzație de brutalizare. Alungă acest gând. Secretul omului civilizat era să nu cedeze acestui gen de impulsuri, indiferent cât de provocator se comporta adversarul. Și de fapt, cel mai adesea inspectorul criminalist Bublanski era chemat când cineva ceda în fața unor asemenea instincte.

— Prin urmare, așa facem, zise Ekström. Cred că suntem de acord.

— Nu, nu suntem de acord, spuse Bublanski ridicându-se. Dar dumneata conduci ancheta preliminară.

Bombănea atunci când coti pe coridor, spre biroul lui, unde îi chemă și pe inspectorii criminaliști Curt Svensson și Sonja Modig, care constituiau resursele de personal din după-amiaza aceea. Jerker Holmberg avusese proasta idee să-și ia două săptămâni de concediu.

— În biroul meu, spuse Bublanski. Aduceți cafea.

După ce se instalară, Bublanski deschise carnetul cu însemnări de la întâlnirea cu Ekström.

— Pentru moment, situația stă așa: șeful anchetei preliminare a renunțat la toate capetele de acuzare împotriva lui Lisbeth Salander, în ceea ce privește crimele pentru care a fost pusă sub urmărire. Așadar, din punctul nostru de vedere, ea nu mai intră în ancheta preliminară.

— În orice caz, este un pas înainte, spuse Sonja Modig.

Ca de obicei, Curt Svensson nu zicea nimic.

— Nu sunt chiar așa de sigur, spuse Bublanski. Salander este în continuare bănuită de infracțiuni grave la Stallarholmen și Gosseberga. Dar asta nu mai intră în ancheta noastră. Noi ne vom concentra să-l găsim pe Niedermann și să cercetăm cimitirul din Nykvarn.

— Înțeleg.

— Acum este clar că Ekström o va pune sub acuzație pe Salander. Cazul a fost transferat la Stockholm și a fost ordonată o anchetă complet separată.

— Da?

— Și ghiciți cine o va ancheta pe Salander?

— Mă tem de ce e mai rău.

— Hans Faste s-a întors la lucru. El îl va asista pe Ekström în ancheta asupra lui Lisbeth Salander.

— Dar, la dracu', e un idiot! Faste e cea mai neindicată persoană să ancheteze ceva în legătură cu Salander!

— Știu. Însă Ekström are un argument bun. Faste a fost în concediu medical de la... hm, căderea din aprilie și acesta e un caz bun și ușor, pe care poate să se concentreze.

Tăcere.

— Prin urmare, în după-amiaza asta îi vom da tot materialul despre Salander.

— Și istoria despre Gunnar Björck, și Säpo, și raportul din 1991...?

— Îi vor fi atribuite lui Faste și Ekström.

— Nu-mi place deloc, spuse Sonja Modig.

— Nici mie. Dar Ekström e șef și are contacte sus-puse în ierarhie. Cu alte cuvinte, treaba noastră este în continuare să-l găsim pe ucigaș. Curt, cum stăm?

— Pe Niedermann pare să-l fi înghițit pământul. Trebuie să recunosc că în toți anii aceștia, ca polițist, niciodată n-am avut un caz asemănător. Nu avem niciun formator care să-l cunoască sau care să aibă idee despre locul în care se găsește.

— Ciudat, spuse Sonja Modig. Prin urmare, el este căutat pentru uciderea polițistului din Gosseberga, pentru brutalizarea unui alt polițist, pentru tentativă de omor asupra lui Lisbeth Salander și pentru răpire agravată de brutalizare în cazul asistentei dentare Anita Kaspersson. Ca și pentru uciderea lui Dag Svensson și a Miei Bergman. În toate aceste cazuri există probe tehnice suficiente.

— Ar trebui să ajungă. Dar cum merge cu ancheta asupra expertului financiar de la clubul motociclist din Svavelsjö?

— Viktor Göransson și concubina lui Lena Nygren. Avem probe tehnice care-l leagă pe Niedermann de locul crimei. Amprente digitale și ADN de pe corpul lui Göransson. Niedermann și-a julit tare mâinile în timp ce-l tortura pe Göransson.

— OK. Ceva nou despre Svavelsjö MC?

— Sonny Nieminen a preluat funcția de șef cât timp Magge Lundin este arestat, în așteptarea procesului legat de răpirea lui Miriam Wu. Merge zvonul că Nieminen a promis o mare recompensă celui care-i va da informații despre locul unde se află Niedermann.

— Ceea ce face și mai bizar faptul că acesta nu a fost încă găsit. Cum e cu mașina lui Göransson?

— Pentru că am găsit mașina Anitei Kaspersson în curtea lui Göransson, credem că Niedermann și-a schimbat mașina. N-avem nicio urmă a acesteia.

— Prin urmare, întrebarea pe care ar trebui să ne-o punem este dacă Niedermann se mai ascunde undeva, în Suedia — și, în cazul ăsta, unde și la cine — sau a reușit deja să se pună la adăpost, în străinătate. Ce credeți?

— Nu avem nicio dovadă că a fugit în străinătate, dar în mod absolut este singura explicație logică.

— În cazul acesta, unde a lăsat mașina?

Atât Sonja Modig, cât și Curt Svensson clătinară din cap. Treaba poliției era în nouă cazuri din zece simplă, atunci când era vorba de urmărirea unei anume persoane. Trebuia să creezi un lanț logic și să începi să-l desfășori. Cine îi erau prietenii? Cu cine a stat la pușcărie? Unde locuiește prietena lui? Cu cine obișnuia să iasă? În ce zonă a fost folosit ultima dată telefonul lui mobil? Unde se află mașina lui? La sfârșitul lanțului avea să fie cel căutat.

Problema cu Ronald Niedermann era că acesta nu avea prieteni, nu avea iubită, nu fusese niciodată la pușcărie și nu avea niciun telefon mobil cunoscut.

Cele mai multe dintre cercetări erau, prin urmare, îndreptate spre găsirea automobilului lui Viktor Göransson, pe care se presupunea că îl folosea Niedermann. Găsirea mașinii avea să dea indicații despre locul de unde trebuia continuată urmărirea. Inițial, se așteptaseră ca mașina să apară după câteva zile, probabil în vreun loc de parcare din Stockholm. Însă, cu toată alarma dată în toată țara, mașina lipsea cu desăvârșire.

— Dacă se află în străinătate... Unde ar putea fi?

— E cetățean german, așa că normal ar fi să încerce să se ducă în Germania.

— În Germania este căutat. Nu pare să aibă vreun contact cu vechii prieteni din Hamburg.

Curt Svensson ridică mâna:

— Dacă planul lui era să plece în Germania... În cazul ăsta, de ce a venit la Stockholm? N-ar fi trebuit să se ducă spre Malmö și Öresundsbron sau spre vreunul dintre feriboturi?

— Știu. Și Marcus Erlander din Göteborg și-a centrat în primele zile cercetările pe asta. Poliția din Danemarca e informată despre mașina lui Göransson și putem spune cu toată certitudinea că nu a plecat cu niciunul din feriboturi.

— În schimb, s-a dus la Stockholm și la Svavelsjö MC, unde le-a omorât casierul și — putem presupune — a dispărut cu o sumă necunoscută de bani. Care ar putea fi următorul pas?

— Trebuie să iasă din Suedia, spuse Bublanski. Cel mai normal ar fi să ia unul din feriboturile spre țările baltice. Însă Göransson și concubina lui au fost uciși târziu, în noaptea de 9 aprilie. Asta înseamnă că Niedermann a putut să ia feribotul în dimineața imediat următoare. Am dat alarma doar după 16 ore de la moartea lor și de atunci este căutată mașina.

— Dacă a luat feribotul dimineața, mașina lui Göransson ar fi fost parcată lângă unul din porturi, constată Sonja Modig.

Curt Svensson aprobă și el.

— Poate că n-am găsit mașina pentru că Niedermann pur și simplu a ieșit din țară prin nord, pe la Haparanda? Un lung ocol în jurul golfului Botnic, dar în 16 ore ar fi ajuns să treacă granița spre Finlanda.

— Da, însă după aceea ar fi trebuit să părăsească mașina undeva, în Finlanda și la ora asta ar fi trebuit să fi fost găsită de către colegii de acolo.

Rămaseră tăcuți o vreme. În cele din urmă, Bublanski se ridică și se duse la fereastră.

— Deși e ilogic și puțin probabil, mașina lui Göransson rămâne dispărută. Oare să fi găsit vreo ascunzătoare, unde să stea și să aștepte, o casă de vacanță sau...

— O casă de vacanță este puțin probabil. În perioada asta a anului, toți proprietarii de case de vacanță fac reparații pentru la vară.

— Și, în niciun caz ceva care să aibă legătură cu Svavelsjö MC. Sunt ultimii cu care ar vrea să aibă de-a face.

— Iar cu asta, trebuie exclusă toată lumea interlopă... Să aibă vreo prietenă, pe care noi n-o cunoaștem?

Aveau o grămadă de speculații, dar niciun fapt pe care să se bazeze.

Odată ce Curt Svensson a plecat, Sonja Modig s-a întors la biroul lui Bublanski, bătând la ușă. El i-a făcut semn să intre.

— Ai două minute?

— Ce e?

— Salander.

— OK.

— Nu-mi place deloc acest plan, cu Ekström și Faste și un nou proces. Tu ai citit raportul lui Björck. Și eu am citit raportul lui Björck. Fata a fost anihilată în 1991 și Ekström o știe. Ce naiba se petrece?

Bublanski își scoase ochelarii, vârându-i în buzunarul de la piept:

— Nu știu.

— Ai vreo idee?

— Ekström afirmă că raportul lui Björck și corespondența cu Teleborian au fost falsificate.

— Rahat. Dacă ele sunt un fals, atunci Björck ar fi spus, când l-am interogat.

— Ekström spune că Björck refuza să vorbească despre asta, pentru că era un material secret. Am fost criticat că m-am grăbit, reținându-l și interogându-l.

— Încep să am o părere tot mai proastă despre Ekström...

— E încolțit din mai multe părți.

— Asta nu e o scuză.

— Noi nu deținem monopolul adevărului. Ekström afirmă că a primit informația că raportul este un fals — nu există nicio anchetă veritabilă pe acest subiect. El mai spune că falsificarea a fost bine făcută și ea reprezintă un amestec de adevăruri și invenții.

— Care parte este adevăr, și care e invenție?

— Cadrul este oarecum corect. Zalachenko este tatăl lui Lisbeth Salander și era un nemernic care o brutaliza pe mama ei. Era obișnuita problemă — mama nu voia să facă plângere la poliție și, prin urmare, lucrurile au continuat mai mulți ani. Björck a avut misiunea de-a cerceta ce se întâmplase, atunci când Lisbeth a încercat să-și omoare tatăl cu o bombă incendiară. El a corespondat cu Teleborian — însă întreaga corespondență, în forma pe care o avem, este un fals. Teleborian i-a făcut un examen psihiatric absolut obișnuit lui Lisbeth Salander și a constatat că era nebună, iar un procuror a decis să nu mai continue cu un proces. Fata avea nevoie de îngrijire și au primit-o la Sankt Stefan.

— Și dacă este un fals... cine l-a făcut și în ce scop?

Bublanski își depărtă mâinile.

— Îți bați joc de mine?

— După câte am înțeles, Ekström va cere din nou un examen psihiatric al lui Salander.

— Nu pot accepta asta.

— Nu mai e treaba noastră. Noi am fost detașați de la ancheta Salander.

— Și a preluat-o Hans Faste... Jan, am să apelez la presă dacă nemernicii ăștia o atacă din nou pe Salander!...

— Nu, Sonja. N-o vei face. În primul rând, noi nu mai avem acces la anchetă și, prin urmare, nu poți dovedi ceea ce spui. Vei fi luată drept o paranoică fără scăpare și cu asta cariera ta s-a terminat.

— Mai am încă raportul, spuse Sonja cu glas scăzut. Am făcut o copie pentru Curt Svensson, pe care nu i-am mai dat-o niciodată, pentru că ministerul justiției le-a strâns pe celelalte.

— Dacă scoți o vorbă despre acest raport, nu numai c-o să fii dată afară, dar te vei face și vinovată de grava greșeală profesională de a fi făcut public un raport secret.

Sonja Modig rămase o clipă tăcută, cercetându-și șeful.

— Sonja, nu vei face nimic. Promite-mi.

Ea ezită:

— Nu, Jan, nu pot să-ți promit. E ceva putred în toată povestea asta.

Bublanski dădu din cap, aprobând.

— Da, e ceva putred. Dar, pentru moment, nu știm care sunt dușmanii noștri.

Sonja Modig înclină capul într-o parte.

— *Tu* ai de gând să faci ceva?

— Nu vreau să discut asta cu tine. Ai încredere în mine. E vineri seară. Profită de weekend. Du-te acasă. Această discuție nu a avut loc niciodată.

Era sâmbătă, ora 13:30, când paznicul de la securitate, Niklas Adamsson, a înălțat ochii din cartea de economie politică pe care o citea, pentru examenul care urma să aibă loc peste trei săptămâni. Auzise zgomotul periilor rotative ale căruciorului de făcut curat și constată că era imigrantul șchiop. Acesta saluta întotdeauna cu amabilitate, dar era foarte tăcut și nu râsese atunci când Adamsson încercase să glumească cu el. Îl văzu scoțând o soluție de curățat, vaporizând de două ori tejgheaua de la recepție și ștergând-o cu cârpa. Apoi, luă un mop și-l folosi, în câteva locuri în care periile căruciorului nu ajungeau. Niklas Adamsson își vârî din nou nasul în carte, continuând să citească.

Au trecut 10 minute până ce omul de serviciu a ajuns până la scaunul lui Adamsson, din capătul culoarului. Au dat din cap unul spre celălalt. Adamsson s-a ridicat, lăsându-l pe îngrijitor să șteargă podeaua din jurul scaunului său. Practic, îl văzuse pe omul acesta în fiecare zi în care stătuse de gardă în fața camerei, dar era absolut incapabil să-și amintească numele lui. Vreun nume de tuciuriu, în orice caz. În schimb, Niklas Adamsson nu simțea cine știe ce nevoie să-i controleze legitimația. În parte, pentru că tuciuriul nu făcea curățenie în camera arestatei — acolo se făcea curat dimineața, de către două îngrijitoare — și în parte, pentru că îngrijitorul șchiop nu i se părea cine știe ce amenințare.

Când acesta ajunse în capătul coridorului, deschise ușa cea mai apropiată de salonul lui Lisbeth Salander. Adamsson îi aruncă o privire, dar nici aceasta nu însemna vreo abatere de la rutinele zilnice. Debaraua cu mături și perii se afla în capătul culoarului. În următoarele cinci minute, îngrijitorul goli găleata, curăță periile și umplu căruciorul cu pungi de plastic, pentru coșurile de gunoi. În cele din urmă, împinse căruciorul înăuntru, în debara.

Idris Ghidi era conștient de prezența paznicului de la securitate, de pe coridor. Acesta era un băiat blond, de vreo 25 de ani, care era de gardă acolo două sau trei zile pe săptămână și care citea cărți de economie politică. Ghidi trăsese concluzia că acesta lucra cu jumătate de normă la securitate, în vreme ce studia și era cam la fel de atent la ce se întâmplă în jur ca o cărămidă.

Idris Ghidi se întreba ce ar fi făcut Adamsson dacă cineva chiar ar fi încercat să intre în camera lui Lisbeth Salander.

Idris Ghidi se mai întreba și ce voia de fapt Blomkvist. Clătină din cap. Citise, bineînțeles, despre jurnalist în ziare, făcând legătura cu Lisbeth Salander din sectorul 11C și se așteptase să fie rugat să-i transmită ceva. În acest caz, ar fi fost obligat să refuze, pentru că nu avea acces la camera ei și nici n-o văzuse niciodată. Însă propunerea nu avea nicio legătură cu presupunerile pe care le făcuse.

Nu vedea nimic ilegal în însărcinarea sa. Aruncă o privire prin deschizătura ușii și văzu că Adamsson se așezase din nou pe scaun, citindu-și cartea. Era mulțumit că nu se afla nimeni altcineva prin preajmă, ceea ce se întâmpla aproape întotdeauna, pentru că debaraua era situată într-un colț, exact în capătul coridorului. Băgă mâna în buzunarul halatului și scoase un telefon mobil nou, marca Sonny Eriksson Z600. Idris văzuse acest model într-o reclamă. Costa mai mult de 3 500 de coroane pe piață și avea o mulțime de funcții.

Aruncă o privire pe ecran și observă că mobilul era pornit, dar soneria oprită, atât semnalul sonor, cât și vibratorul. Apoi se ridică în vârful picioarelor și deșurubă un capac rotund, alb care era plasat peste tubul de ventilație care ducea la camera lui Lisbeth Salander. Plasă telefonul în ventilație, ferit de priviri, exact așa cum îi spusese Blomkvist să facă.

Întreaga operațiune îi luase cam treizeci de secunde. În ziua următoare, procedura va lua probabil zece secunde. Ceea ce va trebui să facă era să ia mobilul, să-i schimbe bateria și să-l pună la loc, în tubul de ventilație. Vechea baterie o va lua acasă și o va încărca, în timpul nopții.

Asta era tot ce trebuia Idris Ghidi să facă.

Acest lucru n-o va ajuta totuși pe Lisbeth Salander. Pe peretele din partea ei era fixat un grilaj. Ea nu va ajunge niciodată la mobil, dacă n-o să facă rost de o șurubelniță și o scară.

— Știu, spusese Mikael. Dar nu e nevoie ca ea să atingă mobilul.

Acest lucru trebuia să-l facă Idris Ghidi în fiecare zi, până când Mikael Blomkvist îi va transmite că nu mai e nevoie.

Pentru această muncă Idris Ghidi va primi 1 000 de coroane direct din buzunarul lui Blomkvist. De asemenea, va putea păstra telefonul, când treaba va fi terminată.

El dădu din cap. Înțelegea, desigur, că Mikael Blomkvist se ocupa cu ceva necurat, dar nici în ruptul capului nu înțelegea despre ce putea fi vorba. Să plasezi un telefon mobil în gura de ventilație dintr-o debara încuiată, pornit, dar fără sonerie, era o chestie atât de bizară, încât Ghidi nu putea să-i înțeleagă sensul. Dacă Blomkvist voia să aibă posibilitatea să comunice cu Lisbeth Salander, ar fi fost mult mai normal să mituiască pe vreuna dintre surori, să-i dea un telefon. Nu exista nicio logică în treaba asta.

Ghidi dădu din nou din cap. Pe de altă parte, n-avea nimic împotrivă să-i facă lui Mikael Blomkvist acest serviciu, de vreme ce plătea 1 000 de coroane pe săptămână. Și n-avea de gând să pună întrebări.

Doctorul Anders Jonasson și-a încetinit pașii, văzând un bărbat de vreo patruzeci de ani sprijinit de grilajul din fața porții imobilului în care locuia pe Hagagatan. Bărbatul îi părea oarecum cunoscut și a dat din cap, în semn de recunoaștere.

— Doctor Jonasson?

— Da, eu sunt.

— Îmi pare rău că vă opresc așa, pe stradă. Dar n-am vrut să vă deranjez la slujbă și trebuie să stăm puțin de vorbă

— Despre ce e vorba și cine ești dumneata?

— Numele meu este Mikael Blomkvist. Sunt jurnalist și lucrez la revista *Millennium*. Este vorba de Lisbeth Salander.

— A, da, acum te recunosc. Ai chemat Salvarea, când a fost găsită... Dumneata ai pus banda adezivă pe rănile ei?

— Da.

— Foarte ingenios. Dar îmi pare rău, nu pot discuta despre pacienții mei cu jurnaliștii. Trebuie să te adresezi biroului de presă de la Sahlgrenska, cum fac toți ceilalți.

— M-ați înțeles greșit. Nu caut informații, și sunt aici într-o chestiune privată. Nu e nevoie să-mi spuneți ceva sau să-mi dați vreo informație. E exact invers. Eu vreau să vă dau informații.

Anders Jonasson își înălță mirat sprâncenele.

— Vă rog, spuse Mikael Blomkvist. Nu am obiceiul să acostez chirurgi în plină stradă, dar este foarte important să pot vorbi cu dumneavoastră. E o cafenea un pic mai jos, după colț. Pot să vă invit la o cafea?

— Despre ce vrei să vorbim?

— Despre viitorul și starea lui Lisbeth Salander. Sunt prietenul ei.

Anders Jonasson șovăi un lung moment. Înțelegea că dacă ar fi fost altcineva decât Mikael Blomkvist — dacă un necunoscut i-ar fi ieșit în cale, în felul acesta —, ar fi refuzat. Dar faptul că Mikael Blomkvist era o persoană cunoscută însemna că Anders Jonasson se simțea într-o măsură sigur că nu era vorba despre vreo glumă proastă.

— În niciun caz nu vreau să fiu intervievat și nu voi vorbi despre pacienta mea.

— E perfect, spuse Mikael.

Anders Jonasson dădu în sfârșit din cap și îl însoți pe Blomkvist până la cafeneaua respectivă.

— Despre ce e vorba? întrebă el pe un ton neutru, după ce fiecare își primise ceașca de cafea. Ascult, dar nu am intenția să comentez absolut nimic.

— Vă e teamă că am să vă citez sau să vă dezvălui numele în presă. Lăsați-mă să vă spun de la început că acest lucru nu se va petrece. În ceea ce mă privește, această discuție n-a avut loc.

— OK.

— Am de gând să vă cer un serviciu. Însă, înainte de-a o face, trebuie să vă explic exact de ce, pentru ca dumneavoastră să puteți decide dacă e acceptabil din punct de vedere moral să-mi faceți acest serviciu.

— Nu-mi place deloc turnura pe care o ia această discuție.

— Trebuie doar să ascultați. Ca medic al lui Lisbeth Salander, e treaba dumneavoastră să vă îngrijiți de sănătatea ei fizică și psihică. În calitate de prieten al lui Lisbeth Salander, este *sarcina mea* să fac același lucru. Eu nu sunt medic și, prin urmare, nu pot scormoni prin țeasta ei, să scot gloanțe și altele de felul ăsta, dar am o altă competență, care este cel puțin la fel de importantă pentru buna ei stare.

— Hm.

— Sunt jurnalist și am scos la lumină adevărul despre răul care a lovit-o.

— OK.

— Pot să vă povestesc, în linii mari, despre ce este vorba, pentru ca să puteți judeca singur.

— Hm.

— Ar trebui poate să încep prin a spune că Annika Giannini este avocata lui Lisbeth Salander. Ați întâlnit-o.

Anders Jonasson făcu un gest de încuviințare.

— Annika este sora mea și eu îi plătesc onorariul, pentru a o apăra pe Lisbeth Salander.

— Aha!

— Puteți verifica în registrul de stare civilă că este sora mea. Serviciul despre care vorbeam este ceva ce nu-i pot cere surorii mele. Ea nu discută despre Lisbeth cu mine. Are obligația de a păstra secretul profesional și se supune unor cu totul altor reguli.

— Hmm.

— Presupun că ați citit despre Lisbeth în ziare.

Jonasson aprobă, dând din cap.

— A fost descrisă ca o criminală în serie, lesbiană, psihotică și bolnavă mintal. Toate astea sunt prostii. Lisbeth Salander nu este psihotică și probabil este la fel de deșteaptă ca dumneavoastră și ca mine. Și preferințele ei sexuale nu privesc pe nimeni.

— Dacă am înțeles exact, s-a produs o anume schimbare a opiniei publice. Acum, în locul ei este numit ca făptaș germanul acela...

— Ceea ce este în întregime corect. Ronald Niedermann este vinovatul și el este un asasin cu totul lipsit de conștiință. În schimb, Lisbeth are dușmani. Foarte, foarte importanți. Unii dintre ei se află în sânul Säpo.

Anders Jonasson își înălță sprâncenele, cu un aer sceptic.

— Când Lisbeth avea 12 ani, a fost închisă într-o clinică de psihiatrie infantilă din Uppsala, pentru că dăduse peste un secret pe care Säpo voia cu orice preț să-l păstreze. Tatăl ei, Alexander Zalachenko, care tocmai a fost ucis la Sahlgrenska, era un spion rus transfug, o relicvă din perioada Războiului Rece. Era extrem de violent cu femeile, și an de an o brutalizase pe mama lui Lisbeth. Când fata avea 12 ani, a ripostat, încercând să-l omoare pe Zalachenko cu un cocktail Molotov. De aceea a fost închisă la clinica de psihiatrie.

— Nu înțeleg. Dacă a încercat să-și omoare tatăl, poate că existau motive s-o interneze pentru tratament psihiatric.

— Subiectul meu — pe care îl voi publica — este că Säpo știa ce s-a întâmplat, dar a preferat să-l protejeze pe Zalachenko, pentru că acesta era o importantă sursă de informații. Prin urmare, au falsificat un diagnostic și au avut grijă ca Lisbeth să fie internată.

Anders Jonasson părea atât de neîncrezător, că Mikael începu să zâmbească.

— Tot ce vă povestesc acum poate fi dovedit cu probe. Voi scrie un text detaliat, care va apărea la timp pentru procesul lui Lisbeth. Credeți-mă — va fi o nebunie.

— Înțeleg.

— Am să fac dezvăluiri și voi fi cât se poate de dur cu doi medici, care au fost trepădușii Säpo și au ajutat s-o îngroape pe Lisbeth la balamuc. O să-i distrug fără milă. Unul dintre aceștia este o persoană foarte cunoscută și respectată. Dar, cum am spus, am toată documentarea de care este nevoie.

— Înțeleg. Dacă un medic a fost amestecat în așa ceva, este o rușine pentru întreaga breaslă.

— Nu, eu nu cred în vinovăția colectivă. E o rușine pentru cei amestecați. Același lucru, în ceea ce privește Säpo. Cu siguranță, sunt și oameni de bine care lucrează la Säpo. E vorba de un grup izolat. Când Lisbeth a împlinit 18 ani, au încercat din nou s-o instituționalizeze. De data aceasta, au dat greș, dar ea a fost pusă sub tutelă. La proces vor încerca din nou să arunce cu noroi în ea. Eu — sau, mai bine zis, sora mea — mă voi bate ca Lisbeth să fie eliberată și să i se ridice tutela.

— OK.

— Însă ea are nevoie de muniție. Prin urmare, acestea sunt condițiile jocului. Poate ar trebui să numesc și faptul că în acest război există câțiva polițiști care sunt de fapt de partea ei. Dar nu și șeful anchetei preliminare, care a acuzat-o.

— Nu?

— Lisbeth are nevoie de ajutor înaintea procesului.

— Aha. Însă eu nu sunt avocat.

— Nu, dar sunteți medic și aveți acces la Lisbeth.

Ochii lui Anders Jonasson se îngustară.

— Ceea ce vreau să vă rog nu este etic, ba chiar ar putea fi considerat drept o infracțiune.

— Aoleu!

— Dar, din punct de vedere moral, trebuie făcut. Drepturile ei sunt încălcate cu bună știință de către persoane care ar trebui să răspundă de protecția ei.

— Așa.

— Pot să dau un exemplu. După cum știți, Lisbeth are interdicția de a primi vizite și nu poate citi ziare sau să comunice cu lumea exterioară. În plus, procurorul a impus avocatei ei obligația de a păstra tăcerea. Annika s-a ținut cu stoicism de reguli. În schimb, procurorul este principala sursă prin care transpiră informații către jurnaliștii care continuă să scrie tâmpenii despre Lisbeth Salander.

— Adică?

— Articolul ăsta, de pildă.

Mikael îi întinse un tabloid din săptămâna trecută.

— „O sursă din echipa de anchetă afirmă că Lisbeth este iresponsabilă...", și urmează un șir de speculații pe care jurnalistul le construiește pornind de la presupusa ei stare mintală.

— Am citit articolul. Niște prostii.

— Deci dumneavoastră nu credeți că Lisbeth Salander e nebună?

— În privința asta nu mă pot exprima. În schimb, știu că n-a avut loc nicio expertiză psihiatrică. Așa că articolul nu face doi bani.

— OK. Însă eu pot dovedi că un polițist pe nume Hans Faste, care lucrează pentru procurorul Ekström, este sursa acestei informații.

— Ei, fir-ar.

— Ekström va cere ca procesul să aibă loc cu ușile închise, ceea ce înseamnă că nimeni din afară nu va putea cerceta și evalua probele împotriva ei. Și, ceea ce este și mai rău... Procurorul a izolat-o în așa măsură, încât Lisbeth nu mai poate face acea cercetare necesară pentru a-și putea susține apărarea.

— Dacă am înțeles exact, de treaba asta se ocupă avocata ei.

— Lisbeth este, după cum cu siguranță ați înțeles în momentul acesta, o persoană foarte specială. Ea are secrete pe care eu le cunosc, dar nu le pot dezvălui surorii mele. În schimb, Lisbeth este în măsură să judece dacă vrea să se folosească de ele în apărare, la proces.

— Aha.

— Și ca s-o poată face, Lisbeth are nevoie de asta.

Mikael puse pe măsuța dintre ei computerul de buzunar Palm Tungsten T3 al lui Lisbeth Salander și un încărcător.

— Aceasta este cea mai importantă armă pe care Lisbeth o are în arsenal. Are nevoie de ea.

Anders Jonasson privi bănuitor calculatorul.

— De ce nu i-l predai avocatei ei?

— Pentru că doar Lisbeth știe cum să ajungă la probe.

Anders Jonasson rămase tăcut un lung moment, fără să atingă computerul de buzunar.

— Lăsați-mă să vă povestesc despre doctorul Teleborian, spuse Mikael, scoțând dosarul în care strânsese cele mai importante materiale.

Au mai rămas acolo peste două ore, vorbind cu glas scăzut.

Trecuse de ora opt în seara zilei de sâmbătă, atunci când Dragan Armanski și-a părăsit biroul de la Milton Security și a plecat pe jos spre sinagoga din Södermalm, de pe Sankt Paulsgatan. A ciocănit la ușă, și-a spus numele și i-a deschis rabinul în persoană.

— Am o întâlnire cu un prieten aici, a spus Armanski.

— Un etaj mai sus, am să vă arăt drumul.

Rabinul i-a oferit o *kippa* pe care Armanski, după un moment de ezitare, și-a pus-o pe cap. Fusese educat într-o familie musulmană, în care purtatul unei *kippa* și vizita la sinagogă nu intrau în ritualul cotidian. Se simțea stânjenit cu *kippa* pe cap.

Și Jan Bublanski purta o *kippa*.

— Hei, Dragan. Mulțumesc că ți-ai făcut timp. Am rugat rabinul să ne dea o cameră, ca să putem vorbi nestânjeniți.

Armanaski se așeză în fața celuilalt.

— Presupun că ai motive serioase pentru toate ascunzișurile astea.

— Voi trece direct la subiect. Știu că îi ești prieten lui Lisbeth Salander.

Armanski făcu un semn de încuviințare.

— Vreau să știu ce ați pus la cale, tu și Blomkvist, ca s-o ajutați.

— De ce crezi că am pus ceva la cale?

— Pentru că procurorul Richard Ekström m-a întrebat de vreo zece ori despre aportul real al Milton Security în ancheta Salander. Nu mă întreabă asta doar așa, de glumă, ci pentru că este neliniștit că tu ai putea să încerci ceva, care ar avea rezonanță în presă.

— Hmm.

— Și, dacă Ekström este neliniștit, este din cauză că știe sau se teme că pui ceva la cale. Sau, cel puțin, pot ghici că a vorbit cu cineva care se teme de asta.

— Cineva?

— Dragan, hai să nu ne mai jucăm de-a v-ați ascunselea. Tu știi că Salander a fost victima unui abuz de putere în 1991, și mă tem că va fi din nou victima aceluiași abuz, când va începe procesul.

— Dar tu ești polițist, într-o țară democratică! Dacă ai vreo informație, trebuie să acționezi.

Bublanski dădu din cap, încuviințând.

— Am de gând să acționez. Întrebarea este cum.

— Spune-mi ce ai de spus.

— Vreau să știu ce-ați pus la cale, tu și Blomkvist. Presupun că nu stați și vă uitați pe pereți.

— E complicat. Cum să știu dacă pot avea încredere în tine?

— Există un raport din 1991, pe care l-a găsit Blomkvist...

— Știu de el.

— Eu nu mai am acces la acest raport.

— Nici eu. Cele două exemplare pe care le aveau Blomkvist și sora lui au dispărut.

— Au dispărut? întrebă Bublanski.

— Exemplarul lui Blomkvist a fost furat la o spargere în apartamentul lui și copia Annikăi Giannini a dispărut când aceasta a fost atacată și jefuită, la Göteborg. Toate astea s-au întâmplat în ziua în care a fost ucis Zalachenko.

Bublanski rămase tăcut un lung moment.

— De ce nu am aflat și noi despre asta?

— După cum s-a exprimat Mikael: pentru a publica există doar o singură ocazie potrivită și un număr nedefinit de momente nepotrivite.

— Dar voi... el are de gând să publice?

Armanski aprobă cu un gest scurt.

— Un atac cu jaf la Göteborg și o spargere aici, la Stockholm. În aceeași zi. Asta înseamnă că adversarii noștri sunt bine organizați, spuse Bublanski.

— În plus, ar trebui poate să amintesc că avem dovezi că telefonul lui Giannini este ascultat.

— Există cineva care își bate joc de orice lege în cazul ăsta.

— Problema e să aflăm cine, spuse Dragan Armanski.

— E și gândul meu. La prima vedere, Säpo are interesul să facă tăcere asupra raportului lui Björck. Dar, Dragan... vorbim despre poliția secretă suedeză! Este o instituție de stat. Nu pot să cred că acestea ar putea fi procedee acceptate de Säpo. Nici măcar nu cred că Säpo are competența să facă așa ceva.

— Știu. Și mie îmi vine greu să diger povestea asta. Ca să nu mai pomenesc faptul că cineva a intrat la Sahlgrenska și i-a zburat creierii lui Zalachenko!

Bublanski era tăcut. Armanski bătu și ultimul cui în sicriu:

— Și, chiar în același timp, Gunnar Björck s-a spânzurat!

— Așadar, voi credeți că este vorba de crimă organizată. Eu îl cunosc pe Marcus Erlander, care a făcut ancheta la Göteborg. El nu a găsit nimic care să indice că asasinatul a fost altceva decât fapta impulsivă a unui om bolnav. Și noi am anchetat moartea lui Björck foarte minuțios. Totul arată că e vorba de o sinucidere.

Armanski aprobă:

— Evert Gullberg, 78 de ani, bolnav de cancer în fază terminală, tratat pentru depresie cu câteva luni înainte de crimă. L-am pus pe Fräklund să caute tot ce există despre Gullberg în registrele oficiale.

— Și?

— Și-a făcut serviciul militar la Karlskrona, în anii '40, a studiat dreptul și curând a devenit consilier fiscal pentru firme private. A avut un birou aici, la Stockholm, timp de 30 de ani, discret, clienți particulari… cine or fi fost ei. Pensionat în 1994. S-a reîntors în orașul natal, Laholm, în 1991… Nimic remarcabil.

— Dar?

— În afară de câteva detalii derutante. Fräklund n-a putut găsi nicio referință la Gullberg, în niciun context. N-a fost niciodată numit în vreun ziar și nimeni nu știe cine îi erau clienții. Este ca și cum el n-ar fi existat niciodată în viața profesională.

— Ce încerci să spui?

— Säpo este legătura cea mai normală. Zalachenko era un transfug rus, și cine s-a ocupat de el, dacă nu Säpo? Apoi, este vorba despre capacitatea de a organiza închiderea lui Lisbeth Salander într-un ospiciu, în 1991. Ca să nu mai vorbim despre spargere, atac în plină stradă și ascultare de telefoane, 15 ani mai târziu… Și totuși eu nu cred că Säpo se află în spatele acestora. Mikael Blomkvist îi numește „Clubul Zalachenko"… un mic grup de sectanți, format din luptători ai Războiului Rece care au ieșit din hibernare și care se ascund în vreun coridor întunecat, la Säpo.

Bublanski aprobă.

— Deci, ce putem face?

12

Duminică 15 mai — luni 16 mai

Comisarul Torsten Edklinth, șeful Comisiei pentru protecția constituției din cadrul Säpo, se ciupi de lobul urechii, privindu-l gânditor pe directorul respectabilei firme de securitate Milton Security, care pe nepusă masă îi telefonase, insistând să-l invite la cină, la el acasă, în Lindingö. Soția lui Armanski, Ritva, le servise o tocană minunată. Mâncaseră și făcuseră conversație. Edklinth se întreba ce voia de fapt Armanski. După cină, Ritva s-a dus să se uite la televizor, lăsându-i singuri la masă. Armanski a început să-i povestească istoria lui Lisbeth Salander.

Edklinth învârtea între degete paharul cu vin roșu.

Dragan Armanski nu era un nebun. O știa prea bine.

Edklinth și Armanski se cunoșteau de 12 ani, din vremea când o deputată de stânga primise o serie de amenințări anonime cu moartea. Ea raportase acest fapt președintelui grupului parlamentar al partidului său, care anunțase secția de securitate a guvernului. Era vorba de amenințările scrise, foarte vulgare, conținând informații care indicau că autorul anonimelor cunoștea date personale ale deputatei. Prin urmare, povestea devenise obiectul interesului Säpo. În vreme ce se desfășura ancheta, femeia fusese pusă sub protecție.

Protecția persoanelor era la acea dată secția cea mai strâmtorată financiar a Säpo. Resursele ei erau limitate. Secția răspundea pentru paza casei regale și a prim-ministrului și, la nevoie, a unor miniștri sau șefi de partide. Nevoile depășesc cel mai adesea resursele și în realitate cei mai mulți oameni politici suedezi sunt lipsiți de orice formă de protecție personală serioasă. Deputata a beneficiat de protecție la unele apariții oficiale, dar la sfârșitul zilei de lucru era abandonată, adică tocmai în acel moment în care creștea probabilitatea ca un țicnit să treacă la acțiune.

Neîncrederea deputatei în capacitatea Säpo de a o apăra crescuse rapid.

Ea locuia într-o vilă la Nacka. Într-o seară, când a ajuns acasă târziu după o lungă dezbatere de la Comisia de finanțe, a descoperit că cineva forțase ușa de la terasă, intrase în camera de zi, decorase pereții cu epitete sexuale umilitoare și pe urmă se masturbase în dormitor. A pus mâna pe telefon de îndată, cerând firmei Milton Security să-i asigure protecție personală. Omisese însă să anunțe Säpo despre hotărârea ei și, a doua zi dimineața, în vreme ce avea o întâlnire la o școală din Täby, avusese loc o confruntare între bodyguarzii de stat și cei angajați particular.

Pe vremea aceea, Torsten Edklinth era șef adjunct interimar la Protecția Personalităților. Instinctiv detesta situațiile în care gorile private aveau sarcina de a executa misiuni pe care gorilele de stat ar fi trebuit să le îndeplinească. Totuși, își dădea seama că deputata avusese toate motivele să fie nemulțumită — patul ei mânjit era o probă convingătoare a lipsei de eficiență a statului. În loc să înceapă să măsoare capacitățile lor reciproce, Edklinth se calmase și stabilise o întâlnire la prânz cu Dragan Armanski, șeful de la Milton Security. Hotărâseră că poate situația era mai gravă decât estimase mai întâi Säpo și că existau motive ca să întărească paza în jurul deputatei. Edklinth era destul de înțelept ca să înțeleagă că oamenii lui Armanski nu numai că posedau competența necesară pentru misiune, dar aveau o pregătire cel puțin la fel de bună și un echipament tehnic mult mai modern. Au rezolvat problema prin aceea că oamenii lui Armanski au primit toată răspunderea pentru protecția persoanei, în vreme ce poliția secretă răspundea de ancheta propriu-zisă și plătea factura.

Cei doi bărbați descoperiseră atunci că se stimau reciproc și că puteau colabora ușor, ceea ce pe urmă s-a și întâmplat în diferite ocazii, de-a lungul anilor. Edklinth avea în consecință un mare respect pentru competența profesională a lui Dragan Armanski, și atunci când acesta l-a invitat la cină și l-a rugat să aibă o discuție privată, a fost dispus să asculte.

Însă nu se așteptase ca Armanski să-i arunce în brațe o bombă cu fitilul aprins.

— Dacă înțeleg exact, tu afirmi că Säpo desfășoară o activitate de-a dreptul criminală.

— Nu, spuse Armanski. Nu mă înțelege greșit. Eu afirm că anumite persoane, care sunt angajate la Säpo, desfășoară o asemenea activitate. Nu cred nici măcar o clipă că acest lucru este aprobat de conducerea Säpo sau că are vreo formă de acord al statului.

Edklinth privi fotografiile făcute de Christer Malm bărbatului care se urca într-un automobil cu o plăcuță de înmatriculare cu literele KAB.

— Dragan... Nu e cumva e o farsă?

— Aş dori să fie o glumă.

Edklinth cugetă un moment.

— Şi ce naiba te aştepţi să fac eu?

În dimineaţa următoare, Torsten Edklinth îşi curăţa cu grijă ochelarii, în vreme ce medita. Era un bărbat cu părul cărunt, urechi mari şi trăsături energice. Pentru moment, chipul îi era mai mult perplex, decât energic. Se afla în biroul său din sediul poliţiei din Kungsholmen şi petrecuse o bună parte din noapte gândindu-se la felul în care ar putea să folosească informaţiile pe care i le furnizase Dragan Armanski.

Nu erau gânduri plăcute. Poliţia secretă era instituţia din Suedia despre care toate partidele politice (mă rog, aproape toate) afirmă că are o valoare deosebită, dar căreia, în acelaşi timp, toţi îi atribuie tot felul de proiecte conspiraţioniste. Indiscutabil, scandalurile au fost multe, mai ales în anii '70, perioadă radical de stânga, când unele... să le zicem greşeli constituţionale au avut loc. Însă, după cinci anchete publice asupra Säpo, foarte critice, o nouă generaţie de angajaţi ai Säpo a apărut. Era o şcoală mai tânără de activişti, recrutaţi din brigăzile financiare, de control al armelor şi de anchetare a fraudelor, din poliţia propriu-zisă — poliţişti care aveau obişnuinţa să ancheteze delicte, şi nu fantezii politice.

Säpo se modernizase, iar Comisia pentru protecţia constituţiei căpătase un rol de frunte. Misiunea acesteia, aşa cum reieşea din instrucţiunile guvernului, era să prevină şi să dezvăluie ameninţările împotriva securităţii interioare a statului. Aceasta era definită drept *activitate ilegală, care ţinteşte ca prin violenţă, ameninţare sau constrângere să schimbe forma de guvernământ, prin a convinge organele de decizie politice şi instituţiile să ia hotărâri într-o anume direcție sau să împiedice cetățenii de la exercitarea drepturilor înscrise în constituție.*

Sarcina Comisiei pentru protecția constituției era în consecință să apere democrația suedeză împotriva unor reale sau presupuse comploturi antidemocratice. Printre aceștia erau socotiți în primul rând anarhiștii și naziștii. Anarhiștii, pentru că se încăpățânau să practice nesupunerea civilă sub forma incendierii unor magazine de blănuri, de exemplu. Naziștii, pentru că erau naziști și prin definiție dușmani ai democrației.

Având formație juridică la bază, Torsten Edklinth începuse ca procuror și pe urmă lucrase pentru Säpo timp de 21 de ani. Se aflase mai întâi pe teren, ca administrator al protecției de persoane, și pe urmă la Comisia pentru protecția constituției, unde însărcinarea lui evoluase de la analiză la conducere administrativă și, la scurt timp după aceea, devenise director de cabinet. Cu alte cuvinte, era șeful organizației polițiste de apărare a democrației suedeze. Comisarul Torsten Edklinth se considera democrat. În acest sens, definiția era simplă. Constituția era stabilită de parlament și sarcina lui era ca aceasta să rămână intactă.

Democrația suedeză se bazează pe o singură lege, care poate fi exprimată prin trei majuscule: *YGL* — *yttrandefrihetsgrundlagen* —, legea fundamentală a libertății de expresie. *YGL* stabilește dreptul inalienabil de a spune, a crede, a gândi orice. Acest drept e acordat tuturor cetățenilor suedezi, de la vreun nazist nebun până la anarhistul care aruncă cu pietre și tot ce se află între aceștia doi.

Toate celelalte legi de bază ca, de exemplu, forma de guvernământ sunt doar broderii în jurul libertății de expresie. *YGL* este în consecință legea pe care se bazează democrația și care cade odată cu ea. Edklinth credea că prima lui îndatorire consta în a apăra dreptul legal al cetățenilor suedezi de a crede și a spune exact ce voiau, chiar dacă el nu împărtășea nici măcar o secundă conținutul gândirii sau spuselor acestora.

Această libertate nu însemna însă că totul era permis, ceea ce unii fundamentaliști ai libertății de exprimare, mai ales pedofilii și grupurile rasiste încearcă să afirme în dezbaterea cultural-politică. Orice democrație are limitele ei și limitele legii libertății de exprimare sunt stabilite de legea asupra libertății presei *tryckfrihetsförordningen* sau *TF*. Aceasta definește în principiu patru restricții ale democrației. Este interzis să se publice pornografie implicând copii și unele scene de violență sexuală, oricare ar fi gradul de valoare artistică pe care îl afirmă autorul lor. Este interzisă instigarea la violență. Este interzisă defăimarea și calomnierea unui concetățean. Și este interzisă incitarea la ură rasială.

Și *TF* a fost ratificată de parlament și conține restrângeri sociale acceptabile ale democrației, adică acel contract social care stabilește cadrul unei societăți civilizate. Sâmburele legislației este că niciun om nu are dreptul de a persecuta sau umili vreun alt om.

Pentru că *YGL* și *TF* sunt legi, trebuie o autoritate care să garanteze supunerea la aceste legi. În Suedia, această funcție este împărțită între două instituții, dintre care una, *justitiekanslern*[31], *JK*, are misiunea de a-i urmări în justiție pe cei care contravin libertății presei.

Din acest punct de vedere, Torsten Edklinth era departe de a fi mulțumit. Considera că *JK* în mod tradițional era prea îngăduitoare în ceea ce privea urmărirea în justiție a infracțiunilor directe împotriva constituției suedeze. *JK*

---

[31] Cancelaria juridică.

dădea de obicei răspunsul că principiul democrației era așa de important, că nu trebuia să se intervină și să se intenteze un proces decât în cazuri extreme. Această atitudine începuse totuși să fie din ce în ce mai contestată în ultimii ani, mai ales după ce secretarul comisiei Helsinki pentru Suedia, Robert Hårdh, descoperise un raport care examina lipsa de inițiativă a *JK* de-a lungul unui număr de ani. Raportul constata că era practic imposibil să se intenteze proces sau să se obțină acuzarea cuiva pentru incitare la ură rasială.

A doua instituție era Comisia Säpo pentru protecția constituției, și comisarul Torsten Edklinth își privea misiunea cu cea mai mare seriozitate. Considera că acesta era cel mai frumos și mai important post pe care-l poate dori vreodată un polițist, și nu și-ar fi schimbat funcția cu nicio alta din întreaga Suedie judiciară și polițistă. Pur și simplu, el era singurul polițist din Suedia care avea însărcinarea oficială să funcționeze ca polițist politic. Era o sarcină delicată, care cerea mare înțelepciune și un simț al dreptății milimetric, pentru că experiența celor mai multe state demonstra că o poliție politică putea foarte ușor să se transforme în cea mai mare amenințare la adresa democrației.

Presa și opinia publică credeau de obicei că această Comisie pentru protecția constituției avea ca sarcină principală să-i țină la locul lor pe naziști și pe „legumele" militante. Desigur, asemenea forme de manifestări erau obiectul unei importante părți din interesul comisiei, dar dincolo de asta mai exista un lung șir de instituții și fenomene care, de asemenea, constituiau însărcinarea comisiei. Dacă, să spunem, regele sau comandantul-șef al armatei și-ar fi pus în cap că sistemul parlamentar și-a trăit traiul și că parlamentul ar trebui înlocuit cu o dictatură militară, sau așa ceva, atunci regele sau comandantul-șef al armatei ar fi devenit repede obiect al interesului Comisiei pentru protecția constituției. Sau, dacă un grup de polițiști ar fi avut ideea să întindă de lege într-atât, încât drepturile de bază ale individului să fie încălcate, era, de asemenea, sarcina comisiei să reacționeze. În asemenea cazuri serioase, ancheta era plasată direct sub conducerea procurorului statului.

Problema era, desigur, că această comisie avea aproape exclusiv funcție de analiză și verificare, și nicio secție operativă. De aceea, de obicei poliția obișnuită sau altă secție din cadrul Säpo intervenea când, de exemplu, trebuiau arestați niște naziști.

Această situație era în ochii lui Torsten Edklinth extrem de nemulțumitoare. Aproape toate statele normale au, într-o formă sau alta, un tribunal constituțional independent, care, printre altele, are misiunea de a veghea ca oficialitățile să nu facă abuz de putere. În Suedia, această sarcină este îndeplinită de *JK* sau de reprezentantul justiției, *justitieombudsman*[32], care trebuie de fapt să se supună hotărârilor unor altor persoane. Dacă Suedia ar fi avut un tribunal constituțional, avocatul lui Lisbeth Salander ar fi putut imediat să acuze statul suedez pentru încălcarea drepturilor constituționale ale acesteia. Tribunalul ar fi putut cere după aceea să fie puse pe masă toate hârtiile și să fie chemate oricare persoane, inclusiv prim-ministrul, la interogatoriu, până ce afacerea ar fi fost rezolvată. Însă, așa cum stăteau lucrurile, avocatul putea, în cel mai bun caz, să facă o reclamație la *justitieombudsman*, care însă nu avea autoritatea de-a se prezenta la Säpo și a cere să vadă documentele.

---

[32] Persoană desemnată de parlament pentru a veghea ca funcționarii statului să respecte legea în exercițiul funcțiilor lor.

Torsten Edklinth fusese timp de mulți ani un călduros apărător al creării unui tribunal constituțional. Atunci, ar fi putut să se ocupe într-o manieră simplă de informațiile pe care le primise de la Dragan Armanski și să facă o depoziție la poliție, lăsând documentația la tribunal. După aceea, un proces implacabil s-ar fi pus în mișcare.

În situația actuală însă, Torsten Enklinth era lipsit de competența juridică necesară pentru a porni o anchetă preliminară.

Oftă adânc, luând încă o porție de snus[33].

Dacă informațiile lui Dragan Armanski corespundeau realității, atunci câțiva polițiști de la Säpo aflați în funcții de conducere s-au făcut că nu văd un șir de infracțiuni grave împotriva unei femei suedeze, apoi au internat pe temeiuri false fiica acesteia într-un spital psihiatric și, în cele din urmă, au dat mână liberă unui fost spion rus să se ocupe de transport clandestin de arme, de narcotice și de femei. Torsten Enklinth făcu o mutră scârbită. Nici nu voia să înceapă să numere cât de multe încălcări ale legii trebuie să fi avut loc în acest caz! Ca să nu mai vorbească de intrarea prin efracție la Mikael Blomkvist, de atacul asupra avocatei lui Lisbeth Salander și, poate — ceea ce Edklinth refuza să creadă că e adevărat —, de participarea la asasinarea lui Alexander Zalachenko.

Era o ciorbă în care Torsten Edklinth nu avea nici cea mai mică dorință să se amestece. Din păcate, el fusese deja amestecat, din momentul în care Dragan Armanski îl invitase la cină.

Întrebarea la care trebuia să răspundă acum era cum va trata el această situație. Formal, răspunsul la întrebare era simplu. Dacă povestea lui Armanski era adevărată,

---

[33] Tutun de mestecat.

atunci cel puțin lui Lisbeth Salander i se răpise posibilitatea să-și exercite drepturile și libertățile constituționale. Din punct de vedere constituțional, se năștea un hățiș de bănuieli că organe politice de decizie și unele instituții fuseseră influențate în luarea deciziilor lor, ceea ce avea prin urmare legătură cu însuși miezul însărcinărilor Comisiei de protecție a constituției. Torsten Edklinth era un polițist care avea cunoștință despre o infracțiune, prin urmare avea obligația de a contacta un procuror și de a depune plângere. În fapt, povestea nu era atât de simplă, ba chiar a naibii de complicată.

Inspectorul criminalist Monica Figuerola era, cu tot numele ei neobișnuit, născută în Dalarna și se trăgea dintr-o familie care locuise în Suedia cel puțin de pe vremea lui Gustave Vasa. Era o persoană pe care oamenii o remarcau din mai multe motive. Avea 36 de ani, ochi albaștri și 1,84 înălțime. Părul blond era tuns scurt și buclat. Arăta bine și se îmbrăca într-un fel pe care-l știa atrăgător.

Era excepțional de bine pregătită fizic.

Ultima calitate provenea din faptul că în adolescență făcuse atletism de performanță și, când avea 17 ani, se calificase pentru Jocurile Olimpice. După aceea, terminase cu sportul de performanță, însă continua să se antreneze cu fanatism de cinci ori pe săptămână într-o sală de sport. Se antrena așa de des, că endomorfina funcționa ca un preparat narcotic care-i dădea o stare de sevraj, când se oprea. Făcea jogging, ridica greutăți, juca tenis, făcea karate și, de asemenea, timp de 10 ani se dedicase culturismului. Acum făcea această formă extremă de antrenament mult mai rar decât în urmă cu doi ani, când dedica zilnic câte două ore ridicării de haltere. În prezent, făcea asta doar o jumătate de oră în fiecare zi, dar antrenamentul ei era de așa natură, încât trupul îi era musculos, iar colegii rău-voitori o numeau Domnul Figuerola. Atunci când se îmbrăca în vreo bluză fără mâneci sau în rochie de vară, nimeni nu putea să nu-i remarce bicepșii și deltoizii.

Un alt lucru care, în afară de constituția fizică, îi deranja pe mulți dintre colegii bărbați era că ea nu se mulțumea să fie o simplă *pretty face.* Terminase liceul cu calificativul maxim, intrase la Școala de Poliție la 20 de ani și pe urmă lucrase nouă ani la poliția din Uppsala, vreme în care făcuse dreptul, în timpul liber. De amuzament, trecuse și un examen de științe politice. Nu avea nicio problemă să memoreze și să analizeze informații. Citea rar romane polițiste sau altă literatură ușoară. În schimb, se îngropa cu cel mai mare interes în cele mai diferite materii, de la Drept internațional la istoria antică.

În cadrul poliției, trecuse de la patrularea pe străzi, ceea ce fusese o pierdere pentru siguranța de pe străzile Uppsalei, la un post de inspector criminalist, mai întâi la secția de criminalistică, apoi la o secție nouă, care se specializase în fraude economice. În anul 2000, căutase un post la Säpo din Uppsala și în 2001 fusese mutată la Stockholm. Lucrase mai întâi la contraspionaj, dar aproape imediat fusese luată la Comisia pentru protecția constituției de către Torsten Edklinth care se întâmplase să-l cunoască pe tatăl Monicăi Figuerola și-i urmărise cariera de-a lungul anilor.

Când Torsten Edklinth sfârșise prin a se hotărî că, de fapt, trebuia să reacționeze la informațiile lui Dragan Armanski, meditase o vreme, apoi ridicase receptorul chemând-o pe Monica Figuerola în biroul lui. Ea lucra de mai puțin de trei ani la Comisia pentru protecția constituției, ceea ce însemna că încă era mai mult un polițist adevărat, decât un războinic de birou.

În ziua aceea, era îmbrăcată în jeanși strâmți, sandale turcoaz cu toc mic și o jachetă bleumarin.

— Cu ce te ocupi acum? o întâmpină Edklinth, invitând-o să ia loc.

— Anchetăm jaful de la băcănia din Sunne, de acum trei săptămâni.

Poliția secretă nu se îndeletnicea, de bună seamă, cu jafurile din magazinele alimentare. Genul ăsta de muncă făcea parte din atribuțiile poliției obișnuite. Monica Figuerola era șefa unei secții formate din cinci colaboratori ai Comisiei pentru protecția constituției, care se ocupau cu analiza criminalității cu caracter politic. Cel mai important instrument pe care-l aveau erau câteva computere, legate în rețea, care conțineau fișierele incidentelor raportate la poliția obișnuită. În general, fiecare plângere depusă la vreun district de poliție din Suedia trecea prin computerele peste care Monica Figuerola era șef. Aceste computere erau dotate cu un program care scana automat fiecare raport de poliție și era programat să reacționeze la 310 cuvinte specifice, de exemplu: *cioară*[34], *skinhead, svastică, imigrant, anarhist, Heil Hitler, nazist, național-democrat, trădător de patrie, curvă ovreică sau curvă de arabi*. Dacă unul dintre aceste cuvinte-cheie apărea în vreun raport de poliție, computerul dădea alarma și raportul respectiv era adus și examinat îndeaproape. Dacă o cerea contextul, putea apoi să se hotărască o anchetă preliminară și să urmeze o cercetare și mai amănunțită.

Printre îndatoririle comisiei intra și publicarea anuală a unui raport *Amenințări la securitatea statului,* care oferea singura statistică de încredere asupra criminalității cu caracter politic. Statistica se baza în exclusivitate pe plân-

---

[34] Svart kalle — (literal) cap negru, apelativ jignitor adresat străinilor în Suedia.

geri făcute la poliția locală. În cazul jafului de la băcănia din Sunne, computerul reacționase la trei cuvinte-cheie — *imigrant, epolet și cioară.* Doi tineri mascați jefuiseră sub amenințarea unui pistol o băcănie care era proprietatea unui imigrant. Puseseră mâna pe o sumă de 2 780 de coroane și pe un cartuș de țigări. Unul dintre jefuitori avea o geacă până în talie și epoleți cu steagul suedez pe umeri. Celălalt hoț strigase în repetate rânduri „cioară blestemată" către proprietarul băcăniei și-l obligase să se culce pe podea.

Acestea fuseseră de ajuns pentru colegii lui Figuerola ca să scoată raportul și să încerce să vadă dacă hoții se aflau în legătură cu vreo bandă de naziști locali din Värmland și dacă, în acest caz, jaful n-ar trebui definit ca delict rasist, pentru că unul dintre hoți exprimase păreri rasiste. Dacă așa stăteau lucrurile, jaful putea foarte bine figura în statistica viitoare, care apoi va fi analizată și inserată la rândul ei în statistica europeană pe care biroul UE de la Viena o stabilea în fiecare an. Se putea, de asemenea, să reiasă că cei doi hoți erau cercetași[35] care cumpăraseră o geacă Frövik, cu drapelul suedez și că era o simplă întâmplare faptul că proprietarul era străin și se pronunțase cuvântul „cioară". Dacă așa stăteau lucrurile, secția lui Figuerola avea să șteargă jaful din statistică.

— Am o însărcinare dificilă pentru tine, spuse Torsten Edklinth.

— Ascult, zise Monica Figuerola.

— E o treabă care potențial poate să însemne că o să te trezești în mare dificultate, și chiar că ți se va duce de râpă cariera.

— Înțeleg.

---

[35] Scouts: organizație internațională de tineret.

— Pe de altă parte, dacă reușești s-o scoți la capăt, vei face un mare pas înainte în carieră. Mă gândesc să te transfer la unitatea operativă a comisiei.

— Iartă-mă că spun asta, dar Comisia pentru protecția constituției nu are nicio unitate operativă.

— Ba da, spuse Torsten Edklinth. Acum există o asemenea unitate. Eu am întemeiat-o, în dimineața asta. Pentru moment, constă dintr-o singură persoană. Tu.

Monica Figuerola păru destul de sceptică.

— Sarcina comisiei este de a apăra constituția împotriva amenințărilor interne, ceea ce de obicei înseamnă naziști și anarhiști. Dar ce ne facem dacă se dovedește că amenințarea provine din propria noastră organizație?

A petrecut următoarea jumătate de oră ca să-i redea întreaga istorie pe care i-o spusese Dragan Armanski cu o seară în urmă.

— Cine este sursa acestor afirmații? întrebă Monica Figuerola.

— Pentru moment, nu este important. Concentrează-te asupra informațiilor pe care le-a dat informatorul.

— Ceea ce voiam să spun e că mă întrebam dacă sursa este de încredere.

— Îl cunosc de ani de zile și consider că este deosebit de credibil.

— Toate astea sună complet... nu știu ce să zic. Incredibil, și e prea puțin spus.

Edklinth aprobă.

— Ca un roman cu spioni, spuse el.

— Ce te aștepți să fac eu?

— Din acest moment, ești eliberată de la toate celelalte însărcinări. Ai o singură sarcină — să verifici cantitatea de adevăr din această poveste. Fie că îmi confirmi, fie că respingi afirmațiile. Nu-mi raportezi decât mie personal.

— Doamne sfinte! spuse Monica Figuerola. Înțeleg la ce te refereai când ziceai că se poate să-mi meargă fulgii.

— Da. Dar dacă povestea e adevărată... Dacă doar o mică parte din toate aceste afirmații este adevărată, atunci ne aflăm în fața unei crize constituționale, pe care va trebui s-o rezolvăm.

— Cu ce să încep? Cum să fac?

— Începe cu ce-i mai ușor. Începe prin a citi acel raport pe care l-a scris Gunnar Björck în 1991. Apoi, vei identifica persoanele care se spune că l-au supravegheat pe Mikael Blomkvist. Conform sursei mele, mașina este proprietatea lui Göran Mårtensson, 40 de ani, polițist și domiciliat pe Vittangigatan, în Vällingby. Pe urmă, îl vei identifica pe celălalt bărbat din pozele făcute de fotograful lui Mikael Blomkvist. Tânărul blond de aici.

— OK.

— Apoi, vei cerceta trecutul lui Evert Gullberg. Eu n-am auzit niciodată de omul ăsta dar, după informatorul meu, trebuie să aibă o legătură cu Säpo.

— Prin urmare, cineva de aici, de la Säpo, ar fi comandat unui moș de 78 de ani să ucidă un spion. Eu nu cred în așa ceva.

— Și totuși, va trebui să verifici. Și ancheta trebuie să se petreacă în secret. Înainte să iei vreo măsură, vreau să fiu informat. Nu vreau să se facă valuri.

— Ceea ce îmi ceri este o anchetă enormă. Cum am s-o fac eu singură?

— Nu o vei face singură. Te vei ocupa doar de primele verificări. Dacă vii înapoi și spui că ai căutat și nu ai găsit nimic, atunci totul este bine și în ordine. Dacă găsești ceva suspect, atunci vom hotărî cum mergem mai departe.

Monica Figuerola și-a petrecut pauza de prânz ridicând haltere, în sala de gimnastică a poliției. Prânzul propriu-zis constase dintr-o cafea neagră și un sendviș cu chiftele și sfeclă roșie, pe care le luase cu ea, în birou. A închis ușa, a făcut ordine pe birou și a început să citească raportul lui Björck, în vreme ce-și mânca sendvișul.

A citit și anexa — corespondența dintre Björck și dr. Peter Teleborian. A notat fiecare nume și fiecare întâmplare pomenită în raport, ca să le verifice. După două ore, s-a ridicat, a mers la automatul de cafea și a umplut din nou ceașca. Părăsind biroul, a încuiat ușa, ceea ce intra în rutinele zilnice de la RPS/Säk.

Primul lucru pe care l-a făcut a fost să verifice numărul registrului de intrare și ieșire. A sunat la registratură și a aflat că nu exista niciun raport cu acel număr. Cel de al doilea control pe care l-a făcut a fost să consulte arhivele presei. Aici a avut mai mult noroc. Atât ziarele de seară, cât și un ziar de dimineață raportaseră despre o persoană grav rănită în incendierea unui automobil pe Lundagatan, la data respectivă. Victima era un bărbat de vârstă mijlocie, al cărui nume nu era dat. Unul dintre ziarele de seară raporta că, după declarația unui martor ocular, incendiul fusese provocat conștient de către o fetiță. Prin urmare, trebuia să fie acea faimoasă bombă incendiară pe care o aruncase Lisbeth Salander împotriva unui agent rus cu numele de Alexander Zalachenko. Părea că întâmplarea avusese totuși loc.

Gunnar Björck, autorul raportului, era o persoană reală. El era un înalt factor de decizie la departamentul pentru străini, aflat în concediu medical din cauza unei hernii de disc și, din nefericire, decedat prin sinucidere.

Totuși, Serviciul de personal nu putea da nicio informație despre ocupațiile acestuia în 1991. Datele erau secrete chiar pentru alți colaboratori de la Säpo. Lucru obișnuit de altfel.

Dar faptul că Lisbeth Salander fusese în 1991 domiciliată pe Lundagatan și își petrecuse următorii doi ani în clinica psihiatrică de copii Sankt Stefan era ușor de verificat. Cel puțin în această privință realitatea nu părea să contrazică raportul.

Peter Teleborian era un cunoscut psihiatru, care obișnuia să apară la televizor. Lucrase în 1991 la Sankt Stefan și în prezent era, tot acolo, medic-șef.

Monica Figuerola cugetă îndelung asupra înțelesului raportului. Apoi, sună la șeful adjunct al Serviciului de personal.

— Am o întrebare complicată, spuse ea.

— Care anume?

— Ne ocupăm cu o documentare, la Comisia pentru protecția constituției. Este vorba de a judeca credibilitatea unei persoane și sănătatea ei psihică. Aș avea nevoie să consult un psihiatru sau alt specialist care are aprobare să asculte informații protejate prin secret. Mi-a fost recomandat dr. Peter Teleborian și aș vrea să știu dacă pot apela la el.

A durat un moment până să primească răspunsul.

— Dr. Peter Teleborian a fost consultant extern pentru Säpo în câteva ocazii. Are aprobare de acces la dosarele secrete și, cu alte cuvinte, poți discuta informații protejate cu el. Dar, înainte de a i te adresa, trebuie să urmezi procedura administrativă. Șeful tău trebuie să aprobe toate astea și să facă o cerere formală, ca să poată fi consultat Teleborian.

Inima Monicăi Figuerola începu să bată mai repede. Verificase ceva ce n-ar fi trebuit să fie cunoscut, în afara unui cerc extrem de restrâns. Peter Teleborian avusese de-a face cu RPS/Säk. Prin aceasta, veridicitatea raportului era confirmată.

Lăsă din mână raportul și se dedică altor părți din informațiile pe care i le dăduse Torsten Edklinth. Începu să studieze fotografiile făcute de Christer Malm celor două persoane care, conform informației, îl supravegheaseră pe Mikael Blomkvist din cafeneaua Copacabana, pe 1 mai.

Consultă registrul de înmatriculare al automobilelor și constată că Göran Mårtensson era o persoană reală, care avea un Volvo cenușiu cu numărul în chestiune. Apoi, Serviciul de personal îi confirmă că lucra la RPS/Säk. Era controlul cel mai simplu pe care îl putea face și această informație părea, de asemenea, să fie corectă. Inima ei bătu și mai repede.

Göran Mårtensson lucra la Serviciul pentru protecția personalităților. Era gardă de corp. Făcea parte din grupul care, la mai multe ocazii, răspunsese de securitatea prim-ministrului. De câteva săptămâni, fusese detașat temporar la contraspionaj. Detașarea lui începuse pe 10 aprilie, la câteva zile după ce Alexander Zalachenko și Lisbeth Salander fuseseră transportați la spitalul Sahlgrenska, dar acest gen de detașări nu avea nimic neobișnuit, dacă nu era suficient personal într-o problemă urgentă.

Pe urmă, Monica Figuerola a telefonat șefului adjunct de la contraspionaj, un bărbat pe care îl cunoștea personal și pentru care lucrase în scurta perioadă pe care o petrecuse la această secție. Îl întrebă dacă Göran Mårtensson se ocupa cu ceva important, sau ar putea fi detașat la Comisia pentru protecția constituției, pentru o anchetă.

Șeful adjunct al secției de contraspionaj rămase perplex. Monica Figuerola trebuie să fi fost greșit informată. Göran Mårtensson, de la protecția personalităților, nu fusese detașat la contraspionaj.

Monica Figuerola lăsă receptorul din mână, privindu-l fix câteva minute. La protecția personalităților se știa că Göran Mårtensson era detașat la contraspionaj. Contraspionajul nu-l ceruse. Asemenea transferuri trebuiau aprobate și girate de secretarul general. Se întinse după telefon ca să-l sune pe acesta, dar se opri. Dacă Mårtensson fusese detașat de la secția pentru protecția personalităților, atunci secretarul general trebuia să fi dat aprobarea. Dar Mårtensson nu se afla la contraspionaj. Ceea ce secretarul general trebuia să știe. Și dacă Mårtensson fusese detașat la o secție care îl urmărea pe Mikael Blomkvist, și acest lucru era probabil știut de secretarul general.

Torsten Edklinth îi spusese să nu facă valuri. A-l întreba pe secretarul general ar fi fost prin urmare totuna cu a arunca o piatră foarte mare într-o baltă pentru rațe.

Erika Berger s-a așezat la biroul ei din cușca de sticlă luni pe la zece și jumătate, oftând adânc. Avea mare nevoie de cafeaua pe care tocmai și-o adusese de la automat. Primele ore de muncă și le petrecuse ținând în grabă două ședințe. Una fusese întâlnirea de dimineață de 15 minute, în care secretarul de redacție, Peter Fredriksson, prezentase planul de muncă al zilei. Era obligată să se bazeze tot mai mult pe părerile lui Fredriksson, din cauza lipsei de încredere în Anders Holm.

Cea de-a doua fusese întâlnirea cu președintele consiliului de administrație, Magnus Borgsjö, cu directorul financiar Christer Sellberg și cu responsabilul de buget, Ulf Flodin. Întâlnirea era o trecere în revistă a scăderii ofertei de anunțuri și a vânzărilor zilnice de ziare. Responsabilul de buget și directorul financiar erau de acord că trebuiau luate măsuri pentru a micșora deficitul ziarului.

— Ne-am descurcat în primul trimestru datorită unei ușoare creșteri a pieței de anunțuri și faptului că doi colaboratori au ieșit la pensie, la finele anului trecut. Aceste posturi au rămas vacante, spuse Ulf Flodin. Probabil vom trece și trimestrul viitor cu un deficit nesemnificativ. Însă nu mai e nicio îndoială că ziarele gratuite ca *Metro* și *Stockholm City* mănâncă în continuare din piața de publicitate din Stockholm. Singura prognoză pe care o putem face este că cel de-al treilea trimestru al anului va prezenta un deficit mare.

— Și ce vom face? întrebă Borgsjö.

— Singura alternativă logică este să tăiem din personal. Nu am mai concediat din 2002. Dar eu consider că, înainte de finele anului, vor trebui să dispară cel puțin zece posturi.

— Și anume care? întrebă Erika Berger.

— Va trebui să operăm după principiul cuțitului de tăiat brânză[36] și să luăm un post de ici, altul de dincolo. Redacția de Sport dispune în acest moment de șase posturi și jumătate. Va trebui să le reducem la cinci posturi întregi.

— Dacă înțeleg exact situația, chiar și acum redacția de Sport lucrează pe brânci. Asta înseamnă că va trebui să reducem paginile de sport în întregime.

Flodin ridică din umeri:

— Aștept propuneri mai bune.

— Nu am propuneri mai bune, dar principiul este că, dacă vom reduce personalul, vom scoate un ziar mai subțire, iar dacă facem un ziar mai subțire, se va micșora numărul de cititori și, în consecință, numărul de anunțuri publicitare.

---

[36] Osthyvel: un fel de racletă cu care se taie cașcavalul în felii foarte subțiri.

— Obișnuitul cerc vicios, spuse directorul financiar, Sellberg.

— Eu am fost angajată să ridic ziarul. Asta înseamnă că voi miza pe ofensivă, încercând să schimb ziarul și să-l fac mai atractiv pentru cititori. Însă nu pot face asta dacă dau afară personal.

Se întoarse spre Borgsjö.

— Cât timp mai suportă ziarul să meargă în pierdere? Ce deficit putem suporta, înainte de punctul în care nu mai există întoarcere?

Borgsjö se strâmbă.

— De la începutul anilor 1990, *SMP* a înghițit o mare parte din fondurile inițiale. Avem un pachet de acțiuni care și-a micșorat valoarea cu mai mult de 30% în ultimii zece ani. O mare parte din aceste fonduri au fost folosite pentru investiții în tehnică informatică. Este vorba deci de cheltuieli foarte mari.

— Am notat că *SMP* a dezvoltat propriul lui sistem de redactare a textului, cel care se numește AXT. Cât a costat asta?

— Cam cinci milioane...

— Nu înțeleg exact logica. Există pe piață programe comerciale ieftine, gata făcute. De ce a investit *SMP* bani în dezvoltarea unui program propriu?

— Ei, bine, Erika, cine poate ști? Dar șeful tehnic ne-a convins s-o facem. Spunea că va fi mai ieftin pe termen lung și că, de asemenea, *SMP* va putea vinde licențe pentru acest program unor alte ziare.

— Și a cumpărat cineva programul?

— Da, de fapt, un ziar local din Norvegia.

— Strălucit, spuse Erika Berger pe un ton sec. Următoarea problemă, avem PC-uri care sunt vechi de cinci, șase ani...

— Este exclus să se facă vreo nouă investiție în computere noi anul ăsta, spuse Flodin.

Discuția continuase. Erika începea să-și dea seama că Flodin și Sellberg îi ignorau părerile. Pentru ei, reducerile de posturi erau importante, ceea ce era poate evident din punctul de vedere al unui responsabil de buget sau director financiar, însă total inacceptabil din acela al unui proaspăt redactor-șef. Ceea ce o irita era faptul că ei îi respingeau argumentele sistematic, cu zâmbete amiabile care o făceau să se simtă ca o elevă scoasă la tablă. Fără să pronunțe un singur cuvânt nepotrivit, aveau față de ea o atitudine atât de clasică, încât devenea aproape comică. *Nu-ți obosi mintea cu lucruri așa de complicate, fetițo.*

Borgsjö nu fusese de prea mare ajutor. El rămânea în expectativă și-i lăsa pe ceilalți participanți la ședință să vorbească până la sfârșit, dar ea nu simțea aceeași atitudine jignitoare și din partea lui.

Erika oftă, porni laptopul și își deschise e-mailul. Primise 19 mesaje. Patru dintre ele erau spamuri de la unii care voiau A), ca ea să cumpere Viagra, B), să-i ofere cybersex cu *The sexiest Lolitas on the Net,* pentru numai 4 dolari pe minut, C), o ofertă ceva mai grosolană, de *Animal Sex, the Juiciest Horse Fuck in the Universe,* precum și D), să se aboneze la scrisoarea electronică *mode.nu,* care era produsă de o firmă pirat care inunda piața cu oferte promoționale și nu înceta să trimită rahaturi de-astea, ori de câte ori le refuzase. Încă 7 e-mailuri constau din așa-numitele „scrisori nigeriene", de la văduva fostului director al băncii centrale din Abu Dhabi, care-i oferea sume fantastice, cu condiția să contribuie cu un mic capital pentru a-și arăta încrederea, și alte aiureli de felul ăsta.

Ultimele e-mailuri erau informațiile de la ședința de dimineață, de la ședința de prânz, trei de la secretarul de redacție, Peter Fredriksson, care o informa despre schimbările din articolul de fond al zilei, un e-mail de la consilierul ei financiar personal, care o invita să aibă o întâlnire pentru a discuta situația salariului ei, după plecarea de la *Millennium*, precum și un e-mail de la stomatolog, care-i amintea că e vremea pentru vizita trimestrială. Își notă întâlnirea în agenda electronică și înțelese imediat că va trebui să o schimbe, pentru că avea planificată în acea zi o ședință de redacție importantă.

În cele din urmă, deschise ultimul e-mail, care avea ca expeditor centralred@smpost.se și titlul [În atenția redactorului-șef]. Lăsă încet ceașca de cafea pe masă.

> [CURVO! CREZI CĂ E CEVA DE CAPUL TĂU, PIZDĂ BLESTEMATĂ! SĂ NU CREZI CĂ POȚI VENI AICI ȘI SĂ FACI PE GROZAVA. O SĂ FII FUTUTĂ ÎN CUR CU O ȘURUBELNIȚĂ, CURVĂ BLESTEMATĂ! CU CÂT DISPARI MAI REPEDE, CU ATÂT E MAI BINE.]

Erika Berger ridică automat privirea și-l căută pe șeful de la Actualități, Anders Holm. Acesta nu se afla la locul lui și nu-l zări nicăieri în redacție. Se uită la expeditor, ridică receptorul și îl sună pe Peter Flemming, care era șeful tehnic al *SMP*.

— Bună. Cine folosește adresa centralred@smpost.se?

— Nimeni. Adresa nu se află la *SMP*.

— Tocmai am primit un e-mail de la adresa asta.

— E un fals. E-mailul conține vreun virus?

— Nu. Cel puțin, nu unul la care să fi reacționat programul antivirus.

— OK. Adresa nu există. Dar e foarte simplu să fabrici o adresă aparent reală. Există site-uri pe net care transmit acest fel de e-mailuri.

— Se poate afla de unde a fost trimis mesajul?

— E aproape imposibil, chiar dacă persoana în cauză e așa de tâmpită să-l trimită de la computerul personal. Dar s-ar putea descoperi numărul IP al unui server, însă dacă utilizează un cont pe care l-a deschis pe hotmail, de exemplu, urmele se opresc acolo.

Erika îi mulțumi pentru informații. Rămase un moment cugetând. Nu era prima oară când primea un e-mail de amenințare sau un mesaj de la vreun nebun. E-mailul se referea în mod evident la noua ei funcție de redactor-șef la *SMP*. Se întrebă dacă era vreun țicnit care citise despre ea în legătură cu moartea lui Morander sau dacă expeditorul se afla înăuntrul redacției.

Monica Figuerola se gândise multă vreme cum să procedeze cu Evert Gullberg. Un avantaj al faptului că lucra la Comisia pentru protecția constituției era că avea competențe extinse de acces la aproape orice anchetă de poliție din Suedia, care ar fi putut fi interpretată ca având legătură cu criminalitatea rasistă sau politică. Ea constatase că Alexander Zalachenko era imigrant și că în îndatoririle ei intra să cerceteze violența împotriva persoanelor născute în afara granițelor, ca apoi să decidă dacă era motivată rasist sau nu. Prin urmare, avea drept deplin să cerceteze ancheta asupra uciderii lui Zalachenko și să decidă dacă Evert Gullberg avea legături cu vreo organizație rasistă, sau dacă exprimase vreo opinie rasistă în momentul crimei. Ceru dosarul anchetei și îl citi cu atenție. Aici găsi scrisorile care fuseseră trimise ministrului de justiție și constată că, în afara unor atacuri personale degradante și maniacale, acestea mai cuprindeau cuvinte ca „sclavul ciorilor" și „trădător de patrie".

Cu asta, se făcuse deja ora cinci. Monica Figuerola încuie tot materialul în seiful din birou, spălă ceașca de cafea, închise computerul și își pontă plecarea. Se duse direct la o sală de sport de lângă piața Sankt Erik, dedicând următoarea oră unui antrenament ușor.

După ce termină, se duse pe jos până la apartamentul ei din Pontonjärgatan, făcu un duș și luă o cină târzie, dar dietetică. Se gândi un moment dacă să-i telefoneze lui Daniel Mogren, care locuia pe aceeași stradă, trei imobile mai departe. Daniel era tâmplar și culturist, și de trei ani fusese din când în când tovarășul ei de antrenamente. În ultimele luni, făcuseră chiar și sex.

Sexul era aproape la fel de plăcut ca o ședință de antrenament la sală, dar după treizeci de ani, când se apropia de 40, Monica Figuerola începuse să se gândească dacă n-ar fi cazul să aibă o relație permanentă și o situație mai stabilă. Poate chiar și un copil. Însă nu cu Daniel Mogren.

După un moment de ezitare, hotărî că de fapt nu avea chef să întâlnească pe nimeni. În loc de asta, se duse la culcare cu o carte de istorie antică. Adormi puțin înainte de miezul nopții.

13
Marți 17 mai

Monica Figuerola s-a trezit la șase și zece, în dimineața zilei de marți, a făcut jogging în ritm alert pe Norr Mälarstrand, apoi un duș și a ajuns la sediul poliției la opt și zece. A petrecut prima oră a dimineții pentru a face un raport cu concluziile la care ajunsese cu o seară înainte.

La ora nouă, a sosit Torsten Edklinth. I-a acordat 20 de minute, ca să-și expedieze eventuala poștă de dimineață și apoi i-a bătut la ușă. A așteptat 10 minute, până ce șeful ei a citit raportul. El a reluat de două ori cele patru coli de hârtie A4, de la început la sfârșit. Apoi, a privit-o.

— Secretarul general, spuse el gânditor.

Monica încuviință.

— El trebuie să fi aprobat transferul lui Mårtensson. Prin urmare, știe că acesta nu se află la contraspionaj, unde a fost trimis, potrivit celor spuse de cei de la secția Protecția naționalităților.

Torsten Edklinth își scoase ochelarii și începu să-i curețe meticulos cu un șervețel de hârtie. Gândea. Îl întâlnise pe secretarul general Albert Shenke la ședințe și la conferințe interne de nenumărate ori, dar nu putea afirma că-l cunoștea personal prea bine. Era un bărbat relativ scund, cu păr rar, blond-roșcat și o talie care se umflase, de-a lungul anilor. Știa că Shenke avea vreo 55 de ani și că lucra la RPS/Säk de cel puțin 25 de ani, chiar și mai mult. Fusese secretar general în ultimul deceniu, iar înainte lucrase ca secretar general adjunct sau în alte posturi din cadrul administrației.

Îl considera pe Shenke un tip tăcut, dar care nu ezita să fie dur dacă era nevoie. Edklinth n-avea nicio idee cu ce se ocupa acesta în timpul liber, dar își amintea că îl văzuse o dată în garajul poliției, în haine de sport și cu crose de golf pe umăr. Îl mai întâlnise o dată, cu mulți ani în urmă, la operă.

— E un lucru care m-a frapat, spuse Monica Figuerola.

— Ce anume?

— Evert Gullberg. A făcut serviciul militar în anii '40 și a devenit jurist specialist în impozite, apoi în anii '50 a dispărut în ceață.

— Da, și?

— Când am vorbit despre asta, am făcut-o ca și cum ar fi fost vorba de un ucigaș plătit.

— Știu că ar putea părea exagerat, dar...

— Ceea ce m-a frapat a fost că există așa de puține despre el, încât totul pare să fie un fals. Prin anii '50 —'60, atât IB, cât și Säpo își deschideau firme în exteriorul propriilor instituții.

Torsten Edklinth dădu din cap:

— Mă întrebam când te vei gândi la această posibilitate.

— Aș avea nevoie de aprobare, ca să intru în fișele de personal din anii '50, spuse Monica Figuerola.

— Nu, zise Torsten Edklinth, clătinând din cap. Nu putem intra în arhivă fără aprobarea secretarului general și nu vrem să-i atragem atenția, înainte de a avea mai mult material.

— Și cum crezi c-ar trebui să procedăm?

— Mårtensson, spuse Edklinth. Află cu ce se ocupă.

Lisbeth Salander examina cu atenție sistemul de aerisire al camerei sale, când auzi cheia în broască și dr. Anders Jonasson își făcut apariția. Era marți, după zece seara. O întrerupsese din planurile ei de evadare din Sahlgrenska.

Lisbeth măsurase gaura de aerisire a ferestrei și constatase că i-ar trece capul prin ea și că n-o să aibă probleme să-și strecoare și restul corpului. Erau trei etaje până la pământ, dar o combinație de cearșaf rupt în fâșii și firul lung de trei metri al unei lămpi avea să rezolve problema.

Își planificase evadarea pas cu pas. Problema erau hainele. Avea chiloții și cămașa de noapte date de spital, precum și o pereche de șlapi, de la aceeași sursă. Mai avea și 200 de coroane pe care le primise de la Annika Giannini, ca să o roage pe soră să-i cumpere dulciuri. Aveau să-i ajungă pentru o pereche de jeanși ieftini și un maiou de la Myrorna[37], cu condiția să poată localiza magazinul Myrorna din Göteborg. Restul de bani va ajunge pentru o convorbire telefonică cu Plague. Pe urmă, lucrurile se vor rezolva. Plănuia să aterizeze în Gibraltar la câteva zile de la evadare și pe urmă să-și construiască o nouă identitate undeva, în lume.

Anders Jonasson dădu din cap și se instală pe scaunul pentru vizitatori. Lisbeth se așeză pe marginea patului.

— Bună, Lisbeth. Iartă-mă că nu am apucat să te vizitez în ultimele zile, dar am avut un adevărat iad la urgență și, în plus, am devenit îndrumătorul a doi stagiari.

[37] „Furnicile“, lanț de magazine de vechituri.

Ea aprobă cu un gest scurt. Nu se așteptase ca doctorul Anders Jonasson să-i facă vizite particulare.

Doctorul îi luă fișa, studiind atent oscilațiile temperaturii și medicația. Observă că avea temperaturi constante între 37 și 37,2 grade și că în ultima săptămână nu mai primise pastile împotriva durerii de cap.

— Dr. Endrin este medicul tău. Te înțelegi cu ea?

— Este OK, răspunse Lisbeth fără prea mare entuziasm.

— E în regulă dacă arunc și eu o privire?

Ea aprobă. Doctorul scoase o lanternă-stilou din buzunar, se aplecă și îi lumină ochii, ca să cerceteze contracția pupilelor. O rugă să deschidă gura și-i examină gâtul. Apoi, îi puse cu grijă mâinile în jurul gâtului și-i roti capul înainte, înapoi și într-o parte, de câteva ori.

— N-ai nicio durere în ceafă? întrebă el.

Lisbeth scutură din cap.

— Și durerea de cap?

— O simt uneori, dar trece.

— Procesul de cicatrizare a rănii mai continuă. Durerile de cap vor dispărea progresiv.

Avea părul așa de scurt, încât nu a fost nevoie să dea la o parte decât o șuviță, ca să poată palpa cicatricea de deasupra urechii. Nu prezenta nicio problemă, însă mai rămânea încă un pic de coajă.

— Ai zgândărit iar rana. Ți-am spus să încetezi.

Lisbeth dădu din cap. Doctorul îi prinse cotul stâng, ridicându-i brațul.

— Simți vreo durere ori jenă în umăr?

Ea scutură din cap.

— Te ține?

— Un pic.

— Cred că ar trebui să-ți antrenezi mai mult mușchii umărului.

— E greu când ești închis.

El îi zâmbi.

— N-o să fie pentru totdeauna. Faci exercițiile pe care ți le-a prescris terapeuta?

Ea aprobă, dând din cap.

Doctorul scoase stetoscopul și-l apăsă pe încheietura brațului, ca să-l încălzească. Apoi, se așeză pe marginea patului, îi descheie cămașa de noapte și-i ascultă inima, măsurându-i pulsul. O rugă să se aplece în față și-i puse stetoscopul pe spinare, ascultându-i plămânii.

— Tușește.

Ea tuși.

— OK. Poți să-ți închei cămașa. Din punct de vedere medical, ești oarecum restabilită.

Ea aprobă. Se aștepta ca, odată cu asta, doctorul să se ridice promițându-i că se va întoarce peste câteva zile, însă el rămase pe scaun. Tăcu un lung moment, părând că meditează la ceva. Lisbeth aștepta răbdătoare.

— Știi de ce am devenit eu medic? o întrebă brusc.

Ea scutură capul.

— Provin dintr-o familie de muncitori. Întotdeauna am crezut că voi fi doctor. De fapt, când eram adolescent, mă gândeam să devin psihiatru. Eram teribil de intelectual.

Lisbeth începu să-l privească cu un interes brusc, de îndată ce pomeni cuvântul „psihiatru".

— Dar nu eram sigur că voi putea face față studiilor. Așa că, atunci când am terminat liceul, am făcut un curs de sudor și am lucrat în meseria asta câțiva ani.

Dădu din cap de câteva ori, ca să-și întărească spusele.

— Am crezut că e o idee bună să am ceva la care să mă întorc, în caz c-o să ratez studiile de medicină. Și a fi sudor nu e chiar așa de departe de a fi medic. E vorba de a lipi la loc lucruri. Iar acum lucrez aici, la Sahlgrenska și-i lipesc la loc pe unii ca tine.

Lisbeth își încruntă sprâncenele și se întrebă dacă nu-și bătea joc de ea. Dar Jonasson părea foarte serios.

— Lisbeth... mă întreb...

Rămase tăcut atât de mult, încât Lisbeth se întrebă ce voia. Însă se stăpâni, așteptând.

— Aș vrea să știu dacă o să te înfurii pe mine dacă-ți pun o întrebare personală. Vreau să te întreb în calitate de persoană particulară. Deci nu ca medic. Nu voi nota răspunsul tău și nu voi discuta cu altcineva. Dacă nu vrei, nu trebuie să răspunzi.

— Ce e?

— E o întrebare intimă și personală.

Ea îi întâlni privirea.

— De când ai fost internată la Sankt Stefan, în Uppsala, atunci când aveai 12 ani, ai refuzat să răspunzi de fiecare dată când vreun psihiatru a încercat să vorbească cu tine. De ce?

Lisbeth Salander se întunecă un pic. Îl privi pe Anders Jonasson cu ochi total lipsiți de expresie. Rămase tăcută două minute.

— De ce întrebi? spuse ea în cele din urmă.

— Sincer vorbind, nu sunt foarte sigur. Cred că încerc să înțeleg ceva.

Gura ei se încreți un pic.

— Nu vorbesc cu doctorii de țicniți, pentru că ei nu ascultă niciodată la ce le spun.

Anders Jonasson aprobă și izbucni brusc în râs.

— OK. Spune-mi... Ce crezi despre Peter Teleborian?

Anders Jonasson aruncase numele așa de neașteptat, încât Lisbeth aproape tresări. Ochii i se încordară.

— Ce dracu' e asta, flori, fete sau băieți? Ce vrei să afli?

Tonul ei era aspru. Anders Jonasson se aplecă în față așa de tare, că aproape îi invadă spațiul personal.

— Pentru că... ce expresie ai folosit tu... un doctor de țicniți, pe nume Peter Teleborian, care nu e total necunoscut în meseria mea, a venit la mine de două ori în ultimele zile, cerând să-l las să te examineze.

Lisbeth simți deodată cum i se strecurau fiori de gheață pe șira spinării.

— Tribunalul o să-l însărcineze să-ți facă evaluarea psihiatrică legală.

— Și?

— Mie nu-mi place Peter Teleborian. I-am refuzat accesul. La ultima întâlnire, a apărut neanunțat aici, în secție și a încercat să intre, inducând în eroare o soră.

Lisbeth strânse din buze.

— Comportarea lui este un pic bizară și cam prea insistentă, pentru a fi normală. Prin urmare, vreau să știu ce crezi tu despre el.

De data aceasta, a fost rândul lui Anders Jonasson să aștepte plin de răbdare replica lui Lisbeth Salander.

— Teleborian este un nemernic, răspunse ea, în cele din urmă.

— E ceva personal între voi doi?

— Poți să-i spui așa.

— Prin urmare, am avut o conversație și cu un reprezentant al autorităților care, ca să spun așa, voia să-l las pe Teleborian să intre la tine.

— Și?

— Am întrebat ce competență medicală are, ca să judece starea ta și l-am rugat să se ducă la dracu'. Deși în termeni mai diplomatici.

— OK.

— O ultimă întrebare. De ce mi-ai spus toate acestea?

— M-ai întrebat doar!

— Da. Dar eu sunt medic și am studiat psihiatria. Deci, de ce vorbești cu mine? Să traduc asta prin aceea că ai o oarecare încredere în mine?

Ea nu răspunse.

— Aleg s-o traduc în felul ăsta. Vreau să știi că tu ești pacienta mea. Asta înseamnă că eu lucrez pentru tine și pentru nimeni altcineva.

Îl privi bănuitoare. El rămase tăcut o clipă, privind-o. Apoi, vorbi din nou, pe un ton mai lejer de data asta.

— Strict medical, ești relativ sănătoasă. Mai ai nevoie de câteva săptămâni de reabilitare. Dar, din păcate, ești foarte sănătoasă.

— Din păcate?

— Da, zâmbi el ușor. Ești mult prea sănătoasă.

— Ce vrei să spui?

— Asta înseamnă că nu voi mai avea niciun motiv legitim să te țin izolată aici și, în consecință, procurorul va putea curând să dea ordin să fii transportată la o închisoare din Stockholm, în așteptarea procesului, care va avea loc peste vreo șase săptămâni. După părerea mea, acest ordin o să ne cadă pe cap săptămâna care vine. Și asta înseamnă că Peter Teleborian va avea prilejul să te aibă sub observație.

Ea stătea culcată, absolut nemișcată. Anders Jonasson avea aerul distrat și se aplecă să-i îndrepte perna. Spuse ca pentru sine:

— Nu mai ai nici dureri de cap, nici febră mare, așa că dr. Endrin probabil te va externa.

Se ridică brusc.

— Mulțumesc pentru că ai vorbit cu mine. Voi veni să te salut înainte să fii mutată.

Ajunsese lângă ușă, când ea i se adresă:

— Doctor Jonasson.

El se întoarse.

— Mulțumesc.

Jonasson dădu scurt din cap, înainte să iasă și să încuie ușa cu cheia.

Lisbeth Salander rămase multă vreme fixând ușa încuiată. În cele din urmă, se întinse pe spate și privi în tavan.

Abia atunci observă că avea ceva tare sub cap. Ridică perna și, spre uimirea ei, descoperi o pungă mică de pânză care în mod sigur nu fusese acolo mai devreme. Deschise punga și se holbă neîncrezătoare la un computer de buzunar Palm Tungsten T3 și un încărcător de baterii. Apoi, privi mai de aproape computerul și descoperi o zgârietură mică pe marginea de sus. Inima îi stătu în loc. *E Palm-ul meu! Dar cum...* Își mută privirea spre ușa încuiată. Anders Jonasson era plin de surprize. Dintr-odată, se simți foarte agitată. Deschise imediat computerul și la fel de repede descoperi că era protejat de o parolă.

Privi frustrată ecranul care clipea nerăbdător. *Și cum și-au imaginat tâmpiții ăștia că eu...* Privi din nou în punga de pânză și la fund descoperi o bucată de hârtie împăturită. O desfăcu și citi un rând, scris cu litere îngrijite:

Tu ești hackerița! Descurcă-te! Kalle B.

Lisbeth râse, prima dată după multe săptămâni. Mii de mulțumiri! Reflectă câteva secunde. Apoi, scoase creionul digital și scrise combinația de cifre 9277, ceea ce corespundea literelor WASP, de pe tastatura telefonului mobil. Era codul pe care Blestematul de Kalle Blomkvist superdetectiv fusese obligat să-l găsească atunci când, neinvitat, intrase în apartamentul ei de pe Fiskagartan, lângă Mosebacke și declanșase alarma.

Nu mergea.

Încercă 52553, ceea ce corespundea literelor KALLE.

Nu mergea nici așa. Pentru că Afurisitul de Kalle Blomkvist voia de bună seamă ca ea să utilizeze computerul, alesese probabil vreun cod ușor. El folosise numele Kalle, pe care de obicei îl detesta. Lisbeth făcu asocierea. Reflectă o clipă. Trebuie să fie o jignire. Apoi, tastă 63663, ceea ce corespundea numelui PIPPI[38].

Computerul porni.

Pe ecran apăru un smiley cu o bulă în care era scris:

> [Ai văzut? Nu era greu! Propun să apeși pe „My Documents".]

Găsi imediat documentul [Salut Sally], chiar în capul listei. Îl deschise și citi:

> [În primul rând — acest lucru rămâne între mine și tine. Avocata ta, prin urmare sora mea, Annika, nu are nici cea mai mică idee că tu ai acces la acest computer. Și așa trebuie să rămână.
>
> Nu știu cât de mult înțelegi din ceea ce se întâmplă în afara camerei tale închise, dar în mod destul de ciudat (dat fiind caracterul tău) ai un număr de prostovani credincioși care lucrează pentru tine. Când totul se va termina, voi crea o fundație non-profit pe care am de gând s-o numesc Cavalerii Mesei Țicnite. Singura funcție a acestei fundații va fi o masă festivă anuală, la care să ne distrăm bârfindu-te. (Nu, tu nu ești invitată!)

38 Pippi Långstrumpf, eroina uneia din cărțile cunoscutei scriitoare Astrid Lindgren, la fel ca și Kalle Blomkvist, superdetectiv.

Așa, deci. Acum, revenind la situația de față. Annika se ocupă în detaliu de proces. O problemă în acest context este că ea lucrează pentru tine și este adepta tuturor rahaturilor despre integritate. Ceea ce înseamnă că nu-mi spune nici măcar mie despre ce discutați voi două, iar asta constituie un adevărat handicap. Din fericire, ea acceptă să primească informații.

Trebuie să ne punem de acord, tu și cu mine.

Nu folosi adresa mea de e-mail.

Poate sunt paranoic, dar am motive bune să cred că nu sunt singurul care citește corespondența mea. Dacă vrei să livrezi ceva, intră în grupul Yahoo [Masa-Țicnită.IDPippi], iar parola este p9i2p7pi. /Mikael.]

Lisbeth citi scrisoarea lui Mikael de două ori și privi computerul cu un aer perplex. După o perioadă de total celibat informatic, era într-o stare de surescitare cybernautică teribilă. Își spuse că Afurisitul de Kalle Blomkvist gândise cu picioarele, când îi strecurase fraudulos computerul, dar uitase că avea nevoie de un telefon mobil, ca să se cupleze la net.

Aici ajunsese în reflexiile ei când auzi pași pe culoar. Închise imediat computerul, vârându-l sub pernă. Când auzi cheia răsucindu-se, înțelese că punga cu încărcătorul se mai afla încă pe noptieră. Întinse mâna și vârî punga sub plapumă, apăsând cablul de încărcare între picioare. Rămase pasivă privind în tavan, în vreme ce sora de gardă intra, salutând-o prietenos, întrebând-o cum se simte și dacă are nevoie de ceva.

Lisbeth îi spuse că se simte bine și că ar vrea un pachet de țigări. Această cerere fu respinsă, ca de obicei, politicos dar hotărât. Primi în schimb un pachet de gumă de mestecat cu nicotină. În timp ce sora închidea ușa, Lisbeth îl zări pe paznicul de la Securitas care ședea postat pe un scaun afară, pe coridor. Lisbeth așteptă până ce auzi pașii îndepărtându-se, înainte să scoată din nou computerul.

Îl deschise și încercă să se conecteze.

Senzația fu aproape șocantă, atunci când computerul indică imediat că găsise o rețea și că se conectase, dar era parolată. *Am internet. Imposibil.*

Sări din pat așa de repede, încât simți durere în șoldul rănit. Privi uimită în jur. Cum? Dădu o raită, cercetând fiecare ungher și colț... *Nu, nu există niciun telefon mobil în încăpere.* Și totuși, avea rețea. Apoi, pe chip i se lăți un zâmbet strâmb. Era fără îndoială o rețea fără fir, iar conexiunea se făcea printr-un telefon mobil cu bluetooh, care acoperea fără probleme o rază de 10–12 metri. Privirea ei găsi o gură de aerisire chiar sub tavan.

Afurisitul de Kalle Blomkvist plasase un telefon chiar lângă salonul ei! Era singura explicație. *Dar de ce nu-i strecurase și telefonul în cameră? Din cauza bateriei, bineînțeles.*

Palm-ul ei avea nevoie să fie încărcat doar din trei în trei zile, sau așa ceva. Un mobil care era cuplat și prin care ea va naviga pe internet din plin avea să consume bateria rapid. Blomkvist, sau mai curând cineva pe care acesta îl angajase și care se afla acolo, afară, va trebui să schimbe bateria la intervale regulate.

Iar pentru bateria computerului îi trimisese încărcătorul. Ea trebuia să-l aibă la îndemână. Era mai ușor să ascundă un singur obiect, decât două. *În orice caz, tipul nu e deloc prost.*

Lisbeth începu prin a hotărî unde să păstreze computerul portabil. Trebuia să găsească o ascunzătoare. Exista o priză lângă ușă și alta în panoul din spatele patului, la care erau legate veioza și ceasul electronic. Rămânea o deschizătură, de unde fusese scos aparatul de radio. Zâmbi. Atât încărcătorul, cât și computerul de buzunar aveau loc perfect. Putea folosi priza de curent din panou, ca să lase computerul să se încarce în timpul zilei.

Lisbeth Salander era fericită. Inima a început să-i bată tare când, prima oară după două luni, a pornit computerul intrând pe internet.

Să navighezi pe un computer de buzunar Palm, cu un ecran minuscul și cu un creion digital, nu era același lucru cu a naviga pe un PowerBook, cu ecran de 17 inchi. *Dar era conectată.* Din patul ei, de la Sahlgrenska, putea ajunge oriunde, în lumea întreagă.

Începu prin a se duce pe o pagină de web care făcea reclamă pentru fotografiile relativ neinteresante ale unui fotograf amator pe nume Bill Bates din Jobsville, Pensilvannia. Într-o zi, Lisbeth făcuse verificări și aflase că Jobsville nu exista. Cu toate acestea, Bates făcuse peste 200 de poze ale localității și le pusese pe pagina lui, sub forma unor ferestruici. Ea merse la fotografia nr. 167 și apăsă pe lupă. Fotografia reprezenta biserica din Jobsville. Fixă cursorul pe vârful clopotniței și apăsă. Imediat apăru o fereastră care-i cerea identitatea și parola. Luă creionul digital și scrise *Remarkable,* în căsuța pentru identitate și *A(89) Cx#magnolia*, ca parolă.

Apăru o fereastră: [ERROR — You have the wrong password] și un buton: [OK — Try again]. Lisbeth știa că dacă apăsa pe acesta și încerca o altă parolă, va avea aceeași fereastră — an după an, chiar dacă ar încerca la infinit. Deci, apăsă în loc de asta pe litera O din ERROR.

Ecranul deveni negru. Pe urmă, se deschise o ușă de desen animat și apăru un personaj care semăna cu Lara

Croft. O bulă se materializă, cu textul [WHO GOES THERE?[39]].

Lisbeth apăsă pe bulă și scrise cuvântul *Wasp*. Primi imediat răspunsul [PROVE IT — OR ELSE...[40]], în vreme ce Lara Croft își pregătea pistolul. Lisbeth știa că amenințarea nu e întru totul fictivă. Dacă scria de trei ori parola greșit, pagina avea să se stingă și numele *Wasp* avea să fie șters de pe lista membrilor. Scrise atentă cu litere mari parola *Monkey Business*.

Ecranul își schimbă forma din nou, afișând un fond albastru, cu textul:

> [Welcome to Hacker Republic, citizen Wasp. It is 56 days since your last visit. There are 10 citizens online. Do you want to (a) Browse the Forum (b) Send a Mesaage (c) Search the Archive (d) Talk (e) Get laid?[41]].

Ea apăsă pe [(d) Talk] și merse apoi la rândul din meniu [Who's online?], obținând o listă cu numele Andy, Bambi, Dakota, Jabba, BuckRogers, Mandrake, Pred, Slip, SisterJen, SixOfOne și Trinity.

> [Salut, bandă] scrise Wasp.
>
> [Wasp. That really U?] scrise SixOfOne imediat. [Look who's home][42]
>
> [Unde ai fost?] întrebă Trinity.
>
> [Plague a spus că ești în rahat] scrise și Dakota.

---

[39] „Cine e acolo?".

[40] „Demonstrează-mi — sau altfel...".

[41] „Bun venit în Republica Hackerilor, cetățene Wasp. Au trecut 56 de zile de la ultima ta vizită. Zece cetățeni sunt conectați. Vrei să: a) te uiți prin Forum b) trimiți un mesaj c) cauți în Arhivă d) Vorbești f) Faci sex?".

[42] „Ești într-adevăr tu?... Uite cine e acasă!".

Lisbeth nu era sigură, dar bănuia că Dakota era o femeie. Ceilalți cetățeni online, inclusiv cel care-și spunea SisterJen, erau băieți. Hacker Republic avea în total (ultima oară, când fusese ea conectată) 62 de membri, dintre care patru erau fete.

[Salut, Trinity], scrise Lisbeth [Salut, tuturor].

[De ce nu saluți decât pe Trin? E ceva în neregulă cu noi ceilalți?] scrise Dakota.

[Am ieșit împreună] scrise Trinity. [Wasp se întâlnește doar cu persoane inteligente.]

El primi imediat *bam*-uri din cinci părți.

Dintre cei 62 de cetățeni, Wasp se întâlnise cu două persoane față în față. Plague care, în mod cu totul neobișnuit, nu era acum online, era unul; Trinity, celălalt. Acesta era englez și locuia la Londra. Cu doi ani în urmă, îl întâlnise, atunci când o ajutase pe ea și pe Mikael în vânătoarea pe urmele lui Harriet Vanger, stabilise o ascultare clandestină a unui telefon din cocheta suburbie londoneză St. Albans. Lisbeth se chinuia cu creionul digital, dorindu-și din suflet să fi avut o tastatură.

[Ești tot acolo?] întrebă Mandrake.

Ea scrise, literă după literă:

[Sorry. Am doar un Palm. Merge greu.]

[Ce s-a întâmplat cu computerul tău?] întrebă Pred.

[Computerul meu e OK. Eu am probleme.]

[Spune-i fratelui tău mai mare] scrise Slip.

[Sunt prizoniera statului.]

[Ce? De ce?] întrebară imediat trei dintre cei de pe chat.

Lisbeth își rezumă situația în cinci rânduri, care au fost primite cu ceea ce părea un murmur îngrijorat.

[Cum te simți?] întrebă Trinity.

[Am o gaură în țeastă.]

[Nu observ nicio deosebire] constată Bambi.

[Lui Wasp i-a bătut întotdeauna vântul prin creier], spuse SisterJen, ceea ce provocă o suită de cuvinte injurioase asupra capacităților intelectuale ale lui Wasp. Lisbeth zâmbi. Conversația a fost reluată cu o replică a lui Dakota:

[Așteptați. Suntem confruntați cu un atac împotriva unui cetățean al Republicii Hackerilor. Care va fi răspunsul nostru?]

[Atac nuclear asupra Stockholmului?] propuse SixOfOne.

[Nu, ar fi exagerat], spuse Wasp.

[O bombă mai mică?]

[Du-te naibii, SixOO!].

[Un virus care să stingă luminile la guvern] propuse Mandrake.

[Un virus, la guvern?]

Locuitorii din Hacker Republic nu răspândeau viruși, în general. Din contră — erau hackeri și, în consecință, adversari înverșunați ai idioților care trimiteau viruși ce n-aveau alt scop decât să saboteze netul și să dea peste cap computerele. Ei erau narcomani ai informației și voiau să aibă o rețea în funcțiune, pentru a o putea pirata.

În schimb, propunerea de a stinge lumina la guvernul suedez nu era o amenințare goală. Hacker Republic constituia un club foarte exclusivist, cu cei mai buni dintre cei mai buni, o forță de elită pe care orice apărare națională ar fi plătit sume colosale ca s-o poată folosi în scopuri cyber-militare, dacă *the citizens* ar fi putut fi determinați să simtă acest gen de loialitate față de un stat anume. Ceea ce era greu de crezut.

Dar, în același timp, erau vrăjitori ai computerelor și în niciun caz ignoranți în arta de a construi viruși. Nici nu erau prea greu de convins să realizeze campanii speciale, dacă situația o cerea. Cu câțiva ani în urmă, unui *citizen* din Hacker Rep, care era creator de programe în California, i se suflase un brevet de către o firmă dot.com în plin avânt; în plus, aceștia avuseseră neobrăzarea să-l târască pe cetățean în fața justiției. Această situație a făcut ca toți activiștii din Hacker Rep să consacre o energie uimitoare timp de șase luni, intrând și distrugând fiecare computer care era în posesia firmei respective. Fiecare secret de afaceri și fiecare e-mail — împreună cu câteva documente fabricate, care dădeau de înțeles că PDG-ul firmei se ocupa cu escrocherii fiscale — au fost puse la loc de cinste pe internet, împreună cu informații despre amanta secretă a respectivului PDG și fotografii de la o petrecere la Hollywood, în care PDG-ul priza cocaină. Firma falimentase după o jumătate de an și, încă la câțiva ani după aceea, câțiva cetățeni încăpățânați din *miliția populară* din Hacker Rep îl mai vizitau acasă la intervale regulate pe fostul PDG.

Dacă cincizeci dintre cei mai buni hackeri ai lumii se hotărau să meargă la atac organizat împotriva unui stat, statul respectiv avea probabil să supraviețuiască, dar nu fără probleme considerabile. Costurile s-ar fi ridicat, fără îndoială, la miliarde dacă Lisbeth ar fi dat semnalul. Ea reflectă un moment.

[Nu, deocamdată. Dar dacă lucrurile nu merg, poate vă cer ajutorul.]

[Trebuie doar să spui] zise Dakota.

[De mult nu ne-am mai certat cu un guvern] spuse Mandrake.

[Am o propunere, ideea e să inversăm sistemul de plată a impozitelor. Un program care va fi tocmai pe măsura unui stat mic ca Norvegia], scrise Bambi.

[Foarte bine, numai că Stockholmul e în Suedia] scrise Trinity.

[Mi se rupe. Tot ce avem de făcut este să...]

Lisbeth se lăsă pe pernă, urmărind conversația cu surâsul ei strâmb. Se întreba de ce ea, care avea asemenea greutăți să vorbească despre propria-i persoană din viața ei când se afla față-n față cu oamenii, putea să dea, fără nicio jenă, amănuntele cele mai secrete și mai intime unei adunături de țicniți absolut necunoscuți de pe internet. Dar fapt era că, dacă Lisbeth Salander avea o familie și o apartenență de grup, aceasta era tocmai cu acești trăsniți. Niciunul dintre ei nu avea de fapt posibilitatea s-o ajute în problemele ei cu statul suedez. Însă știa că, la nevoie, ei și-ar fi consacrat timpul și energia unor demonstrații de forță semnificative. Prin internet, va putea, de asemenea, să găsească o ascunzătoare în afara țării. Datorită contactelor lui Plague de pe net putuse să facă rost de un pașaport norvegian pe numele Irene Nesser.

Lisbeth nu avea nicio idee cum arătau cetățenii din Hacker Rep și cu ce anume se ocupau, în afara netului — concetățenii erau deosebit de secretoși în legătură cu identitățile lor. De exemplu, SixOfOne afirma că este negru, cetățean american dintr-o familie catolică, domiciliat în Toronto, Canada. Însă la fel de bine putea să fie alb, femeie, luteran și domiciliat în Skövde.

Cel pe care îl cunoștea cel mai bine era Plague — el era cel care o introdusese cândva în familie, căci nimeni nu devenea membru în această societate exclusivistă fără recomandările cele mai serioase. Cel care devenea membru trebuia, de asemenea, să se cunoască personal cu un alt cetățean — în cazul ei, Plague.

Pe net, Plague era un cetățean inteligent și cu talente sociale. În realitate, era un bărbat obez și asocial de 30 de ani, pensionat pe motiv de boală, domiciliat în Sundbyberg. Se spăla mult prea rar și apartamentul lui puțea a maimuță. Lui Lisbeth nu-i plăcea să-l viziteze. Ajungea că se întâlneau pe net.

În vreme ce discuția continua, Wasp își încărcă e-mailurile din cutia ei poștală din Hacker Rep. Un e-mail era de la membrul Poison și conținea o versiune îmbunătățită a programului ei, Asphyxia I.3, care se afla la dispoziția tuturor cetățenilor republicii, în arhivă. Asphyxia era un program cu care puteau fi controlate computerele altor persoane prin internet. Poison le explica tuturor că folosise cu succes programul și că versiunea lui îmbunătățită acoperea ultimele versiuni ale lui Unix, Apple și Windows. Ea îi trimise un scurt răspuns, mulțumindu-i pentru updatare.

În ora care a urmat, în vreme ce se făcea seară în SUA, încă încă vreo câțiva alți *citizens* își făcură apariția online, urându-i lui Wasp bun venit și băgându-se și ei în discuție. Când Lisbeth ieși, în cele din urmă, se discuta tocmai despre felul în care computerul prim-ministrului suedez putea fi făcut să trimită e-mailuri amabile, dar complet nebunești altor șefi de guverne din lume. Un grup de lucru fusese organizat ca să facă lumină în problemă. Lisbeth încheie scriind, literă cu literă, o scurtă intervenție:

[Continuați să vorbiți, dar să nu faceți nimic fără acordul meu. Voi reveni când voi putea să mă conectez.]

Toţi îi transmiseră pupici şi îmbrăţişări şi o îndemnară să-şi îngrijească gaura din ţeastă.

După ce ieşi din Hacker Republic, Lisbeth intră pe [www.yahoo.com] şi se conectă la grupul [Masa-Ţicnită]. Descoperi că grupul avea doar doi membri, ea însăşi şi Mikael Blomkvist. Cutia poştală cuprindea un singur e-mail, care fusese trimis cu două zile în urmă. Avea titlul [Citeşte mai întâi asta].

[Salut, Sally. Situaţia stă aşa:

• Poliţia nu ţi-a găsit apartamentul şi nu are acces la DVD-ul cu violul lui Bjurman. DVD-ul reprezintă o probă foarte importantă, dar nu vreau să i-l dau Annikăi fără permisiunea ta. Am, de asemenea, cheile apartamentului şi paşaportul pe numele Irene Nesser.

• Poliţia are rucsacul pe care îl aveai cu tine la Gosseberga. Nu ştiu dacă acesta conţine ceva compromiţător.]

Lisbeth medită o vreme. Păi... un termos de cafea pe jumătate gol, câteva mere, un schimb de haine. Era în ordine.

[Vei fi acuzată de maltratare gravă, respectiv tentativă de omor asupra lui Zalachenko, precum şi de maltratare gravă asupra lui Carl Magnus Lundin din Svavelsjö MC, la Stallarholmen — ei consideră că l-ai împuşcat în picior şi i-ai dat o lovitură care i-a fracturat maxilarul. O sursă de încredere a poliţiei ne informează totuşi că în ambele cazuri probele sunt destul de vagi. Ceea ce urmează este mai important:

1) Înainte ca Zalachenko să fie ucis, el a negat totul şi a afirmat că Niedermann a fost cel care a tras asupra ta şi te-a înmormântat în pădure. A făcut o plângere împotriva

ta, pentru tentativă de omor. Procurorul va insista asupra faptului că este a doua oară când ai încercat să-l ucizi pe Zalachenko.

2) Nici Magge Lundin, nici Sonny Nieminen n-au spus vreun cuvânt despre ce s-a întâmplat la Stallarholmen. Lundin este arestat pentru răpirea lui Miriam Wu. Nieminen se află în libertate.]

Lisbeth cântări cuvintele, apoi ridică din umeri. Toate acestea le discutase deja cu Annika Giannini. Era o situație tâmpită, dar nu era nimic nou. Ea făcuse un raport absolut sincer despre tot ce se întâmplase la Gosseberga, dar nu-i dăduse niciun amănunt despre Bjurman.

[Timp de 15 ani, Zala a fost protejat, indiferent ce făcea. S-au construit cariere pe spinarea lui Zalachenko. De câteva ori, Zala a fost ajutat să scape, făcându-se curățenie în urma lui. Toate acestea sunt acțiuni criminale. Autoritățile suedeze au contribuit prin urmare la ascunderea unor crime împotriva unor cetățeni.

Dacă acestea vor fi cunoscute, va izbucni un scandal politic care va lovi atât în partidele de dreapta, cât și în social-democrați. Asta înseamnă în primul rând că un număr de persoane importante din cadrul Säpo vor fi date pe față ca susținători ai unor activități criminale și imorale. Chiar dacă unele crime sunt deja prescrise, va fi scandal. E vorba despre oameni cu greutate, care astăzi sunt pensionari sau aproape de pensie.

Ei vor face totul pentru a micșora pagubele și dintr-odată tu redevii un pion în joc. De data asta, nu mai e vorba de o simplă piesă sacrificată — acum trebuie ca, în mod activ, să limiteze propriile lor pagube. Prin urmare, tu va trebui să fii sacrificată.]

Lisbeth își mușcă gânditoare buza de jos.

[Iată cum funcționează lucrurile. Ei știu că nu vor mai putea păstra secretul despre Zalachenko. Că eu cunosc povestea și sunt jurnalist. Ei știu că, mai devreme sau mai târziu, voi publica toate acestea. Acum, Zalachenko nu mai contează așa de mult, pentru că e mort. În prezent, se bat pentru propria lor supraviețuire. Din această cauză, următoarele puncte sunt pe lista lor de priorități:

1) Trebuie să convingă instanța (prin urmare, opinia publică) de faptul că decizia de a te închide la Sankt Stefan în 1991 a fost legitimă — că tu ești cu adevărat bolnavă psihic.

2) Trebuie să separe „afacerea Lisbeth Salander" de „afacerea Zalachenko". Ei caută să creeze o poziție de pe care să poată spune: „Sigur, Zalachenko a fost un nemernic, dar asta nu a avut nimic de-a face cu decizia de-a o băga în cușcă pe fiica lui. Ea a fost închisă pentru că e nebună — orice altă afirmație este fantezia bolnavă a unor ziariști înăcriți. Nu, noi nu l-am sprijinit pe Zalachenko în vreo infracțiune — sunt numai divagațiile și aiurelile unei adolescente nebune.

3) Problema este, de bună seamă, că dacă tu vei fi achitată în procesul care urmează, asta va însemna că tribunalul afirmă că tu nu ești nebună, ceea ce este o dovadă că internarea ta din 1991 a fost ilegală. Asta înseamnă că trebuie cu orice preț să te poată condamna la instituționalizare într-un ospiciu. Dacă tribunalul hotărăște că ești bolnavă psihic, interesul mass-media în a continua să scormonească prin afacerea Salander se va stinge. Așa funcționează mass-media.

Mă urmărești?]

Lisbeth dădu din cap pentru sine. Și ea se gândise la toate astea. Problema era că nu știa exact ce să facă.

[Lisbeth — serios vorbind — meciul acesta va fi decis de mass-media, și nu în sala de tribunal. Din păcate, procesul va fi judecat cu ușile închise.

În aceeași zi în care a fost ucis Zalachenko, a avut loc o spargere în apartamentul meu. Nu există urme de efracție și nimic n-a fost atins sau mișcat de la locul lui — în afară de un lucru. Dosarul de la cabana lui Bjurman, cu ancheta acestuia din 1991, a dispărut. În același timp, sora mea a fost atacată și copia pe care o avea ea a fost furată. Acest dosar este cea mai importantă probă pe care o ai.

Eu m-am comportat ca și cum am fi pierdut cu totul hârtiile Zalachenko. În realitate, mai aveam o a treia copie, pe care ar fi trebuit să i-o dau lui Armanski. Am recopiat tot dosarul și l-am plasat în mai multe locuri.

Partea adversă, în speță persoane oficiale și psihiatri, împreună cu procurorul Ekström, pregătește viitorul proces. Eu am o sursă care-mi dă ceva informații despre ce se petrece, dar bănuiesc că tu ai posibilități mult mai bune de a găsi informații relevante... În cazul ăsta, treaba e urgentă.

Procurorul va încerca să te trimită la azil. În ajutor îl are pe vechiul tău cunoscut Peter Teleborian.

Annika nu va putea să se lanseze într-o campanie de presă asemănătoare cu cea pe care o va face procurorul, lăsând să se scurgă informațiile care îi convin. Mâinile ei sunt prin urmare legate.

Eu, dimpotrivă, nu sunt deloc deranjat de asemenea restricții. Pot scrie exact ce vreau — și de altminteri, am o revistă întreagă la dispoziția mea.

Lipsesc două detalii importante:

1) În primul rând, trebuie să am ceva care să arate că procurorul Ekström colaborează în prezent cu Teleborian într-un fel nepotrivit și că scopul lor este ca încă o dată să te bage la balamuc. Vreau să apar la o oră de vârf la televizor și să

prezint documentația care să distrugă argumentele procurorului.

2) Pentru a putea purta un război mediatic cu Säpo, trebuie să pot discuta în mod public lucruri pe care tu le consideri probabil personale. La vremea aceasta, anonimatul e destul de depășit, dacă te gândești la tot ce s-a scris despre tine, de la Paște încoace. Trebuie să construiesc o cu totul altă imagine mediatică a ta — chiar dacă, după părerea ta, îți voi încălca integritatea — și, de preferat, aș vrea să o fac cu aprobarea ta. Înțelegi ce vreau să spun?]

Ea deschise arhiva la [Masa-Țăcănită]. Avea 26 de documente, de diferite mărimi.

14
Miercuri 18 mai

Monica Figuerola s-a sculat miercuri de dimineață la ora 5 și a dat o tură scurtă, înainte de-a face duș și a se îmbrăca în jeanși negri, maiou alb și o jachetă subțire, cenușie. Și-a făcut cafea, pe care a turnat-o într-un termos și sendvișuri. Apoi și-a pus portarma și a scos pistolul Sig Sauer din dulapul cu arme. Puțin după ora 6, a pornit Saab-ul 95 alb, plecând spre Vällingby, la adresa de pe Vittangigatan.

Göran Mårtensson locuia la etajul al doilea al unei case cu trei niveluri din această suburbie. În ziua precedentă, Monica scosese tot ce putuse găsi despre acesta în arhivele oficiale. Era necăsătorit, ceea ce însă nu-l împiedica să locuiască poate cu vreo prietenă. Nu se afla în registrul de datornici, nu era bogat și nu părea să ducă o viață extravagantă. Rareori fusese în concediu medical.

Singurul lucru deosebit în ceea ce-l privea era că avea permis pentru nu mai puțin de 16 arme. Trei dintre acestea erau puști de vânătoare, în vreme ce restul erau pistoale de diferite mărci și calibre. De vreme ce avea licențe, nu era vorba de vreun delict, dar Monica Figuerola nu-i vedea cu ochi buni pe cei care adunau grămezi de arme.

Automobilul Volvo cu numărul de înmatriculare începând cu KAB era în parcare, cam la 40 de metri de locul în care se opri Monica. Ea și-a turnat cafea într-un pahar de hârtie și a mâncat o baghetă cu salată și brânză. Apoi, a decojit o portocală și a supt îndelung fiecare felie.

La vizita de dimineață, Lisbeth Salander nu era în apele ei și o durea capul. A cerut o pastilă de Alvedon, pe care a primit-o fără comentarii.

După o oră, durerea de cap devenise violentă. A sunat sora și a mai cerut un Alvedon. Nici acesta nu a ajutat-o. La ora prânzului, pe Lisbeth o durea așa de tare capul, că sora a chemat-o pe dr. Endrin care, după o scurtă consultație, i-a prescris calmante foarte puternice.

Lisbeth a pus tabletele sub limbă și le-a scuipat, de îndată ce a rămas singură.

La ora două după-amiaza, a început să vomite. Aceasta s-a repetat la ora trei.

La ora patru, a venit în secție dr. Anders Jonasson, chiar înainte ca dr. Endrin să plece acasă. Au discutat un moment.

— Are grețuri și o puternică durere de cap. I-am dat Dexofen. Nu înțeleg ce se întâmplă cu ea... Îi mergea așa de bine în ultima vreme! Poate fi vreo viroză, de cine știe ce fel...

— Are febră? întrebă dr. Jonasson.

— Nu, doar 37,2, acum o oră. Tensiunea era normală.

— OK. O voi supraveghea eu în timpul nopții.

— Plec în concediu pentru trei săptămâni, spuse dr. Endrin. Va trebui să aveți grijă de ea ori tu, ori Svantesson. Dar Svantesson nu cunoaște prea bine cazul...

— Bine. Mă trec ca medicul ei principal în timpul absenței tale.

— Grozav. Dacă e vreo situație de criză și ai nevoie de ajutor, nu ezita să-mi telefonezi.

Au făcut împreună o scurtă vizită la patul lui lui Lisbeth Salander. Aceasta zăcea cu plapuma trasă până la bărbie și avea un aer jalnic. Anders Jonasson i-a pus palma pe frunte și a constatat că era umedă.

— Cred că va trebui să-ți fac un mic examen medical.

I-a mulțumit lui dr. Endrin și i-a urat o seară plăcută.

Pe la ora cinci, dr. Jonasson a descoperit că temperatura lui Lisbeth crescuse rapid la 37 cu 8, și a notat asta în fișa ei. A vizitat-o de trei ori în timpul serii și a scris în fișă că temperatura îi ajunsese la 38 de grade — prea ridicată ca să fie normală și prea mică pentru a constitui cu adevărat o problemă. La ora opt seara, a cerut o tomografie.

Când a primit radiografiile, le-a examinat cu atenție. Nu reușea să detecteze ceva deosebit, însă a constatat că exista o porțiune mai întunecată, abia perceptibilă, în imediata apropiere a locului pe unde intrase glonțul. Scrise în dosarul său:

„Radiografiile nu permit nicio concluzie definitivă, dar starea pacientei s-a înrăutățit în mod evident în cursul zilei. Nu este exclusă existența unei mici hemoragii, care nu poate fi văzută la radiografie. Pacienta trebuie să rămână în repaos și sub strictă supraveghere în perioada următoare".

Erika Berger găsi douăzeci de e-mailuri, când sosi miercuri la *SMP*, la ora șase și jumătate dimineață. Unul dintre acestea avea ca expeditor redaktion-sr@sverigesradio.com. Nu conținea decât două cuvinte:

[CURVĂ ÎMPUȚITĂ]

Oftă, pregătindu-se să-l șteargă. În ultimul moment, se răzgândi. Intră în inbox, deschizând e-mailul primit cu două zile în urmă. Expeditorul se numea central-red@smpost.se. *Hmm. Două e-mailuri cu cuvintele „curvă împuțită" și expeditori fictivi din lumea mediatică.* Creă un nou dosar, pe care îl numi [NEBUNII MEDIATICE] și puse în el cele două e-mailuri. Apoi, începu să citească buletinul informativ de dimineață.

Göran Mårtensson și-a părăsit locuința la 7:40 dimineața. S-a urcat în Volvo și a luat-o spre centru, dar apoi a cotit pe Stora Essingen și Gröndal, spre Södermalm. A mers pe Horsngatan și a ajuns pe Bellmansgatan, prin Brännkyrkagatan. A făcut la stânga pe Tavastgatan, la barul Bishop's Arms și a parcat exact la colț.

Monica Figuerola avu un noroc chior. Exact când ajunse la Bishop's Arms, o camionetă părăsea locul de parcare de la marginea trotuarului, de pe Bellmansgatan. Își opri mașina exact la intersecția dintre Bellmansgatan și Tavastgatan. De pe locul înalt din fața barului Bishop's Arms, avea o excelentă vedere asupra întregii scene. Întrezărea un pic geamul din spate al mașinii lui Mårtensson, de pe Tavastgatan. Drept în fața ei, pe panta abruptă care cobora spre Pryssgränd, se afla Bellmansgatan nr. 1. Vedea fațada dintr-o parte și din cauza asta nu avea sub ochi propriu-zis intrarea, dar de îndată ce ieșea cineva, putea să-l vadă. Nu se îndoia nicio secundă că această adresă era cea care îl interesa pe Mårtensson. Era poarta imobilului în care locuia Mikael Blomkvist.

Monica Figuerola constată că zona din jurul imobilului de pe Bellmansgatan era groaznic de supravegheată.

Singurul loc de unde putea observa direct ușa era promenada și pasarela din susul străzii, la nivelul liftului casei Laurin. Acolo, sus, nu exista niciun loc de parcare, iar un om plasat pe pasarelă ar fi fost la fel de evident ca o rândunică pe vechile fire de telefon. Locul de la intersecția dintre Bellmansgatan și Tavastgatan, unde parcase Monica Figuerola, era, de fapt, singurul punct în care puteai sta în mașină, având liberă vedere asupra întregii zone. Însă avea și dezavantaje, pentru că o persoană atentă o putea lesne vedea în automobil.

Ea răsuci capul. Nu voia să iasă din mașină, să înceapă să se plimbe de colo-colo; era conștientă de faptul că era o persoană ușor de remarcat. În meseria de polițist, înfățișarea ei era un dezavantaj.

Mikael Blomkvist ieși pe ușă la 9:10. Monica Figuerola își notă ora. Îl văzu privind în sus, pe Bellmansgatan. Apoi, Mikael începu să urce panta spre ea. Monica Figuerola deschise torpedoul mașinii și scoase o hartă a Stockholmului, pe care o întinse pe scaunul de alături. Apoi deschise agenda și luă un pix din buzunarul jachetei, scoase mobilul și se prefăcu că vorbește. Ținea capul aplecat, astfel încât mâna cu telefonul să-i ascundă o parte din față.

Îl văzu pe Mikael Blomkvist aruncând o scurtă privire pe Tavastgatan. Știa că este supravegheat și probabil văzuse mașina lui Mårtensson, însă trecu mai departe, fără să arate vreun interes. *Se comportă liniștit și calm. Alții ar fi tras de ușa mașinii și ar fi scos untul din el.*

În momentul următor, Mikael trecu pe lângă mașina ei. Monica Figuerola era foarte ocupată cu găsirea unei adrese pe hartă, în vreme ce vorbea la telefon, dar simți că *Mikael privi, în trecere. Se îndoiește de tot ce vede*. Îi zări spinarea în oglinda retrovizoare din dreapta, în timp ce el își continua drumul spre Hornsgatan. Îl văzuse la televizor de câteva ori, dar era prima oară când îl vedea în carne și oase. Era îmbrăcat în jeanși albaștri, tricou și o haină gri. Avea o geantă de umăr și mergea cu pași mari, nepăsători. Un bărbat frumos.

Göran Mårtensson apăruse la colțul dinspre Bishop's Arms și-l urmărea cu privirea. Avea o geantă sport destul de mare, trecută peste umăr și tocmai termina o conversație la telefonul mobil. Monica Figuerola se așteptase ca acesta s-o ia după Mikael Blomkvist, dar, spre mirarea ei, Mårtensson traversă strada drept prin fața mașinii ei și o luă la stânga, în josul străzii, spre intrarea de la imobilul în care locuia Blomkvist. În următoarea secundă, un alt bărbat, în salopetă de lucru albastră, trecu și el pe lângă mașina Monicăi Figuerola, urmându-l pe Mårtensson. *Ia te uită, de unde-ai mai apărut și tu?*

Cei doi se opriră în fața ușii imobilului în care locuia Blomkvist. Mårtensson tastă codul și dispărură pe scară. *Au de gând să controleze apartamentul. Sărbătoarea amatorilor. Ce dracu' crede ăsta că face?*

Pe urmă, Monica Figuerola ridică privirea spre oglinda din spate și tresări, văzându-l din nou pe Mikael Blomkvist. Acesta revenise și era la vreo zece metri de ea, destul de aproape ca să-i poată urmări pe Mårtensson și pe tovarășul lui, peste creasta pantei abrupte care ducea la Bellmansgatan 1. Monica îi privi chipul. El n-o privea. În schimb, îl văzuse pe Göran Mårtensson dispărând pe ușă. După un scurt moment, Blomkvist se răsuci pe călcâie, luând-o din nou spre Hornsgatan.

Monica Figuerola rămase nemișcată preț de 30 de secunde. *El știe că e supravegheat. E atent la ce se petrece în jur. Dar de ce nu face nimic? Un om normal ar fi făcut un tărăboi cumplit... Are un plan.*

Mikael Blomkvist puse jos telefonul, cercetând gânditor agenda din fața lui. Serviciul de înregistrare a automobilelor îi comunicase că mașina cu femeia blondă pe care o observase în susul străzii Bellman aparținea unei anume Monica Figuerola, născută în 1969 și domiciliată pe Pontonjärgatan, în Kungsholmen. Pentru că în mașină se afla o femeie, Mikael presupuse că era Monica Figuerola în persoană.

Vorbise la telefonul mobil și căutase ceva pe o hartă care stătea deschisă, pe locul de lângă ea. Mikael nu avea niciun motiv să presupună că era vorba de clubul Zalachenko, însă el înregistra fiecare incident neobișnuit din preajmă și, în special, din jurul locuinței sale.

Ridică vocea, strigând-o pe Lottie Karim.

— Cine este tipa asta? Caută-i fotografia, unde lucrează și tot ce poți găsi despre trecutul ei.

— OK, spuse Lottie Karim, întorcându-se la biroul ei de lucru.

Directorul economic de la *SMP,* Christer Sellberg, părea total uluit. Îndepărtă foaia A4 cu cele nouă puncte pe care Erika Berger le prezentase la reuniunea săptămânală a comisiei de buget. Contabilul-șef Ulf Flodin avea aerul îngrijorat. Borgsjö, președintele consiliului de administrație, avea obișnuitul său aer neutru.

— Acest lucru este imposibil, constată Sellberg cu un zâmbet amabil.

— De ce? întrebă Erika Berger.

— Consiliul nu va accepta niciodată. E împotriva oricărui bun-simț.

— Vreți s-o luăm de la început? propuse Erika Berger. Eu sunt angajată ca să fac *SMP*-ul din nou rentabil. Pentru a putea reuși, trebuie să am cu cine să lucrez. Nu-i așa?

— Da, dar...

— Nu pot face să apară din neant conținutul unui cotidian, stând într-o cușcă de sticlă și dorindu-mi lucruri.

— Nu înțelegi realitățile economice.

— Posibil. Dar înțeleg cum se face un ziar. Și realitatea este că, în ultimii 15 ani, personalul de la *SMP* s-a redus cu 118 persoane. Să zicem că jumătate din aceștia erau graficieni, care au fost înlocuiți de noile tehnici și așa mai departe, însă numărul de reporteri producători de text a scăzut în această perioadă cu 48 de persoane.

— Au fost reduceri necesare. Dacă ele n-ar fi fost făcute, ziarul ar fi dispărut de mult.

— Hai să așteptăm un pic cu ce e necesar și nenecesar. În ultimii trei ani au dispărut 18 posturi de jurnaliști. În plus, ne aflăm în situația că 9 posturi întregi sunt vacante și într-o oarecare măsură acoperite de înlocuitori temporari. Redacția de Sport este în mare lipsă de personal. Acolo ar trebui să se găsească nouă angajați și timp de mai bine de un an două posturi au rămas neocupate.

— Este vorba de a economisi bani. E foarte simplu.

— Secția de Cultură ar mai avea nevoie de trei oameni. Secției economice îi lipsește un om. Departamentul juridic nici nu mai există, de fapt, dar... avem acolo un șef de secție care culege reporteri de la redacția de Fapte Diverse, pentru fiecare mateial. Și așa mai departe. *SMP* n-a făcut nicio anchetă jurnalistică asupra administrației și a autorităților, care să fie demnă de numele ăsta, în ultimii opt ani. Aici, noi suntem total dependenți de colaboratori externi și de materialul pe care îl produce *TT*[43]. Și, cum bine știți, *TT* a renunțat la rubrica Administrație de mulți ani. Cu alte cuvinte, nu există nicio singură redacție în

[43] Tidningarnas Telegrambyrån: agenție de știri suedeză.

Suedia care să supravegheze administrația și autoritățile de stat.

— Branșa presei scrise se află într-o situație grea...

— Realitatea este că ori *SMP* își închide prăvălia imediat, ori conducerea ia hotărârea să se facă investiții serioase. Avem pe zi ce trece tot mai puțini angajați care produc tot mai multe texte. Textele sunt mediocre, superficiale și lipsite de credibilitate. În consecință, oamenii nu mai citesc *SMP*.

— Tu nu înțelegi situația...

— Am obosit să tot aud că nu înțeleg. Nu sunt un elev aflat în practică și n-am venit aici ca să mă amuz.

— Dar propunerea ta este o nebunie.

— De ce?

— Tu propui ca ziarul să nu fie rentabil.

— Auzi, Sellberg, în anul care vine vei împărți ca dividende sume mari celor 23 de acționari ai *SMP*. La asta se vor adăuga prime total absurde, care vor costa *SMP* aproape 10 milioane de coroane, date celor nouă persoane din consiliul de administrație al *SMP*. Ți-ai dat ție însuți o primă de 400 000 de coroane, ca răsplată pentru că ai administrat reducerile de la *SMP*. Într-adevăr, nu este așa de mult cât și-au luat diferiții directori de la Skandia, dar în ochii mei tu nu valorezi niciun ban. Primă ar trebui să ți se dea dacă ai face ceva pentru *SMP*. Dar de fapt reducerile tale au slăbit ziarul și au adâncit criza.

— Ceea ce spui este foarte nedrept. Consiliul a aprobat fiecare măsură pe care am luat-o.

— Consiliul a aprobat măsurile tale, pentru că tu le garantezi distribuirea de dividende în fiecare an. Acest lucru trebuie să ia sfârșit acum și aici.

— Propui deci, cu cea mai mare seriozitate, ca noi să luăm hotărârea de-a opri orice dividende și orice prime. Cum crezi că vor accepta acționarii acest lucru?

— Propun un sistem de câștig zero pentru anul acesta. Asta ar însemna o economie de aproape 21 de milioane de coroane și posibilitatea de-a întări puternic personalul și economia ziarului. Propun, de asemenea, micșorarea salariilor pentru șefi. Eu am primit un salariu lunar de 88 000 de coroane, ceea ce e o nebunie totală, pentru un ziar care nu este în măsură să păstreze posturile de la redacția de Sport.

— Vrei să-ți reduci propriul salariu? Propui cumva un fel de comunism al salariilor?

— Nu vorbi prostii. Tu ai un salariu de 112 000 de coroane pe lună, dacă punem la socoteală și primele. E strigător la cer! Dacă ziarul ar fi stabil și ar aduce un venit uriaș, n-ai avea decât să împarți cât de multe prime ai dori. Dar acum nu-i momentul să-ți mărești propriul salariu. Propun o înjumătățire a tuturor salariilor de șefi.

— Ceea ce tu nu înțelegi este că acționarii noștri sunt acționari pentru că vor să câștige bani. Asta se numește capitalism. Dacă tu propui ca ei să-și piardă banii, n-or să mai vrea să fie acționarii noștri.

— Nu propun ca ei să-și piardă banii, dar foarte ușor s-ar putea ajunge și la această situație. Însă a fi proprietar implică responsabilitate. Cum tu însuți ai spus-o, aici e vorba de capitalism. Proprietarii *SMP* vor să aibă câștig. Însă regulile sunt de așa natură, că piața hotărăște dacă va fi câștig sau pierdere. După raționamentul tău, ai vrea ca regulile capitalismului să fie valabile în mod selectiv, doar pentru angajații ziarului, iar acționarii și tu în persoană să fiți exceptați.

Sellberg oftă, ridicând ochii spre cer. Lipsit de ajutor, căută privirea lui Borgsjö. Însă acesta studia gânditor programul în nouă puncte propus de Erika Berger.

Monica Figuerola așteptase patruzeci și nouă de minute înainte ca Göran Mårtensson și celălalt bărbat necunoscut să iasă pe poarta imobilului de pe Bellmansgatan. Când o luară spre ea, își aplecă aparatul Nikon cu teleobiectiv de 300 mm și făcu două poze. Puse aparatul în torpedou și tocmai începuse să-și facă din nou de lucru cu harta când, aruncând o privire întâmplătoare spre liftul public, i se măriră ochii de uimire. La marginea de sus a străzii Bellmansgatan, o femeie cu părul închis la culoare stătea cu o cameră digitală și îi filma pe Mårtensson și pe tovarășul lui. *Ce naiba... E vreun congres al spionilor, pe Bellmansgatan?*

Mårtensson și necunoscutul se despărțiră în vârful pantei, fără să-și vorbească. Mårtensson se duse la mașina sa, pe Tavastgatan. Porni motorul și dispăru din câmpul vizual al Monicăi Figuerola.

Se uită în oglinda retrovizoare, unde văzu spinarea bărbatului în salopetă. Înălță ochii și văzu că femeia cu camera terminase de filmat și era pe drum spre ea, prin fața casei Laurin.

Cap sau pajură? Știa deja cine este Göran Mårtensson și cu ce se ocupa. Atât bărbatul în salopetă, cât și femeia cu aparatul de filmat îi erau total necunoscuți. Dar dacă-și părăsea mașina, risca să fie observată de femeie.

Rămase liniștită. În oglinda retrovizoare îl văzu pe bărbatul în salopetă albastră luând-o la stânga, pe Brännkyrkagatan. Așteptă până ce femeia cu aparatul ajunsese la încrucișarea de drumuri din fața ei, însă aceasta, în loc să-l urmeze pe bărbat, se întoarse în direcția opusă și coborî spre Bellmansgatan 1. Monica Figuerola văzu că era o femeie cam de 35 de ani, cu păr negru tuns scurt; era îmbrăcată în jeanși închiși la culoare și geacă neagră. Când văzu că aceasta ajunsese la jumătatea pantei, Monica deschise portiera și o luă la fugă în sus, spre Brännkyrkagatan. Nu-l mai zărea pe bărbatul în salopetă. În secunda următoare, o dubă Toyota plecă de lângă trotuar; Monica Figuerola îl văzu pe bărbat din profil și memoră numărul mașinii. Și chiar dacă ar fi uitat numărul, ar fi reușit să-l găsească. Părțile laterale ale mașinii făceau reclamă pentru firma Lars Faulsson — broaște și chei; era și un număr de telefon al firmei.

Nu făcu nicio încercare de-a fugi înapoi, la mașina ei, ca să urmărească Toyota. În loc de asta, se întoarse calm la mașină. Ajunse în vârful pantei, exact la timp ca s-o vadă pe femeia cu aparatul de fotografiat dispărând pe ușa imobilului unde locuia Mikael Blomkvist.

Se așeză în mașină și notă atât numărul de înmatriculare, cât și telefonul firmei de chei. Apoi se scărpină gânditoare în cap. Se întâmplau lucruri misterioase în jurul imobilului lui Blomkvist. Ridică privirea spre acoperișul casei de la Bellmansgatan 1. Știa că Blomkvist avea un apartament la mansardă, însă din schițele de la biroul de stat pentru construcții constatase că acesta se afla pe partea cealaltă a imobilului, cu ferestrele dând spre Riddarfjärden și Gamla Stan. O locuință șic, într-un vechi cartier istoric. Se întreba dacă tipul era vreun parvenit lăudăros.

Așteptă nouă minute înainte ca femeia să iasă pe ușă. În loc să urce panta spre în Tavastgatan, femeia continuă să coboare și o luă la dreapta, pe Pryssgränd. *Hmm.* Dacă aceasta avea o mașină parcată acolo, Monica Figuerola n-avea ce face. Dar dacă mergea pe jos, nu avea decât o singură cale — să urce pe Brännkyrkagatan, apoi pe lângă Pustegränd, în apropiere de Slussen.

Monica Figuerola își părăsi mașina și o luă la stânga, spre Slussen, pe Brännkyrkagatan. Aproape ajunsese la

Pustegränd, când femeia cu aparatul de fotografiat apăru în fața ei. Bingo! își spuse, urmând-o prin fața hotelului Hilton, prin piața Södermalm, apoi prin fața Muzeului Orașului, la Slussen. Femeia mergea cu pas rapid și hotărât, fără să se uite în jur. Monica Figuerola îi dădu un avans de 30 de metri. Fata dispăru pe intrarea de la metrou și Monica Figuerola grăbi pasul, dar se opri, văzând-o că se duce la chioșcul de ziare, în loc să se îndrepte spre peroane.

Monica Figuerola o cercetă pe femeia care stătea la coada de la chioșcul de ziare. Avea cam 1,70 înălțime și avea un aer mai degrabă sportiv, cu papucii ei de jogging. Când o văzu stând așa, bine înfiptă în picioare în fața chioșcului de ziare, Monica avu impresia că trebuie să fie polițistă. Femeia cumpără o doză de Cath Dry[44] și se întoarse în piață, luând-o apoi la dreapta, spre Katarinavägen.

Monica Figuerola merse după ea. Era aproape sigură că femeia n-o observase. Aceasta dispăruse după colț, mai sus de McDonald's, iar Monica era pe urmele ei, cam la 40 de metri.

Dând colțul însă, nu mai văzu nici urmă de femeie. Monica Figuerola se opri, uimită. *La naiba!* Trecu cu pași rari prin fața caselor. Apoi, privirea îi căzu pe o firmă. Milton Security.

Monica Figuerola dădu din cap pentru sine și se întoarse la Bellmansgatan.

Conduse până la Götgatan, unde se găsea redacția revistei *Millennium* și petrecu următoarea jumătate de oră învârtindu-se pe străzile din jurul redacției. Nu văzu nicăieri mașina lui Mårtensson. La ora prânzului, se întoarse

---

44 Marcă de tutun de mestecat.

la sediul poliției din Kungsholmen și petrecu o oră ridicând haltere, în sala de gimnastică.

— Avem o problemă! spuse Henry Cortez.

Malin Eriksson și Mikael Blomkvist ridicară ochii de pe manuscrisul cărții despre cazul Zalachenko. Era ora 13:30.

— Stai jos, spuse Malin.

— E vorba de Vitvara SA, firma care face scaune de closet în Vietnam și le vinde cu 1 700 de coroane bucata!

— Aha. Și în ce constă problema? întrebă Mikael.

— Vitvara SA aparține de fapt firmei SveaBygg SA.

— Da. O firmă mare.

— Exact. Iar președintele ei se numește Magnus Borgsjö și e profesionist al diferitelor consilii de administrație. Între altele, este președinte al consiliului de administrație de la *Svenska Morgon–Posten* și deține aprcape 10% din ziar.

Mikael îi aruncă o privire pătrunzătoare lui Henry Cortez:

— Ești sigur?

— Da. Șeful Erikăi Berger este un hoț blestemat care exploatează copiii din Vietnam.

— Hopa! făcu Malin Eriksson.

Secretarul de redacție, Peter Fredriksson, părea foarte jenat atunci când ciocăni discret la ușa cuștii de sticlă a Erikăi Berger, la ora două după-amiaza.

— Ce e?

— Ăă, e ceva destul de delicat. Dar cineva din redacție a primit un e-mail de la tine.

— De la mine?

— Da, oftă el.

— Despre ce e vorba?

El îi dădu câteva foi A4 cu e-mailuri care fuseseră adresate Evei Carlsson, o stagiară de 26 de ani de la secția Cultură. La expeditor era erika.berger@smpost.se.

[Iubita mea Eva. Vreau să-ți mângâi sânii. Ard de excitație și nu mă mai pot stăpâni. Te rog, răspunde sentimentelor mele! Putem să ne vedem? /Erika.]

Eva Carlsson nu răspunsese acestei prime propuneri, ceea ce avusese drept rezultat încă două e-mailuri, în zilele imediat următoare.

[Prea iubita mea Eva. Te rog să nu mă respingi. Sunt nebună de dorință. Vreau să te am goală. Trebuie să te am. O să-ți fie bine. Nu vei regreta niciodată. Voi săruta fiecare centimetru din pielea ta goală, din sânii tăi frumoși și din dulcea ta peșteră./ Erika.]

[Eva. De ce nu răspunzi? Să nu-ți fie frică de mine. Nu mă respinge. Tu știi despre ce este vorba. Vreau să fac sex cu tine și te voi răsplăti regește. Dacă ești drăguță cu mine, am să fiu și eu drăguță cu tine. Ai întrebat despre prelungirea stagiaturii tale. Stă în puterea mea s-o prelungesc și chiar s-o transform în post fix. Hai să ne întâlnim diseară la ora 21:00, lângă mașina mea, în garaj. Erika ta.]

— Aha, spuse Erika. Și acum se întreabă dacă eu sunt cea care-i trimite propuneri libidinoase.

— Nu chiar… Vreau să spun… Uff!

— Peter, nu te mai ascunde după deget!

— Poate a crezut un pic, la primul e-mail, sau în orice caz a fost total uluită. Pe urmă însă a înțeles că e o nebunie și că nu-i exact stilul tău, și atunci…

— Atunci?

— Păi, crede că e jenant și nu știe exact ce să facă. La asta se adaugă faptul că tu o impresionezi și îi place de tine... ca șef, desigur. Așa că a venit la mine și mi-a cerut sfatul.

— Înțeleg. Și tu ce i-ai spus?

— Am spus că e cineva care ți-a folosit adresa și o agresează. Sau, probabil, vă agresează pe amândouă. Și i-am promis că voi vorbi cu tine despre asta.

— Mulțumesc. Vrei să fii amabil s-o trimiți la mine peste 10 minute?

În acest răstimp, Erika scrise un e-mail:

[Mă văd obligată să vă informez pe toți că una dintre colegele noastre a primit un număr de scrisori trimise prin poșta electronică ce par să vină de la mine. Scrisorile conțin aluzii sexuale de cel mai grosolan fel. Eu însămi am primit e-mail cu conținut vulgar de la un expeditor care se declară a fi la „centralred", la *SMP.* O asemenea adresă nu există la *SMP*, după cum se știe.

Am consultat șeful tehnic care declară că este foarte ușor să falsifici o adresă. Eu nu știu exact cum se face, dar există, după cum se pare, site-uri pe internet unde se pot face asemenea lucruri. Trebuie deci să trag trista concluzie că printre noi se află un om bolnav, care se ocupă cu așa ceva.

Vreau să știu dacă și alți colaboratori au primit mesaje bizare. În acest caz, doresc ca ei să meargă imediat la secretarul de redacție, Peter Fredriksson. Dacă această mizerie continuă, va trebui să anunțăm poliția.

Erika Berger, redactor-șef.]

A printat o copie, apoi a apăsat pe butonul „Trimite", astfel încât e-mailul a mers la toți angajații *SMP*. În același moment, Eva Carlsson bătu la ușă.

— Bună, ia loc, spuse Erika. Am auzit că ai primit e-mailuri de la mine.

— Păi, nu m-am gândit nicio clipă că ar fi venit de la tine.

— Cu treizeci de secunde în urmă, ai primit totuși un e-mail de la mine. Pe acesta l-am scris eu și l-am trimis la toți colaboratorii.

Îi întinse Evei Carlsson e-mailul printat.

— OK. Înțeleg, spuse Eva Carlsson.

— Îmi pare rău că cineva te-a făcut ținta acestei campanii neplăcute.

— Nu e nevoie să-ți ceri scuze pentru ce a inventat un nebun.

— Vreau doar să mă conving că nu mai ai nicio bănuială că aș avea ceva de-a face cu scrisorile.

— Niciodată n-am crezut că tu ai trimis e-mailurile.

— OK, mulțumesc, spuse Erika, zâmbind.

Monica Figuerola și-a petrecut după-amiaza strângând informații. A început prin a comanda o fotografie de pașaport a lui Lars Faulsson, ca să verifice dacă era persoana pe care o observase în compania lui Göran Mårtensson. Apoi, a căutat în registrul de caziere judiciare și a obținut imediat un rezultat.

Lars Faulsson, 47 de ani, cunoscut sub porecla de Falun, își începuse cariera cu furt de mașini, la vârsta de 17 ani. În anii '70 ș '80 fusese prins de două ori și condamnat pentru spargere, jaf și tăinuire. Prima oară, primise o pedeapsă mai ușoară, a doua oară însă, a primit trei ani. La vremea aceea era considerat ca un delincvent de viitor în lumea interlopă și fusese interogat pentru cel puțin încă trei spargeri, dintre care una era spargerea destul de complicată a unei case de bani, despre care s-a vorbit mult în presă, la un mare magazin din Våsterås. După ce a terminat anii de pușcărie, în 1984, și-a văzut de treabă — sau, cel puțin, n-a mai dat nicio lovitură care să aibă ca rezultat prinderea și condamnarea lui. În schimb, s-a recalificat ca lăcătuș (din toate meseriile posibile!) și în 1987 și-a deschis o firmă proprie, Lars Faulsson — broaște și chei, cu adresa lângă Norrtull.

A o identifica pe femeia necunoscută care-i filmase pe cei doi se dovedise și mai ușor decât își imaginase Monica Figuerola. Telefonase pur și simplu la Milton Security, la recepție și explicase că o căuta pe o angajată cu care se mai întâlnise, dar căreia îi uitase numele. Putea însă să dea o bună descriere a femeii în chestiune. Recepționista spusese că părea să fie Susanne Linder și îi făcuse legătura cu aceasta. Când femeia răspunse la telefon, Monica Figuerola se scuză, spunând că formase un număr greșit.

Intră apoi în registrul de stare civilă și constată că existau 18 Susanne Linder în regiunea Stockholm. Trei dintre ele aveau în jur de 35 de ani. Una locuia la Norrtälje, alta la Stockholm și a treia la Nacka. Ceru fotografiile lor și o identifică imediat pe femeia pe care o urmărise de la Bellmansgatan ca fiind Susanne Linder, cu domiciliul în Nacka.

Adună descoperirile zilei într-un raport și se duse la Torsten Edklinth.

La ora cinci după-amiaza, Mikael Blomkvist închise dosarul de cercetare al lui Henry Cortez, împingându-l la o parte cu dezgust. Christer Malm lăsă și el foile printate pe care le citise de patru ori. Henry Cortez ședea pe canapeaua din biroul lui Malin Eriksson, cu un aer vinovat.

— Cafea? întrebă Malin, ridicându-se.

Se întoarse cu patru căni și cu termosul cu cafea.

Mikael oftă.

— E o poveste urâtă, spuse. Cercetare impecabilă. Documentată, de la un capăt la celălalt. Dramaturgie perfectă, cu un nenorocit care escrochează chiriașii suedezi, servindu-se de sistem — ceea ce e perfect legal —, dar care este așa de al dracului de lacom și tâmpit, că a făcut apel la o întreprindere din Vietnam, care exploatează copiii.

— Și, în plus, este bine scris, spuse Christer Malm. A doua zi după ce vom publica materialul, Borgsjö va fi *persona non grata* în Suedia. Televiziunea se va arunca asupra articolului. El se va afla la loc de cinste între directorii de la Skandia și alți escroci. O adevărată lovitură pentru *Millennium*. Bravo, Henry!

Mikael făcu un gest de încuviințare.

— Numai chestia cu Erika vine ca musca-n lapte, spuse el.

— Dar care este de fapt problema? întrebă Malin. Doar nu Erika e vinovata. Avem dreptul să ne ocupăm de orice președinte de consiliu de administrație, chiar dacă acesta se întâmplă să fie șeful ei!

— E totuși o problemă destul de nasoală, spuse Mikael.

— Erika Berger nu a plecat cu totul de aici, zise și Christer Malm. Ea este proprietara a 30% din *Millennium* și se află în conducerea noastră. Este chiar președinta consiliului de administrație, până când o vom putea alege în locul ei pe Harriet Vanger, la următoarea ședință de consiliu, care va fi abia în august. Și Erika lucrează la *SMP*, unde se află, de asemenea, în consiliul de administrație, iar noi îi vom denunța șeful.

Se lăsă o tăcere sumbră.

— Atunci, ce naiba facem? întrebă Henry Cortez. Renunțăm la articol?

Mikael îl privi pe Henry direct în ochi:

— Nu, Henry. Nu vom renunța la el. Nu lucrăm în felul ăsta la *Millennium*. Dar trebuie să facem ceva înainte. Nu putem să-i aruncăm Erikăi în cap mizeriile astea fără să vorbim cu ea înainte.

Christer Malm aprobă, agitând un deget:

— O s-o băgăm pe Erika în mare bucluc. Va trebui să aleagă să vândă imediat partea de la *Millennium* și să plece din consiliu ori, în cel mai rău caz, să fie dată afară de la *SMP*. Situație în care va ajunge într-un cumplit conflict de interese. Cinstit vorbind, Henry... Eu sunt de acord cu Mikael, să publicăm articolul, dar s-ar putea să trebuiască să-l amânăm cu o lună.

Mikael aprobă.

— Pentru că, la rândul nostru, și noi ne aflăm într-un conflict de loialitate, spuse el.

— Să-i telefonez? întrebă Christer Malm.

— Nu, răspunse Mikael. Am să-i telefonez eu, să fixăm o întâlnire. Chiar în seara asta.

Torsten Edklinth a ascultat-o atent pe Monica Figuerola în vreme ce aceasta rezuma circul din jurul locuinței lui Mikael Blomkvist, de pe Bellmansgatan 1. Simțea cum i se clătina pământul sub picioare.

— Prin urmare, un angajat de la Säpo a intrat în imobilul în care locuiește Mikael Blomkvist, împreună cu un fost spărgător, reprofilat în lăcătuș.

— Exact.

— Ce crezi că au făcut acolo?

— Nu știu. Dar au stat patruzeci și nouă de minute. Aș putea ghici că Faulsson a deschis ușa, ca Mårtensson să intre în apartamentul lui Blomkvist.

— Ce să facă acolo?

— Nu poate fi vorba de instalarea unor microfoane, asta nu ia decât un minut. Prin urmare, Mårtensson a cotrobăit probabil prin hârtiile lui Blomkvist, sau ce mai are el acasă.

— Dar Blomkvist a fost avertizat... Doar i-au furat din apartament raportul lui Björck.

— Exact. Știe că e supravegheat și la rândul lui îi supraveghează pe urmăritori. E calm.

— Cum așa?

— Cred că are un plan. Strânge informații și are de gând să-l demaște pe Göran Mårtensson. E singura explicație.

— Și pe urmă a apărut femeia aceea, Linder.

— Susanne Linder, 34 de ani, domiciliată în Nacka. E o fostă polițistă.

— Polițistă?

— A făcut Școala de Poliție și a lucrat șase ani la brigada de intervenții din Södermalm. Brusc, și-a dat demisia. Nu e nimic în dosarul ei care să explice de ce a făcut-o. A fost șomeră câteva luni, înainte să fie angajată la Milton Security.

— Dragan Armanski, spuse Edklinth gânditor. Cât timp a fost ea înăuntru, în imobil?

— Nouă minute.

— Și ce-a făcut?

— Pot ghici — întrucât i-a filmat pe Mårtensson și pe Paulsson, pe stradă — că a strâns probe de pe urma activităților acestora. Asta înseamnă că Milton Security lucrează împreună cu Blomkvist și că au plasat camere de supraveghere în apartamentul lui și pe scară. Probabil că s-a dus pentru a extrage informația din camere.

Edklinth oftă. Povestea Zalachenko începea să fie intolerabil de complicată.

— OK. Mulțumesc. Du-te acasă. Trebuie să mă gândesc la toate acestea.

Monica Figuerola se duse la sala de gimnastică din piața Sankt Erik și începu să se antreneze.

Mikael Blomkvist a folosit telefonul albastru de rezervă T10, marca Eriksson, ca să o sune pe Erika Berger, la *SMP*. A întrerupt-o într-o discuție pe care aceasta tocmai o avea cu redactorii, despre orientarea care trebuia dată unui text legat de terorismul internațional.

— Ia te uită, salut... Așteaptă o clipă.

Erika acoperi telefonul cu mâna și se uită în jur.

— Cred că am terminat, spuse ea, dând ultimele instrucțiuni asupra felului în care voia să fie articolul.

Când rămase singură în cușca de sticlă, duse din nou receptorul la ureche.

— Bună, Mikael. Iartă-mă că nu ți-am dat nicio veste. Sunt total copleșită de muncă și am o mie de lucruri de care trebuie să mă ocup.

— Nici eu n-am dus lipsă de activitate, spuse Mikael.

— Cum merge cu afacerea Salander?

— Bine. Dar nu pentru asta ți-am telefonat. Trebuie să ne întâlnim. În seara asta.

— Aș vrea să pot, dar trebuie să rămân aici până diseară, la ora opt. Și sunt frântă de oboseală. Muncesc de la 6 dimineața.

— Ricky... nu e vorba de viața ta sexuală. Trebuie să vorbesc cu tine. E important.

Erika tăcu o secundă.

— Despre ce e vorba?

— Discutăm când ne vedem. Însă nu e ceva plăcut.

— OK. Vin la tine acasă, pe la opt și jumătate.

— Nu, nu se poate la mine. E o poveste lungă, dar apartamentul meu e inutilizabil pentru o vreme. Vino la „Cratița lui Samir", să bem o bere.

— Conduc.

— Bine. Atunci bem bere fără alcool.

Erika Berger era ușor iritată, atunci când a intrat în restaurantul „Cratița lui Samir", la opt și jumătate seara. Avea conștiința încărcată că nu-i spusese o vorbă lui Mikael din ziua în care plecase la *SMP*. Însă niciodată nu avusese așa de multe de făcut ca acum.

Mikael Blomkvist îi făcu semn cu mâna, de la o masă din colț, de lângă fereastră. Ea întârzie în pragul ușii. Timp de o secundă, Mikael îi păru o persoană total necunoscută și simți că-l privea cu alți ochi. *Cine e bărbatul de acolo? Dumnezeule, ce obosită sunt!* Apoi, el se ridică și o sărută pe obraz, iar ea înțelese cu spaimă că nu se gândise la el de câteva săptămâni și că-i era un dor nebun de el. Era ca și cum timpul petrecut la *SMP* ar fi fost doar un vis și avea să se trezească brusc, pe canapeaua de la *Millennium*. Totul părea ireal.

— Hei, Mikael.

— Hei, doamnă redactor-șef. Ai mâncat?

— E ora opt și jumătate. Nu am obiceiurile tale detestabile.

Apoi, înțelese că de fapt murea de foame. Samir apăru cu un meniu și ea comandă o bere fără alcool și o por'ie mică de caracatiță cu cartofi prăjiți. Mikael comandă cușcuș și bere, de asemenea fără alcool.

— Cum îți merge? întrebă ea.

— Trăim vremuri interesante. Am treabă până peste cap.

— Cum e cu Salander?

— Ea e o parte din chestiile interesante.

— Micke, n-am de gând să-ți fur povestea.

— Iartă-mă... Nu încerc să evit răspunsul. Pentru moment, lucrurile sunt un pic amestecate. Îți povestesc cu plăcere, dar va dura o jumătate de noapte. Cum e să fii șef la *SMP*?

— Nu e ca la *Millennium*.

Rămase tăcută un moment.

— Mă sting ca o lumânare în care sufli, de îndată ce ajung acasă și, când mă trezesc, văd calcule de buget în fața ochilor. Mi-ai lipsit. N-am putea să mergem la tine acasă, să ne culcăm? Nu am forța să fac dragoste, dar aș dori să mă ghemuiesc și să dorm în brațele tale.

— *Sorry*, Ricky. Pentru moment, apartamentul meu nu e un loc potrivit.

— De ce? S-a întâmplat ceva?

— Păi... O bandă de nenorociți mi-a pus microfoane și ascultă fiecare vorbă pe care o spun acolo. La rândul meu, am instalat camere de supraveghere ascunse care arată ce se petrece când nu sunt acasă. Cred că e mai bine să nu arătăm lumii întregi fundul tău gol.

— Glumești?

El scutură din cap:

— Nu. Dar nu de asta trebuia neapărat să te întâlnesc.

— Ce s-a întâmplat? Ai un aer ciudat.

— Păi... tu ai preluat *SMP*. Și noi, la *Millennium,* am dat peste o poveste care o să-l distrugă pe președintele consiliului vostru. E vorba de folosirea ca mână de lucru a copiilor și a deținuților politic, în Vietnam. Cred că am nimerit într-un conflict de interese.

Erika lăsă deoparte furculița, privindu-l fix. Văzu imediat că Mikael nu glumea.

— Așa stau lucrurile, spuse el. Borgsjö e director al consiliului de administrație și acționar majoritar într-o firmă care se numește SveaBygg, care la rândul ei are o filială, Vitavara SA. Aceștia din urmă fac scaune de toaletă într-o fabrică din Vietnam, care este trecută pe lista ONU pentru folosirea forței de muncă infantile.

— Ia-o încă o dată de la capăt.

Mikael îi explică amănunțit acea poveste pe care Henry Cortez o pusese cap la cap. Își deschise geanta și scoase o copie a documentării. Erika parcurse articolul lui Cortez. La urmă, ridică privirea și întâlni ochii lui Mikael. Simțea o panică irațională, amestecată cu neîncredere.

— Cum dracu' s-a întâmplat că primul lucru pe care l-a făcut *Millennium,* după ce am plecat eu, a fost să-i pună sub lupă pe cei care se află în consiliul de administrație de la *SMP*?

— Nu e așa, Ricky.

Îi povesti cum se ajunsese aici.

— Și de când știi tu asta?

— De azi după-amiază. Nu-mi place deloc turnura pe care a luat-o povestea asta.

— Ce aveți de gând să faceți?

— Nu știu. Trebuie să publicăm. Nu putem face o excepție, numai pentru că este vorba de șeful tău. Însă niciunul dintre noi nu vrea să-ți facă rău.

Își desfăcu mâinile într-un gest de neputință.

— Suntem destul de disperați. Mai ales Henry.

— Eu mă aflu încă în conducerea revistei *Millennium.* Sunt proprietară... Se va interpreta ca...

— Știu exact cum se va interpreta. O să te băgăm în rahat, la *SMP*.

Erika simți cum o copleșea oboseala. Strânse din dinți, înăbușindu-și impulsul de a-l ruga pe Mikael să mușamalizeze povestea.

— Fir-ar să fie, ce rahat! spuse ea. Nu există nicio îndoială că povestea e adevărată?

Mikael scutură din cap.

— Am stat toată seara pe documentația lui Henry. Îl avem pe Borgsjö gata de tăiere.

— Ce-o să faceți?

— Ce-ai fi făcut tu dacă găseam subiectul ăsta cu două luni în urmă?

Erika Berger îl cercetă cu atenție pe cel care-i era prieten și iubit de mai mult de 20 de ani. Apoi, lăsă ochii în jos.

— Tu știi ce-aș fi făcut.

— E o coincidență nenorocită. Nimic din toate acestea nu este îndreptat împotriva ta. Sunt foarte necăjit. De aceea, am insistat să ne întâlnim imediat. Trebuie să hotărâm ce vom face.

— Noi?

— Să spunem așa... Subiectul ăsta era prevăzut pentru numărul din iunie. L-am amânat deja. Va fi publicat cel mai devreme în august și poate fi împins și mai mult, dacă tu ai nevoie.

— Înțeleg.

Vocea ei avea un ton amar.

— Propun să nu luăm nicio hotărâre în seara asta. Tu iei documentarea, te duci acasă și reflectezi. Nu faci nimic, înainte să ne hotărâm asupra unei strategii comune. Avem timp suficient.

— O strategie comună?

— Tu va trebui ori să ieși din conducerea revistei *Millennium,* cu destulă vreme înainte ca noi să publicăm materialul, ori să pleci de la *SMP*. Nu poți sta pe amândouă scaunele.

Ea aprobă.

— Numele meu este atât de legat de *Millennium,* încât nimeni nu va crede că nu sunt implicată în afacere, chiar dacă demisionez.

— Există o alternativă. Poți lua la *SMP* articolul ăsta, să-l încolțești pe Borgsjö și să-i ceri demisia. Sunt convins că Henry Cortez va fi de acord. Însă nu face absolut nimic înainte să vorbim toți.

— Iar eu îmi fac intrarea aranjând ca persoana care m-a adus la noul meu post să fie dată afară.

— Îmi pare rău.

— Nu e un om rău.

Mikael aprobă:

— Te cred. Dar e lacom.

Erika, la rândul ei, aprobă și ea. Se ridică.

— Mă duc acasă.

— Ricky, eu…

Îl întrerupse:

— Sunt moartă de oboseală. Mulțumesc pentru că m-ai avertizat. Trebuie să mă gândesc la ce înseamnă asta.

Mikael dădu din cap.

Ea plecă fără să-l sărute pe obraz și-l lăsă să plătească nota.

Erika Berger parcase mașina la vreo 200 de metri de localul lui Samir. Ajunsese pe la jumătatea drumului, când simți că inima îi bătea așa de tare, că trebui să se oprească și să se sprijine de un perete, lângă o poartă. Îi era rău.

Rămase acolo mult timp, respirând adânc aerul răcoros al nopții de mai. Își dădu brusc seama că muncise câte cincisprezece ore pe zi, de la 1 mai încoace. Se făceau în curând trei săptămâni. Cum se va simți peste trei ani? Cum se simțise Morander, când se prăbușise mort în mijlocul redacției?

După zece minute, se întoarse la localul lui Samir, întâlnindu-l pe Mikael, chiar în momentul în care acesta ieșea pe ușă. El se opri, uluit.

— Erika...

— Nu spune nimic, Mikael. Suntem prieteni de atâta timp, că nimic nu ne poate despărți. Ești cel mai bun prieten al meu și acum este exact ca atunci când ai dispărut acum doi ani, la Hedestad, deși situația este inversă. Mă simt stresată și nefericită.

El dădu din cap, cuprinzând-o în brațe. Erika simți cum i se umplu ochii de lacrimi.

— Trei săptămâni la *SMP* mi-au venit de hac, spuse ea, râzând.

— Daa. Cu siguranță, cred că e nevoie de mult mai mult ca să-i vii de hac Erikăi Berger!

— Apartamentul tău e inutilizabil. Eu sunt prea obosită ca să merg până acasă, la Saltsjöbaden. O să adorm la volan și-am să mor. Am luat o hotărâre. Am de gând să merg până la Scandic Crown și să iau o cameră. Vino cu mine.

El dădu din cap.

— Acum se numește Hilton.

— Tot dracul ăla e.

Au mers pe jos scurta bucată de drum. Niciunul n-a spus nimic. Mikael ținea brațul în jurul umerilor ei. Erika îi arunca priviri furișe, înțelegând că și el era la fel de obosit ca ea.

Au mers la recepție, au comandat o cameră dublă și au plătit cu cartea de credit a Erikăi. Au urcat în cameră, s-au dezbrăcat, au făcut duș și s-au strecurat în pat. Erika avea dureri musculare, ca și cum ar fi alergat la maratonul Stockholmului. S-au îmbrățișat un moment și au adormit, ca și cum ar fi suflat într-o lumânare.

Niciunul dintre ei nu avusese senzația că este urmărit. Nu l-au observat pe bărbatul care îi urmărise până în fața hotelului.

15
Joi 19 mai — duminică 22 mai

Lisbeth Salander și-a petrecut noaptea de joi citind articolele lui Mikael Blomkvist și capitolele din cartea lui care era aproape gata. Pentru că procurorul Ekström miza pe un proces în iulie, Mikael avea ca termen de tipărire 20 iunie. Asta însemna că Afurisitul de Kalle Blomkvist avea o lună ca să termine de scris și să umple toate locurile rămase descoperite din text.

Lisbeth nu înțelegea cum va apuca s-o facă, însă asta era problema lui. Problema ei era să se hotărască ce atitudine va lua în privința întrebărilor pe care i le pusese acesta.

Luă computerul de buzunar Palm Tungsten T3 și intră pe lista de discuții [Masa_Țicnită], verificând dacă se scrisese ceva nou din ziua precedentă. Constată că nu era nimic nou. Apoi, deschise documentul [Întrebări Importante]. Știa deja textul pe dinafară, dar îl mai citi încă o dată.

El schița o strategie pe care Annika Giannini i-o expusese deja. Când aceasta îi vorbise, o ascultase cu un interes distrat, ca și cum povestea nu o privea. Însă Mikael Blomkvist cunoștea despre ea secrete de care Annika Giannini n-avea habar. De aceea, el putuse să-i prezinte strategia într-un fel mai substanțial. Se duse la paragraful al patrulea:

[Singura persoană care poate decide cum va arăta viitorul tău ești tu însăți. Nu are nicio importanță cât de mult se zbate Annika pentru tine, sau eu și Armanski și Palmgren și ceilalți care te sprijinim. Nu am de gând să încerc să te conving să faci ceva. Tu singură trebuie să hotărăști ce vei face. Ori vei întoarce acest proces în avantajul tău, ori îi lași să te condamne. Dar, dacă vrei să câștigi, trebuie să lupți.]

Se deconectă și rămase privind în tavan. Mikael îi cerea permisiunea să povestească în cartea lui adevărul. Avea de gând să treacă sub tăcere episodul cu violul lui Bjurman. Capitolul era deja scris, dar el încerca să pună lucrurile cap la cap, spunând că Bjurman începuse o colaborare cu Zalachenko, care căzuse atunci când el o luase razna, și că atunci Niedermann fusese obligat să-l ucidă. Mikael nu intra în amănunte despre motivele lui Bjurman.

Blestematul de Kalle Blomkvist îi complica existența!

Reflectă timp îndelungat.

Când se făcuse deja două noaptea, luă computerul și deschise programul de scriere de text. Făcu un document nou, scoase pixul digital și începu să apese literele pe tastatură.

[Numele meu este Lisbeth Salander. M-am născut la 30 aprilie 1978. Mama mea era Agneta Sofia Salander. Avea 17 ani când m-a născut. Tatăl meu era un psihopat, un criminal și un agresor de femei, pe nume Alexander Zalachenko. Lucrase în Europa de Vest ca agent al GRU în serviciul militar de informații sovietic GRU.]

Scrisul mergea greu, pentru că trebuia să bată fiecare literă în parte. Își formula fiecare propoziție în minte, înainte de-a o scrie. A lucrat până la ora patru dimineața, când a decuplat computerul și l-a pus la încărcat, în cavitatea din spatele patului ei. Până la acea oră scrisese echivalentul a două pagini A4, la un rând.

Erika Berger s-a trezit la șapte dimineața. Nu-și făcuse tot somnul, dar dormise fără întrerupere opt ore. Îi aruncă o privire lui Mikael Blomkvist, care încă mai dormea profund.

Începu prin a deschide mobilul, verificând dacă primise vreun mesaj. Ecranul arăta că soțul ei Greger Beckman o sunase de 11 ori. *La naiba! Am uitat să telefonez.* Formă numărul și-i explică unde se afla și de ce nu venise noaptea trecută acasă. El era furios.

— Erika, să nu mai faci niciodată așa ceva. Știi că n-are nicio legătură cu Mikael, dar azi-noapte n-am reușit să închid un ochi. Eram speriat de moarte să nu ți se fi întâmplat ceva. Trebuie să suni și să spui când nu vii acasă. Să nu mai uiți vreodată să faci asta.

Greger Beckman era la curent cu faptul că Mikael Blomkvist era amantul soției sale. Povestea lor avea loc cu aprobarea și asentimentul lui. Dar înainte, de fiecare dată când hotărâse să doarmă la Mikael, Erika își sunase mai întâi soțul, explicându-i situația. De data aceasta, mersese la Hilton fără niciun alt gând decât să doarmă.

— Iartă-mă, spuse ea. Pur și simplu, ieri am clacat.

El continua să bombăne.

— Nu fii supărat, Greger. Nu pot duce așa ceva în clipa asta. Poți să țipi la mine diseară.

Greger mai scoase o ultimă mormăială, promițându-i că-i va face capul calendar când va pune mâna pe ea.

— OK. Ce face Blomkvist?

— Doarme.

Erika râse brusc.

— Poți să mă crezi sau nu, dar amândoi am adormit la cinci minute după ce ne-am pus în pat. Asta nu s-a mai întâmplat niciodată.

— Erika, ai grijă de tine. Poate ar trebui să consulți un medic.

După ce încheie conversația cu soțul ei, telefonă la recepție la *SMP*, lăsând un mesaj pentru secretarul de redacție, Peter Fredriksson. Îi spunea că s-a ivit ceva neașteptat și că va veni cu oarecare întârziere. Îl ruga să amâne o întâlnire planificată cu colaboratorii de la secția de Cultură.

Pe urmă, își căută geanta, de unde scoase o periuță de dinți și se duse la baie. Abia după aceea se întoarse în pat, trezindu-l pe Mikael.

— Bună, murmură el.

— Bună, zise ea. Grăbește-te la baie, dă-ți cu apă pe față și spală-te pe dinți.

— Ce... Ce?

Mikael se ridică în capul oaselor, privind zăpăcit în jur și ea trebui să-i aducă aminte că se aflau la Hilton, lângă Slussen. El dădu din cap.

— Așa. Deci, du-te la baie.

— De ce?

— Pentru că, de îndată ce te întorci, vreau să facem sex.

Își privi ceasul de mână.

— Și, grăbește-te. Am o întâlnire la ora 11, și îmi ia cel puțin o jumătate de oră să-mi pun în ordine fața. Trebuie să apuc să cumpăr și o bluză curată, în drum spre slujbă. Avem deci doar două ore ca să câștigăm tot timpul pierdut.

Mikael se duse la baie.

Jerker Holmberg parcase Fordul tatălui său în curtea fostului prim-ministru, Thorbjörn Fälldin, în Ås, în apropiere de Ramvik, în comuna Härnösand. Coborî din mașină, privind în jur. Era joi dimineața. Ploua mărunt și câmpia era foarte verde. La vârsta de 79 de ani, Fälldin nu mai era un agricultor activ și Holmberg se întreba cine semăna și culegea recolta. Știa că este privit de la fereastra bucătăriei. Așa era regula la țară. El însuși crescuse la Hälledal, lângă Ramvik, la o aruncătură de băț de Sandöbron, unul din cele mai frumoase locuri din lume. Așa credea Holmberg.

Urcă scara și bătu la ușă.

Fostul lider al partidului de centru părea bătrân, dar încă în formă.

— Bună ziua, Thorbjörn. Mă numesc Jerker Holmberg. Ne-am mai întâlnit, dar au trecut ceva ani. Tatăl meu este Gustav Holmberg, care a fost parlamentar al partidului de centru în anii '70 și '80.

— Bună ziua. Da, te-am recunoscut, Jerker. Ești polițist la Stockholm, dacă nu mă înșel. Trebuie să fie vreo zece, cincisprezece ani de când nu ne-am văzut.

— Cred că e chiar mai mult. Pot să intru?

Se așeză pe un scaun, la masa din bucătărie, în vreme ce Thorbjörn Fälldin turna cafeaua.

— Sper că tatăl tău e bine. Nu de asta ai venit?

— Nu. Tata e bine. Tocmai repară acoperișul casei noastre de la țară.

— Câți ani are?

— A împlinit 71, acum două luni.

— Aha, spuse Thorbjörn Fälldin, așezându-se. Atunci, despre ce este vorba?

Jerker Holmberg privi pe fereastră și văzu o coțofană, așezându-se în fața mașinii lui și examinând atentă pământul. Apoi, se întoarse spre Fälldin.

— Mi-am permis să vin neinvitat pentru că am o mare problemă. S-ar putea ca după această discuție să fiu dat afară din slujbă. Prin urmare, sunt în misiune de serviciu, dar șeful meu, inspectorul Jan Bublanski de la secția de criminalistică din Stockholm, nu știe despre această vizită.

— Sună foarte serios.

— Prin urmare, mă voi afla pe o gheață foarte subțire dacă șefii mei vor afla despre această vizită.

— Înțeleg.

— Dar, mă tem că dacă nu voi proceda așa, va exista riscul ca o teribilă greșeală judiciară să fie săvârșită, și ar fi pentru a doua oară.

— Deci, e mai bine să explici despre ce este vorba.

— Este vorba despre un bărbat cu numele de Alexander Zalachenko. Era spion al serviciului sovietic GRU și a cerut azil politic în Suedia, în ziua alegerilor din 1976. A primit azil și a început să lucreze pentru Säpo. Am motive să cred că dumneata cunoști această poveste.

Thorbjörn Fälldin îl privi atent pe Jerker Holmberg.

— E o istorie foarte lungă, spuse Holmberg și începu să povestească despre ancheta preliminară în care fusese amestecat în ultimele luni.

Erika Berger se răsuci pe burtă, lăsându-și capul pe mâini. Zâmbi.

— Mikael, te-ai gândit vreodată că noi doi suntem complet săriți?

— Cum așa?

— Cel puțin, eu. Nu mă mai satur de tine. Mă simt ca o adolescentă nebunatică.

— Da.

— Și pe urmă, vreau să mă duc acasă, să mă culc cu bărbatul meu.

Mikael izbucni în râs.

— Cunosc un terapeut bun, spuse el.

Erika îl împunse în burtă cu degetul.

— Mikael, încep să cred că treaba cu *SMP* a fost o uriașă greșeală.

— Prostii. Dimpotrivă, este o șansă imensă pentru tine. Dacă cineva poate sufla viață în cadavrul ăla, tu ești aceea.

— Da, poate că da. Dar tocmai asta e problema. *SMP* e ca un cadavru. Și, pe urmă, ai mai venit și tu aseară cu ultima picătură despre Borgsjö. Nu pricep ce trebuie să fac.

— Lasă lucrurile să se așeze.

— Da. Dar treaba asta, cu Borgsjö, nu e deloc amuzantă. N-am nici cea mai vagă idee cum mă voi descurca.

— Nici eu nu știu. Dar o să găsim noi ceva.

Rămase tăcută un lung moment.

— Îmi lipsești.

El dădu din cap, privind-o.

— Și tu îmi lipsești, spuse.

— Ce ar trebui să fac ca să vii la *SMP* și să devii șeful secției de Actualități?

— Niciodată în viață! Nu e tipul ăla, cum îl cheamă, Holm, șef la Actualități?

— Ba da. Dar e un idiot.

— Ai dreptate.

— Îl cunoști?

— Sigur că da. Am făcut un stagiu de trei luni sub conducerea lui, prin anii ’80. E un nemernic, care întărâtă oamenii unii împotriva altora. În plus...

— În plus, ce?

— Nimic. Nu vreau să colportez bârfe.

— Spune-mi.

— O tipă, pe care o cheamă Ulla-nu știu cum și care era și ea stagiară, a afirmat că a supus-o unei hărțuiri sexuale. Nu știu ce era fals și ce era adevărat, dar sindicatul n-a făcut nimic și nu i s-a prelungit contractul, cum ar fi fost normal.

Erika Berger privi la ceas oftând, își trecu picioarele peste marginea patului și dispăru la duș. Mikael nu se mișcase, atunci când ea reveni, ștergându-se și punându-și hainele.

— Mai rămân un pic, spuse el.

Erika îl sărută pe obraz, îi făcu un semn cu mâna și dispăru.

Monica Figuerola parcase la 20 de metri de mașina lui Göran Mårtensson, pe Luntmakaregatan, chiar lângă strada Olof Palme. Îl văzu pe Mårtensson ducându-se până la automat și plătind taxa de parcare. Apoi, acesta o luă spre Sveavägen. Monica renunță să plătească: l-ar fi pierdut, dacă fugea până la automat. Îl urmări pe Mårtensson până la Kungsgatan, unde acesta făcu stânga, dispărând pe ușa de la Kungstornet. Ea se strâmbă, dar nu avea de ales, așa că așteptă trei minute, înainte de a intra în cafenea. Mårtensson se afla la parter și discuta cu un bărbat blond de vreo 35 de ani, cu constituție atletică. Un polițist, își zise Monica Figuerola.

Îl identifică drept bărbatul pe care Christer Malm îl fotografiase de 1 mai, în fața la Copacabana.

Monica Figuerola își cumpără o cafea și se așeză în celălalt capăt al cafenelei, deschizând *Dagens Nyheter*.

Mårtensson și însoțitorul său vorbeau cu voce scăzută. Ea nu distingea niciun cuvânt. Își scoase telefonul mobil, prefăcându-se că sună pe cineva — ceea ce era inutil, pentru că niciunul dintre cei doi nu privea spre ea. Făcu o fotografie cu mobilul, despre care știa că va fi de 72 dpi[45], deci de calitate prea proastă ca să poată fi publicată. În schimb, putea fi folosită ca probă a faptului că întâlnirea avusese loc.

După mai mult de un sfert de oră, bărbatul blond se ridică, părăsind cafeneaua. Monica Figurola înjură în gând. De ce nu rămăsese afară? L-ar fi recunoscut, când ieșea din cafenea. Voi să se ridice și s-o ia imediat pe urmele lui. Dar Mårtensson stătea liniștit, terminându-și cafeaua. Ea nu voia să-i atragă atenția, ridicându-se și urmându-l pe tovarășul lui neidentificat.

După aproximativ 40 de secunde, Mårtensson se ridică, ducându-se la toaletă. De îndată ce închise ușa, Monica Figuerola sări în picioare, ieșind afară, pe Kungsgatan. Privi în sus și în jos, însă bărbatul blond dispăruse.

Își încercă norocul, alergând spre intersecția cu Sveavägen. Nu-l văzu nicăieri și se grăbi spre intrarea la metrou. Degeaba.

Se întoarse la Kungstornet. Mårtensson dispăruse și el.

Erika Berger începu să înjure nestăpânit, atunci când se întoarse la locul unde-și parcase BMW-ul în seara precedentă, la trei case de localul lui Samir. Mașina se mai afla acolo, dar în timpul nopții cineva îi găurise cauciucurile. *Ai dracului șobolani blestemați!* înjură în sinea ei, clocotind de furie.

Nu existau prea multe alternative. Telefonă la serviciul de depanare, explicând situația. Nu avea timp să aștepte,

---

[45] „Dots per inch": unitate de măsură pentru rezoluția imaginilor.

așa că băgă cheile în țeava de eșapament, astfel încât cei de la depanare să poată deschide mașina. Apoi, merse până în Mariatorget, unde luă un taxi.

Lisbeth Salander intră pe site-ul Republicii și constată că Plague era conectat. Îl sună.

[Bună, Wasp. Cum e Sahlgrenska?]

[Liniștitoare. Am nevoie de ajutorul tău.]

[Culmea!]

[Nu credeam că va fi nevoie s-o fac.]

[Trebuie să fie grav.]

[Göran Mårtensson, domiciliat în Vällingby. Vreau să am acces la computerul lui.]

[OK.]

[Tot materialul trebuie să-i fie transferat la Mikael Blomkvist, de la *Millennium.]*

[OK. Mă ocup de asta.]

[Big Brother are sub control telefonul lui Kalle Blomkvist și, probabil, căsuța de e-mail. Trimiți tot materialul pe o adresă hotmail.]

[OK.]

[Dacă eu nu sunt disponibilă, Blomkvist va avea nevoie de ajutorul tău. Trebuie să te poată contacta.]

[Hmm.]

[E un pic cam bătut în cap, dar poți să ai încredere în el.]

[Hmm.]

[Cât vrei?]

Plague rămase tăcut câteva secunde.

[Are de-a face cu situația ta?]

[Da.]

[Poate să te ajute?]

[Da.]

[Atunci, fac eu cinste.]

[Mulțumesc. Dar eu îmi plătesc datoriile. Voi avea nevoie de ajutorul tău până la proces. Îți plătesc 30 000.]

[Ai de unde?]

[Am.]

[OK.]

[Cred că vom avea nevoie de Trinity. Crezi că-l poți momi să vină în Suedia?]

[Și ce să facă?]

[Ce știe mai bine. Îl plătesc la tariful standard + cheltuielile.]

[OK. Cine?]

Ea îi explică ce voia.

Dr. Anders Jonasson avea aerul îngrijorat atunci când, în dimineața zilei de vineri, îl cercetă politicos pe vizibil iritatul inspector criminalist Hans Faste, aflat de partea cealaltă a biroului.

— Îmi pare rău, spuse Anders Jonasson.

— Pur și simplu, nu înțeleg. Credeam că Lisbeth Salander este restabilită. Am venit la Göteborg pe de-o parte ca să pot s-o interoghez și, pe de alta, ca să fac pregătirile pentru a o transporta într-o celulă din Stockholm, unde îi e locul.

— Îmi pare rău, spuse din nou Anders Jonasson. Vreau din tot sufletul să scap de ea, pentru că n-avem exces de paturi libere. Dar…

— Nu se poate ca ea să simuleze?

Anders Jonasson începu să râdă.

— Nu cred că e posibil. Trebuie să înțelegi următoarele lucruri. Lisbeth Salander a fost împușcată în cap. Eu i-am scos un glonț din creier și, în situația asta, este o loterie dacă supraviețuiește sau nu. A supraviețuit și starea ei era foarte satisfăcătoare... Așa de bună, că eu și colegii mei ne pregăteam s-o externăm. Pe urmă, ieri s-a petrecut o înrăutățire evidentă. S-a plâns de puternice dureri de cap și brusc a făcut febră. Ieri-seară, a avut 38 de grade și a vomitat de două ori. În timpul nopții, febra a coborât și temperatura ei era aproape normală, iar eu am crezut că a fost ceva temporar. Însă, când am examinat-o în dimineața asta, febra urcase până aproape de 39 de grade, ceea ce este grav. Acum, febra a scăzut din nou.

— Ce nu e în regulă?

— Nu știu, însă temperatura oscilantă arată că nu e vorba despre o viroză sau ceva de genul ăsta. Nu pot spune exact despre ce e vorba, poate fi pur și simplu o alergie la vreunul din medicamente sau la altceva cu care a venit în contact.

Afișă pe ecranul computerului o fotografie, arătându-i-o lui Faste:

— Am cerut o tomografie. După cum poți vedea, există o zonă mai întunecată aici, imediat lângă locul unde a fost glonțul. Nu pot spune exact ce este. Poate fi o cicatrice, legată de procesul de vindecare, dar poate fi și o mică hemoragie, apărută brusc. Până ce nu aflăm ce nu este în regulă, nu-i voi da drumul, oricât de urgent ar fi.

Hans Faste dădu din cap resemnat. Știa că nu are rost să contrazici un medic, pentru că aceștia aveau drept de viață și de moarte asupra pacienților și erau cei mai apropiați reprezentanți ai lui Dumnezeu aici, pe pământ. Cu excepția polițiștilor, poate. În orice caz, el nu avea competența sau cunoștințele suficiente să determine cât de proastă era starea lui Lisbeth Salander.

— Și ce se întâmplă acum?

— Am ordonat repaus complet și terapia ei a fost întreruptă — are nevoie de gimnastică medicală, din cauza rănilor din șold și umăr.

— OK... Trebuie să-l contactez pe procurorul Ekström, la Stockholm. A fost o surpriză. Ce pot să-i spun?

— În urmă cu două zile, eram gata să aprob o deplasare, poate la sfârșitul acestei săptămâni. După cum se prezintă acum situația, va mai dura un timp. Trebuie să vă obișnuiți cu ideea că nu voi lua nicio hotărâre înainte de săptămâna viitoare și că s-ar putea să dureze încă două săptămâni, înainte s-o puteți duce la închisoarea din Stockholm. Depinde numai de felul în care va evolua situația.

— Data procesului este fixată pentru luna iulie...

— Dacă nu se petrece nimic neașteptat, ar trebui să fie pe picioare cu mult înainte.

Inspectorul criminalist Jan Bublanski o studia bănuitor pe femeia musculoasă aflată de cealaltă parte a măsuței. Se aflau la o terasă, pe Norra Mälarstrand și beau cafea. Era vineri, 20 mai, și în aer se simțea căldura verii. Ea se legitimase drept Monica Figuerola, de la RPS/Säk, și îl agățase la ora cinci, exact în momentul în care pleca spre casă. Îi propusese o discuție particulară, la o ceașcă de cafea.

Bublanski fusese la început îndărătnic și morocănos. După un moment, ea îl privise în ochi, declarându-i că nu este într-o misiune oficială ca să-l interogheze și că, desigur, putea să nu-i spună nimic, dacă nu voia. A întrebat-o despre ce era vorba și ea l-a lămurit deschis că primise de la șeful ei însărcinarea ca, neoficial, să-și facă o imagine despre ce era adevărat și ce era fals în așa-numita afacere Zalachenko, numită uneori și afacerea Salander. I-a mai spus că nu era prea sigur nici dacă avea vreun drept să-i pună întrebări, și că el singur va decide dacă-i răspunde sau nu.

— Ce vrei să știi? a întrebat-o, în cele din urmă.

— Povestiți-mi ce știți despre Lisbeth Salander, Mikael Blomkvist, Gunnar Björck și Alexander Zalachenko. Cum se leagă lucrurile.

Au vorbit mai mult de două ore.

Torsten Edklinth medită îndelung cum să meargă mai departe. După cinci zile de investigații, Monica Figuerola îi dăduse un șir de informații care indicau clar că în interiorul RPS/Säk se petrecea ceva teribil de greșit. Înțelegea că e nevoie să acționeze prudent, înainte de a avea suficient material. După cum arăta situația, el însuși se afla acum într-o anume dificultate constituțională, pentru că nu avea competența de-a face investigații operative în secret și, mai ales, împotriva propriilor săi colegi.

Prin urmare, trebuia să găsească o formulă care să facă măsurile lui legitime. Într-o situație de criză, putea întotdeauna să facă apel la calitatea sa de polițist și la faptul că datoria unui om al poliției era să ancheteze orice încălcare a legii — dar încălcarea de acum era de o natură constituțională atât de delicată, încât cu siguranță va fi dat afară dacă va face un pas greșit. A petrecut prin urmare ziua de vineri cu meditații solitare, în biroul său.

Concluzia la care a ajuns a fost că Dragan Armanski avusese dreptate, oricât de incredibil părea. Exista o conspirație în cadrul RPS/Säk, în care un număr de persoane acționau în afara sau la marginea activității obișnuite. Deoarece aceste acțiuni se desfășuraseră pe o perioadă lungă de timp — cel puțin din 1976, când sosise Zalachenko în Suedia —, activitatea trebuie să fi fost organizată și condusă de sus. Cât de sus se întindea conspirația, nu avea nici cea mai mică idee.

A scris trei nume pe un caiet de pe birou:

Göran Mårtensson, Protecţia Persoanelor.

Gunnar Björck, şef-adjunct la departamentul pentru străini (Sinucidere?)

Albert Shenke, secretar general, RPS/Säk.

Monica Figuerola ajunsese la concluzia că secretarul general era cel care trăsese sforile atunci când Mårtensson fusese mutat la contraspionaj, fără ca de fapt să fie acolo. Căci el se ocupa cu supravegherea jurnalistului Mikael Blomkvist, ceea ce nu avea absolut nimic de-a face cu contraspionajul.

Pe caiet mai trebuiau trecute încă două nume, de data aceasta, din afara RPS/Säk:

Peter Teleborian, psihiatru

Lars Faulsson, lăcătuş

Teleborian fusese angajat de RPS/Säk în calitate de consultant în câteva ocazii, la sfârşitul anilor '80 şi începutul anilor '90. Aceasta se petrecuse exact de trei ori şi Edklinth cercetase rapoartele din arhivă. Prima dată, fusese ceva absolut extraordinar: contraspionajul identificase un informator rus în industria suedeză de telefonie, iar trecutul spionului făcea să se creadă că acesta va recurge la sinucidere, în cazul că va fi arestat. Teleborian făcuse o analiză uimitor de bună, care conţinea sugestia că informatorul putea fi convins să devină spion dublu. Celelalte două prilejuri când fusese angajat Teleborian duseseră la analize mai puţin importante, una privind un angajat al Säpo, care avea probleme cu alcoolul, alta privind comportamentul sexual bizar al unui diplomat dintr-o ţară africană.

Dar nici Teleborian, nici Faulsson — şi, în special, Faulsson — nu aveau slujbe în cadrul RPS/Säk. Şi totuşi, însărcinările lor erau legate de… De ce anume?

Conspiraţia avea o strânsă legătură cu decedatul Alexander Zalachenko, operator GRU rus care fugise şi care, conform surselor, sosise în Suedia în ziua alegerilor din 1976. Și despre care nimeni nu auzise. *Cum de fusese posibil?*

Edklinth încercă să-și imagineze ce s-ar fi întâmplat dacă el s-ar fi aflat pe un post de șef la RPS/Säk în 1976, atunci când Zalachenko dezertase. Cum ar fi procedat el? Secret total. Ar fi fost absolut necesar. Existența spionului trebuia să fie cunoscută doar de un mic cerc, foarte exclusivist, pentru ca informația să nu se scurgă înapoi, la ruși, și să... Cât de mic ar fi trebuit să fie acest cerc?

O secție operativă?

O secție operativă secretă?

Dacă totul ar fi fost legal, Zalachenko ar fi nimerit la contraspionaj. Sau, mai degrabă, la serviciul militar de contrainformații, însă aceștia nu aveau nici resurse, nici competență pentru a desfășura asemenea activități operative. Prin urmare, nimeri la Säpo.

Dar contraspionajul nu-l avusese niciodată. Björck era cheia; probabil el fusese una dintre persoanele care se ocupaseră de Zalachenko. Însă Björck nu avusese niciodată de-a face cu contraspionajul. Björck era un mister. Oficial, avusese o funcție la departamentul pentru străini din 1970, în realitate nimeni nu-l văzuse prin această secție înainte de '90, când fu numit brusc șef adjunct al ei.

Și totuși Björck fusese principala sursă a informațiilor lui Blomkvist. Cum de putuse Blomkvist să-l convingă pe Björck să dezvăluie o asemenea dinamită? Lui, un jurnalist?

Prostituatele. Björck frecventase prostituate minore și *Millennium* avea de gând să-l denunțe. Probabil că Blomkvist îl șantajase.

Apoi, își făcea apariția în peisaj Lisbeth Salander.

Avocatul Nils Bjurman lucrase la departamentul pentru străini în aceeași perioadă cu decedatul Björck Ei avuseseră grijă de Zalachenko. Dar ce făcuseră cu el?

Cineva trebuia să fi luat hotărârile. Cu un transfug de un asemenea calibru, ordinele trebuiau să fi venit de undeva de foarte de sus.

De la Guvern. Exista o legătură cu guvernul. Nu se putea altfel.

Nu se putea?

Pe Edklinth îl treceau fiori reci de neplăcere. Toate acestea erau ușor de înțeles, din punct de vedere formal. Un transfug de talia lui Zalachenko trebuia să fie tratat cu cele mai serioase măsuri posibile, pentru păstrarea secretului. Era ceea ce ar fi făcut și el însuși. Era ceea ce trebuie să fi făcut guvernul Fälldin. Era absolut normal.

Dar ce se întâmplase în 1991 era anormal. Björck îl angajase pe Teleborian ca s-o închidă pe Lisbeth Salander într-o clinică de psihiatrie infantilă, sub pretextul că era bolnavă mintal. Era un delict. Un delict atât de grav, încât pe Edklinth îl trecură din nou fiori de neplăcere.

Cineva luase hotărârea asta. Iar în acest caz nu putea să fie vorba de guvern. Ingvar Carlsson fusese prim-ministru, urmat de Carl Bildt. Însă niciun om politic n-ar fi îndrăznit nici măcar să se apropie de o asemenea decizie, care contravenea oricărei legi și care ar fi rezultat într-un scandal catastrofal, dacă ar fi fost vreodată cunoscută.

Dacă era amestecat guvernul, Suedia nu era nici cu un milimetru mai bună decât oricare dictatură din lume.

Nu era posibil.

Și, pe urmă, evenimentele de la Sahlgrenska, din 12 aprilie. Zalachenko, asasinat în modul cel mai oportun, de către un maniac al dreptății, în același moment în care avea loc o spargere la Mikael Blomkvist, iar Annika Giannini era atacată. În ambele cazuri fusese furat ciudatul raport al lui Gunnar Björck din 1991. Erau informații cu care Dragan

Armanski contribuise absolut confidențial. Pentru că nicio plângere nu fusese depusă la poliție.

Și, chiar în acel moment, Björck se hotăra să se spânzure... Persoana cu care Edklinth dorea cel mai mult să fi putut avea o discuție serioasă.

Torsten Edklinth nu credea într-o coincidență de asemenea dimensiuni. Inspectorul criminalist Jan Bublanski nu credea nici el. Mikael Blomkvist, la fel. Edklinth mai luă o dată pixul:

Evert Gullberg, 78 de ani. Expert fiscal???

Cine naiba era Evert Gullberg?

Se gândi să-i telefoneze directorului de la RPS/Säk, dar se abținu, din simplul motiv că nu știa cât de sus se întindea conspirația. Pe scurt, nu știa în cine putea să aibă încredere.

După ce îndepărtase posibilitatea să se adreseze cuiva din cadrul RPS/Säk, se gândi un moment să se întoarcă spre poliția obișnuită. Jan Bublanski conducea investigațiile despre Ronald Niedermann și va fi, desigur, interesat de orice informații auxiliare. Dar, din punct de vedere strict politic, era o imposibilitate.

Simțea o mare greutate pe umeri.

În cele din urmă, nu-i mai rămânea decât o variantă, îndreptățită din punct de vedere constituțional și care, poate, ar fi fost un scut, dacă în viitor s-ar fi ajuns într-o situație dificilă, politic vorbind. Trebuia să se adreseze *șefului* și să caute un sprijin politic pentru acțiunile sale.

Privi la ceas. Mai era puțin până la ora patru. Ridică telefonul și-l sună pe ministrul justiției, pe care îl cunoștea de mulți ani și îl întâlnise la numeroase conferințe, la minister. Îl prinse în mai puțin de cinci minute.

— Bună, Torsten, îl salută ministrul. A trecut mult de când n-am mai vorbit. Despre ce e vorba?

— Sincer, cred că te-am sunat ca să văd câtă încredere ai în mine.

— Încredere. E o întrebare nostimă. În ceea ce mă privește, îți acord mare încredere. Dar de ce mă întrebi?

— Pentru că urmează o cerere foarte serioasă și foarte neobișnuită... Trebuie să te întâlnesc, pe dumneata și pe primul-ministru, și e foarte urgent.

— Hopa!

— Dacă nu te superi, aș aștepta cu explicațiile până ne vom așeza și vom vorbi, față în față. Am pe biroul meu o afacere așa de uimitoare, încât consider că și dumneata și prim-ministrul trebuie să fiți informați.

— Pare serios.

— Este serios.

— Are de-a face cu teroriști și amenințări....

— Nu. E mult mai serios. Îmi pun întreaga mea reputație și carieră în joc, sunându-te ca să fac această cerere. N-am avea această discuție dacă n-aș considera că situația este extrem de gravă.

— Înțeleg. De aici, întrebarea ta, despre încredere.... Cât de repede vrei să-l întâlnești pe primul-ministru?

— Chiar astă-seară, dacă e posibil.

— Acum sunt chiar neliniștit.

— Din păcate, ai de ce.

— Cât timp va dura întâlnirea?

Edklinth cugetă.

— Mă gândesc că mi-ar trebui cam o oră ca să prezint toate detaliile.

— Te sun imediat.

Ministrul justiției sună înapoi după 15 minute, explicându-i că prim-ministrul îl va primi pe Torsten Edklinth la locuința sa, la ora 21:30, chiar în seara aceea. Edklinth avea palmele ude de transpirație, când închise telefonul. *OK... Mâine-dimineață cariera mea ar putea să se încheie.*

Ridică din nou receptorul, sunând-o pe Monica Figuerola.

— Bună, Monica. La 21, în seara asta, te prezinți la mine. Ținută îngrijită.

— Eu sunt totdeauna îngrijit îmbrăcată, spuse Monica Figuerola.

Prim-ministrul îl cerceta pe șeful Comisiei pentru protecția constituției cu o privire care ar fi putut fi numită, cel mai exact, neîncrezătoare. Lui Edklinth i se părea că vede o roată zimțată care se rotea în mare viteză, în spatele ochelarilor acestuia.

Prim-ministrul își mută privirea pe Monica Figuerola, care nu spusese niciun cuvânt în timpul orei cât durase expunerea. Văzu o femeie neobișnuit de înaltă și musculoasă, care îi răspunse cu o privire plină de așteptare amabilă. Apoi, se întoarse spre ministrul justiției, care devenise tot mai palid, pe măsură ce se desfășura expunerea.

În cele din urmă, prim-ministrul respiră adânc, își scoase ochelarii și rămase o vreme cu privirea pierdută în gol.

— Cred că avem nevoie de încă un pic de cafea, spuse.

— Da, mulțumesc, răspunse Monica Figuerola.

Edklinth aprobă și ministrul justiției le turnă cafea dintr-un termos de pe masă.

— Dați-mi voie să rezum, pentru a fi sigur că am înțeles exact, spuse prim-ministrul. Dumneata bănuiești că există o conspirație în sânul poliției secrete, care acționează în afara misiunilor constituționale ale acesteia și că această conspirație a dus de-a lungul anilor o activitate care poate fi calificată drept criminală.

Edklinth aprobă, cu un gest din cap.

— Și ai venit la mine, pentru că nu mai ai încredere în conducerea poliției secrete?

— Într-o măsură, răspunse Edklinth. Am hotărât să mă adresez direct dumneavoastră pentru că acest soi de activitate contrazice constituția, însă nu-i cunosc scopul și nici nu știu dacă n-am interpretat cumva eronat vreun element al ei. Poate că, de fapt, această activitate este perfect legitimă și cunoscută de guvern. În cazul acesta, risc să acționez pe baza unor informații greșite sau prost înțelese și astfel să dezvălui o operațiune secretă în curs.

Prim-ministrul îl privi pe ministrul justiției. Amândoi înțelegeau că Edklinth își lua măsuri de precauție.

— Eu n-am auzit niciodată despre așa ceva. Dumneata știi ceva?

— Absolut nimic, răspunse ministrul justiției. Nu există nimic, în niciunul dintre rapoartele de la poliția secretă pe care le-am văzut care să se refere la așa ceva.

— Mikael Blomkvist crede că este o facțiune internă din Säpo. El o numește „Clubul Zalachenko".

— N-am auzit niciodată cum că Suedia ar fi primit și întreținut vreun transfug rus de acest calibru... Prin urmare, el a apărut în vremea guvernului Fälldin...

— Îmi vine greu să cred că Fälldin a ascuns un astfel de lucru, spuse ministrul justiției. O dezertare de asemenea anvergură ar fi trebuit să fie o chestiune transmisă cu prioritate absolută guvernului următor.

Edklinth își drese glasul.

— Guvernul de dreapta ar fi trebuit s-o lase guvernului lui Olof Palme... Nu e niciun secret că unii dintre înaintașii mei la RPS/Säk aveau o părere cam curioasă despre Olof Palme.

— Vrei să spui că cineva a uitat să informeze guvernul social-democrat...

Edklinth aprobă.

— Vreau să amintesc că Fälldin a avut două mandate. De fiecare dată, guvernul s-a dizolvat. Prima dată, el a lăsat conducerea lui Ola Ullsten, care a avut un guvern minoritar în 1979. Apoi, guvernul s-a destrămat din nou, când moderații au abandonat și Fälldin a guvernat împreună cu liberalii[46]. Bănuiala mea e că, în cancelaria guvernului era haos, în timpul acestor transferări de putere. E chiar posibil ca o afacere ca aceea a lui Zalachenko să fi fost pur și simplu ținută într-un cerc așa de restrâns, încât prim-ministrul Fälldin n-a avut de fapt acces, ceea ce a făcut să nici nu aibă ce transmite lui Palme.

— În cazul acesta, cine este responsabil? spuse prim-ministrul.

Toți, în afară de Monica Figuerola, dădură neștiutori din cap.

— Bănuiesc că e inevitabil ca treaba asta să nu transpire în presă, spuse prim-ministrul.

— Mikael Blomkvist și *Millennium* o vor publica. Altfel spus, ne aflăm într-o situație de forță majoră.

Edklinth avu grijă să folosească pronumele „noi". Prim-ministrul aprobă. Era conștient de gravitatea situației.

— Atunci, voi începe prin a-ți mulțumi că ai venit la mine cu această problemă, cât de repede ai putut. N-am obiceiul să primesc asemenea vizite pripite, însă ministrul justiției m-a asigurat că ești un om cu capul pe umeri și că trebuie să se fi întâmplat ceva extraordinar, dacă vrei să mă întâlnești în afara circuitului obișnuit.

---

[46] Liberalii: Folk Partiet, „Partidul Poporului", partid de dreapta de orientare liberală.

Edklinth respiră mai ușurat. Orice se va întâmpla, mânia prim-ministrului nu va cădea asupra lui.

— Acum, va trebui să hotărâm ce măsuri vom lua. Aveți vreo propunere?

— Poate, spuse Edklinth destul de șovăitor.

Rămase tăcut atât de mult, încât Monica Figuerola tuși, dregându-și glasul.

— Pot să spun ceva?

— Chiar te rog, zise prim-ministrul.

— Dacă guvernul nu cunoaște această afacere, ea este ilegală. Cei care sunt vinovați în asemenea cazuri sunt funcționarii statului care și-au depășit competențele. Dacă verificăm toate afirmațiile lui Mikael Blomkvist, înseamnă că un grup de angajați din cadrul Säpo s-a ocupat cu activitate criminală. Această problemă are apoi două aspecte.

— Ce vrei să spui?

— În primul rând, trebuie să se răspundă la întrebarea cum a fost posibil să se întâmple așa ceva. Cine poartă răspunderea? Cum a putut să apară o asemenea conspirație, în cadrul unei organizații de poliție perfect stabile? Vreau să amintesc faptul că eu însămi lucrez pentru RPS/Säk și sunt mândră că o fac. Cum a putut să se petreacă asta atât de mult timp? Cum a putut fi ascunsă și finanțată activitatea?

Prim-ministrul aprobă.

— În ceea ce privește acest aspect, se vor scrie cărți despre el, continuă Monica Figuerola. Dar un lucru e clar — trebuie să existe o finanțare și trebuie să fie vorba de cel puțin câteva milioane anual. Am cercetat bugetul poliției secrete și nu am găsit nimic care ar putea să se refere la clubul Zalachenko. Dar, după cum știți, există un număr de fonduri secrete, despre care au știință secretarul general și contabilul-șef, dar la care eu nu am acces.

Prim-ministrul aprobă trist. De ce administrarea bugetului Säpo trebuia să fie întotdeauna un coșmar?

— Cel de-al doilea aspect se referă la persoanele care sunt amestecate. Sau, mai exact, ce persoane trebuie arestate.

Prim-ministrul făcu o grimasă.

— În ceea ce mă privește, cred că răspunsul la toate aceste întrebări depinde de hotărârea pe care dumneavoastră o veți lua în următoarele minute, zise Monica Figuerola.

Torsten Edklinth își ținu respirația. Dacă ar fi putut să-i dea Monicăi Figuerola un picior pe sub masă, ar fi făcut-o. Ea trecuse peste orice retorică, făcându-l pe prim-ministru direct responsabil de rezolvarea acestui caz. El însuși se gândise să ajungă la aceeași concluzie, dar abia după un lung înconjur diplomatic.

— Ce hotărâre credeți că ar trebui să iau? întrebă prim-ministrul.

— Din punctul nostru de vedere, avem interese comune. Eu am lucrat la Comisia pentru protecția constituției timp de trei ani și consider că este o misiune de o importanță capitală pentru democrația suedeză. Poliția secretă s-a comportat corect din punct de vedere constituțional, în acești ani. Desigur, nu vreau ca scandalul să lovească RPS/Säk. Pentru noi, este important să arătăm că este vorba de o activitate criminală purtată de indivizi izolați.

— Activitățile de acest fel în mod sigur nu au fost aprobate de guvern, spuse ministrul justiției.

Monica Figuerola aprobă cu un gest, reflectând câteva secunde.

— Din punctul dumneavoastră de vedere, presupun că nu țineți ca scandalul să atingă guvernul — ceea ce se va întâmpla, în caz că guvernul va încerca să mușamalizeze povestea, spuse ea.

— Guvernul nu încearcă să mușamalizeze activități criminale, zise ministrul justiției.

— Nu, dar să presupunem că guvernul ar vrea s-o facă. În acest caz, va fi un scandal enorm.

— Continuă, spuse prim-ministrul.

— Situația este, pentru moment, complicată de faptul că noi, cei de la Comisia pentru protecția constituției, suntem obligați să ducem activități contrare regulamentelor voastre, pentru a avea cea mai mică posibilitate de a elucida această poveste. Am dori ca lucrurile să se desfășoare corect din punct de vedere juridic și constituțional.

— Toți o dorim, spuse prim-ministrul.

— În cazul acesta, propun ca dumneavoastră — în calitate de prim-ministru — să ordonați Comisiei pentru protecția constituției să rezolve această încurcătură cât mai repede cu putință. Dați-ne un ordin scris și autorizațiile necesare.

— Nu sunt sigur că ceea ce propui este legal, spuse ministrul justiției.

— Ba da. Este legal. Guvernul are puterea de-a lua măsurile cele mai drastice, în cazul în care constituția este amenințată să fie schimbată în mod ilegal. Dacă un grup de militari sau polițiști începe să ducă o politică externă independentă, asta înseamnă *de facto* că în țară a avut loc o lovitură de stat.

— Politică externă? întrebă ministrul justiției.

Prim-ministrul aprobă brusc.

— Zalachenko era transfugul unei puteri străine, spuse Monica Figuerola. Informațiile pe care acesta le-a livrat au fost transmise, după cum spune Mikael Blomkvist, serviciilor de securitate străine. Dacă guvernul nu a fost informat de acest lucru, o lovitură de stat a avut loc.

— Înțeleg felul în care gândești, spuse prim-ministrul. Lasă-mă acum să spun și ce cred eu.

Prim-ministrul se ridică, înconjurând masa din salon. Apoi, se opri în fața lui Edklinth.

— Ai o colaboratoare inteligentă. Și, în plus, merge direct la esență.

Edklindh înghiți în sec, dând din cap. Prim-ministrul se întoarse spre ministrul justiției:

— Sună-l pe secretarul de stat și pe directorul juridic. Mâine-dimineață vreau să am un document prin care să se confere Comisiei pentru protecția constituției puteri extraordinare de a acționa în această afacere. Misiunea constă în a stabili adevărul afirmațiilor pe care le-am discutat, a strânge documente asupra întinderii lor și a identifica persoanele responsabile sau implicate.

Edklinth dădu din cap.

— Documentul nu va afirma că voi faceți o anchetă preliminară — pot să mă înșel, dar cred că numai procurorul de stat poate desemna un șef de anchetă preliminară în această situație. În schimb, eu pot să-ți dau misiunea de a ancheta singur, pentru a afla adevărul. Ceea ce vei face este, prin urmare, o anchetă oficială de stat. Înțelegi?

— Da. Dar pot să adaug că eu însumi sunt de meserie procuror?

— Hmm. Trebuie să-i cerem directorului juridic să decidă care este formularea juridică exactă. În orice caz, ești sigurul răspunzător pentru această anchetă. Alegi singur colaboratorii de care ai nevoie. Dacă găsești probele unei activități criminale, le vei transmite procuraturii, care va stabili punerea sub acuzare.

— Trebuie să verific în textele în vigoare, dar mi se pare că trebuie informat purtătorul de cuvânt al guvernului și Comisia constituțională... Totul va ieși la iveală foarte repede, spuse ministrul justiției.

— Cu alte cuvinte, e nevoie să acționăm rapid, spuse prim-ministrul.

— Hmm, făcu Monica Figuerola.

— Da? întrebă prim-ministrul.

— Rămân două probleme... Prima este că articolul din *Millennium* ar putea intra în conflict cu ancheta noastră, iar a doua, procesul lui Lisbeth Salander va începe în câteva săptămâni.

— Putem afla când va apărea articolul în *Millennium*?

— Putem întreba, spuse Edklinth. Ultimul lucru pe care îl dorim este să ne amestecăm în treburile presei.

— În ceea ce privește fata aceea, Salander... începu ministrul justiției.

Rămase pe gânduri un moment.

— Ar fi teribil să fi fost într-adevăr victima abuzului despre care vorbește *Millennium*... Ar putea fi posibil?

— Mă tem că da, spuse Edklinth.

— În cazul acesta, zise prim-ministrul, trebuie să avem grijă ca ea să fie reabilitată și, mai ales, să nu fie victima unui nou abuz.

— Și cum vom proceda? întrebă ministrul justiției. Guvernul nu poate în niciun caz interveni într-o acțiune judiciară în curs. Ar fi o încălcare a legii.

— Putem vorbi cu procurorul...

— Nu, spuse Edklinth. Ca prim-ministru, nu aveți voie să influențați în vreun fel justiția, orice ar fi.

— Cu alte cuvinte, Salander trebuie să-și ducă singură lupta la tribunal, spuse ministrul justiției. Și numai în cazul că pierde procesul și face apel, se va putea interveni, pentru a o grația sau a ordona procuraturii să verifice dacă există motive pentru a relua procesul.

Apoi adăugă:

— Dar acest lucru este valabil doar dacă ea e condamnată la închisoare. Dacă este condamnată la internare într-un azil psihiatric, guvernul nu poate face absolut nimic. În cazul acesta, este vorba de o chestiune medicală și prim-ministrul nu are competența necesară pentru a determina dacă ea este sănătoasă sau nu.

La ora zece în seara zilei de vineri, Lisbeth Salander a auzit cheia răsucindu-se în ușă. A închis imediat computerul și l-a vârât sub pernă. Apoi, l-a văzut pe dr. Anders Jonasson intrând în încăpere.

— Bună seara, domnișoară Salander, o salută. Cum merge?

— Am o durere teribilă de cap și simt că am febră, răspunse Lisbeth.

— Nu sună prea bine.

Lisbeth nu părea să fie chinuită de febră sau dureri de cap. Anders Jonasson o examină timp de zece minute. Constată că febra urcase în timpul serii în mod violent.

— E deosebit de neplăcut că ne-a căzut asta pe cap, tocmai când te simțeai așa de bine, în ultimele săptămâni. Acum, din păcate, nu voi putea să-ți dau drumul, cel puțin încă două săptămâni.

— Două săptămâni ar trebui să fie de ajuns.

El o privi lung.

Distanța între Londra și Stockholm, pe șosele, este de aproximativ 800 de kilometri, ceea ce înseamnă cam douăzeci de ore de mers. În realitate însă, îi trebuiră aproape douăzeci de ore doar ca să ajungă la granița dintre Germania și Danemarca. Cerul era plin de nori de furtună, ca de plumb, și când bărbatul care își spunea Trinity trecea peste podul de la Öresund, începu să plouă cu găleata. Încetini și porni ștergătoarele.

Trinity considera că era un coșmar să conduci mașina prin Europa, pentru că întreaga Europă Continentală se încăpățâna să conducă pe partea greșită a drumului. Își pregătise furgoneta sâmbătă dimineață, luase feribotul între Dover și Calais, apoi traversase Belgia via Liège. Trecuse granița germană pe la Aachen și pe urmă intrase pe autostradă și pornise spre Hamburg și Danemarca.

Tovarășul lui de drum, Bob the Dog, dormea în spate. Făcuseră cu schimbul la condus și, în afară de câteva opriri ca să ia masa, merseseră constant cu 90 km la oră. Furgoneta era veche de 18 ani și nu putea să prindă o viteză mai mare.

Existau modalități mai simple de a ajunge de la Londra la Stockholm, dar, din păcate, era greu de crezut că s-ar fi putut transporta mai mult de 30 kg de echipament electronic în Suedia, zburând cu un avion obișnuit. Cu toate că trecuseră șase frontiere naționale în timpul călătoriei, nu fuseseră opriți de niciun grănicer sau control de frontieră. Trinity era un călduros susținător al Europei Unite, ale cărei reguli ușurau vizita lui pe continent.

Trinity avea 32 de ani și era născut în orașul Bradford, dar locuia încă din copilărie în nordul Londrei. Educația lui era subțire, o școală profesională, de unde primise un certificat de tehnician în telecomunicații și, timp de trei ani, începând de la vârsta de 19 ani, lucrase efectiv ca instalator pentru British Telecom.

În realitate, avea cunoștințe teoretice de electronică și informatică care îi permiteau fără probleme să se lanseze în discuții în care ar fi întrecut orice profesor snob în materia respectivă. Trăise cu computerele de când avea 10 ani și la 13 ani piratase primul computer. Asta-i deschisese pofta și când avea 16 ani ajunsese la un asemenea nivel, încât concura cu cei mai buni din lume. Existase o pericadă în care petrecea fiecare clipă în fața ecranului de computer, scria programe proprii și plasa fără probleme câte o chestie perfidă pe internet. Se putea infiltra la BBC, la departamentul apărării engleze și la Scotland Yard. Reușise chiar, dar pentru puțină vreme, să preia conducerea unui submarin atomic britanic din Marea Nordului. Din fericire, Trinity aparținea categoriei mai curând curioase, decât rău intenționate de bandiți ai informaticii. Fascinația lui înceta în momentul în care reușea să intre într-un computer și să scoată de acolo secretele. În cel mai rău caz, își permitea vreo glumă, ca de exemplu să dea instrucțiuni unui computer din submarinul atomic să-i propună căpitanului să se șteargă la fund, atunci când acesta cerea o poziție. Acest ultim incident fusese urmat de un șir de întâlniri de criză la ministerul apărării și după aceea Trinity înțelesese că poate nu era cea mai inteligentă idee să se laude cu cunoștințele sale, într-o epocă în care statul amenința să condamne hackerii la mulți ani de pușcărie.

Se făcuse tehnician de telecomunicații pentru că știa deja cum funcționa rețeaua de telefoane. Constatase că aceasta este învechită fără speranță și se recalificase în consultant de securitate, pentru a instala sisteme de alarmă și a verifica protecția împotriva intrării prin efracție. Pentru unii clienți, aleși cu multă grijă, putea, de asemenea, să ofere unele finețuri, cum ar fi supravegherea și ascultarea telefoanelor.

Era unul dintre întemeietorii Republicii Hackerilor. Iar Wasp era unul dintre cetățeni.

În vreme ce el și Bob the Dog se apropiau de Stockholm, au constatat că era 19:30, duminică seara. Când au trecut de IKEA, la Kungens Kurva din Skärholmen, Trinity și-a deschis telefonul mobil și a format un număr pe care îl memorase.

— Plague? întrebă Trinity.

— Unde sunteți?

— Ai spus să sun după ce trec de IKEA.

Plague le descrise drumul până la hotelul din Långholmen, unde rezervase o cameră pentru colegii din Anglia. Pentru că Plague nu-și părăsea aproape niciodată apartamentul, stabiliră să se întâlnească acasă la el, a doua zi dimineața la ora nouă.

După un moment de cugetare, Plague hotărî să facă un mare efort și să spele vasele, să facă ordine și să aerisească, înainte de sosirea oaspeților.

PARTEA A TREIA
DISC CRASH

27 mai — 6 iunie

Istoricul Diodorus din Sicilia, sec. I î.H. (considerat de alți istorici drept o sursă nesigură) descrie amazoanele din Libia, care era pe vremea aceea numele comun pentru întreaga Africă de Nord, la vest de Egipt. Acest regat al amazoanelor era o gynocrație, ceea ce înseamnă că numai femeile aveau dreptul să dețină funcții publice, inclusiv cele militare. Conform legendei, regatul era condus de regina Myrina care, împreună cu 30 000 de femei ostași pedeștrii și 3 000 călări a străbătut Egiptul și Siria, ajungând până la Marea Egee și învingând de-a lungul călătoriei o seamă de armate de bărbați. Când regina Myrina în cele din urmă a murit, armata ei s-a risipit.

Armata Myrinei a lăsat totuși urme în zonă. Femeile din Anatolia au luat armele pentru a respinge o invazie din Caucaz, după ce armata bărbaților fusese distrusă, într-un mare genocid. Aceste femei se antrenau în toate formele de folosire a armelor, printre care trasul cu arcul, spada, securea și lancea. Copiau de la greci cămășile de zale și armurile.

Ele respingeau căsătoria, considerând-o o formă de supunere. Pentru a procrea, erau acordate vacanțe, în timpul cărora aveau legături cu bărbați anonimi, aleși la întâmplare din satele învecinate. Numai o femeie care ucisese în luptă un bărbat avea dreptul să-și piardă virginitatea.

16
Vineri 27 mai — marți 31 mai

Mikael Blomkvist părăsise redacția revistei *Millennium* la zece și jumătate, în seara zilei de vineri. Coborî la parterul clădirii, dar, în loc să iasă afară, în stradă, intră în curtea interioară și, străbătând clădirea vecină, o luă pe ieșirea dinspre Hökensgatan. Întâlni un grup de tineri pe drumul spre Mosebacke, dar niciunul nu îi acordă vreo atenție. Cel care probabil îl supraveghea avea să creadă că rămăsese peste noapte la redacție. Stabilise această schemă încă din aprilie. De fapt, Christer Malm era în noaptea aceea de gardă la redacție.

I-au trebuit 15 minute ca să meargă pe străzile laterale și pe aleile ce înconjurau Mosebacke, înainte de a-și îndrepta pașii spre Fiskargatan nr. 9. Acolo a deschis poarta tastând codul și a urcat pe scări până la apartamentul de la ultimul etaj, unde a folosit cheile lui Lisbeth Salander, ca să intre. A oprit alarma. Se simțea întotdeauna la fel de tulburat când pășea în apartamentul lui Lisbeth care era format din 21 de încăperi, dintre care doar trei erau mobilate.

A început prin a-și face o cană de cafea și niște sendvișuri, înainte de a merge în camera de lucru a lui Lisbeth și a porni computerul ei.

De la jumătatea lui aprilie, de când îi fusese furat raportul lui Björck și înțelesese că se află sub supraveghere, Mikael își stabilise cartierul general în locuința lui Lisbeth. Transferase toată documentația importantă în biroul ei. Petrecea mai multe nopți pe săptămână acolo, dormind în patul ei și lucrând la computerul acesteia. Lisbeth își golise computerul de orice informație, înainte de a pleca la Gosseberga pentru a-și încheia socotelile cu Zalachenko. Înțelegea că n-avusese intenția să se întoarcă aici. Folosise CD-urile de instalare ale lui Lisbeth, pentru a repune în funcțiune computerul.

Din aprilie, nici măcar nu-și mai conectase propriul computer la rețea. Folosi conexiunea lui Lisbeth și porni programul de chat ICQ, apoi sună la adresa pe care ea o crease pentru el, comunicându-i-o prin grupul yahoo [Masa_Țicnită].

[Salut, Sally.]

[Povestește.]

[Am prelucrat cele două capitole pe care le-am discutat la începutul săptămânii. Versiunea nouă o vei găsi pe yahoo. La tine cum merge?]

[Am terminat 17 pagini. Le pun pe Masa Țicnită acum.]

Pling.

[OK. Le am. Lasă-mă să citesc și vorbim mai târziu.]

[Mai e o chestie.]

[Ce?]

[Am mai format un grup yahoo, sub numele Cavalerii.]

Mikael zâmbi.

[OK. Cavalerii Mesei Țicnite.]

[Parola yacaraca 12.]

[OK.]

[Patru membri. Tu, eu, Plague și Trinity.]

[Misterioșii tăi amici de pe net.]

[Mă blindez.]

[OK.]

[Plague a copiat informații din computerul procurorului Ekström. Am intrat în computer din aprilie.]

[OK.]

[Dacă pierd accesul la computerul de mână, o să te informeze el.]

[Bine. Mulțumesc.]

Mikael a decuplat ICQ și a intrat pe noua adresă yahoo [Cavalerii]. Tot ce a găsit a fost un link de la Plague la o adresă anonimă http, care consta doar din cifre. A copiat adresa în Explorer și, apăsând tasta Enter, a ajuns imediat pe un site de 16 gigabyte, care constituiau hard diskul procurorului Richard Ekström.

După cum se părea, Plague își simplificase viața copiind în întregime hard diskul lui Ekström. Lui Mikael i-a trebuit mai mult de o oră ca să sorteze conținutul. A aruncat fișierele de sistem, programele și nesfârșite cantități de anchete preliminare, care păreau să se întindă pe mai mulți ani în urmă. Într-un final, a păstrat patru dosare. Trei dintre ele erau numite [Anchprelim/Salander], [Coș/Salander], respectiv [Anchprelim/Niedermann]. Cel de-al patrulea catalog era o copie a e-mailurilor primite până la ora 14:00 din ziua precedentă.

— Mulțumesc, Plague, spuse Mikael cu voce tare.

A petrecut trei ore ca să citească ancheta preliminară a lui Ekström și strategia de dinaintea procesului împotriva lui Lisbeth Salander. După cum se aștepta, multe se învârteau în jurul sănătății ei mintale. Ekström ceruse un vast examen psihiatric și trimisese un mare număr de e-mailuri care aveau ca scop să o transfere la închisoarea Kronoberg cât mai repede cu putință.

Mikael constată că cercetările lui Ekström pe urmele lui Niedermann păreau să bată pasul pe loc. Bublanski era conducătorul urmăririi. Acesta reușise să stabilească o documentare tehnică prin care-l acuza pe Niedermann de uciderea lui Dag Svensson și a Miei Bergman, ca și pentru asasinarea avocatului Bjurman. Mikael Blomkvist contribuise el însuși cu o mare parte din probe la cele trei interogatorii lungi din aprilie și, dacă Niedermann avea să fie vreodată prins, el va fi obligat să depună din nou mărturie. În sfârșit, un ADN din câteva picături de transpirație și două fire de păr din apartamentul lui Bjurman putuseră să fie asociate cu un ADN din camera lui Niedermann din Gosseberga. Același ADN fusese, de asemenea, găsit în mari cantități pe cadavrul lui Viktor Göransson, expertul financiar al clubului motociclist Svavelsjö.

În schimb, Ekström avea ciudat de puține informații despre Zalachenko.

Mikael își aprinse o țigară, se duse la fereastră și rămase privind spre Djurgården.

Ekström conducea în momentul acela două anchete preliminare, care fuseseră separate una de alta. Inspectorul criminalist Hans Faste era șef de investigații în toate problemele care o priveau pe Lisbeth Salander. Bublanski se ocupa numai de Niedermann.

Cel mai natural lucru ar fi fost ca Ekström, atunci când apăruse numele lui Zalachenko în anchetă, să-l contacteze pe șeful poliției secrete și să-i pună întrebări asupra adevăratei identități a lui Zalachenko. Mikael nu putuse găsi absolut nimic despre un asemenea contact în căsuța de e-mail a lui Ekström, nici în jurnalul sau în notele sale. În schimb, era evident că avea oarecare informații despre Zalachenko. Printre note, Mikael găsise formulări misterioase:

Raportul Salander, un fals. Originalul lui Björck nu corespunde cu versiunea lui Blomkvist. Clasat top secret.

Hmm. Apoi, o serie de note care afirmau că Lisbeth Salander suferea de schizofrenie paranoidă.

Corectă închiderea ei din 1991.

În [Coș/Salander], Mikael a găsit elementul care lega anchetele, adică informațiile colaterale pe care procurorul le considerase ca irelevante pentru ancheta preliminară și care, în consecință, nu aveau să fie folosite în proces și nici nu aveau să intre în lanțul de dovezi împotriva ei. Acolo se afla în mare tot ce avea de-a face cu trecutul lui Zalachenko.

Ancheta era cu totul mediocră.

Mikael se întrebă cât era simplă întâmplare și cât fusese aranjat. Unde se afla granița? Și oare era Ekström conștient de existența acestei granițe?

Sau, s-ar fi putut ca, în mod intenționat, să-i fi procurat cineva lui Ekström informații credibile, dar false?

În cele din urmă, Mikael se conectă la hotmail pe care îl folosi în următoarele 10 minute, pentru a controla câteva conturi electronice anonime, pe care le crease. În fiecare zi, verificase conștiincios adresa de hotmail pe care i-o dăduse inspectorului criminalist Sonja Modig. Nu avea prea mari speranțe că ea îi va scrie. De aceea, a fost destul de uimit când, dechizând poșta a găsit un e-mail de la călătorietren9aprilie@hotmail.com. Mesajul consta dintr-un singur rând:

[Cafeneaua Madeleine, la etaj, ora 11.00, sâmbătă.]

Mikael Blomkvist clătină gânditor din cap.

Plague îi dădu un semn lui Lisbeth Salander la miezul nopții, întrerupând-o în mijlocul unei formulări despre existența ei cu Holger Palmgren ca tutore. Privi iritată ecranul.

[Ce vrei?]

[Bună, Wasp, și eu sunt încântat să te salut.]

[Da, da. Ce-i?]

[Teleborian.]

Ea se ridică în capul oaselor în pat, privind nerăbdătoare ecranul.

[Povestește.]

[Trinity a făcut-o în timp record.]

[Cum?]

[Doctorul de nebuni nu stă liniștit. Aleargă între Uppsala și Stockholm tot timpul și n-am putut face o *hostile takeover**.]

[Știu. Ce a făcut?]

[Teleborian joacă tenis de două ori pe săptămână. Mai mult de două ore. A lăsat computerul în mașină, în parcare.]

[Aha.]

[Trinity n-a avut nicio problemă să neutralizeze alarma mașinii și să ia computerul. A avut nevoie de doar 30 de minute ca să copieze totul, via *Firewire*, și să instaleze *Asphyxia*.]

[Unde îi găsesc calculatorul?]

---

* În engl. în orig. — control al datelor din calculatorul cuiva, efectuat prin intermediul internetului de pe un alt calculator. (N.red.)

Plague îi dădu adresa http a serverului unde era păstrat hard diskul doctorului Teleborian.

[Ca să-l citez pe Trinity... *This is some nasty shit**]

[?]

[Uită-te pe hard diskul lui.]

Lisbeth Salander îl părăsi pe Plague și intră pe internet, căutând serverul pe care i-l indicase acesta. Petrecu următoarele trei ore ca să cerceteze, unul după altul, dosarele din computerul lui Teleborian.

Găsi corespondența dintre Teleborian și o persoană care avea o adresă de hotmail și îi trimitea e-mailuri criptate. Pentru că ea avea acces la parola PGP a lui Teleborian, nu fu nicio problemă să citească această corespondență în text clar. Prenumele corespondentului era Jonas, numele de familie lipsea. Jonas și Teleborian manifestau un interes bolnav pentru problemele de sănătate ale lui Lisbeth Salander.

Yes... putem dovedi că există o conspirație.

Dar ceea ce a interesat-o în cea mai mare măsură pe Lisbeth au fost cele 47 de dosare conținând 8 756 de fotografii care reprezentau pornografie pedofilă hard. Deschise una după alta imaginile care reprezentau copii de aproximativ 15 ani sau chiar mai mici. Un număr de fotografii reprezentau copii mult mai mici. În majoritate fetițe. Cele mai multe imagini aveau un caracter sadic.

A găsit legături cu cel puțin șase persoane din mai multe țări, care schimbau între ele pornografie infantilă.

---

* În engl. în orig. — e ceva putred acolo. (N.red.)

Lisbeth își mușca buza de jos. În rest, chipul ei era lipsit de expresie.

Își amintea nopțile când avea doar 12 ani și zăcea legată într-o cameră de o tăcere mormântală din clinica de psihiatrie pediatrică Sankt Stefan. Teleborian venise iar și iar în întuneric în camera ei și o cercetase la lumina care intra pe sub ușă.

Știuse. El n-o atinsese niciodată, dar ea întotdeauna știuse.

Se învinui — ar fi trebuit să se ocupe de Teleborian mai demult, cu mulți ani în urmă. Însă refulase amintirea și îi ignorase existența.

Îl lăsase să continue.

După o vreme, îl chemă pe Mikael Blomkvist, pe ICQ.

Mikael Blomkvist și-a petrecut noaptea în apartamentul lui Lisbeth Salander, de pe Fiskargatan. Abia la șase și jumătate dimineața a închis computerul. A adormit cu imagini pornografice pe retină și s-a trezit la zece și un sfert. S-a ridicat din pat, a făcut un duș și a chemat un taxi, care l-a așteptat în fața teatrului Södra. A ajuns pe Birger Jarlsgatan la unsprezece fără cinci și a mers pe jos, până la cafeneaua Madeleine.

Sonja Modig îl aștepta în fața unei cești de cafea.

— Salut, spuse Mikael.

— Risc foarte mult făcând asta, răspunse ea, fără să-l salute. Voi fi dată afară și chiar târâtă în fața legii, dacă se află vreodată că te-am întâlnit.

— Nimeni n-o va ști de la mine.

Sonja părea chinuită.

— Un coleg de-al meu l-a vizitat de curând pe fostul prim-ministru Thorbjörn Fälldin. S-a dus ca persoană particulară și slujba lui se află, de asemenea, în joc.

— Înțeleg.

— Prin urmare, cer protecția anonimatului pentru noi amândoi.

— Dar nici nu știu despre ce coleg este vorba.

— Am să-ți povestesc. Vreau să-mi promiți că vei asigura protecția sursei.

— Ai cuvântul meu.

Ea aruncă o privire la ceas.

— Te grăbești?

— Da. Mă întâlnesc cu soțul meu și cu copiii în Sture Gallerian, peste zece minute. Soțul meu crede că sunt la slujbă.

— Iar Bublanski nu știe nimic.

— Nu.

— OK. Tu și colegul tău sunteți surse și aveți protecție totală. Amândoi. Până la moarte.

— Colegul meu este Jerker Holmberg, pe care l-ai întâlnit la Göteborg. Tatăl lui e membru al partidului de centru și Jerker îl cunoaște pe Fälldin din copilărie. S-a dus la acesta într-o vizită particulară și l-a întrebat de Zalachenko.

— Înțeleg.

Inima lui Mikael începuse să bată puternic.

— Fälldin pare să fie un om corect. Holmberg i-a povestit despre Zalachenko și l-a rugat să-i spună ce știa despre dezertor. Fälldin n-a spus nimic. Atunci, Holmberg i-a povestit că bănuim că Lisbeth Salander a fost închisă la o clinică de psihiatrie de către cei care-l protejau pe Zalachenko. Fälldin a fost foarte revoltat.

— Înțeleg.

— Fälldin a povestit că șeful de pe vremea aceea al Säpo și un coleg îl vizitaseră la puțină vreme după ce el devenise prim-ministru. Aceștia i-au povestit o istorie fantastică cu spioni, despre un dezertor rus care venise în

Suedia. Fälldin a putut afla că era cel mai mare secret militar pe care îl avea Suedia... că nu exista nimic în întreaga apărare suedeză care să fie la fel de însemnat.

— OK.

— Fälldin a spus că n-a știut ce trebuie să facă. Era de curând prim-ministru și în guvern nu exista niciun fel de experiență în acest domeniu. Social-democrații avuseseră puterea de peste 40 de ani. I s-a spus că avea răspunderea personală și că el singur trebuia să hotărască, iar dacă-și consulta colegii de guvern, atunci Säpo își declina orice responsabilitate. A simțit toate acestea ca foarte neplăcute și pur și simplu nu știa ce să facă.

— Înțeleg.

— În cele din urmă, s-a văzut obligat să facă ce-i propuneau domnii de la Säpo. A redactat o directivă prin care i-a dat poliției secrete în întregime responsabilitatea pentru Zalachenko. S-a angajat ca niciodată să nu discute problema cu altcineva. N-a aflat niciodată numele dezertorului.

— Înțeleg.

— Pe urmă, Fälldin n-a mai auzit practic nimic despre această afacere, în timpul celor două mandate ale sale. În schimb, a făcut ceva neobișnuit de înțelept. A insistat ca un secretar de stat să fie introdus în secret și să funcționeze ca un intermediar între cancelaria guvernului și cei care se ocupau de protecția lui Zalachenko.

— Da?

— Secretarul de stat se numește Bertil K. Janeryd, are în prezent 63 de ani și este ambasadorul Suediei la Amsterdam.

— O, la naiba!

— Când Fälldin a realizat cât de importantă este această anchetă preliminară, i-a scris o scrisoare lui Janeryd.

Sonja Modig puse un plic pe masă.

Dragă Bertil,

Secretul pe care amândoi l-am protejat în perioada mea de guvernare este acum obiectul unor serioase semne de întrebare. Persoana despre care era vorba e în prezent decedată și nu mai poate fi compromisă.

În schimb, alți oameni pot suferi daune.

Este foarte important ca noi să primim răspuns la unele întrebări stringente.

Persoana care aduce această scrisoare lucrează oficial și are toată încrederea mea. Te rog să-i asculți povestea și să răspunzi la întrebările pe care ți le va pune.

Folosește incontestabilul tău discernământ,

TF

— Această scrisoare se referă prin urmare la Jerker Holmberg.

— Nu. Jerker l-a rugat pe Fälldin să nu scrie vreun nume. El a spus în mod expres că nu știe cine va merge la Amsterdam.

— Vrei să spui...

— Eu și Jerker am vorbit despre asta. Am intrat într-o apă atât de tulbure, încât ne trebuie un vapor ca să ne salvăm, și nu o plută. Nu avem nicio împuternicire să mergem la Amsterdam și să-l interogăm pe ambasador. În schimb, tu o poți face.

Mikael îndoi plicul și era pe cale să-l vâre în buzunar, când Sonja Modig îi prinse mâna. Strânsoarea ei era puternică.

— Informație contra informație, spuse ea. Vrem să știm ce-ți va povesti Bertil Janeryd.

Mikael încuviință. Sonja Modig se ridică.

— Așteaptă. Ai spus că Fälldin a primit vizita a două persoane de la Säpo. Unul era șeful Säpo. Cine era celălalt?

— Fälldin l-a întâlnit doar cu această ocazie și nu poate să-și amintească numele lui. La întâlnire, nu s-a făcut nicio însemnare. Își aduce aminte de un bărbat slab, cu o mustață subțire. Acesta i-a fost prezentat ca șef al Secției pentru analiză specială sau așa ceva. Fälldin a verificat mai apoi pe organigrama Säpo și nu a găsit secția respectivă.

Clubul Zalachenko, gândi Mikael.

Sonja Modig se așeză din nou. Părea să-și cântărească cu grijă cuvintele.

— OK, spuse ea în cele din urmă. Cu riscul să fiu împușcată în piața publică. Există o notă la care nu s-a gândit nici Fälldin, nici vizitatorii.

— Ce notă?

— Registrul de vizite la Fälldin, de la Rosenbad.

— Și?

— Jerker l-a cerut. Este un document oficial.

— Și?

Sonja Modig ezită o clipă.

— Registrul consemnează doar că prim-ministrul l-a întâlnit pe șeful Säpo, plus un coleg, ca să discute probleme de ordin general.

— Există vreun nume?

— Da. E Gullberg.

Mikael simți cum sângele îi năvălește în cap.

— Evert Gullberg, spuse el.

Sonja Modig părea că ține dinții încleștați. Dădu din cap. Se ridică și plecă de acolo.

Mikael Blomkvist rămase mai departe la cafeneaua Madeleine, deschizându-și mobilul anonim și rezervând un bilet de avion pentru Amsterdam. Avionul pleca de la Arlanda la ora 14:50. Merse pe jos până la Dressman, pe

Kungsgatan, unde cumpără o cămașă curată și un schimb de lenjerie, apoi se duse la farmacia Klara, de unde își luă periuță de dinți și obiecte de toaletă. Avu mare grijă să nu fie urmărit, atunci când alergă la Arlanda-Express. Ajunse la avion cu zece minute înainte de a se închide poarta.

La 18:30, își rezervă o cameră într-un hotel destul de jerpelit, în Red Light Distrikt, la zece minute de mers de gara centrală din Amsterdam.

Pierdu două ore ca să-l localizeze pe ambasadorul Suediei la Amsterdam și reuși să-l prindă la telefon la ora nouă. Își folosi întreaga putere de convingere, subliniind că avea o misiune de cea mai mare importanță, pe care era obligat să o discute fără întârziere. În cele din urmă, ambasadorul cedă și acceptă să se întâlnească cu Mikael la ora zece, în dimineața zilei de duminică.

Pe urmă, Mikael ieși și mâncă o cină ușoară la un restaurant de lângă hotel. La ora unsprezece seara, deja dormea.

Ambasadorul Bertil K. Janeryd era destul de rezervat când îl servi cu cafea, în locuința lui.

— Ei, bine... Ce era așa de urgent?

— Alexander Zalachenko. Transfugul rus care a venit în Suedia în 1976, spuse Mikael, întinzându-i scrisoarea de la Fälldin.

Janeryd păru stupefiat. Citi scrisoarea, lăsând-o apoi precaut deoparte.

În următoarea jumătate de oră Mikael îi explică în ce consta problema și de ce îi scrisese Fälldin această scrisoare.

— Eu.... Eu nu pot discuta această chestiune, spuse în cele din urmă Janeryd.

— Ba da, puteți.

— Nu, pot discuta problema doar în fața Comisiei constituționale.

— Există o mare probabilitate s-o faceți. Însă scrisoarea spune că trebuie să vă folosiți capacitatea de discernământ.

— Fälldin este un om de onoare.

— Nu am nicio îndoială asupra acestui lucru. Iar eu nu sunt pe urmele lui Fälldin sau ale dumneavoastră. Nu trebuie să dezvăluiți secretele militare pe care Zalachenko eventual vi le-a spus.

— Nu cunosc niciun fel de secret. Nici măcar nu știam că numele lui este Zalachenko... L-am cunoscut doar sub un nume codificat.

— Care?

— Era numit Ruben.

— OK.

— Nu pot discuta lucrul acesta.

— Ba da, puteți, repetă Mikael, instalându-se mai confortabil. Povestea asta va fi făcută publică foarte curând. Și când se va întâmpla asta, presa ori vă va executa, ori vă va considera un funcționar cinstit care a făcut ce-a putut, într-o situație penibilă. Dumneavoastră ați primit de la Fälldin misiunea de-a fi om de legătură între el și cei care se ocupau de Zalachenko. Acest lucru îl știu deja.

Janeryd dădu din cap în semn de aprobare.

— Povestiți, atunci.

Acesta rămase tăcut aproape un minut.

— Niciodată n-am primit niciun fel de informație. Eram tânăr... nu știam cum să tratez situația. Îi întâlneam cam de două ori pe an, în perioada în care povestea era mai caldă. Aflam că Ruben... Zalachenko era în viață și sănătos, că era dispus să colaboreze și că informațiile pe care le dădea erau extraordinar de importante. Niciodată n-am cunoscut detalii. Nu aveam *nevoie* să știu.

Mikael aștepta.

— Transfugul operase în alte țări și nu știa nimic despre Suedia, de aceea el nu a constituit niciodată o problemă importantă pentru politica noastră de securitate. L-am informat pe prim-ministru de vreo două ori, însă adesea nu era nimic de spus.

— OK.

— Ei spuneau întotdeauna că acesta era tratat în modul obișnuit și că informațiile pe care le dădea urmau canalele obișnuite. Ce-aș fi putut să spun? Dacă întrebam ce înseamnă asta, ei zâmbeau și spuneau că nu făcea parte din nivelul meu de competență. Mă simțeam ca un idiot.

— Nu v-ați gândit niciodată că era ceva greșit în acest aranjament?

— Nu. Nu era nimic greșit. Eu presupuneam că Säpo știe ce face, că aveau rutina și experiența necesare. Dar nu pot discuta despre asta.

La momentul acela, Janeryd discuta „despre asta" de mai multe minute.

— Toate astea sunt puțin importante. Pentru moment, un singur lucru contează.

— Ce anume?

— Numele persoanelor pe care le-ați întâlnit.

Janeryd îl privi întrebător pe Mikael.

— Persoanele care se ocupau de Zalachenko și-au depășit cu mult atribuțiile lor obișnuite. Au desfășurat activități criminale grave care vor face obiectul unor anchete preliminare. De aceea m-a trimis Fälldin la dumneavoastră. El nu știa numele, căci dumneavoastră sunteți cel care i-a întâlnit.

Janeryd închise ochii nervos și își strânse buzele.

— L-ați întâlnit pe Evert Gullberg... El era șeful.

Janeryd dădu din cap.

— De câte ori l-ați întâlnit?

— El a fost la toate întâlnirile, cu excepția uneia. Au fost vreo zece întâlniri în anii cât Fälldin a fost prim-ministru.

— Unde vă întâlneați?

— În holul vreunui hotel. Cel mai adesea, la Sheraton. O dată, la Amaranten, în Kungsholmen și de câteva ori în pubul Continentalului.

— Și cine mai era de față?

Janeryd clipi cu un aer resemnat.

— E mult de atunci... Nu-mi mai amintesc.

— Încercați.

— Era unul... Clinton. Ca președintele american.

— Prenumele?

— Fredrik Clinton. Pe el l-am întâlnit de patru–cinci ori.

— OK... Alții?

— Hans von Rottinger. De el auzisem prin mama mea.

— Mama dumneavoastră?

— Da, mama cunoștea familia von Rottinger. Hans von Rottinger era un om simpatic. Înainte să apară cu Gullberg la una din întâlniri, nici nu știam că lucrează pentru Säpo.

— Nici nu lucra, spuse Mikael.

Janeryd se albi la față.

— El lucra pentru ceva ce se numea Secția pentru analize speciale, spuse Mikael. Ce vi s-a spus despre această secție?

— Nimic... Vreau să zic, ei erau cei care se ocupau de transfug.

— Da. Însă nu e ciudat că nu existau în organigrama Säpo?

— E absurd...

— Da, nu-i așa? Cum se petreceau lucrurile atunci când se fixau întâlnirile? Sunați dumneavoastră sau ei?

— Nu... Data și locul fiecărei întâlniri erau fixate la întâlnirea precedentă.

— Și ce se întâmpla dacă voiați să intrați în legătură cu ei? Spre exemplu, pentru a schimba o dată sau ceva de felul ăsta.

— Aveam un număr de telefon, la care puteam suna.

— Ce număr?

— Sincer vorbind, nu mi-l mai amintesc.

— Al cui era numărul respectiv?

— Nu știu. Nu l-am folosit niciodată.

— OK... Întrebarea următoare: cui i-ați lăsat mai departe această însărcinare?

— Ce vrei să spui?

— Când a plecat Fälldin. Cine v-a luat locul?

— Nu știu.

— Ați scris vreun raport?

— Nu, totul era secret. N-aveam voie nici măcar să-mi fac însemnări.

— Și n-ați lăsat un succesor?

— Nu.

— Atunci cum s-au petrecut lucrurile?

— Păi.... Fälldin a demisionat și a lăsat postul lui Ola Ullsten. Eu am primit informația că trebuie să așteptăm până la următoarele alegeri. Atunci, Fälldin a fost reales și întâlnirile noastre au fost reluate. Apoi, au urmat alegerile din 1982 și au câștigat social-democrații. Presupun că Palme a numit pe cineva, care să-mi urmeze. În ceea ce mă privește, am început să lucrez la ministerul de externe și am devenit diplomat. Am avut un post în Egipt și apoi în India.

Mikael continuă să-i mai pună întrebări timp de câteva minute, dar era convins că aflase tot ce avusese de povestit Janeryd. Trei nume.

Fredrik Clinton.

Hans von Rottinger.

Și Evert Gullberg — bărbatul care îl împușcase pe Zalachenko.

Clubul Zalachenko.

Îi mulțumi lui Janeryd pentru informații și luă un taxi înapoi, la gara centrală. Abia când se afla în taxi, vârî mâna în buzunar, închizând reportofonul. Ateriză la Arlanda la șapte și jumătate, duminică seara.

Erika Berger privea gânditoare ecranul. Ridică ochii, cercetând sala de redacție pe jumătate goală, care se întindea dincolo de cușca de sticlă. Anders Holm era liber. Nu văzu pe nimeni care să pară interesat de ea, fie pe față, fie pe ascuns. Nici ea nu avea vreun motiv să creadă că cineva din redacție îi voia răul.

E-mailul sosise cu un minut înainte. Expeditorul era redax@aftonbladet.com. *De ce tocmai Aftonbladet?* Adresa era falsă.

Mesajul zilei nu conținea niciun text. Era doar o imagine JPG, pe care ea o deschise în Photoshop.

Fotografia era pornografică și reprezenta o femeie goală, cu sâni foarte mari și o zgardă în jurul gâtului. Stătea în patru labe și un bărbat o penetra pe la spate.

Chipul femeii fusese schimbat. Retușarea nu era făcută cu atenție, ceea ce probabil fusese intenționat. În locul feței originale, fusese lipită poza Erikăi care îi folosise drept portret. Fotografia era vechea poză-semnătură de la *Millennium,* care putea fi descărcată de pe internet.

La baza fotografiei stătea scris cu litere cursive:

Curvă ordinară.

Era al nouălea mesaj anonim pe care îl primise care conținea cuvintele „curvă ordinară" și care părea să fie trimis de la un mare grup de presă suedez. Dăduse peste un cyberagresor.

Ascultarea telefonică era un capitol mai dificil decât supravegherea informatică. Trinity nu avusese nicio dificultate cu localizarea cablului telefonic al procurorului Ekström; problema era că Ekström folosea rar sau deloc postul fix pentru convorbirile având legătură cu slujba. Trinity nici măcar nu făcuse încercarea de-a supraveghea telefonul lui Ekström, de la poliția din Kungsholmen. Ar fi necesitat să aibă acces la rețeaua de cablu suedeză, iar Trinity nu putea face asta.

În schimb, Trinity și Bob the Dog își petrecură o întreagă săptămână să identifice și să distingă telefonul mobil al lui Ekström, prin zgomotul de fond al celor aproape 200 000 de alte telefoane mobile, pe o rază de un kilometru în jurul clădirii poliției.

Trinity și Bob the Dog foloseau o tehnică numită *Random Frequency Tracking System* (*RFTS*). Tehnica nu era necunoscută. Fusese dezvoltată de organizația americană NSA (National Security Agency) și era integrată într-un număr nedeterminat de sateliți, care supravegheau punctual zone de criză și capitale din lumea întreagă.

NSA dispunea de resurse uriașe și folosea un fel de plasă, pentru a capta simultan un mare număr de convorbiri într-o anume regiune. Fiecare apel era procesat individual prin computere care erau programate să reacționeze la anumite cuvinte, de exemplu „terorist" sau „Kalașnicov". Dacă apărea un asemenea cuvânt, computerul trimitea automat o alarmă și un operator intra pe fir, pentru a stabili dacă discuția era interesantă sau nu.

O problemă mai dificilă era să identifici un număr specific de telefon mobil. Fiecare telefon mobil are o semnătură proprie — o amprentă —, sub forma unui număr de telefon. Cu o aparatură foarte dezvoltată, NSA putea să se concentreze pe o anumită zonă, să asculte și să deosebească convorbiri telefonice. Tehnica era simplă, însă nu era sută la sută sigură. Mai ales convorbirile care plecau din respectivul telefon erau greu de identificat, în vreme ce o convorbire care venea din afară era mult mai simplu de identificat, deoarece ea începea tocmai cu acea amprentă care trebuia să facă telefonul-țintă să capteze semnalul.

Deosebirea dintre ambițiile lui Trinity și ale organizației NSA în materie de ascultare telefonică era de natură economică. NSA avea un buget anual de mai multe miliarde de dolari, aproape 12 000 de agenți cu normă întreagă și acces la ultima tehnologie de vârf în informatică și telefonie. Trinity avea furgoneta sa, cu echivalentul a treizeci de kilograme de echipament electronic, dintre care o mare parte era confecționat manual de către Bob the Dog. NSA putea, grație supravegherii globale prin sateliți, să centreze antene extrem de sensibile în direcția unei clădiri anume, în orice punct din lume. Trinity avea o antenă construită de către Bob the Dog și care avea o rază de acțiune efectivă de circa 500 de metri.

Tehnica de care dispunea Trinity îl obliga să-și parcheze furgoneta pe Bergsgatan sau pe o altă stradă din apropiere și să își calibreze cu grijă echipamentul, până ce identifica amprenta lăsată de numărul de telefon al procurorului Ekström. Pentru că el nu știa limba suedeză, trebuia să dirijeze conversația printr-un alt mobil, acasă la Plague, care răspundea de ascultarea propriu-zisă.

Timp de cinci zile și patru nopți, un Plague cu ochii tot mai scoși din orbite a ascultat până la epuizare un număr înspăimântător de apeluri cu destinația spre sau ieșind din sediul poliției și din clădirile din apropiere. Auzise fragmente de anchetă în curs de desfășurare, descoperise întâlniri amoroase și înregistrase un mare număr de conversații care conțineau simple inepții. Târziu în seara celei de a cincea zile, Trinity i-a trimis un semnal pe care un afișaj digital l-a identificat imediat ca fiind numărul telefonului mobil al lui Ekström. Plague a fixat antena parabolică pe frecvența exactă.

Tehnica funcționa în general mai bine pe convorbirile care intrau la Ekström. Antena parabolică a lui Trinity capta pur și simplu căutarea numărului de mobil al lui Ekström, care era trimis în eter din întreaga Suedie.

În momentul în care Trinity putuse să înceapă înregistrarea apelurilor lui Ekström, obținuse, de asemenea, amprenta vocii lui, asupra căreia lucra acum Plague.

Plague introduse vocea digitalizată a lui Ekström într-un program care se numea VPRS și care ar fi putut fi tradus ca *Voiceprint Recognition System*. El specificase vreo douăsprezece cuvinte-cheie, de exemplu „OK" sau „Salander". Atunci când avea cinci exemple distincte ale unui cuvânt, le clasifica, în funcție de timpul necesar pentru a fi pronunțate, de înălțime și de frecvența vocii, cum erau pronunțate terminațiile și o mulțime de alți indici. Rezultatul fu o reprezentare grafică. Cu aceasta, Plague avea posibilitatea să asculte și apelurile care proveneau de la procurorul Ekström. Antena lui parabolică se afla în permanență în așteptarea unei discuții, în care să se afle tocmai curba grafică a unuia dintre cele douăsprezece cuvinte utilizate frecvent. Tehnica nu era nici pe departe perfectă. Dar el socotea că aproximativ 50% din toate convorbirile pe care le efectua Ekström pe mobilul său din interiorul secției de Poliție sau din apropierea acesteia erau ascultate și înregistrate.

Din păcate, această tehnică avea un defect evident. De îndată ce procurorul Ekström părăsea sediul poliției, dispărea posibilitatea ca mobilul lui să fie ascultat, în afară de cazul în care Trinity știa unde se află și putea să se parcheze în imediata apropiere a imobilului.

Având acum ordine de la cea mai înaltă instanță, Torsten Edklinth putea în sfârșit să organizeze o unitate de intervenție, redusă, dar legală. A adus patru colaboratori, alegând cu bună știință talente tinere cu merite în poliția obișnuită, care fuseseră recrutați relativ de puțină vreme în RPS/Säk. Doi lucraseră la brigada de fraude, unul la poliția financiară și altul venea de la secția de criminalistică. Au fost chemați în biroul lui Edklinth și au fost puși la curent cu misiunea lor, precum și cu necesitatea confidențialității absolute. Edklinth a subliniat că ancheta avea loc la cererea directă a prim-ministrului. Monica Figuerola a devenit șefa lor și a condus ancheta cu o forță corespunzătoare aspectului ei exterior.

Dar ancheta avansa lent, în mare parte fiindcă nimeni nu știa cu siguranță cine trebuia anchetat. De mai multe ori, Edklinth și Figuerola se gândiseră să-l rețină pur și simplu pe Mårtensson și să-l interogheze. Dar, de fiecare dată, ei hotărâseră să mai aștepte. O arestare ar fi însemnat că întreaga anchetă devenea publică.

Abia marți, la unsprezece zile de la întâlnirea cu prim-ministrul, Monica Figuerola ciocăni la ușa lui Edklinth.

— Cred că avem ceva.

— Așază-te.

— Evert Gullberg.

— Da?

— Unul dintre anchetatorii noștri a vorbit cu Marcus Erlander, care face investigația despre uciderea lui Zalachenko. După spusele lui Erlander, RPS/Säk a luat legătura cu poliția din Göteborg la două ore după asasinat și a dat informații despre scrisorile de amenințare ale lui Gullberg.

— A mers repede...

— Da. Un pic prea repede. RPS/Säk a trimis prin fax mai mult de nouă scrisori la poliția din Göteborg, care se presupune că au fost scrise de Gullberg. Există o singură problemă.

— Care?

— Două dintre scrisori erau adresate ministerului justiției — ministrului justiției și ministrului pentru democrație.

— Da. Știu deja asta.

— Da, numai că scrisoarea către ministrul pentru democrație a fost înregistrată la minister abia a doua zi. A sosit mai târziu, cu poșta.

Edklinth o fixă pe Monica Figuerola. Pentru prima oară, simțea o adevărată spaimă că bănuielile lui aveau să se arate întemeiate. Monica Figuerola continuă neînduplecată:

— Cu alte cuvinte, RPS/Säk a trimis prin fax copia unei scrisori de amenințare care încă nu ajunsese la destinatarul ei.

— Dumnezeule, spuse Edklinth.

— Faxurile au fost trimise de un angajat de la protecția personalităților.

— Cine?

— Nu cred că are ceva de-a face cu asta. El a primit scrisorile dimineața, pe birou, și imediat după crimă a primit însărcinarea să contacteze poliția din Göteborg.

— Cine i-a dat această însărcinare?

— Secretara secretarului general.

— Dumnezeule, Monica... Înțelegi ce înseamnă asta?

— Sigur.

— Asta înseamnă că RPS/Säk este amestecată în uciderea lui Zalachenko...

— Nu. Asta înseamnă că persoane *din cadrul* RPS/Säk aveau știință despre crimă, înainte ca aceasta să se producă. Întrebarea este cine sunt aceste persoane?

— Secretarul general...

— Da. Dar eu încep să bănuiesc că acest „club Zalachenko" se află în afara Säpo.

— Ce vrei să spui?

— Mårtensson. El a fost transferat de la protecția personalităților și lucrează independent. L-am supravegheat destul de multă vreme, săptămâna trecută. Nu a luat legătura cu nicio persoană din Säpo, după câte știm. Primește telefoane pe mobil, pe care nu le putem asculta. Nu știm ce număr este, dar nu e telefonul lui personal. S-a întâlnit cu bărbatul blond, pe care încă nu l-am putut identifica.

Edklinth își încreți fruntea. În același moment, Anders Berglund ciocăni la ușă. Acesta era unul dintre colaboratorii care fuseseră recrutați pentru noua secție operativă și care lucrase înainte la poliția financiară.

— Cred că l-am găsit pe Evert Gullberg, spuse el.

— Intră, îl invită Edklinth.

Berglund puse pe birou o fotografie alb-negru zdrențuită. Edklinth și Figuerola o examinară. Reprezenta un bărbat pe care amândoi îl recunoscură imediat ca fiind legendarul spion colonelul Stig Wennerström. Acesta era scos pe o ușă de către doi polițiști zdraveni, în civil.

— Această fotografie provine de la editura Åhlén & Åkerlund și a fost publicată în revista *Se,* în primăvara lui

1964. A fost făcută cu ocazia procesului în care Wennerström a fost condamnat la închisoare pe viață.

— Aha.

— În planul doi, se văd trei persoane. La dreapta, comisarul criminalist Otto Danielsson, prin urmare cel care l-a arestat pe Wennerström.

— Da...

— Priviți-l pe bărbatul care se află la stânga, în spatele lui Danielsson.

Edklinth și Figuerola văzură un bărbat înalt, cu o mustață subțire și cu pălărie. Amintea vag de scriitorul Dashiell Hammett.

— Comparați fața cu această fotografie de pașaport, a lui Gullberg. Avea 66 de ani, când a fost făcută fotografia.

Edklinth își încruntă sprâncenele.

— N-aș putea jura că este aceeași persoană...

— Dar eu pot, spuse Berglund. Întoarceți fotografia.

Pe spate se afla o ștampilă care atesta că fotografia aparținea editurii Åhlén & Åkerlund și că numele fotografului era Julius Estholm. Mai era acolo un text, scris cu creionul: *Stig Wennerström flancat de doi polițiști în drum spre tribunalul din Stockholm. În spate, O. Danielsson, E. Gullberg și H.W. Francke.*

— Evert Gullberg, spuse Monica Figuerola. Făcea parte din RPS/Säk.

— Nu, zise Berglund. Din punct de vedere strict tehnic, nu făcea. Cel puțin, nu atunci când a fost făcută această fotografie.

— Atunci?

— RPS/Säk a fost înființată la patru luni după aceea. Când a fost făcută această fotografie, el încă mai făcea parte din poliția secretă a statului.

— Cine este H.W. Francke? întrebă Monica Figuerola.

— Hans Wilhelm Francke, spuse Edklinth. A murit la începutul anilor '90, dar a fost șef adjunct al poliției secrete a statului, de la sfârșitul anilor '50 până la începutul anilor '60. Era un fel de legendă, exact ca și Otto Danielsson. De fapt, l-am întâlnit de vreo două ori.

— Înțeleg, făcu Monica Figuerola.

— A părăsit RPS/Säk la sfârșitul anilor '60. Francke și P.G. Vinge nu s-au înțeles niciodată și îmi imaginez că i s-a dat pur și simplu un picior în fund, când avea 50–55 de ani. Și-a deschis o firmă proprie.

— O firmă proprie?

— Da, a devenit consultant în probleme de securitate pentru industria privată. Avea un birou în Stureplan, dar mai ținea și conferințe când și când, la cursurile interne RPS/Säk. Așa l-am întâlnit eu.

— Înțeleg. De ce s-au certat Vinge și Francke?

— Nu se suportau. Francke era un fel de cowboy, care vedea agenți KGB peste tot și Vinge era un birocrat de școală veche. Apoi, Vinge a fost și el dat afară, culmea ironiei, pentru că și el credea că Palme lucrează pentru KGB.

— Hmm, făcu Monica Figuerola, privind fotografia în care Gullberg și Francke stăteau umăr lângă umăr.

— Cred că a venit momentul să avem o nouă discuție cu ministrul justiției, spuse Edklinth.

— *Millennium* a apărut astăzi, zise Monica Figuerola.

Edklinth îi aruncă o privire pătrunzătoare.

— Niciun cuvânt despre afacerea Zalachenko, spuse ea.

— Asta înseamnă că mai avem probabil o lună până la numărul viitor. E bine de știut. Dar trebuie să ne ocupăm de Blomkvist. În toată încurcătura asta, el este ca o grenadă dezamorsată.

17

Miercuri 1 iunie

Nimic nu îl avertiză pe Mikael Blomkvist că se afla cineva în casa scării, când dădu colțul spre apartamentul lui de pe Bellmansgatan 1. Era șapte seara. Se opri brusc, atunci văzu o femeie blondă, cu părul scurt și cârlionțat, așezată pe ultima treaptă. O identifică imediat ca fiind Monica Figuerola, de la RPS/Säk, după fotografia pe care o găsise Lottie Karim.

— Hei, Blomkvist, îl salută ea veselă, închizând cartea pe care o citea.

Mikael se uită la titlul cărții și văzu că era o carte în engleză despre imaginea zeilor în antichitate. Înălță apoi privirea, examinându-și vizitatoarea neașteptată. Femeia se ridică în picioare. Era îmbrăcată într-o rochie de vară albă, cu mâneci scurte și pusese pe treaptă o geacă de piele cărămizie.

— Trebuie să vorbesc cu tine, spuse ea.

Mikael Blomkvist o privea în continuare. Era înaltă, mai înaltă decât el și impresia era amplificată de faptul că femeia se afla cu două trepte mai sus. El îi privi brațele, apoi coborî privirea spre picioarele ei și înțelese că aceasta era mai puternică decât el.

— Petreci destulă vreme la sala de sport, spuse el.

Ea zâmbi, scoțând legitimația.

— Mă numesc....

— Te numești Monica Figuerola și ești născută în 1969, domiciliată pe Pontonjärgatan, în Kungsholmen. Te-ai născut la Borlänge și ai lucrat ca polițist la Uppsala. De trei ani lucrezi la RPS/Säk, protecția constituției. Ești o fanatică a exercițiilor fizice și pe vremuri ai fost sportivă de performanță, ba chiar era să faci parte din lotul olimpic al Suediei. Ce dorești?

Ea fu uimită, dar își reveni repede, dând din cap:

— Ce bine, spuse pe un ton vesel. Atunci, știi cine sunt și că nu trebuie să-ți fie frică de mine.

— Nu?

— Sunt câteva persoane care vor să aibă o discuție liniștită cu tine. Pentru că apartamentul și telefonul tău nu sunt sigure și există motive pentru păstrarea discreției, m-au trimis pe mine să te invit.

— Și de ce-ar trebui să merg undeva cu o persoană care lucrează la Säpo?

Ea medită un moment.

— Păi... poți să dai curs acestei invitații amicale sau, dacă preferi, pot să-ți pun cătușele și să te duc eu cu forța.

Îi zâmbi dulce. Mikael Blomkvist îi întoarse zâmbetul, în chip de răspuns.

— Ascultă, Blomkvist... Înțeleg că nu ai prea multe motive să te încrezi în cineva care vine de la RPS/Säk. Însă nu toți care lucrează acolo sunt dușmanii tăi și există cauze foarte îndreptățite ca să ai o discuție cu șefii mei.

El rămase în așteptare.

— Așa că vrei să vii de bunăvoie sau cu cătușe la mâini?

— Am mai fost dus cu forța de poliție anul ăsta. Mi-ajunge. Unde mergem?

Ea conducea un Saab 95 nou și parcase după colț, pe Pryssgränd. De îndată ce se urcară, își deschise telefonul și formă un număr.

— Ajungem în 15 minute, spuse.

Apoi îl rugă pe Mikael Blomkvist să-și prindă centura de siguranță și, trecând prin Slussen, o luă spre Östermalm, parcând pe o stradă laterală, lângă Artillerigatan.

Rămase nemișcată o secundă, privindu-l atentă.

— Blomkvist... Este o vizită amicală. Nu riști nimic.

Mikael Blomkvist nu răspunse. Aștepta să vadă despre ce era vorba. Ea tastă codul de la intrare. Luară liftul până la etajul patru, la un apartament purtând o plăcuță cu numele Martinsson.

— Am închiriat apartamentul numai pentru întâlnirea din seara asta, spuse Monica, deschizând ușa. La dreapta, în living.

Primul pe care îl văzu Mikael Blomkvist fu Torsten Edklinth, ceea ce nu constituia nicio surpriză, pentru că Säpo era amestecat în cea mai mare măsură în evenimente, iar Edklinth era șeful Monicăi Figuerola. Faptul că șeful Comisiei pentru protecția constituției se deranjase să-l caute arăta că undeva sus cineva era foarte neliniștit.

Apoi văzu lângă fereastră o siluetă, care se întoarse spre el. Ministrul justiției. Ceea ce era surprinzător.

În sfârșit, din dreapta se auzi un sunet și văzu ridicându-se din fotoliu o persoană foarte cunoscută. Nu crezuse că Monica Figuerola îl va aduce la o întâlnire conspirativă cu prim-ministrul.

— Bună seara, domnule Blomkvist, îl salută prim-ministrul. Iartă-ne că te-am rugat să vii la această întâlnire neprevăzută, dar am discutat situația și am fost de acord că trebuie să stăm de vorbă cu dumneata. Putem să-ți oferim cafea sau ceva de băut?

Mikael privi în jur. Văzu o masă mare de lemn închis la culoare, încărcată cu pahare, cești goale de cafea și resturile unei plăcinte. Probabil că se aflau acolo de câteva ore.

— Apă minerală, spuse el.

Monica Figuerola îl servi. Se așezară pe canapele, în vreme ce ea rămase în spate.

— M-a recunoscut și știa cum mă numesc, unde locuiesc, unde lucrez și că sunt pasionată de exercițiile fizice, spuse Monica Figuerola.

Prim-ministrul îi aruncă o privire grăbită lui Torsten Edklinth, apoi lui Mikael Blomkvist. Mikael înțelese brusc că el se afla într-o poziție de superioritate. Prim-ministrul voia ceva de la el și probabil că nu avea nicio idee despre cât de multe știa sau nu știa Mikael Blomkvist.

— Încerc și eu să mă descurc între actorii din nebunia asta de piesă, spuse Mikael pe un ton glumeț.

La naiba, încerc să-l duc de nas pe prim-ministru!

— Și cum de știai numele Monicăi Figuerola? întrebă Edklinth.

Mikael îi aruncă o privire șefului Comisiei pentru protecția constituției. Nu avea idee ce-l făcuse pe prim-ministru să stabilească o întâlnire secretă cu el, într-un apartament închiriat din Östermalm, dar se simțea plin de inspirație. În practică, lucrurile ar fi putut merge mult mai prost. Dragan Armanski pusese mingea în mișcare, dând informații unei persoane în care avea încredere. Care trebuie să fi fost Edklinth sau cineva din apropierea acestuia.

Mikael riscă:

— Un cunoscut comun a vorbit cu dumneata, îi spuse el lui Edklinth. Dumneata ai însărcinat-o pe Figuerola să vadă despre ce e vorba și ea a descoperit că niște activiști ai Säpo se ocupă cu ascultarea ilegală de telefoane și au intrat prin efracție în apartamentul meu și așa mai departe. Asta înseamnă că ai avut confirmarea existenței clubului Zalachenko. Lucrul te-a neliniștit și ai simțit nevoia să mergi mai departe, dar ai rămas o vreme în biroul dumitale, neștiind prea bine cui să te adresezi. Așa că te-ai adresat ministrului justiției, care s-a adresat prim-ministrului. Și acum, ne aflăm aici. Ce doriți de la mine?

Mikael vorbise pe un ton care lăsa să se înțeleagă că el avea o sursă bine plasată și că urmărise fiecare pas făcut de Edklinth. După ochii măriți de uimire ai acestuia, își dădu seama că momeala prinsese. Continuă:

— Clubul Zalachenko mă spionează pe mine, eu îi spionez pe ei și prim-ministrul e în situația actuală neliniștit și furios. El știe că la sfârșitul acestei discuții va urma un scandal căruia guvernul s-ar putea să nu-i supraviețuiască.

Monica Figuerola zâmbi brusc, dar își mască zâmbetul în dosul paharului cu apă minerală. Înțelegea că Blomkvist juca la cacealma și știa cât de uimită fusese ea însăși, atunci când el îi spusese numele și numărul de la pantofi.

M-a văzut în mașină, pe Bellmansgatan. E foarte atent. A luat numărul mașinii și m-a identificat. Iar în rest sunt doar supoziții.

Nu spuse nimic.

Prim-ministrul părea îngrijorat.

— La asta trebuie să ne așteptăm? întrebă el. Un scandal care să răstoarne guvernul?

— Guvernul nu e problema mea, spuse Mikael. Misiunea mea constă în a dezvălui mizerii, cum ar fi clubul Zalachenko.

Prim-ministrul aprobă, dând din cap.

— Și misiunea mea este să conduc țara, în conformitate cu constituția.

— Ceea ce înseamnă că problema mea este în cel mai înalt grad problema guvernului. Dar nu și invers.

— Ce-ar fi să nu mai vorbim fără să spunem nimic? De ce crezi că am aranjat această întâlnire?

— Ca să aflați ce știu și ce am de gând să fac.

— În parte, e corect. Dar și mai exact este că noi am nimerit într-o criză constituțională. Lasă-mă să-ți explic că guvernul nu are absolut nimic de-a face cu această poveste. Am fost luați cu totul pe neașteptate. Eu n-am auzit niciodată despre... cum îi numești dumneata, clubul Zalachenko. Ministrul justiției n-a auzit în viața lui niciun cuvânt despre asta. Torsten Edklinth are o funcție înaltă în RPS/Säk și a lucrat în cadrul Säpo ani de zile, dar nu a auzit niciodată despre ei.

— În continuare, nu e problema mea.

— Știu. Ceea ce vrem noi să știm este când ai de gând să publici textul dumitale și, mai exact, ce ai de gând să publici. Eu îți pun această întrebare. Și nu are nimic de-a face cu vreo încercare de prevenire a eventualelor pagube.

— Nu?

— Blomkvist, cel mai rău lucru pe care l-aș putea face în situația actuală ar fi să încerc să influențez conținutul articolului dumitale. De fapt, eu doresc o colaborare.

— Explicați.

— Când mi s-a confirmat faptul că există o conspirație într-una din zonele excepțional de sensibile ale administrației de stat, am ordonat o anchetă.

Prim-ministrul se întoarse spre ministrul justiției.

— Poți relata exact care sunt ordinele guvernului?

— E foarte simplu. Torsten Edklinth a primit însărcinarea să ancheteze imediat și să vadă dacă lucrurile se confirmă. Sarcina lui este să strângă informații, care vor fi date procurorului de stat care, la rândul lui, are ca sarcină să judece dacă trebuie pornită o acțiune judiciară. Prin urmare, sunt instrucțiuni foarte clare.

Mikael aprobă.

— În seara aceasta, Edklinth a raportat cum progresează ancheta. Am avut o lungă discuție despre problemele constituționale — vrem, de bună seamă, să fie respectată legea.

— Normal, spuse Mikael pe un ton care lăsa să se înțeleagă că n-avea niciun strop de încredere în promisiunile prim-ministrului.

— Ancheta se află acum într-un stadiu delicat. Încă nu am stabilit cu exactitate care sunt persoanele implicate. Avem nevoie de timp ca s-o facem. Și de aceea am trimis-o pe Monica Figuerola să te invite la această întâlnire.

— Ceea ce ea a făcut cu toată fermitatea. N-am avut prea mult de ales.

Prim-ministrul își înălță sprâncenele, privind-o pe Monica Figuerola.

— Să trecem peste asta, spuse Mikael Blomkvist. Ea a avut un comportament exemplar. Dumneavoastră ce doriți?

— Vrem să știm când vei publica articolul. Pentru moment, această anchetă este purtată în mare secret și, dacă vei acționa înainte ca Edklinth să fie gata, s-ar putea să strici totul.

— Hmm. Și când ați vrea să public? După alegeri?

— Hotărăști singur. Eu nu te pot influența. Ceea ce te rog este să spui când ai de gând să publici, ca noi să știm exact care este *deadline*-ul nostru pentru anchetă.

— Înțeleg. Ați vorbit despre o colaborare...

Prim-ministrul făcu un gest aprobator:

— Vreau să încep prin a spune că în cazuri normale nici nu mi-ar fi trecut prin minte să rog un ziarist să vină la o asemenea întâlnire.

— Într-un caz obișnuit, ați fi făcut tot posibilul să țineți ziariștii cât mai departe de o asemenea întâlnire.

— Da. Dar am înțeles că ești condus de mai mulți factori. Ca ziarist, ai reputația că nu te porți delicat atunci când este vorba de corupție. În acest caz, nu există niciun fel de divergență între noi.

— Niciuna?

— Nu. Nici cea mai mică. Sau, mai exact spus... acele divergențe care există pot avea caracter juridic, însă scopul este același. Dacă acest „club Zalachenko" există, el nu este numai o grupare criminală, ci și o amenințare la siguranța statului. Trebuie să fie opriți și responsabilii trași la răspundere. Asupra acestui punct putem fi de acord, dumneata și cu mine?

Mikael aprobă.

— Am înțeles că știi mai mult decât oricine altcineva despre povestea aceasta. Noi îți propunem să-ți împarți cunoștințele cu noi. Dacă ar fi vorba de o anchetă polițienească obișnuită, despre orice alt fel de delict, șeful anchetei preliminare ar putea hotărî să te cheme la interogatoriu. Dar aceasta este, după cum înțelegi prea bine, o situație excepțională.

Mikael rămase tăcut, cântărind o vreme situația.

— Și ce primesc în schimb, dacă accept să colaborez?

— Nimic. Noi nu ne târguim cu dumneata. Dacă dorești să publici mâine-dimineață, fă-o. Nu am de gând să fiu amestecat în vreun târg care poate fi îndoielnic din punct de vedere constituțional. Te rog numai să colaborezi, pentru binele poporului.

— Nu se poate spune despre un lucru că este „prea drept", zise Mikael Blomkvist. Lăsați-mă să vă explic un lucru... Eu sunt furios la culme. Sunt furios pe stat și pe guvern și pe Säpo și pe nemernicii ăia blestemați care, fără niciun motiv, au închis o fetiță de 12 ani la spitalul de nebuni și pe urmă au avut grijă s-o declare iresponsabilă.

— Lisbeth Salander a devenit o problemă de stat, spuse prim-ministrul, aproape zâmbind. Mikael, eu personal sunt foarte impresionat de ceea ce i s-a întâmplat. Și, crede-mă când îți spun, cei vinovați vor fi trași la răspundere. Dar, înainte de a face asta, trebuie să știm cine sunt responsabilii.

— Dumneavoastră aveți problemele dumneavoastră. Problema mea este că vreau ca Lisbeth Salander să fie eliberată și să-și primească toate drepturile.

— În privința asta, nu te pot ajuta cu nimic. Nu stau deasupra legii și nu pot decide ce va hotărî procurorul și completul de judecată. Ea trebuie să fie eliberată de către un tribunal.

— OK, spuse Mikael Blomkvist. Doriți colaborare. Dați-mi acces la ancheta lui Edklinth și vă voi spune ce am de gând să public și când.

— Nu pot să-ți dau acces la asta. Ar însemna să mă plasez față de tine în aceeași relație pe care a avut-o predecesorul ministrului justiției cu un anume Ebbe Carlsson, înainte să izbucnească scandalul dezvăluirilor în cazul asasinării lui Palme.

— Eu nu sunt Ebbe Carlsson, spuse Mikael calm.

— Am înţeles asta. Însă numai Torsten Edklinth poate să decidă ce va dori să-ţi împărtăşească, rămânând în cadrul legal al anchetei.

— Hmm, făcu Mikael Blomkvist. Vreau să ştiu cine a fost Evert Gullberg.

În încăpere se lăsă tăcerea.

— Evert Gullberg a fost probabil timp de mulţi ani şef al secţiei din cadrul RPS/Säk pe care dumneata o numeşti clubul Zalachenko, spuse Edklinth.

Prim-ministrul îi aruncă o privire dură lui Edklinth.

— Cred că ştie deja asta, spuse Edklinth, scuzându-se.

— Aşa e, zise Mikael. Acesta a început la Säpo, în anii '50, şi a devenit şef a ceva ce se numeşte Secţia pentru analize speciale, în anii '60. S-a ocupat de întreaga afacere Zalachenko.

Prim-ministrul scutură din cap:

— Ştii mai multe decât ar trebui. Cu multă plăcere aş vrea să ştiu cum le-ai aflat. Dar nu am de gând să întreb.

— Am găuri în articol, spuse Mikael. Vreau să le umplu. Daţi-mi informaţia necesară şi nu vă voi pune piedici.

— În calitate de prim-ministru, eu nu pot să dau aceste informaţii. Şi Torsten Edklinth păşeşte pe o frânghie foarte subţire dacă o face.

— Sunt doar fleacuri. Eu ştiu ce vreţi. Voi ştiţi ce vreau. Şi, dacă îmi daţi informaţii, vă voi trata ca pe nişte surse, cu tot anonimatul pe care asta îl implică. Nu mă înţelegeţi greşit, în articolul meu voi povesti adevărul, aşa cum îl înţeleg eu. Dacă dumneavoastră sunteţi amestecat, vă voi distruge în ochii opiniei publice, având grijă să nu mai fiţi reales vreodată. Dar, în situația actuală, n-am niciun motiv să cred că lucrurile ar sta așa.

Prim-ministrul îi aruncă o privire lui Edklinth. După o clipă, dădu din cap. Mikael interpretă asta ca pe un semn că prim-ministrul tocmai înfăptuise o încălcare a legii — chiar dacă mai mult din punct de vedere teoretic — dându-și acordul tacit ca Mikael să afle o parte din secretele de stat.

— Acestea pot fi rezolvate foarte simplu, spuse Edklinth. Eu sunt anchetator unic și decid personal ce colaboratori recrutez pentru anchetă. Dumneata nu poți fi angajat oficial ca anchetator, pentru că aceasta ar însemna că ești obligat să semnezi un angajament de păstrare a tăcerii. Însă te pot angaja drept consultant extern.

Viața Erikăi Berger se umpluse de nesfârșite ședințe și zile de muncă de douăzeci și patru de ore, din momentul în care trebuise să intre în pantofii decedatului redactor-șef Håkan Morander. Se simțea tot timpul nepregătită, ineficientă și neinițiată.

Abia miercuri seara, aproape la două săptămâni după ce Mikael Blomkvist îi dăduse dosarul cu cercetările făcute de Henry Cortez asupra șefului consiliului de administrație Magnus Borgsjö, a avut în fine timp să se ocupe de această problemă. Deschizând dosarul, a înțeles că întârzierea provenea de fapt din lipsa ei de chef de a se înhăma la asta. Știa deja că, oricum va proceda, totul se va termina cu o catastrofă.

Ajunse acasă, în Saltsjöbaden, neobișnuit de devreme, la ora șapte seara, debranșă alarma de la intrare și constată uimită că soțul ei, Greger Backman, nu era acasă. Îi luă un moment ca să-și aducă aminte că îl sărutase cu mai multă ardoare în dimineața aceea, fiindcă el trebuia să meargă la Paris, pentru a ține niște conferințe și că nu avea să se întoarcă decât la sfârșitul săptămânii. Erika își dădu seama că n-avea nici cea mai mică idee despre ce tratau conferințele sau când se decisese asta.

Doamne, iartă-mă, mi-am pierdut bărbatul! Se simțea ca unul dintre personajele din cartea doctorului Richard Schwartz[47] și se întreba dacă nu avea nevoie de terapie de cuplu.

A urcat la etaj, a lăsat să curgă apa în baie, scoțându-și hainele. A luat dosarul de cercetare în baie și a petrecut următoarea jumătate de oră citind întreaga istorie. Când a fost gata, nu s-a putut stăpâni să nu zâmbească. Henry Cortez va deveni un jurnalist formidabil. Avea 26 de ani și lucra de patru ani la *Millennium,* unde venise direct de la Școala de Jurnalism. Erika se simțea oarecum mândră. Întregul articol despre scaunele de closet și Borgsjö purta, de la început la sfârșit, amprenta revistei *Millennium,* iar fiecare rând era perfect documentat.

Dar se simțea și tristă. Magnus Borgsjö nu era un om rău și Erikăi îi plăcea de el. Era tăcut, receptiv, avea farmec și părea fără fasoane. În plus, era șeful ei și cel care-i dăduse de lucru. *Blestematul de Borgsjö! Cum a putut fi atât de idiot?*

Medită o vreme, dacă s-ar putea găsi alte legături sau, poate, circumstanțe atenuante, deși știa de la început că nu avea cum să nege evidența.

Puse dosarul pe marginea ferestrei, se lungi în baie și se cufundă în gânduri.

Era inevitabil ca *Millennium* să publice materialul. Dacă ea ar mai fi fost redactorul-șef al revistei, n-ar fi ezitat o secundă, iar faptul că revista îi dăduse ei materialul,

---

47 Dr. Richard Schwartz: „Family Therapy. Concepts and Methods".

înainte de a-l publica, fusese doar un gest amical care arăta că *Millennium* încerca, în măsura posibilului, să limiteze consecințele pentru ea, personal. Dacă situația ar fi fost inversată — dacă *SMP* ar fi găsit o mizerie de o asemenea anvergură despre șeful consiliului de administrație de la *Millennium* (care, de altfel, se întâmpla să fie Erika Berger însăși) —, nici ea n-ar fi ezitat să publice.

Publicarea avea să-l lovească serios pe Magnus Borgsjö. Lucrul cel mai grav nu era de fapt că firma lui, Vitavara SA, comanda scaune de closet la o fabrică din Vietnam, care se afla pe lista ONU cu întreprinderi care foloseau mână de lucru infantilă — și, în plus, pușcăriași, pe post de sclavi; dintre care, cu siguranță, cel puțin câțiva erau probabil deținuți politic. Lucrul cel mai grav era că Magnus Borgsjö cunoștea aceste împrejurări și totuși alesese să comande scaunele de toaletă la Fong Soo Industries. Era o lăcomie care, în apele tulburi lăsate de alți gangsteri capitaliști, ca fostul PDG de la Skandia, nu dădea deloc bine în ochii suedezilor.

De bună seamă, Magnus Borgsjö avea să motiveze spunând că nu știuse condițiile de la Fong Soo, însă Henry Cortez avea o documentație serioasă în această privință și, în momentul în care Borgsjö va încerca să cânte pe melodia asta, va fi demascat și ca mincinos. În iunie 1997, Magnus Borgsjö fusese în Vietnam ca să semneze primele contracte. Cu această ocazie, petrecuse zece zile în Vietnam și, printre altele, vizitase fabricile firmei. Dacă va încerca să afirme că nu înțelesese niciodată că cei mai mulți dintre muncitorii din fabrică erau copii de 12–13 ani, va trece drept idiot absolut.

Întrebarea despre eventuala ignoranță a lui Borgsjö primea răspuns definitiv prin faptul că Henry Cortez putea dovedi că o comisie a ONU împotriva muncii infantile introdusese Fong Soo Industries pe lista întreprinderilor care exploatau copii. Acest fapt devenise, de altfel, subiect al unor articole de ziar, precum și pentru două din organizațiile neguvernamentale împotriva folosirii forței de muncă infantile, dintre care prestigioasa organizație International Joint Effort Against Child Labour din Londra, care scrisese unui număr de firme ce aveau comenzi la Fong Soo. Nu mai puțin de șapte scrisori fuseseră trimise la Vitavara SA. Două dintre aceste scrisori fuseseră adresate personal lui Magnus Borgsjö. Organizația din Londra îi dăduse cu multă bucurie documentația necesară lui Henry Cortez, afirmând că Vitavara SA nu răspunsese la niciuna din scrisori.

În schimb, Magnus Borgsjö plecase în Vietnam de două ori, în 2001 și 2004, pentru a reînnoi contractele. Aceasta era lovitura de grație. Orice posibilitate a lui Borgsjö de a da vina pe neștiință nu se susținea.

Interesul mediatic care avea să urmeze nu putea duce decât la un singur lucru. Dacă Borgsjö era suficient de deștept, avea să iasă onorabil din scenă și să demisioneze din posturile pe care le deținea în diverse consilii de administrație. Dacă se va opune, va fi probabil distrus în cursul acestui proces.

Faptul că Borgsjö era sau nu director la Vitavara SA o interesa prea puțin pe Erika Berger. Din punctul ei de vedere, lucrul grav era că acesta era și șeful consiliului de administrație la *SMP*. Publicarea materialului însemna că el va fi silit să plece. Într-o perioadă când ziarul se clătina pe marginea prăpastiei și fusese începută munca de reînnoire, *SMP* nu-și putea permite să aibă un președinte cu moravuri îndoielnice. Ziarul va avea de suferit. În consecință, el va trebui să dispară de la *SMP*.

Pentru Erika Berger, se prezentau două alternative de acțiune.

Ori avea să meargă la Borgsjö, să pună cărțile pe masă, să-i arate materialul și apoi să-l determine să tragă el însuși concluzia că trebuie să plece înainte ca articolul să fie publicat.

Ori, dacă se opunea, ea trebuia să convoace rapid consiliul de administrație, să-l informeze și să-l silească să-l dea afară. Iar în cazul în care consiliul de administrație nu va merge pe această linie, ea însăși va trebui să demisioneze imediat din postul de redactor-șef al *SMP*.

Când Erika Berger a ajuns aici cu reflecțiile, apa din baie era rece. A făcut un duș, s-a uscat și a mers în dormitor, unde și-a pus un halat. Apoi, a ridicat receptorul și i-a telefonat lui Mikael Blomkvist. N-a primit nici un răspuns. Apoi, s-a dus la parter, unde a pus de cafea și, pentru prima oară de când începuse să lucreze la *SMP*, a deschis televizorul, căutând un film în fața căruia ar fi putut să se destindă.

Când a trecut prin fața arcadei de la living, a simțit o durere ascuțită în picior și, privind în jos, a văzut că sângera abundent. A mai făcut un pas și durerea a fulgerat-o. A sărit într-un picior până la un scaun, pe care s-a așezat. Ridicând piciorul, a descoperit spre spaima ei că un ciob de sticlă îi intrase adânc în călcâi. Mai întâi, a simțit că i se face rău. Apoi, și-a adunat tot curajul, a prins ciobul și a tras. A durut-o cumplit și sângele a țâșnit din rană.

A smuls un sertar de la scrinul din hol, unde avea fulare, mănuși și căciuli. Printre ele, a găsit un fular pe care l-a înfășurat iute în jurul piciorului, strângându-l tare. Nu era de ajuns și a mai adăugat unul, într-un bandaj improvizat. Șuvoiul de sânge se mai potoli.

A privit uimită ciobul de sticlă. *Cum ajunsese acolo?* Apoi, a descoperit și alte cioburi de sticlă pe podeaua holului. *Ce naiba...* S-a ridicat, aruncând o privire în living, unde a văzut că fereastra uriașă care dădea spre Saltsjön era spartă și că toată podeaua era plină de cioburi.

S-a dus la ușa de la intrare și și-a pus în picioare pantofii pe care îi scosese la venirea acasă. Adică și-a pus un pantof și și-a vârât degetele piciorului rănit în celălalt, sărind mai mult sau mai puțin într-un picior până în living, unde a cercetat dezastrul.

Apoi, a descoperit cărămida din mijlocul mesei.

A șchiopătat până la ușa dinspre terasă și a ieșit în curtea din spate.

Cineva scrisese cu spray două cuvinte pe fațada casei, cu litere de-o șchioapă:

CURVĂ ORDINARĂ

Era puțin trecut de nouă seara, când Monica Figuerola a deschis portiera pentru Mikael Blomkvist. Apoi, a înconjurat mașina, așezându-se la volan.

— Vrei să te duc acasă sau te las undeva?

Mikael Blomkvist privea în gol.

— Sincer vorbind… nu știu exact unde mă aflu. Niciodată până acum n-am mai tras pe sfoară un prim-ministru.

Monica Figuerola începu să râdă.

— Ți-ai jucat cartea foarte bine, spuse ea. Habar n-aveam că ești așa bun la cacealmale.

— Dar am crezut în fiecare cuvânt pe care l-am spus.

— Sigur, însă ceea ce voiam să spun este că te-ai prefăcut că știi mult mai mult decât știi, de fapt. Am înțeles asta când mi-am dat seama cum m-ai identificat pe mine.

Mikael întoarse capul, privindu-i profilul.

— Mi-ai luat numărul de la mașină, când stăteam în pantă, lângă casa ta.

El aprobă.

— I-ai făcut să creadă că știi tot ce s-a discutat în cabinetul prim-ministrului!

— De ce n-ai spus nimic?

Ea îi aruncă o privire scurtă și o coti pe Grev Turegatan.

— Regula jocului. Nu trebuia să parchez acolo. Dar nu exista niciun alt loc în care să pot opri mașina. Ești foarte atent la ce te înconjoară, nu-i așa?

— Stăteai cu o hartă pe locul din față și vorbeai la telefon. Am luat numărul și am făcut un control de rutină. Controlez toate mașinile care mă fac să reacționez. Cele mai multe nu sunt importante. În cazul tău, am aflat că lucrezi la Säpo.

— Îl urmăream pe Mårtensson. Apoi, am observat că și tu îl urmăreai, cu ajutorul Susannei Linder, de la Milton Security.

— Armanski a pus-o să vadă ce se întâmplă în jurul apartamentului meu.

— Și, pentru că ea a intrat în imobilul în care locuiești, bănuiesc că Armanski a plasat vreo formă de supraveghere vizuală în apartament.

— Așa e. Avem o înregistrare cu ei, cum se strecoară și cum îmi caută prin hârtii. Mårtensson avea un copiator portabil. L-ați identificat pe însoțitorul lui?

— Nu e important. Lăcătuș cu trecut criminal, care probabil primește bani ca să deschidă uși.

— Numele?

— Protecția sursei?

— Sigur că da.

— Lars Faulsson, 47 de ani. Este poreclit Falun. Condamnat pentru o spargere de seif în anii '80 și alte mărunțișuri. Are un atelier, la Norrtull.

— Mulțumesc.

— Dar să păstrăm secretele pentru mâine.

Întâlnirea se terminase cu o înțelegere, care stabilea că Mikael Blomkvist va vizita a doua zi Comisia pentru protecția constituției, ca să înceapă un schimb de informații. Mikael era cufundat în gânduri. Tocmai treceau prin piața Sergel.

— Știi ce? Mi-e îngrozitor de foame. Am mâncat de prânz la ora două și când am ajuns acasă mă gândeam să-mi fac niște paste, dar m-ai cules tu. Ai mâncat?

— Cu ceva timp în urmă.

— Atunci, haide să mergem la un restaurant, unde să putem băga în gură ceva digerabil.

— Orice mâncare e digerabilă.

El îi aruncă o privire.

— Credeam că ești una din fanaticele mâncării sănătoase.

— Nu sunt nici măcar vreo fanatică a antrenamentului. Dar, dacă te antrenezi, poți mânca orice vrei. În anumite limite, desigur.

Monica o apucă pe Klaraberg, cântărind alternativele; în loc s-o ia în jos, spre Södermalm, o luă înainte, spre Kungsholmen.

— Nu cunosc restaurantele din Söder, dar știu unul bosniac excelent, lângă Fridhemsplan. *Burek*-ul lor este fantastic.

— Sună bine, spuse Mikael Blomkvist.

Lisbeth Salander bătea literă cu literă la declarația ei. Lucrase în medie cinci ore în fiecare zi. Era foarte atentă să treacă sub tăcere toate detaliile care ar fi putut să fie folosite împotriva ei.

Faptul că era închisă devenise o binecuvântare. Putea să lucreze de îndată ce era singură în cameră și clinchetul mănunchiului de chei sau cheia vârâtă în broască funcționau ca un avertisment pentru ascunderea computerului.

[Tocmai mă pregăteam să închid ușa de la cabana lui Bjurman, de lângă Stallarholmen, când au sosit Carl-Magnus Lundin și Sonny Nieminen, pe motociclete. Pentru că mă căutau degeaba de ceva vreme, la însărcinarea lui Zalachenko/Niedermann, au fost uimiți să mă vadă acolo. Magge Lundin s-a dat jos de pe motocicletă și mi-a explicat că „lesbiana are nevoie de puțină sulă". Atât el, cât și Nieminen s-au manifestat așa de amenințător, că am fost nevoită să-mi exercit dreptul de legitimă apărare. Am părăsit locul pe motocicleta lui Lundin, pe care am abandonat-o după aceea la Sala de Expoziții din Älvsjö.]

Mai citi o dată fragmentul și dădu din cap, în semn de aprobare. Nu exista niciun motiv ca să mai povestească faptul că Magge Lundin o numise curvă și că atunci ea se aplecase luând pistolul P-83 Wanad al lui Nieminen și-l pedepsise pe Lundin împușcându-l în picior. Polițiștii ar putea să-și imagineze, probabil, dar era treaba lor să arate că așa stăteau lucrurile. Ea nu intenționa să le ușureze munca și să recunoască ceva ce ar putea s-o trimită la închisoare pentru maltratare gravă.

Scrisese 33 de pagini și se apropia de sfârșit. În unele părți, fusese extrem de zgârcită cu detaliile și se străduise mult ca nicăieri să nu prezinte vreo dovadă, care să întărească vreuna din afirmațiile pe care le făcea. Mersese așa de departe, încât trecuse sub tăcere unele probe evidente, sărind veriga următoare a lanțului de evenimente.

Medită un moment, apoi, reciti pasajul unde relata violul sadic al avocatului Bjurman. Era un pasaj la care lucrase mult și una din puținele părți pe care le reformulase de mai multe ori, înainte de a fi mulțumită de rezultat. Pasajul conținea 19 rânduri. Ea relata în mod obiectiv cum acesta o lovise, o aruncase cu fața în jos pe pat, îi astupase gura cu bandă adezivă și îi pusese cătușe. Apoi, spunea cum acesta exercitase repetate violențe sexuale asupra ei, care cuprindeau penetrări anale și orale. Explica mai departe cum acesta, în cursul violului, la un moment dat îi înfășurase o piesă de îmbrăcăminte — propriul ei maiou — în jurul gâtului, strângând așa de tare, că își pierduse pentru o vreme cunoștința. Apoi, mai urmau câteva rânduri în care identifica obiectele pe care acesta le folosise în timpul violului, printre care un bici scurt, un dop anal, un *dildo* enorm și cârlige, pe care i le prinsese de sfârcurile sânilor.

Încruntă fruntea, privind textul. În cele din urmă, luă creionul digital și mai scrise câteva rânduri.

> [La un moment dat, în timp ce mai aveam încă banda adezivă peste gură, Bjurman a făcut un comentariu legat de faptul că aveam mai multe tatuaje și inele, printre care și unul în sfârcul sânului stâng. M-a întrebat dacă îmi plăcea să mi se facă găuri, apoi a părăsit camera pentru un scurt moment. S-a întors cu un ac de cusut, pe care l-a trecut prin sfârcul sânului meu drept.]

Examină noul text, apoi dădu din cap în semn de aprobare. Tonul birocratic dădea textului o nuanță așa de suprarealistă, încât totul părea rezultatul unei fantezii absurde.

Pur și simplu, povestea nu părea demnă de crezare.

Ceea ce era și intenția lui Lisbeth Salander.

În momentul acela, auzi clinchetul mănunchiului de chei al paznicului de la Securitas. Închise imediat computerul de buzunar, punându-l în nișa din spatele măsuței de lângă pat. Era Annika Giannini. Lisbeth își încruntă sprâncenele. Era trecut de nouă seara și Giannini nu obișnuia să apară așa de târziu.

— Salut, Lisbeth.

— Salut.

— Cum te simți?

— Nu sunt încă pregătită să ies.

Annika Giannini oftă adânc:

— Lisbeth... Au stabilit procesul pentru 13 iulie.

— E OK.

— Nu, nu este OK. Timpul curge și tu refuzi să ai încredere în mine. Încep să mă tem că am făcut o uriașă greșeală, acceptând să-ți fiu avocat. Dacă vrei să avem cea mai mică șansă, trebuie să ai încredere în mine. Trebuie să colaborăm.

Lisbeth o studie pe Annika Giannini un lung moment. În cele din urmă, își lăsă capul pe pernă, privind în tavan.

— Știu ce vom face, spuse ea. Am înțeles planul lui Mikael. Iar el are dreptate.

— Nu sunt chiar așa de sigură, spuse Annika.

— Dar eu sunt sigură.

— Poliția vrea să te audieze din nou. Un anume Hans Faste, din Stockholm.

— Lasă-l să mă interogheze. Nu voi spune niciun cuvânt.

— Trebuie să dai niște explicații.

Lisbeth o privi tăios pe Annika Giannini.

— Repet. Nu voi spune niciun cuvânt poliției. Când vom ajunge în sala de tribunal, procurorul nu va avea nicio silabă de la vreun interogatoriu, pe care să se bazeze. Tot ce vor avea este relatarea pe care o formulez eu acum și care, în mare parte, va părea incredibilă. Iar pe aceasta o vor primi cu câteva zile înainte de proces.

— Și când o să te-apuci să o scrii?

— O vei primi peste câteva zile. Dar nu va ajunge la procuror decât chiar înainte de proces.

Annika Giannini părea neîncrezătoare. Lisbeth îi oferi brusc un zâmbet strâmb, prudent:

— Tu vorbești despre încredere. Pot avea încredere în tine?

— Sigur că da.

— OK, poți să-mi aduci aici un computer de buzunar, așa încât să am legătură cu lumea, pe internet?

— Nu, normal că nu. Dacă ar fi descoperit, aș fi dată în judecată și mi-aș pierde autorizația de avocat.

— Dar dacă altcineva ar face să-mi parvină un asemenea computer, ai reclama asta la poliție?

Annika își înălță sprâncenele:

— Dacă nu aș cunoaște faptul...

— Dar dacă l-ai cunoaște? Cum ai proceda?

Annika medită îndelung.

— Aș închide ochii. De ce?

— Acest computer ipotetic îți va trimite curând un e-mail ipotetic. După ce îl vei citi, vreau să mă vizitezi din nou.

— Lisbeth....

— Așteaptă. Lucrurile stau așa. Procurorul joacă cu cărți măsluite. Eu mă aflu în inferioritate, orice aș face, și scopul acestui proces este să mă trimită la un azil psihiatric.

— Știu.

— Ca să supraviețuiesc, trebuie să lupt și eu cu mijloace ilegale.

În cele din urmă, Annika Giannini aprobă.

— Când ai venit la mine prima oară, aveai un mesaj de la Mikael Blomkvist. El spunea că ți-a povestit cea mai mare parte din lucruri, cu unele excepții. Una dintre excepții era în legătură cu talentele pe care mi le descoperise la Hedestad.

— Da.

— Ceea ce voia el să spună era că eu sunt a naibii de bună în calculatoare. Așa de bună, că pot citi și copia tot ce se află în computerul procurorului Ekström.

Annika Giannini se făcu palidă.

— Tu nu poți fi amestecată în asta. Prin urmare, nu vei putea folosi acest material la proces, spuse Lisbeth.

— Nu, în niciun caz.

— Deci, nu-l cunoști.

— OK. Dar altcineva, să spunem fratele tău, va publica câteva selecții din acest material. Trebuie să ții cont de asta, când planifici strategia noastră înainte de proces.

— Înțeleg.

— Annika, acest proces va fi câștigat de cei care vor juca mai dur.

— Știu asta.

— Sunt mulțumită că ești avocata mea. Am încredere în tine și am nevoie de ajutorul tău.

— Hmm.

— Dar, dacă nu o să mă lași să folosesc metode care nu sunt etice, vom pierde procesul.

— Da.

— Și, în cazul acesta, vreau s-o știu de acum. Înseamnă că va trebui să renunț la tine și să-mi caut alt avocat.

— Lisbeth, eu nu pot să încalc legea.

— Nu vei încălca legea. Însă trebuie să te prefaci că nu vezi că eu o fac. Pot conta pe tine?

Lisbeth Salander așteptă răbdătoare aproape un minut, înainte ca Annika Giannini să dea din cap aprobator.

— Bine. Lasă-mă să-ți povestesc liniile principale pe care va merge relatarea mea.

Au vorbit timp de două ore.

Monica Figuerola avusese dreptate, spunând că *burek*-ul de la restaurantul bosniac era fantastic. Mikael Blomkvist o studie, în vreme ce aceasta se întorcea de la toaletă. Se mișca grațios, ca o balerină, dar avea un trup care... Mikael nu putea să nu fie fascinat. Își stăpâni impulsul de a întinde mâna, să-i pipăie mușchii picioarelor.

— De cât timp te antrenezi? o întrebă el.

— De pe vremea adolescenței.

— Și câte ore pe săptămână dedici antrenamentului?

— Două ore pe zi. Uneori, trei.

— De ce? Vreau să spun, înțeleg de ce se antrenează cineva, dar...

— Crezi că este exagerat.

— Nu știu exact ce voiam să spun.

Ea zâmbi, fără să pară deloc iritată de întrebările lui.

— Poate ești doar iritat de faptul că vezi o femeie cu mușchi și crezi că nu e nici feminin, nici prea îmbietor?

— Nu. Deloc. Arăți foarte bine. Ești foarte sexy.

Ea râse din nou.

— Sunt pe cale să reduc antrenamentele. Acum zece ani, mă ocupam cu pasiune de culturism. Era amuzant. Dar acum trebuie să fiu atentă, să nu mi se transforme toți mușchii în grăsime și să atârne totul pe mine. Așa că ridic haltere o dată pe săptămână și în restul timpului fac jogging, joc badminton, înot sau altele de felul ăsta. E mai mult mișcare, decât antrenament.

— Interesant.

— Motivul pentru care mă antrenez este că e plăcut. E un fenomen obișnuit printre cei care se antrenează mult.

Corpul dezvoltă o substanță analgezică de care devii dependent. După o vreme, intri în sevraj dacă nu alergi în fiecare zi. Când dai totul, e plăcerea nemaipomenită de a-ți fi bine în propria piele. Aproape la fel de minunat ca a face sex.

Mikael începu să râdă.

— Ar trebui să începi și tu să te antrenezi, spuse ea. Ai început să faci burtă.

— Știu, spuse el. Mă simt prost din cauza asta. Uneori, am un avânt și încep să alerg, pierd unu sau două kilograme și pe urmă sunt ocupat cu ceva și nu mai ajung s-o fac, timp de o lună sau două.

— Ai fost deosebit de ocupat în ultima vreme.

El deveni dintr-odată serios. Apoi aprobă.

— Am citit grămezi de lucruri despre tine în ultimele două săptămâni. Ai fost mai rapid decât poliția, atunci când ai dat de urma lui Zalachenko și l-ai identificat pe Niedermann.

— Lisbeth Salander a fost și mai rapidă.

— Cum ai făcut să ajungi la Gosseberga?

Mikael înălță din umeri.

— Muncă de cercetare obișnuită. Nu eu l-am găsit, ci secretara noastră de redacție Malin Eriksson, acum redactor-șef, care a reușit să-l scoată la lumină datorită registrului de firme. El se afla în conducerea firmei lui Zalachenko, KAB.

— Înțeleg.

— De ce ai devenit activist al Säpo? o întrebă el.

— Poți să mă crezi sau nu, dar eu sunt de fapt o democrată de modă veche. Socotesc că poliția este necesară și că o democrație are nevoie de un zid de apărare politic. De aceea sunt foarte mândră că pot lucra la protecția constituției.

— Hmm, făcu Mikael Blomkvist.

— Nu-ți prea place Säpo.

— Nu-mi plac instituțiile care se plasează deasupra controlului parlamentar. Este o invitație la abuz de putere, oricât de bune ar fi intențiile. De ce ești interesată de mitologia antică?

Ea ridică din sprâncene.

— Citeai o carte cu titlul ăsta, pe scară la mine.

— A, da. Subiectul mă pasionează.

— Aha.

— Sunt interesată de destul de multe lucruri. Am studiat dreptul și științele politice, pe vremea când eram polițistă. Și, înainte de asta, am studiat istoria ideilor și filosofia.

— Nu ai și defecte?

— Nu citesc beletristică, nu merg niciodată la cinematograf și la televizor mă uit doar la știri. Dar tu? De ce ai devenit jurnalist?

— Pentru că există instituții ca Säpo, în care este interzis accesul parlamentului și care trebuie scoase la vedere, din când în când.

Mikael zâmbi.

— Cinstit vorbind, nu știu. Dar, de fapt, răspunsul este la fel cu al tău. Cred în democrația constituțională și aceasta uneori trebuie apărată.

— Cum ai făcut cu omul de afaceri Hans-Erik Wennerström.

— Ceva în genul ăsta.

— Nu ești căsătorit. Ai o legătură cu Erika Berger?

— Erika Berger este căsătorită.

— OK. Deci toate zvonurile sunt doar bârfe. Ai o prietenă?

— Niciuna permanentă.

— Atunci, zvonurile sunt adevărate.

Mikael înălță din umeri și zâmbi din nou.

Redactorul-șef Malin Eriksson și-a petrecut toată noaptea la masa din bucătărie de acasă, din Årsta. Ședea aplecată peste hârtiile cu bugetul revistei *Millennium* și era așa de concentrată, încât prietenul ei, Anton, renunțase la încercările de a duce o conversație normală cu ea. A spălat vasele, i-a făcut un sendviș, ca să-l mănânce dacă i se va face foame și cafea. Apoi, a lăsat-o în pace și s-a instalat în fața televizorului, unde se dădea în reluare o serie din *CSI*.

Niciodată până atunci Malin Eriksson nu se ocupase cu ceva mai complicat decât bugetul casei, dar muncise cu Erika Berger la bilanțurile lunare și înțelegea care sunt principiile. Acum era redactor-șef, iar asta implica o responsabilitate bugetară. Cândva după miezul nopții, hotărî că, orice s-ar întâmpla, va trebui să aibă un asistent ca s-o ajute să mânuiască toate mingile. Ingela Oscarsson, care se ocupa de contabilitate o zi pe săptămână, nu avea responsabilitatea bugetului și n-o putea ajuta în niciun caz, atunci când trebuiau luate hotărâri despre cât trebuia să primească un colaborator, sau dacă aveau bani pentru o nouă imprimantă laser, peste suma care fusese stabilită pentru îmbunătățiri tehnice. În practică, era o situație ridicolă — *Millennium* aducea profit, dar acest lucru se întâmpla pentru că Erika Berger reușise tot timpul să echilibreze bugetul la zero. Un lucru atât de simplu, ca o nouă imprimantă color care costa 45 000 de coroane, trebuise să fie înlocuită cu o imprimantă alb-negru, care costa însă doar 8 000 de coroane.

O clipă, o invidie pe Erika Berger. La *SMP*, ea avea un buget în care o asemenea sumă ar fi părut niște bani pentru cafea.

Situaţia financiară a revistei *Millennium* fusese declarată bună la ultima adunare generală, dar surplusul de buget provenea în principal din vânzarea cărţii lui Mikael Blomkvist despre afacerea Wennerström. Surplusul, transferat la investiţii, se micşora cu o viteză neliniştitoare. Un motiv principal erau cheltuielile pe care le făcuse Mikael în legătură cu povestea Salander. *Millennium* nu avea resurse pentru a ţine un colaborator pe buget nelimitat, cu tot felul de sume pentru maşini închiriate, camere de hotel, călătorii cu taxiul, cumpărarea de material informatic, telefoane mobile şi altele.

Malin îşi puse semnătura pe o factură de la colaboratorul extern Daniel Olofsson, din Göteborg. Oftă. Mikael Blomkvist aprobase o sumă de 14 000 de coroane pentru o muncă de cercetare de o săptămână, pentru un articol care nici măcar nu avea să fie publicat. Banii pentru Idris Ghidi din Göteborg intrau în buget ca plată pentru surse anonime care nu trebuiau numite, ceea ce însemna că inspectorul financiar va critica lipsa chitanţelor şi chestiunea va trebui să fie aprobată printr-o hotărâre a consiliului de conducere. În plus, *Millennium* plătea onorarii Annikăi Giannini care, desigur, avea să primească bani de la stat, dar în orice caz avea nevoie de bani lichizi pentru a-şi plăti biletele de tren şi altele de felul acesta.

Puse deoparte pixul, privind totalul. Mikael Blomkvist arsese fără nicio remuşcare în cazul Salander peste 150 000 de coroane, cu totul în afara bugetului. Lucrurile nu mai puteau continua aşa.

Înţelese că va trebui să discute cu el.

Erika Berger şi-a petrecut seara la secţia de urgenţe a spitalului din Nacka, în loc să stea pe canapeaua din faţa televizorului. Ciobul de sticlă intrase așa de adânc, încât hemoragia nu voia să se oprească și la examinare se dovedise că un fragment din bucata de sticlă se mai afla în călcâi și că trebuia îndepărtat. I s-a făcut o anestezie locală și pe urmă rana a fost cusută cu trei puncte de sutură.

În tot cursul vizitei la spital, Erika Berger înjurase în sinea ei și încercase la intervale regulate să-i sune când pe Greger Backman, când pe Mikael Blomkvist. Nici soțul, nici amantul nu binevoiau să răspundă. La zece seara, avea piciorul înfășurat în bandaje; i s-a împrumutat o pereche de cârje și a luat un taxi înapoi, spre casă.

Șchiopătând, a măturat podeaua livingului și apoi a comandat o fereastră nouă, la Glasakuten. A avut noroc. În centrul orașului fusese o seară liniștită, așa că cei de la Glasakuten au apărut în douăzeci de minute. Apoi însă, a avut ghinion. Fereastra de la living era prea mare și un geam potrivit nu se afla în depozit. Meșterul s-a oferit să acopere provizoriu gaura cu placaj și ea a acceptat recunoscătoare.

În vreme ce era pus placajul, Erika a sunat persoana de gardă de la firma de securitate NIP, ceea ce s-ar fi tradus prin *Nacka Integrated Protection* și a întrebat de ce naiba nu se declanșase alarma care o costase o grămadă de bani, atunci când cineva aruncase o cărămidă prin fereastra vilei de 250 de metri pătrați.

O mașină de la NIP a sosit pentru a cerceta situația și s-a constatat că tehnicianul care instalase alarma cu mulți ani în urmă uitase să cupleze și firele de la fereastra din living.

Erika Berger a rămas fără grai.

NIP s-a oferit să remedieze situația chiar a doua zi dimineața. Erika a răspuns că nu mai era necesar să-și dea osteneala. A telefonat în schimb la serviciul de noapte de la Milton Security, explicând situația și spunând că voia să aibă un pachet de alarmă complet, cât mai curând posibil.

Da, știu că trebuie semnat un contract, dar spuneți-i lui Dragan Armanski că a sunat Erika Berger și aveți grijă să fie instalată alarma mâine-dimineață.

În cele din urmă, a telefonat și la poliție. I s-a spus că nu aveau nicio mașină liberă, pentru a veni să i se ia declarația. A fost sfătuită să se adreseze a doua zi secției celei mai apropiate de poliție. *Mulțumesc. Lua-v-ar naiba.*

Apoi, a rămas singură, clocotind de furie un lung moment, înainte ca adrenalina să înceapă să scadă; atunci a înțeles că va trebui să doarmă singură într-o casă fără alarmă, în vreme ce un nenorocit, care o numea curvă ordinară și manifesta tendințe violente, bântuia pe undeva prin preajmă.

Un scurt moment s-a întrebat dacă n-ar trebui să plece în oraș, să petreacă noaptea la hotel, însă Erika Berger era dintre aceia care nu suportau să fie amenințați și încă și mai puțin să se dea bătuți în fața amenințărilor. *La dracu', n-o să las un nenorocit să mă scoată din casa mea!*

Și-a luat însă câteva măsuri elementare de siguranță.

Mikael Blomkvist îi povestise cum Lisbeth Salander îl învinsese pe criminalul în serie Martin Vanger cu ajutorul unei crose de golf. Prin urmare, s-a dus în garaj și a petrecut zece minute încercând să-și găsească sacul de golf pe care nu-l mai văzuse de vreo cincisprezece ani. A ales crosa de metal care avea cea mai bună alonjă și a plasat-o la o distanță potrivită de pat, în dormitor. A mai pus o crosă *putter* în hol și o altă crosă de metal în bucătărie. Apoi, a adus din lada de scule din pivniță și un ciocan, plasându-l în baia de lângă dormitor.

A scos spray-ul lacrimogen din geantă și l-a pus pe noptieră. În cele din urmă, a căutat un opritor de cauciuc, pe care l-a fixat sub ușa de la dormitor. După toate aceste pregătiri, aproape își dorea ca idiotul acela blestemat, care o numea curvă și îi spărgea geamurile, să fie suficient de prost ca să se întoarcă în noaptea aceea.

Când s-a simțit suficient de apărată, era ora unu noaptea. Trebuia să fie la *SMP* la ora opt. Își consultă agenda, constatând că avea patru întâlniri, cu începere de la ora zece. Piciorul o durea tare și șchiopăta, sprijinindu-se doar pe degete. Se dezbrăcă, vârându-se în pat. Nu avea nicio cămașă de noapte și se întrebă dacă nu era cazul să-și pună vreun maiou sau altceva; însă, întrucât dormea goală din adolescență, hotărî că o cărămidă aruncată pe fereastră nu trebuia să-i schimbe obișnuințele personale.

Nu reuși să doarmă și începu să se gândească.

Curvă ordinară.

Primise nouă e-mailuri care conțineau cuvântul acesta și care păreau să vină din surse diferite, din mediul jurnalistic. Primul mesaj venise din propria ei redacție, dar expeditorul era fals.

Se dădu jos din pat, își căută computerul cel nou, marca Dell, pe care îl primise la angajarea la *SMP*.

Primul e-mail — care era și cel mai vulgar și amenințător și în care i se promitea că va fi regulată cu o șurubelniță — venise pe 16 mai, cu zece zile în urmă.

E-mailul nr. 2 sosise două zile mai târziu, pe 18 mai.

După aceea, urmase o săptămână de pauză, înainte ca e-mailurile să înceapă să sosească din nou, la intervale de aproximativ douăzeci și patru de ore. Pe urmă, avusese loc atacul de la ea de acasă. *Curvă ordinară.*

Între timp, Eva Carlsson de la pagina de Cultură primise e-mailuri bizare, semnate de ea, ca și cum Erika ar fi fost autoarea. Și dacă Eva Carlsson primise asemenea mesaje, era foarte posibil ca autorul lor să le mai fi trimis astfel de porcării și altora — ca alte persoane să fi primit mesaje „de la ea", despre care să nu știe nimic.

Era un gând neplăcut.

Cel mai îngrijorător era însă atacul împotriva casei din Saltsjöbaden.

Aceasta presupunea că cineva își dăduse osteneala să vină până acolo, să-i localizeze casa și să arunce o cărămidă în geam. Atacul fusese pregătit — atacatorul luase cu el un spray cu vopsea. În momentul următor, simți cum devenea rece ca gheața, când înțelese că putea să mai adauge un atac la listă. Mașina ei avusese toate cauciucurile găurite, atunci când petrecuse noaptea cu Mikael Blomkvist, la hotelul Hilton de la Slussen.

Concluzia era pe cât de neplăcută, pe atât de evidentă. Avea un agresor pe urme.

Undeva, afară, se afla o persoană care, din motive necunoscute, își petrecea timpul tracasând-o pe Erika Berger.

Că locuința ei fusese obiectul unui atac era ușor de înțeles — se afla acolo unde se afla și era greu să se ascundă sau să se mute. Însă faptul că mașina ei fusese atacată pe o stradă aleasă la întâmplare, din Södermalm, lăsa să se înțeleagă că urmăritorul ei se găsea mereu în preajmă.

18

Joi 2 iunie

Erika Berger a fost trezită la ora nouă și cinci dimineața de telefonul mobil.

— Bună dimineața, domnișoară Berger. Dragan Armanski la telefon. Am înțeles că s-a întâmplat ceva în cursul nopții.

Erika i-a explicat ce se întâmplase și l-a întrebat dacă Milton Security putea să ia locul firmei Nacka Integrated Protection.

— În orice caz, putem instala o alarmă care să funcționeze, spuse Armanski sarcastic. Problema este că cel mai apropiat vehicul pe care îl avem în timp de noapte se află la Nacka Centrum. Îi trebuie treizeci de minute ca să sosească, în caz de nevoie. Dacă preluăm misiunea asta, va trebui să dau casa dumneavoastră în paza altei firme. Avem un contract de colaborare cu o firmă de securitate locală, Adam Security, din Fisksätra, care în zece minute poate fi acolo, dacă totul funcționează.

— E mai bine decât NIP, care nu vine deloc.

— Vreau să vă informez că este o firmă de familie, compusă din tată, doi fii și câțiva verișori. Greci, oameni de nădejde, pe tată îl cunosc de mulţi ani. Lucrează circa 320 de zile pe an. Zilele în care ei nu pot veni, din motive de concedii, vacanţe şi altele de felul ăsta, vor fi comunicate din timp şi atunci se ocupă de dumneavoastră maşina noastră din Nacka.

— Din punctul meu de vedere, este perfect.

— Am să trimit o persoană în dimineaţa asta. Se numeşte David Rosin şi e deja pe drum spre dumneavoastră. El va face o analiză de securitate. Are nevoie de chei dacă nu sunteţi acasă şi de acordul dumneavoastră ca să cerceteze casa, din pivniţă până în pod. Va fotografia casa, curtea şi împrejurimile.

— Înţeleg.

— Rosin are multă experienţă şi va lăsa o propunere a măsurilor de securitate necesare. Vom avea un plan în câteva zile. Acesta va cuprinde alarmă antiagresiune, alarmă de incendiu, evacuare şi protecţie împotriva efracţiilor.

— OK.

— Dacă se întâmplă ceva, vrem, de asemenea, să ştiţi ce trebuie să faceţi în cele zece minute cât durează drumul din Fisksätra.

— Da.

— Chiar în după-amiaza asta, vom instala alarma. Pe urmă, trebuie să semnaţi un contract.

După ce termină conversaţia cu Dragan Armanski, Erika îşi dădu seama că nu se trezise la timp. Luă mobilul şi îl sună pe secretarul de redacţie Peter Fredriksson, explicându-i că se rănise şi rugându-l să amâne şedinţa de la ora 10.

— Nu te simţi bine? întrebă el.

— M-am tăiat la picior, spuse Erika. O să şchiopătez până la redacţie, de îndată ce sunt gata.

Se duse la baie. Apoi, se îmbrăcă în pantaloni negri și împrumută un papuc de la bărbatul ei, pe care îl va folosi pentru piciorul rănit. Alese o bluză neagră și își căută taiorul. Înainte de a îndepărta piedica de cauciuc de la ușă, se înarmă cu spray-ul lacrimogen.

Merse cu atenție prin casă și puse în priză filtrul de cafea.

Și-a mâncat micul dejun la masa din bucătărie, ascultând atentă cel mai mic zgomot. Tocmai își umplea ceașca pentru a doua oară, când David Rosin de la Milton Security a bătut la ușă.

Monica Figuerola a mers pe jos până în Bergsgatan și i-a adunat pe cei patru colaboratori ai ei la o consfătuire matinală.

— Acum avem un termen-limită, spuse ea. Munca noastră trebuie să fie încheiată până pe 13 iulie, când începe procesul împotriva lui Lisbeth Salander. Asta înseamnă că avem la dispoziție ceva mai mult de o lună. Hai să vedem cum stăm și care sunt lucrurile cele mai importante pentru moment. Cine vrea să înceapă?

Berglund își drese vocea:

— Blondul cu care se întâlnește pe Mårtensson. Cine este?

Toți dădură din cap, în semn de aprobare. Conversația începu.

— Avem fotografii cu el, dar nici cea mai mică idee cum putem să-l găsim. Nu putem să-l dăm în urmărire.

— Și ce se întâmplă cu Gullberg? Trebuie să găsim vreun fir care să ducă la el. Îl avem în poliția secretă de la începutul anilor '50 până în 1964, când a fost înființată RPS/Säk. Apoi, dispare în umbră.

Figuerola dădu din cap.

— Să tragem concluzia că acest „club Zalachenko" a luat ființă în 1964? Cu mult înainte să apară Zalachenko, deci.

— Scopul trebuie să fi fost altul... O organizație secretă, în cadrul poliției secrete.

— Era după Wennerström. Toți erau paranoici.

— Un fel de securitate a securității?

— De fapt, există grupuri similare în străinătate. În SUA a fost creat un grup special de vânători de spioni în cadrul CIA, în anii '60. Era condus de un anume James Jesus Angleton și era cât pe-aci să saboteze întreaga CIA. Banda lui Angleton era compusă din fanatici și paranoici — bănuiau fiecare om din CIA că este agent rus. Unul dintre efecte a fost că mari zone din activitatea CIA au fost total paralizate.

— Dar astea sunt doar speculații...

— Unde sunt strânse vechile dosare ale personalului?

— Gullberg nu se află în ele. Am verificat eu deja.

— În cazul ăsta, bugetul? O asemenea operațiune trebuie să fi fost finanțată într-un fel.

Discuția a continuat până la prânz, când Monica Figuerola și-a cerut scuze și s-a dus la sala de forță, pentru a se gândi în liniște.

Erika Berger a intrat șchiopătând în redacția *SMP* abia la ora prânzului. O durea așa de rău piciorul, că nu-l putea pune în pământ. A țopăit până la cușca de sticlă și s-a lăsat să cadă ușurată pe scaun. Peter Fredriksson a văzut-o de la locul lui din hala centrală. Ea l-a chemat cu un gest.

— Ce s-a întâmplat? a întrebat-o acesta.

— Am călcat pe un ciob de sticlă care mi s-a înfipt în călcâi.

— Urâtă treabă!

— Da, foarte urâtă. Peter, a mai primit cineva vreun e-mail ciudat?

— Din câte știu eu, nu.

— OK. Acum, deschide bine urechile. Vreau să știu dacă se petrece ceva neobișnuit la *SMP*.

— La ce te referi?

— Mi-e teamă că există un descreierat care trimite mesaje agresive și care m-a luat în colimator. Prin urmare, vreau să fiu ținută la curent dacă se întâmplă ceva.

— Vorbești despre genul de e-mailuri pe care le-a primit Eva Carlsson?

— Orice e neobișnuit. În ceea ce mă privește, am primit o grămadă de e-mailuri bolnave, care îmi varsă în cap toate mizeriile de pe pământ și fac propuneri perverse despre ce-ar trebui să mi se facă.

Peter Fredriksson se întunecă la față.

— De când durează?

— De vreo două săptămâni. Acum, povestește. Ce va fi în ziarul de mâine?

— Hmm!

— Hmm, ce?

— Holm și șeful de la secția juridică sunt gata de război.

— Aha! De ce?

— Din cauza lui Johannes Frisk. I-ai prelungit contractul și i-ai dat să scrie un reportaj, iar el nu vrea să spună despre ce este vorba.

— Nu trebuie să vorbească. Sunt ordinele mele.

— Așa spune și el. Ceea ce înseamnă că Holm și redactorul de la pagina juridică sunt supărați pe tine.

— Înțeleg. Convoacă o ședință cu secția juridică la ora trei după-amiază, ca să le explic situația.

— Holm e furios…

— Și eu, la rândul meu, sunt foarte furioasă pe el, așa că suntem la egalitate.

— E așa de furios, că s-a plâns la consiliul de conducere.

Erika privi în sus. *La naiba. Trebuie să rezolv cu Borgsjö.*

— Borgsjö vine după-amiază și vrea să aibă o întâlnire cu tine. Bănuiesc că e din cauza lui Holm.

— OK. La ce oră?

— La două.

Începu să-i explice ordinea de zi a ședinței de redacție de prânz.

Dr. Anders Jonasson a vizitat-o pe Lisbeth Salander la ora prânzului. Ea a dat la o parte farfuria cu legume fierte oferite de spital. Ca întotdeauna, i-a făcut un scurt control, însă ea a observat că n-o mai făcea cu tragere de inimă.

— Ești sănătoasă, a constatat.

— Hmm. Trebuie să faci ceva cu mâncarea.

— Mâncarea?

— Nu poți să-mi faci rost de o pizza sau altceva?

— Îmi pare rău. Bugetul nu ajunge.

— Am bănuit eu.

— Lisbeth. Mâine-dimineață vom face o evaluare generală a stării tale …

— Înțeleg. Și sunt sănătoasă.

— Ești suficient de sănătoasă pentru a fi transferată la închisoarea Kronoberg din Stockholm.

Ea aprobă.

— Probabil aș mai putea amâna câteva zile, dar colegii mei vor începe să-și pună întrebări.

— N-o face.

— Sigur?

Ea dădu din cap:

— Sunt pregătită. Și tot va trebui să se întâmple, mai devreme sau mai târziu.

Dădu și el din cap.

— Așa deci, spuse Anders Jonasson. Mâine voi da undă verde pentru transfer. Asta înseamnă că probabil vei fi mutată foarte repede.

Ea încuviință.

— E posibil să se întâmple chiar acum, în weekend. Conducerea spitalului nu vrea să te mai țină aici.

— Pot să înțeleg asta.

— Ei bine... Prin urmare... Jucăria ta...

— Se va afla în crăpătura din spatele noptierei.

Îi arătă locul.

— OK.

Rămaseră tăcuți un moment, înainte ca Anders Jonasson să se ridice.

— Trebuie să văd și alți pacienți, care au mai mare nevoie decât tine de ajutorul meu.

— Mulțumesc pentru tot. Îți sunt datoare cu un serviciu.

— Mi-am făcut doar meseria.

— Nu. Ai făcut mult mai mult. Acest lucru nu-l voi uita.

Mikael Blomkvist a intrat în sediul poliției de pe Kungsholmen, prin poarta de pe Polhemsgatan. Monica Figuerola l-a primit, conducându-l până la birourile Comisiei pentru protecția constituției. În lift, s-au privit în tăcere.

— E o idee bună să vin aici, la sediul poliției? întrebă Mikael. Aș putea fi văzut și ar începe întrebările.

Monica Figuerola a făcut un gest de aprobare.

— O singură întâlnire va avea loc aici. În viitor, ne vom întâlni într-un mic birou, pe care l-am închiriat la Fridhemsplan. De mâine avem acces la el. Dar e în ordine. Comisia pentru constituție este o secție mică și practic autonomă, de care nu-i pasă nimănui de la RPS/Säk. De altfel, noi avem birourile la alt etaj decât restul Säpo.

Mikael a dat din cap spre Edklinth, fără să-i întindă mâna și i-a salutat pe cei doi colaboratori care, după cum se părea, lucrau pentru anchetă. Aceștia s-au prezentat ca Stefan și Anders. Mikael a remarcat că nu-și dăduseră numele de familie.

— De unde începem? a întrebat Mikael.

— Ce-ai spune dacă am începe cu un pic de cafea... Monica?

— Da, mulțumesc, a spus Monica Figuerola.

Mikael a observat că șeful Comisiei pentru protecția constituției a șovăit o clipă, înainte de-a se ridica să aducă el însuși cafetiera, punând-o pe măsuța pe care ceștile erau deja pregătite. Probabil că Torsten Edklinth presupusese că Monica Figuerola va servi ea cafeaua. Mikael a mai constatat și că Edklinth își zâmbise în barbă, ceea ce i se părea un semn bun. Apoi, a redevenit serios.

— Cinstit vorbind, nu știu cum să tratez această situație. Faptul că un jurnalist se află la o ședință de lucru în cadrul poliției secrete este probabil unic. Ceea ce vom vorbi aici este de obicei considerat drept secret.

— Eu nu sunt interesat de secrete militare. Sunt interesat de clubul Zalachenko.

— Dar trebuie să găsim un echilibru. În primul rând, colaboratorii de aici nu trebuie să fie numiți în textele tale.

— OK.

Edklinth îl privi uimit pe Mikael Blomkvist.

— În al doilea rând, nu vei discuta cu vreun alt colaborator, în afară de mine și de Monica Figuerola. Noi suntem cei care hotărâm ce putem să-ți spunem.

— Dacă ai o listă lungă de condiții, ar fi trebuit să le enumeri ieri.

— Ieri nu apucasem să mă gândesc la asta.

— Atunci, va trebui să-ți fac o mărturisire. Probabil că aceasta este prima și singura dată în cariera mea când voi povesti conținutul unui articol nepublicat unui polițist. Așa că, pentru a te cita... cinstit vorbind, nu știu cum să tratez această situație.

Tăcerea se instală în jurul mesei.

— Poate că...

— Ce-ați spune dacă...

Edklinth și Monica Figuerola începuseră să vorbească în același timp și tot în același timp tăcură.

— Eu vreau să dau de clubul Zalachenko. Voi vreți să aduceți în fața tribunalului clubul. Hai să ne rezumăm la atât, spuse Mikael.

Edklinth aprobă.

— Ce informații aveți voi?

Edklinth îi expuse ce reușiseră să scoată la lumină Monica Figuerola și colaboratorii ei. Îi arătă fotografia lui Evert Gullberg, împreună cu colonelul spion Stig Wennerström.

— Bine. Vreau să am o copie a acestei fotografii.

— Există în arhiva editurii Åhlén & Åkerlund, spuse Monica Figuerola.

— Se află și pe masă, în fața mea, cu un text pe spate, spuse Mikael Blomkvist.

— OK. Dă-i o copie, zise Edklinth.

— Asta înseamnă că Zalachenko a fost asasinat de Secție.

— Crima a fost comisă de un bărbat care însuși era pe moarte, bolnav de cancer. Gullberg mai trăiește încă, dar doctorii îi mai dau cel mult o săptămână. Are leziuni atât de grave pe creier, după tentativa de sinucidere, încât e o legumă.

— Și el era persoana responsabilă de Zalachenko, atunci când acesta a cerut azil politic.

— De unde știi asta?

— Gullberg l-a întâlnit pe prim-ministrul Thornbjörn Fälldin, la șase săptămâni după venirea lui Zalachenko.

— Poți dovedi acest lucru?

— Da. Registrul de vizite al cancelariei guvernului. Gullberg a venit împreună cu șeful din vremea aceea al Säpo.

— Care în prezent este mort.

— Dar Fälldin trăiește și e gata să povestească.

— Ai…

— Nu, nu eu am vorbit cu el. Altcineva a făcut-o. Nu pot da numele persoanei. Protecția sursei.

Mikael le-a explicat cum reacționase Thorbjörn Fälldin la informațiile despre Zalachenko și cum s-a dus el în Olanda ca să discute cu Janeryd.

— Așa că, acest club Zalachenko se află undeva în imobilul ăsta, spuse Mikael, arătând cu degetul fotografie.

— În parte. Noi credem că este o organizație în sânul organizației. „Clubul Zalachenko" nu poate exista fără ajutorul unor persoane-cheie din Säpo. Însă noi credem că așa-numita Secție pentru analiză specială s-a stabilit undeva în afara acestei instituții.

— Prin urmare, se poate ca o persoană să fie funcționar la Säpo, plătit de Säpo, dar de fapt să facă rapoartele pentru un alt patron.

— Cam așa ceva.

— Deci, care persoană din interior ajută clubul Zalachenko?

— Încă nu o știm. Dar avem câțiva suspecți.

— Mårtensson, propuse Mikael Blomkvist.

Edklinth aprobă.

— Mårtensson lucrează pentru Säpo și, atunci când este nevoie de el la „clubul Zalachenko", este detașat de la însărcinările obișnuite, spuse Monica Figuerola.

— Dar practic, cum se poate întâmpla asta?

— Foarte bună întrebare, spuse Edklinth zâmbind ușor. Nu ai chef să începi să lucrezi la noi?

— Nu în viața asta, spuse Mikael.

— Glumeam doar. Dar este o întrebare naturală. Avem un suspect, însă pentru moment nu putem transforma bănuiala în dovadă.

— Hai să vedem... Trebuie să fie cineva cu autoritate administrativă.

— Îl bănuim pe secretarul general Albert Shenke, spuse Monica Figuerola.

— Și acum, ajungem la primul obstacol, zise Edklinth. Noi ți-am dat un nume, dar informația nu poate fi probată. Cum intenționezi s-o utilizezi?

— Nu pot publica un nume fără să am probe, ca să mă acopere. Dacă Shenke este nevinovat, el va depune plângere împotriva revistei *Millennium* pentru calomnie.

— Bine. Atunci suntem de acord. Această colaborare trebuie să fie bazată pe încredere reciprocă. E rândul tău. Ce ai?

— Trei nume, spuse Mikael. Primii doi erau membri în clubul Zalachenko în anii '80.

Edklinth și Figuerola deveniră brusc atenți.

— Hans von Rottinger și Fredrik Clinton. Rottinger este mort. Clinton e pensionar. Dar amândoi au făcut parte din cercul cel mai apropiat de Zalachenko.

— Și cel de-al treilea nume, îl rugă Edklinth.

— Teleborian este legat de o persoană care se numește Jonas. Noi nu-i știm numele de familie, dar știm că din anul 2005 face și el parte din clubul Zalachenko... De fapt, am făcut speculații, dacă nu cumva era cu Mårtensson în fotografiile de la Copacabana.

— Și în ce context a apărut numele Jonas?

— Lisbeth Salander a pătruns în computerul lui Peter Teleborian și noi putem urmări corespondența acestuia, care arată că Teleborian conspiră acum cu Jonas în același fel în care conspirase cu Björck, în 1991. Acesta îi dă instrucțiuni lui Teleborian. Și acum ajungem la al doilea obstacol, spuse Mikael, zâmbindu-i lui Edklinth. Eu pot să-mi dovedesc afirmațiile mele, dar nu pot da documentația fără să-mi dezvălui sursa. Trebuie, pur și simplu, să acceptați ceea ce spun.

Edklinth avea aerul gânditor.

— Vreunul din colegii lui Teleborian de la Uppsala, poate, spuse el. OK. Începem cu Clinton și cu von Rottinger. Povestește ce știi despre ei.

Directorul consiliului de administrație, Magnus Borgsjö, a primit-o pe Erika Berger în biroul său, din fața sălii de întruniri a consiliului.

— Am auzit că te-ai rănit, spuse el, arătând spre piciorul ei bandajat.

— Trece, zise Erika, sprijinindu-și cârjele de biroul lui, înainte de a se așeza în fotoliul pentru vizitatori.

— Așa, atunci e bine. Erika, ești aici de o lună și vreau să facem un bilanț. Cum te simți?

Trebuie să discut despre Vitavara cu el. Dar cum? Când?

— Am început să înțeleg despre ce e vorba. Sunt două aspecte. Pe de o parte, *SMP* are probleme financiare și bugetul este pe cale să sufoce ziarul. Pe de altă parte, *SMP* are în redacție o cantitate impresionabilă de mortăciuni.

— Există vreo latură pozitivă?

— Sigur. O grămadă de profesioniști rutinați, care știu cum trebuie să se facă treaba. Problema este că avem și alții care le pun bețe-n roate.

— Holm a vorbit cu mine...

— Știu.

Borgsjö își înălță sprâncenele.

— Are o mulțime de păreri despre tine. Cam toate sunt negative.

— E în ordine. Și eu am o grămadă de păreri despre el.

— Negative? Nu e bine, dacă lucrați împreună...

— Eu nu am nicio problemă să lucrez cu el. Dimpotrivă, el are probleme cu mine.

Erika oftă:

— Mă scoate din minți. Holm are experiență și, fără îndoială, este unul dintre cei mai competenți șefi de Actualități pe care i-am cunoscut. În același timp, e un nemernic. E un intrigant și îi montează pe oameni unii împotriva altora. Eu am lucrat 25 de ani în presă și n-am dat niciodată peste un asemenea om într-o poziție de conducere.

— Trebuie să aibă mână de fier, ca să facă față muncii. E presat din toate părțile.

— Mână de fier — da. Dar asta nu înseamnă că trebuie să fie un idiot. Holm e, din nefericire, o adevărată catastrofă și unul din principalele motive pentru care este aproape imposibil să-i faci pe angajați să lucreze în echipă. Pare să creadă că sarcina lui este să conducă prin dezbinare.

— Grele cuvinte!

— Îi dau lui Holm o lună să ajungă la gânduri mai bune. După aceea, îl scot din postul de șef la Actualități.

— Nu poți face asta. Slujba ta nu constă în a distruge schema de lucru.

Erika tăcu, studiindu-l pe director.

— Iartă-mă că ți-o amintesc, dar exact pentru asta m-ai angajat. Avem chiar și un contract, care-mi lasă mână liberă să fac toate schimbările redacționale pe care le consider necesare. Fișa mea de post spune că trebuie să înnoiesc ziarul și pot face asta numai prin modificarea organizării și a rutinelor de lucru.

— Holm și-a dedicat viața acestui ziar.

— Sigur. Are 58 de ani și va ieși la pensie peste șase ani, iar eu nu-mi permit să-l târăsc după mine toți acești ani. Nu mă înțelege greșit, Magnus. Începând din minutul în care m-am așezat în colivia de sticlă de acolo, scopul vieții mele a devenit să ridic calitatea ziarului și să-i măresc tirajul. Holm are de ales între a face lucrurile așa cum cred eu de cuviință și a face altceva. Voi trece peste absolut oricine care stă în drumul scopului pe care mi l-am propus sau care, în vreun alt fel, dăunează ziarului.

La dracu'... trebuie să discut despre Vitavara. Borgsjö va trebui să plece.

Borgsjö începu dintr-odată să zâmbească.

— Cred că și tu ai o mână de fier.

— Da, am, și în cazul acesta este regretabil, pentru că de fapt n-ar fi necesar. Treaba mea este să fac un ziar bun și pot face asta numai dacă am o conducere care funcționează și colaboratori care se simt bine la muncă.

După întâlnirea cu Borgsjö, Erika merse șchiopătând înapoi, în cușca de sticlă. Era prost dispusă. Discutase cu Borgsjö timp de patruzeci și cinci de minute, fără să fi spus nici măcar o vorbă despre Vitavara. Cu alte cuvinte, nu fusese prea sinceră cu el.

Când își deschise computerul, văzu că primise un e-mail de la MikBlom@millennium.nu. Pentru că știa prea bine că o asemenea adresă nu exista la *Millennium*, își dădu seama că era un nou mesaj de la agresorul ei. Deschise e-mailul:

[CREZI CĂ BORGSJÖ O SĂ TE POATĂ SALVA, CURVĂ MICĂ? CUM ÎȚI MERGE PICIORUL?]

Ridică ochii, aruncând o privire rapidă în redacție. Privirea îi căzu pe Holm. Acesta se uita la ea. Apoi, îi făcu un semn din cap, zâmbindu-i.

Cel care scrie e-mailurile este cineva din SMP, gândi Erika.

Întâlnirea de la Comisia pentru protecția constituției nu se terminase înainte de ora cinci. Căzuseră de acord să țină o nouă ședință săptămâna următoare și stabiliră ca Mikael Blomkvist să i se adreseze Monicăi Figuerola, dacă avea nevoie să contacteze RPS/Säk de-acum înainte. Mikael își luă geanta cu computerul, ridicându-se.

— Cum găsesc ieșirea? întrebă el.

— Nu cred că e cazul să alergi pe aici după pofta inimii, spuse Edklinth.

— Îl conduc eu, zise Monica Figuerola. Așteaptă-mă câteva minute, să-mi strâng lucrurile.

Merseră împreună, traversând parcul Kronoberg, spre Fridhemsplan.

— Așadar, ce se întâmplă acum? întrebă Mikael Blomkvist.

— Păstrăm legătura, spuse Monica Figuerola.

— Încep să apreciez contactul cu Säpo, zise Mikael zâmbindu-i.

— Ai chef să cinezi cu mine diseară?

— Restaurantul bosniac, din nou?

— Nu, nu-mi dă mâna să mănânc acolo în fiecare seară. Mă gândeam mai curând la ceva ușor, la mine acasă.

Ea se opri, zâmbindu-i.

— Știi ce-aș face, chiar în momentul ăsta? întrebă Monica Figuerola.

— Nu.

— Am chef să te iau acasă și să te dezbrac.

— Riscă să devină o situație complicată.

— Știu. Nu am de gând să-i povestesc și șefului meu.

— Nu știm la ce-o să ducă povestea asta. Putem ajunge pe părți diferite ale baricadei.

— Îmi asum riscul. Vii de bunăvoie sau trebuie să-ți pun cătușele?

El dădu din cap. Monica îl luă de braț, conducându-l spre Pontonjärgatan. La treizeci de secunde după ce închiseseră ușa apartamentului, erau goi.

David Rosin, consultant în securitate la Milton Security, o aștepta pe Erika Berger atunci când aceasta sosi acasă, la șapte seara. Piciorul o durea teribil și intră aproape târându-se în bucătărie, unde se lăsă să cadă pe cel mai apropiat scaun. El făcuse cafea și o servi.

— Mulțumesc. Făcutul cafelei intră în contractul de servicii cu Milton?

El zâmbi politicos. David Rosin era un bărbat rotunjor, de vreo 50 de ani, cu barbă roșcată.

— Mulțumesc pentru că mi-ați permis să folosesc bucătăria.

— E nimica toată. Cum stă situația?

— În timpul zilei, tehnicienii noștri au fost aici și au instalat o alarmă adevărată. Am să vă arăt imediat cum funcționează. De asemenea, am trecut casa prin sită, din pivniță până în pod și am examinat împrejurimile. Voi discuta situația cu colegii mei de la Milton Security și peste câteva zile vom avea o analiză, pe care aș dori să o discutăm cu dumneavoastră. Dar, în așteptarea acesteia, sunt unele lucruri despre care aș vrea să vorbim.

— OK.

— În primul rând, trebuie să semnați câteva hârtii. Contractul final îl vom formula mai târziu — depinde asupra căror servicii vom cădea de acord —, dar aveți aici o documentație din care reiese că dumneavoastră dați firmei Milton Security însărcinarea de a instala alarma pe care am instalat-o deja astăzi. Este un contract reciproc standard care conține faptul că noi, cei de la Milton Security, avem anumite cerințe și că, în schimb, ne angajăm la anumite lucruri, printre care la secret profesional și altele de genul acesta.

— Ce trebuie să fac?

— O alarmă este o alarmă și nu înseamnă nimic dacă în livingul dumneavoastră se află un nebun cu o armă automată. Ca să aibă într-adevăr valoare din punctul de vedere al securității, trebuie ca dumneavoastră și soțul dumneavoastră să vă gândiți la anumite lucruri și să acceptați unele măsuri de rutină. Vom trece împreună prin aceste puncte.

— OK.

— Nu vreau să anticipez analiza finală, dar văd cam așa situația: dumneavoastră și soțul dumneavoastră locuiți într-o vilă. Aveți malul apei în spate și câteva vile mari, în imediata apropiere. După câte am putut vedea, vecinii nu au vedere directă asupra casei dumneavoastră, care este relativ izolată.

— Așa e.

— Asta înseamnă că un spărgător are cele mai bune posibilități de a se apropia de locuință fără a fi văzut.

— Vecinii din dreapta sunt plecați cea mai mare parte a anului, iar în stânga locuiește o pereche în vârstă, care se culcă destul de devreme.

— Exact. În plus, casele sunt plasate în așa fel, că ferestrele nu se văd. Dacă un intrus intră pe terenul dumneavoastră — îi ia cinci secunde ca să părăsească drumul principal și să vină prin spate —, atunci nu mai are cum să fie văzut. Partea din spate este acoperită de un gard viu înalt, de garaj și de o altă clădire separată.

— E atelierul soțului meu.

— E artist, după câte am înțeles.

— Așa e. Și mai departe?

— Intrusul care v-a spart fereastra și a mâzgălit fațada a putut s-o facă fără să fie deranjat. Poate doar zgomotul geamului spart ar fi putut fi auzit și ar fi făcut pe cineva să reacționeze, dar casa este în formă de L și zgomotul a fost oprit de fațadă.

— Aha.

— Celălalt punct este că aveți o casă mare de 250 de metri pătrați, la care se adaugă pivnița și podul. Asta înseamnă 11 camere, dispuse pe două niveluri.

— Casa asta este monstruoasă. E casa în care a copilărit Lars și pe care a moștenit-o de la părinți.

— Există, de asemenea, o mulțime de metode diferite de a intra în casă. Pe ușa de la intrare, prin terasa din spate, prin veranda de la etaj și prin garaj. În plus, ferestrele de la parter și șase ferestre de la pivniță nu au nici cea mai mică protecție. În fine, se poate intra folosind scara de incendiu din spate și urcând până la lucarna din pod, care este închisă doar cu un cârlig.

— Parcă ar fi numai uși de mântuială în casa asta! Ce este de făcut?

— Alarma pe care am instalat-o este provizorie. Ne vom întoarce săptămâna viitoare, să facem o instalație cum trebuie, cu alarmă la fiecare fereastră de la parter și de la pivniță. Prin urmare, aceasta va fi protecția, în caz că sunteți plecați.

— OK.

— Dar situația actuală a apărut din cauză că sunteți victima unei amenințări directe, din partea unui anume individ. Acest lucru este mult mai grav. Noi nu știm absolut nimic despre cine este persoana, ce motive are și cât de departe e pregătit să meargă, dar putem trage anumite concluzii. Dacă ar fi fost vorba doar de scrisori de amenințare anonime, am fi făcut o estimare a gradului de pericol ca fiind mai mic, dar, în cazul acesta, este vorba de o persoană care și-a dat osteneala să vină până la locuința dumneavoastră — și e drum lung până la Saltsjöbaden —, ca să săvârșească un atentat. Este o situație cu adevărat îngrijorătoare.

— Sunt întru totul de acord.

— Am vorbit cu Armanski în timpul zilei și suntem de acord că există o amenințare clară și evidentă.

— Aha.

— Până când vom ști mai multe despre cel care vă amenință, trebuie să ne așteptăm la orice.

— Ceea ce înseamnă...?

— În primul rând, alarma pe care am instalat-o astăzi este compusă din două părți. O parte este o alarmă obișnuită în caz de efracție, care este instalată pentru când nu sunteți acasă, cealaltă parte este un detector de mișcare pentru parter, pe care trebuie să-l porniți când vă aflați la etaj, în timpul nopții.

— OK.

— Asta înseamnă deranj, pentru că trebuie să închideți alarma de fiecare dată când coborâți la parter.

— Înțeleg.

— În al doilea rând, am schimbat astăzi ușa de la dormitor.

— Ușa de la dormitor?

— Da. Am instalat o ușă de siguranță din oțel. Nu vă speriați, este vopsită în alb și arată ca o ușă obișnuită de dormitor. Deosebirea constă în faptul că ușa se blochează automat, de câte ori o închideți. Pentru a o deschide din interior, trebuie doar să apăsați clanța, ca la orice ușă obișnuită. Însă pentru a o deschide din exterior, trebuie format un cod din trei cifre, pe o plăcuță care se află direct pe mâner.

— OK.

— Dacă ați fi atacată în casă, aveți prin urmare o cameră sigură în care să vă baricadați. Pereții sunt rezistenți și ar lua destul timp ca să fie dărâmată ușa, chiar cu unelte potrivite. În al treilea rând, vom instala o cameră de supraveghere, ceea ce înseamnă că puteți vedea ce se întâmplă în spatele casei și la parter, când vă aflați în dormitor. Asta se va face în cursul săptămânii, când vom instala și detectorii de mișcare.

Erika oftă:

— S-ar zice că de acum înainte dormitorul meu nu va mai fi un loc romantic.

— Este doar un mic monitor. Putem să-l punem pe ușa unui dulap sau undeva unde nu va trebui să-l vedeți tot timpul.

— OK.

— Mai târziu, în cursul săptămânii, voi schimba ușile de la birou și de la încă o cameră jos, la parter. Dacă se întâmplă ceva, puteți să căutați imediat adăpost și să închideți ușa, în timp ce așteptați asistența.

— Da.

— Dacă declanșați din greșeală alarma, trebuie să sunați imediat la Milton Security, la centrala pentru alarme, ca să anulați intervenția. Pentru anulare, va trebui să ne dați codul înregistrat la noi. Dacă uitați codul, intervenția va avea loc, dar veți plăti o sumă suplimentară.

— Înțeleg.

— În al patrulea rând, acum se află alarme de agresiune în patru locuri din casă. Aici, în bucătărie, în holul de intrare, în biroul de la etaj și în dormitor. Alarma de agresiune constă din două butoane pe care trebuie să le apăsați simultan și să le țineți așa trei secunde. Puteți să o faceți cu o singură mână, dar evitați să o faceți din greșeală.

— Aha.

— Dacă pornește alarma de agresiune, atunci se petrec trei lucruri. În primul rând, Milton trimite aici mașini. Cea mai apropiată mașină vine de la Adam Security, din Fisksätra. Doi tipi solizi debarcă aici într-un răstimp de zece până la douăsprezece minute. În al doilea rând, o mașină de la Milton vine în Nacka. Îi trebuie, în cel mai bun caz, douăzeci de minute, dar mai probabil, douăzeci și cinci. În al treilea rând, poliția este avertizată automat. Cu alte cuvinte, mai vin câteva mașini la fața locului, la câteva minute interval.

— OK.

— O alarmă de agresiune nu poate fi anulată în același fel ca o alarmă de intruziune. Prin urmare, nu veți putea telefona ca să spuneți că a fost o greșeală. Chiar dacă ne ieșiți în cale în fața casei și ne spuneți că a fost o greșeală, poliția tot va intra în casă. Vrem să fim siguri că nimeni nu ține un pistol la tâmpla soțului dumneavoastră sau altceva de genul ăsta. Alarma de agresiune trebuie s-o folosiți doar dacă într-adevăr există un pericol.

— Înțeleg.

— Nu trebuie să fiți neapărat atacată fizic. Se poate întâmpla să încerce cineva să pătrundă în casă sau să apară în curtea din spate sau ceva asemănător. Dacă vă simțiți amenințată, cât de puțin, trebuie să folosiți alarma, însă trebuie s-o faceți cu discernământ.

— Promit.

— Am observat că aveți crose de golf plasate ici, colo, prin casă.

— Da. Am dormit singură azi-noapte.

— În ceea ce mă privește, aș fi mers la un hotel. Nu am nimic împotriva faptului că vă luați propriile măsuri de siguranță. Dar sper că vă este clar că o crosă de golf poate ușor ucide un agresor.

— Hmm.

— Și dacă o veți face, cel mai probabil veți fi acuzată de ucidere. Iar dacă veți mai spune și că ați plasat crosele de golf acolo cu intenția de a vă înarma, puteți fi acuzată chiar de omor cu premeditare.

— Prin urmare, trebuie…

— Nu spuneți nimic. Știu ce vreți să spuneți.

— Dacă mă atacă cineva, atunci am de gând să-i dau în cap persoanei respective.

— Vă înțeleg. Însă dacă ați angajat firma Milton Security, asta înseamnă că există o alternativă. Veți putea chema ajutor și, în primul rând, nu veți ajunge în situația de-a trebui să spargeți capul cuiva.

— OK.

— Și, de altfel, la ce vă vor servi crosele de golf dacă el are o armă de foc? Când este vorba de securitate, trebuie să te afli întotdeauna cu un pas înaintea celui care îți vrea răul.

— Ce fac când am un maniac pe urme?

— Aveți grijă ca acesta să nu aibă nicio șansă să se apropie de dumneavoastră. În situația de față, nu vom putea fi gata cu instalațiile înainte de câteva zile și, pe urmă, trebuie, de asemenea, să avem o discuție cu soțul dumneavoastră. El trebuie să fie la fel de convins de necesitatea măsurilor de securitate ca și dumneavoastră.

— Aha.

— Până atunci, de fapt n-aș vrea să mai locuiți aici.

— Nu am nicio posibilitate să mă mut altundeva. Soțul meu vine acasă peste câteva zile. Dar atât el, cât și eu călătorim adesea și putem fi singuri în casă.

— Înțeleg. Este vorba doar de câteva zile, până ce vom avea instalațiile gata. Nu există niciun cunoscut la care să puteți locui?

Erika se gândi un moment la apartamentul lui Mikael Blomkvist, însă își aminti că nu era o idee bună.

— Mulțumesc... Dar vreau să locuiesc acasă.

— Mi-era teamă de asta. În cazul acesta, aș vrea să fie cineva aici în tot acest timp.

— Hmm.

— Nu aveți vreun cunoscut care să poată veni să locuiască la dumneavoastră?

— Cu siguranță. Dar nu la șapte și jumătate seara, dacă un ucigaș nebun bântuie prin spatele casei.

David Rosin medită un moment:

— OK. Aveți ceva împotrivă dacă ar veni aici o angajată de la Milton? Pot telefona, să văd dacă o fată, care se numește Susanne Linder, este liberă în seara asta. În mod sigur nu va avea nimic împotrivă să câștige câteva sute de coroane în plus.

— Cât costă?

— Discutați cu ea. Este, după cum spuneam, în afara contractului oficial. Dar, dar de fapt, nu vreau să fiți singură.

— Nu mi-e frică de întuneric.

— Sunt convins. Altfel n-ați fi dormit aici azi-noapte. Dar Susanne Linder este o fostă polițistă. Și e vorba doar de câteva zile. Dacă va trebui să vă angajăm un paznic, o să fie cu totul altceva — și mult mai scump.

Tonul serios al lui David Rosin începea să își facă efectual asupra ei. Erika Berger înțelegea brusc că el discuta calm posibilitatea unei amenințări cu moartea. Era exagerat? Trebuia să considere neliniștea acestuia drept profesională? În cazul acesta, de ce telefonase ea la Milton Security și-i rugase să-i instaleze o alarmă?

— Ok. Chemați-o. Îi fac patul în camera de oaspeți.

Abia pe la ora zece seara Monica Figuerola și Mikael Blomkvist, înfășurați în cearșafuri, au mers în bucătărie unde au pregătit o salată rece de paste cu ton și șuncă, din resturile găsite în frigider. Au băut apă. Monica Figuerola a început brusc să râdă.

— Ce e?

— Bănuiesc că Edklinth ar fi un pic zguduit dacă ne-ar vedea acum. Nu cred că s-a referit la amor, când mi-a spus să am grijă de tine.

— Tu ai pornit toată chestia asta. Eu n-am avut decât să aleg, să vin de bunăvoie sau cu cătușe la mâini.

— Știu. Dar n-a fost prea greu să te conving.

— Poate că tu nu-ți dai seama, deși nu cred, dar totul la tine cere sex. Care tip ar putea să se împotrivească?

— Mulțumesc. Însă chiar așa de sexy nu sunt. Și nici nu fac așa de des amor.

— Hmm.

— E adevărat. Nu am obiceiul să ajung în pat cu prea mulți bărbați. Am avut de-a face, mai mult sau mai puțin, cu un singur tip în primăvara asta. Apoi, s-a terminat.

— De ce?

— Era destul de drăguț, însă devenise un fel de care pe care. Eu eram mai tare, și el nu suporta asta.

— OK.

— Ești și tu genul de bărbat care vrea să facă skandenberg cu mine?

— Vrei să spui, dacă sunt un tip care are probleme cu faptul că tu ești mai bine antrenată și mai puternică decât mine? Nu.

— Cinstit vorbind, am observat că mulți bărbați sunt interesați, dar pe urmă încep să mă provoace și vor să mă domine, într-un fel sau altul. Mai ales dacă descoperă că sunt polițistă.

— Nu am de gând să mă iau la întrecere cu tine. Eu sunt mai bun decât tine în ceea ce fac. Și tu ești mai bună decât mine în ceea ce faci.

— Perfect. Cu atitudinea asta, pot trăi.

— De ce m-ai agățat?

— Obișnuiesc să mă conduc după impulsuri. Și tu ai fost un asemenea impuls.

— Bine. Dar tu ți-ai găsit să fii polițistă, tocmai la Säpo, și tocmai în mijlocul unei anchete în care eu sunt unul dintre actori...

— Vrei să spui că nu a fost o atitudine de profesionist. Ai dreptate. Nu trebuia s-o fi făcut. Și aș avea mari probleme dacă va deveni o chestie publică. Edklinth și-ar ieși din minți.

— Eu n-o să spun nimic.

— Mulțumesc.

Rămaseră tăcuți o vreme.

— Nu știu ce se va alege din asta. Tu ești un tip care obișnuiește să-și facă de cap, după cum am aflat. E o descriere exactă?

— Da. Din păcate. Și nu caut o relație stabilă.

— OK. Am fost avertizată. Nici eu nu caut un prieten constant. Putem să păstrăm o relație amicală?

— E cel mai bine. Monica, n-am să povestesc nimănui ce s-a petrecut între noi. Însă, dacă lucrurile iau o întorsătură proastă, pot să nimeresc într-un conflict al dracului de rău, cu colegii tăi.

— Nu cred asta. Edklinth e corect. Și noi vrem cu adevărat să venim de hac acelui „club Zalachenko". Dacă teoriile tale stau în picioare, pare o chestie complet absurdă.

— O să vedem.

— Ai avut o aventură și cu Lisbeth Salander.

Mikael înălță privirea spre Monica Figuerola.

— Eu... nu sunt un jurnal, pe care îl poate citi oricine. Relația mea cu Lisbeth nu privește pe nimeni.

— Este fiica lui Zalachenko.

— Da. Și cu asta trebuie să trăiască. Dar ea nu este Zalachenko. E o deosebire a dracului de mare.

— Nu asta voiam să spun. Îmi puneam întrebări asupra implicării tale în această poveste.

— Lisbeth este prietena mea. Ajunge ca explicație.

Susanne Linder de la Milton Security era îmbrăcată în jeanși, geacă neagră de piele și pantofi de jogging. A sosit la Saltsjöbaden la ora nouă seara, a primit instrucțiuni de la David Rosin, apoi a făcut cu el un tur prin casă. Era înarmată cu un laptop, un baston de cauciuc, spray lacrimogen, cătușe și periuță de dinți, într-o geantă militară verde, pe care a despachetat-o în camera de oaspeți a Erikăi Berger. Apoi, Erika a invitat-o la cafea.

— Mulțumesc pentru cafea. Poate crezi că sunt un musafir, care trebuie distrat în fel și chip. De fapt, nu sunt deloc un musafir. Sunt un rău necesar care ți-a apărut brusc în viață, chiar dacă numai pentru câteva zile. Am lucrat ca polițist șase ani, iar pentru Milton Security, patru ani. Sunt gardă de corp profesionistă.

— Aha!

— Există o amenințare la adresa dumitale și eu sunt aici pentru a te păzi, ca să poți dormi liniștită, să lucrezi sau să citești o carte sau să faci ce ai chef.

— Trebuie să recunosc că nu sunt obișnuită cu această situație. Am mai primit amenințări, pe vremea când eram redactor-șef la *Millennium*, însă atunci erau legate de profesia mea. De data asta, e cineva extrem de agresiv care...

— Care a făcut din tine o obsesie.

— Ceva în genul ăsta.

— Dacă îți punem la dispoziție bodyguard de profesie, asta te va costa o grămadă de bani și atunci va trebui să discuți cu Dragan Armanski. Și, ca să merite, trebuie să fie vorba despre o amenințare clară și precisă. Pentru mine, e vorba doar de un mic câștig în plus. Cer 500 de coroane pe noapte ca să dorm aici, în săptămâna asta, în loc să dorm la mine acasă. E ieftin și cu mult sub cât aș cere dacă aș avea o însărcinare de la Milton. E bine?

— Foarte bine.

— Dacă se întâmplă ceva, vreau să te închizi în dormitor și să mă lași pe mine să mă ocup de problemă. Treaba ta este doar să apeși pe alarma de agresiune.

— Înțeleg.

— Vorbesc serios. Nu vreau să te am printre picioarele mele, dacă va fi vorba de vreo bătaie.

Erika Berger s-a dus la culcare la unsprezece seara. A auzit zgomotul zăvorului, atunci când a închis ușa dormitorului. S-a dezbrăcat gânditoare și s-a vârât în pat.

Cu toate că fusese îndemnată să nu aibă grija oaspetelui, petrecuse două ore cu Susanne Linder, la masa din bucătărie. Descoperise că se înțelegeau perfect și conversația nu fusese deloc greoaie. Discutaseră despre psihologie și despre ceea ce face ca anumiți bărbați să urmărească femeile. Susanne Linder îi explicase că îi păsa prea puțin de toate palavrele psihologice. Ea credea că era important să-i oprești pe nebunii ăștia și își aprecia slujba de la Milton Security, tocmai pentru că ea consta de multe ori în a face asta.

— De ce ai plecat din poliție? întrebase Erika Berger.

— Întreabă-mă mai curând de ce am devenit polițistă.

— OK. De ce ai devenit polițistă?

— Pentru că, atunci când aveam 17 ani, o foarte apropiată prietenă a mea a fost jefuită și violată de trei nemernici, într-o mașină. Am devenit polițistă pentru că aveam o imagine romantică asupra poliției, credeam că ea există pentru a împiedica asemenea fapte.

— Aha...

— Dar n-am putut împiedica niciun rahat. Ca polițist, ajungeam întotdeauna la locul crimei după ce aceasta fusese comisă. Și n-am suportat să fiu debila care pune întrebări cretine în duba poliției. Și am învățat repede că anumite delicte nu sunt niciodată rezolvate. Tu ești un exemplu tipic. Ai încercat să suni la poliție, să spui ce s-a întâmplat?

— Sigur.

— Și poliția a venit repede aici?

— Nu tocmai. Am fost îndemnată să fac o plângere la secția de poliție cea mai apropiată.

— OK. Deci, știi ce se întâmplă. Acum, lucrez pentru Armanski și intru în scenă înainte de comiterea delictului.

— Femei amenințate?

— Lucrez cu tot felul de chestii. Analize de securitate, protecție personală, supraveghere și altele. Dar de cele mai multe ori este vorba despre oameni care sunt amenințați și eu mă simt mai bine aici, decât la poliție.

— OK.

— Există, desigur, un dezavantaj.

— Care anume?

— Oferim ajutor doar celor care pot plăti.

În pat, Erika Berger se gândea la ce spusese Susanne Linder. Nu toți oamenii au posibilitatea să plătească. Ea acceptase fără să șovăie propunerile lui David Rosin de a schimba un număr de uși, de a chema tehnicieni și de a instala un sistem de alarmă dublu și tot restul. Suma pentru toate aceste măsuri avea să fie spre 50 000 de coroane. Ei îi dădea mâna.

Se gândi un moment la senzația că cel care o amenința avea legătură cu *SMP*. Persoana în chestiune știuse că s-a rănit la picior. Îi veni în minte Anders Holm. Nu-i plăcea de el, ceea ce îi adâncea bănuielile împotriva lui, însă știrea că se rănise la picior se răspândise repede, din secunda în care apăruse la redacție cu cârjele.

Și trebuia să rezolve problema cu Borgsjö.

Se ridică brusc în capul oaselor, încruntându-și sprâncenele și privind în jur, prin dormitor. Se întreba unde lăsase dosarul lui Henry Cortez, despre Borgsjö și afacerea Vitavara SA.

Se ridică, își trase pe ea halatul și se sprijini pe una din cârje. Apoi, deschise ușa de la dormitor și merse în birou, unde aprinse lumina. Nu, nu fusese în birou, după ce....

Citise dosarul în baie, în seara din ajun. Îl lăsase pe pervazul ferestrei.

Intră în baie. Dosarul nu era pe pervaz.

Rămase un moment nemișcată, gândindu-se.

Am ieșit din cadă, m-am dus să pun de cafea, am călcat pe ciobul de sticlă și am avut altele la care să mă gândesc.

Nu avea nicio amintire despre faptul că ar fi văzut dosarul în dimineața aceea. Nu îl mutase de acolo.

Dintr-odată, simți cum îngheață. În următoarele cinci minute a căutat sistematic prin baie, apoi a răscolit prin teancurile de hârtii și ziare din bucătărie și din dormitor. În cele din urmă, a fost obligată să constate că dosarul dispăruse.

La un moment dat, după ce călcase pe ciobul de sticlă și înainte să apară David Rosin de dimineață, cineva intrase în baie și luase materialul revistei *Millennium* despre Vitavara SA.

Apoi, o izbi gândul că mai avea și alte secrete în casă. Șchiopătă grăbită înapoi în dormitor și deschise ultimul sertar al scrinului de lângă patul ei. Inima îi bătea nebunește. Toți oamenii au secrete. Ea le păstra adunate în scrinul din dormitor. Erika Berger nu ținea un jurnal personal cu regularitate, dar existaseră perioade în care o făcuse. Avea un sertar unde-și strânsese și scrisorile de dragoste din adolescență.

Acolo era un plic cu fotografii amuzante, când fuseseră făcute, dar nu erau deloc potrivite pentru publicare. Când Erika avea vreo 25 de ani, fusese membră în Club Xtreme, care aranja serate private pentru amatorii de veșminte de piele și de latex. Erau fotografii de la seratele respective în care n-ar fi putut spune că arăta prea civilizat.

Și, catastrofă: acolo se afla o casetă video, făcută într-o vacanță de la începutul anilor '90, când ea și soțul ei fuseseră oaspeții artistului sticlar Torkel Bollinger, la vila acestuia de pe Costa del Sol. În timpul vacanței, Erika descoperise că bărbatul ei avea o clară înclinație bisexuală și amândoi nimeriseră în pat cu Torkel. Fusese o vacanță minunată. Camerele video erau încă un fenomen relativ nou și filmul pe care ei îl realizaseră în glumă nu era din categoria celor permise copiilor.

Sertarul era gol.

Cum naiba am putut fi așa de tâmpită?

Pe fundul sertarului, cineva scrisese cu spray colorat cele două cuvinte cunoscute.

19

Vineri 3 iunie — sâmbătă 4 iunie

Lisbeth Salander și-a terminat autobiografia la ora patru în dimineața zilei de vineri și i-a trimis o copie lui Mikael Blomkvist, la grupul yahoo [Masa_Țicnită] . Apoi, a rămas nemișcată în pat, privind în tavan.

Constatase că pe 30 aprilie, în noaptea Valpurgiei, împlinise 27 de ani, dar că nici nu se gândise că era aniversarea ei. Era închisă. Trăise același sentiment atunci când era la clinica Sankt Stefan și, dacă lucrurile nu aveau să meargă după voia ei, exista riscul să-și petreacă încă multe alte zile de naștere în vreun ospiciu.

Ceea ce nu avea de gând să accepte.

Prima oară când fusese închisă, nu era nici măcar adolescentă. Acum era matură și avea alte cunoștințe și competențe. Se întreba cât îi va lua să evadeze și să se afle în siguranță undeva, peste graniță, să-și ia o nouă identitate și să înceapă o viață nouă.

Se ridică din pat și merse la toaletă, unde se privi în oglindă. Nu mai șchiopăta. Își trecu mâna peste șoldul unde rana se vindecase și nu mai avea decât o cicatrice.

Răsuci brațele și încordă umărul, mișcându-l înainte și înapoi. Încă mai simțea o strângere, dar își revenise. Își pipăi capul. Se gândea că glonțul nu făcuse pagube prea mari în creierul ei.

Scăpase ca prin minune.

Până în momentul în care avusese din nou acces la computerul ei, fusese ocupată cu gânduri de evadare din salonul de la spitalul Sahlgrenska.

Apoi, doctorul Anders Jonasson și Mikael Blomkvist îi dăduseră planurile peste cap, strecurându-i computerul de buzunar. Citise textele lui Mikael Blomkvist și reflectase la ele. Făcuse o analiză a consecințelor și meditase la planul lui, cântărindu-și șansele. Hotărâse ca de data asta să-i urmeze propunerea. Să testeze sistemul. Mikael Blomkvist o convinsese că de fapt nu avea nimic de pierdut și îi oferise o posibilitate de a evada într-un alt fel. Și dacă planul nu va reuși, pur și simplu va fi obligată să-și planifice evadarea de la Sankt Stefan sau din alt spital de nebuni.

Dar, de fapt, ceea ce o convinsese să joace jocul propus de Mikael era dorința ei de răzbunare.

Ea nu ierta nimic.

Zalachenko, Bjurman și Björck erau morți.

Dar Teleborian era în viață.

Și, tot așa, fratele ei Ronald Niedermann. Chiar dacă acesta în principiu nu era problema ei. De bună seamă, acesta contribuise la uciderea și îngroparea ei, dar îl considera totuși un personaj secundar. *Dacă dau peste el vreodată, vom vedea, dar până atunci este problema poliției.*

Însă Mikael avea dreptate atunci când spunea că în spatele conspirației trebuie să se afle alte chipuri, necunoscute, care îi distruseseră viața. Trebuia să obțină numele și datele acestor chipuri anonime.

Se decisese deci să urmeze planul lui Mikael. Și atunci scrisese adevărul gol și nefardat despre viața ei, sub forma unei autobiografii seci, de patruzeci de pagini. Fusese foarte atentă la formulări. Conținutul fiecărei propoziții era adevărat. Acceptase raționamentul lui Mikael, că deja fusese expusă în presa suedeză, unde fuseseră făcute afirmații atât de grotești, încât o porție de nebunie adevărată nu mai avea cum să-i dăuneze reputației.

Și totuși, autobiografia era un fals, în sensul că ea de fapt nu povestea *întregul* adevăr despre sine și despre viața sa. Nu avea niciun motiv s-o facă.

Merse înapoi în pat, vârându-se sub cearșaf. Simțea o iritare pe care n-o putea defini. Se întinse după agenda pe care o primise de la Annika Giannini și pe care încă n-o folosise. Deschise prima pagină, unde notase un singur rând.

$$(x^3+y^3=z^3)$$

Petrecuse câteva săptămâni în Antile, iarna trecută, frământându-și creierul cu teorema lui Fermat. Când revenise în Suedia, înainte de a fi prinsă în vânătoarea pe urmele lui Zalachenko, continuase să se joace cu ecuațiile. Problema era că avea senzația iritantă că văzuse o rezolvare... *că trăise senzația unei rezolvări.*

Dar nu și-o mai putea aminti.

A nu-și aminti ceva era un fenomen necunoscut pentru Lisbeth Salander. Se testase pe internet și adunase la întâmplare coduri HTML, pe care doar își arunca ochii și le și memora, redându-le apoi.

Nu-și pierduse memoria fotografică, pe care o considera un blestem.

În capul ei, totul era ca de obicei.

În afară de faptul că i se părea că văzuse o rezolvare a teoremei lui Fermat, dar nu-și putea aminti cum, unde sau când.

Lucrul cel mai grav era însă că nu mai simțea niciun fel de interes pentru enigma aceea. Teorema lui Fermat n-o mai fascina. Era de rău augur. Căci așa funcționa ea. Era fascinată de o enigmă, dar, de îndată ce o rezolva, pierdea orice interes pentru ea.

Și exact acest lucru îl simțea pentru Fermat. Pe umărul ei nu se mai afla un diavol mic, care să-i ceară toată atenția și să-i irite inteligența. Era doar o formulă insipidă, câteva semne pe o hârtie și nu simțea nicio nevoie de a se lua la trântă cu misterul.

Acest lucru o îngrijora. Puse deoparte agenda.

Trebuia să doarmă.

Dar, în loc să facă asta, scoase din nou computerul și se conectă la internet. Reflectă o clipă și pe urmă merse pe hard diskul lui Dragan Armanski, pe care nu-l vizitase de când primise computerul de buzunar. Armanski colabora cu Mikael Blomkvist, însă Lisbeth nu simțise nevoia să afle detalii.

Citi la întâmplare din poșta lui electronică.

Apoi, găsi analiza de securitate pe care o formulase David Rosin despre locuința Erikăi Berger. Își înălță sprâncenele.

Erika Berger are un agresor internautic pe urmele ei.

Găsi o notă de la colaboratoarea Susanne Linder care, după cum se părea, dormise la Erika Berger în noaptea trecută și care trimisese prin e-mail un raport târziu, în cursul nopții. Privi ora mesajului. Fusese trimis cu puțin înainte de trei noaptea și în el se raporta că Berger descoperise că îi fuseseră furate jurnale intime, scrisori și fotografii, precum și o casetă video de un caracter foarte intim, dintr-un scrin din dormitor.

[După ce am discutat problema cu doamna Berger, am constatat că furtul trebuie să se fi produs în timpul în care ea se aflase la spitalul din Nacka, după ce călcase într-un ciob. A fost un răstimp de circa două ore și jumătate, în care casa a rămas nesupravegheată și nu a fost cuplată alarma incompletă de la NIP. În tot restul timpului, ori Berger, ori Rosin s-au aflat în casă, până la descoperirea furtului.

Acest lucru permite concluzia că agresorul a rămas în apropierea doamnei Berger și a putut observa cum aceasta a luat un taxi și poate și faptul că șchiopăta și era rănită la picior. Atunci, a profitat de ocazie și a intrat în casă.]

Lisbeth ieși de pe hard diskul lui Armanski și închise gânditoare computerul.

Nu avea niciun motiv s-o iubească pe Erika Berger. Își mai amintea încă senzația de umilință pe care o trăise, când o văzuse dispărând cu Mikael Blomkvist pe Hornsgatan, cu o zi înainte de revelion, în urmă cu un an și jumătate.

Fusese cel mai imbecil moment din viața ei și nu-și va mai permite niciodată asemenea stări sufletești.

Își amintea ura irațională pe care o simțise și dorința de a-i ajunge din urmă și de-a o lovi pe Erika Berger.

Penibil.

Era vindecată.

Dar, cum spusese, nu avea niciun motiv s-o iubească pe Erika Berger.

După un moment, se întrebă ce conținea acel video „de un caracter foarte intim". Ea însăși avea un video de un caracter foarte intim, care arăta cum Nils Bjurman,

Babalâcul Jegos, abuza de ea. Iar acest video se afla acum în mâinile lui Mikael Blomkvist. Se întrebă cum ar fi reacționat dacă ar fi pătruns cineva la ea acasă și i-ar fi furat filmul. Ceea ce de fapt făcuse Mikael Blomkvist, chiar dacă scopul lui nu fusese să-i facă rău.

Hmm. Complicat.

Erikăi Berger i-a fost imposibil să doarmă în noaptea de vineri. Șchiopăta agitată prin vilă, în sus și în jos, în vreme ce Susanne Linder o urmărea cu un ochi atent. Neliniștea ei se așternea ca o ceață grea în întreaga casă.

La două și jumătate noaptea, Susanne Linder a reușit s-o convingă să se bage în pat, să se odihnească, chiar dacă n-o să poată dormi. Când a închis ușa de la dormitor, Susanne Linder a scos un oftat de ușurare și a deschis laptopul, rezumând ce se întâmplase într-un e-mail, pe care i l-a trimis lui Dragan Armanski. Abia apucase să-l trimită, când a auzit-o pe Erika Berger făcându-și de lucru prin casă.

La șapte dimineața, a convins-o să telefoneze la *SMP* și să spună că este bolnavă. Erika Berger a acceptat cu greutate faptul că n-o să fie de prea mare folos la locul de muncă, în starea de oboseală în care era. Apoi, a adormit pe canapeaua din living, în fața ferestrei acoperite cu placaj. Susanne Linder a căutat un pled, punându-l peste ea. Pe urmă, și-a făcut o cafea și i-a telefonat lui Dragan Armanski, explicându-i de ce se afla acolo și cum fusese angajată de David Rosin.

— Nici eu n-am închis un ochi toată noaptea, a spus Susanne Linder.

— OK. Rămâi la Erika Berger. Dar culcă-te câteva ore, i-a zis Armanski.

— Nu știu cum te voi plăti....

— Rezolvăm pe urmă.

Erika Berger a dormit până la două și jumătate după-amiaza. Când s-a trezit, a găsit-o pe Susanne Linder dormind într-un fotoliu, în celălalt colț al livingului.

Monica Figuerola a uitat să se trezească la timp în dimineața zilei de vineri și nu a mai avut vreme de jogging, înainte de-a pleca la slujbă. L-a învinovățit pentru asta pe Mikael Blomkvist, a făcut un duș și l-a dat afară din pat.

Mikael Blomkvist s-a dus la *Millennium,* unde toți au fost uimiți să-l vadă așa devreme. A mormăit ceva și s-a dus să-și ia cafea, apoi i-a chemat pe Malin Eriksson și pe Henry Cortez în biroul lui. Vreme de trei ore, au trecut în revistă textele pentru următorul număr tematic și au stabilit în ce stadiu se afla producția cărților.

— Cartea lui Dag Svensson a intrat la tipar ieri, spuse Malin. O scoatem în format de buzunar.

— OK.

— Revista va avea ca titlu *Povestea lui Lisbeth Salander,* zise Henry Cortez. Sunt pe cale să schimbe data, dar procesul este fixat pentru miercuri, 13 iulie. Revista va fi tipărită înainte, însă vom aștepta mijlocul săptămânii ca s-o distribuim. Tu trebuie să stabilești data exactă.

— Bine. Rămâne doar cartea despre Zalchenko care, pentru moment, este un adevărat coșmar. Se va numi *Secția.* Prima jumătate din carte va fi practic ce vom publica în *Millennium.* Uciderea lui Dag Svensson și a Miei Bergman este punctul de plecare și urmează vânătoarea pe urmele lui Lisbeth Salander, Zalachenko și Niedermann. Cea de-a doua parte a cărții va conține ce știm noi despre Secție.

— Mikael, chiar dacă tipografia face pentru noi totul, trebuie să le lăsăm manuscrisul, gata de tipar, cel mai târziu în ultima zi din iunie, spuse Malin. Christer are nevoie de cel puțin câteva zile, pentru *layout*. Nu mai sunt decât ceva mai mult de două săptămâni. Nu văd cum vom face.

— Nu avem timp să dezgropăm întreaga istorie, recunoscu Mikael. Dar nu cred că am putea s-o facem, nici dacă am mai avea o jumătate de an. Ceea ce vom face în carte este să enunțăm cele petrecute. Dacă ne lipsește sursa pentru ceva, o voi spune. Dacă facem doar speculații, va trebui să apară într-un fel clar și evident. Prin urmare, scriem ce s-a întâmplat și pentru ce avem dovezi și pe urmă scriem ce credem că s-a întâmplat.

— Al naibii de încurcat, spuse Henry Cortez.

Mikael clătină din cap:

— Dacă eu spun că un activist al Säpo intră prin efracție în apartamentul meu și pot documenta acest fapt cu o înregistrare video, atunci este un fapt documentat. Dacă spun că acesta a avut misiune de la Secție ca s-o facă, este o speculație, însă în lumina tuturor dezvăluirilor pe care le facem, este o speculație plauzibilă. Înțelegi?

— Da.

— Nu voi apuca să scriu singur toate textele. Henry, am aici o listă cu texte pe care tu trebuie să le pui la punct. Sunt cam 50 de pagini de carte. Malin, tu îl ajuți pe Henry, exact ca atunci când am redactat cartea lui Dag Svensson. Toate trei numele se vor afla pe coperta cărții. Este în regulă?

— Sigur. Dar mai avem o grămadă de alte probleme, spuse Malin.

— Care?

— În vreme ce tu te-ai ocupat cu afacerea Zalachenko, noi am avut o grămadă de treburi de făcut aici...

— Vrei să spui că nu sunt suficient de prezent?

Malin Eriksson încuviință.

— Ai dreptate. Îmi pare rău.

— Nu ai de ce. Cu toții știm că atunci când te obsedează un articol, nu mai există nimic altceva. Dar nu este la fel pentru noi, ceilalți. Nu e la fel pentru mine. Erika Berger mă avea pe mine ca sprijin. Eu îl am pe Henry și el este un as, dar lucrează la fel de mult ca tine la subiectul tău. Chiar dacă te numărăm și pe tine, în redacție ne lipsesc doi oameni.

— OK.

— Și eu nu sunt Erika Berger. Ea avea o rutină, care mie îmi lipsește. Abia acum învăț meserie. Monika Nilsson își rupe spinarea, la fel Lottie Karim. Și nimeni nu are timp să se oprească o clipă să gândească.

— E o situație temporară. De îndată ce începe procesul…

— Nu, Mikael. Nu se termină atunci. Când va începe procesul, va fi iadul pe pământ. Îți amintești cum a fost în timpul afacerii Wennerström? Asta înseamnă că nu te vom vedea cam trei luni, în vreme ce-o să apari la TV, spre bucuria privitorilor.

Mikael oftă. Apoi dădu lent din cap.

— Ce propui?

— Dacă vrem să facem față în toamna asta, trebuie să angajăm oameni noi. Cel puțin două persoane, poate mai multe. Nu avem resursele necesare pentru ceea ce încercăm să facem, și…

— Și?

— Nu sunt sigură că vreau să continui.

— Înțeleg.

— Chiar cred asta. Sunt a naibii de bună ca secretar de redacție și, cu Erika Berger ca șef, era foarte simplu. Am spus că voi face încercarea pe perioada verii… OK, am făcut-o. Nu sunt un bun redactor-șef.

— Vorbe, spuse Henry Cortez.

Malin clătină din cap.

— OK, zise Mikael. Am auzit ce ai spus. Dar ține seama de faptul că a fost o situație excepțională.

Malin îi zâmbi:

— Poți s-o iei ca o plângere din partea personalului, spuse ea.

Unitatea operativă a comisiei pentru protecția constituției a dedicat ziua de vineri încercând să limpezească informațiile pe care le primise de la Mikael Blomkvist. Doi dintre colaboratori se mutaseră într-un birou provizoriu, în Fridhemsplan, unde se strângea toată documentarea. Era ilegal, pentru că sistemul informatic central se afla în sediul poliției, ceea ce însemna că cei doi făceau ture între aceste puncte, de câteva ori pe zi. Chiar dacă drumul dura doar zece minute, era deranjant. Începând de la prânz dispuneau de o vastă documentație care arăta că atât Fredrik Clinton, cât și Hans von Rottinger avuseseră legături cu poliția secretă în anii '60 și la începutul anilor '70.

Von Rottinger provenea de la serviciul de informații al armatei și lucrase timp de câțiva ani la biroul care coordona apărarea și siguranța. Fredrik Clinton avea un trecut la aviație și începuse să lucreze pentru serviciul de control al personalului, în cadrul poliției secrete, din 1967.

Amândoi părăsiseră RPS/Säk la începutul deceniului al șaptelea: Clinton în 1971, iar von Rottinger în 1973. Clinton trecuse la sectorul privat, în calitate de consultant, iar von Rottinger fusese angajat să facă anchete în cadrul Organizației Internaționale pentru Energia Atomică. Fusese detașat la Londra.

Abia după-amiaza târziu, Monica Figuerola a ciocănit la ușa lui Edklinth ca să-i spună că, după ce părăsiseră RPS/Säk, carierele celor doi erau cu cea mai mare probabilitate niște falsuri. Cariera lui Clinton era greu de urmărit. A fi consultant pentru sectorul industrial privat poate însemna în mare orice și o asemenea persoană nu are nicio obligație să dea un raport despre activitatea sa statului. Din declarațiile de impozite reieșea că el câștiga bine; clienții lui însă păreau să consiste doar din firme anonime, cu baza în Elveția sau în alte țări asemănătoare. În consecință, nu prea era ușor de dovedit că meseria lui era, de fapt, o mască.

În schimb, von Rottinger nu pusese niciodată piciorul în acel birou unde era de așteptat să lucreze, la Londra. În 1973, clădirea de birouri unde se presupunea că lucrează fusese dărâmată și înlocuită cu o extensie a stației de metrou Kings Cross. Probabil că cineva făcuse o gafă atunci când i se construise legenda. În timpul zilei, echipa Monicăi Figuerola intervievase câțiva colaboratori pensionați de la Organizația Internațională pentru Energia Atomică. Niciunul dintre ei nu auzise de Hans von Rottinger.

— Deci, acum știm, spuse Edklinth. Trebuie doar să aflăm cu ce se ocupau, de fapt.

Monica Figuerola aprobă.

— Cum facem cu Blomkvist?

— Ce vrei să spui?

— Am promis să-l ținem la curent cu ce aflăm despre Clinton și von Rottinger.

Edklinth rămase pe gânduri.

— OK. Va afla asta și singur, dacă își dă osteneala. Mai bine să fim în relații bune. Poți să-i spui. Dar folosește-ți propria judecată.

Monica Figuerola îi promise că așa va face. Petrecură apoi câteva minute discutând ce vor face în *weekend*.

Monica avea doi colaboratori care vor continua să lucreze. Ea urma să fie liberă.

Pe urmă, își înregistră plecarea și se duse la sala de forță de la Sankt Eriksplan, unde petrecu două ore, încercând cu înverșunare să recâștige timpul de antrenament pierdut. Ajunse acasă la șapte seara, făcu duș, își prepară o cină simplă și deschise televizorul, ca să urmărească știrile. La șapte și jumătate, nu mai avea astâmpăr și își luă echipamentul de jogging. Se opri la ușa de intrare, gândindu-se. *Afurisitul de Blomkvist.* Îl sună pe telefonul anonim T10:

— Avem ceva informații despre Rottinger și Clinton.

— Povestește, zise Mikael.

— Dacă treci pe aici, am să-ți povestesc.

— Hmm, făcu Mikael.

— Tocmai am pus pe mine hainele de jogging, ca să ard puțin surplusul de energie, spuse Monica Figuerola. Să plec sau să te aștept?

— E în ordine dacă am să vin după nouă?

— E minunat.

Vineri seara la ora opt, Lisbeth Salander a primit vizita doctorului Anders Jonasson. El s-a așezat pe scaunul pentru vizitatori, lăsându-se pe spate.

— Mă examinezi? l-a întrebat Lisbeth Salander.

— Nu. Nu în seara asta.

— OK.

— Am făcut estimarea stării tale astăzi și am comunicat procurorului că suntem gata să-ți dăm drumul.

— Înțeleg.

— Voiau să te ducă la închisoarea din Göteborg încă din seara asta.

— Așa de repede?

El făcu un gest aprobator.

— Probabil că cei de la Stockholm insistă. Eu am spus că mai am un rând de teste de făcut mâine și că nu-ți dau drumul până duminică.

— De ce?

— Nu știu. M-am enervat, pentru că erau așa de insistenți.

Lisbeth Salander zâmbi cu adevărat. Cu siguranță, ar fi putut face un anarhist de nădejde din doctorul Anders Jonasson, dacă ar fi avut câțiva ani la îndemână. Avea tendințe accentuate de nesupunere civilă.

— Fredrik Clinton, spuse Mikael Blomkvist cu ochii fixați în tavanul de deasupra patului Monicăi Figuerola.

— Dacă-ți aprinzi țigara, am să ți-o sting în buric, zise Monica Figuerola.

Mikael privi uimit țigara pe care o scosese din buzunarul hainei.

— Iartă-mă, spuse el. Pot să fumez pe balcon?

— Dar după aceea te speli pe dinți.

El dădu din cap, înfășurându-se într-un cearșaf. Monica Figuerola îl urmă în bucătărie, turnându-și un pahar mare cu apă rece. Se sprijini de ușa balconului.

— Fredrik Clinton?

— Mai trăiește. El este veriga de legătură cu trecutul.

— E pe moarte. Are nevoie de un rinichi și petrece cea mai mare parte din timp la dializă sau la vreun alt tratament.

— Dar trăiește. Putem să-l contactăm și să-i punem întrebări. Poate vrea să vorbească.

— Nu, spuse Monica Figuerola. În primul rând, e vorba de o anchetă preliminară și poliția e cea care-o face. În acest sens, nu există niciun „noi" în povestea asta. În al doilea rând, tu primești informații conform acordului cu Edklinth, dar te-ai angajat să nu încurci ancheta.

Mikael o privi surâzând. Își stinse țigara.

— Uf, făcu el. Säpo trage de zgardă.

Ea păru dintr-odată gânditoare.

— Mikael, vorbesc foarte serios.

Erika Berger se duse LA *Svenska Morgon–Posten* sâmbătă dimineața, cu un nod în gât. Simțea că începuse să aibă control asupra manierei în care se făcea ziarul și voise de fapt să-și ofere un sfârșit de săptămână liber — primul de când începuse munca la *SMP* —, însă descoperirea că cele mai personale și intime amintiri ale sale dispăruseră, împreună cu raportul despre Borgsjö, făcuse imposibilă orice destindere.

În cursul nopții fără somn, petrecută în cea mai mare parte în bucătărie împreună cu Susanne Linder, se așteptase ca acest Expeditor Veninos să lovească din nou și ca vreo altă imagine a ei, deloc măgulitoare, să fie făcută publică. Internetul era o unealtă excelentă pentru toți nebunii. *Un blestemat de video, care mă arată regulându-mă cu bărbatul meu și cu un altul — voi ajunge în fiecare tabloid din lume. Putea fi ceva mai personal?*

Toată noaptea simțise neliniște și panică.

Susanne Linder o convinsese în cele din urmă să se ducă la culcare.

La ora opt dimineața, se sculase și mersese la *SMP*. Nu putea să stea deoparte. Dacă o aștepta furtuna, voia să fie acolo, ca s-o întâmpine.

Dar în redacția pe jumătate goală totul era normal. Personalul o salută prietenos, când trecu prin hala centrală.

Anders Holm era liber. Peter Fredriksson îi ținea locul ca șef la Actualități.

— Bună dimineața, credeam că ești liberă azi, o salută el.

— Și eu credeam. Dar nu mi-a fost bine ieri și am ceva de făcut. Se întâmplă ceva?

— Nu, e o dimineață săracă în știri. Cele mai fierbinți sunt că industria lemnului din Dalarna anunță o creștere a producției și că a fost un jaf armat la Norrköping, cu un rănit.

— OK. Sunt la mine în birou și am să lucrez un pic.

Se așeză, sprijinind cârjele de raftul cu cărți și se conectă la internet. Începu prin a-și deschide e-mailul. Primise mai multe mesaje, dar nimic de la Expeditorul Veninos. Își încruntă sprâncenele. Trecuseră două zile de la spargere și el încă nu reacționase la ceea ce ar fi trebuit să fie o adevărată comoară de documente. *De ce n-o făcuse? Are de gând să schimbe tactica? Șantaj? Vrea doar să mă țină pe jar?*

Nu avea nimic special de lucru și deschise documentul cu strategia *SMP*, la care lucra. Rămase un sfert de oră fixând ecranul, fără să vadă literele.

Încercase să-i telefoneze lui Greger, dar nu reușise să-l prindă. Nici măcar nu știa dacă mobilul lui funcționa în străinătate. De bună seamă, l-ar fi putut găsi cu un pic de efort, dar se simțea total apatică. Nu, se simțea disperată și paralizată.

Încercă să-l sune pe Mikael Blomkvist, ca să-l informeze că dosarul despre Borgsjö dispăruse, dar el nu răspundea pe mobil.

Cum până la ora zece nu făcuse nimic serios, se hotărî să plece acasă. Tocmai întindea mâna să decupleze computerul, când programul ei ICQ scoase un sunet de avertizare. Privi uimită meniul. Știa ce este ICQ, dar rareori obișnuia să stea de vorbă pe internet și de când se angajase la *SMP*, nu folosise niciodată programul acesta.

Apăsă ezitând pe „Răspunde".

[Bună Erika.]

[Bună. Cine e?]

[E privat. Ești singură?]

O păcăleală? Expeditorul Veninos?

[Da. Cine ești?]

[Ne-am întâlnit în locuința lui Kalle Blomkvist, când a venit acasă, de la Sandhamn.]

Erika Berger privi țintă ecranul. Îi luă câteva secunde până să facă legătura. *Lisbeth Salander. Imposibil.*

[Ești acolo?]

[Da.]

[Fără nume. Știi cine sunt?]

[Cum știu că nu e o înșelătorie?]

[Știu cum și-a făcut Mikael cicatricea de pe gât.]

Erika înghiți în sec. Doar patru persoane din lumea întreagă știau cum se întâmplase. Lisbeth Salander era una dintre acestea.

[OK. Dar cum poți discuta cu mine?]

[Mă pricep la calculatoare.]

Lisbeth Salander e o maniacă a computerelor. Dar nu pot înțelege cum naiba reușește să comunice de la Sahlgrenska, unde a stat izolată din aprilie.

[OK.]

[Pot să am încredere în tine?]

[La ce te referi?]

[Nu trebuie să se știe despre discuția asta.]

Nu vrea ca poliția să știe că are acces la internet. Sigur că nu. De aceea se conversează cu redactorul-șef al unuia dintre cele mai mari ziare din Suedia.

[Nicio problemă. Ce vrei?]

[Să plătesc.]

]Ce vrei să spui?]

[*Millennium* m-a ajutat.]

[Ne-am făcut doar meseria.]

[Dar nu și celelalte ziare.]

[Nu erai vinovată de ce te acuzau.]

[Ești urmărită de un nenorocit.]

Erika Berger simți cum inima îi bate nebunește. Ezită un lung moment.

[Ce știi?]

[Video furat. Efracție.]

[Da. Poți să faci ceva?]

Erika Berger nu-și putea crede ochilor că ea era cea care scrisese întrebarea. Era complet fără sens. Lisbeth Salander era în spital, la Sahlgrenska, și avea o mulțime de probleme pe cap. Era persoana cel mai puțin probabilă de la care Erika ar fi putut spera să obțină ajutor.

[Nu știu. Lasă-mă să încerc.]

[Cum?]

[Întrebare: crezi că javra e la *SMP?*]

[N-o pot proba.]

[De ce crezi asta?]

Erika medită o clipă, înainte de a răspunde:

[O senzație. A început când am început și eu la *SMP*. Alte persoane de la *SMP* au primit e-mailuri neplăcute de la *Expeditorul Veninos*, care păreau să vină de la mine.]

[*Expeditorul Veninos*?]

[Așa-i spun eu javrei.]

[OK. De ce ai devenit tocmai tu ținta lui?]

[Nu știu.]

[Crezi că e vorba de ceva personal?]

[La ce te referi?]

[Câți angajați sunt la *SMP*?]

[Mai mult de 230, inclusiv cei de la editură.]

[Pe câți îi cunoști personal?]

[Nu știu exact. Am întâlnit mai mulți ziariști și colaboratori de-a lungul anilor, în diferite ocazii.]

[Cineva care s-a certat cu tine înainte?]

[Nu. Nu în mod special.]

[Cineva care vrea să se răzbune pe tine?]

[Să se răzbune? De ce?]

[Răzbunarea e un motiv puternic.]

Erika privi ecranul, în vreme ce încerca să înțeleagă la ce se referea Lisbeth Salander.

[Mai ești acolo?]

[Da. De ce întrebi de răzbunare?]

[Am citit lista lui Rosin, cu incidentele pe care tu le legi de *Expeditorul Veninos*.]

De ce nu sunt mirată?

[Și?]

[Nu pare un obsedat.]

[Ce vrei să spui?]

[Un obsedat este o persoană împinsă de o pornire sexuală. Aici pare să fie vorba de cineva care imită un obsedat. Șurubelnița în... alo, asta-i parodie curată!]

[Adică?]

[Am văzut multe exemple de obsedați veritabili. Sunt mult mai perverși, vulgari și grotești. Exprimă dragoste și ură în același timp. Tipul tău nu se potrivește deloc cu descrierea asta.]

[Nu crezi că e destul de vulgar.]

[Nu. E-mailul Evei Carlsson dă ca nuca-n perete. E cineva care vrea să te lucreze.]

[Înțeleg. Nu m-am gândit în felul acesta.]

[Nu e un obsedat sexual. Are ceva personal cu tine.]

[OK. Ce propui?]

[Ai încredere în mine?]

[Poate.]

[Am nevoie de intrare pe rețeaua de calculatoare de la *SMP*.]

[Ia-o încet.]

[Acum. Curând voi fi mutată și nu mai am acces la internet.]

Erika ezită 10 secunde. Să lase *SMP*... pe mâna cui? Pe mâna unei țicnite? Sigur, Lisbeth nu era vinovată de crimele care i se atribuiseră, dar în mod hotărât nu era chiar normală.

Dar ce avea de pierdut?

[Cum facem?]

[Trebuie să instalez un program în computerul tău.]

[Avem rețele de protecție.]

[Trebuie să mă ajuți. Pornește internetul.]

[E pornit.]

[Explorer?]

[Da.]

[Eu scriu o adresă. Copiază-o și pune-o în Explorer.]

[Făcut.]

[Acum, ai o listă cu un număr de programe. Dă click pe *Asphyxia Server* și descarcă-l.]

Erika urmă instrucțiunile.

[Gata.]

[Pornește *Asphyxia* și instalează programul în Explorer.]

A luat trei minute!

[În regulă. Acum, trebuie să închizi și pe urmă să pornești din nou computerul. Pierdem contactul pentru câteva clipe.]

[OK.]

[Când vom reveni, am să-ți transfer hard diskul pe un server, pe internet.]

[OK.]

[Pornește din nou. Ne auzim curând.]

Erika Berger privea fascinată ecranul, în vreme ce computerul ei repornea lent. Se întreba dacă era normală. Apoi ICQ-ul ei sună.

[Bună, din nou.]

[Bună.]

[Merge mai repede dacă o faci tu. Pornește internetul și copiază adresa pe care ți-o trimit acum.]

[OK.]

[Acum, vei primi o întrebare. Apasă pe „Pornire".]

[OK.]

[Ești întrebată cum vrei să botezi hard diskul. Spune-i *SMP2*.]

[OK.]

[Du-te și ia-ți o cafea. Va dura un pic.]

Monica Figuerola s-a trezit în dimineața zilei de sâmbătă la opt, cu două ore peste ora obișnuită de trezire. S-a ridicat, privindu-l pe Mikael Blomkvist, care sforăia. *Ei bine, nimeni nu-i perfect.*

Se întreba unde va duce povestea ei cu Mikael Blomkvist. Nu era un bărbat fidel, cu care poți planifica o legătură mai lungă — cel puțin așa înțelesese din biografia lui. Pe de altă parte, nici ea nu era sigură că își dorea cu adevărat o relație stabilă, cu prieten, frigider și copii. După alte încercări nereușite, începuse tot mai mult să încline spre teoria care spunea că relațiile stabile sunt supraevaluate. Cea mai lungă legătură a ei fusese un concubinaj de doi ani cu un coleg, la Uppsala.

Dar nici nu era genul de femeie care să practice aventurile de-o noapte, deși considera că sexul este subestimat ca mijloc terapeutic împotriva tuturor neajunsurilor. Și a face sex cu Mikael Blomkvist fusese plăcut. Chiar deosebit de plăcut. Era un bărbat bine. Îți deschidea pofta pentru și mai mult.

Idilă de vacanță? Îndrăgostire? Se îndrăgostise?

Se duse la baie și se spălă pe față și pe dinți; apoi, își puse un șort și o geacă subțire și făcu o cursă de patruzeci și cinci de minute în jurul spitalului Rålambshov, prin Fredhäll și înapoi, via Smedsudden. Fu acasă la ora nouă și constată că Blomkvist încă mai dormea. Se aplecă și-l mușcă de ureche, până ce acesta deschise ochii, zăpăcit.

— Bună dimineața, iubitule. Am nevoie de cineva care să mă spele pe spate.

El o privi, mormăind ceva.

— Ce-ai spus? Nu mai ai nevoie să te speli. Ești deja udă leoarcă.

— Am alergat un pic. Ar fi trebuit să vii cu mine.

— Bănuiesc că dacă aș încerca să țin ritmul cu tine, ar trebui să chem salvarea. Infarct pe Norr Mälarstrand.

— Aiurea. Hai, acum. E vremea să te trezești.

A frecat-o pe spate cu peria și i-a săpunit umerii. Și șoldurile. Și pântecele. Și sânii. Și, după o vreme, Monica Figuerola a pierdut orice interes pentru duș și l-a tras din nou în pat. Abia la unsprezece și-au băut cafeaua, pe terasa de lângă Norr Mälarstranden.

— Tu poți deveni un obicei prost, spuse Monica Figuerola. Ne cunoaștem abia de câteva zile.

— Sunt foarte atras de tine. Dar cred că o știi deja.

Ea dădu din cap.

— De ce?

— *Sorry*. Nu pot răspunde la întrebare. Nu am înțeles niciodată de ce sunt atras brusc de o anumită femeie și total neinteresat de alta.

Ea zâmbi gânditoare.

— Sunt liberă astăzi, zise.

— Dar eu nu sunt. Am un munte de treburi, până începe procesul și ultimele trei nopți le-am petrecut la tine, în loc să muncesc.

— Păcat.

El aprobă, ridicându-se și sărutând-o pe obraz. Ea îl prinse de cămașă.

— Blomkvist, mi-ar face plăcere să ne mai întâlnim.

— La fel și mie, spuse el. Dar va fi un pic complicat, până reușim să-i dăm de cap poveștii ăsteia.

Dispăru spre Hantverkargatan.

Erika Berger își adusese o cafea și acum contempla ecranul. Timp de cincizeci și trei de minute nu se întâmplase absolut nimic, în afară de faptul că ecranul ei se aprindea, din când în când. Apoi, auzi din nou „Pling", de la ICQ.

[Gata. Ai foarte multe rahaturi pe hard disk, printre care doi viruși.]

[*Sorry.* Pasul următor?]

[Cine e administrator de rețea la *SMP*?]

[Nu știu. Probabil, Peter Flemming, care e șef tehnic.]

[OK.]

[Ce trebuie să fac?]

[Nimic. Du-te acasă.]

[Așa, pur și simplu?]

[O să-ți dau un semn.]

[Să las computerul pornit?]

Dar Lisbeth Salander dispăruse deja de pe ICQ. Erika Berger privi frustrată ecranul. În cele din urmă, închise computerul și se duse să caute o cafenea potrivită, unde să stea și să gândească în liniște.

20

Sâmbătă 4 iunie

Mikael Blomkvist s-a dat jos din autobuz la Slussen, a luat liftul* de pe Katarina până sus, la Mosebacke și a mers până la Fiskargatan 9. Cumpărase pâine, lapte și brânză de la magazinul din fața clădirii consiliului județean și a început prin a le pune în frigider. Apoi, a deschis computerul lui Lisbeth Salander.

După o clipă de reflecție, a deschis și telefonul albastru, Eriksson T10. Nu-și mai bătu capul cu telefonul obișnuit, pentru că în niciun caz nu voia să vorbească cu cineva care n-avea de-a face cu afacerea Zalachenko. Constată că în ultimele 24 de ore primise șase apeluri, dintre care trei erau de la Henry Cortez, două de la Malin Eriksson și una de la Erika Berger.

Îl sună mai întâi pe Henry Cortez, care se afla într-o cafenea în Vasastan și avea câteva lucruri de discutat, dar nimic presant.

Malin Eriksson sunase doar ca să-l salute.

---

* Lift stradal în Stockholm. (N.red.)

Apoi, o sună pe Erika Berger, dar telefonul ei era ocupat.

Intră pe grupul yahoo [Masa_Țicnită] și găsi versiunea finală a biografiei lui Lisbeth Salander. Dădu din cap zâmbind, imprimă documentul și începu imediat să citească.

Lisbeth Salander scria pe computerul Palm Tungsten T3. Îi trebuise o oră ca să intre pe rețeaua internă de la *SMP* și s-o cerceteze sistematic, cu ajutorul contului de utilizator al Erikăi Berger. Nu atacase contul lui Peter Flemming, pentru că nu era necesar să-și facă rost de drepturile depline de utilizator ale administratorului. Era interesată doar să aibă acces la administrația *SMP* și la fișierele personalului. Iar la asta Erika Berger avea drept de acces deplin.

Își dorea ca Mikael Blomkvist să-i fi strecurat propriul ei computer PowerBook, cu tastatură normală și un ecran de 17 inch, în loc de computerul de buzunar. Deschise lista cu cei care lucrau la *SMP* și începu să lucreze. Erau 223 de persoane, dintre care 82 erau femei.

Începu prin a elimina toate femeile. Nu credea că femeile nu pot fi nebune, dar statistica afirma că majoritatea absolută a celor care tracasează femei sunt bărbați. Mai rămâneau 141 de persoane.

Statistica arăta, de asemenea, că cei mai mulți Expeditori Veninoși sunt fie adolescenți, fie persoane de vârstă medie. *SMP* nu avea niciun angajat adolescent. Făcu un grafic de vârstă și suprimă toate persoanele peste 55 de ani și sub 25. Rămâneau 103 persoane.

Mai reflectă un moment. Apoi, luă o hotărâre rapidă. Cu o lovitură de sabie, tăie toți angajații de la distribuție, publicitate, fotografii, pază și tehnică. Se concentră pe grupul de ziariști și personal al redacției și obținu o listă de 48 de persoane care erau bărbați între 26 și 54 de ani.

Apoi, auzi clinchetul unui mănunchi de chei; așa că opri imediat computerul și îl strecură sub plapumă, între pulpe. Ultimul ei prânz la Sahlgrenska sosise. Privi resemnată varza fiartă. Știa că după prânz o vreme nu va putea să lucreze fără să fie deranjată. Puse deci computerul în spațiul din spatele noptierei și așteptă, în vreme ce două femei africane dădeau cu aspiratorul și făceau patul.

Una dintre fete se numea Sara și în ultima lună o aprovizionase pe furiș pe Lisbeth cu câte un Marlboro Light. Primise și o brichetă, pe care o ascundea în spatele noptierei. Lisbeth luă plină de recunoștință cele două țigări pe care plănuia să le fumeze noaptea, la gura de aerisire.

Abia la ora două era din nou liniște. Scoase computerul și se conectă. Se gândise să meargă direct la administrația *SMP*, dar înțelese că trebuia să se ocupe și de propriile ei probleme. Făcu deci runda obișnuită, începând cu grupul yahoo [Masa_Țicnită]. Constată că Mikael Blomkvist nu pusese nimic nou de trei zile și se întrebă cu ce se ocupa. *Tembelul e cu siguranță la plimbare și-și face de cap cu vreo gagică cu țâțe mari.*

A mers mai departe, la grupul yahoo [Cavalerii], să vadă dacă Plague nu îi lăsase ceva. Nimic.

Apoi, a mai controlat hard diskurile procurorului Richard Ekström (corespondență mai puțin interesantă, despre viitorul proces) și pe cel al doctorului Peter Teleborian.

De câte ori intra pe hard diskul lui Teleborian, simțea cum temperatura corpului îi scădea cu câteva grade.

Găsi expertiza psihiatrică legală care o privea și pe care el o formulase deja, deși oficial nu ar fi trebuit să fie scrisă, întrucât nu avusese posibilitatea s-o consulte. El făcuse câteva îmbunătățiri stilistice, dar în mare nu era nimic nou. Lisbeth descărcă expertiza și o trimise mai departe, la [Masa_Țicnită]. Apoi, verifică poșta electronică a lui Teleborian din ultimele 24 de ore, trecând de la un e-mail la altul. Era cât pe ce să piardă un mesaj scurt, dar foarte important:

[Sâmbătă, ora 15:00, la rondul[48] de la Gara Centrală/Jonas.]

Rahat. Jonas. El a apărut într-o grămadă de e-mailuri ale lui Teleborian. Folosește un cont hotmail. Neidentificat.

Lisbeth Salander își întoarse privirea spre ceasul digital de pe noptieră. 14:28. Sună imediat pe ICQ, la Mikael Blomkvist. Nu primi niciun răspuns.

Mikael Blomkvist scosese la imprimantă cele 220 de pagini ale manuscrisului care erau deja gata. Apoi, a închis computerul și s-a așezat la masa din bucătăria lui Lisbeth Salander, cu un creion în mână, gata de corectură.

Era mulțumit de poveste. Mai rămânea o gaură mare. Cum avea să găsească restul Secției?

Malin Eriksson avea dreptate. Era prea din scurt.

Lisbeth Salander a înjurat, plină de frustrare, încercând să-l prindă pe Plague, pe ICQ. Nu răspundea. Se uită la ceas: 14:30.

S-a așezat pe marginea patului, chinuindu-se să-și amintească alte adrese ICQ. A încercat mai întâi cu Henry

---

[48] Este vorba de deschiderea rotundă din holul Gării Centrale din Stockholm, care dă spre nivelul inferior și care este folosită ca reper și punct de întâlnire.

Cortez, pe urmă cu Malin Eriksson. Nimeni nu răspundea. *Sâmbătă. Toți sunt liberi.* A privit din nou ceasul. 14:32.

Apoi, a încercat s-o prindă pe Erika Berger. Niciun succes. *I-am spus să se ducă acasă. La naiba!* 14:33.

Ar fi putut trimite un SMS pe mobilul lui Mikael Blomkvist. Însă telefonul era ascultat. Își mușcă buza.

În cele din urmă, s-a întors disperată spre noptieră și a sunat sora. Era 14:35, când a auzit cheia în broască și una din surori, Agneta, care avea vreo 50 de ani, a privit-o din ușă.

— Bună ziua. Ai vreo problemă?

— Doctorul Anders Jonasson este în secție?

— Nu te simți bine?

— Ba da. Trebuie să schimb câteva vorbe cu el. Dacă se poate.

— L-am văzut adineauri. Despre ce este vorba?

— Trebuie să vorbesc imediat cu el.

Sora Agneta își încruntă sprâncenele. Pacienta Lisbeth Salander sunase rareori surorile, numai dacă avusese dureri mari de cap sau altă problemă acută. Ea le luase drept povești și nici nu ceruse să vorbească cu un anumit medic. Sora Agneta observase totuși că Anders Jonasson petrecea mult timp cu această pacientă arestată, care de obicei era foarte rezervată față de cei din jur. Era posibil ca el să fi reușit să relaționeze cu ea.

— OK. O să văd dacă are timp, spuse sora Agneta prietenoasă și încuie ușa.

Era ora 14:37.

Lisbeth se ridică și se duse la fereastră. La intervale regulate, își arunca privirea spre ceas. 14:39. 14:40.

La ora 14:44, auzi pași pe coridor și scârțâitul cheii paznicului de la Securitas. Anders Jonasson îi aruncă o privire întrebătoare și rămase în loc, văzându-i expresia disperată.

— S-a întâmplat ceva?

— Se întâmplă chiar acum. Ai un telefon mobil?

— Poftim?

— Un mobil. Trebuie să sun. Acum!

El auzi disperarea din glasul ei și băgă mâna în buzunar, dându-i telefonul său Motorola. Lisbeth i-l smulse pur și simplu din mână. Nu putea să-l sune pe Mikael Blomkvist, pentru că bănuia că este ascultat de dușman. Problema era că el nu-i dăduse niciodată numărul telefonului secret. Nu fusese nevoie, pentru că nu se așteptase ca ea să-l sune din arest. Ezită o fracțiune de secundă și formă numărul Erikăi Berger. Auzi trei semnale, înainte ca aceasta să răspundă

Erika Berger se afla în BMW-ul său, la un kilometru de casa din Saltsjöbaden, când a primit un telefon la care nu se aștepta. Dar Lisbeth Salander o mai surprinsese o dată în dimineața aceea.

— Berger.

— Salander. Nu am timp să explic. Ai numărul telefonului anonim al lui Mikael?

— Da.

— Sună-l. *Acum!* Teleborian se întâlnește cu Jonas în hala mare de la Gara Centrală, la trei! Știi unde... Rondul mare pe trei etaje.

— Ce e...

— Grăbește-te. Teleborian. Jonas. Rondul de la Gara Centrală. Ora 3. Mai are un sfert de oră!

Lisbeth închise telefonul, pentru ca Erika să nu fie tentată să piardă secundele cu întrebări inutile. Se uită la ceas, era 14:46.

Erika Berger frână, parcând la marginea drumului. Se întinse după carnetul de telefoane din geantă și răsfoi până la numărul pe care Mikael i-l dăduse în seara când se întâlniseră la localul lui Samir.

Mikael auzi soneria telefonului mobil. Se ridică de la masa din bucătărie și se duse în camera de lucru a lui Lisbeth, luând telefonul de pe birou.

— Da?

— Sunt Erika.

— Bună.

— Teleborian se întâlnește cu Jonas, la rondul de la Gara Centrală, la ora 3. Mai ai câteva minute.

— Ce? Ce spui?

— Teleborian...

— Am auzit. De unde știi?

— Taci și întinde-o!

Mikael privi la ceas. 14:47.

— Mulțumesc. Pa.

Își apucă geanta cu computerul și o luă la goană pe scări, în loc să aștepte liftul. În vreme ce alerga, îl sună pe Henry Cortez.

— Cortez.

— Unde ești?

— La librăria Academiei.

— Teleborian se întâlnește cu Jonas, la rondul din Gara Centrală, la ora trei. Eu sunt pe drum, dar tu ești mai aproape.

— Ei, drăcie. Am pornit.

Mikael fugi până în Götagatan și mări viteza, spre Slussen. Se uită la ceasul de mână, atunci când ajunse fără suflare la Slussen. Monica Figuerola avea poate dreptate cu pisălogeala ei despre nevoia de jogging. 14:56. Nu avea cum să ajungă. Privi după un taxi.

Lisbeth Salander îi dădu înapoi telefonul lui Anders Jonasson.

— Mulțumesc, spuse ea.

— Teleborian? întrebă Anders Jonasson. Nu putuse evita să audă numele.

Ea dădu din cap, întâlnindu-i privirea:

— Teleborian e un nene foarte rău. Nici nu bănuiești la ce nivel de răutate a ajuns.

— Nu. Dar bănuiesc că se întâmplă chiar acum ceva care te face să fii mai incitată decât te-am văzut în tot timpul cât ai fost în îngrijirea mea. Sper că știi ce faci.

Lisbeth îi zâmbi strâmb:

— Vei avea răspunsul într-un viitor apropiat, spuse ea.

Henry Cortez a alergat ca un nebun de la librăria Academiei. A traversat Sveavägen, pe podul de la Mäster Samuelsgatan și a continuat drept, spre Klara Norra, unde a luat-o în sus, pe podul Klaraberg și peste Vasagatan. A traversat Klarabergsgatan, printre un autobuz și două mașini care au început să-l claxoneze frenetic și s-a strecurat pe poarta de la Gara Centrală, la ora 15.00 fix.

A coborât scara, spre holul central, sărind câte trei trepte odată, apoi a alergat prin fața chioșcului de ziare, înainte să încetinească viteza, ca să nu atragă atenția. Îi cerceta pe toți cei care se aflau în apropierea deschiderii circulare.

Nu putea să-l vadă pe Teleborian sau pe bărbatul pe care Christer Malm îl fotografiase în fața la Copacabana, și despre care ei credeau că este Jonas. Privi ceasul. 15:01. Respira greu, parcă ar fi alergat în maratonul orașului Stockholm. Bazându-se pe noroc, traversă grăbit holul și ieși pe poarta dinspre Vasagatan. Se opri, privind în jur și cercetând persoană cu persoană, cât de departe îi ajungea privirea. Niciun Peter Teleborian. Niciun Jonas.

Se întoarse, intrând grăbit din nou în gară. Nimeni. Rondul era gol. Apoi ridică privirea și întrezări pentru o secundă profilul cu păr zbârlit și barbișon al lui Teleborian, care ieșea din chioșcul de presă, de cealaltă parte a holului. În secunda următoare, s-a materializat și bărbatul din fotografiile lui Christer Malm, alături de el. *Jonas!* Au traversat holul și au dispărut pe ieșirea dinspre Vasagatan.

Henry Cortez oftă ușurat. Își șterse transpirația de pe frunte și începu să-i urmărească pe cei doi.

Mikael Blomkvist a ajuns cu taxiul la Gara Centrală din Stockholm la 15:07. S-a grăbit să intre în holul principal, dar nu l-a văzut nici pe Teleborian, nici pe Jonas. Nici pe Henry Cortez, de altfel.

A ridicat telefonul T10, ca să-l sune pe Cortez, chiar în momentul în care mobilul a început să-i sune în mână.

— I-am găsit. Sunt la berăria Tre Remmare*, pe Vasagatan, aproape de pasajul spre linia pentru Akalla.

— Mulțumesc, Henry. Tu unde ești?

— Sunt la bar. Beau o bere. O merit.

— OK. Ei mă cunosc, așa că mă țin deoparte. Bănuiesc că nu ai nicio posibilitate să auzi ce vorbesc.

— Nicio șansă. Văd spinarea lui Jonas și blestematul ăla de Teleborian mormăie când vorbește, așa că nu pot să-i văd nici mișcarea buzelor.

— Înțeleg.

— Dar s-ar putea să avem o problemă.

— Care?

— Jonas ăsta și-a pus mobilul și portofelul pe masă. Și peste portofel, cheile de la mașină.

— Înțeleg. Rezolv eu.

Mobilul Monicăi Figuerola sună, cu un semnal polifonic care reda motivul din *A fost odată în Vest.* Lăsă deopar-

---

* Trei Cupe. (N.red.)

te cartea despre mitologia greacă pe care părea că n-o va termina niciodată.

— Salut. Sunt Mikael. Ce faci?

— Stau acasă și triez fotografiile foștilor iubiți. Ultimul m-a abandonat într-un chip lamentabil, azi-dimineață.

— Scuză-mă. Ai mașina la îndemână?

— Ultima oară când am verificat, era jos, în parcare.

— Bravo. Ai chef să faci un tur prin oraș?

— Nu, în mod special. Ce se întâmplă?

— Peter Teleborian bea chiar acum o bere cu Jonas, pe Vasagatan. Și, pentru că eu colaborez cu birocrația de tip Stasi din cadrul Säpo, mă gândeam că poate ai fi interesată să vii și tu.

Monica Figuerola era deja în picioare și se întindea după chei.

— Nu glumești?

— Nu chiar. Jonas a pus cheile de la mașină pe masă.

— Vin acum.

Malin Eriksson n-a răspuns la telefon, însă Mikael Blomkvist a avut norocul să dea de Lottie Karim, care tocmai se afla la Åléns, ca să cumpere un cadou pentru aniversarea soțului ei. Mikael i-a spus că se vor socoti ca ore suplimentare, cerându-i să se ducă de urgență la berărie, pentru a-l ajuta pe Cortez. Apoi, i-a telefonat din nou acestuia.

— Planul este următorul. Voi avea o mașină la fața locului peste cinci minute. Parcăm pe Järnvägsgatan, mai jos de berărie.

— OK.

— Lottie Karim vine să te ajute peste câteva minute.

— Bine.

— Când ei părăsesc berăria, tu o iei după Jonas. Îl urmărești pe jos și-mi spui pe mobil unde vă aflați. Trebuie să știm, de îndată ce-l vezi apropiindu-se de mașină. Lottie îl urmărește pe Teleborian. Dacă noi nu ajungem la timp, iei tu numărul mașinii.

— În regulă.

Monica Figuerola a parcat în față la Nordic Light Hotel, lângă stația expresului de Arlanda. Mikael Blomkvist a deschis ușa din partea șoferului la un minut după ce aceasta parcase.

— La ce berărie sunt?

Mikael i-a explicat.

— Trebuie să cer întăriri.

— Nu-ți face griji. Îi avem sub control. Cu mai mulți bucătari, riscăm să ardem mâncarea.

Monica Figuerola l-a privit cu un aer de neîncredere:

— Și cum ai aflat că are loc această întâlnire?

— *Sorry.* Protecția sursei.

— Aveți vreun blestemat de serviciu de informații sau de contrainformații la *Millennium*? răbufni ea.

Mikael părea mulțumit. Era întotdeauna nostim să bată Säpo pe propriul lui teren.

De fapt, nu avea nici cea mai mică idee cum de se întâmplase ca Erika Berger să-l sune din senin și să-i comunice că Teleborian și Jonas se vor întâlni. După 10 aprilie, ea nu mai avusese acces la munca redacțională de la *Millennium*. Desigur, știa de Teleborian, dar Jonas intrase pe scenă în luna mai și, după câte știa Mikael, Erika n-ar fi trebuit să aibă nici cea mai mică bănuială despre existența lui, cu atât mai puțin despre faptul că acesta era obiectul unor discuții aprinse, atât la *Millennium*, cât și la Säpo.

Va trebui să aibă o discuție serioasă cu Erika Berger, într-un viitor extrem de apropiat.

Lisbeth Salander se strâmbă, privind ecranul computerului de buzunar. După discuția de pe mobilul doctorului Anders Jonasson, ea nu se mai gândise la Secție și se concentrase pe problemele Erikăi Berger. După serioase reflecții, mai tăiase de pe listă și bărbații din grupa 26–54 de ani care erau căsătoriți. Știa că asta însemna să lucreze cu criterii foarte largi și că la baza deciziei nu se mai afla nicio statistică sau vreun raționament științific. Expeditorul Veninos putea fără îndoială să fie un bărbat cu nevastă, cinci copii și cățel. Putea fi o persoană care lucra la pază. Putea, la urma urmei, să fie chiar o femeie, deși ea nu credea asta.

Voia pur și simplu să aibă un număr mai mic pe listă și, după ultima hotărâre, grupul se micșorase de la 48 la 18 indivizi. Constată că aceștia erau în general reporteri importanți, șefi și adjuncți, trecuți de 35 de ani. Dacă nu găsea ceva interesant printre ei, putea cu ușurință să lărgească lista.

La ora patru după-amiaza, a intrat pe Hacker Republic și i-a trimis lista lui Plague. El o chemă câteva minute mai târziu.

[18 nume. Despre ce e vorba?]

[Un mic proiect colateral. Privește-l ca un exercițiu.]

[Spune.]

[Unul dintre nume aparține unui nemernic. Găsește-l.]

[Ce criterii?]

[Trebuie lucrat repede. Mâine mă vor scoate din circuit. Înainte de asta, trebuie să-l găsim.]

Ea îi explică situația cu Expeditorul Veninos al Erikăi Berger.

[OK. Iese vreun profit de aici?]

Lisbeth Salander rămase o clipă pe gânduri:

[Da. N-o să vin la tine acasă, să-ţi dau foc.]

[Ai fi în stare?]

[Te plătesc de fiecare dată când te rog să faci ceva pentru mine. Dar asta nu e pentru mine. Priveşte-o ca pe o recuperare de impozit.]

[Începi să dai semne de competenţă socială.]

[Deci?]

[OK.]

Îi trimise codul de acces la redacţia *SMP*, apoi părăsi ICQ-ul.

Era 16:20 când Henry Cortez sună.

— Se pregătesc de plecare.

— Bine. Suntem pregătiţi.

Tăcere.

— Se despart în faţa berăriei. Jonas o ia spre nord. Lottie îl urmează pe Teleborian în direcţia sud.

Mikael înălţă un deget, arătându-l pe Jonas care trecea grăbit prin faţa lor, pe Vasagatan. Monica Figuerola dădu din cap. Câteva secunde mai târziu, Mikael îl văzu şi pe Henry Cortez. Monica Figuerola porni motorul.

— Traversează Vasagatan şi se îndreaptă spre Kungsgatan, spuse Henry Cortez în telefon.

— Păstrează distanţa, să nu te observe.

— Nu-ţi face griji, e multă lume pe stradă.

Tăcere.

— Merge spre nord, pe Kungsgatan.

— Direcţia nord, pe Kungsgatan, repetă Mikael.

Monica Figuerola băgă în viteză şi coti pe Vasagatan. Se opriră la lumina roşie a semaforului.

— Unde sunteţi acum? întrebă Mikael, când în sfârşit cotiră pe Kungsgatan.

— În dreptul magazinului PUB. Merge destul de repede. Atenție, a luat-o pe Drottninggatan, direcția nord.

— Drottninggatan, nord, repetă Mikael.

— OK, spuse Monica Figuerola și făcu la dreapta printr-un loc nepermis, ca să treacă pe Klara Norra, luând-o apoi pe strada Olof Palme.

Coti din nou și se opri în fața clădirii SIF. Jonas traversă strada Olof Palme, îndreptându-se spre Sveavägen. Henry Cortez îl urma, pe cealaltă parte a străzii.

— O cotește spre est...

— E în regulă. Vă vedem pe amândoi.

— A luat-o pe Holländargatan... Alo, mă auzi?... Se urcă într-un Audi roșu.

— Audi, spuse Mikael, notând numărul mașinii pe care Cortez îl dictă în grabă.

— Spre ce direcție e parcat? întrebă Monica Figuerola.

— Spre sud, raportă Henry Cortez. Vine spre voi, pe Olof Palme... Acum.

Monica Figuerola era deja în mișcare și traversa Drottninggatan. Claxonă, făcând semn să stea pe loc unor pietoni, care încercau să traverseze pe roșu.

— Mulțumesc, Henry. De aici îl preluăm noi.

Audi-ul roșu mergea pe Sveavägen, în direcția sud. Monica Figuerola îl urmă, în vreme ce forma un număr pe mobil cu mâna stângă.

— Vreau să faceți o cercetare asupra unui număr de înmatriculare al unui Audi roșu, spuse ea, repetând cifrele pe care le raportase Henry Cortez. Da, te ascult. Jonas Sandberg, născut 1971. Ce ați spus...? Da, Helsingörsgatan, Kista. Mulțumesc.

Mikael notase informațiile primite de Monica Figuerola.

Au urmărit Audi-ul roșu pe Hamngatan, spre Strandvägen și, imediat după aceea, pe Artillerigatan.

Jonas Sandberg a parcat la câteva case de Muzeul Armatei. A traversat strada, dispărând pe ușa unui imobil de la începutul secolului.

— Hmm, făcu Monica Figuerola, aruncându-i o privire lui Mikael.

Mikael a încuviințat, dând din cap. Jonas Sandberg venise la o casă care se afla doar la câteva străzi de imobilul unde prim-ministrul închiriase un apartament, pentru o întâlnire particulară.

— Frumos lucrat, spuse Monica Figuerola.

În același moment, sună și Lottie Karim, spunându-le că dr. Teleborian a urcat pe Klarabergsgatan, pe scara rulantă a Gării Centrale și apoi, s-a dus la sediul poliției din Kungsholmen.

— La sediul poliției. Sâmbătă la ora cinci? se miră Mikael.

Monica Figuerola și Mikael Blomkvist se priviră cu neîncredere. Monica reflectă intens câteva secunde. Apoi, luă mobilul, telefonându-i inspectorului criminalist Jan Bublanski.

— Salut, aici e Monica. De la RPS/Säk. Ne-am întâlnit la Norr Mälarstrand, de curând.

— Ce vrei? întrebă Jan Bublanski.

— Ai pe cineva de gardă?

— Sonja Modig, spuse Bublanski.

— Aș avea nevoie de un serviciu. Știi dacă se află în sediul poliției?

— Nu cred. E o vreme minunată și e sâmbătă după-amiaza.

— Bine. Ai putea s-o găsești pe ea sau pe altcineva din cadrul anchetei, să dea o raită pe coridorul unde e biroul procurorului Richard Ekström? Mă întreb dacă acum nu are loc o întâlnire, la el.

— Întâlnire?

— N-am timp să explic. Aş avea nevoie să ştiu dacă se întâlneşte cu cineva, chiar acum. Şi, dacă e aşa, cu cine.

— Vrei să-l spionez pe un procuror, care e şeful meu?

Monica Figuerola îşi încruntă sprâncenele. Apoi, ridică din umeri.

— Da, spuse ea.

— Bine, răspunse Bublanski, punând receptorul în furcă.

Sonja Modig se afla de fapt mai aproape de sediul poliţiei decât credea Bublanski. Era cu soţul ei şi stăteau la o cafea, pe terasa unei prietene care locuia în Vasastan. Aveau liber, de când părinţii Sonjei luaseră la ei copiii pentru o săptămână şi tocmai plănuiau o seară demodată, cu o masă la restaurant şi vizionarea unui film la cinematograf.

Bublanski îi explică despre ce era vorba.

— Şi sub ce pretext mă năpustesc la Ekström?

— I-am promis ieri să-i trimit un raport al noutăţilor în cazul Niedermann, dar am uitat să i-l dau, înainte să plec. E pe biroul meu.

— OK, spuse Sonja Modig.

Îşi privi soţul şi prietena:

— Trebuie să merg la poliţie. Iau maşina şi, cu un pic de noroc, sunt înapoi într-o oră.

Soţul ei oftă, prietena oftă şi ea.

— La urma urmei, sunt de gardă, se scuză Sonja Modig.

A parcat pe Bergsgatan şi a urcat în biroul lui Bublanski, de unde a luat trei foi A4 care conţineau modestul rezumat al urmăririi lui Niedermann, ucigaşul unui poliţist. *Nu e cine ştie ce cadou, de pus în pomul de Crăciun,* gândi ea.

Apoi urcă un etaj. Se opri în fața ușii. În clădirea poliției era aproape pustiu, în seara aceasta de vară. Nu încerca să se ascundă, merse cu pași de pisică. Se opri în fața ușii închise de la biroul lui Ekström. Auzea glasuri și își mușcă buza.

Dintr-odată, curajul o părăsi și se simți aiurea. Într-o situație normală, ar fi bătut la ușă, ar fi deschis și ar fi exclamat: *Bună, ești încă aici,* intrând înăuntru. Acum i se părea că ar fi fost o greșeală.

Privi în jur.

De ce îi telefonase Bublanski? În legătură cu ce era întâlnirea?

Aruncă o privire pe coridor. Chiar vizavi de biroul lui Ekström se afla o mică sală de conferințe, cu locuri pentru 10 persoane. Ea însăși fusese acolo, la diferite expuneri.

Intră în sala de conferințe și închise în tăcere ușa. Transperantele erau trase și peretele de sticlă dinspre culoar era acoperit de perdele. Era destul de întuneric în încăpere. Trase un scaun și se așeză, dând un pic la o parte perdelele, așa încât să aibă o mică deschizătură spre culoar.

Se simțea foarte prost. Dacă ar fi deschis cineva ușa, i-ar fi fost foarte greu să explice ce anume căuta acolo. Ridică mobilul, privind ora afișată pe ecran. Puțin înainte de șase. Opri soneria și se rezemă de spătar, privind ușa închisă de la biroul lui Ekström.

La ora șapte seara, Plague îi dădu un semn lui Lisbeth Salander.

[OK. Sunt administrator al *SMP*.]

[Unde?]

El îi trimise o adresă http.

[Nu ne ajung 24 de ore. Chiar dacă avem e-mailurile celor 18, ne vor trebui trei zile până să intrăm în computerele lor de acasă. Cei mai mulți probabil că nici nu sunt pe net, într-o seară de sâmbătă.]

[Plague, concentrează-te pe computerele de acasă și eu mă ocup de cele de la *SMP*.]

[Așa mă gândeam și eu. Computerul tău e slab. Vrei să mă concentrez asupra cuiva în particular?]

[Nu. Oricare dintre ei.]

[OK.]

[Plague?]

[Da.]

[Dacă nu găsești nimic până mâine, vreau să continui.]

[OK.]

[În cazul ăsta, plătesc.]

[Las-o baltă. Mă distrez.]

Lisbeth se deconectă de la ICQ și se duse la adresa http pe care Plague trimisese toate drepturile de administrator pentru *SMP*. A început prin a verifica dacă Peter Fleming era conectat și prezent la redacție. Nu era. Lisbeth i-a folosit prin urmare codul de utilizator, intrând pe serverul pentru poșta electronică de la *SMP*. În felul acesta, putea citi toată activitatea care avusese loc vreodată pe e-mail, prin urmare chiar mesajele care fuseseră șterseră de mult din conturile personale ale utilizatorilor.

Începu cu Ernst Teodor Billing, 43 de ani, unul dintre șefii de noapte de la *SMP*. Stătea cam două secunde la fiecare mesaj, doar ca să-și facă o idee asupra expeditorului și a conținutului. După câteva minute, învățase să ignore corespondența de rutină, care consta în liste, planificări și alte chestii lipsite de interes. Sări peste ele.

Urcă în arhiva de e-mailuri, până la ultimele trei luni. Apoi, sări din lună în lună, citind doar titlul și deschizându-le doar pe acelea care aveau ceva care îi atrăgea atenția. Află că Ernst Billig se întâlnea cu o femeie pe nume Sofia, căreia i se adresa pe un ton dezagreabil. Constată că lucrul nu era ieșit din comun, pentru că Billig avea un ton dezagreabil față de cei mai mulți cărora le scria personal — reporteri, graficieni și alții. Cu toate acestea, socoti că era ciudat ca un bărbat să se adreseze atât de firesc prietenei lui, cu expresii ca *grăsana dracului, cap sec și vacă proastă.*

Când ajunsese cu un an în urmă, se opri. Se duse în schimb pe Explorer-ul lui și începu să evalueze maniera în care acesta naviga pe net. Observă că, asemenea celor mai mulți bărbați de vârsta lui, el trecea la intervale regulate pe site-urile pornografice, dar că cea mai mare parte din timp naviga pe pagini care aveau legătură cu munca sa. Constată chiar că pe tip îl interesau mașinile și deseori vizita site-uri unde erau prezentate modele noi.

Cam după o oră de căutări, închise contul lui Billing și trecu mai departe, la Lars Örjan Wollberg, 51 de ani, redactor veteran la departamentul juridic.

Torsten Edklinth sosi la sediul poliției din Kungsholmen la ora șapte și jumătate, în seara zilei de sâmbătă. Monica Figuerola și Mikael Blomkvist îl așteptau. Erau așezați la aceeași masă de conferințe la care Blomkvist șezuse cu o zi în urmă.

Edklinth constată că se aventurase pe o gheață foarte subțire și că o seamă de reguli interne fuseseră încălcate, atunci când îi dăduse lui Blomkvist acces pe acest coridor. Monica Figuerola nu avea în niciun caz dreptul de a-l invita, din proprie inițiativă. În cazurile obișnuite, nici soțiile sau soții nu puteau intra pe coridoarele secrete de la RPS/Säk — trebuiau să aștepte pe hol, dacă voiau să-și întâlnească partenerii de viață. Și Blomkvist era, ca să pună capacul, jurnalist. În viitor, Blomkvist nu va avea voie să vină decât la sediul temporar, din Fridhemsplan.

Dar, pe de altă parte, se întâmpla cu regularitate ca persoane neautorizate să circule pe culoare, la invitația cine știe cui.

Oaspeți de peste hotare, cercetători academici, consultanți ocazionali... El îl plasă pe Blomkvist în categoria „consultant ocazional". Toată vorbăria cu „clasificat: secret" nu era ceva foarte important. Întotdeauna cineva decidea ca altcineva să primească acces. Și Edklinth hotărî ca, dacă se va ivi vreo critică, să afirme că el personal îi dăduse lui Blomkvist „autorizația" necesară.

Edklinth se așeză, privind-o pe Figuerola:

— Cum ai aflat despre întâlnire?

— Blomkvist m-a sunat pe la ora patru, răspunse ea cu un zâmbet.

— Și dumneata, cum ai aflat de întâlnire?

— O sursă mi-a dat informația, spuse Mikael Blomkvist.

— Deci, să trag concluzia că îl urmărești pe Teleborian?

Monica Figuerola clătină din cap.

— A fost și primul meu gând, spuse ea pe un ton vesel, ca și cum Mikael Blomkvist nici nu s-ar fi aflat în încăpere. Dar nu e așa. Chiar dacă cineva l-a urmărit pe Teleborian la indicația lui Blomkvist, acea persoană nu putea ști dinainte că el se va întâlni tocmai cu Jonas.

Edklinth aprobă cu o mișcare lentă de cap.

— Atunci... Cum rămâne? Ascultare ilegală sau ce?

— Pot să te asigur că nu mă ocup cu ascultarea ilegală a nimănui și nici n-am auzit că așa ceva se poate face, spuse Mikael Blomkvist, pentru a-i reaminti că el se afla de fapt în încăpere. Fii realist. Ascultarea ilegală e o activitate cu care se ocupă instituțiile statului.

Edklinth se strâmbă.

— Prin urmare, nu vrei să spui cum ai primit informația despre întâlnire.

— Ba da. Am spus deja. O sursă mi-a dat informația. Sursa este protejată. Ce-ai spune dacă ne-am concentra pe roadele informației?

— Nu-mi plac firele lăsate așa, în vânt, spuse Edklinth. Dar, fie. Ce știm?

— Se numește Jonas Sandberg, spuse Monica Figuerola. Scufundător militar cu diplomă, a ieșit din școala de poliție la începutul anilor '90. A lucrat mai întâi la Uppsala, apoi la Södertälje.

— Și tu ai lucrat la Uppsala.

— Da, dar nu ne-am întâlnit, a fost o diferență de vreun an sau doi. Eu am început acolo tocmai când el a plecat la Södertälje.

— OK.

— A fost recrutat de RPS/Säk, la contraspionaj, în 1998. A fost plasat în funcții secrete în străinătate, în 2000. După documentele noastre, s-ar fi aflat oficial la ambasada din Madrid. Am discutat cu ambasada. Nu au idee despre cine este Jonas Sandberg.

— Exact ca și Mårtensson. Transferat oficial undeva unde de fapt nu se află.

— Numai secretarul general are posibilitatea să facă sistematic asemenea chestii, care să și funcționeze.

— Și, în cazurile obișnuite, asta s-ar explica drept o greșeală birocratică. Noi o observăm doar pentru că cercetăm cazul. Și dacă cineva începe să pună întrebări, i se răspunde doar cu „secret" sau că are de-a face cu terorismul.

— Rămâne în continuare o întreagă parte de cercetat, în legătură cu finanțarea.

— Contabilul-șef?

— Poate.
— OK. Altceva?
— Jonas Sandberg este domiciliat în Sollentuna. E necăsătorit, dar are un copil cu o profesoară din Södertälje. Nu are la dosar nicio observație negativă. Permis pentru două arme de foc. E o persoană liniștită și nu bea. Singura chestie un pic neobișnuită este că e credincios și a făcut parte din secta Livets Ord[49], în anii '90.
— De unde ai aflat asta?
— Am vorbit cu fostul meu șef de la Uppsala. El și-l amintește foarte bine pe Sandberg.
— OK. Un scufundător militar credincios, care are două arme și un copil la Södertälje. Altceva?
— L-am identificat abia de trei ore. Am lucrat totuși destul de repede.
— Iartă-mă. Ce știm despre imobilul de pe Artillerigatan?
— Pentru moment, nu prea mult. Stefan s-a dus să vorbească cu cineva de la primărie. Avem planurile clădirii. E un imobil proprietate a unei asociații de locatari și a fost construit în prima jumătate a secolului. Șase niveluri cu 22 de apartamente, plus 8 apartamente într-o casă mică, din curte. Am cercetat lista locatarilor, dar n-am găsit nimic ieșit din comun. Doi dintre locatari au cazier.
— Cine?
— Un oarecare Lindström, la etajul întâi, 63 de ani. Condamnat pentru escrocherii cu asigurări, în anii '70. Un altul, Wittfelt, la etajul al treilea, 47 de ani. Condamnat de două ori pentru brutalizarea fostei lui soții.

---

[49] „Cuvântul Vieții" — cea mai mare biserică liberă din Suedia, întemeiată în 1983 de Ulf și Birgitta Ekmann. Foarte bogată, a fost acuzată de elitism, conducere despotică și folosirea tehnicilor de „spălare a minții".

— Hmm.

— Cei care locuiesc acolo sunt de clasă mijlocie, bine aranjați. Un singur apartament ridică semne de întrebare.

— Care?

— Apartamentul de la ultimul etaj. 11 camere, pare un sediu de firmă. Este proprietatea unei societăți care se numește Bellona SA.

— Cu ce se ocupă?

— Dumnezeu știe. Fac analize de piață și au o cifră de afaceri anuală de mai mult de 30 de milioane de coroane. Toți proprietarii firmei sunt domiciliați în străinătate.

— Aha.

— Cum adică „aha"?

— Doar aha. Vorbește mai departe despre Bellona.

În același moment, intră funcționarul pe care Mikael îl cunoștea doar sub numele de Stefan.

— Bună, șefule, îl salută el pe Torsten Edklinth. Am o chestie interesantă. Am cercetat istoria din spatele apartamentului Bellona.

— Și? întrebă Monica Figuerola.

— Firma Bellona a fost întemeiată în 1970 și a cumpărat apartamentul rămas după moartea fostei proprietare, o femeie pe nume de Kristina Cederholm, născută în 1917.

— Da, și?

— Ea fusese căsătorită cu Hans Wilhelm Francke, cowboyul care s-a certat cu P.G. Vinge, atunci când a fost întemeiată RPS/Säk.

— Bine, spuse Torsten Edklinth. Foarte bine. Monica, vreau să se pună casa sub supraveghere continuă. Află ce telefoane au. Vreau să știu cine intră și cine iese pe ușă, ce automobile vizitează imobilul. Supravegherea de rutină.

Edklinth îi aruncă o privire piezișă lui Mikael Blomkvist. Acesta arăta ca și cum ar fi vrut să spună ceva, dar se stăpânea. Mikael ridică sprâncenele.

— Ești mulțumit de fluxul de informații? îl întrebă în cele din urmă Edklinth.

— Perfect. Ești mulțumit de contribuția revistei *Millennium?*

Edklinth dădu încet din cap.

— Ești conștient că pot s-o pățesc pentru asta? spuse el.

— Nu din cauza mea. Eu consider informația pe care o primesc aici ca protejată. Voi reda faptele, dar nu voi vorbi despre felul în care le-am aflat. Înainte să merg la tipar, am să fac un interviu formal cu dumneata. Dacă nu vrei să răspunzi, vei spune doar: *Niciun comentariu.* Sau poți spune tot ce crezi despre Secția pentru analiză specială. O hotărăști singur.

Edklinth dădu aprobator din cap.

Mikael era mulțumit. În curs de câteva ore, Secția prinsese brusc formă. Era un succes real.

Sonja Modig constată cu frustrare că întâlnirea din camera procurorului Ekström se lungea. Găsise o sticlă de apă minerală uitată, pe masa de conferințe. Îl sunase pe soțul ei de două ori, comunicându-i că avea să întârzie și îi promisese că-l va răsplăti cu o seară plăcută, de îndată ce va sosi acasă. Începea să fie nerăbdătoare și se simțea ca un spărgător.

Abia la șapte și jumătate s-a terminat întâlnirea. Era complet nepregătită atunci când ușa se deschise și Hans Faste ieși pe coridor. L-a urmat imediat Peter Teleborian. Apoi a ieșit un bărbat mai în vârstă, cu părul cărunt, pe care Sonja Modig nu-l mai văzuse până atunci. În cele din urmă, a apărut procurorul Ekström, care își punea pe el haina, în vreme ce stingea lumina și încuia ușa.

Sonja Modig a ridicat telefonul mobil în dreptul crăpăturii dintre perdele și a făcut două poze cu rezoluție slabă. Cei de pe coridor au întârziat câteva momente, înainte de a se pune în mișcare.

Ea și-a ținut respirația, în vreme ce aceștia treceau prin fața sălii de conferințe, unde se ascunsese. Și-a dat seama că era acoperită de o sudoare rece, când în sfârșit a auzit ușa dinspre scară închizându-se. S-a ridicat și a simțit că-i tremură picioarele.

Bublanski i-a telefonat Monicăi Figuerola, curând după ora opt seara.

— Voiai să știi dacă Ekström s-a întâlnit cu cineva.

— Da, spuse Monica Figuerola.

— Întâlnirea s-a terminat adineauri. Ekström s-a întâlnit cu dr. Peter Teleborian și cu colegul meu Hans Faste, precum și cu o persoană mai în vârstă, pe care nu o cunoaștem.

— Un moment, spuse Monica Figuerola, punând mâna peste receptor și întorcându-se spre ceilalți. Lovitura noastră oarbă a dat rezultate. Teleborian s-a dus direct la Ekström.

— Ești încă acolo?

— Iartă-mă. Avem vreun semnalment al celui de-al treilea bărbat?

— Mai mult de-atât. Îți trimit fotografia lui.

— Fotografie. Frumos, îți rămân foarte îndatorată, cu un mare serviciu.

— Ar fi mult mai ușor, dacă aș ști despre ce este vorba.

— O să revin.

Timp de un minut, au rămas tăcuți în sala de conferințe.

— OK, spuse în cele din urmă Edklinth. Teleborian întâlnește un reprezentant al Secției și pe urmă se duce direct la procurorul Ekström. Aș da mult să știu ce au discutat.

— Poți să mă întrebi pe mine, îi propuse Mikael Blomkvist.

Edklinth și Figuerola îl priviră.

— S-au întâlnit ca să pună la punct detaliile stategiei prin care să o termine pe Lisbeth Salander, în procesul de luna viitoare.

Monica Figuerola îl privi fix. Apoi, dădu încet din cap.

— E o presupunere, spuse Edklinth. Dacă nu cumva ai puteri paranormale.

— Nu e nicio presupunere, zise Mikael. S-au întâlnit ca să stabilească detaliile expertizei psihiatrice asupra lui Salander. Teleborian tocmai a terminat-o.

— E un nonsens. Salander n-a fost nici măcar examinată.

Mikael Blomkvist înălță din umeri, deschizând geanta computerului:

— Asemenea amănunte nu l-au împiedecat pe Teleborian nici înainte. Aici este ultima versiune a expertizei psihiatrice. După cum puteți vedea, este datată în săptămâna în care va începe procesul.

Edklinth și Figuerola priviră hârtia din fața lor. În cele din urmă, se uitară unul la altul, apoi la Blomkvist.

— Și cum ai pus mâna pe asta? întrebă Edklinth.

— *Sorry*. Protecția sursei, spuse Mikael Blomkvist.

— Blomkvist... Trebuie să avem încredere unii în alții. Tu ascunzi informații. Mai ai și alte surprize de felul ăsta?

— Da. Normal că am secrete. După cum sunt convins că nu mi-ai dat undă verde ca să văd tot ce se întâmplă aici, la Säpo. Nu-i așa?

— Nu e același lucru.

— Ba da. Exact același lucru. Aranjamentul ăsta presupune o colaborare. Exact cum spui, trebuie să avem încredere unul în altul. Eu nu ascund nimic din ceea ce te-ar putea ajuta să faci un portret al Secției sau să identifici diferitele delicte care au fost săvârșite. Ți-am lăsat deja un material care arată că Teleborian a comis un delict împreună cu Björck în 1991 și ți-am povestit că el va fi angajat din nou acum, ca să facă același lucru. Și aici este documentul care demonstrează că așa este.

— Dar ai secrete.

— De bună seamă. Trebuie să alegi: ori rupem colaborarea, ori mergem mai departe așa.

Monica Figuerola înălță un deget diplomatic.

— Iertați-mă, dar asta înseamnă că procurorul Ekström lucrează pentru Secție?

Mikael își încruntă sprâncenele:

— Nu știu. Mai curând, cred că e un idiot pe care Secția îl folosește. Este carierist, dar eu cred că e cinstit și cam bătut în cap. În schimb, o sursă mi-a povestit că a înghițit cam tot ce i-a spus Teleborian despre Lisbeth Salander la o conferință, în perioada în care încă o mai vânau.

— Nu e nevoie de prea mult ca să fie manipulat, vrei să spui.

— Exact. Și Hans Faste este un idiot care crede că Lisbeth Salander e o lesbiană satanistă.

Erika Berger era singură în vila ei din Saltsjöbaden. Se simțea paralizată și incapabilă să se concentreze pe vreo muncă serioasă. Tot timpul se aștepta să primească un telefon și să i se spună că fotografiile ei fuseseră puse pe cine știe ce site pe internet.

Se surprinsese gândindu-se iar și iar la Lisbeth Salander și înțelese ce speranțe deșarte își punea în aceasta.

Salander era închisă la Sahlgrenska. Avea interdicție de a primi vizite și nu putea nici măcar să citească ziarul. Dar era o fată ciudat de plină de resurse. Cu toată izolarea ei, putuse s-o contacteze pe Erika pe ICQ și pe urmă, pe telefon. Și, în urmă cu doi ani, ea singură distrusese imperiul Wennerström și salvase *Millennium.*

La ora opt seara, Susanne Linder a bătut la ușă. Erika a tresărit, ca și cum cineva ar fi tras cu pistolul în încăpere.

— Salut, Berger. Stai aici, în beznă și pari la fel de întunecată.

Erika aprobă cu un gest și aprinse lumina.

— Bună. O să pun de cafea....

— Nu. Lasă-mă pe mine. S-a întâmplat ceva nou?

Și încă cum. Lisbeth Salander a dat semne de viață și a preluat controlul asupra computerului meu. Și m-a sunat că Teleborian și unul pe care-l cheamă Jonas se întâlneau la Gara Centrală azi după-amiază.

— Nu, nimic nou, spuse ea. Dar e un lucru pe care aș vrea să-l testez pe tine.

— Bine.

— Ce crezi despre posibilitatea de-a nu fi vorba de un obsedat, ci de cineva care se află în cercul meu de cunoscuți și vrea să-mi facă rău?

— Care e deosebirea?

— Un obsedat este o persoană necunoscută mie, care a făcut fixație asupra mea. În cealaltă variantă, este vorba despre o persoană care vrea să se răzbune pe mine sau să-mi saboteze viața din motive personale.

— O idee interesantă. Cum ți-a venit?

— Am discutat azi situația cu o persoană. Nu pot să-i dau numele, însă ea mi-a spus că amenințările unui obsedat ar fi sunat cu totul altfel. Și, mai ales, că un obsedat n-ar fi scris niciodată e-mailurile adresate Evei Carlsson, de la Cultură. E un gest care nu se potrivește.

Susanne Linder dădu gânditoare din cap.

— Are sens ce spui tu. Știi ce, eu n-am citit niciodată e-mailurile despre care e vorba. Pot să le văd?

Erika scoase laptopul și îl puse pe masa din bucătărie.

Monica Figuerola l-a condus pe Mikael Blomkvist afară din sediul poliției, la ora zece seara. S-au oprit în parcul Kronoberg, în același loc ca în seara trecută.

— Deci suntem din nou aici. Ai de gând să dispari și să lucrezi sau vrei să vii acasă la mine și să facem sex?

— Păi...

— Mikael, nu trebuie să te simți presat de mine. Dacă trebuie să lucrezi, fă-o.

— Auzi, Figuerola, ești o persoană care dă teribil de repede dependență.

— Iar tu nu vrei să depinzi de nimeni și de nimic. Asta vrei să spui?

— Nu. Nu în felul acesta. Dar este cineva cu care trebuie să vorbesc în noaptea asta și va lua o vreme. Așa că, înainte să termin, tu vei fi adormită.

Ea dădu din cap:

— Ne mai vedem.

El o sărută pe obraz și se duse la stația de autobuz de la Fridhemsplan.

— Blomkvist, îl strigă ea.

— Ce e?

— Sunt liberă și mâine-dimineață. Vino să luăm micul dejun, dacă ai timp.

21

Sâmbătă 4 iunie — luni 6 iunie

Lisbeth Salander a simțit imediat o grămadă de vibrații neplăcute când a început să se ocupe de șeful de la Actualități, Anders Holm. Acesta avea 58 de ani și deci se plasa în afara grupului, dar Lisbeth Salander îl inclusese oricum, pentru că el și Erika erau în conflict. Era un intrigant care scria e-mailuri pentru diferite persoane, povestindu-le de unii și de alții care nu-și făceau treaba.

Lisbeth a constatat că lui Holm nu-i plăcea Erika Berger și că umplea un spațiu considerabil cu comentarii despre ce spusese sau ce făcuse *muierea.* Pe internet naviga doar în interes de serviciu. Dacă avea și alte interese, se dedica lor în timpul liber, probabil pe un alt computer.

Lisbeth îl păstră ca pe un bun candidat la rolul de Expeditorul Veninos, dar ar fi fost prea frumos să fie așa. Lisbeth medită o clipă la motivul pentru care nu credea cu adevărat că el este vinovatul și ajunse la concluzia că Holm era așa de înfumurat, încât nu avea nevoie să meargă pe căi ocolite, cu e-mailuri anonime. Dacă ar fi vrut s-o numească pe Erika Berger curvă ordinară, ar fi făcut-o pe față. Și nu părea să fie tipul care să-și dea osteneala să se strecoare în locuința Erikăi Berger în plină noapte.

La ora zece, a făcut o pauză și s-a dus la adresa [Masa_Țicnită], constatând că Mikael Blomkvist încă nu se întorsese. Simțea o vagă iritare, întrebându-se cu ce se ocupa și dacă ajunsese la timp la întâlnirea lui Teleborian.

Apoi s-a întors pe serverul de la *SMP*.

A mers la următorul nume de pe listă, cel al redactorului paginii de sport, Claes Lundin, 29 de ani. Tocmai îi deschisese e-mailul când s-a oprit, mușcându-și buza de jos. L-a părăsit pe Lundin și în schimb a deschis căsuța Erikăi Berger.

A verificat e-mailurile mai vechi; era un index relativ redus, deoarece contul ei de poștă electronică fusese deschis abia pe 2 mai. Primul e-mail fusese un raport informativ de dimineață, trimis de secretarul de redacție Peter Fredriksson. În prima zi, îi trimiseseră e-mailuri și alte persoane, urându-i bun venit la *SMP*.

Lisbeth a citit cu atenție fiecare e-mail pe care îl primise Erika Berger. Putea să vadă că, din prima zi chiar, în corespondența cu șeful de la Actualități, Anders Holm, existase o notă de ostilitate. Păreau să nu fie de acord în nicio chestiune și Lisbeth a constatat că Holm îi îngreuna situația, trimițându-i câte două, trei e-mailuri despre tot felul de fleacuri.

Lisbeth a sărit peste reclame, *spam*-uri și rapoartele pur informative, concentrându-se pe orice formă de corespondență care avea un ton personal. A citit calcule de buget intern, rezultate ale anunțurilor și ale studiilor de piață, un schimb de e-mailuri cu directorul economic Christer Sellberg, care se întindea pe o săptămână și care ar fi putut fi descris ca o ceartă de proporții în legătură cu reducerile de personal. A citit e-mailul iritat al șefului de la Juridic, despre un stagiar pe nume Johannes Frisk, pe care, după cum se părea, Erika Berger îl pusese să lucreze la un subiect care nu prea era apreciat. În afară de primele e-mailuri de bun venit, se părea că niciunul dintre șefii de secție nu vedea ceva pozitiv în vreo propunere sau argument al Erikăi.

După un moment, a dat înapoi până la început, făcând în minte o apreciere statistică. A constatat că, dintre toți șefii mai importanți pe care Erika îi avea în jur, numai patru persoane nu se ocupau cu subminarea poziției ei. Aceștia erau directorul consiliului de administrație, Borgsjö, secretarul de redacție, Peter Fredriksson, șeful paginii de opinii, Gunnar Magnusson și șeful secției de Cultură Sebastian Strandlund.

Nu auziseră de femei la SMP? Toți șefii erau bărbați!

Persoana cu care Erika avea cel mai puțin de-a face era șeful paginii de Cultură. În toată perioada cât lucrase acolo, schimbase doar două e-mailuri cu Sebastian Strandlund. Cele mai amicale și evident simpatice e-mailuri veneau de la șeful paginii de opinii, Magnusson. Borgsjö se exprima scurt și ironic. Ceilalți șefi păreau să practice trasul la țintă asupra ei.

De ce naiba grupul ăsta de tipi a angajat-o pe Erika Berger dacă singura lor ocupație sistematică pare să fie s-o sfâșie în bucăți?

Persoana care părea să aibă cel mai mult de-a face cu ea era secretarul de redacție Peter Fredriksson. Era prezent ca o umbră la toate ședințele. El pregătea rapoartele informative, o punea la curent cu diferite texte și probleme, făcea să meargă treaba.

Schimba e-mailuri cu Erika de cel puțin de douăsprezece ori în fiecare zi.

Lisbeth strânse toate mesajele de la Peter Fredriksson și le citi, de la un cap la altul. De câteva ori, avu păreri diferite față de vreo hotărâre pe care Erika o luase. Aceasta părea să aibă încredere în el, pentru că adesea își schimba hotărârea sau accepta raționamentul lui. El nu era niciodată dușmănos. În schimb, nu exista nici cel mai mic semn de relație personală între ei doi.

Lisbeth închise e-mailul Erikăi Berger, rămânând pe gânduri.

Apoi, deschise contul lui Peter Fredriksson.

Toată seara intrase Plague, fără prea mult succes, prin computerele personale ale diverșilor colaboratori de la *SMP*. Reușise să intre în computerul șefului de la Actualități, Anders Holm, pentru că acesta avea linie deschisă cu biroul său de la redacție, pentru a putea interveni indiferent la ce oră din zi sau din noapte. Computerul privat al lui Holm era unul dintre cele mai plicticoase pe care le văzuse vreodată Plague. În schimb, el nu reușise să facă nimic cu cele 18 nume de pe lista lui Lisbeth Salander. Unul dintre motive era că niciuna din persoanele la care încercase să intre nu era pe net în seara aceea de sâmbătă. Începuse să se cam sature de această misiune imposibilă, când, la unsprezece seara, Lisbeth Salander își făcu apariția pe net.

[Ce e?]

[Peter Fredriksson.]

[OK.]

[Lasă-i pe ceilalți. Concentrează-te pe el.]

[De ce?]

[Un presentiment.]

[O să dureze.]

[Există o scurtătură. Fredriksson e secretar de redacție și lucrează cu un program numit *Integrator*, ca să poată ști de acasă tot ce se întâmplă în computerul lui de la *SMP*.]

[Nu știu nimic despre *Integrator*.]

[Un mic program, apărut de vreo doi ani. Acum e cu totul ieșit din uz. *Integrator* are un *bug*. Există în arhivă la Hacker Rep. În teorie, poți inversa programul și intra în computerul privat, pornind de la *SMP*.]

Plague oftă. Ea, care odinioară îi fusese elevă, era acum mai în temă decât el.

[OK. Voi încerca.]

[Dacă găsești ceva — trimite la Kalle Blomkvist, dacă eu nu mai sunt online.]

Mikael Blomkvist se întorsese în apartamentul lui Lisbeth Salander de lângă Mosebacke în jurul orei 12 noaptea. Era obosit și începuse prin a face un duș și a pune în priză filtrul de cafea. Apoi, deschise computerul lui Lisbeth și o apelă, pe ICQ.

[În sfârșit.]

[*Sorry.*]

[Unde ai fost în ultimele zile?]

[În pat cu un agent secret. Și l-am vânat pe Jonas.]

[Ai ajuns la întâlnire?]

[Da. Tu i-ai spus Erikăi????]

[Singurul fel în care puteam să dau de tine.]

]Deștept.]

[Mâine mă mută la închisoare.]

[Știu.]

[Plague o să te ajute cu internetul.]

[Perfect.]

[Deci, mai rămâne doar să jucăm finala.]

Mikael aprobă în sinea lui.

[Sally... Vom face ce trebuie.]

[Știu. Ești previzibil.]

[Iar tu, ca întotdeauna, adorabilă.]

[E ceva ce-ar mai trebui să știu?]

[Nu.]

[În cazul ăsta, mai am o ultimă treabă de făcut pe net.]

[OK. Rămas-bun.]

Susanne Linder s-a trezit cu o tresărire, din cauza soneriei care-i zbârnâia în ureche: cineva declanșase detectorul de mișcare, pe care ea îl plasase la parterul vilei Erikăi Berger. S-a ridicat într-un cot și a văzut că era ora 05:23, în dimineața zilei de duminică. S-a lăsat să alunece fără zgomot din pat, a tras pe ea jeanșii, tricoul și și-a pus pantofii de sport. A băgat în buzunar spray-ul lacrimogen și a luat cu ea bastonul de cauciuc.

A trecut, fără să facă zgomot, prin fața dormitorului Erikăi Berger, constatând că ușa era închisă.

Apoi, s-a oprit în capul scării, ascultând. A auzit brusc un clinchet ușor și mișcare, la parter. A coborât încet scara și s-a oprit din nou în hol, ascultând.

Un scaun a fost tras pe dușumea, în bucătărie. Ea a prins cu o mână sigură bastonul, a mers fără zgomot până la ușa bucătăriei și acolo a văzut un bărbat chel și nebărbierit, care ședea la masă cu un pahar de suc de portocale și citea *SMP*. Acesta, simțindu-i prezența, și-a ridicat privirea.

— Cine naiba mai ești și tu? o întrebă el.

Susanne Linder se destinse, sprijinindu-se de tocul ușii:

— Greger Beckman, presupun. Bună. Mă numesc Susanne Linder.

— Aha. Vrei să-mi dai una în cap cu bastonul sau vrei un pahar cu suc?

— Cu plăcere, spuse Susanne Linder, lăsând bastonul de cauciuc din mână. Suc, vreau să spun.

Greger Beckman se întinse după un pahar de pe uscătorul de vase și turnă suc din cutia de carton.

— Lucrez pentru Milton Security, spuse Susanne Linder. Cred că soția dumitale poate cel mai bine să-ți explice prezența mea aici.

Greger Backman se ridică:

— S-a întâmplat ceva cu Erika?

— Soția dumitale este OK. Dar au fost ceva neplăceri. Te-am căutat la Paris.

— Paris? La naiba, eu am fost la Helsinki.

— Da. Iartă-mă, dar soția dumitale credea că ești la Paris.

— Asta a fost luna trecută.

Greger se duse spre ușă.

— Ușa de la dormitor este încuiată. Ai nevoie de un cod, ca s-o deschizi, spuse Susanne Linder.

— Un cod?

Ea îi spuse cele trei cifre pe care trebuia să le tasteze. Greger o luă la fugă pe scară, iar Susanne Linder se aplecă peste masă, luând ziarul pe care îl lăsase acesta.

La ora 10, duminică dimineața, dr. Anders Jonasson a venit la Lisbeth Salander.

— Salut, Lisbeth.

— Salut.

— Voiam doar să te avertizez că poliția vine la prânz.

— OK.

— Nu pari îngrijorată.

— Nu.

— Am un cadou pentru tine.

— Un cadou? De ce?

— Ai fost una dintre cele mai amuzante paciente pe care le-am avut, de multă vreme.

— Chiar? spuse Lisbeth cu un aer bănuitor.

— Am înțeles că ești fascinată de ADN și de genetică.

— Cine nu și-a ținut gura... Tanti psiholog, bănuiesc.

Anders Jonasson dădu din cap în semn de aprobare.

— Dacă te plictisești la închisoare... Aici ai ultimele noutăți în materie de cercetări genetice.

Îi dădu o carte groasă, care se numea *Spirals–Mysteries of DNA* și era scrisă de profesorul Yoshito Takamura, de la Universitatea din Tokio. Lisbeth o deschise, studiind cuprinsul.

— Frumos, spuse ea.

— Va fi interesant să aflu cândva cum de citești articole de cercetare, pe care nici eu nu le pricep.

De îndată ce dr. Anders Jonasson a părăsit camera, Lisbeth a scos computerul de buzunar. Era pe ultima linie dreaptă. De la secția de personal a *SMP,* Lisbeth aflase că Peter Fredriksson lucra la *SMP* de șase ani. În acest timp, fusese lungi perioade în concediu de boală. Două luni în 2003 și trei luni în 2004. Din fișele de personal, Lisbeth putuse trage concluzia că motivul fusese de ambele dăți epuizarea. Predecesorul lui Erika Berger, Håkan Morander, se întrebase chiar dacă Fredriksson mai putea rămâne ca secretar de redacție.

Vorbe. Vorbe. Vorbe. Nimic concret.

La douăsprezece fără un sfert, a apelat-o Plague.

[Ce e?]

[Mai ești la Sahlgrenska?]

[Ghici.]

[El e.]

[Ești sigur?]

[A intrat de acasă pe computerul de la slujbă, acum o oră. Am reușit să-i pătrund pe computerul de acasă. Are scanate pe hard disk fotografii cu Erika Berger.]

[Mulțumesc.]

[E bună gagica.]

[Plague!]

[Știu. Ce să fac?]

[A pus fotografiile pe internet?]

[Nu, după câte văd.]

[Poți să-i virusezi computerul?]

[Am făcut-o deja. Dacă mai încearcă să trimită poze, sau să pună ceva mai mare de 20 Kb pe net, hard diskul dă în primire.]

[Drăguț!]

[Am de gând să mă culc. Te descurci singură?]

[Ca întotdeauna.]

Lisbeth a deconectat ICQ. A aruncat o privire la ceas, văzând că în curând va fi ora prânzului. A compus la repezeală un mesaj, pe care l-a adresat grupului yahoo [Masa_Țicnită]:

[Mikael. Important. Telefonează imediat la Erika Berger și spune-i că Expeditorul Veninos e Peter Fredriksson.]

În același moment în care trimitea mesajul, auzi mișcare pe coridor. Închise computerul de buzunar Palm Tungsten T3, sărutându-i ecranul. Apoi îl puse în spațiul liber din spatele noptierei.

— Bună, Lisbeth, spuse avocata ei, Annika Giannini, din pragul ușii.

— Bună.

— Poliția vine să te ia într-o clipă. Am haine pentru tine. Sper să ți se potrivească.

Lisbeth privi bănuitoare teancul de haine office — pantaloni de culoare închisă și bluze de culoare deschisă.

Două femei în uniformă de la poliția din Göteborg veniseră s-o ia pe Lisbeth Salander. Avocata ei a însoțit-o până la închisoare.

În vreme ce treceau pe coridor, ieșind din camera ei, Lisbeth a observat că mai mulți membri ai personalului spitalului o cercetau curioși. Ea dădu din cap prietenoasă și cineva îi făcu un gest de bun-rămas. Ca din întâmplare, doctorul Anders Jonasson se afla la recepție. Se priviră, dând din cap unul către celălalt. Chiar înainte de a-l pierde din vedere, Lisbeth observă că Anders Jonasson pornise spre camera ei.

În tot timpul formalităților și transportului la închisoare, Lisbeth Salander nu a scos nicio vorbă.

Mikael Blomkvist închise computerul, oprindu-se din lucru la ora șapte, duminică dimineața. Mai rămase un moment la masa de lucru a lui Lisbeth, privind în gol.

Apoi, se duse în dormitorul ei și privi giganticul pat dublu. După un moment, se întoarse în birou, deschise telefonul mobil și o sună pe Monica Figuerola.

— Bună. Aici e Mikael.

— Salut, te-ai trezit deja?

— Tocmai m-am oprit din lucru și mă duc să mă culc. Voiam doar să te sun să-ți spun bună dimineața.

— Tipii care sună ca să spună doar bună dimineața au alte gânduri în cap.

El începu să râdă.

— Blomkvist, poți veni să dormi aici, dacă dorești.

— Voi fi o companie plicticoasă.

— Mă voi obișnui.

Luă un taxi până la Pontonjärgatan.

Erika Berger a petrecut duminica în pat cu Greger Backman. Au stat acolo vorbind și din când în când au și dormit. După-amiaza, s-au îmbrăcat și au făcut o plimbare lungă, până la debarcaderul unde oprea vaporul, apoi prin jur, în localitate.

— *Svenska Morgon–Post* a fost o greșeală, spuse Erika, atunci când ajunseră din nou acasă.

— Nu spune așa. E greu acum, dar tu o știai. O să meargă, de îndată ce te obișnuiești.

— Nu e vorba de muncă. Asta pot s-o fac. E vorba de atitudinea lor.

— Hmm.

— Nu mă simt bine. Dar nu pot dezerta după numai câteva săptămâni.

Se așeză mohorâtă la masa din bucătărie, privind în gol, fără niciun chef. Greger Backman nu-și văzuse niciodată soția atât de descurajată.

Inspectorul criminalist Hans Faste a întâlnit-o pentru prima dată pe Lisbeth Salander duminică la 12:30, când o polițistă din Göteborg a adus-o în biroul lui Marcus Erlander.

— A fost al naibii de greu să pun mâna pe tine, spuse Hans Faste.

Lisbeth Salander l-a cercetat cu o privire lungă și a hotărât că este un idiot și că nu avea intenția să mai acorde vreo secundă existenței lui.

— Inspectorul de poliție Gunilla Wäring vă va însoți în cursul deplasării la Stockholm, spuse Erlander.

— Aha, zise Faste. Atunci, plecăm imediat. Sunt multe persoane care vor să stea de vorbă cu tine, Salander

Erlander i-a spus la revedere lui Lisbeth Salander, care l-a ignorat.

Hotărâseră ca, pentru ușurarea situației, transportul arestatei până la Stockholm să se efectueze cu un automobil de serviciu. Conducea Gunilla Wäring. La începutul călătoriei, Hans Faste șezuse în față, cu capul întors spre locurile din spate, încercând să vorbească cu Lisbeth Salander. Când au ajuns la Alingsås, începuse să aibă cârcei în ceafă și a renunțat.

Lisbeth privea peisajul pe geamul lateral. Părea că în lumea ei Faste nici nu exista.

Teleborian are dreptate. E, fir-ar ea a naibii, înapoiată mintal, gândea Faste. *O să schimbăm noi foaia, de îndată ce ajungem la Stockholm!*

Arunca din când în când câte o privire spre Lisbeth Salander, încercând să-și facă o părere despre femeia pe care o vânase de atât de mult timp. Chiar și Hans Faste avea îndoieli, privind fata subțirică. Se întreba câte kilograme putea să cântărească. Își aminti că era lesbiană și, în consecință, nu era o femeie adevărată.

În schimb, chestia aia cu satanismul ar fi putut să fie o exagerare. Fata asta nu părea atât de satanistă.

În mod ironic, înțelegea că ar fi preferat s-o fi prins pentru cele trei crime de care fusese acuzată la început, dar că realitatea îi dăduse peste cap ancheta. Un pistol poate să-l mânuiască până și o fetișcană slăbuță. Dar acum era arestată pentru brutalizarea gravă a președintelui clubului de motocicliști din Svavelsjö, faptă de care era fără îndoială vinovată și pentru care aveau și probe tehnice, în caz că ar fi avut intenția să nu recunoască.

Monica Figuerola l-a trezit pe Mikael Blomkvist la ora unu după prânz. Stătuse pe balcon, terminând de citit cartea despre mitologia greacă, în vreme ce asculta sforăitul venind din dormitor. Fusese un moment tihnit. Când a intrat în cameră și l-a privit, și-a dat seama că era atrasă de Mikael mai mult decât fusese atrasă de vreun alt bărbat, de mulți ani.

Era un sentiment plăcut, dar și neliniștitor. Mikael Blomkvist nu părea un element stabil în existența ei.

După ce acesta s-a trezit, au coborât la Norr Mälarstand și au băut o cafea. Apoi, ea l-a târât înapoi, acasă și au făcut dragoste tot restul după-amiezii. Mikael plecă pe la șapte seara, iar ea începu să-i simtă lipsa chiar în momentul în care o sărută pe obraz și închise ușa în urma lui.

Sâmbătă seara la ora opt, Susanne Linder a ciocănit la ușa Erikăi Berger. Nu avea să mai doarmă la ea, pentru că Greger Backman se întorsese acasă, așa că vizita ei nu avea nicio legătură cu slujba. Puținul timp cât locuise la Erika, avuseseră lungi discuții în bucătărie și se apropiaseră mult una de alta. Descoperise că avea o părere deosebit de bună despre Erika Berger, care își masca disperarea și mergea conștiincioasă la lucru, deși era un adevărat ghem de spaime pe două picioare.

Susanne Linder bănuia că neliniștea nu avea de-a face numai cu Expeditorul Veninos. Însă ea nu era asistentă socială și viața Erikăi Berger, precum și problemele acesteia nu erau treaba ei. Trecuse doar s-o salute și s-o întrebe dacă totul este în ordine. Îi găsi pe Erika și pe soțul ei în bucătărie, discutând cu glas scăzut. Păreau să fi petrecut întreaga zi de duminică vorbind despre lucruri serioase.

Greger Backman a pregătit cafeaua. Susanne Linder era acolo doar de câteva minute, când a început să sune telefonul mobil al Erikăi.

Erika Berger răspunsese la fiecare apel din ziua aceea, cu senzația unui dezastru iminent.

— Berger.

— Bună, Ricky.

Mikael Blomkvist. La naiba. Nu i-am spus că dosarul Borgsjö a dispărut.

— Bună, Micke.

— Salander a fost transportată la închisoarea din Göteborg în seara asta, iar mâine-dimineață va fi dusă la Stockholm.

— Înțeleg.

— A trimis un mesaj pentru tine.

— Da?

— E foarte misterios.

— Ce spune?

— Zice că Expeditorul Veninos este Peter Fredriksson.

Erika Berger rămase tăcută cel puțin 10 secunde, în timp ce gândurile îi alergau prin creier. *Imposibil. Peter nu e așa. Salander s-a înșelat.*

— Altceva?

— Nu. Acesta-i tot mesajul. Înțelegi despre ce e vorba?

— Da.

— Ricky, ce puneți voi două la cale, tu și Lisbeth, de fapt? Ea ți-a telefonat ție, ca să anunțe despre Teleborian, și...

— Mulțumesc, Micke. Vorbim altă dată.

Închise mobilul, privind-o pe Susanne Linder cu ochii măriți de spaimă.

— Povestește, spuse Susanne Linder.

Susanne Linder trăia sentimente contradictorii. Erika Berger fusese brusc anunțată că secretarul ei de redacție, Peter Fredriksson, era Expeditorul Veninos. Cuvintele aproape țâșniseră din ea, atunci când o spusese. Apoi, Susanne Linder o întrebase *cum* aflase că Fredriksson era agresorul.

Brusc, Erika devenise tăcută. Susanne îi cercetase ochii, văzând o schimbare în atitudinea redactorului-șef. Erika Berger păru dintr-odată încurcată.

— Nu pot să vorbesc despre asta...

— Ce vrei să spui?

— Susanne, știu că Fredriksson este Expeditorul Veninos. Dar nu pot spune cum am primit informația. Ce să fac?

— Trebuie să-mi spui mie, ca să pot să te ajut.

— Eu... Nu pot. Nu înțelegi.

Erika Berger se ridică, ducându-se la fereastra bucătăriei, cu spatele spre Susanne Linder. Într-un târziu, se întoarse:

— Mă duc acasă la mizerabilul ăla.

— La dracu'! Nu te duci nicăieri și mai ales nu la o persoană despre care credem că este mânată de o ură violentă împotriva ta.

Erika Berger părea să ezite.

— Așază-te. Povestește ce s-a întâmplat. Mikael Blomkvist a fost cel care a telefonat?

Erika dădu din cap.

— Eu... Am cerut în cursul zilei unui hacker să intre în computerele personale ale celor de la ziar.

— Aha. Prin urmare, te-ai făcut vinovată de un grav delict informatic. Și nu vrei să spui cine este hackerul.

— Am promis să nu povestesc niciodată... E vorba de cineva cu care lucrează Mikael.

— Mikael știe despre Expeditorul Veninos?

— Nu, el doar mi-a transmis un mesaj.

Susanne Linder lăsă capul într-o parte, cercetând-o pe Erika Berger. Dintr-odată, în mintea ei lua naștere un lanț de asocieri logice.

Erika Berger. Mikael Blomkvist. Millennium. Polițiști bizari, care pătrund în case și pun sub ascultare apartamentul lui Blomkvist. Eu urmăresc urmăritorii. Blomkvist lucrează ca apucatul la un articol despre Lisbeth Salander.

Că Lisbeth Salander era un adevărat expert în informatică era un lucru general știut la Milton Security. Nimeni nu pricepea de unde avea ea toate cunoștințele, însă Susanne Linder nu auzise niciodată că Lisbeth ar fi fost hacker. Dar Dragan Armanski spusese, la o ocazie, ceva despre faptul că Salander, pe vremea când făcea anchete personale, livra rapoarte uluitoare. Un hacker...

Bine, dar Salander e închisă la Göteborg!

Era absurd.

— Vorbim despre Salander? întrebă Susanne Linder.

Erika Berger arătă de parcă ar fi fost lovită de trăsnet.

— Nu pot discuta de unde vine informația. Nici măcar un cuvânt.

Salander era! Nici dacă Berger ar fi confirmat, n-ar fi fost mai clar. E complet țăcănită.

Dar este imposibil.

Ce naiba se petrece, de fapt?

Prin urmare, închisă fiind, Lisbeth Salander își luase sarcina de a afla cine este Expeditorul Veninos. Nebunie curată.

Susanne Linder medita intens.

Nu avea nicio idee despre ce era adevărat în povestea cu Lisbeth Salander. O întâlnise poate de cinci ori în anii când aceasta lucrase la Milton Security și nu schimbase niciodată nici măcar un cuvânt cu ea. O considerase pe Salander drept o persoană posacă și asocială, cu o carapace atât de groasă, încât nu puteai ajunge la ea nici măcar cu bormașina. Constatase, de asemenea, că Dragan Armanski își pusese aripile ocrotitoare peste Lisbeth Salander. Pentru că Susanne Linder îl respecta pe Armanski, presupunea că acesta avea motive întemeiate pentru atitudinea lui față de fata posacă.

Expeditorul Veninos este Peter Fredriksson.

S-ar fi putut să aibă dreptate? Exista vreo dovadă?

Pe urmă, Susanne Linder petrecu două ore interogând-o pe Erika Berger despre tot ce știa în legătură cu Fredriksson, care era rolul lui la *SMP* și cum fusese relația lor, în timp ce ea era redactor-șef. Răspunsurile însă nu o duseră la nimic.

Erika Berger fusese frustrant de ezitantă. Pendulase între dorința de a se duce la Fredriksson acasă, pentru a-l confrunta și îndoiala că ar fi adevărat. În cele din urmă, Susanne Linder o convinsese că nu putea să-l ia cu asalt pe Peter Fredriksson cu aceste acuzații — dacă era nevinovat, Berger avea să facă o figură de complet nebună.

În consecință, Susanne Linder îi promisese să se ocupe ea de afacere. Promisiune pe care a regretat-o chiar în momentul în care cuvintele i-au ieșit din gură, pentru că nu avea nici cea mai vagă idee despre ce-ar fi trebuit să facă.

Iar acum, își parcă Fiatul Strada cât putu mai aproape de apartamentul lui Peter Fredriksson, din Fisksätra. A încuiat ușa, privind în jur. Nu era prea sigură cu ce se ocupa de fapt, dar presupunea că va fi obligată să-i bată la ușă și, într-un fel sau altul, să-l convingă să răspundă la un număr de întrebări. Era extrem de conștientă că era o ocupație cu totul în afara slujbei ei de la Milton Security și că Dragan Armanski ar fi nebun de furie dacă ar ști ce făcea ea acum.

Nu era un plan bun. Și care, oricum, s-a prăbușit înainte de a-l pune în aplicare.

Chiar în momentul în care intrase în curte și se apropia de ușa imobilului în care locuia Peter Fredriksson, aceasta se deschise. Susanne Linder îl recunoscu imediat, din fotografia care se afla în fișierul personalului, pe care îl consultase în computerul Erikăi Berger. Acesta merse mai departe, trecând pe lângă ea. Dispăru apoi spre garaj. Susanne Linder rămase neștiind ce să facă, privind în urma lui. Apoi, se uită la ceas constatând că era aproape 11 noaptea și că la ora aceea Peter Fredriksson se ducea undeva. Se întrebă unde și alergă înapoi la mașina ei.

Mikael Blomkvist rămase un lung moment privindu-și telefonul mobil, după ce Erika Berger încheiase convorbirea. Se întreba ce se petrecea. Privi frustrat computerul lui Lisbeth Salander, dar la ora aceea ea fusese transportată la închisoarea din Göteborg și nu mai avea nicio posibilitate s-o întrebe.

Își deschise telefonul albastru T10, sunându-l pe Idris Ghidi, la Angered.

— Salut. Mikael Blomkvist.

— Salut, spuse Idris Ghidi.

— Te-am sunat ca să-ți spun că-ți poți încheia treaba pe care ai făcut-o pentru mine.

Idris Ghidi dădu tăcut din cap. Se așteptase ca Mikael Blomkvist să-i telefoneze, pentru că Lisbeth Salander fusese transportată la închisoare.

— Înțeleg, spuse el.

— Poți păstra mobilul, așa cum am stabilit. Trimit plata finală în cursul săptămânii.

— Mulțumesc.

— Eu sunt cel care trebuie să-ți mulțumească pentru ajutor.

Deschise computerul și începu să lucreze. Evenimentele din ultimele zile însemnau că o parte importantă din manuscris trebuia modificată și că, în mod aproape sigur, va trebui introdusă o nouă istorie.

Oftă adânc.

La 23:15, Peter Fredriksson a parcat la trei case distanță de locuința Erikăi Berger. Susanne Linder știa deja încotro avea să meargă, așa că l-a părăsit, ca să nu-i atragă atenția. A continuat să meargă vreme de două minute după ce el parcase. Când a trecut pe lângă mașina lui, a constatat că aceasta era goală. A trecut de vila Erikăi Berger și a mai continuat un pic, parcând mașina așa încât să nu fie văzută. Avea mâinile ude de transpirație.

A desfăcut o cutie de Catch Dry, vârându-și în gură o doză de tutun de mestecat.

Apoi, a deschis ușa mașinii, privind în jur. De îndată ce înțelesese că Fredriksson se îndrepta spre Saltsjöbaden, știuse că informația de la Salander era corectă. Cum reușise aceasta să afle, nu știa, dar nu mai avea nicio îndoială că Fredriksson era Expeditorul Veninos. Presupunea că acesta nu se ducea în Saltsjöbaden dintr-o simplă întâmplare, ci că avea de gând să facă ceva anume.

Ceea ce era perfect, pentru că putea să-l prindă în flagrant delict.

Scoase din buzunarul lateral al mașinii un baston de cauciuc și-l cântări o secundă în mână. Apăsă pe butonul care debloca bastonul, eliberând cablul greu de oțel. Strânse din dinți.

De aceea nu mai lucra la poliția din Södermalm.

O singură dată în viață avusese un atac de furie oarbă, atunci când patrula de poliție se dusese pentru a treia oară, în tot atâtea zile, la o adresă din Hägersten, după ce aceeași femeie telefonase cerând ajutor, pentru că bărbatul ei o bătea. Și exact ca la primele două vizite, situația se liniștise înainte ca patrula să fi apucat să ajungă.

Conform rutinei, polițiștii scoseseră bărbatul pe scară, în timp ce era audiată femeia. *Nu, ea nu voia să depună plângere la poliție. Nu, fusese o greșeală. Nu, el era drăguț... Oricum, era greșeala ei. Ea îl provocase...*

Și în tot timpul acela, javra sta și se hlizea, privind-o pe Susanne Linder drept în ochi.

N-a putut explica de ce o făcuse. Dar brusc ceva se rupsese și scoase bastonul, lovindu-l peste gură. Prima lovitură nu avusese forță. El se ferise și bastonul îi umflase doar buza. În următoarele zece secunde — până ce colegii au prins-o și au dus-o cu forța pe scară, în jos — ea lăsase să cadă o ploaie de lovituri pe spinarea, rinichii, șoldurile și umerii bărbatului.

Niciodată nu a fost făcută vreo reclamație. Și-a dat demisia în aceeași seară, s-a dus acasă și a plâns o săptămână. Apoi, și-a revenit și s-a dus să bată la ușa lui Dragan Armanski. I-a povestit ce se întâmplase și de ce demisionase din poliție. A cerut de lucru. La început, Armanski a ezitat și a rugat-o să-l lase să se gândească. Își pierduse speranța când, după șase săptămâni, el i-a telefonat, spunându-i că e gata s-o pună la încercare.

Susanne Linder făcu o grimasă amară, vârând bastonul sub centură, la spate. A verificat dacă are *spray*-ul cu gaz lacrimogen în buzunarul drept și dacă șireturile adidașilor erau bine legate. S-a dus înapoi spre casa Erikăi Berger și s-a strecurat în curte.

Știa că detectorul de mișcare din curtea din spate nu fusese încă instalat și mergea fără să facă zgomot pe peluză, de-a lungul gardului viu al terenului. Nu-l vedea nicăieri. A înconjurat casa și s-a oprit în loc. Îl văzuse brusc, ca o umbră în întuneric, lângă atelierul lui Greger Backman.

Nu-și dă seama ce idioțenie este să se întoarcă aici! Nu reușește să se stăpânească.

El ședea ghemuit, încercând să privească înăuntru, printr-o deschizătură din perdeaua de la un mic salon, cu care se continua livingul. Apoi, s-a deplasat, mergând pe terasă și privind printre jaluzelele lăsate de lângă fereastra cea mare, care mai era încă acoperită cu placaj.

Susanne Linder zâmbi dintr-odată.

Traversă prudentă grădina până la colțul casei, în vreme ce el stătea întors cu spatele. Se ascunse în spatele tufișurilor de coacăze și așteptă. Îl întrezărea printre crengi. De la locul în care se afla, Fredriksson putea să vadă holul și o parte din bucătărie. Găsise ceva interesant de privit și abia peste zece minute se mișcă din loc. Se apropie de Susanne Linder.

Când dădu colțul, trecând pe lângă ea, Susanne se ridică, vorbindu-i cu voce scăzută:

— Hei, Fredriksson!

El se opri brusc, răsucindu-se spre ea.

Susanne îi văzu ochii sclipind în beznă. Nu putea să-i distingă expresia feței, dar auzi cum își ținea respirația, din cauza șocului.

— Putem rezolva treaba simplu sau complicat, spuse ea. Putem merge la mașina ta, și...

El se întoarse, luând-o la fugă.

Susanne Linder ridică bastonul și-l izbi dureros și violent, în genunchiul stâng.

El căzu, cu un sunet pe jumătate înăbușit.

Ea ridică din nou bastonul, ca să-l mai lovească o dată, dar se stăpâni. Simțea ochii lui Dragan Armanski în ceafă.

Se aplecă, rostogolindu-l pe burtă și-i puse un genunchi în șale. Îi prinse mâna dreaptă, răsucind-o la spate, apoi îi puse cătușele. El era slab și nu se împotrivi deloc.

Erika Berger stinse lampa din living și porni șchiopătând spre etaj. Nu mai avea nevoie de cârje, dar călcâiul o mai durea încă, atunci când se sprijinea în el. Greger Backman stinse lumina în bucătărie, urmându-și soția. Niciiodată până atunci n-o văzuse așa de nefericită. Nimic nu părea s-o liniștească sau să-i îndulcească suferința.

Ea se dezbrăcă, strecurându-se în pat, cu spatele spre el.

— Nu e vina ta, Greger, spuse, atunci când îl auzi venind în pat.

— Nu te simți bine, zise el. Vreau să rămâi acasă câteva zile.

Îi trecu brațul în jurul umerilor. Ea încercă să nu-l respingă, dar era ca anesteziată. Greger se aplecă și o sărută atent pe gât, îmbrățișând-o.

— Nu există nimic ce-ai putea face sau spune, ca să ameliorezi situația. Știu că am nevoie de o pauză. Mă simt ca și cum aș fi urcat într-un tren rapid și tocmai aș fi descoperit că e pe punctul de a deraia.

— Putem merge câteva zile cu barca. Să ne desprindem de tot.

— Nu. Eu nu pot să mă desprind de tot.

Se întoarse spre el:

— Cel mai rău lucru pe care l-aș putea face acum ar fi să fug. Trebuie să rezolv problemele. Pe urmă, putem pleca.

— Bine, spuse Greger. Nu-ți sunt de prea mare ajutor.

Ea zâmbi slab.

— Nu. Nu-mi ești. Dar îți mulțumesc că te afli aici. Te iubesc fără margini, o știi bine.

El dădu din cap.

— Nu pot să cred că e Peter Fredriksson, spuse Erika. N-am simțit niciodată niciun fel de dușmănie din partea lui.

Susanne Linder se întreba dacă să sune la Erika Berger, când văzu stingându-se lumina de la parter. Îl privi pe Peter Fredriksson. Acesta nu spusese niciun cuvânt. Era total pasiv. Susanne reflectă un lung moment, înainte de a lua o hotărâre.

Se aplecă, îl prinse de cătușe și-l făcu să se ridice în picioare, sprijinindu-l de zidul casei.

— Poți să stai în picioare? îl întrebă.

El nu-i răspunse.

— OK, atunci simplificăm lucrurile. Dacă faci cel mai mic gest de împotrivire, primești exact același tratament la piciorul drept. Dacă te împotrivești în continuare, îți rup brațele. Înțelegi ce spun?

Îl simți respirând mai repede. De teamă?

Îl împinse înaintea ei, ducându-l pe stradă și mai departe, la mașina lui, care se afla la trei case mai încolo. El șchiopăta și Susanne îl sprijinea. Când au ajuns la mașină, s-au încrucișat cu un om care-și plimba câinele și care s-a oprit, privindu-l pe Peter Fredriksson.

— Poliția, spuse Susanne Linder cu voce hotărâtă. Duceți-vă acasă.

L-a împins pe bancheta din spate și l-a dus la el acasă, în Fisksätra. Era douăsprezece și jumătate noaptea și n-au întâlnit niciun om, până au ajuns la ușa lui. Susanne Linder i-a pescuit cheile din buzunar și l-a împins pe scară, până la apartamentul de la etajul al treilea.

— Nu poți intra în apartamentul meu, spuse Peter Fredriksson.

Erau primele vorbe pe care le spunea, de când îi pusese cătușele.

Susanne deschise ușa apartamentului și îi făcu vânt înăuntru.

— N-ai niciun drept. Trebuie să ai ordin de percheziție…

— Nu sunt polițistă, spuse ea cu voce scăzută.

O privi țintă, plin de neîncredere.

Ea îl prinse de cămașă și-l împinse în living, apoi jos, pe o canapea. Avea un apartament de trei camere, curat și frumos aranjat. Dormitor la stânga livingului, bucătăria de partea cealaltă a holului, un mic birou în continuarea livingului.

Susanne aruncă o privire prin birou și scoase un oftat de ușurare. *Arma crimei!* Văzu imediat fotografiile din albumul Erikăi Berger răspândite pe masa de scris, lângă computer. Fredriksson prinsese pe perete cu ace de gămălie vreo treizeci de fotografii, în jurul computerului. Ea cercetă expoziția cu sprâncenele ridicate. Erika Berger era o femeie a dracului de frumoasă. Și avea o viață sexuală mult mai amuzantă decât a Susannei Linder.

Îl auzi pe Peter Fredriksson mișcându-se și se înapoie în living. Îi dădu o lovitură de baston și-l trase în birou, silindu-l să se așeze pe podea.

— Stai liniștit, îi spuse.

Merse apoi în bucătărie, unde găsi o pungă de hârtie de la Konsum. Adună, una după alta, toate fotografiile de pe perete. Găsi albumul ciopârțit și jurnalele Erikăi Berger.

— Unde este caseta video? întrebă ea.

Peter Fredriksson nu răspunse. Susanne Linder se întoarse în living și dădu drumul la televizor. În video se afla o casetă, dar îi luă o vreme până ce găsi canalul potrivit, folosindu-se de telecomandă.

Scoase caseta și mai căută o vreme, asigurându-se că Fredriksson nu făcuse copii.

Găsi apoi scrisorile de dragoste din adolescența Erikăi Berger și raportul despre Borgsjö. După aceea, se îndreptă spre computerul lui Peter Fredriksson. Constată că acesta avea un scanner Mikrotek, cuplat la un IBM PC. A ridicat capacul de la scanner, găsind acolo o fotografie uitată, care o reprezenta pe Erika Berger la o petrecere de la Clubul Xtreme, de Revelionul din 1986, după cum scria pe o banderolă de pe perete.

Porni computerul, constatând că era protejat de o parolă.

— Ce parolă ai? îl întrebă.

Peter Fredriksson rămase nemișcat pe podea, refuzând cu încăpățânare să-i vorbească.

Susanne Linder se simți dintr-odată foarte liniștită. Știa că din punct de vedere tehnic comisese în timpul serii delict după delict, inclusiv ceva ce ar fi putut fi numit constrângere ilegală și chiar răpire de persoană. Nu-i păsa. Dimpotrivă, se simțea aproape veselă.

După un moment, ridică din umeri, scoțând din buzunar un briceag militar elvețian. Desfăcu toate cablurile computerului, îl întoarse cu spatele spre ea și, folosind șurubelnița briceagului, îl deschise. Îi luă 15 minute ca să facă bucăți computerul și să scoată hard diskul.

Privi în jur. Luase totul cu ea, dar, pentru siguranță, mai făcu o percheziție serioasă prin sertarele biroului, în teancurile de hârtii și pe rafturi. Dintr-odată, privirea îi căzu pe un vechi album de școală, care se afla pe pervazul ferestrei. Constată că era de la liceul din Djurgården, promoția 1978. *Dar Erika Berger nu absolvise și ea liceul de elită din Djurgården?*... Deschise albumul și începu să parcurgă clasele terminale, una după alta.

O găsi pe Erika Berger, la 18 ani, cu o tocă de absolvent pe cap și un zâmbet luminos, cu gropițe în obraji. Era îmbrăcată într-o rochie subțire, albă și avea un buchet de flori în mână. Era întruchiparea adolescentei nevinovate, cu note bune la toate materiile.

Susanne Linder era cât pe ce să piardă legătura, dar ea se afla pe pagina următoare. Niciodată nu l-ar fi recunoscut după fotografie, însă textul nu lăsa nicio îndoială. Peter Fredriksson. Făcuse școala la o clasă paralelă cu cea a Erikăi Berger. Susanne văzu un băiat slab, cu o expresie serioasă, care privea spre aparat, de sub cozorocul șepcii.

Ridică ochii, întâlnind privirea lui Peter Fredriksson.

— Era o curvă de pe atunci.

— Fascinant, spuse Susanne Linder.

— S-a regulat cu toți băieții din școală.

— Mă îndoiesc.

— Era o blestemată de...

— Nu mai repeta cuvântul. Ce s-a întâmplat? N-ai putut ajunge în chiloții ei?

— Mă trata ca și cum n-aș fi existat. Râdea de mine. Și, când a început la *SMP*, nici nu m-a recunoscut.

— Da, da, spuse Susanne Linder obosită. Cu siguranță, ai avut o copilărie grea. Vrei să vorbim serios acum?

— Ce dorești?

— Eu nu sunt polițistă, spuse Susanne Linder. Fac parte dintre cei care se ocupă de unii ca tine.

Așteptă, lăsând fantezia lui Fredriksson să-i facă treaba.

— Vreau să știu dacă ai pus fotografii de-ale ei pe internet.

El scutură din cap.

— Sigur?

El aprobă.

— Erika Berger trebuie să hotărască singură dacă vrea să depună reclamație la poliție pentru agresare, amenințări și violarea domiciliului, sau dacă preferă să rezolve lucrurile în bună pace.

El nu spuse nimic.

— Dacă se hotărăște să nu te bage în seamă — și cam asta cred că meriți — am să fiu cu ochii pe tine.

Își ridică amenințătoare bastonul de cauciuc.

— Dacă mai vii vreodată în apropierea casei Erikăi Berger sau îi mai trimiți vreun e-mail, ori o mai deranjezi în vreun fel, atunci am să mă întorc la tine. O să te zdrobesc, așa ca nici maică-ta să nu te mai recunoască. Ai înțeles?

El nu spuse nimic.

— Prin urmare, poți să influențezi sfârșitul acestei povești. Ești interesat?

El dădu încet din cap.

— În cazul ăsta, am să-i recomand Erikăi Berger să te lase să scapi. Nu trebuie însă să mai apari vreodată la slujbă. Ești pus pe liber din momentul acesta.

El aprobă.

— Dispari din viața ei și din Stockholm. Nu-mi pasă ce faci și unde te duci. Caută de lucru la Göteborg sau la Malmö. Ia-ți din nou concediu medical. Fă ce poftești. Dar las-o pe Erika Berger în pace.

El dădu din cap.

— Suntem de acord?

Peter Fredriksson începu brusc să plângă.

— Nu am vrut să-i fac rău, spuse el. Voiam doar....

— Voiai doar să-i transformi viața în iad și ai reușit. Am cuvântul tău de onoare?

El dădu din cap.

Susanne Linder se aplecă, îl întoarse pe burtă și-i desfăcu cătușele. Luă punga de la Konsum cu viața Erikăi Berger și-l părăsi pe dușumea.

Era ora două și jumătate noaptea când Susanne Linder a ieșit pe ușa lui Peter Fredriksson. Se gândea să aștepte să se facă ziuă pentru a acționa, dar a înțeles că, dacă ar fi fost vorba de ea însăși, ar fi preferat să afle rezultatul încă din noaptea aceea. În plus, mașina ei era încă parcată în

Saltsjöbaden. A sunat un taxi. Greger Backman a deschis ușa, înainte ca ea să apuce să sune. Era îmbrăcat în jeanși și n-avea deloc aerul adormit.

— Erika e trează? întrebă Susanne Linder.

El dădu din cap.

— Ai noutăți? întrebă.

Ea încuviință, zâmbindu-i.

— Vino înăuntru. Suntem în bucătărie și stăm de vorbă.

Intrară.

— Salut, Berger, spuse Susanne Linder. Trebuie să te obișnuiești să mai și dormi, din când în când.

— Ce s-a întâmplat?

Susanne îi întinse punga de la Konsum.

— Peter Fredriksson promite să te lase în pace pe viitor. Naiba știe dacă trebuie să-l cred, dar, dacă-și ține cuvântul, e mai simplu decât un scandal, cu plângere la poliție și proces. Tu singură hotărăști.

— Deci e, într-adevăr, el?

Susanne Linder dădu din cap. Greger Backman i-a oferit cafea, dar Susanne l-a refuzat. Băuse mult prea multă în ultimele zile. S-a așezat și a povestit ce se întâmplase în cursul nopții, chiar lângă casa lor.

Erika Berger a rămas tăcută vreme îndelungată. Apoi s-a ridicat, ducându-se la etaj de unde a revenit cu propriul ei exemplar din anuarul liceului. A privit îndelung chipul lui Peter Fredriksson.

— Mi-l amintesc, spuse în cele din urmă. Dar n-am avut nici cea mai vagă idee că el era acel Peter Fredriksson, care lucra la *SMP*. Nu mi-aminteam nici numele lui, înainte să mă uit în album.

— Ce s-a întâmplat? o întrebă Susanne Linder.

— Nimic. Absolut nimic. Era un tip tăcut și cu totul neinteresant, dintr-o clasă paralelă. Cred că aveam o materie în comun. Franceza, dacă-mi amintesc bine.

— A spus că-l tratai ca și cum nu exista.

Erika aprobă.

— Probabil că așa făceam. Nu-l cunoșteam și nu făcea parte din gașca noastră.

— Îl luați drept prostul școlii sau ceva de genul ăsta?

— Nu, pentru numele lui Dumnezeu! Nu mi-au plăcut niciodată chestiile astea. Aveam campanii împotriva tracasărilor la liceu, iar eu eram președinta consiliului de elevi. Nu-mi amintesc să-mi fi vorbit vreodată sau ca eu să fi schimbat vreun singur cuvânt cu el.

— OK, spuse Susanne Linder. Probabil că avea un dinte împotriva ta. A fost în concediu medical două perioade lungi, pentru stres. A clacat. Poate că există și alte motive pentru concediile lui medicale, pe care noi nu le cunoaștem.

Se ridică, punându-și geaca de piele.

— Păstrez hard diskul lui. Din punct de vedere strict tehnic, este un obiect furat și nu trebuie să fie găsit la tine. Nu fii neliniștită, am să-l distrug de îndată ce ajung acasă.

— Așteaptă, Susanne... Cum voi putea să-ți mulțumesc vreodată?

— Păi, poți să mă ții de mână când mânia lui Armanski mă va lovi ca un trăsnet din cer.

Erika o privi plină de seriozitate:

— Ești într-o situație dificilă din cauza asta?

— Nu știu... De fapt, nu știu.

— Putem să-ți plătim pentru...

— Nu. Dar Armanski va trimite poate factura pentru noaptea asta. Eu sper s-o facă, pentru că asta va însemna că aprobă ce-am făcut și nu mă dă afară.

— Voi avea grijă să trimită factura.

Erika Berger s-a ridicat, îmbrățișând-o lung pe Susanne Linder.

— Mulțumesc, Susanne. Dacă vei avea vreodată nevoie de ajutor, să știi că ai un prieten în mine. Despre orice va fi vorba.

— Mulțumesc. Nu mai lăsa fotografiile astea peste tot. Apropo de asta, Milton Security poate instala seifuri foarte sigure.

Erika Berger zâmbi.

22
Luni 6 iunie

Erika Berger s-a trezit la ora șase, în dimineața zilei de luni. Deși abia dormise vreo oră, se simțea deosebit de odihnită. Presupunea că era vreo reacție fizică de cine știe ce fel. Pentru prima dată de multe luni de zile, își puse hainele de jogging și făcu o cursă nebunească, până la debarcaderul pentru vaporul cu aburi. Adică a fost nebunească doar vreo sută de metri, până ce călcâiul rănit a început s-o doară așa de tare, că a trebuit să încetinească ritmul. Dar se bucura până și de durerea din picior, pe care o simțea la fiecare pas.

Se simțea renăscută. Era ca și cum omul cu coasa ar fi trecut prin fața ușii ei, dar în ultimul minut s-ar fi răzgândit și s-ar fi dus mai departe, la casa vecină. Nici nu putea înțelege cum de avusese atâta noroc, ca Peter Fredriksson să-i fi ținut patru zile fotografiile, fără să facă nimic. Faptul că le scanase lăsa să se înțeleagă că plănuia ceva, dar că încă nu știa cum să acționeze.

Orice s-ar întâmpla, îi va da Susannei Linder un cadou scump și cu totul special la Crăciunul din anul acesta. Va trebui să se gândească la ceva deosebit.

La ora șapte și jumătate, lăsându-l pe Greger să doarmă mai departe, s-a așezat în BMW și a condus până la redacția *SMP*, la Norrtull. A parcat în garaj, a luat liftul până în redacție și a mers direct în cușca de sticlă. Prima ei grijă a fost să telefoneze la un paznic.

— Peter Fredriksson și-a dat demisia de la *SMP*, cu imediată punere în practică. Caută o cutie de carton, golește-i biroul de obiectele personale și ai grijă să fie duse la el acasă, chiar în dimineața asta.

A privit spre biroul de Actualități. Anders Holm tocmai sosise. I-a întâlnit privirea și a salutat-o cu o mișcare din cap.

Erika i-a răspuns la fel.

Holm era un idiot, dar după ciocnirile lor din săptămânile trecute încetase să-i facă probleme. Dacă va continua să arate aceeași atitudine pozitivă, poate va supraviețui ca șef la Actualități. Poate.

Simțea acum că va putea să schimbe direcția bărcii.

La ora 8:45, l-a zărit pe Borgsjö, când ieșea din lift, dispărând pe scara care ducea la biroul lui, un etaj mai sus. *Trebuie să discut cu el chiar astăzi.*

Și-a luat cafea și s-a ocupat un moment de planificarea de dimineață. Era o dimineață săracă în știri. Singurul text interesant era o notă care anunța fără comentarii că Lisbeth Salander fusese mutată în cursul zilei de duminică la închisoarea din Göteborg. A aprobat nota și a trimis-o prin e-mail lui Anders Holm.

La ora 08:59, o sună Borgsjö:

— Berger. Vino la mine imediat, îi spuse.

Apoi închise.

Magnus Borgsjö era alb la față, când Erika Berger deschise ușa biroului său. Era în picioare și s-a răsucit spre ea, lovind cu un teanc de foi în birou.

— Ce naiba e asta? urlă el.

Inima Erikăi Berger a căzut ca o piatră. Nu avea nevoie să arunce decât o privire, ca să înțeleagă ce găsise Borgsjö în poșta de dimineață.

Fredriksson nu apucase să facă ceva cu fotografiile ei. Dar apucase să-i trimită lui Borgsjö articolul lui Cortez.

S-a așezat liniștită în fața lui.

— E un text pe care reporterul Henry Cortez l-a scris și pe care revista *Millennium* planificase să-l publice în numărul care a apărut acum o săptămână.

Borgsjö avea aerul disperat.

— La dracu', de ce te comporți așa? Te-am adus la *SMP* și primul lucru pe care îl faci e să începi cu intrigile. Ce fel de curvă de jurnalistă ești?

Ochii Erikăi Berger se îngustară și deveniră reci ca gheața. Îi era de ajuns cât auzise cuvântul „curvă".

— Chiar crezi c-o să-i pese cuiva? Crezi că mă poți dărâma cu rahatul ăsta? Și de ce mama dracului mi-ai trimis-o anonim?

— Nu așa s-au petrecut lucrurile, Borgsjö.

— Povestește atunci cum s-au petrecut!

— Cel care ți-a trimis anonim textul este Peter Fredriksson. El a fost dat afară de la *SMP* ieri.

— Despre ce dracu' vorbești?

— E o poveste lungă. Dar eu am avut textul mai mult de două săptămâni și am încercat să găsesc o modalitate de a discuta cu tine despre asta.

— Tu ești în spatele textului.

— Nu, nu sunt eu. Henry Cortez a făcut cercetări și a scris textul. Eu nu aveam nicio idee despre asta.

— Și vrei să te cred!

— De îndată ce colegii mei de la *Millennium* au înțeles că tu apari în text, Mikael Blomkvist a oprit publicarea. M-a sunat și mi-a dat o copie. A făcut-o din considerație față de mine. Acest text mi-a fost furat și acum a ajuns la tine. Cei de la *Millennium* voiau ca eu să am șansa de a vorbi cu tine înainte de publicarea articolului. Ceea ce au de gând să facă în numărul din august.

— Niciodată n-am întâlnit un jurnalist mai lipsit de scrupule ca tine.

— OK. Acum, când ai citit reportajul, poate că ai parcurs și partea de cercetare. Cortez are un subiect care ține foarte bine. O știi.

— Ce naiba vrea să însemne asta?

— Dacă mai ești președinte al consiliului de administrație atunci când *Millennium* va fi dat la tipar, acest lucru va dăuna ziarului *SMP*. Mi-am frământat mintea în toate felurile, încercând să găsesc o ieșire, dar n-am găsit niciuna.

— Ce vrei să spui?

— Trebuie să pleci.

— Glumești? N-am făcut absolut nimic ilegal.

— Magnus, chiar nu înțelegi dimensiunea acestei dezvăluiri? Nu mă obliga să convoc consiliul de administrație. Va fi prea penibil.

— Nu vei chema pe nimeni. Ai terminat cu *SMP*.

— Îmi pare rău. Numai consiliul mă poate da afară. Poți, desigur, să-i convoci la o ședință extraordinară. Ți-aș propune, chiar în după-amiaza asta.

Borgsjö înconjură biroul, venind atât de aproape de ea, încât Erika Berger îi simțea răsuflarea.

— Berger... Ai o singură șansă să supraviețuiești aici. Te duci imediat la blestemații tăi de amici de la *Millennium* și ai grijă ca acest articol să nu ajungă niciodată la tipar. Dacă te comporți frumos, poate am să uit ce-ai făcut.

Erika Berger oftă:

— Magnus, tu pur și simplu nu pricepi cât de serios este. Nu am niciun fel de influență asupra a ceea ce va publica

Millennium. Această poveste va deveni publică, orice aș spune eu. Singurul lucru de care sunt interesată este felul în care aceasta va influența *SMP*. De aceea tu trebuie să pleci.

Borgsjö își sprijini mâinile pe spătarul scaunului, aplecându-se spre ea:

— Amicii tăi de la *Millenniunm* se vor gândi poate de două ori când vor afla că vei fi pusă pe liber chiar în momentul în care vor da drumul la porcăria asta.

Se ridică.

— Am să plec la o întâlnire la Norrköping, astăzi.

O privi, apoi adăugă un cuvânt, apăsând asupra lui:

— SveaBygg.

— A, da.

— Mâine-dimineață, când mă întorc, îmi vei raporta că lucrul acesta a fost clarificat. Ai înțeles?

Își puse haina pe el. Erika Berger îl privi cu ochii pe jumătate închiși.

— Dacă te porți drăguț, poate supraviețuiești la *SMP*. Acum, fii bună și dispari din biroul meu.

Erika se ridică și se duse înapoi în cușca de sticlă, așezându-se pe un scaun pe care rămase absolut nemișcată timp de douăzeci de minute. Apoi, ridică receptorul și-l chemă pe Anders Holm la ea. Acesta învățase din greșelile trecute, așa că apăru în mai puțin de un minut.

— Ia loc.

Anders Holm ridică dintr-o sprânceană, așezându-se.

— Așa, cu ce-am mai greșit? întrebă el ironic.

— Anders, aceasta este ultima mea zi la *SMP.* Îmi dau demisia imediat. Îi voi chema pe vicepreședinte și restul consiliului, la o întâlnire de prânz.

El o privea cu o uimire neprefăcută.

— Te voi recomanda ca redactor-șef interimar.

— Ce spui?

— E OK?

Anders Holm se lăsă înapoi pe scaun, cercetând-o pe Erika Berger.

— La dracu', n-am vrut niciodată să fiu redactor-șef! spuse el.

— Știu. Dar tu ai mână suficient de tare. Și ai trece peste cadavre, ca să publici un articol bun. Aș dori doar să ai mai mult bun-simț în creier.

— Ce s-a întâmplat, de fapt?

— Eu am un alt stil decât tine. Tu și cu mine ne-am certat asupra direcției în care să meargă lucrurile și n-am fost niciodată de aceeași părere.

— Nu, spuse el. Și nici nu vom fi vreodată. Dar se poate ca stilul meu să fie învechit.

— Nu știu dacă „învechit" este cuvântul cel mai potrivit. Tu ești un om de Actualități foarte bun, dar te porți ca un nemernic. E în întregime inutil. Dar lucrul asupra căruia ne-am certat cel mai des a fost că tu ai afirmat tot timpul că, în calitate de șef la Actualități, nu poți lăsa considerente de ordin privat să influențeze evaluarea știrilor.

Brusc, Erika Berger zâmbi cu răutate spre Anders Holm. Deschise geanta și scoase originalul articolului despre Borgsjö.

— Hai să testăm aptitudinea ta de a evalua știrile. Am aici un subiect pe care l-am primit de la Henry Cortez, colaborator la revista *Millennium.* Hotărârea mea din dimineața asta este să tipărim textul ca primă știre a zilei.

Aruncă dosarul pe genunchii lui Holm.

— Tu ești șeful de la Actualități. Va fi interesant să aud dacă împărtășești felul meu de a evalua știrile.

Andrers Holm deschise dosarul și începu să citească. Deja de la introducere i se măriră ochii. Șezând țeapăn pe scaun, o privi fix pe Erika Berger. Apoi, coborî privirea, citind tot textul, de la cap la coadă. Se opri la partea de documentare și o parcurse atent. Îi luă cam zece minute. Apoi, lăsă încet dosarul pe masă.

— O să iasă un scandal infernal.

— Știu. De asta este ultima mea zi de lucru aici. *Millennium* avea de gând să publice articolul în numărul din iunie, însă Mikael Blomkvist a amânat apariția. El mi-a dat textul, ca să vorbesc cu Borgsjö înainte să apară articolul.

— Și?

— Borgsjö mi-a ordonat să înăbuș afacerea.

— Înțeleg. Și atunci, tu ai de gând s-o publici în *SMP*, ca sfidare.

— Nu. Nu ca sfidare. Nu există nicio altă ieșire. Dacă *SMP* publică istoria, poate avem o șansă să ieșim din asta cu onoarea salvată. Borgsjö trebuie să plece. Dar asta înseamnă că nici eu nu mai pot rămâne.

Holm rămase tăcut două minute.

— La naiba, Berger... Nu credeam că ești așa de tare. Niciodată n-aș fi crezut că o voi spune, dar dacă ai așa de mult curaj, îmi pare rău că pleci.

— Tu ai putea opri publicarea, dar dacă și tu, și eu dăm aprobarea.... Ai de gând să publici articolul?

— La naiba, sigur că-l publicăm. Va ieși la lumină oricum, mai devreme sau mai târziu.

— Exact.

Anders Holm se ridică și rămase nesigur lângă biroul ei.

— Du-te și muncește, îi spuse Erika Berger.

A așteptat cinci minute după plecarea lui Anders Holm, înainte de-a ridica receptorul, s-o sune pe Malin Eriksson, la *Millennium.*

— Salut, Malin. Henry Cortez e pe aproape?

— Da. E la biroul lui.

— Poți să-l chemi în biroul tău și să pui telefonul pe difuzor? Trebuie să discutăm împreună.

Henry Cortez sosi în 15 secunde.

— Ce se întâmplă?

— Henry, am făcut ceva imoral astăzi.

— Și?

— Am dat articolul tău despre Vitavara lui Anders Holm, șeful de Actualități de la *SMP*.

— Cum?

— I-am dat ordin să publice astăzi articolul în *SMP*. Cu fotografia ta. Și, de bună seamă, primești banii. Poți hotărî singur prețul.

— Erika... Ce naiba se petrece?

Ea îi explică pe scurt întâmplările din ultimele săptămâni și îi povesti cum Peter Fredriksson aproape o distrusese.

— La naiba! spuse Henry Cortez.

— Henry, eu știu că este povestea ta. Numai că nu am de ales. Poți să fii de acord cu asta?

Henry Cortez rămase tăcut câteva secunde:

— Mulțumesc pentru că ai sunat, Erika. E în ordine să publicați sub semnătura mea. Dacă e de acord și Malin, de bună seamă.

— E în ordine, spuse Malin.

— Bine, zise Erika. Puteți să-i comunicați lui Mikael, presupun că el încă nu e acolo.

— Am să vorbesc eu cu Mikael, spuse Malin Eriksson. Dar, Erika, asta înseamnă că ești șomeră cu începere de azi?

Erika începu să râdă:

— Am hotărât să-mi iau concediu restul anului. Credeți-mă, câteva săptămâni la *SMP* au fost de ajuns.

— Nu cred că trebuie să începi să-ți planifici concediul, spuse Malin.

— De ce?
— Poți veni la *Millennium* în după-amiaza asta?
— De ce?
— Am nevoie de ajutor. Dacă vrei să vii înapoi, să fii redactor-șef aici, poți începe de mâine-dimineață.
— Malin, tu ești redactor-șef la *Millennium.* Nici nu poate fi vorba de altceva.
— OK. Poți atunci să începi să lucrezi ca secretar de redacție, râse Malin.
— Vorbești serios?
— La dracu', Erika, îmi lipsești așa de tare, că mă sfârșesc cu încetul. Am luat slujba de la *Millennium,* între altele, pentru că voiam să am șansa de a lucra cu tine. Și, dintr-odată, tu pleci la alt ziar.

Erika Berger rămase tăcută un minut întreg. Nu avusese timp să reflecteze la posibilitatea de a se întoarce la *Millennium.*

— Aș fi bine-venită dacă m-aș întoarce? întrebă ea cu glas scăzut.
— Tu ce crezi? Bănuiesc că vom începe cu o petrecere, și eu voi fi organizatoarea-șefă. Și te întorci exact la timp ca să publicăm știi tu ce.

Erika privi ceasul de pe biroul ei. Zece fără cinci. În răstimp de o oră, întreaga ei lume fusese întoarsă pe dos. Dintr-odată, simți cât îi era de dor să poată urca din nou treptele spre redacția revistei *Millennium.*

— Mai am ceva de făcut aici, la *SMP,* în ora următoare. E în ordine dacă trec pe la voi la patru?

Susanne Linder îl privea pe Dragan Armanski drept în ochi, în vreme ce-i povestea exact ce se întâmplase în noaptea trecută. Singurul lucru pe care l-a lăsat deoparte a fost convingerea ei că piratarea computerului lui Peter

Fredriksson avea de-a face cu Lisbeth Salander. N-a spus-o din două motive. În primul rând, i se părea ireal. Apoi, pentru că știa că Dragan Armanski era adânc implicat în afacerea Salander, împreună cu Mikael Blomkvist.

Armanski a ascultat cu multă atenție. După ce și-a terminat istorisirea, Susanne Linder a rămas tăcută, așteptându-i reacția.

— Greger Backman a telefonat acum vreo oră, spuse el.

— A, da?

— El și Erika Berger vor trece pe aici în cursul săptămânii, ca să semneze contractul. Vor să mulțumească firmei pentru intervenție și, în primul rând, pentru ce ai făcut tu.

— Înțeleg. E plăcut să ai clienți mulțumiți.

— El vrea să comande un seif pentru casă. Îl vom instala și vom pune la punct întregul pachet de alarmă în săptămâna asta.

— Bine.

— Ține să te plătim pentru ce ai făcut în *weekendul ăsta*.

— Hmm.

— Cu alte cuvinte, le vom trimite o notă de plată serioasă.

— Aha.

Armanski oftă:

— Susanne, ești conștientă că Fredriksson poate să se ducă la poliție și să te reclame pentru o grămadă de lucruri?

Ea aprobă.

— Sigur, o să intre și el la apă, rău de tot, dar poate va socoti că merită.

— Nu cred că are curajul să se ducă la poliție.

— Poate fi așa, dar ai acționat cu totul în afara instrucțiunilor pe care ți le dădusem.

— Știu, spuse Susanne Linder.
— Așa că, tu cum crezi că voi reacționa?
— Numai tu poți s-o hotărăști.
— Dar cum crezi că ar trebui să reacționez?
— N-are nicio legătură cu situația. Poți oricând să mă dai afară.
— Nu cred. Nu-mi dă mâna să pierd un colaborator de calibrul tău.
— Mulțumesc.
— Însă, dacă mai faci așa ceva, am să fiu foarte furios.
Susanne Linder făcu un gest de aprobare.
— Ce ai făcut cu hard diskul?
— E distrus. L-am băgat într-o menghină azi-dimineață și am apăsat, până ce s-a făcut bucățele.
— OK. Atunci, tragem linie peste afacerea asta.

Erika Berger își petrecu dimineața telefonând membrilor consiliului de administrație de la *SMP*. Îl găsi pe vicepreședinte la casa lui de vacanță, din Vaxholm și îl făcu să se urce în mașină și s-o ia spre redacție în cea mai mare viteză. După prânz, consiliul se întâlni, în formulă redusă. Erika Berger le relată, timp de o jumătate de oră, cum apăruse dosarul lui Cortez și ce consecințe avusese acest fapt.

După ce termină de vorbit, veni propunerea așteptată, de-a se căuta o soluție alternativă. Erika le explică faptul că *SMP* avea intenția de a publica articolul în numărul de a doua zi. Le explică, de asemenea, că era ultima ei zi de lucru și că hotărârea era irevocabilă.

Erika a convins consiliul să aprobe și să treacă în procesul-verbal două decizii. În primul rând, Magnus Borgsjö să fie rugat să-și părăsească imediat postul și, în al doilea rând, ca Anders Holm să fie numit redactor-șef interimar.

Apoi, și-a cerut scuze și a părăsit consiliul, lăsându-i să delibereze.

La ora 14:00, a coborât la serviciul de personal și a revocat contractul. Apoi, s-a dus la secția de Cultură și a cerut să vorbească cu șeful paginii, Sebastian Strandlund și cu reporterul Eva Carlsson.

— După cum am aflat, considerați aici, la secția de Cultură, că Eva Carlsson este un jurnalist talentat.

— Așa e, spuse Sebastian Strandlund.

— Și, în cererea de buget din ultimii doi ani ați cerut ca redacția să fie întărită cu cel puțin două persoane.

— Da.

— Eva. Ținând seama de corespondența a cărei victimă ai fost, vor fi poate zvonuri dezagreabile despre faptul că îți ofer un contract de angajare permanent. Ești încă interesată?

— Bineînțeles.

— În cazul ăsta, ultima mea hotărâre aici, la *SMP,* va fi să semnez contractul tău de angajare.

— Ultima?

— E o poveste lungă. Plec astăzi. Vreți să fiți drăguți să nu spuneți la nimeni, încă vreo oră?

— Ce....

— În câteva minute, va începe o ședință.

Erika Berger semnă contractul și i-l întinse Evei Carlsson.

— Mult noroc, îi spuse zâmbind.

— Bărbatul necunoscut care a participat la întâlnirea de la Ekström de sâmbătă se numește Georg Nyström și este comisar, spuse Monica Figuerola, punând fotografiile pe birou, în fața lui Torsten Edklinth.

— Comisar, mormăi acesta.

— Stefan l-a identificat aseară. Acesta a vizitat apartamentul de pe Artillerigatan și are mașină.

— Ce știm despre el?

— Vine din poliția publică și a lucrat la RPS/Säk din 1983. După 1996, a deținut postul de anchetator cu răspundere proprie. Face control intern și verificări ale afacerilor deja rezolvate de Säpo.

— OK.

— De sâmbătă, au intrat în total pe ușa imobilului șase persoane interesante. În afară de Jonas Sandberg și Georg Nyström, în clădire se mai află și Fredrik Clinton. El a mers azi-dimineață cu o ambulanță la dializă.

— Cine sunt ceilalți trei?

— Un domn care se numește Otto Hallberg. A lucrat la RPS/Säk în anii 1980, dar de fapt aparține statului major al apărării. Face parte din marină și din serviciul de informații al armatei.

— Aha. De ce nu sunt uimit?

Monica Figuerola mai puse pe masă o fotografie.

— Pe tipul acesta nu l-am identificat. A luat prânzul cu Hallberg. Vom vedea dacă-l vom putea identifica, diseară când pleacă acasă.

— OK.

— Cea mai interesantă însă este această persoană.

Mai puse o fotografie pe birou.

— Dar îl recunosc, spuse Edklinth.

— Se numește Wadensjöö.

— Exact. Lucra la secția contra terorismului, acum vreo cincisprezece ani. Era unul dintre candidații la postul de șef al Säpo. Nu știu ce s-a întâmplat cu el.

— Și-a dat demisia, în 1991. Ghicește cu cine a luat prânzul acum vreo oră.

Monica puse ultima fotografie pe birou.

— Secretarul general Albert Shenke și contabilul-șef Gustav Atterbom. Să fie supravegheați 24 din 24 de ore. Vreau să știu exact cu cine se întâlnesc.

— Nu e posibil. Am numai patru oameni la dispoziție. Și câțiva dintre ei trebuie să lucreze la documentare.

Edklinth dădu din cap, ciupindu-se gânditor de buza de jos. După un moment, o privi pe Monica Figuerola:

— Avem nevoie de oameni, spuse el. Crezi că poți să iei legătura cât mai discret cu inspectorul criminalist Jan Bublanski și să-l întrebi dacă n-ar vrea să ia cina cu mine, astăzi după slujbă? Spune-i ora șapte.

Edklinth se întinse după telefon și formă un număr, pe care-l știa pe dinafară.

— Bună, Armanski. Edklinth. Aș vrea să-ți răspund la plăcuta invitație la cină, de-acum ceva vreme... Nu, insist. Să spunem, la șapte?

Lisbeth Salander petrecuse noaptea la închisoarea Kronoberg, într-o celulă de aproximativ doi metri pe patru. Mobilierul era foarte modest. Adormise la cinci minute după ce fusese încuiată și se trezise devreme, în dimineața zilei de luni, făcând conștiincioasă exercițiile pe care terapeuta de la Shalgrenka i le prescrisese. Pe urmă, primise micul dejun și își petrecuse vremea stând pe saltea și privind fix înaintea ei.

La ora nouă și jumătate, fusese dusă în camera de interogatoriu, de pe partea cealaltă a coridorului. Paznicul era un unchiaș scund și chel, cu fața rotundă și ochelari cu ramă de baga. O tratase corect și binevoitor.

Annika Giannini a salutat-o cu prietenie. Lisbeth nu l-a băgat în seamă pe Hans Faste. Pe procurorul Richard Ekström îl întâlnea pentru prima oară și a petrecut următoarea jumătate de oră stând pe un scaun și privind țintă un punct pe perete, un pic deasupra capului acestuia. N-a spus o vorbă și n-a mișcat un mușchi.

La ora zece, Ekström a întrerupt nereușitul interogatoriu. Era iritat de faptul că nu obținuse de la ea nici cel mai mic răspuns. Pentru prima dată se simțea nesigur, privind fata subțire, care arăta ca o păpușă. Cum era posibil ca aceasta să-i fi brutalizat pe Magge Lundin și pe Sonny Nieminen, la Stallarholmen? Va da crezare curtea de judecată poveștii lui, chiar dacă avea probe convingătoare?

La ora douăsprezece, Lisbeth a primit un prânz simplu și a folosit ora care a urmat rezolvând în minte ecuații. Se concentrase pe un capitol numit „Astronomia sferică", dintr-o carte pe care o citise cu doi ani în urmă.

La ora 14:30, a fost dusă înapoi în sala de interogatoriu. De data aceasta, a condus-o o paznică mai tânără. Sala de interogatoriu era goală. S-a așezat pe un scaun, continuând să mediteze la o ecuație deosebit de complicată.

După zece minute, s-a deschis ușa.

— Hei, Lisbeth, a salutat-o amical Peter Teleborian.

El zâmbea. Lisbeth Salander a simțit că îngheață. Componentele ecuației pe care o construise în aer s-au prăbușit la picioarele ei. Auzea cum cifrele și semnele se izbeau zornăind, ca și cum ar fi avut formă fizică. Peter Teleborian a rămas nemișcat un minut, privind-o fix, înainte de a se așeza pe scaun, în fața ei. Ea a continuat să privească peretele.

După un moment, și-a mutat privirea, întâlnind ochii acestuia.

— Îmi pare rău că ai ajuns în această situație, spuse Peter Teleborian. Am să încerc să te ajut în toate felurile. Sper că vom putea construi între noi o atmosferă de bună înțelegere.

Lisbeth cerceta fiecare centimetru din el. Părul zbârlit. Barbișonul. Strungăreața. Buzele subțiri. Haina închisă la culoare. Cămașa deschisă la gât. Îi auzea vocea dulce, de o amabilitate perfidă.

— Sper că te voi putea ajuta mai bine decât prima oară când ne-am întâlnit.

Pusese un mic carnet de note și un pix pe masă, în fața sa. Lisbeth coborî privirea, cercetând pixul. Era un cilindru lung, argintiu și ascuțit.

Analiza consecințele.

Simțea impulsul de a întinde mâna să înșface pixul.

Ochii ei priviră spre degetul lui mic de la mâna stângă. Văzu o dungă subțire, în punctul în care, cu 15 ani în urmă, își înfipsese așa de puternic dinții, încât aproape îi smulsese degetul. Fusese nevoie de trei îngrijitori ca s-o țină și să-i desfacă fălcile.

Atunci eram o fetiță speriată, care abia intra în adolescență. Acum, sunt matură. Pot să te ucid când vreau.

Își fixă hotărâtă privirea pe un punct de pe perete, din spatele lui Teleborian și adună cifrele și semnele matematice care alunecaseră pe podea, începând din nou să le organizeze în ecuație.

Dr. Peter Teleborian o privea pe Lisbeth Salander cu o expresie neutră. Nu devenise un psihiatru internațional recunoscut pentru că-i lipseau cunoștințele despre ființa umană. Avea o bună capacitate de-a citi sentimente și stări de spirit.

Simțea cum o umbră înghețată se lăsase asupra încăperii, însă el o interpreta drept teama și rușinea resimțite de pacientă, sub aparența aceea nemișcată. Considera aceasta drept un semn pozitiv, că ea totuși reacționa la prezența lui. Era, de asemenea, mulțumit de faptul că fata nu-și schimbase comportamentul. *Avea să se spânzure singură, în sala de judecată.*

Ultima acțiune a Erikăi Berger la *SMP* a fost să se așeze în cușca de sticlă și să scrie o dare de seamă colaboratorilor. Când începuse să scrie, era ușor iritată și, fără voia ei, nota se transformase în două pagini format A4, unde explica de ce nu mai lucra la *SMP* și ce părere avea despre diferite persoane. A șters tot textul și a luat-o de la început, pe un ton mai obiectiv.

Nu l-a amintit pe Peter Fredriksson. Dacă ar fi făcut-o, întregul interes s-ar fi concentrat pe acesta și adevăratele motive s-ar fi înecat sub titlurile de pagină despre hărțuiri sexuale.

A menționat două motive. Cel mai important era că, la nivelul conducerii, întâlnise o împotrivire masivă la propunerea ei ca șefii și proprietarii să-și reducă salariile și dividendele. În loc de asta, fusese obligată să-și înceapă slujba la *SMP* operând drastice reduceri de personal, ceea ce considera nu numai o încălcare a principiilor pentru care acceptase slujba, dar îi anulaseră toate încercările de-a face schimbări de durată și de consolidare a ziarului.

Al doilea motiv era dezvăluirea despre Borgsjö. Explica faptul că i se ceruse să ascundă afacerea și că aceasta nu intra în deontologia ei profesională. Însemna deci că nu avea de ales și trebuia să părăsească redacția. Încheia cu constatarea că problema ziarului nu se afla la nivelul personalului, ci al conducerii.

A mai citit o dată nota, a corectat o greșeală de ortografie și a trimis-o tuturor colaboratorilor din concern. Apoi, a făcut o copie, pe care a trimis-o la *Ziarul presei* și la organul sindical *Jurnalistul*. După care și-a împachetat laptopul și a mers la Anders Holm.

— La revedere, îi spuse.

— La revedere, Berger. A fost un iad să lucrez cu tine.

Își zâmbiră unul altuia.

— Mai e ceva, zise ea.

— Ce?

— Johannes Frisk a lucrat la un subiect, pentru mine.

— Și nimeni nu știe cu ce se ocupă.

— Să-l sprijini. A ajuns destul de departe și voi ține legătura cu el. Lasă-l să termine treaba. Promit că vei avea de câștigat.

El rămase pe gânduri. Apoi, dădu din cap, aprobând.

Își strânseră mâinile. Erika lăsă cardul de acces pe biroul lui Holm și coborî în garaj, unde își căută BMW-ul. Curând după ora patru, parcă în apropiere de redacția revistei *Millennium.*

PARTEA A PATRA
REBOOTING SYSTEM[50]

50 „Repornind sistemul": când un calculator este repornit, „rebooting system" este sistemul care încarcă sistemele de operare.

1 iulie — 7 octombrie

Cu tot bogatul florilegiu de legende despre amazoanele din vechea Grecie, din America de Sud, din Africa și din alte locuri, în istorie nu există decât un singur exemplu documentat despre femei luptătoare. E vorba despre armata de femei care a existat printre grupurile etnice Fon, în vestul Africii, în Dahomey — Beninul de astăzi.

Aceste femei războinice nu sunt amintite niciodată în istoria militară oficială, niciun film romanțat nu s-a făcut despre ele și în prezent ele nu există decât sub forma unor note de subsol, în lucrări istorice. O singură operă științifică a fost scrisă despre aceste femei, *Amazons of Black Sparta*, de către istoricul Stanley B. Alpern (Hurst & Co Ltd, Londra, 1998). Și totuși, formau o armată care se putea măsura cu oricare alt corp de elită al forțelor dușmane din vremea aceea.

Nu se știe cu exactitate când a fost alcătuită armata de femei Fon, dar unele surse datează existența ei din secolul al XVII-lea. Inițial era o gardă regală, însă s-a dezvoltat, devenind un colectiv militar constând din 6 000 de soldați, cu statut aproape divin. Scopul lor nu era unul ornamental. Timp de mai mult de două sute de ani, ele au constituit vârful de lance al triburilor Fon împotriva coloniștilor europeni invadatori. Erau temute de armata franceză, pe care au înfrânt-o în mai multe bătălii. Abia în 1892, armata de femei a fost învinsă, după ce Franța a adus pe vase trupe moderne, înzestrate cu artilerie, legiuni de mercenari străini, un regiment de infanterie marină, precum și cavalerie.

Nu se știe câte dintre aceste femei războinice au murit pe câmpul de luptă. Supraviețuitoarele au continuat, timp de mai mulți ani, să poarte un război de gherilă și veterane ale acestei armate mai trăiau, fiind intervievate și fotografiate până târziu, prin anii 1940.

23

Vineri 1 iulie — duminică 10 iulie

Cu două săptămâni înainte de procesul împotriva lui Lisbeth Salander, Christer Malm a terminat punerea în pagină a cărții groase de 364 de pagini, care avea titlul sobru de *Secția*. Coperta era albastru-deschis, titlul era scris cu litere galbene[51]. Christer Malm plasase în partea de jos a copertei șapte portrete în alb-negru, de mărimea unui timbru poștal, ale prim-miniștrilor suedezi. Peste ei plutea un portret al lui Zalachenko. Christer Malm folosise ca ilustrație fotografia de pașaport a lui Zalachenko, mărind contrastul, așa că doar părțile închise la culoare se vedeau, ca un fel de umbră peste întreaga copertă. Nu era un design sofisticat, dar foarte eficient. Ca autori erau numiți Mikael Blomkvist, Henry Cortez și Malin Eriksson.

Era ora cinci și jumătate dimineața și Christer Malm lucrase toată noaptea. Avea o greață ușoară și simțea nevoia disperată de-a se duce acasă, să se culce. Malin Eriksson stătuse cu el toată noaptea și făcuse corectura finală,

---

51 Albastru-deschis și galben sunt culorile steagului suedez.

foaie cu foaie, în vreme ce Christer își punea aprobarea pe fiecare dintre ele, scoţând-o apoi pe hârtie. Ea dormea deja pe canapeaua din redacţie.

Christer Malm a strâns textele, fotografiile și caracterele de litere într-un singur catalog. A deschis programul *Toast* și a făcut două CD-uri. Pe unul l-a pus în seiful redacţiei. Mikael Blomkvist, mort de oboseală, a venit să ia celălalt CD, cu puţin înainte de ora șapte.

— Du-te acasă și culcă-te, îi spuse el.

— Am plecat, răspunse Christer.

Au lăsat-o pe Malin să-și continue somnul și au cuplat alarma. Henry Cortez urma să vină la ora opt, ca să preia paza. Și-au strâns mâinile și s-au despărţit în faţa ușii de la intrare.

Mikael Blomkvist a luat-o pe jos, până în Lundagatan, unde a împrumutat din nou în mod clandestin Honda roșie lăsată acolo de Lisbeth Salander. I-a dus personal CD-ul lui Jan Cöbin, șef al tipografiei Hallvig Reklam, care se afla într-o clădire modestă de cărămidă de lângă gara Morgongåva, în apropiere de Sala. Livrarea era o misiune pe care el nu voia s-o încredinţeze serviciului poștal.

A condus cu grijă, pe urmă a așteptat o vreme, în timp ce la tipografie se verifica dacă CD-ul este în regulă. S-a încredinţat că într-adevăr cartea va fi gata chiar în ziua în care va începe procesul. Problema nu era tipărirea propriu-zisă, ci legarea cărţii, care ar fi putut lua mai mult timp. Însă Jan Cöbin l-a asigurat că cel puţin 500 de exemplare din prima ediţie de 10 000 vor fi livrate în ziua stabilită. Cartea avea să fie scoasă în format de buzunar.

Mikael s-a asigurat, de asemenea, că toţi angajaţii înţeleseseră că trebuia lucrat în cel mai deplin secret. Recomandare care nu era necesară. Cu doi ani în urmă, tipografia Hallvig tipărise, în aceleași condiții, cartea lui Mikael despre omul de afaceri Hans-Erik Wennerström. Ei știau că manuscrisele care veneau de la mica editură *Millennium* erau deosebite.

Apoi, Mikael s-a întors liniștit la Stockholm. A parcat în fața locuinței lui din Bellmansgatan și a făcut o scurtă vizită în propriul său apartament, unde a împachetat într-o geantă de voiaj un schimb de haine, aparatul de ras și periuța de dinți. Apoi, a condus până la debarcaderul de la Stavsnäs, în Värmdö, unde și-a parcat mașina, luând feribotul pentru Sandhamn.

Nu mai fusese la casa lui de vacanță de la Crăciun. A deschis toate ferestrele ca să aerisească și, în timpul acesta, a băut o sticlă de apă minerală. Ca întotdeauna după ce isprăvea o treabă și textul pleca la tipografie, nemaifiind posibilă nicio modificare, se simțea complet golit.

Pe urmă, a petrecut o oră măturând, ștergând praful, făcând curat în cabina de duș, punând în priză frigiderul, controlând dacă apa e branșată și schimbând așternutul sus, în camera de dormit. Apoi, a mers la magazinul ICA, de unde a cumpărat tot ce trebuia pentru o ședere de sfârșit de săptămână. În cele din urmă, a pornit filtrul de cafea și s-a așezat pe ponton, fumând o țigară și fără să se gândească la ceva anume.

Cu puțin înainte de ora cinci, s-a dus la debarcader și a întâmpinat-o pe Monica Figuerola.

— Nu credeam că vei putea să-ți iei liber, spuse el, sărutând-o pe obraz.

— Nici eu nu credeam. Însă i-am spus lui Edklinth cum stau lucrurile. În ultimele săptămâni, am lucrat fiecare minut și începeam să fiu ineficientă. Am nevoie de două zile libere, ca să-mi reîncarc bateriile.

— În Sandhamn?

— Nu i-am spus unde aveam de gând să merg, zise ea zâmbind.

Monica Figuerola a petrecut un moment cotrobăind prin toate colțurile, prin cabana de 24 de metri pătrați a lui Mikael. A supus unei cercetări critice colțul de gătit, baia și micul dormitor, înainte să-și dea aprobarea, cu un semn din cap. S-a spălat și a pus pe ea o rochie subțire de vară, în vreme ce Mikael prepara cotlete de miel în sos de vin și punea masa afară, pe ponton. Au mâncat în tăcere, privind bărcile cu pânze care intrau în portul din Sandhamn. Au deschis o sticlă de vin.

— E o căsuță minunată. Aici îți aduci toate cuceririle? întrebă brusc Monica Figuerola.

— Nu pe toate. Doar pe cele mai importante.

— Erika Berger a fost aici?

— De mai multe ori.

— Și Lisbeth Salander?

— Ea a locuit aici în săptămânile în care am scris cartea despre Wennerström. Și am petrecut aici Crăciunul împreună, acum doi ani.

— Prin urmare, și Erika Berger, și Lisbeth Salander au fost femei importante în viața ta?

— Erika este cea mai bună prietenă a mea. Suntem prieteni de mai mult de 25 de ani. Cu Lisbeth e o altă poveste. E foarte specială și cel mai asocial om pe care l-am cunoscut vreodată. Dar pot spune că mi-a făcut o impresie deosebită, din momentul în care am cunoscut-o. Îmi place de ea. Îmi e prietenă.

— Ți-e milă de ea?

— Nu. Și-a ales singură drumul prin mizerie. Dar simt o mare simpatie și înțelegere față de ea.

— Însă nu ești îndrăgostit nici de Berger, nici de ea?

Mikael ridică din umeri. Monica Figuerola urmărea cu privirea o barcă Amigo 23, cu luminile aprinse și pufăind din motor, care se întorcea în port.

— Dacă dragostea înseamnă să-ți placă foarte mult de cineva, presupun că sunt îndrăgostit de mai mulți cameni, spuse el.

— Și de mine?

Mikael dădu din cap. Monica Figuerola își încruntă sprâncenele, privindu-l atentă.

— Te deranjează? întrebă Mikael.

— Că ai mai avut femei înaintea mea? Nu. Dar mă deranjează că nu știu exact ce se întâmplă între noi. Și nu cred că pot avea o relație cu un tip care regulează tot ce-i iese în cale...

— Nu am de gând să-mi cer scuze pentru viața mea.

— Și cred că îmi placi tocmai pentru că ești așa cum ești. E ușor să fac sex cu tine, pentru că nu există nicio complicație și mă simt în siguranță. Însă totul a început pentru că eu am cedat unui impuls nebunesc. Nu mi se întâmplă prea des și nu am planificat nimic. Și acum, am ajuns la o fază în care am devenit una dintre femeile pe care le-ai invitat aici...

Mikael rămase tăcut o vreme.

— Nu erai obligată să vii.

— Ba da. Eram obligată. La naiba, Mikael...

— Știu.

— Sunt nefericită. Nu vreau să mă îndrăgostesc de tine. Mă va durea prea tare, când se va sfârși.

— Am primit cabana asta când a murit tata și mama s-a mutat acasă, în Norrland. Am împărțit bunurile, așa că sora mea a luat apartamentul părinților și eu am primit cabana. O am de aproape douăzeci și cinci de ani.

— Aha.

— În afară de câteva cunoștințe ocazionale, pe la începutul anilor '80, sunt exact cinci femei care au venit aici, înaintea ta. Erika, Lisbeth și fosta mea soție, cu care am fost însurat în anii '80. O fată cu care am avut o relație foarte serioasă, la sfârșitul anilor '90, și o femeie care e ceva mai în vârstă decât mine, pe care am cunoscut-o în urmă cu doi ani și pe care o întâlnesc din când în când. Circumstanțele sunt un pic speciale...

— Aha.

— Vin aici ca să scap de oraș și ca să mă relaxez. Sunt aproape întotdeauna singur aici. Citesc cărți, scriu sau mă destind, stând pe ponton și privind bărcile. Nu este cuibul ascuns de plăceri al unui burlac.

Se ridică și aduse sticla de vin pe care o pusese la umbră, lângă ușă.

— Nu am intenția să-ți fac promisiuni, spuse el. Căsătoria mea s-a destrămat pentru că eu și Erika nu am putut să ne ținem la distanță unul de altul. *Unde-ai fost, ce-ai făcut, de unde-a apărut tricoul ăsta.*

Umplu paharele.

— Dar tu ești cea mai interesantă persoană pe care am întâlnit-o, de multă vreme. E ca și cum relația noastră a funcționat la viteză maximă, încă din prima zi. Cred că m-am îndrăgostit de tine, din ziua în care ai venit să mă iei din casa scării. În puținele nopți pe care le-am dormit acasă, la mine, mă trezeam în mijlocul nopții și voiam să te am. Nu știu dacă vreau să am o relație stabilă, dar mi-e foarte frică să nu te pierd.

O privi:

— Așa că, ce crezi că ar trebui să facem?

— Să ne mai gândim, spuse Monica Figuerola. Și eu sunt foarte atrasă de tine.

— Treaba începe să devină serioasă, zise Mikael.

Ea dădu din cap, simțind deodată o adâncă melancolie. Apoi, nu-și mai spuseră nimic vreme îndelungată. Când se făcu întuneric, strânseră masa și intrară, închizând ușa în urma lor.

În vinerea de dinaintea procesului, Mikael s-a oprit la chioșcul de ziare de la Slussen, privind titlurile de dimineață. Președintele consiliului de administrație al ziarului *Svenska Morgon–Posten,* Magnus Borgsjö, capitulase, anunțându-și plecarea. A cumpărat ziarul, pornind pe jos până la Java, colț cu Hornsgatan, unde a luat un mic dejun întârziat. Borgsjö invoca problemele familiale ca motiv al plecării sale bruște. Nu voia să comenteze zvonurile că plecarea avea ceva de-a face cu faptul că Erika Berger se văzuse obligată să demisioneze, după ce-i ordonase să mușamalizeze istoria despre angajamentul lui în firma Vitavara SA. Într-o casetă, se spunea însă că președintele de la Svenskt Näringsliv hotărâse să constituie o comisie de anchetă asupra relațiilor pe care firmele suedeze le aveau cu întreprinderi din Extremul Orient care foloseau forță de muncă infantilă.

Mikael Blomkvist începu brusc să râdă în hohote.

Apoi, împături ziarele și o sună pe fata de la TV4, întrerupând-o chiar în mijlocul prânzului, care consta dintr-un sendviș.

— Bună, iubito, spuse Mikael Blomkvist. Bănuiesc că tot nu vrei să ieși cu mine în oraș, într-una din serile astea.

— Bună, Mikael, spuse râzând fata de la TV4. *Sorry*, dar nu ești tipul de bărbat din visele mele. Însă, oricum, ești destul de nostim.

— Te-ai putea gândi cel puțin să iei cina cu mine, în seara asta, doar ca să discutăm afaceri?

— Despre ce e vorba?

— Erika Berger a făcut un târg cu tine, acum doi ani, în legătură cu afacerea Wennerström. A funcționat bine. Aș vrea să facem o înțelegere asemănătoare.

— Povestește.

— Nu înainte să ne punem de acord asupra condițiilor. Exact așa cum am făcut în legătură cu afacerea Wennerström, vom publica o carte, împreună cu un număr tematic al revistei. Și această poveste va da naștere unui scandal uriaș. Eu îți ofer în exclusivitate tot materialul, cu condiția ca tu să nu lași să transpire nimic înainte să publicăm cartea. În acest caz, publicarea este deosebit de complicată, pentru că trebuie să se petreacă într-o anumită zi.

— Cât de mare este scandalul?

— Mai mare decât acela din afacerea Wennerström, spuse Mikael Blomkvist. Ești interesată?

— Glumești? Unde ne întâlnim?

— Ce spui despre „Cratița lui Samir"? Erika Berger va participa și ea la întâlnire.

— Ce e cu povestea despre Berger? S-a întors la *Millennium*, după ce a fost dată afară de la *SMP?*

— N-a fost dată afară. Și-a dat demisia, din cauza unor nepotriviri de opinie cu Borgsjö.

— Tipul pare să fie o jigodie absolută.

— Sigur că da, spuse Mikael Blomkvist.

Fredrik Clinton asculta Verdi cu căștile la urechi. Muzica era aproape singurul lucru din existența lui care îl făcea să uite de aparatele de dializă și de durerile tot mai mari de șale. Nu fredona. Ținea ochii închiși și urmărea melodia cu mâna dreaptă, care plutea în aer, părând să aibă viața ei proprie, dincolo de trupul lui distrus.

Viața este cum este. Ne naștem. Trăim. Îmbătrânim. Murim. El își trăise viața. Tot ce mai rămânea era dezintegrarea.

Se simțea ciudat de împăcat cu existența.

Pusese muzica pentru prietenul său Evert Gullberg.

Era sâmbătă, 9 iulie. Rămânea mai puțin de o săptămână până la începerea procesului și Secția va putea apoi să claseze această istorie nefericită. Primise vestea în dimineața aceea. Gullberg fusese mai rezistent decât alții. Când îți tragi un glonț de 9 mm în propria-ți tâmplă, te aștepți să mori. Și totuși, mai durase trei luni, înainte ca trupul lui Gullberg să se predea, ceea ce se datorase poate mai mult întâmplării, decât încăpățânării cu care doctorul Anders Jonasson refuzase să considere bătălia pierdută. Cancerul, nu glonțul îi adusese sfârșitul.

Moartea fusese prin urmare dureroasă, ceea ce-l întrista pe Clinton. Gullberg fusese incapabil să comunice cu lumea înconjurătoare, dar în unele perioade fusese într-un fel conștient. Putea să simtă prezența celorlalți. Personalul care îl îngrijea observase că el zâmbea, când cineva îl mângâia pe obraz și gemea, când simțea neplăcere. Comunica adesea cu infirmierele, încercând să formuleze cuvinte, pe care nimeni nu le înțelegea de fapt.

Nu avea rude și niciunul dintre prieteni nu-l vizitase la spital. Ultima lui percepție a fost o infirmieră africană, pe nume Sara Kitama, care a vegheat la patul lui și i-a ținut mâna, atunci când a intrat în somnul de veci.

Fredrik Clinton înțelegea că îl va urma curând pe fostul frate de arme. Nu exista nicio îndoială. Probabilitatea ca el să facă un transplant de rinichi de care avea o nevoie disperată se micșora cu fiecare zi și dezagregarea trupului său își urma cursul. Funcțiile ficatului și intestinelor se dovedeau tot mai proaste, la fiecare examinare.

Spera să supraviețuiască până la Crăciun.

Dar era mulțumit. Simțea o satisfacție aproape supranaturală că ultima bucată de viață fusese în chip așa de neașteptat și uimitor o reîntoarcere la slujbă.

Era o favoare la care nu se așteptase niciodată.

Ultimele tonuri din Verdi se stingeau, exact în momentul în care Birger Wadensjöö a deschis ușa la mica odaie de odihnă a lui Clinton, de la statul major al Secției, de pe Artillerigatan.

Clinton a deschis ochii.

Ajunsese la părerea că Wadensjöö era un balast. Acesta era cu totul nepotrivit ca șef al detașamentului de frunte al apărării suedeze. Nici nu putea înțelege cum el însuși și Hans von Rottinger putuseră odinioară să-i facă o atât de greșită estimare, considerându-l pe Wadensjöö drept un urmaș de la sine înțeles.

Wadensjöö era un luptător care avea nevoie de vânt favorabil. În momente de criză, era slab și incapabil să ia hotărâri. Un navigator de vreme bună. Un balast inert și speriat, un om căruia îi lipsea coloana vertebrală și care, dacă ar fi putut hotărî singur, ar fi rămas paralizat, lăsând Secția să se prăbușească.

Așa de simplu era.

Unii aveau darul. Alții vor dezamăgi totdeauna, în momentul adevărului.

— Voiai să vorbești cu mine? întrebă Wadensjöö.

— Ia loc, îi spuse Clinton.

Wadensjöö se așeză.

— Sunt la vârsta la care nu mai am vreme să vorbesc pe ocolite. Trebuie să spun direct ce am de spus. Când acestea se vor termina, vreau ca tu să părăsești funcția de șef al Secției.

— Da?

Clinton îndulci tonul:

— Ești un om bun, Wadensjöö. Dar, din păcate, ești cu totul nepotrivit pentru a purta pe umeri povara, după Gullberg. Niciodată n-ar fi trebuit să primești această responsabilitate. A fost greșeala lui von Rottinger și a mea, că nu am rezolvat problema urmașului la tron, atunci când eu m-am îmbolnăvit.

— Nu ți-a plăcut niciodată de mine.

— Greșești. Ai fost un administrator admirabil, atunci când eu și von Rottinger conduceam Secția. Am fi fost complet neajutorați fără tine și am mare încredere în patriotismul tău. Dar nu am nicio încredere în capacitatea ta de a lua decizii.

Wadensjöö zâmbi deodată cu amărăciune:

— După toate acestea, nu știu dacă mai doresc să rămân la Secție.

— Acum, când Gullberg și von Rottinger sunt morți, eu singur trebuie să iau deciziile definitive. Tu te-ai opus sistematic la fiecare hotărâre pe care am luat-o în lunile care au trecut.

— Și repet că hotărârile luate au fost lipsite de sens. Se va termina cu o catastrofă.

— E posibil. Dar incapacitatea ta de decizie ar fi dus în mod garantat la prăbușire. Acum, avem în orice caz o șansă și lucrurile par să meargă bine. Revista *Millennium* este paralizată. Poate că ei bănuiesc că ne aflăm pe undeva, dar le lipsesc dovezile și n-au nicio posibilitate de-a le găsi, pe acestea sau pe noi. Avem control de fier asupra celor ce se întâmplă.

Wadensjöö privi pe fereastră. Vedea acoperișurile câtorva case din apropiere.

— Singura care mai rămâne este fata lui Zalachenko. Dacă începe cineva să scormonească în istoria ei și ascultă la ce are aceasta de spus, se poate întâmpla orice. Însă procesul va începe peste câteva zile și, pe urmă, totul se va sfârși. De data asta, trebuie s-o îngropăm așa de adânc, încât să nu mai apară niciodată, să ne bântuie.

Wadensjöö scutură din cap, în semn de împotrivire.

— Nu-ți înțeleg atitudinea, spuse Clinton.

— Nu. Știu că tu nu mă înțelegi. Ai împlinit de curând 68 de ani. Ești pe moarte. Hotărârile tale nu mai sunt raționale și totuși pari că i-ai vrăjit pe Georg Nyström și pe Jonas Sandberg. Te ascultă, de parcă ai fi Dumnezeu Tatăl.

— Eu *sunt* Dumnezeu Tatăl în tot ce are de-a face cu Secția. Noi lucrăm după un plan. Forța noastră de-a hotărî dă Secției o șansă. Și, cu cea mai mare hotărâre, afirm că Secția nu va mai trebui niciodată să ajungă într-o situație atât de vulnerabilă. Când se va termina totul, vom face o revizuire totală a activității noastre.

— Înțeleg.

— Noul șef va fi Georg Nyström. De fapt, el este prea în vârstă, însă este singurul care poate fi luat în considerație și a promis să mai rămână cel puțin șase ani. Sandberg este prea tânăr și, din cauza felului tău de-a conduce, prea lipsit de experiență. Ar fi trebuit să fie pe deplin format, în momentul acesta.

— Clinton, tu nu înțelegi ce-ai făcut. Ai ucis un om. Björck a lucrat pentru Secție 35 de ani și tu ai ordonat uciderea lui. Nu înțelegi...

— Știi foarte bine că era necesar. Ne trădase și niciodată n-ar fi rezistat la presiuni, iar poliția începuse să strângă lațul în jurul lui.

Wadensjöö se ridică în picioare.

— Încă n-am terminat.

— Atunci, vom relua discuția mai târziu. Am treburi de făcut, în vreme ce tu zaci aici și fantazezi, cum că ai fi Atotputernicul.

Wadensjöö o luă spre ușă.

— Dacă ești așa de indignat din punct de vedere moral, de ce nu te duci la Bublanski, să-ți recunoști greșelile?

Wadensjöö se întoarse spre bătrânul bolnav:

— M-a bătut gândul ăsta. Dar, orice ai crede, eu apăr Secția din toate puterile mele.

Tocmai când deschidea ușa, dădu peste Georg Nyström și Jonas Sandberg.

— Bună, Clinton, spuse Nyström. Trebuie să vorbim despre câteva chestiuni.

— Intrați. Wadensjöö tocmai pleca.

Nyström așteptă până ce se închise ușa.

— Fredrik, simt o mare neliniște, spuse el.

— De ce?

— Sandberg și cu mine am stat și am gândit. Se petrec lucruri pe care nu le înțelegem. Acum, de dimineață, avocata lui Lisbeth Salander a lăsat la procuror autobiografia acesteia.

— *Ce?*

Inspectorul criminalist Hans Faste o privea pe Annika Giannini, în vreme ce procurorul Richard Ekström turna cafea dintr-un termos. Ekström fusese total uluit de documentul care i se servise, la sosirea la slujbă. Împreună cu Faste, citise cele 40 de pagini care constituiau relatarea lui Lisbeth Salander. Discutaseră ciudatul document un lung moment. În cele din urmă, se simțise obligat s-o roage pe Annika Giannini să-l viziteze imediat, pentru o discuție neoficială.

S-au așezat la o mică masă de conferințe, în biroul lui Ekström.

— Mulțumesc că ați venit, începu Ekström. Am citit această... hmm, povestirea pe care mi-ați lăsat-o azi-dimineață și simt nevoia să clarific anumite semne de întrebare...

— Da? spuse Annika Giannini, ca pentru a-l ajuta.

— De fapt, nici nu știu de unde să încep. Poate ar trebui să încep prin a spune că atât eu, cât și inspectorul criminalist Hans Faste suntem adânc uluiți.

— A, da?

— Încerc să vă înțeleg intențiile.

— Ce vreți să spuneți?

— Această autobiografie sau cum poate fi ea numită... Care este rostul ei?

— Ar trebui să fie evident. Clienta mea vrea să-și relateze propria versiune asupra evenimentelor.

Ekström începu să râdă binevoitor. Își netezi barbișonul cu un gest prea bine cunoscut care, din cine știe ce motiv, începuse s-o irite pe Annika.

— Păi bine, clienta dumneavoastră a avut mai multe luni, ca să se explice. Ea n-a spus niciun cuvânt, la niciunul dintre interogatoriile pe care Faste a încercat să le poarte cu ea.

— După câte știu, nu există nicio lege care s-o oblige să vorbească, atunci când îi convine inspectorului criminalist Faste.

— Nu, dar vreau să spun... Peste două zile, începe procesul împotriva lui Salander și, în al doisprezecelea ceas, ea vine cu toate astea. Într-un fel, simt o răspundere, care este dincolo de datoria mea de procuror.

— Aha?

— Nu vreau cu niciun preț să mă exprim în vreun fel care ar fi jignitor. Nu e intenția mea. Avem o formă procedurală a proceselor aici, în țara asta. Dar, doamnă Giannini, dumneavoastră sunteți avocat al drepturilor femeii și n-ați reprezentat niciodată un client într-un proces de drept penal. Eu nu am pus-o sub acuzare pe Lisbeth Salander pentru că este femeie, ci pentru că a săvârșit delicte grave. Cred că și dumneavoastră ar trebui să fi înțeles că ea este grav bolnavă psihic și are nevoie de îngrijire și de ajutor din partea colectivității.

— Lăsați-mă să vă ajut, spuse prietenoasă Annika Giannini. Vă temeți că nu-i voi putea asigura lui Lisbeth Salander o apărare satisfăcătoare.

— Nu e nimic umilitor în asta, spuse Ekström. Nu pun sub semnul întrebării competența dumneavoastră. Afirm doar că nu aveți experiență.

— Înțeleg. Permiteți-mi să spun că sunt complet de acord cu dumneavoastră. Sunt foarte lipsită de experiență în procesele criminale.

— Și totuși ați refuzat consecvent ajutorul care v-a fost oferit de către avocați infinit mai experimentați...

— Conform dorinței clientei mele, Lisbeth Salander vrea să mă aibă ca avocat și eu o voi reprezenta în sala de judecată, peste două zile.

Zâmbi politicos.

— OK. Dar, mă întreb dacă dumneavoastră vă gândiți în mod serios să prezentați conținutul acestei compuneri în fața completului de judecată?

— Bineînțeles. Este povestea lui Lisbeth Salander.

Ekström și Faste schimbară o privire. Faste ridică din sprâncene. De fapt, nu înțelegea de ce insista atât Ekström. Dacă Giannini nu pricepea că era pe cale să-și îngroape definitiv clienta, la naiba, asta nu era treaba procurorului! Trebuia doar să-i mulțumească, să accepte și să claseze afacerea.

El nu avea nicio îndoială că Salander era total nebună. Încercase, folosindu-și toate capacitățile, s-o convingă să spună cel puțin unde locuiește. Dar, interogatoriu după interogatoriu, blestemata asta de fată rămăsese tăcută, privind peretele din spatele lui. Nu se mișcase nici cu un milimetru. Refuzase să primească țigările pe care el i le oferea, sau cafeaua, sau răcoritoarele. Nu reacționase nici când o implorase sau, în momentele de mare iritare, când ridicase glasul.

Probabil fuseseră cele mai frustrante interogatorii pe care inspectorul criminalist Hans Faste le făcuse vreodată.

Oftă adânc.

— Doamnă Giannini, spuse în cele din urmă Ekström. Estimez că Salander ar fi trebuit să fie scutită de acest proces. Este bolnavă. Mă bazez pe o expertiză psihiatrică extrem de calificată. Trebuie să primească îngrijirile psihiatrice de care a fost lipsită mulți ani.

— În cazul acesta, presupun că veți prezenta acest lucru la proces.

— O voi face. Nu am atribuția de a vă sfătui cum să vă construiți apărarea. Însă, dacă aceasta este linia pe care în mod serios vreți s-o urmați, atunci situația este complet absurdă. Această autobiografie conține acuzații așa de nebunești și lipsite de orice temei împotriva unui șir de persoane... Nu mai puțin, împotriva fostului ei tutore, avocatul Bjurman și a doctorului Peter Teleborian! Sper că nu credeți în mod serios că tribunalul va accepta vreun raționament care, fără cea mai mică probă, pune sub semnul îndoielii o persoană ca dr. Teleborian. Acest document va constitui ultimul cui bătut în sicriul clientei dumneavoastră, dacă-mi scuzați exprimarea.

— Înțeleg.

— Ați putea, în timpul procesului, să negați că este bolnavă și să cereți o altă expertiză psihiatrică, problema fiind încredințată Comisiei de medicină legală. Dar, cinstit vorbind, cu această relatare a lui Salander, toți ceilalți experți în psihiatrie legală vor ajunge fără cea mai mică îndoială la aceeași concluzie ca și Peter Teleborian. Confesiunea ei nu face decât să întărească evidența faptului că suferă de schizofrenie paranoidă.

Annika Giannini zâmbi amabil.

— Dar există o alternativă, spuse ea.

— Care anume? întrebă Ekström.

— Păi... că relatarea ei este întru totul adevărată și completul de iudecată va crede în ea.

Procurorul Ekström păru uluit. Apoi zâmbi amabil, netezindu-și barbișonul.

Fredrik Clinton se așezase la măsuța de lângă fereastra din camera lui. Îi asculta atent pe Georg Nyström și pe Jonas Sandberg. Chipul îi era plin de riduri, dar ochii ca două boabe de piper erau concentrați și atenți.

— Din luna aprilie, ținem sub supraveghere conversațiile telefonice și poșta electronică ale celor mai importanți dintre angajații de la *Millennium*, spuse Clinton. Am constatat că Blomkvist, Malin Eriksson și Cortez acela sunt aproape resemnați. Am citit ultima versiune a următorului număr din *Millennium*. Se pare că Blomkvist însuși a dat înapoi, ajungând să afirme că Lisbeth Salander poate fi, la urma urmei, nebună. Aici, ar exista o apărare a lui Salander din punct de vedere social — el argumentează că fata n-a primit sprijinul colectivității, pe care de fapt ar fi trebuit să-l primească și că, de aceea, într-un fel nu este vina ei că a încercat să-și omoare tatăl... Însă aceasta este o părere care nu are nicio valoare. Nu există niciun cuvânt despre intrarea în apartamentul lui sau despre atacul asupra surorii lui la Göteborg sau despre rapoartele dispărute. Știe că nu poate dovedi nimic.

— Aceasta este problema, spuse Jonas Sandberg. Blomkvist ar trebui, de fapt, să-și dea seama că ceva nu este în ordine. Dar el ignoră, pur și simplu, toate semnele de întrebare. Iartă-mă, dar nu pare deloc să fie stilul de la *Millennium.* În plus, Erika Berger s-a întors în redacție. Întregul număr al revistei este așa de gol și lipsit de conținut, că pare să fie o glumă.

— Ce vrei să spui, că e o făcătură?

Jonas Sandberg dădu din cap.

— Numărul de vară al revistei *Millennium* ar fi trebuit, de fapt, să apară în ultima săptămână din iunie. După cum reiese din e-mailurile lui Malin Eriksson către Mikael Blomkvist, acest număr va fi tipărit la o tipografie din Södertälje. Dar eu am verificat la firma respectivă, astăzi și ei nu au primit nicio machetă până acum. Tot ce-au primit a fost o cerere de ofertă, acum o lună.

— Hmm, făcu Fredrik Clinton.

— Unde au tipărit înainte?

— La o firmă care se numește Hallvig Reklam Tryckeri, în Morgongåva. Am telefonat și am întrebat cât de departe au ajuns cu tipăritul — m-am prefăcut că lucrez la *Millennium.* Șeful de la Hallvig n-a vrut să spună o vorbă. Mă gândesc să mă duc până acolo diseară, să arunc o privire.

— Înțeleg. Georg?

— Am examinat toate apelurile telefonice din ultima săptămână, spuse Georg Nyström. E ciudat, dar niciunul dintre angajații revistei nu discută nimic care să aibă de-a face cu procesul sau cu afacerea Zalachenko.

— Nimic?

— Nu. Sunt amintite, doar când se vorbește cu cineva din afara revistei. Ascultați aici, de exemplu. Mikael Blomkvist a fost sunat de către un reporter de la *Aftonbladet,* care l-a întrebat dacă are vreun comentariu despre procesul care va începe.

Porni reportofonul:

— *Sorry, dar nu am niciun comentariu.*

— *Ai fost în această afacere de la început. Dumneata ești cel care ai găsit-o pe Lisbeth Salander la Gosseberga. Și încă nu ai publicat niciun cuvânt. Când ai de gând să publici?*

— *Când va fi momentul. În cazul că am ceva de publicat.*

— *Ai?*

— *Păi, cumpără* Millennium *și o să vezi.*

Nyström opri reportofonul.

— De fapt, nu m-am gândit la asta mai înainte, dar acum m-am întors în timp și am ascultat câte ceva, la întâmplare. Așa a fost mereu. Mikael n-a discutat aproape niciodată afacerea Zalachenko, decât în cei mai generali termeni. Nu discută nici cu sora lui, care este avocata lui Salander.

— Poate că de fapt nu are nimic de spus.

— Refuză consecvent să facă orice fel de speculații. Pare să locuiască tot timpul la redacție și aproape niciodată nu e acasă, în locuința din Bellmansgatan. Dacă lucrează 24 din 24 de ore, ar fi trebuit să realizeze ceva mai bun, decât ce se află în următorul număr al revistei.

— Și încă nu avem posibilitatea să punem sub supraveghere redacția?

— Nu, interveni Jonas Sandberg în discuție. Și ziua, și noaptea se află cineva la redacție. Chiar și acest fapt este semnificativ.

— Hmm

— Din momentul în care am intrat în apartamentul lui Blomkvist, întotdeauna a fost cineva la redacție. Blomkvist dispare sus, la redacție, și pe urmă lumina din biroul lui rămâne încontinuu aprinsă. Dacă nu este el, este Cortez sau Malin Eriksson, sau poponarul ăla... da, Christer Malm.

Clinton își frecă bărbia, rămânând un moment pe gânduri.

— OK. Concluziile?

Georg Nyström ezită o clipă:

— Păi... Dacă nu există o altă explicație, aș crede că joacă teatru pentru noi.

Clinton simți un fior rece în ceafă.

— De ce n-am observat asta mai devreme?

— Noi am ascultat ce se spune, nu ce nu se spune. Am fost mulțumiți, când am auzit sau am văzut, în mesajele electronice, tulburarea lor. Blomkvist înțelege că cineva a furat raportul Salander din 1991, atât de la el, cât și de la soră-sa. Dar ce naiba poate să facă?

— N-au anunțat la poliție?

Nyström clătină din cap.

— Giannini a participat la interogatoriile lui Salander. Este amabilă, dar nu spune nimic important. Iar Salander nu spune nimic.

— Dar asta e în avantajul nostru! Cu cât își ține mai mult gura, cu atât e mai bine. Ce spune Ekström?

— L-am întâlnit acum două ore. Atunci când a primit povestea asta, de la Salander.

Arătă cu degetul spre copia care se afla pe genunchii lui Clinton.

— Ekström e tulburat. E un noroc că Salander nu are talentul de-a se exprima în scris. Pentru cineva din afară, această relatare pare o teorie conspiraționistă total nebunească, cu elemente pornografice. Însă de fapt ea trage foarte aproape de țintă. Povestește exact cum s-au petrecut lucrurile, când a fost închisă la Sankt Stefan, afirmă că Zalachenko lucra pentru Säpo și alte chestii de felul acesta. Spune chiar că presupune că este vorba despre o mică sectă, din sânul Säpo, ceea ce înseamnă că bănuiește existența a ceva de felul Secției. În mare, este o foarte exactă descriere a noastră. Dar, cum am spus, nu este credibilă. Ekström era încurcat, pentru că se pare că aceasta este și apărarea pe care o va prezenta Giannini la proces.

— La dracu'! izbucni Clinton.

Își lăsă capul în jos, gândind intens mai multe minute. În cele din urmă, ridică privirea:

— Jonas, te duci la Morgongåva diseară și cercetezi dacă se petrece ceva acolo. Dacă tipăresc *Millennium*, vreau o copie.

— Îl iau pe Falun cu mine.

— Bine. Georg, vreau să te duci la Ekström și să-i iei pulsul, în după-amiaza asta. Totul a mers ca pe șine până acum, însă nu vreau să neglijez cele pe care mi le-ați spus.

— OK.

Clinton rămase tăcut încă un moment.

— Ar fi mai bine dacă n-ar mai fi niciun proces... spuse el, în cele din urmă.

Îl țintui cu privirea pe Nyström. Acesta dădu din cap, aprobând. Sandberg aprobă și el. Între ei exista o înțelegere tacită.

— Nyström, verifică atunci ce posibilități există.

Jonas Sandberg și lăcătușul Lars Faulsson, mai cunoscut sub porecla de Falun, au parcat la oarecare distanță de calea ferată și au luat-o pe jos, prin Morgongåva. Era opt și jumătate seara. Încă nu era destul de întuneric ca să acționeze, dar voiau să facă o recunoaștere a locurilor și să aibă o privire de ansamblu.

— Dacă tipografia are alarmă, nu vreau să mă bag, spuse Falun.

Sandberg aprobă.

— E mai bine să ne uităm pe fereastră. Dacă e ceva la vedere, arunci cu piatra în geam, iei ce te interesează și fugi cât te țin puterile.

— E bine așa, spuse Sandberg.

— Dacă ai nevoie doar de un exemplar din ziar, putem să ne uităm dacă există containere de gunoi, în spatele clădirii. Trebuie să fie acolo rebuturi, probe și alte chestii de-astea.

Tipografia Hallvig se afla într-o clădire scundă, de cărămidă. Se apropiară din direcția sud, pe cealaltă parte a străzii. Sandberg tocmai era pe punctul de a traversa, când Falun îl prinse de cot.

— Mergi mai departe, îi spuse el.

— Ce e?

— Mergi înainte ca și cum ne-am plimba.

Trecură de tipografie, înconjurând grupul de case.

— Despre ce e vorba? întrebă Sandberg.

— Trebuie să fii cu ochii în patru. Locul nu are doar sistem de alarmă. E o mașină parcată lângă clădire.

— Vrei să spui că era cineva în ea?

— Era o mașină de la Milton Security. La naiba! Tipografia e păzită!

— Milton Security! izbucni Fredrik Clinton.

Simțea șocul direct în stomac.

— Dacă n-ar fi fost Falun, le-aș fi căzut direct în brațe, spuse Jonas Sandberg.

— Se petrece ceva necurat, zise Georg Nyström. Nu există niciun motiv logic ca o tipografie mică, din provincie, să angajeze Milton Security pentru pază.

Clinton aprobă cu un semn din cap. Gura îi era strânsă într-o expresie rigidă. Era unsprezece seara și el avea nevoie să se odihnească.

— Și asta înseamnă că *Millennium* pune ceva la cale, spuse Sandberg.

— Am înțeles asta, i-o taie Clinton. OK. Analizăm situația. Ce pot să știe ei?

Îl privi pe Nyström, cerându-i să vorbească.

— Trebuie să fie în legătură cu raportul Salander din 1991, spuse acesta. Au întărit paza, după ce-am furat copiile. Probabil și-au dat seama că sunt supravegheați. În cel mai rău caz, mai au o copie a raportului.

— Însă Blomkvist era disperat că pierduse raportul...

— Știu. Dar s-ar putea să fi fost o cacealma. Nu putem să nu luăm în considerare această posibilitate.

Clinton aprobă:

— Plecăm de la punctul acesta. Sandberg?

— Avem avantajul că îi cunoaștem apărarea lui Salander. Povestește adevărul așa cum l-a trăit ea. Am citit așa-zisa autobiografie încă o dată. De fapt, ne dă apă la moară. Conține acuzații atât de grosolane, despre viol și eroare judiciară, încât pur și simplu vor părea aiurelile unei mitomane.

Nyström dădu din cap, aprobând.

— În plus, ea nu poate dovedi niciuna dintre afirmațiile sale. Ekström va folosi relatarea împotriva ei. Îi va submina credibilitatea.

— OK. Noul raport al lui Teleborian este remarcabil. Apoi, mai există, desigur, posibilitatea ca Giannini să aducă un expert propriu, care să afirme că Salander nu e nebună și toată afacerea va ajunge la Comisia de medicină legală. Dar, iarăși — dacă Salander nu-și schimbă tactica, ea va refuza să vorbească cu ei și atunci aceștia vor trage concluzia că Teleborian are dreptate și că fata e nebună. Salander își este cel mai mare dușman.

— Cel mai bine ar fi, totuși, dacă procesul n-ar mai avea loc, spuse Clinton.

Nyström clătină din cap.

— E aproape imposibil. Ea se află la închisoarea Kronoberg și nu are niciun contact cu ceilalți deținuți. Are o oră de mișcare, pe terasa de pe acoperiș, dar nu putem să ajungem acolo. Și nu avem nicio legătură printre angajații închisorii.

— Înțeleg.

— Dacă voiam să acționăm împotriva ei, trebuia s-o fi făcut când se afla la Sahlgrenska. Acum, lucrurile vor trebui să se petreacă deschis. Probabilitatea ca un asasin să fie prins este aproape de sută la sută. Și unde să găsim un trăgător de elită, care să accepte asta? Într-un timp așa de scurt, nu merge să se aranjeze o sinucidere sau un accident.

— Am bănuit. Și decesele neașteptate au tendința să dea naștere la întrebări. OK, vom vedea ce se va petrece la judecată. De fapt, nimic nu s-a schimbat. Ne-am așteptat tot timpul ca ei să iasă la contraatac și, după cum se pare, acesta este așa-numita autobiografie.

— Problema este *Millennium,* spuse Sandberg.

Toți aprobară.

— *Millennium* și Milton Security, spuse Clinton gânditor. Salander a lucrat pentru Armanski, și Blomkvist a avut o aventură cu ea. Să tragem concluzia că lucrează împreună?

— Gândul nu pare absurd, dacă Milton Security păzește tipografia unde e tipărită revista. Nu poate fi o coincidență.

— OK. Când au de gând să publice? Sandberg, tu ai spus că au depășit termenul cu aproape două săptămâni. Dacă presupunem că Milton Security păzește tipografia ca nimeni să nu ajungă la *Millennium* înainte de vreme, asta înseamnă, pe de o parte, că au de gând să publice ceva ce nu vor să dezvăluie înainte, iar pe de alta, că ziarul este probabil deja tipărit.

— Vor să iasă pe piață când începe procesul, spuse Jonas Sandberg. Este singura explicație plauzibilă.

Clinton aprobă.

— Ce conține revista? Care este cel mai rău scenariu?

Toți trei rămaseră pe gânduri un lung moment. Nyström fu cel care rupse tăcerea.

— În cel mai rău caz, ei au, cum am spus, încă o copie a raportului din 1991.

Clinton și Sandberg aprobară. Și ei ajunseseră la aceeași concluzie.

— Întrebarea e, ce fac cu ea, spuse Sandberg. Raportul îi implica pe Björck și Teleborian. Björk este mort. Se vor năpusti pe Teleborian, însă el va putea spune că n-a făcut altceva decât o expertiză psihiatrică absolut obișnuită. Cuvântul lor va sta împotriva cuvântului lui și el va trebui, desigur, să se arate total uluit în fața tuturor acestor acuzații.

— Cum vom reacționa noi dacă vor publica raportul? întrebă Nyström.

— Cred că avem un atu în mână, spuse Clinton. Dacă raportul va provoca valuri, interesul se va centra pe Säpo, nu pe Secție. Și când vor începe jurnaliștii să pună întrebări, Säpo va scoate raportul din arhivă...

— Și nu va fi același raport, spuse Sandberg.

— Shenke a pus în arhivă raportul modificat, prin urmare, versiunea pe care a citit-o procurorul Ekström. El a primit un număr de înregistrare. Presa va fi dezinformată masiv... Avem originalul, pe care a pus mâna Bjurman și după care are probabil o copie și *Millennium*. Putem chiar răspândi o informație care să sugereze că Blomkvist însuși a falsificat raportul original.

— Bravo. Ce altceva mai pot ști cei de la *Millennium?*

— Nu pot ști nimic despre Secție. Este imposibil. Prin urmare, se vor concentra pe Säpo, ceea ce înseamnă că Blomkvist va apărea ca un teoretician al teoriilor conspiraționiste, iar Säpo va spune că e nebun.

— Blomkvist este destul de cunoscut, spuse Clinton. După afacerea Wennerström, se bucură de mare credibilitate.

Nyström încuviință.

— Putem să-i scădem credibilitatea în vreun fel? întrebă Jonas Sandberg.

Nyström și Clinton schimbară o privire. Apoi, amândoi dădură din cap. Clinton îl privi din nou pe Nyström.

— Crezi că ai putea face rost de... hai să zicem 50 de grame de cocaină?

— Poate de la iugoslavi.

— OK. Fă o încercare. Dar e grabă mare. Procesul începe peste două zile.

— Nu înțeleg... începu Jonas Sandberg.

— E un truc la fel de vechi ca meseria noastră. Dar încă foarte eficient.

— Morgongåva? întrebă Torsten Edklinth, încruntându-și sprâncenele.

Se afla acasă pe canapea, în halat și tocmai citea pentru a treia oară autobiografia lui Salander, când Monica Figuerola îi telefonase. Pentru că era destul de târziu după miezul nopții, pricepuse că se întâmplase ceva neobișnuit.

— Morgongåva, repetă Monica Figuerola. Sandberg și Lars Faulsson s-au dus acolo cu mașina, aseară la ora șapte.

Curt Svensson, din echipa lui Bublanski, i-a ținut sub observație tot drumul, ceea ce a fost ușurat de faptul că avem un microcip de urmărire în mașina lui Sandberg. Au parcat aproape de vechea gară, pe urmă s-au plimbat pe câteva străzi și s-au întors la mașină, plecând înapoi, la Stockholm.

— Înțeleg. S-au întâlnit cu cineva sau...?

— Nu. Asta-i mai ciudat. Au coborât din mașină, au dat o raită și pe urmă s-au întors la mașină și au revenit în Stockholm.

— Aha. Și mă suni la douăsprezece și jumătate noaptea, ca să-mi povestești asta?

— A luat o vreme până ce ne-am dat seama. S-au plimbat prin fața clădirii unde se află Hallvig Tryckeri. Am vorbit cu Mikael Blomkvist despre asta. Acolo se tipărește *Millennium.*

— O, la naiba! spuse Edklinth.

Înțelese imediat implicațiile.

— Pentru că era și Falun, presupun că aveau de gând să facă o vizită târzie la tipografie, dar și-au întrerupt expediția, spuse Monica Figuerola.

— Dar de ce?

— Pentru că Mikael Blomkvist l-a rugat pe Dragan Armanski să păzească tipografia, până se va distribui ziarul. Probabil că au văzut mașina de la Milton Security. Am presupus că tu voiai să primești imediat această informație.

— Ai dreptate. Înseamnă că au început să aibă bănuieli...

— În orice caz, dacă nu aveau până acum, clopoțelul a început să le sune din clipa în care au văzut mașina. Sandberg l-a lăsat pe Faulsson în centru și pe urmă s-a întors la adresa de pe Artillerigatan. Știm că Fredrik Clinton se află acolo. Georg Nyström a venit cam în același timp. Întrebarea e, cum vor acționa.

— Procesul începe marți... Sună-l, te rog, pe Blomkvist și spune-i să întărească paza la redacție. Pentru orice eventualitate.

— Au deja o pază foarte bună. Și felul în care i-au dus, cu telefoanele supravegheate, e de clasă profesionistă. De fapt, Blomkvist este așa de paranoic, încât a dezvoltat metode pentru a distrage atenția din care am putea să învățăm și noi câte ceva.

— OK. Dar, telefonează-i în orice caz.

Monica Figuerola închise telefonul, punându-l pe noptieră. Ridică privirea, cercetându-l pe Mikael Blomkvist care stătea gol, sprijinit de tăblia de la picioarele patului.

— Trebuie să te sun, să-ți spun să întărești paza la *Millennium,* zise ea.

— Mulțumesc de sfat, spuse el sec.

— Vorbesc foarte serios. Dacă ei încep să aibă bănuieli, există riscul să acționeze necontrolat. Și se prea poate să aveți parte de o spargere.

— Henry Cortez doarme acolo în noaptea asta. Și avem o alarmă de agresiune, legată direct la Milton Security, care se află la trei minute distanță.

Rămase tăcut un moment.

— Paranoic, bombăni el.

24
Luni 11 iulie

Era ora șase în dimineața zilei de luni, când Susanne Linder de la Milton Security l-a sunat pe Mikael Blomkvist pe telefonul lui anonim.

— Nu dormi niciodată? a întrebat-o Mikael, mort de somn.

I-a aruncat o privire Monicăi Figuerola, care era deja în picioare și își pusese șortul de jogging, dar încă nu avea pe ea maioul.

— Ba da. Dar am fost trezită de garda de noapte. Alarma mută pe care am instalat-o în apartamentul tău s-a declanșat azi-dimineață la ora trei.

— Așa, și?

— Așa că m-am dus acolo, să văd ce s-a întâmplat. E complicat. Vrei să treci pe la Milton Security în dimineața asta? Imediat, de fapt.

— E foarte serios, spuse Dragan Armanski.

Era trecut de ora opt, când s-au întâlnit în fața unui monitor TV, în sala de conferințe de la Milton Security. Se aflau acolo Armanski, Mikael Blomkvist și Susanne Linder.

Armanski îl convocase și pe Johan Fräklund, 62 de ani, fost inspector criminalist la poliția din Solna, care acum era șeful unității operative de la Milton, precum și pe fostul inspector criminalist Sonny Bohman, 48 de ani, care urmărise de la început afacerea Salander. Toți meditau la ciudata înregistrare pe care Susanne Linder tocmai le-o arătase.

— Îl vedem pe Jonas Sandberg cum deschide ușa apartamentului lui Mikael Blomkvist, la ora 03:17, în dimineața asta. Are chei proprii... După cum vă amintiți, lăcătușul Faulsson a luat amprenta cheilor de rezervă ale lui Blomkvist, în urmă cu câteva săptămâni, după ce el și Göran Mårtensson pătrunseseră prin efracție în apartament.

Armanski încuviință cu o mină mohorâtă.

— Sandberg rămâne în apartament cel mult opt minute. În timpul acesta, face următoarele lucruri. Caută o pungă mică de plastic din bucătărie, pe care o umple cu ceva. Apoi, deșurubează placa din spate a unui difuzor, pe care tu, Mikael, îl ai în camera de zi. Acolo plasează punga.

— Hmm, făcu Mikael Blomkvist.

— Faptul că a luat o pungă din bucătăria ta este semnificativ.

— E o pungă de la Konsum, în care am avut minibaghete, spuse Mikael. Obișnuiesc să le păstrez, ca să pun în ele cașcaval și altele de felul ăsta.

— Și eu fac la fel, la mine acasă. Faptul semnificativ este că punga are, desigur, amprentele tale. Pe urmă, caută un număr vechi al ziarului *SMP*, în punga cu hârtii din hol. Folosește o foaie din ziar, împachetând în ea un obiect pe care îl plasează pe raftul de sus, în dulapul tău de haine.

— Hmm, făcu din nou Mikael Blomkvist.

— E același lucru: ziarul are amprentele tale.

— Înțeleg, spuse Mikael Blomkvist.

— M-am dus în apartamentul tău la ora cinci. Am găsit următoarele: în difuzor se află cam 180 de grame de cocaină. Am luat ca probă un gram, care se află aici.

Ea puse pe masă o pungă mică, cu proba.

— Ce se află în dulapul de haine? întrebă Mikael.

— Aproximativ 120 000 de coroane, în bancnote.

Armanski îi făcu semn lui Susanne Linder să închidă aparatul TV. Îl privi pe Fräklund.

— Prin urmare, Mikael Blomkvist este amestecat în comerțul cu droguri, spuse Fräklund pe un ton blajin. După cum se vede, au început să se simtă neliniștiți în legătură cu ocupațiile lui Blomkvist.

— E un contraatac, spuse Mikael Blomkvist.

— Contraatac?

— Au descoperit paznicii de la Milton Security la Morgongåva, aseară.

Le povesti ce aflase de la Monica Figuerola despre excursia lui Sandberg la Morgongåva.

— O micuță canalie harnică, spuse Sony Bohman.

— Dar de ce tocmai acum?

— În mod evident, sunt neliniștiți de ce-ar putea provoca *Millennium* acum, când începe procesul, spuse Fräklund. Dacă Blomkvist va fi arestat pentru trafic de cocaină, credibilitatea lui va scădea dramatic.

Susanne Linder făcu un gest de aprobare. Mikael Blomkvist părea să ezite.

— Cum rezolvăm chestia asta? întrebă Armanski.

— Pentru moment, nu facem nimic, propuse Fräklund. Avem atuurile în mână. Avem o excelentă documentare a felului în care Sandberg a plasat probele în apartament. Să lăsăm cursa să se închidă. Vom putea imediat să dovedim nevinovăția ta și va fi încă o dovadă despre acțiunile criminale ale Secției. Mi-ar face plăcere să fiu procuror, în momentul în care șefii ăștia se vor prezenta la bară!

— Nu știu, spuse Mikael Blomkvist. Procesul începe poimâine. *Millennium* apare vineri, în a treia zi a procesului. Dacă au de gând să mă acuze de trafic cu droguri, asta trebuie să se petreacă înainte de vineri... și eu nu voi putea să explic cum stau lucrurile, înainte de apariția revistei. Înseamnă să risc să fiu arestat și să pierd începutul procesului.

— Cu alte cuvinte, există motive să rămâi invizibil săptămâna asta, propuse Armanski.

— Păi... Trebuie să lucrez cu TV 4 și să mai fac unele pregătiri. Ar fi foarte inoportun...

— De ce tocmai acum? întrebă brusc Susanne Linder.

— Ce vrei să spui? o întrebă, la rândul lui, Armanski.

— Au avut trei luni de zile ca să-l târască pe Blomkvist în noroi. De ce acționează exact acum? Orice ar face, nu mai pot opri publicarea.

Rămaseră tăcuți un moment.

— Poate să depindă de faptul că n-au înțeles ce aveai de gând să publici, Mikael, spuse Armanski. Ei știu că tu pui ceva la cale... Dar poate cred că ai doar raportul lui Björck din 1991.

Mikael dădu încet din cap.

— Nu au înțeles că ai de gând să dai peste cap întreaga Secție. Dacă este vorba doar de raportul lui Björck, ajunge să îți distrugă imaginea. Eventualele tale dezvăluiri se vor îneca în arestarea ta și punerea sub acuzație. Scandal mare. Cunoscutul jurnalist Mikael Blomkvist, arestat pentru trafic de droguri. De la șase la opt ani închisoare.

— Pot să am două copii ale filmului? întrebă Mikael.

— Ce vrei să faci cu ele?

— O copie e pentru Edklinth. Și pe urmă, trebuie să mă întâlnesc cu reportera de la TV 4 peste trei ore. Cred că este bine să fim pregătiți să-l dăm la TV 4, când va începe scandalul.

Monica Figuerola închise DVD-ul, punând telecomanda pe masă. Se întâlniseră în biroul închiriat din Fridhemsplan.

— Cocaină, spuse Edklinth. Joacă dur.

Monica Figuerola părea să ezite. Îi aruncă o privire lui Mikael Blomkvist.

— Nu-mi place treaba asta, zise ea. Presupune un anumit grad de disperare, care nu mai ține seama de rațiune. Ar fi trebuit să înțeleagă că n-o să te lași închis în buncărul de la Cumla, pur și simplu, fără să protestezi, dacă vei fi arestat pentru trafic de stupefiante.

— Da, spuse Mikael.

— Chiar dacă ai fi fost condamnat, exista totuși riscul ca oamenii să creadă în ce spui tu. Și colegii tăi de la *Millennium* n-or să tacă.

— În plus, asta costă o mulțime de bani, spuse Edklinth. Prin urmare, ei au un buget care e așa de mare, că pot să arunce 120 000 de coroane fără să clipească, pentru a nu mai vorbi de prețul cocainei.

— Știu, spuse Mikael. Însă, de fapt, planul e foarte bun. Se bazează pe faptul că Lisbeth Salander o să ajungă la ospiciu, iar eu voi dispărea într-un nor de bănuieli. În plus, ei cred că orice eventuală atenție se va îndrepta spre Säpo — nu spre Secție. Au o foarte bună bază de pornire.

— Dar cum vor convinge brigada de stupefiante să facă percheziție acasă la tine? Vreau să spun, nu e suficientă o delațiune anonimă, ca să vină cineva să spargă ușa unui jurnalist cunoscut. Și pentru ca asta să funcționeze, trebuie ca tu să devii suspect în următoarele douăzeci și patru de ore.

— Păi, noi nu știm nimic despre planul lor, spuse Mikael Blomkvist.

Se simțea obosit și își dorea ca totul să fie deja terminat. Se ridică.

— Unde te duci? întrebă Monica Figuerola. Vreau să știu unde te vei afla în perioada următoare.

— Mă întâlnesc cu cei de la TV4, la prânz. Pe urmă, cu Erika Berger, la o tocană de miel, la restaurantul „Cratița lui Samir", la ora șase. Vom pune la punct comunicatul de presă pe care îl vom da. În restul serii, presupun că voi fi la redacție.

Ochii Monicăi Figuerola se micșoraseră, când el o pomenise pe Erika Berger.

— Vreau să păstrăm contactul în timpul zilei. De fapt, aș prefera să păstrăm un contact strâns, până în clipa în care începe procesul.

— OK. Poate ar trebui să mă mut la tine pentru câteva zile, spuse Mikael cu un zâmbet, ca și cum ar fi glumit.

Monica Figuerola se întunecă. Îi aruncă o privire grăbită lui Edklinth.

— Monica are dreptate, spuse Edklinth. Eu cred că cel mai bine ar fi dacă te-ai ține relativ invizibil până se termină totul. Dacă ești arestat de brigada de stupefiante, trebuie să taci, până ce va începe procesul.

— Calm, spuse Mikael. N-am de gând să mă las cuprins de panică și să distrug ceva în situația actuală. Aveți grijă de treaba voastră și eu mă voi ocupa de a mea.

Fata de la TV 4 abia putea să-și ascundă incitarea în fața noului material video pe care i-l livrase Mikael Blomkvist.

Mikael se amuza de nerăbdarea ei. Timp de o săptămână lucrase ca un animal de povară să pună la punct un material inteligibil despre Secție, pentru a fi folosit de TV 4. Atât producătorul ei, cât și șeful de la Actualități înțeleseseră ce bombă avea să fie. Subiectul era produs în cea mai mare taină, iar la el munceau puține persoane. Acceptaseră cerința pusă de Mikael ca această poveste să apară prima oară într-o emisiune de seară, în a treia zi a procesului. Hotărâseră să facă o ediție specială de o oră, la buletinul de știri.

Mikael îi dăduse un mare număr de fotografii cu care să se joace, dar nimic nu merge mai bine la televiziune decât imaginile în mișcare. Un video cu claritate brici, care arăta cum un polițist care fusese identificat plasa cocaină în apartamentul lui Mikael Blomkvist, o făcuse pe fata de la TV 4 să sară în tavan de bucurie.

— Ăsta da material de mâna-ntâi, spuse ea. Punem o vignetă: „Aici plasează Säpo cocaina în apartamentul jurnalistului".

— Nu Säpo... Secția, o corectă Mikael. Nu face greșeala să amesteci lucrurile.

— La naiba, dar Sandberg lucrează la Säpo, protestă ea.

— Da, dar de fapt el trebuie considerat ca agent infiltrat. Trebuie să delimitezi granițele foarte exact.

— OK. „Secția" este de fapt subiectul. Nu Säpo. Mikael, poți să-mi explici cum se face că ești întotdeauna amestecat în povești care fac să se răstoarne chioșcurile de presă? Ai dreptate. Va fi mai mult zgomot decât în afacerea Wennerström.

— E vorba de talent, presupun. Ironic vorbind, și istoria asta începe cu afacerea Wennerström. Cu cealaltă, cu afacerea de spionaj din anii '60, vreau să spun.

La ora patru după-amiaza a telefonat Erika Berger. Era la o ședință cu editorii de presă, pentru a-și explica punctul de vedere asupra reducerilor de personal de la *SMP*, operație care, după plecarea ei, dusese la un conflict sindical. I-a spus că avea să întârzie la întâlnirea stabilită la restaurantul lui Samir la ora șase și că nu va putea veni înainte de șase și jumătate.

Jonas Sandberg l-a ajutat pe Fredrik Clinton, când acesta s-a mutat din scaunul cu rotile pe salteaua din camera de odihnă care constituia postul de comandă al acestuia, din clădirea de pe Artillerigatan, statul major al Secției.

Clinton tocmai se întorsese de la dializa care îi ocupase întreaga după-amiază. Se simțea teribil de bătrân și foarte obosit. Abia dormise în ultimele zile și dorea ca totul să se sfârșească odată. Tocmai se așeză pe pat, când li se alătură Georg Nyström.

Clinton își adună puterile.

— E gata? întrebă el.

Georg Nyström aprobă.

— Tocmai i-am întâlnit pe frații Nikoliç, spuse el. Va costa 50 000.

— Avem de unde, îl asigură Clinton.

La naiba, dacă ar fi tânăr din nou!

Răsuci capul, studiindu-i pe fiecare în parte, pe Georg Nyström și pe Jonas Sandberg.

— Nicio mustrare de conștiință? întrebă el.

Amândoi scuturară din cap.

— Când? întrebă Clinton.

— În maximum douăzeci și patru de ore, spuse Nyström. E greu ca naiba să afle unde e Blomkvist, dar, în cel mai rău caz, o vor face în fața redacției.

Clinton aprobă.

— Avem o deschidere posibilă astă-seară, peste două ore, spuse Jonas Sandberg.

— Cum așa?

— Erika Berger i-a telefonat acum un moment. Vor lua cina împreună la „Cratița lui Samir", în seara asta. E un restaurant în apropiere de Bellmansgatan.

— Berger... spuse Clinton, lungind numele.

— Pentru numele lui Dumnezeu, sper că ea nu va fi... zise Georg Nyström.

— N-ar fi o greșeală prea mare, îl întrerupse Jonas Sandberg.

Atât Clinton, cât și Nyström îl priviră lung.

— Suntem de acord că Blomkvist este persoana care reprezintă principala amenințare pentru noi și că e plauzibil ca el să publice ceva în numărul viitor din *Millennium.* Nu putem împiedica publicarea. Prin urmare, trebuie să-i distrugem total credibilitatea. Dacă va fi ucis în ceva ce va părea o reglare de conturi din lumea interlopă, iar pe urmă poliția va găsi la el în apartament narcotice și bani, ancheta va trage atunci anumite concluzii. Caz în care, nu vor mai căuta conspirații având legătură cu poliția secretă.

Clinton aprobă.

— Erika Berger este de fapt amanta lui Blomkvist, spuse Sandberg apăsând asupra cuvintelor. Este căsătorită și își înșală soțul. Dacă va muri neașteptat, acest lucru va duce și el la o mulțime de speculații.

Clinton și Nyström schimbară priviri între ei. Sandberg era un adevărat geniu, atunci când era vorba să construiască perdele de fum. Învăța foarte repede. Dar atât Clinton, cât și Nyström avură un moment de șovăială. Sandberg era prea indiferent atunci când hotăra viața sau moartea cuiva. Nu era bine. Crima era o măsură extremă, la care nu trebuia să se recurgă doar pentru că se ivea ocazia. Nu era o soluție patentată, ci o măsură care putea fi utilizată numai dacă nu existau alternative.

Clinton dădu din cap, în semn de negație.

Pagube colaterale, gândi el, simțindu-se dintr-odată dezgustat de toată povestea.

După o viață în slujba țării, stăm aici ca niște simplii ucigași plătiți. Zalachenko era o necesitate. Björck fusese... regretabil, dar Gullberg avusese dreptate. Björck ar fi cedat. Blomkvist era... probabil necesar. Dar Erika Berger era doar un martor nevinovat.

Îl privi din nou pe Jonas Sandberg. Spera ca tânărul să nu devină cine știe ce psihopat.

— Cât de mult știu frații Nikoliç?

— Nimic. Despre noi, adică. Eu sunt singurul pe care l-au întâlnit, am folosit o altă identitate și ei nu pot da de urma mea. Cred că asasinarea are de-a face cu traficul de femei.

— Ce se întâmplă cu frații Nikoliç, după crimă?

— Părăsesc Suedia imediat, spuse Nyström. Exact ca după Björck. După aceea, dacă ancheta de poliție nu ajunge la niciun rezultat, pot să se întoarcă, peste câteva săptămâni.

— Și planul?

— Modelul sicilian. Se duc direct la Blomkvist, golesc încărcătorul și pleacă de acolo.

— Arma?

— Au o armă automată. Nu știu de ce tip.

— Sper că nu se gândesc să mitralieze întregul restaurant...

— Nicio grijă. Sunt profesioniști și știu ce trebuie să facă. Dar, dacă Berger stă la aceeași masă cu Blomkvist....

Pagube colaterale.

— Ascultați-mă, spuse Clinton. E important ca Wadensjöö să nu afle că noi am avut vreun amestec în treaba asta. Mai ales în caz că Erika Berger va fi și ea una dintre victime. E deja încordat, gata să clacheze. Mi-e teamă că va trebui să-l pensionăm, după ce se termină toate acestea.

Nyström dădu din cap aprobator.

— Asta înseamnă că de îndată ce vom primi vestea că Blomkvist a fost ucis, vom juca teatru. Vom ține o ședință de criză și vom părea total uluiți de cursul evenimentelor. Vom face speculații asupra celui care se află în spatele crimei, însă nu vom spune nimic despre narcotice și altele de felul acesta, înainte ca poliția să găsească probele.

Mikael Blomkvist s-a despărțit de fata de la TV 4 cu puțin înainte de ora cinci. Petrecuseră întreaga după-amiază trecând prin punctele neclare din material, iar pe urmă Mikael fusese machiat și supus unui lung interviu înregistrat.

I se pusese o întrebare la care îi fusese greu să răspundă clar și, de aceea, întrebarea fusese reluată de mai multe ori:

Cum de se putuse întâmpla ca funcționari de stat să meargă așa de departe, încât să săvârșească niște crime?

Mikael reflectase la întrebare cu mult înainte ca fata de la TV 4 să i-o adreseze. Secția trebuie să-l fi socotit pe Zalachenko drept o amenințare foarte gravă, dar aceasta nu era o explicație suficientă. Răspunsul pe care îl dăduse în cele din urmă nu era nici el satisfăcător.

— Singura explicație plauzibilă pe care o pot da este că Secția, de-a lungul anilor, a devenit o sectă, în adevăratul înțeles al cuvântului. Au ajuns ca și cei de la Knutsby[52] sau ca pastorul Jim Jones[53], sau alții asemănători. Își scriu propriile legi, în care concepte precum ce este bine și ce este greșit încetează să fie relevante și ei acționează complet separat de societatea normală.

— Pare un fel de boală a minții?

— Nu e o descriere cu totul greșită.

Mikael a luat metroul până la Slussen, constatând că e prea devreme ca să meargă la restaurant. S-a oprit un moment în piața de la Slussen. Se simțea îngrijorat, dar în același timp viața își regăsise sensul. Numai atunci când Erika Berger revenise la *Millennium* înțelesese cât de mult îi lipsise. În plus, faptul că ea preluase cârma nu dusese la niciun conflict, atunci când Malin Eriksson se întorsese la postul de secretar de redacție. Dimpotrivă, Malin era foarte fericită de faptul că viața (așa cum se exprimase ea) revenise la normal.

Întoarcerea Erikăi însemnase, de asemenea, că toți realizaseră cât de îngrozitor de supraaglomerați fuseseră în ultimele trei luni. Erika a trebuit să reintre în funcție la *Millennium* cu un start brusc și ea, împreună cu Malin

---

52 Biserica penticostală din Knutsby, sub conducerea pastorului Helge Fossmo și a lui Åsa Waldau, așa-numita „mireasă a lui Cristos", a devenit subiectul unui uriaș scandal în 2003, atunci când pastorul Fossmo a fost acuzat de asasinat; după ce prima lui soție murise, în condiții suspecte, în 1999, cea de a doua soție a acestuia a fost asasinată în 2003 de către o tânără, guvernantă a copiilor și amantă a pastorului, la îndemnul acestuia. Procesul a dezvăluit tot felul de ciudățenii ale sectei din Knutsby, cum ar fi rolul de „mare preoteasă" al lui Waldau și practici sexuale „terapeutice", precum și folosirea tehnicilor de „spălare a minții".

53 Pastorul Jim Jones, întemeietor al sectei Peoples Temple, s-a refugiat împreună cu membrii comunității sale religioase în Guyana, în Jonestown. În 1978, aflând că secta este urmărită de poliție, s-a sinucis împreună cu cei 900 de membri.

Eriksson, reușise să dovedească o parte din povara de muncă administrativă care se acumulase și fusese lăsată deoparte. Avuseseră și o ședință de redacție, la care se hotărâse că *Millennium* trebuia să se mărească și să angajeze cel puțin un nou colaborator sau chiar doi. Deocamdată însă, habar n-aveau cum vor face rost de bani.

În cele din urmă, Mikael s-a dus și a cumpărat ziarele de seară, apoi a intrat să bea o cafea la Java, pe Hornsgatan, pentru a-și omorî timpul până la întâlnirea cu Erika.

Procurorul Ragnhild Gustavsson își lăsă ochelarii pe masă, contemplându-i pe cei adunați. Avea 58 de ani și fața ei zbârcită semăna cu o portocală, iar părul cărunt îl purta tuns scurt. Fusese procuror timp de 25 de ani și lucra la Ministerul Administrației Publice de la începutul anilor '90.

Se scurseseră doar trei săptămâni de când fusese chemată pe neașteptate la biroul procurorului general ca să-l întâlnească pe Torsten Edklinth. În ziua aceea, se grăbea să termine câteva chestii de rutină, ca să plece într-un concediu de șase săptămâni, la casa ei de vacanță de la Husarö. În loc să plece, primise însărcinarea de a conduce o anchetă asupra unui grup de funcționari de stat, grupați sub numele de „Secția". Toate planurile de vacanță au fost rapid abandonate. Aflase că aceasta va fi însărcinarea principală pentru o perioadă nedeterminată și, în mare, i se dăduse mână liberă în felul în care-și organiza munca, precum și în luarea hotărârilor necesare.

— Aceasta va fi una dintre cele mai uluitoare anchete criminale din istoria Suediei, spusese procurorul general.

Și ea înclina să-l creadă.

Cu o uimire crescândă, îl ascultase pe Torsten Edklinth rezumând afacerea și ancheta pe care o făcuse, la însărcinarea prim-ministrului. Ancheta nu era terminată, însă el considera că ajunsese suficient de departe ca să prezinte situația unui procuror.

Ea începuse prin a încerca să-și facă o idee generală asupra materialului dat de către Torsten Edklinth. Când amploarea infracțiunilor descrise începuse să i se limpezească, a înțeles că tot ce va face și toate hotărârile pe care le va lua vor fi privite cu lupa, în cărțile de istorie viitoare. Din acel moment, dedicase fiecare moment încercării de-a obține o vedere de ansamblu coerentă asupra listei aproape incredibile de infracțiuni de care trebuia să se ocupe. Cazul era unic în istoria dreptului suedez și, pentru că era vorba de a scoate la lumină delicte comise de cel puțin treizeci de ani încoace, a înțeles că va avea nevoie de o organizație de lucru specială. Gândurile îi mergeau spre anchetatorii de stat antimafia din Italia, care fuseseră siliți să lucreze aproape subteran, pentru a supraviețui, în anii '70 și '80. A înțeles de ce Edklinth fusese obligat să lucreze în secret. El nu știa în cine putea avea încredere.

Prima măsură luată a fost să cheme trei oameni de la Ministerul Administrației Publice. A ales persoane pe care le cunoștea de mulți ani. Apoi, a angajat un cunoscut istoric, care lucra în Consiliul pentru prevenirea criminalității, pentru a contribui cu informații despre dezvoltarea puterii polițiilor secrete, de-a lungul deceniilor. În cele din urmă, a desemnat-o oficial pe Monica Figuerola drept șef al investigațiilor.

Ancheta asupra Secției luase astfel o formă constituțională valabilă. Acum putea fi considerată ca orice anchetă de poliție, chiar dacă exista o interdicție totală asupra oricărei dezvăluiri.

În cele două săptămâni care trecuseră, procurorul Gustavsson chemase un mare număr de persoane la interogatorii formale, însă foarte discrete. În afară de Edklinth și Figuerola, interogatoriile îi vizaseră pe inspectorii criminaliști Bublanski, Sonja Modig, Curt Svensson și Jerker Holmberg. Apoi, îi chemase pe Mikael Blomkvist, Malin Eriksson, Henry Cortez, Christer Malm, Annika Giannini, Dragan Armanski, Susanne Linder și Holger Palmgren. În afară de reprezentanții revistei *Millennium*, care din principiu nu răspundeau la întrebări ce ar fi putut duce la identificarea surselor, toți ceilalți furnizaseră cu multă bunăvoință dări de seamă amănunțite și documentate.

Ragnhild Gustavsson nu fusese deloc mulțumită de faptul că i se prezentase un calendar stabilit de *Millennium*, ceea ce însemna că ea va trebui să aresteze un număr de persoane la o anumită dată. Înțelegea că ar fi avut nevoie de mai multe luni de pregătiri, înainte ca ancheta să ajungă la acest punct dar, în acest caz, nu avea de ales. Mikael Blomkvist de la revista *Millennium* fusese inflexibil. El nu asculta de vreun decret de stat sau de regulamente și intenționa să publice povestea în a treia zi a procesului împotriva lui Lisbeth Salander. În consecință, Ragnhild Gustavsson fusese obligată să se adapteze și să lovească în același moment, pentru ca persoanele bănuite și eventualul material doveditor să nu dispară. Blomkvist beneficiase, în plus, de sprijinul neașteptat al lui Edklinth și Figuerola, iar după aceea procurorul începuse să înțeleagă că modelul propus de Blomkvist avea unele avantaje evidente. Ca procuror, avea să primească tot sprijinul bine regizat al mass-media, de care va avea nevoie pentru punerea sub acuzare. În plus, procesul avea să meargă așa de repede, încât dificila anchetă nu va avea timp să transpire pe culoarele administrației și, prin aceasta, să riște să ajungă la Secție.

— Problema lui Blomkvist este în primul rând aceea de a-i face dreptate lui Lisbeth Salander. Să arunce în aer Secția este doar o consecință, constatase Monica Figuerola.

Procesul împotriva lui Lisbeth Salander avea să înceapă miercuri, peste două zile deci, și întâlnirea din lunea aceea avusese drept scop trecerea în revistă a întregului material disponibil și împărțirea sarcinilor de lucru.

Treisprezece persoane participaseră la ședință. De la ministerul administrației publice, Ragnhild Gustavsson luase cu ea doi dintre cei mai apropiați colaboratori. De la Comisia pentru protecția constituției, participau șeful investigațiilor, Monica Figuerola, împreună cu colegii săi, Stefan Bladh și Anders Berglund. Șeful Comisiei pentru protecția constituției, Torsten Edklinth, era prezent în calitate de observator.

Ragnhild Gustavsson hotărâse totuși că o problemă de asemenea proporții nu putea, din motive de credibilitate, să se limiteze la Säpo. De aceea, îi chemase pe inspectorul criminalist Jan Bublanski și grupul acestuia, format din Sonja Modig, Jerker Holmberg și Curt Svensson, de la poliția obișnuită. Aceștia lucrau la afacerea Salander încă de la Paște și erau bine informați despre întreaga problemă. În plus, îi chemase pe procurorul Agneta Jervas și pe inspectorul criminalist Marcus Erlander, de la Göteborg. Ancheta despre Secție avea legături directe cu ancheta despre asasinarea lui Alexander Zalachenko.

Când Monica Figuerola menționase că fostul prim-ministru Thorbjörn Fälldin ar trebui eventual audiat ca martor, polițiștii Jerker Holmberg și Sonja Modig au început să se foiască neliniștiți.

Timp de cinci ore au fost examinate, una după alta, persoane care fuseseră identificate ca activiști în cadrul Secției, după care s-au constatat delictele comise și au fost luate deciziile de arestare. În total, șapte persoane fuseseră identificate și puse în legătură cu apartamentul de pe Artillerigatan. În afară de acestea, mai fuseseră identificate nouă persoane ca având legătură cu Secția, dar care nu vizitaseră niciodată sediul de pe Artillerigatan. Lucrau în general la RPS/Säk, pe Kungsholmen, dar îi întâlniseră pe unii dintre activiștii din Secție.

— Este în continuare imposibil de spus cât de cuprinzătoare este această conspirație. Nu știm în ce împrejurări aceste persoane s-au întâlnit cu Wadensjöö sau cu alții. Pot fi informatori sau au crezut poate că lucrează pentru anchete interne sau altele de genul ăsta. Există deci o incertitudine asupra amestecului lor, care va putea fi rezolvată numai atunci când vom avea posibilitatea să audiem persoanele în cauză. De asemenea, e vorba doar de persoanele pe care le-am remarcat în săptămânile în care a avut loc supravegherea; prin urmare, pot exista și alții despre care noi încă nu știm.

— Dar secretarul general și contabilul-șef...

— Putem spune cu certitudine că ei lucrează pentru Secție.

Era ora șase în seara zilei de luni, când Ragnhild Gustavsson a hotărât să se facă o pauză de o oră pentru cină, după care aveau să fie reluate dezbaterile.

În momentul în care toți se ridicaseră și începuseră să se împrăștie, Jesper Thoms, colaboratorul Monicăi Figuerola de la secția operativă a Comisiei pentru protecția constituției, a oprit-o ca să-i raporteze ce se întâmplase în ultimele ore de supraveghere.

— Clinton s-a aflat la dializă o mare parte din zi și s-a întors în apartamentul din Artillerigatan la ora cinci. Singurul care a făcut ceva interesant a fost Georg Nyström, deși nu suntem foarte siguri despre ce e vorba de fapt.

— Aha, zise Monica Figuerola.

— Astăzi la ora 13:30, Nyström s-a dus la Gara Centrală și s-a întâlnit cu două persoane. Au mers apoi până la hotelul Sheraton și au băut o cafea la bar. Întâlnirea a durat mai mult de douăzeci de minute, după care Nyström s-a reîntors pe Artillerigatan.

— Aha. Cu cine s-a întâlnit?

— Nu știm. Sunt fețe noi. Doi bărbați cam de 35 de ani care, după înfățișare, par să fie est-europeni. Dar omul nostru i-a pierdut, din păcate, când au coborât la metrou.

— Aha, spuse Monica Figuerola pe un ton obosit.

— Ăștia sunt, spuse Jesper Thoms, dându-i o serie de fotografii.

Ea privi fețele mărite, pe care nu le mai văzuse niciodată.

— OK, mulțumesc, spuse, punând fotografiile pe masa de conferințe și se ridică, pregătită să meargă să-și ia ceva de mâncare.

Curt Svensson se afla lângă ea și privi și el fotografiile.

— O, la naiba, făcu el. Ce legătură au frații Nikoliç cu asta?

Monica Figuerola rămase în loc.

— Cine?

— Nenorociții ăia doi, spuse Curt Svensson. Tomi și Miro Nikoliç.

— Știi cine sunt?

— Sigur. Doi frați din Huddinge. Sârbi. I-am ținut sub observație de mai multe ori, când lucram la brigada contra crimei organizate. Miro Nikoliç este cel mai periculos. De altfel, este pus sub urmărire de vreun an, pentru violență gravă. Dar credeam c-au dispărut amândoi în Serbia, și au devenit oameni politici sau altceva de genul ăsta.

— Oameni politici?

— Da. S-au dus în Serbia în prima jumătate a anilor '90 și au ajutat la purificarea etnică. Lucrau pentru șeful mafiot Arkan, care conducea un fel de miliție fascistă privată. Aveau faima că sunt *shooters*.

— *Shooters*?

— Da, adică ucigași plătiți. S-au tot fâțâit între Belgrad și Stockholm. Unchiul lor are o cârcimă în Norrmalm și oficial ei lucrează când și când acolo. Am avut mai multe informații cum că au participat la cel puțin două crime, într-o reglare de conturi în așa-numitul război al țigărilor între sârbi, dar n-am putut niciodată să-i prindem cu nimic.

Monica Figuerola cercetă mută fotografiile. Apoi, deveni brusc lividă. Se uită țintă la Torsten Edklinth.

— Blomkvist, strigă ea cu panică în glas. Nu se mulțumesc să-l bage într-un scandal. Au de gând să-l omoare și să lase poliția să descopere cocaina în timpul anchetei pentru a trage singură concluziile.

Edklinth o privi la fel de speriat.

— Trebuie să se întâlnească cu Erika Berger la restaurantul lui Samir, spuse Monica Figuerola.

Îl prinse pe Curt Svensson de umăr.

— Ești înarmat?

— Da...

— Urmează-mă.

Monica Figuerola ieși în goană din sala de conferințe. Biroul ei se afla trei uși mai departe, pe coridor. Descuie ușa și scoase revolverul din sertar. Împotriva oricărui regulament, lăsă ușa de la birou descuiată și o luă la fugă spre lift. Curt Svensson rămase nehotărât o secundă.

— Du-te, îi spuse Bublanski. Sonja... mergi cu ei.

Mikael Blomkvist a ajuns la „Cratița lui Samir" la șase și douăzeci. Erika Berger, care tocmai sosise, găsise o masă liberă lângă tejgheaua de la intrare. El a sărutat-o pe obraz. Au comandat fiecare câte o bere și tocană de miel, iar berea le-a fost adusă imediat.

— Cum a fost fata de la TV 4? întrebă Erika.

— La fel de rece ca întotdeauna.

Erika Berger începu să râdă.

— Dacă nu ai grijă, o să înceapă să te obsedeze. Îți dai seama, o fată care rezistă farmecului lui Blomkvist!

— De fapt, e plin de fete care de-a lungul anilor mi-au rezistat, spuse Mikael Blomkvist. Dar ziua ta cum a fost?

— Pierdută. Însă am acceptat să particip la o dezbatere despre *SMP,* la Clubul presei. Va fi ultima mea contribuție la problema asta.

— Grozav.

— Nici nu-ți imaginezi ce bucuroasă sunt că m-am întors la *Millennium,* spuse ea.

— Nici nu-ți imaginezi ce bucuros sunt eu că te-ai întors. Îmi vine să zburd de fericire.

— E din nou plăcut să vin la slujbă.

— Mmm.

— Sunt fericită.

— Și eu trebuie să merg la toaletă, spuse Mikael ridicându-se.

Făcu câțiva pași și aproape se izbi de un bărbat de vreo 35 de ani, care tocmai intrase pe ușă. Mikael observă că avea înfățișare est-europeană și că-l privea fix. Apoi văzu pistolul-mitralieră.

Tocmai treceau de Riddarholmen, când îi sună Torsten Edklinth ca să le spună că nici Mikael Blomkvist, nici Erika Berger nu răspundeau la telefoanele mobile. Probabil le închiseseră, ca să nu fie deranjați la masă.

Monica Figuerola începu să înjure și trecură de piața Södermalm cu mai mult de 80 de kilometri la oră. Ținea claxonul apăsat și luă o curbă așa de strânsă pe Hornsgatan, încât Curt Svensson fu nevoit să se țină cu mâna de portieră. El își scosese arma de serviciu și verifica încărcătorul. Sonja Modig făcea același lucru, pe locul din spate.

— Trebuie să cerem întăriri, spuse Curt Svensson. Cu frații Nikoliç nu e de glumă.

Monica Figuerola făcu un semn de încuviințare.

— Facem așa, spuse ea. Eu și Sonja intrăm direct în restaurant, în speranța că sunt acolo. Tu, Curt, îi cunoști pe frații Nikoliç, așa că rămâi de pază afară.

— OK.

— Dacă totul e liniștit, îi luăm pe Blomkvist și pe Berger în mașină și-i ducem în Kungsholmen. Dacă avem cea mai mică bănuială că ceva nu e în ordine, rămânem în restaurant și cerem întăriri.

— OK, spuse Sonja Modig.

Monica Figuerola mai era încă pe Hornsgatan, când stația radio de sub bord începu să pârâie.

Către toate unitățile. Alarmă în legătură cu un schimb de focuri pe Tavastgatan, în Södermalm. Alarma privește restaurantul „Cratița lui Samir".

Monica Figuerola simți o crampă bruscă în coșul pieptului.

Erika Berger îl văzu pe Mikael Blomkvist izbindu-se de un bărbat de vreo 35 de ani, în drum spre toaleta de lângă intrare. Își încruntă sprâncenele, fără să știe exact de ce. Avea senzația că necunoscutul se holba la Mikael cu o expresie uimită. Se întrebă dacă era vreun cunoscut de-al lui Mikael.

Apoi, văzu bărbatul făcând un pas înapoi și lăsând să cadă pe dușumea o geantă. În primul moment, nu înțelese ce vedea. Stătea ca paralizată, în vreme ce bărbatul înălța pistolul automat spre Mikael Blomkvist.

Mikael Blomkvist reacționă fără să gândească. Întinse mâna stângă și prinse țeava armei, ridicând-o spre tavan. Într-o miime de secundă, văzu țeava în fața ochilor.

În localul înghesuit, țăcănitul pistolului-mitralieră fu asurzitor. Bucăți de mortar și sticlă din lampa de tavan căzură peste Mikael, atunci când Miro Nikoliç trase o salvă de unsprezece gloanțe. Un scurt moment, Mikael privi țintă în ochii atacatorului.

Apoi, Miro Nikoliç făcu un pas înapoi, smucind arma. Mikael era total nepregătit și scăpă țeava din mână. Înțelese brusc că se afla în pericol de moarte. Fără să se gândească, se aruncă înainte spre agresor, în loc să încerce să se acopere. Abia mai târziu a înțeles că dacă ar fi reacționat altfel, dacă s-ar fi ghemuit sau ar fi dat înapoi, ar fi fost împușcat pe loc. Prinse din nou țeava pistolului-mitralieră. Își folosi greutatea corpului ca să-l împingă în perete pe atacator. Mai auzi vreo șase sau șapte focuri și trase disperat de țeavă, ca s-o îndrepte spre podea.

Erika Berger se ghemuise instinctiv, când porni a doua salvă. Alunecă și se izbi cu capul de scaun. Apoi, se târî pe podea și ridică privirea, văzând că trei găuri apăruseră în perete, exact în locul în care se aflase ceva mai înainte capul ei.

Șocată, întoarse privirea și-l văzu pe Mikael luptându-se cu bărbatul, aproape de intrare. El alunecase în genunchi și ținea țeava cu amândouă mâinile, încercând să smulgă arma din mâinile celuilalt. Îl văzu pe atacator luptând ca să se elibereze. Îl lovea încontinuu cu pumnul pe Mikael în față și în tâmplă.

Monica Figuerola frână brusc în fața restaurantului, smuci portiera și o luă la goană spre intrare. Avea pistolul Sig Sauer în mână, când deveni brusc conștientă de mașina care se afla parcată chiar în fața restaurantului.

Îl văzu pe Tomi Nikoliç la volan și își îndreptă arma spre fața acestuia, de cealaltă parte a geamului.

— Poliția. Mâinile sus! țipă ea.

Tomi Nikoliç ridică mâinile.

— Ieși din mașină și culcă-te jos, pe trotuar, urlă cu furie în glas.

Întoarse capul și-i aruncă o scurtă privire lui Curt Svensson.

— Restaurantul, strigă ea.

Curt Svensson și Sonja Modig traversară în fugă strada.

Sonja Modig se gândea la copiii ei. Era împotriva oricăror instrucțiuni să se arunce într-o clădire cu arma scoasă, fără să aibă întărire la fața locului, fără vestă antiglonț și fără să aibă o vedere de ansamblu asupra situației.

Apoi, auzi un foc de armă înăuntru, în restaurant.

Mikael avea degetul arătător între trăgaci și piedică atunci când Miro Nikoliç începu să tragă din nou. Auzi o sticlă spărgându-se în spatele lui. Simțea o durere teribilă în deget atunci când atacatorul, iarăși și iarăși, apăsa pe trăgaci, strivindu-i degetul, însă atâta vreme cât degetul se afla acolo, arma nu putea fi descărcată. Loviturile de pumn îi plouau dintr-o parte în cap și simți brusc că avea 45 de ani și o condiție fizică mult prea proastă.

Nu mai scap. Trebuie să mă opresc, gândi el.

Era primul gând rațional de când îl descoperise pe bărbatul cu pistolul-mitralieră.

Încleștă dinții și vârî degetul și mai adânc, sub trăgaci. Apoi, sprijinindu-se în picioare, împinse umărul în corpul atacatorului, silindu-se să se ridice din nou. Lăsă pistolul din mâna dreaptă și își ridică brațul, ca să se protejeze de ploaia de lovituri. Miro Nikoliç începu atunci să-l lovească la subsuoară și în coaste. Timp de o secundă, se priviră iarăși în ochi.

În clipa următoare, Mikael simți cum atacatorul era smuls de lângă el. Avu o ultimă durere cumplită în deget și văzu silueta imensă a lui Curt Svensson. Acesta literalmente îl ridicase în aer pe Miro Nikoliç, ținându-l strâns de ceafă și izbindu-l cu capul de zidul de lângă ușă. Miro Nikoliç se prăbuși la pământ, ca un castel din cărți de joc.

— La pământ, o auzi el pe Sonja Modig strigând. Poliția. Stai nemișcat!

Răsuci capul și o văzu stând cu picioarele depărtate, ținând arma cu amândouă mâinile, în timp ce încerca să-și dea seama de situație. În cele din urmă, înălță arma spre tavan, îndreptând privirea spre Mikael Blomkvist.

— Ești rănit? îl întrebă ea.

Mikael o privea năuc. Îi sângera arcada și nasul.

— Cred că mi-am rupt degetul, spuse el, așezându-se pe podea.

Monica Figuerola a primit întăriri de la brigada de poliție din Södermalm, la mai puțin de un minut după ce îl silise pe Tomi Nikoliç să se culce pe trotuar. S-a prezentat și i-a lăsat pe polițiști să se ocupe de prizonier, apoi a fugit în restaurant. S-a oprit la intrare, încercând să-și dea seama de situație.

Mikael Blomkvist și Erika Berger ședeau jos, pe dușumea. El avea fața plină de sânge și părea să se afle în stare de șoc. Monica a respirat, în sfârșit. În orice caz, trăia. Apoi, și-a încruntat sprâncenele, văzând-o pe Erika Berger care-și pusese brațul pe umărul lui Mikael.

Sonja Modig stătea pe vine, cercetând mâna lui Blomkvist. Curt Svensson tocmai îi punea cătușele lui Miro Nikoliç, care arăta de parcă ar fi fost izbit de un tren expres. Monica a văzut pe dușumea un pistol-mitralieră model militar suedez.

A ridicat privirea, cercetând personalul șocat și clienții înspăimântați și a constatat grămada de porțelan spart, scaunele și mesele răsturnate și toate distrugerile provocate de numeroasele gloanțe trase. Simțea în nări mirosul de praf de pușcă. Dar nu vedea în restaurant niciun mort sau rănit. Polițiștii din brigada din Södermalm începuseră să intre în local, cu armele scoase. Ea întinse mâna, atingându-l pe Curt Svensson pe umăr. Acesta se ridică.

— Ai spus că Miro Nikoliç era sub urmărire?

— Așa e. Violențe grave, acum aproape un an. O bătaie în Hallunda.

— OK. Facem așa. Eu dispar cât pot de iute, cu Blomkvist și Berger. Tu rămâi. Versiunea oficială este că tu și Sonja Modig ați venit aici ca să luați cina și că tu l-ai recunoscut pe Nikoliç, din vremea când lucrai la brigada contra crimei organizate. Când ai încercat să-l arestezi, a scos arma și a început să tragă. Tu l-ai prins.

Curt Svensson avea aerul uluit.

— N-o să țină… Există martori.

— Martorii vor povesti că cineva s-a bătut și a tras. Nu e nevoie să țină decât până la apariția ziarelor de seară de mâine. Deci, versiunea este că frații Nikoliç au fost prinși dintr-o simplă întâmplare, pentru că tu i-ai recunoscut.

Curt Svensson privi haosul din jur. Apoi aprobă cu un gest scurt.

Monica Figuerola și-a făcut drum prin mulțimea de polițiști din fața restaurantului, plasându-i pe Mikael Blomkvist și pe Erika Berger în mașină, pe locurile din spate. S-a dus la comandant și i-a vorbit cu voce scăzută, timp de treizeci de secunde. A făcut un semn din cap spre mașina în care se aflau Mikael și Erika.

Comandantul a privit șovăitor, dar, în cele din urmă, a aprobat. Monica s-a urcat în mașină, conducând spre Zinkensdamm și a parcat lângă trotuar, întorcându-se spre ei.

— Cât de rău îți e?

— Am încasat câțiva pumni. Dinții sunt la locul lor. Mi-am rupt degetul.

— Ne ducem la Urgență, la Sankt Göran.

— Ce s-a întâmplat? întrebă Erika Berger. Și tu cine ești?

— Iertați-mă, spuse Mikael. Erika, ea este Monica Figuerola. Lucrează la Säpo. Monica, ea este Erika Berger.

— Mi-am dat seama, spuse Monica pe un ton indiferent, fără s-o privească pe Erika.

— Monica și cu mine ne-am întâlnit în timpul anchetei. Ea este contactul meu la Säpo.

— Înțeleg, spuse Erika Berger, care brusc începu să tremure din cauza șocului pe care abia acum îl resimțea.

Monica Figuerola o privi fix.

— Ce s-a întâmplat? întrebă Mikael.

— Am tradus greșit scopul cocainei, spuse Monica Figuerola. Credeam că ți-au întins o cursă, ca să te vâre într-un scandal. De fapt, se gândeau să te omoare și să lase poliția să descopere cocaina, când aveau să intre în apartamentul tău.

— Ce cocaină? întrebă Erika Berger.

Mikael închise ochii o secundă.

— Du-mă la Sankt Göran, zise el.

— Arestați? izbucni Fredrik Clinton.

Simțea în zona inimii un tremur, ca și cum un fluture ar fi bătut din aripi.

— Cred că nu e nimic grav, spuse Georg Nyström. Pare să fi fost o simplă întâmplare.

— Întâmplare?

— Miro Nikoliç era căutat pentru o poveste veche, cu bătaie și maltratare. Un polițist de la brigada de combatere a crimei organizate l-a recunoscut și l-a arestat, când a venit la restaurantul „Cratița lui Samir". Nikoliç a intrat în panică și a încercat să scape, trăgând focuri de armă.

— Blomkvist?

— El nu a fost deloc amestecat. Nici nu știm dacă se afla în restaurant când a avut loc arestarea.

— La naiba, nu poate fi adevărat! spuse Fredrik Clinton. Ce știu frații Nikoliç?

— Despre noi? Nimic. Ei cred că atât Björck, cât și Blomkvist au fost treburi care aveau de-a face cu traficul de femei.

— Dar știu că Blomkvist era ținta?

— De bună seamă, însă n-o să înceapă să spună că aveau un contract să-l omoare. Își vor ține gura la tribunal. Vor intra la pușcărie pentru deținere ilegală de arme și, după cum cred, violență față de poliție.

— Tâmpiții dracului, spuse Clinton.

— Da, s-au făcut de râs. Pentru moment, trebuie să-l lăsăm în pace pe Blomkvist, dar de fapt nu s-a întâmplat nicio nenorocire.

Era unsprezece noaptea, când Susanne Linder și doi tipi solizi de la Milton Security i-au căutat pe Mikael Blomkvist și pe Erika Berger, la poliția din Kungsholmen.

— Nu poți zice că nu te distrezi, i-a spus Susanne Linder Erikăi Berger.

— Asta e, a răspuns Erika mohorâtă.

Avusese un șoc serios în mașină, în drum spre spitalul Sankt Göran. Brusc realizase că atât ea, cât și Mikael fuseseră pe punctul de a fi uciși.

Mikael a petrecut o oră la secția de urgențe, vreme în care i s-au pus plasturi pe față, i s-au făcut radiografii și i s-a bandajat degetul. Avea contuzii grave la ultima falangă și probabil avea să piardă unghia. Rana cea mai serioasă o căpătase, ironia sorții, atunci când îi venise Curt Svensson în ajutor și-l smulsese de pe el pe Miro Nikoliç. Degetul arătător al lui Mikael se prinsese în piedica pistolului-mitralieră și se rupsese. Îl durea îngrozitor, dar nu era o rană care să-i amenințe viața.

Pentru Mikael, șocul s-a produs abia după vreo două ore, când sosise deja la Comisia pentru protecția constituției, la RPS/Säk, unde lăsase o relatare inspectorului criminalist Bublanski și procurorului Ragnhild Gustavsson. Dintr-odată, a început să tremure și s-a simțit așa de obosit, încât era cât pe ce să adoarmă în timpul interogatoriului. A urmat apoi un moment de discuții aprinse.

— Nu știm ce-au de gând, spunea Monica Figuerola. Nu știm dacă Blomkvist era singura victimă plănuită sau dacă și Berger ar fi trebuit să moară. Nu știm dacă nu se gândesc să încerce din nou sau dacă altcineva de la *Millennium* este amenințat. Și, de ce să n-o omoare pe Salander, care este adevărata amenințare la adresa Secției?

— Am telefonat deja și i-am anunțat pe colaboratorii de la *Millennium,* în vreme ce-l peticeau pe Blomkvist, spuse Erika Berger. Toţi vor avea multă grijă, până ce iese ziarul. Redacţia va fi păzită.

Prima reacţie a lui Torsten Edklinth a fost să le dea imediat gărzi de corp. Pe urmă au înţeles, atât el, cât şi Monica Figuerola, că poate nu era cea mai inteligentă măsură să atragă atenţia, contactând secţia de pază a persoanelor de la Säpo.

Erika Berger a rezolvat problema, refuzând protecţia poliţiei. I-a telefonat lui Dragan Armanski, explicându-i situaţia. Ceea ce a făcut ca Susanne Linder să fie chemată la slujbă noaptea târziu.

Mikael Blomkvist şi Erika Berger au fost încartiruiţi la etajul unei case sigure, aflată în spatele palatului Drottningholm, pe drumul spre Ekerö. Era o vilă mare din anii '30, cu vedere spre golf, grădină impunătoare şi dependinţele respective, în afara clădirii principale. Imobilul era proprietatea firmei Milton Security, dar era locuită de Martina Sjögren, 68 de ani, văduva colaboratorului Hans Sjögren care murise accidental cu cincisprezece ani în urmă când, fiind în misiune, căzuse prin duşumeaua putredă a unei case părăsite de lângă Sala. După înmormântare, Dragan Armanski vorbise cu Martina Sjögren şi o angajase ca intendentă şi administrator al clădirii. Ea locuia gratis într-una din clădirile anexă şi ţinea casa gata pentru acele ocazii, de câteva ori pe an, când Milton Security avea nevoie imediată să ascundă vreo persoană care, din motive adevărate sau închipuite, se temea pentru siguranţa ei.

Monica Figuerola i-a însoţit. S-a prăbuşit pe un scaun în bucătărie şi a lăsat-o pe Martina Sjögren să-i servească o cafea, în vreme ce Erika Berger şi Mikael Blomkvist se instalau la etaj, iar Susanne Linder verifica alarma şi camerele de supraveghere electronică din jurul clădirii.

— Sunt periuțe de dinți și articole de igienă în comoda din fața băii, a strigat Martina Sjögren în sus, pe scară.

Susanne Linder și cei doi paznici de la Milton Security s-au instalat în camerele de la parter.

— N-am stat o clipă de când am fost trezită, azi-dimineață la patru, spuse Susanne Linder. Puteți face o schemă de pază, dar lăsați-mă să dorm cel puțin până mâine la cinci dimineața.

— Poți dormi toată noaptea, avem noi grijă de asta, zise unul din paznici.

— Mulțumesc, a mai spus Susanne Linder și a plecat să se culce.

Monica Figuerola asculta distrată, în vreme ce paznicii cuplau detectoarele de mișcare din grădină și trăgeau la sorți cine să ia prima gardă. Cel care pierduse își prepară un sendviș și se instală într-o cameră cu televizor, lângă bucătărie. Monica Figuerola studia ceștile înflorate. Și ea fusese în picioare din zorii zilei și se simțea destul de terminată. Se gândea să plece acasă, când Erika Berger a coborât, turnându-și o ceașcă de cafea. S-a așezat de cealaltă parte a mesei.

— Mikael a adormit cum s-a pus în pat.

— Reacția la adrenalină, spuse Monica Figuerola.

— Și acum, ce-o să se întâmple?

— Trebuie să rămâneți aici câteva zile. Într-o săptămână, se liniștesc apele. Cum te simți?

— Ce să spun! Încă mai tremur. Nu ți se întâmplă în fiecare zi una ca asta. Tocmai i-am telefonat soțului meu și i-am explicat de ce nu vin în seara asta acasă.

— Hmm.

— Sunt căsătorită cu....

— Știu cu cine ești căsătorită.

Tăcere. Monica Figuerola se frecă la ochi, căscând.

— Trebuie să mă duc acasă, să dorm, spuse ea.

— Pentru numele lui Dumnezeu. Încetează cu prostiile și du-te să te culci cu Mikael, zise Erika.

Monica Figuerola o privi cercetătoare.

— E așa de evident? întrebă ea.

Erika dădu din cap.

— Ți-a spus Mikael ceva...?

— Niciun cuvânt. Obișnuiește să fie discret când e vorba de cuceririle lui. Însă adesea este ca o carte deschisă. Și tu ești evident dușmănoasă de câte ori mă privești. Încercați să ascundeți ceva.

— E șeful meu, spuse Monica Figuerola.

— Șeful tău?

— Da. Edklinth și-ar ieși din minți să știe că eu și Mikael am...

— Înțeleg. Nu știu ce se petrece între tine și Mikael, spuse Erika Berger, dar eu nu sunt rivala ta.

— Nu ești?

— Mikael este amantul meu, când și când. Dar nu sunt măritată cu el.

— Am înțeles că aveți o legătură specială. El mi-a povestit despre voi, când am fost la Sandhamn.

— Ai fost la Sandhamn cu el! Atunci, e serios.

— Nu-ți bate joc de mine.

— Monica... Sper că tu și Mikael... O să încerc să nu stau în drum.

— Și dacă nu poți?

Erika Berger ridică din umeri.

— Prima lui nevastă și-a ieșit cu totul din minți, când Mikael a înșelat-o cu mine. L-a dat pe ușă afară. E vina mea. Câtă vreme este burlac și accesibil, n-am de gând să-mi fac procese de conștiință. Dar mi-am promis mie însămi să mă țin la distanță dacă va avea o legătură serioasă cu cineva.

— Nu ştiu dacă pot îndrăzni să mizez pe el.

— Mikael este special. Eşti îndrăgostită de el?

— Cred că da.

— Atunci, asta e. Nu i-o spune prea devreme. Acum, du-te şi culcă-te.

Monica a mai reflectat un moment la situaţie. Apoi, a urcat scara şi s-a dezbrăcat, strecurându-se în pat, lângă Mikael. El a mormăit ceva, trecându-şi braţul în jurul mijlocului ei.

Erika Berger a rămas singură în bucătărie, meditând vreme îndelungată. Dintr-odată se simţea profund nefericită.

25

Miercuri 13 iulie — joi 14 iulie

Mikael Blomkvist se întrebase întotdeauna cum se făcea că megafoanele din tribunale erau așa de discrete. Îi veni greu să audă cuvintele care anunțau că procesul împotriva lui Lisbeth Salander avea să înceapă în sala nr. 5, la ora 10:00. Totuși sosise devreme și se postase la intrarea sălii de judecată. Era unul dintre primii cărora li se dăduse drumul înăuntru. S-a așezat pe băncile din partea pentru public, în stânga, de unde avea o vedere mai bună asupra mesei apărării. Locurile pentru public s-au umplut repede. Interesul mass-mediei crescuse pe măsură ce se apropia procesul, iar în ultima săptămână procurorul Ekström fusese intervievat zilnic.

Ekström fusese harnic.

Lisbeth Salander era acuzată pentru maltratare și maltratare gravă, în cazul Carl-Magnus Lundin; pentru amenințare gravă, tentativă de omor și maltratare gravă, în cazul decedatului Karl Axel Bodin, alias Alexander Zalachenko; pentru două cazuri de intrare prin efracție — pe de o parte, în casa de vacanță din Stallarholmen a decedatului avocat

Nils Bjurman și, pe de altă parte, în locuința acestuia de lângă Odenplan; pentru furtul unui vehicul — o motocicletă Harley-Davidson, proprietatea unui anume Sonny Nieminen, membru în clubul motociclist din Svavelsjö; pentru trei cazuri de deținere ilegală de armă — un spray cu gaz lacrimogen, un pistol electric și un revolver polonez marca P-83 Wanad, care fuseseră găsite la Gosseberga; pentru furt sau ascunderea probelor — formularea nu era clară, dar se referea la documentația care fusese găsită în casa de vacanță a avocatului Bjurman —, precum și pentru o seamă de delicte mai puțin importante. În total, Lisbeth Salander avea împotriva ei 16 capete de acuzare.

Ekström lăsase chiar să transpire informații care dădeau de înțeles că starea mintală a lui Lisbeth Salander lăsa mult de dorit. El se baza atât pe expertiza psihiatrică medico-legală a doctorului Jesper H. Löderman, făcută atunci când ea împlinise 18 ani, cât și pe o anchetă care, după decizia tribunalului asupra unei audieri pregătitoare, fusese făcută de dr. Peter Teleborian. Fiindcă fata bolnavă psihic refuzase, după obiceiul ei, să vorbească cu medicii psihiatri, analiza fusese făcută din „observații" realizate în luna dinaintea procesului, la închisoarea Kronoberg, din Stockholm. Teleborian, care avea o experiență de mulți ani cu pacienta, stabilea că Lisbeth Salander suferea de o gravă tulburare psihică, folosind termeni ca psihopatie, narcisism patologic și schizofrenie paranoidă.

Presa vehiculase că a fost interogată de șapte ori. La toate, acuzata refuzase să spună măcar „bună ziua" celor care o interogau. Primele interogatorii fuseseră făcute de poliția din Göteborg, iar restul avuseseră loc la sediul poliției din Stockholm. Imprimările pe bandă din procesul-verbal dezvăluiau încercări prietenești de-a o convinge și întrebări repetate cu încăpățânare, însă niciun răspuns.

Nici măcar o tuse.

În câteva ocazii, se auzea pe bandă vocea Annikăi Giannini, care constata că în mod evident clienta ei nu avea intenția să răspundă la întrebări. Acuzația împotriva lui Lisbeth Salander se baza prin urmare numai pe probele tehnice și pe faptele pe care poliția le putuse stabili.

Tăcerea lui Lisbeth o pusese uneori pe avocata ei într-o postură dificilă, pentru că aceasta fusese obligată să fie aproape la fel de tăcută cum era clienta ei. Ce discutaseră Annika Giannini și Lisbeth Salander în particular era confidențial.

De asemenea, Ekström nu făcea niciun secret din faptul că avea intenția să ceară pentru Lisbeth Salander în primul rând internarea într-un spital psihiatric și abia în al doilea rând o pedeapsă cu închisoarea corespunzătoare. Ordinea celor două alternative era inversată, însă el credea că, în cazul ei, tulburările psihice erau așa de evidente și definirea bolii așa de clar făcută de medici, încât nici nu exista de fapt o alternativă. Era extrem de rar ca un tribunal să meargă împotriva unui verdict medico-legal.

El socotea deci că nu trebuia ridicată punerea sub tutelă a lui Lisbeth Salander. Într-un interviu, explicase cu o mină întristată că în Suedia exista un număr de persoane sociopate cu tulburări psihice așa de grave, încât constituiau o primejdie nu doar pentru alții, ci și pentru ele însele și că din punct de vedere științific nu exista altă soluție decât ca aceste persoane să fie închise. Amintise cazul lui Anette, o tânără extrem de violentă, care devenise un adevărat personaj de foileton prin anii '70 și care, chiar și acum, după treizeci de ani, mai era îngrijită într-un spital de boli nervoase. Fiecare încercare de a slăbi restricțiile rezultase în faptul că aceasta se năpustise în atacuri violente și demențiale împotriva rudelor și personalului de îngrijire sau în încercări de automutilare. Ekström voia să spună că Lisbeth Salander suferea de o formă asemănătoare de tulburare psihică.

Interesul mass-mediei crescuse și din simplul motiv că avocata lui Lisbeth Salander, Annika Giannini, nu se exprimase în presă. Ea refuzase consecvent să se lase intervievată, pentru a exprima punctul de vedere al celeilalte părți. În consecință, mass-media se aflase într-o situație dificilă, în care partea acuzării sufoca prin mulțimea informațiilor, în vreme ce partea cealaltă, în mod cu totul neobișnuit, nu dădea nici cea mai mică indicație despre poziția lui Salander față de învinuiri și ce strategie avea de gând apărarea să folosească.

Această situație fusese comentată de un expert jurist care era angajat pentru a supraveghea procesul de către un tabloid. Expertul constatase într-o cronică faptul că Annika Giannini era un respectat avocat al drepturilor femeii, dar că era total lipsită de experiență în afara acestui câmp de acțiune și, prin urmare, trăsese concluzia că aceasta era incapabilă să o apere pe Lisbeth Salander. De la sora lui, Mikael mai aflase că mai mulți avocați cunoscuți o contactaseră, oferindu-și serviciile. Annika Giannini avea ca misiune din partea clientei sale să refuze cu amabilitate toate aceste oferte.

În așteptarea începerii procesului, Mikael îi cerceta pe ceilalți oameni din public. Îl descoperi brusc pe Dragan Armanski, pe un scaun de lângă ieșire.

Privirile li se întâlniră pentru un scurt moment.

Ekström avea pe masă un teanc impresionant de hârtii. Dădea din cap în semn de recunoaștere, în direcția unor ziariști.

Annika Giannini ședea la masa ei, în fața lui Ekström. Își sorta hârtiile, fără să ridice ochii. Lui Mikael i se păru că sora lui era un pic nervoasă. Are trac, gândi el.

Pe urmă și-au făcut apariția președintele curții, asistentul său și jurații. Președintele curții era judecătorul Jörgen Iversen, un bărbat de 57 de ani cu păr alb, față slabă și mers elastic. Mikael făcuse o cercetare asupra lui Iversen, constatând că era cunoscut drept un judecător cu multă experiență și corect, care prezidase deja un număr mare de procese remarcate de presă.

În cele din urmă, Lisbeth Salander a fost adusă în sala de judecată.

Cu toate că Mikael era obișnuit cu capacitatea lui Lisbeth de-a găsi cele mai șocante costumații, a fost uimit că Annika Giannini îi permisese să apară în sala de judecată într-o fustă scurtă de piele cu tivul desfăcut și un maiou negru, pe care se afla textul *I am irritated* și care nu-i acoperea prea mult din tatuaje. Avea bocanci, centură cu ținte și șosete trei-sferturi cu dungi negre și violet. În total, avea vreo zece găuri în urechi și inele în buze și sprâncene. Părul îi crescuse, în cele trei luni de după operație, ca niște paie negre răsfirate în toate direcțiile. În plus, era machiată neobișnuit de puternic. Avea un ruj cenușiu, sprâncene făcute cu creionul și mai mult rimel negru decât o văzuse Mikael folosind vreodată. În vremea în care se întâlneau, ea nu-i păruse prea interesată de machiaj.

Avea aerul cam vulgar, pentru a vorbi în termeni diplomatici. Gotic. Amintea de un vampir dintr-un film de serie B de prin anii '60. Mikael a remarcat că unii dintre ziariștii din sală rămăseseră cu răsuflarea tăiată de uimire, ori zâmbeau amuzați la apariția ei. Acum, când în sfârșit aveau ocazia să vadă această fată, în jurul căreia se țeseau așa de multe scandaluri și despre care ei scriseseră atât de mult, da, ea se ridica la nivelul tuturor așteptărilor.

Apoi, Mikael înțelese că Lisbeth Salander se deghizase de fapt. De obicei, ea se îmbrăca neglijent și evident fără gust. Mikael crezuse întotdeauna că se îmbrăca în felul acesta nu din motive de modă, ci ca să-și arate propria identitate. Lisbeth Salander își marca spațiul privat ca pe un teritoriu ostil. Întotdeauna el considerase țintele din geaca ei de piele ca pe un mecanism de apărare, asemănător cu țepii ariciului. Era un semnal pentru cei din jur. *Nu încerca să mă mângâi. O să te doară.*

Pășind în sala de judecată, ea își accentuase prin urmare stilul de îmbrăcăminte, așa încât era aproape o exagerare parodică.

Mikael înțelese brusc că nu era o întâmplare, ci că făcea parte din strategia Annikăi.

Dacă Lisbeth Salander ar fi apărut cu părul pieptănat lins, cu bluză închisă la toți nasturii și pantofi drăguți, ar fi părut o escroacă ce încerca să-și vândă propria poveste curții. Ar fi fost o chestiune de credibilitate. Acum însă, venea ca ea însăși și nimeni alta. Într-un fel ușor exagerat, pentru ca totul să fie limpede. Nu se prefăcea că este altceva decât era. Mesajul ei către curte era că nu avea niciun motiv să se rușineze sau să se prefacă în fața lor. Dacă cei din completul de judecată aveau probleme cu înfățișarea ei, era treaba lor. Societatea o acuzase de tot felul de lucruri și procurorul o târâse în fața judecății. Prin simpla ei apariție, ea marca deja că avea de gând să trateze raționamentele procurorului drept simple baliverne.

Se mișca plină de siguranță și se așeză la locul indicat, lângă avocatul apărării. Lăsă privirea să-i alunece peste public. Nu era niciun fel de curiozitate în această privire.

Părea mai curând ca și cum, sfidătoare, ar fi notat și catalogat persoanele care deja o condamnaseră în paginile de știri ale ziarelor.

Era prima oară când Mikael o revedea, după seara în care zăcuse, ca o păpușă de cârpă ruptă pe canapeaua din bucătăria de la Gosseberga și mai mult de un an și jumătate de când o întâlnise în circumstanțe normale. Dacă expresia „circumstanțe normale" putea fi folosită vreodată în legătură cu Lisbeth Salander! Timp de câteva secunde, ochii li se întâlniră. Ea zăbovi asupra lui un scurt moment, fără să dea vreun semn de recunoaștere. Dar studie vânătăile care acopereau obrazul și tâmpla lui Mikael și pansamentul de pe sprânceana dreaptă. Pentru o secundă, lui Mikael i se păru că ghicește un început de zâmbet în privirea ei. Nu era sigur dacă nu cumva își închipuise doar. Apoi, judecătorul Iversen bătu în masă și dezbaterile începură.

Auditorii au rămas în sala tribunalului treizeci de minute în total. Ei au putut să asculte expunerea procurorului Ekström, în care acesta a prezentat faptele și capetele de acuzare.

Toți ziariștii, cu excepția lui Mikael Blomkvist, notau conștiincioși, deși ei știau deja pentru ce avea de gând procurorul Ekström s-o acuze pe Lisbeth Salander. Mikael își scrisese deja propriul articol și venise la tribunal doar pentru a-și marca prezența și a întâlni privirea lui Lisbeth.

Introducerea lui Ekström a durat douăzeci și două de minute. Apoi, a fost rândul Annikăi Giannini. Replica ei a luat treizeci de secunde. Vocea îi era fermă.

— Din partea apărării, respingem toate capetele de acuzare, cu excepția unuia singur. Clienta mea se recunoaște vinovată de posesia ilegală a unor arme, mai exact un spray cu gaz lacrimogen. Referitor la toate celelalte acuzații, clienta mea neagă orice responsabilitate sau intenție criminală. Vom arăta că afirmațiile procurorului sunt false și că Lisbeth Salander a fost victima unui grav abuz de putere judiciară. Voi cere să fie declarată nevinovată, punerea ei sub tutelă să fie revocată și Lisbeth Salander să fie imediat pusă în libertate.

Un foșnet se auzi dinspre agendele ziariștilor. Strategia avocatei Annika Giannini fusese în sfârșit dezvăluită. Nu era cea la care se așteptase presa. Presupunerea generală fusese că Annika Giannini va invoca boala psihică a clientei sale și o va utiliza în avantajul acesteia. Mikael zâmbi brusc.

— Hm, făcu judecătorul Iversen, făcând o însemnare. O privi pe Annika Giannini:

— Ați terminat?

— Aceasta este propunerea mea.

— Procurorul are ceva de adăugat? întrebă Iversen.

În momentul acela, procurorul Ekström ceru ca deliberările să se petreacă în spatele ușilor închise. Aduse argumentul că era vorba despre starea psihică și sănătatea unei persoane greu încercate, precum și despre detalii care ar putea fi dăunătoare pentru securitatea statului.

— Presupun că vă referiți la așa-numita afacere Zalachenko, spuse Iversen.

— Este adevărat. Alexander Zalachenko a sosit în Suedia ca refugiat politic și a căutat protecție contra unei cumplite dictaturi. Anumite aspecte legate de abordarea acestei afaceri, legăturile dintre persoane și alte elemente de acest fel sunt încă strict secrete, chiar dacă domnul Zalachenko a decedat. De aceea, cer ca dezbaterile să aibă loc în spatele ușilor închise și ca obligația de a se păstra tăcerea să fie impusă în momentele delicate ale procesului.

— Înțeleg, spuse judecătorul Iversen, încruntându-și fruntea.

— De asemenea, o mare parte din dezbateri vor avea legătură cu tutela acuzatei. Ele privesc întrebări care în toate situațiile normale sunt aproape în mod automat confidențiale și, din simpatie pentru acuzată, doresc să avem ușile închise.

— Care este atitudinea avocatei Giannini față de cererea procurorului?

— Din punctul nostru de vedere, nu are niciun fel de importanță.

Judecătorul Iversen a reflectat un scurt moment. Și-a consultat asistentul și apoi a declarat, spre marea iritare a ziariștilor prezenți, că era de acord cu propunerea procurorului. În consecință, Mikael Blomkvist a părăsit sala.

Dragan Armanski îl aștepta pe Mikael Blomkvist lângă treptele de la Palatul Justiției. Era o căldură toridă de iulie și Mikael a simțit imediat cum două pete de transpirație încep să i se formeze la subsuori. Cele două gărzi de corp îl însoțeau. L-au salutat cu un semn din cap pe Armanski, începând apoi să studieze împrejurimile.

— E foarte ciudat să mergi cu bodyguarzi după tine, spuse Mikael. Cât o să coste toate astea?

— E din partea casei, zise Armanski. Am un interes personal să te păstrez în viață. Dar am folosit echipament electronic în valoare de 250 000 de coroane în ultimele luni.

Mikael aprobă.

— Cafea? întrebă el, făcând un semn cu degetul spre cafeneaua italienească de pe Bergsgatan.

Armanski fu de acord. Mikael comandă o *caffé latte*, în vreme ce Armanski alese un dublu espresso, cu o linguriță de lapte. Se așezară la umbră, pe trotuarul din fața cafenelei. Cei doi bodyguarzi se așezară la o măsuță, alături. Își luaseră coca-cola.

— Cu ușile închise, constată Armanski.

— Era de așteptat. E în ordine, pentru că astfel vom putea dirija mai bine fluxul de știri.

— Da, n-are nicio importanță, însă încep să am o părere tot mai proastă despre procurorul Richard Ekström.

Mikael era de acord. Și-au băut cafelele, privind spre tribunalul unde se hotăra viitorul lui Lisbeth Salander.

— Contraatacul a fost lansat, spuse Mikael.

— Este bine pregătită, zise Armanski. Și trebuie să spun că sunt impresionat de sora ta. Atunci când a început să-și expună strategia, credeam că glumește, dar cu cât mă gândesc mai mult, cu atât îmi pare mai înțeleaptă.

— Procesul acesta nu se va decide acolo, înăuntru, spuse Mikael.

Își repeta aceste cuvinte de mai multe luni, ca pe o mantra.

— Vei fi chemat ca martor, spuse Armanski.

— Știu. Sunt pregătit. Dar asta nu se va întâmpla decât poimâine. Cel puțin, pe asta mizăm.

Procurorul Richard Ekström își uitase ochelarii bifocali acasă și era obligat să-și ridice ochelarii de vedere pe frunte și să mijească ochii, ca să poată citi notele scrise cu litere mărunte. Își mângâia grăbit bărbuța blondă, înainte de a-și pune din nou ochelarii pe nas, ca să privească în jur, prin sală.

Lisbeth Salander stătea cu spatele drept și-l țintea pe procuror cu o privire de nepătruns. Chipul și ochii ei nu se clinteau. Nu părea să fie cu adevărat prezentă. Venise vremea ca procurorul să înceapă interogarea ei.

— Vreau să vă reamintesc, domnișoară Lisbeth Salander, că vorbiți sub jurământ, spuse în cele din urmă Richard Ekström.

Lisbeth Salander nu se clinti. Procurorul Ekström părea să spere în vreun fel de răspuns și rămase în așteptare câteva secunde. Apoi, își ridică sprâncenele.

— Prin urmare, vorbiți sub jurământ, repetă el.

Lisbeth Salander lăsă capul într-o parte. Annika Giannini era ocupată să citească ceva în raportul anchetei preliminare și părea complet neinteresată de spusele procurorului Ekström. Acesta își strânse hârtiile. După un moment de tăcere stânjenitoare, tuși, dregându-și glasul.

— Ei bine, spuse Ekström pe un ton cumpătat. Să trecem atunci direct la întâmplările din casa de vară a decedatului avocat Bjurman, de lângă Stallarholmen, din 6 aprilie, anul în curs, care constituie punctul de plecare pentru prezentarea pe care am făcut-o în dimineața aceasta. Vom încerca să clarificăm motivele pentru care v-ați dus la Stallarholmen și l-ați împușcat pe Carl-Magnus Lundin.

Ekström o privi pe Lisbeth Salander, așteptând un răspuns. Aceasta rămase în continuare nemișcată. Procurorul păru dintr-odată descurajat. Își desfăcu brațele, întorcând privirea spre președintele curții. Judecătorul Jörgen Iversen părea să ezite. Îi aruncă o privire Annikăi Giannini, care în continuare părea cufundată în hârtiile ei, complet neatentă la ce se întâmpla în jurul ei.

Judecătorul Iversen își drese vocea. Își mută privirea asupra lui Lisbeth Salander.

— Să înțelegem tăcerea dumneavoastră drept un refuz de a răspunde la întrebări? o întrebă el.

Lisbeth Salander întoarse capul, întâlnindu-i privirea.

— Răspund cu plăcere la întrebări, zise ea.

Judecătorul Iversen încuviință din cap.

— Atunci, poate răspunzi la întrebare, interveni procurorul Ekström.

Lisbeth Salander întoarse din nou privirea spre Ekström. Rămase tăcută.

— Vreți să fiți amabilă să răspundeți la întrebare? spuse judecătorul Iversen.

Lisbeth răsuci din nou capul spre președintele completului de judecată, înălțând sprâncenele. Vocea ei era clară și distinctă.

— Ce întrebare? Până acum, acest domn — arătă din cap spre Ekström — a făcut un număr de afirmații fără nicio probă. Eu nu am auzit nicio întrebare.

Annika Giannini ridică privirea. Își puse coatele pe masă, sprijinindu-și fața în palmă, cu un interes brusc în privire.

Procurorul Ekström păru încurcat pentru câteva momente.

— Vreți să fiți amabil să repetați întrebarea? propuse judecătorul Iversen.

— Am întrebat dacă... Te-ai dus la casa de vară a avocatului Bjurman de la Stallarholmen cu intenția de a-l împușca pe Carl-Magnus Lundin?

— Nu, ați spus că vreți să clarificați motivele pentru care m-am dus la Stallarholmen și l-am împușcat pe Carl-Magnus Lundin. Nu este o întrebare. Este o afirmație generală, în care dumneavoastră anticipați răspunsul meu. Eu nu sunt răspunzătoare de afirmațiile pe care le faceți.

— Nu te lega de cuvinte. Răspunde la întrebare.

— Nu.

Tăcere.

— Nu, ce?

— E răspunsul la întrebare.

Procurorul Ekström scoase un oftat. Avea să fie o zi lungă. Lisbeth Salander îl privea, așteptând continuarea.

— Poate că e mai bine s-o luăm de la început, spuse el. Te-ai aflat în casa de vară de la Stallarholmen a decedatului avocat Bjurman în după-amiaza zilei de 6 aprilie, anul acesta?

— Da.

— Cum ai ajuns acolo?

— Am mers cu trenul până la Södertälje și pe urmă am luat autobuzul, spre Strängnäs.

— De ce te-ai dus la Stallarholmen? Ți-ai dat întâlnire cu Carl-Magnus Lundin și cu Sonny Nieminen?

— Nu.

— Cum de-au apărut acolo?

— Asta trebuie să-i întrebați pe ei.

— Acum te întreb pe dumneata.

Lisbeth Salander nu răspunse.

Judecătorul Iversen își drese din nou glasul:

— Presupun că domnișoara Salander nu răspunde pentru că dumneata, din punct de vedere strict semantic, ai făcut din nou o afirmație, spuse Iversen, pe tonul unuia care vrea să ajute.

Annika Giannini pufni brusc în râs, suficient de tare încât să se audă. Tăcu imediat, vârându-și din nou nasul în hârtiile ei. Ekström o privi iritat.

— De ce crezi că Lundin și Nieminen au apărut la casa de vacanță a lui Bjurman, la Stallarholmen?

— Nu știu. Pot presupune doar că au venit ca să provoace un incendiu. Lundin avea cu el un litru de benzină într-un bidon de plastic, în sacoșa motocicletei.

Ekström făcu o strâmbătură:

— De ce te-ai dus la casa de vară a avocatului Bjurman?

— Căutam informații.

— Ce fel de informații?

— Informațiile pe care bănuiesc că Lundin și Nieminen veniseră să le distrugă și care, prin urmare, ar fi putut contribui la aflarea adevărului despre cine l-a ucis pe ticălos.

— Consideri că avocatul Bjurman era un ticălos? Am înțeles exact?

— Da.

— Și de ce consideri asta?

— A fost un porc sadic, un nemernic și un violator, prin urmare un ticălos.

Citase exact textul care fusese tatuat pe pântecele decedatului avocat Bjurman și, prin urmare, recunoștea indirect că ea era răspunzătoare de text. Însă asta nu intra în acuzațiile împotriva lui Salander. Bjurman nu făcuse niciodată vreo plângere despre vătămare corporală și era imposibil de determinat dacă se lăsase de bunăvoie tatuat sau dacă aceasta se făcuse sub constrângere.

— Afirmi, cu alte cuvinte, că tutorele dumitale a abuzat de dumneata. Poți povesti când ar fi avut loc acest abuz?

— S-a petrecut marți 18 februarie 2003 și, din nou, vineri 7 martie, același an.

— Ai refuzat să răspunzi la toate întrebările polițiștilor care au încercat să vorbească cu dumneata. De ce?

— Nu aveam nimic să le spun.

— Am citit așa-zisa autobiografie pe care avocata dumitale a prezentat-o pe neașteptate, acum câteva zile. Trebuie să spun că este un document neobișnuit, ne vom reîntoarce la aceasta. Dar în el afirmi că avocatul Bjurman te-ar fi obligat prima oară la sex oral și că a doua oară, timp de o noapte întreagă, te-a supus la repetate violuri și a recurs la tortură.

Lisbeth nu răspunse.

— Este adevărat?

— Da.

— Ai denunțat aceste violuri la poliție?

— Nu.

— De ce n-ai făcut-o?

— Poliția nu m-a ascultat niciodată, când am încercat să îi spun ceva. Prin urmare, era lipsit de sens să fac vreo plângere.

— Ai discutat despre aceste abuzuri cu vreun cunoscut? Vreo prietenă?

— Nu.

— De ce?

— Pentru că nu priveau pe nimeni.

— OK, ai încercat să iei legătura cu vreun avocat?

— Nu.

— Te-ai adresat vreunui medic, ca să primești îngrijiri pentru rănile care afirmi că ți-au fost provocate?

— Nu.

— Și nu te-ai adresat vreunui centru de sprijin pentru femei în dificultate?

— Nu.

Ekström se întoarse spre președintele completului de judecată:

— Vreau să atrag atenția curții asupra faptului că acuzata a afirmat că a fost victima unor abuzuri sexuale de două ori, dintre care cel de-al doilea trebuie considerat drept foarte grav. Ea afirmă că cel care s-a făcut vinovat de aceste violuri era tutorele ei, decedatul avocat Nils

Bjurman. În același timp, trebuie luate în considerare următoarele fapte...

Ekström își cercetă hârtiile.

— În ancheta pe care brigada criminalistică a făcut-o, nu există nimic în trecutul avocatului Bjurman care să confere credibilitate povestirii lui Lisbeth Salander. Bjurman nu a fost niciodată acuzat de vreo încălcare a legii. Nu a fost niciodată reclamat la poliție sau obiect al vreunei anchete. A fost și mai înainte tutore sau împuternicit, pentru mulți alți tineri și niciunul dintre aceștia nu pretinde că ar fi fost supus vreunei forme de abuz. Dimpotrivă, ei afirmă hotărât că Bjurman s-a comportat întotdeauna corect și prietenos cu ei.

Ekström întoarse pagina.

— Este, de asemenea, sarcina mea să reamintesc că Lisbeth Salander a primit diagnosticul de schizofrenie paranoidă. Există numeroase documente care atestă faptul că această tânără femeie are manifestări violente și, din primii ani ai adolescenței, a avut probleme serioase în contactele ei cu societatea. A petrecut mai mulți ani într-o clinică de psihiatrie infantilă și s-a aflat sub tutelă de când a împlinit 18 ani. Oricât ar fi de regretabil, există motive pentru aceasta. Lisbeth Salander este primejdioasă pentru sine însăși și pentru cei din jur. Convingerea mea este că nu trebuie să primească pedeapsa cu închisoarea. Ea are nevoie de îngrijire.

Făcu o pauză, pentru impresia artistică.

— A discuta starea sănătății mintale a unui om tânăr este o sarcină neplăcută. Atâtea lucruri pot aduce prejudicii integrității individului și starea lui mintală devine obiect al diferitelor interpretări. În cazul de față, ne putem totuși baza chiar pe propria imagine confuză a lumii, pe care ne-o prezintă Lisbeth Salander în persoană. Acest lucru apare cu toată claritatea în așa-numita ei autobiografie. Nicăieri incapacitatea ei de ancorare în real nu apare așa de limpede ca aici. Nu avem nevoie de martori sau de interpretări care să ne descifreze cuvintele. Avem propriile ei cuvinte. Noi înșine putem stabili credibilitatea afirmațiilor ei.

Privirea îi căzu pe Lisbeth Salander. Ochii li se întâlniră. Ea zâmbi brusc. Părea plină de răutate. Ekström își încreți fruntea.

— Doamna Giannini are ceva de spus? întrebă judecătorul Iversen.

— Nu, răspunse Annika Giannini. În afară de faptul că așa-zisele concluzii ale procurorului Ekström sunt simple născociri.

Ședința de după-amiază a început cu audierea martorei Ulrika von Liebenstaahl, de la Comisia de tutelă, pe care Ekström o chemase, pentru a încerca să lămurească dacă mai fuseseră și alte plângeri împotriva avocatului Bjurman. Acest lucru a fost negat vehement de von Liebenstaahl. Martora socotea asemenea acuzații drept ofensatoare.

— Există un control riguros al problemelor legate de tutelă. Avocatul Bjurman a îndeplinit însărcinări pentru Comisia de Tutelă timp de aproape douăzeci de ani, înainte de-a fi asasinat în mod rușinos.

Îi adresă lui Lisbeth Salander o privire distrugătoare, deși aceasta nu era acuzată de omor — și, de altfel, fusese deja clarificat că Bjurman fusese ucis de Ronald Niedermann.

— În toți acești ani, niciodată nu a fost făcută vreo plângere împotriva avocatului Bjurman. Era un om conștiincios, care a arătat adesea un angajament adânc pentru clienții lui.

— Prin urmare, nu vi se pare plauzibil ca el s-o fi supus pe Lisbeth Salander unor violențe sexuale grave?

— Socotesc că acuzația este absurdă. Noi avem rapoarte lunare de la avocatul Bjurman și l-am întâlnit personal de mai multe ori, pentru a discuta acest caz.

— Avocata Annika Giannini a cerut ca tutela să fie imediat ridicată.

— Nimeni nu este mai bucuros decât noi, cei de la comisie, când o tutelă este ridicată. Din păcate, avem o răspundere și trebuie să urmăm anumite reguli. Comisia a pus condiția ca Lisbeth Salander să fie declarată vindecată printr-o expertiză medico-legală, înainte să fie vorba de schimbări în tutela ei.

— Înțeleg.

— Asta înseamnă că trebuie să se supună unor examene medicale. Ceea ce refuză, după cum bine știți.

Interogarea martorei a luat mai mult de 40 de minute, vreme în care au fost cercetate rapoartele lunare ale avocatului Bjurman.

Annika Giannini a pus o singură întrebare, înainte ca interogatoriul să ia sfârșit:

— V-ați aflat în dormitorul avocatului Bjurman în noaptea dintre 7 și 8 martie 2003?

— Sigur că nu.

— Prin urmare, nu aveți nici cea mai mică idee dacă afirmațiile clientei mele sunt adevărate sau false?

— Acuzația împotriva avocatului Bjurman este absurdă.

— Este părerea dumneavoastră. Puteți să-i dați un alibi sau să demonstrați în vreun alt fel că el nu a abuzat de clienta mea?

— Evident, nu e imposibil. Dar verosimil…

— Mulțumesc. Asta a fost tot.

Mikael Blomkvist și-a întâlnit sora la șapte seara, la sediul firmei Milton Security, de lângă Slussen, pentru a face rezumatul zilei.

— A fost aproape cum ne așteptam, spuse Annika. Ekström a înghițit povestea cu autobiografia lui Salander.

— Bravo. Cum se descurcă ea?

Annika începu să râdă.

— Se descurcă extraordinar și se poartă ca o psihopată autentică. Joacă teatru cu multă naturalețe.

— Hmm.

— Astăzi a fost vorba în principal despre Stallarholmen. Mâine va fi Gosseberga, interogarea personalului de la brigada tehnică și altele de felul acesta. Ekström va încerca să demonstreze că Salander s-a dus acolo ca să-și omoare tatăl.

— OK.

— Dar putem avea o problemă tehnică. În după-amiaza asta, Ekström a chemat-o pe Ulrika von Liebenstaahl, de la Comisia de Tutelă, care îi dă întruna că eu nu am dreptul s-o reprezint pe Lisbeth.

— Cum așa?

— Spune că Lisbeth se află sub tutelă și că nu are dreptul să-și aleagă singură avocatul.

— A, da?

— Prin urmare, din punct de vedere strict tehnic, eu nu pot să fiu avocata ei, dacă cei de la Comisia de tutelă nu au aprobat asta.

— Și?

— Judecătorul Iversen se va pronunța asupra chestiunii mâine-dimineață. Eu am schimbat vreo două vorbe cu el după terminarea deliberărilor. Dar cred că va hotărî că o pot reprezenta în continuare. Argumentul meu a fost că cei de la Comisia de tutelă au avut trei luni de zile ca să protesteze și că e cel puțin arogant să vină cu o asemenea cerință, după ce a început procesul.

— Vineri va depune mărturie Teleborian. Tu trebuie să fii cea care îl audiază.

După ce joia trecuse cu studierea hărților și a fotografiilor și ascultarea rapoartelor tehnice foarte întinse despre ce se întâmplase la Gosseberga, procurorul Ekström a decis că toate probele indicau că Lisbeth Salander s-a dus la tatăl său cu scopul de a-l ucide. Veriga cea mai puternică în lanțul de probe era faptul că ea adusese la Gosseberga o armă, pistolul polonez P-83 Wanad.

Faptul că Alexander Zalachenko (conform mărturiei lui Lisbeth Salander), ori poate acel Ronald Niedermann, care ucisese un polițist (conform declarației pe care o dăduse Zalachenko înainte de-a fi omorât la spitalul Sahlgrenska), încercaseră la rândul lor s-o omoare pe Lisbeth Salander și că ea fusese îngropată în pădure nu atenua în niciun fel faptul că ea își urmărise tatăl până la Gosseberga cu intenția de a-l ucide. De altfel, aproape reușise s-o facă, lovindu-l în față cu o secure. Ekström cerea ca Lisbeth Salander să fie condamnată pentru tentativă de omor, respectiv omor cu premeditare și, în orice caz, pentru violențe grave.

Versiunea lui Lisbeth Salander era că se dusese la Gosseberga pentru a-și confrunta tatăl și a-l sili să recunoască asasinarea lui Dag Svensson și a Miei Bergman. Această afirmație era de cea mai mare importanță în chestiunea premeditării.

Atunci când Ekström încheie audierea martorului Melker Hansson, de la brigada tehnică a poliției din Göteborg, avocata Annika Giannini îi puse câteva scurte întrebări:

— Domnule Hansson, există ceva, indiferent ce, în toată ancheta dumneavoastră și în întreaga documentare tehnică pe care ați strâns-o care să stabilească în vreun fel că Lisbeth Salander minte asupra scopului vizitei la Gosseberga? Puteți dovedi că s-a dus acolo ca să-și ucidă tatăl?

Melker Hansson reflectă un moment.

— Nu, răspunse el în cele din urmă.

— În consecință, nu puteți spune nimic despre premeditare?

— Nu.

— Concluzia procurorului Ekström, chiar dacă a fost elocventă și bogată în cuvinte, este prin urmare o speculație?

— Presupun că da.

— Există ceva în dovezile tehnice care să contrazică afirmația lui Lisbeth Salander că a luat cu ea pistolul polonez, un Wanad P-83, din simplă întâmplare, pentru că acesta se afla în geanta ei și nu știa ce să facă cu arma, după ce o luase de la Sonny Nieminen la Stallarholmen?

— Nu.

— Mulțumesc, spuse Annika Giannini, așezându-se.

Au fost singurele ei cuvinte în ora cât durase audierea lui Hansson.

Birger Wadensjöö a părăsit sediul Secției de pe Artillerigatan la ora șase seara, cu sentimentul că era înconjurat de nori amenințători și că se îndrepta spre un dezastru iminent. De mai multe săptămâni, înțelesese că titlul de director, prin urmare șef al Secției pentru analize speciale, era doar o formulă fără niciun conținut. Părerile lui, protestele și implorările nu mai jucau niciun rol. Fredrik Clinton își arogase dreptul de-a lua orice hotărâre. Dacă

Secția ar fi fost o instituție deschisă și oficială, acest lucru n-ar fi avut nicio importanță — el s-ar fi adresat superiorului direct, prezentându-i nemulțumirile sale.

În situația actuală, nu exista nimeni căruia să i se poată plânge. Era singur și la bunul plac al unui om pe care îl considera nebun. Și, cel mai rău lucru era că autoritatea lui Clinton era absolută. Mucoși ca Jonas Sandberg și slujitori credincioși ca Georg Nyström — toți păreau că intraseră imediat în rând și ascultau de cel mai mic gest al nebunului muribund.

Admitea că Fredrik Clinton era o autoritate discretă, care nu lucra pentru a se îmbogăți. Ar fi vrut, de asemenea, să creadă că bătrânul lucra având binele Secției în fața ochilor sau cel puțin ceea ce considera el că este bine. Era ca și cum întreaga organizație se afla în cădere liberă, într-o stare de autosugestie colectivă, în care colaboratori cu experiență îndelungată refuzau să vadă că fiecare mișcare pe care o făceau, fiecare hotărâre pe care o luau și o puneau în practică nu făcea decât să-i ducă mai aproape de prăpastie.

Wadensjöö simțea o apăsare în piept, când a luat-o pe Linnegatan, unde găsise loc de parcare în ziua aceea. A oprit alarma, a căutat cheile și tocmai era pe cale să deschidă ușa mașinii, când a auzit o mișcare în spate și s-a întors. Îi era greu să vadă în lumina slabă și au trecut câteva secunde înainte să-l recunoască pe bărbatul impunător de pe trotuar.

— Bună seara, domnule Wadensjöö, spuse Torsten Edklinth, șeful Comisiei pentru protecția constituției. N-am fost pe teren de zece ani, dar astăzi am simțit că trebuie să fiu prezent.

Wadensjöö i-a privit tulburat pe cei doi polițiști în civil care îl flancau pe Edklinth. Erau Jan Bublanski și Marcus Erlander.

Dintr-odată, a înțeles ce urma să se întâmple.

— Am trista obligație de a te înștiința că procuratura generală a hotărât să fii arestat pentru un șir așa de lung de infracțiuni, că va lua cu siguranță multe săptămâni, până se va stabili lista completă.

— Ce înseamnă asta?! întrebă Wadensjöö indignat.

— Asta înseamnă că ești arestat, fiind bănuit pe motive întemeiate pentru complicitate la crimă. Ești, de asemenea, bănuit de șantaj, mituire, ascultare ilegală, mai multe cazuri de falsificare de documente și delapidare gravă, complicitate la intrare prin efracție, abuz de autoritate, spionaj și alte chestiuni mai mărunte. Acum, noi doi vom merge la Kungsholmen și vom avea în seara asta o discuție serioasă, în liniște și pace.

— Dar eu nu am comis nicio crimă, spuse Wadensjöö cu respirația tăiată.

— Ancheta o va decide.

— Clinton a fost. Clinton, tot timpul, spuse Wadensjöö.

Torsten Edklinth dădu din cap mulțumit.

Orice polițist știe că există două modele clasice de a interoga un suspect. Polițistul rău și polițistul bun. Polițistul rău amenință, înjură, bate cu pumnul în masă și, în general, se comportă grosolan, cu intenția de a-l speria pe cel arestat, de a-l face să se dea bătut și a-l face să mărturisească. Polițistul bun, de preferință un bătrânel un pic grizonant, oferă țigări și cafea, dă din cap într-un fel simpatic și folosește un ton rezonabil.

Mulți polițiști — dar nu toți — știu de asemenea, că tehnica de interogatoriu cu polițistul bun oferă de departe cele mai bune rezultate. Hoțul veteran cu piele groasă nu va fi în niciun caz impresionat de un polițist rău. Și amatorul nesigur, care este înspăimântat de un polițist rău și eventual recunoaște, cu cea mai mare probabilitate ar fi recunoscut, indiferent de tehnica folosită.

Mikael Blomkvist a ascultat din camera alăturată interogatoriul cu Birger Wadensjöö. Prezența lui fusese obiectul unei dispute interne, înainte ca Edklinth să decidă că va putea profita de observațiile lui Mikael.

Mikael a constatat că Edklinth folosea o a treia variantă de interogatoriu, polițistul indiferent, tehnică ce părea în cazul de față să funcționeze deosebit de bine. Edklinth a intrat în sala de interogatoriu, a turnat cafea în cești de porțelan, a dat drumul la magnetofon și s-a lăsat pe spate în scaun.

— Lucrurile stau așa: avem toate probele tehnice posibile împotriva dumitale. Nu ne interesează, de fapt, să-ți ascultăm povestea, decât pentru a confirma ceea ce știm deja. Și, o întrebare la care eventual am vrea să avem răspunsul: de ce? Cum ați putut fi așa de nebuni încât să luați hotărârea de-a lichida oameni în Suedia, exact ca și cum ne-am fi aflat în Chile, pe vremea dictaturii lui Pinochet? Magnetofonul este pornit. Dacă vrei să spui ceva, acum este momentul. Dacă nu vrei să vorbești, voi închide magnetofonul și pe urmă îți luăm cravata și șireturile și te băgăm la închisoare, să aștepți avocatul, procesul și condamnarea.

Edklinth a băut apoi o înghițitură de cafea, rămânând tăcut. După ce, timp de două minute, nu s-a spus nimic, a întins mâna, închizând magnetofonul. Apoi, s-a ridicat în picioare.

— O să trimit pe cineva după tine, în câteva minute. Bună seara.

— Nu am ucis pe nimeni, spuse Wadensjöö, atunci când Edklinth deschidea ușa.

Acesta s-a oprit în prag:

— Nu mă interesează să vorbim verzi și uscate. Dacă vrei să te explici, atunci mă voi așeza pe scaun și voi da drumul la magnetofon. Toate autoritățile Suediei — și, în special, prim-ministrul — așteaptă cu nerăbdare să audă ce ai de spus. Dacă vei povesti, eu pot să mă duc la prim-ministru chiar în seara asta și să-i prezint versiunea ta asupra celor întâmplate. Dacă nu vorbești, vei fi oricum acuzat și condamnat.

— Stai jos, spuse Wadensjöö.

Nimeni nu putea să nu observe că era deja resemnat. Mikael oftă ușurat. Se afla în compania Monicăi Figuerola, a procurorului Ragnhild Gustavsson, a colaboratorului anonim, Stefan, de la Säpo, precum și a altor două persoane necunoscute. Mikael bănuia că cel puțin unul dintre acești anonimi îl reprezenta pe ministrul justiției.

— Nu am nimic de-a face cu crimele, spuse Wadensjöö, atunci când Edklinth a dat din nou drumul la magnetofon.

— *Crimele*? o întrebă Blomkvist pe Monica Figuerola.

— Ștt, făcu ea.

— Au fost Clinton și Gullberg. Eu nu aveam nici cea mai mică bănuială despre ce aveau de gând să facă. Am fost total șocat, când am auzit că Gullberg l-a împușcat pe Zalachenko. Nu puteam crede că este adevărat... Nu puteam crede. Și când am auzit despre Björck, am fost pe punctul de a face infarct.

— Povestește despre asasinarea lui Björck, spuse Edklinth, fără să schimbe tonul. Cum s-a petrecut?

— Clinton a angajat pe cineva. Nu știu cum s-a petrecut, dar au fost doi iugoslavi. Sârbi, dacă nu mă înșel. Georg Nyström a fost cel care le-a dat însărcinarea și i-a plătit. Când am aflat, am înțeles că totul se va termina cu o catastrofă.

— Vom lua lucrurile de la început, zise Edklinth. Când ai intrat în Secție?

După ce Wadensjöö își începu povestea, fu imposibil să mai fie oprit. Interogatoriul continuă timp de aproape cinci ore.

26

Vineri 15 iulie

Doctor Peter Teleborian s-a prezentat ca o persoană inspirând multă încredere, când a luat loc în boxa martorilor, în dimineața zilei de vineri. A fost audiat de către Ekström mai mult de nouăzeci de minute și a răspuns cu o autoritate liniștită la toate întrebările. Expresia feței lui era când îngrijorată, când amuzată.

— Ca să rezumăm... spuse Ekström, răsfoindu-și hârtiile. Aprecierea dumneavoastră ca psihiatru care timp de mulți ani a îngrijit-o pe Lisbeth Salander este că aceasta suferă de schizofrenie paranoidă?

— Tot timpul am afirmat că este deosebit de greu de făcut o apreciere exactă a stării ei. Pacienta este, după cum știți, aproape autistă în relațiile ei cu medicii și autoritățile. Părerea mea este că suferă de o boală psihică gravă, dar, în situația actuală, eu nu pot da un diagnostic exact. Nici măcar nu pot determina în ce stadiu al psihozei se află, fără studii mult mai cuprinzătoare.

— În orice caz, nu considerați că este sănătoasă din punct de vedere psihic.

— Întreaga ei poveste este o foarte grăitoare.

— Ați putut consulta așa-numita autobiografie pe care Lisbeth Salander a scris-o și pe care a adus-o la tribunal, ca depoziție. Cum puteți s-o comentați?

Peter Teleborian a desfăcut brațele într-un gest larg, ridicând din umeri.

— Dar cum judecați credibilitatea povestirii?

— Nu există niciun fel de credibilitate. Conține doar un șir de afirmații despre diferite persoane, povești care de care mai fanteziste. În mare, „explicația" ei scrisă întărește bănuielile că suferă de schizofrenie paranoidă.

— Puteți da vreun exemplu?

— Cel mai evident exemplu este felul în care descrie așa-numitul viol de care afirmă că este vinovat tutorele ei, Bjurman.

— Puteți dezvolta subiectul?

— Întreaga descriere este incredibil de detaliată. Este un exemplu clasic de genul fanteziilor grotești pe care copiii le pot imagina. Există multe cazuri asemănătoare, din procese cunoscute de incest, în care copilul dă descrieri care cad din cauza propriei lor imposibilități și unde lipsesc cu totul probele materiale. Prin urmare, sunt fantezii erotice pe care le pot avea chiar și copiii de o vârstă foarte fragedă... Ca și cum ar privi la televizor un film de groază.

— Dar în prezent, Lisbeth Salander nu mai este copil, ci o femeie matură, spuse Ekström.

— Da și rămâne să se determine exact la ce nivel mental se află ea. Dar, în fond, aveți dreptate. Este matură și probabil că și crede în descrierea pe care a dat-o.

— Socotiți că sunt minciuni.

— Nu, dacă ea crede în ceea ce spune, atunci nu sunt minciuni. Este doar o istorie care arată că nu poate face deosebirea între fantezie și realitate.

— Prin urmare, nu a fost violată de avocatul Bjurman?

— Nu. Probabilitatea trebuie considerată ca minimă. Ea are nevoie de îngrijire calificată.

— Apăreți și dumneavoastră în declarația ei....

— Da, este chiar distractiv. Dar, din nou, e o fantezie căreia îi dă expresie. Dacă ar fi să credem această sărmană fată, eu sunt aproape pedofil...

Zâmbi, continuând:

— Însă ea exprimă aici ceea ce eu nu încetez să repet. Din autobiografia lui Salander putem afla că a fost maltratată, fiind ținută în cămașă de forță aproape tot timpul petrecut la clinica Sankt Stefan și că eu veneam la ea noaptea. Este un caz aproape clasic al incapacității ei de-a interpreta realitatea. Sau, mai exact, așa interpretează ea realitatea.

— Mulțumesc. Vă las la dispoziția apărării acum, dacă avocata Giannini are vreo întrebare.

Pentru că Annika Giannini practic nu avusese întrebări sau obiecții în primele două zile ale procesului, toți se așteptau ca ea să pună din nou doar câteva întrebări, din sentimentul datoriei și apoi să întrerupă interogatoriul. *Prestația apărării este atât de jalnică, încât toată povestea începe să fie penibilă,* gândi Ekström.

— Da. Am, spuse Annika Giannini. De fapt, am chiar un număr mare de întrebări și discuția va lua destul de mult timp. Acum e ora 11:30. Propun să luăm o pauză pentru prânz, ca să pot face audierea martorului neîntrerupt, după aceea.

Judecătorul Iversen hotărî să întrerupă procesul pentru prânz.

Curt Svensson era însoțit de doi polițiști în uniformă, atunci când, la ora 12 fix, și-a pus palma uriașă pe umărul comisarului Georg Nyström, în fața restaurantului Mäster Anders, de pe Hantverkargatan. Nyström a ridicat uluit privirea spre Curt Svensson, care i-a băgat sub nas legitimația de polițist.

— Bună ziua. Sunteți arestat pentru complicitate la crimă și tentativă de omor. Capetele de acuzare vă vor fi comunicate de către procurorul de stat, în după-amiaza asta. Vă sfătuiesc să ne urmați de bunăvoie, spuse Curt Svensson.

Georg Nyström avea înfățișarea cuiva care nu înțelegea limba vorbită de Curt Svensson. Dar putea să-și dea seama că acesta era o persoană pe care era bine s-o urmezi, fără să protestezi.

Inspectorul criminalist Jan Bublanski era însoțit de Sonja Modig și de șapte polițiști înarmați, atunci când colaboratorul Stefan Bladh, de la Comisia pentru protecția constituției, îi primi la ora 12 fix, în zona închisă care constituia domeniul Säpo, din sediul de pe Kungsgatan. Au mers pe diferite coridoare, până ce Stefan s-a oprit, arătându-le o ușă. Asistenta secretarului general rămase perplexă când Bublanski îi arătă legitimația de polițist.

— Fii amabilă și stai liniștită. E vorba de o intervenție a poliției.

Merse până la ușa cabinetului, întrerupându-l pe secretarul general Albert Shenke în mijlocul unei convorbiri telefonice.

— Ce se întâmplă? întrebă Shenke.

— Sunt inspectorul criminalist Jan Bublanki. Sunteți arestat pentru delicte împotriva constituției. Diferitele capete de acuzare vă vor fi comunicate în după-amiaza aceasta.

— Nu se poate așa ceva! spuse Shenke.

— Ba se poate, replică Bublanski.

Puse să fie sigilat biroul lui Shenke și plasă doi polițiști în fața ușii cu ordinul de-a nu lăsa pe nimeni să treacă pragul. Aveau ordin să folosească bastoanele de cauciuc și chiar să-și scoată armele, dacă ar fi încercat cineva să pătrundă cu forța.

Au continuat procesiunea pe coridoare, până ce Stefan le-a arătat o altă ușă, și au repetat întreaga procedură cu contabilul-șef Gustav Atterbom.

Jerker Holmberg a fost asistat de brigada de intervenție din Södermalm atunci când, la ora 12 fix, a bătut la ușa unui birou închiriat temporar, la etajul al doilea al unei clădiri din fața redacției revistei *Millennium*, pe Götagatan.

Cum nimeni nu venea să deschidă, Jerker Holmberg a ordonat ca polițiștii să intre cu forța, dar, înainte ca drugul de fier să intre în acțiune, s-a întredeschis ușa.

— Poliția, spuse Jerker Holmberg. Ieși afară, cu mâinile ridicate.

— Dar eu sunt polițist, zise inspectorul de poliție Göran Mårtensson.

— Știu. Și ai permis pentru o grămadă de arme.

— Da, dar sunt polițist în misiune.

— Pe naiba, misiune, spuse Jerker Holmberg.

Fu ajutat să-l întoarcă pe Mårtensson cu fața la perete și să-i ia arma.

— Ești arestat pentru ascultare ilegală, gravă greșeală profesională, repetate violări de domiciliu la jurnalistul Mikael Blomkvist, în Bellmansgatan, și probabil multe alte capete de acuzare. Puneți-i cătușele.

Jerker Holmberg a procedat la o percheziție rapidă a biroului, constatând că se afla acolo suficientă aparatură electronică pentru a pune pe picioare un studio de înregistrări. A lăsat un polițist de pază în încăpere, cu ordinul de-a sta nemișcat pe un scaun și a nu lăsa amprente digitale.

Când Mårtensson a fost scos pe ușă, Henry Cortez și-a ridicat aparatul Nikon digital și a făcut o serie de 22 de fotografii. De bună seamă, el nu era fotograf profesionist, iar fotografiile lui lăsau destul de mult de dorit în ceea ce privea calitatea. Dar clișeele au fost vândute în ziua următoare unui tabloid, pentru o sumă pur și simplu scandaloasă.

Monica Figuerola a fost singura dintre polițiștii participanți la raziile zilei care să fi cunoscut acest incident neprevăzut. Era asistată de brigada de intervenție din Norrmalm și de trei colegi de la RPS/Säk atunci când, la ora 12 fix, a intrat pe ușa imobilului de pe Artillerigatan și a urcat treptele care duceau la apartamentul de la ultimul etaj, care era proprietatea societății Bellona.

Operațiunea fusese pregătită în grabă. De îndată ce forța de intervenție s-a grupat în fața ușii, ea a dat semnalul de trecere la acțiune. Doi polițiști masivi, de la brigada de intervenție din Norrmalm, au ridicat un berbec de 40 de kilograme din oțel și au deschis ușa, cu două lovituri bine țintite. Brigada de intervenție, dotată cu veste antiglonț și armele respective, a ocupat apartamentul în aproximativ zece secunde după ce ușa fusese forțată.

După supravegherea care fusese făcută din zorii zilei, cinci persoane, identificate drept colaboratori ai Secției, intraseră pe ușă în dimineața aceea. Toate cinci au fost găsite în răstimp de câteva secunde și li s-au pus cătușele.

Monica Figuerola avea vestă de protecție. A trecut prin apartamentul care fusese cartierul general al Secției după 1960, deschizând ușă după ușă. A constatat că ar fi avut nevoie de un arheolog, pentru a o ajuta să sorteze munții de hârtii care umpleau camerele.

După câteva secunde de la intrarea în apartament, a deschis ușa unei încăperi mai mici, descoperind că era o odaie de dormit. Brusc s-a aflat față-n față cu Jonas Sandberg. El fusese un semn de întrebare în planificarea sarcinilor de lucru, făcută în dimineața aceea. În seara precedentă, polițistul pus pe urmele lui Sandberg îl pierduse. Automobilul lui era parcat în Kungsholmen și acesta nu fusese văzut la locuința sa, în cursul nopții. Dimineața, nimeni nu știa cum să fie localizat și arestat.

Au pază de noapte, din motive de securitate. Normal. Și Sandberg a rămas să doarmă acolo, după schimbul de noapte.

Jonas Sandberg nu avea pe el decât chiloții și părea încă amețit de somn. S-a întins după arma de serviciu de pe noptieră. Monica Figuerola s-a aplecat în față, aruncând arma pe podea, departe de Sandberg.

— Jonas Sandberg, ești arestat pentru complicitate în cazul asasinatelor lui Gunnar Björck și Alexander Zalachenko, precum și de complicitate în tentativa de omor asupra lui Mikael Blomkvist și Erika Berger. Pune-ți pantalonii.

Jonas Sandberg dădu o lovitură de pumn în direcția Monicăi Figuerola. Ea pară imediat, din reflex.

— Glumești? spuse.

Îl prinse de braț, răsucindu-i-l așa de violent, încât Sandberg alunecă în spate, căzând pe podea. Ea îl răsuci pe burtă, punându-și genunchiul în spinarea lui. Îi puse singură cătușele. Era prima oară de când începuse să lucreze la RPS/Säk când folosea de fapt cătușele într-o misiune de serviciu.

L-a lăsat pe Sandberg în grija a doi polițiști și a mers mai departe. În cele din urmă, a deschis ultima ușă, din fundul apartamentului. Conform schițelor care fuseseră aduse de la biroul de construcții al primăriei, acolo se afla o mică încăpere care dădea spre curte. S-a oprit în prag, privind sperietoarea de ciori cea mai descărnată pe care o văzuse vreodată. Înțelese imediat că se afla în fața unui om muribund.

— Fredrik Clinton, ești arestat pentru complicitate la crimă, tentativă de omor și un lung șir de alte infracțiuni, a spus ea. Rămâi liniștit în pat. Am chemat o ambulanță, ca să te transporte la Kungsholmen.

Christer Malm se plasase imediat lângă intrarea de pe Artillerigatan. Spre deosebire de Henry Cortez, el știa să-și folosească Nikonul digital. A utilizat un teleobiectiv scurt și fotografiile au fost de clasă profesionistă.

Ele arătau cum membrii Secției, unul după altul, au fost scoși pe ușă și plasați în mașini de poliție și cum, în cele din urmă, o mașină a Salvării l-a ridicat pe Fredrik Clinton. Ochii lui au întâlnit obiectivul aparatului chiar în momentul în care Christer apăsa pe declanșator. Avea aerul neliniștit și tulburat.

Imaginea a fost apoi premiată ca Fotografia Anului.

27

Vineri 15 iulie

Judecătorul Iversen a bătut în masă la ora 12:30, declarând că lucrările tribunalului au fost reluate. N-a putut să nu remarce că o a treia persoană apăruse brusc la masa Annikăi Giannini. Holger Palmgren se afla acolo, așezat într-un scaun cu rotile.

— Bună ziua, Holger, spuse judecătorul Iversen. A trecut ceva vreme de când te-am văzut ultima oară într-o sală de judecată.

— Bună ziua, domnule judecător. Unele cazuri sunt așa de complicate, că juniorii au nevoie de un pic de asistență.

— Credeam că nu mai profesezi ca avocat.

— Am fost bolnav. Dar avocata Giannini m-a rugat s-o ajut în acest caz.

— Înțeleg.

Annika Giannini își drese vocea:

— Mai trebuie adăugat că Holger Palmgren a reprezentat-o pe Lisbeth Salander timp de mulți ani.

— Să lăsăm asta deoparte, spuse judecătorul Iversen.

Îi făcu semn Annikăi Giannini să înceapă. Ea se ridică. Detestase întotdeauna prostul obicei suedez de-a face audierea martorilor pe un ton neprotocolar, toată lumea stând așezată în jurul unei mese, aproape ca la o cină. Se simțea mult mai bine să vorbească stând în picioare.

— Cred că am putea începe cu comentariile finale, de dinainte de prânz. Domnule Teleborian, de ce respingeți atât de sistematic toate afirmațiile care vin din partea lui Lisbeth Salander?

— Pentru că, în mod evident, nu sunt adevărate, răspunse Peter Teleborian.

Era liniștit și destins. Annika Giannini dădu din cap, întorcându-se spre judecătorul Iversen:

— Domnule judecător, Peter Teleborian afirmă că Lisbeth Salander minte și fabulează. Acum, apărarea va arăta că fiecare cuvânt care se află în autobiografia lui Lisbeth Salander este adevărat. Vom prezenta dovezi scrise și declarații verbale ale martorilor. Am ajuns la acel punct al procesului în care procurorul a prezentat în linii mari acuzațiile sale. Noi am ascultat și știm acum cum arată exact acuzațiile împotriva lui Lisbeth Salander.

Annika Giannini își simți brusc gura uscată și mâinile tremurând. Respiră adânc și bău o gură de apă minerală. Apoi, își sprijini ferm mâinile pe speteaza scaunului, ca să nu i se vadă nervozitatea.

— Din rechizitoriul procurorului putem trage concluzia că acesta are foarte multe păreri, dar teribil de puține dovezi. El crede că Lisbeth Salander l-a împușcat pe Carl-Magnus Lundin, la Stallarholmen. Afirmă că ea s-a dus la Gosseberga ca să-și ucidă tatăl. Presupune că Lisbeth Salander suferă de schizofrenie paranoidă și de toate bolile psihice imaginabile. Și își construiește această presupunere pe datele furnizate de către o singură sursă, și anume dr. Peter Teleborian.

Făcu o pauză, simțind că rămâne fără aer. Apoi continuă, de data asta mai rar.

— Situația probelor este aceea că opinia procurorului se bazează în exclusivitate pe declarația lui Peter Teleborian. Dacă are dreptate, toate sunt bune și frumoase; atunci clienta mea se va simți mai bine primind îngrijirea psihiatrică adecvată pe care atât el, cât și procurorul o cer.

Pauză.

— Dar dacă dr. Teleborian greșește, atunci situația devine cu totul alta. Și, în plus, dacă el minte cu bună știință, asta înseamnă că Lisbeth Salander este din nou victima unei erori judiciare, a unui abuz care are loc de mulți ani.

Se întoarse spre Ekström.

— Ceea ce vom face în după-amiaza aceasta va fi să arătăm că martorul dumneavoastră greșește și că dumneavoastră, ca procuror, ați fost înșelat și convins să acceptați drept adevărate toate aceste concluzii false.

Peter Teleborian zâmbea amuzat. El deschise larg brațele, făcând un semn de încurajare spre Annika Giannini. Aceasta se întoarse din nou spre judecătorul Iversen:

— Domnule judecător, voi arăta că așa-numita expertiză medico-legală a lui Peter Teleborian este un bluf, de la cap la coadă. Voi arăta că acesta minte în mod conștient în legătură cu clienta mea. Voi arăta că Lisbeth Salander a fost supusă unui grav abuz judiciar. Și voi demonstra că ea este la fel de inteligentă și de rațională ca oricare altul din această încăpere.

— Iertați-mă, dar... începu Ekström.

— Un moment.

Annika Giannini ridică un deget.

— V-am lăsat să vorbiți nestânjenit timp de două zile. Acum este rândul meu.

Se întoarse din nou spre judecătorul Iversen:

— Nu aş pronunţa acuzaţii aşa de grave în faţa unui complet de judecată dacă n-aş avea probele cele mai puternice.

— Vă rog, continuaţi, spuse judecătorul Iversen. Dar nu vreau să aud cine ştie ce teorii conspiraţioniste pline de detalii. Reţineţi că aţi putea fi acuzată de calomnie, chiar şi pentru afirmaţii făcute în faţa curţii.

— Mulţumesc. Voi ţine minte asta.

Se întoarse spre Teleborian. Acesta părea în continuare amuzat de situaţie.

— Apărarea a cerut în repetate rânduri să aibă acces la dosarul medical al lui Lisbeth Salander din perioada în care, ca adolescentă, a fost închisă la dumneavoastră, la Sankt Stefan. De ce nu am putut vedea dosarul?

— Pentru că tribunalul a hotărât că este confidenţial. Este o decizie care a fost luată, prin urmare, din respect pentru Lisbeth Salander, dar dacă o instanţă superioară ridică această interdicţie, vă voi arăta dosarul, desigur.

— Mulţumesc. Câte nopţi din cei doi ani pe care Lisbeth Salander i-a petrecut la clinica Sankt Stefan s-a aflat în cămaşă de forţă?

— Nu pot să-mi aduc aminte aşa, pe loc.

— În ceea ce o priveşte, ea susţine că este vorba de 380 din cele 786 pe care le-a petrecut la Sankt Stefan.

— Nu pot spune numărul exact, dar este o exagerare fantastică. De unde provine cifra asta?

— Din autobiografia ei.

— Şi afirmaţi că, încă şi astăzi, îşi aminteşte exact fiecare noapte petrecută în cămaşă de forţă?! Este incredibil.

— Este? De câte nopţi vă amintiţi dumneavoastră?

— Lisbeth Salander era o pacientă foarte agresivă şi violentă şi fără îndoială că a fost lăsată într-o cameră lipsită de stimuli, de un număr de ori. Poate ar trebui să vă lămuresc că scopul unei încăperi lipsite de stimuli este...

— Mulțumesc, nu este nevoie. Este, conform teoriei, o cameră în care pacientul nu are parte de nicio stimulare senzorială, care se presupune că-i poate provoca neliniște. Câte zile a zăcut Lisbeth Salander, care pe atunci avea 13 ani, legată în cămașă de forță într-o asemenea încăpere?

— Este vorba de... maximum vreo treizeci de ori, în timpul pe care l-a petrecut la spital.

— Treizeci. O mică parte din cele 380 de ori pe care le indică ea.

— Incontestabil.

— Mai puțin de o zecime din cifra pe care o indică.

— Da.

— Ar putea dosarul ei medical să ofere o informație mai exactă?

— Este posibil.

— Excelent, spuse Annika Giannini, scoțând din servietă un teanc gros de hârtii. Atunci, am să rog să mi se permită să înmânez completului de judecată o copie a dosarului medical de la Sankt Stefan al lui Lisbeth Salander. Eu am numărat de câte ori s-a notat ceva despre cămașa de forță și am aflat că cifra este de 381, deci chiar mai mult decât afirmă clienta mea.

Ochii lui Teleborian se măriră:

— Stați... este vorba de informații confidențiale. De unde le-ați obținut?

— Mi le-a dat un jurnalist de la *Millennium*. Prin urmare, nu mai sunt confidențiale, devreme ce s-au aflat printre alte hârtii pe biroul unor redacții de ziare. Poate ar trebui să spun că extrase din dosarul medical al clientei mele vor fi publicate de revista *Millennium* chiar astăzi. Cred deci că și acest complet de judecată ar trebui să aibă posibilitatea să le cerceteze.

— Este ilegal…

— Nu. Lisbeth Salander a dat aprobarea să se publice extrasul. Căci clienta mea nu are nimic de ascuns.

— Clienta dumitale este declarată iresponsabilă și nu are dreptul să ia vreo hotărâre.

— Vom reveni asupra declarației de incapacitate a lui Lisbeth Salander. Dar, mai întâi, vom studia ce s-a întâmplat cu ea la Sankt Stefan.

Judecătorul Iversen își încruntă sprâncenele, luând dosarul pe care i-l dăduse Annika Giannini.

— Nu am făcut nicio copie pentru procuror. De altfel, el a primit acest document care aduce prejudicii clientei mele acum o lună.

— Ce spuneți? întrebă Iversen.

— Procurorul Ekström a primit o copie a acestui dosar confidențial de la Teleborian, la o întâlnire din biroul său, care a avut loc sâmbătă, 4 iunie, anul curent, la ora 17:00.

— Este adevărat? întrebă Iversen.

Primul impuls al procurorului Ekström a fost să nege. Apoi, a înțeles că Annika Giannini avea probabil dovezi.

— Am cerut, sub obligația secretului profesional, să citesc părți din acest dosar, recunoscu Ekström. Eram obligat să mă asigur că Salander chiar a trăit povestea pe care pretinde că a trăit-o.

— Mulțumesc, spuse Annika Giannini. Asta înseamnă că am primit confirmarea că dr. Peter Teleborian nu numai că minte, ci și că a săvârșit un delict, arătând un dosar medical despre care el însuși afirmă că este confidențial.

— Am notat acest lucru, spuse judecătorul Iversen.

Judecătorul Iversen era dintr-odată foarte atent. Annika Giannini tocmai reușise într-un fel neobișnuit să desființeze un martor și apoi să facă praf o parte importantă din depoziția acestuia. *Și afirmă că poate dovedi tot ce spune.* Iversen își puse mai bine ochelarii.

— Doctor Teleborian, pornind de la acest dosar pe care dumneavoastră personal l-ați scris, puteți să-mi spuneți acum câte zile a petrecut Lisbeth Salander în cămașă de forță?

— Nu-mi aminteam că fusese un număr așa de mare, dar dacă așa spune dosarul, trebuie s-o cred.

— 381 de zile. Nu este exagerat de mult?

— E neobișnuit de mult, da.

— Cum v-ați simți dacă ați avea 13 ani și cineva v-ar lega cu curele de cadrul de fier al patului mai mult de un an de zile? Că sunteți torturat?

— Trebuie să înțelegeți că pacienta era periculoasă, pentru ea însăși și pentru ceilalți...

— OK. Periculoasă pentru ea însăși — și-a făcut vreodată rău Lisbeth Salander?

— Existau unele elemente de îngrijorare...

— Repet întrebarea: și-a făcut vreodată rău Lisbeth Salander? Da sau nu?

— Noi, psihiatrii, trebuie să învățăm să interpretăm imaginea de ansamblu. În ceea ce o privește pe Lisbeth Salander, puteți, de exemplu, să-i priviți corpul, pe care are o mulțime de tatuaje și tot felul de piercinguri, ceea ce este de fapt un comportament autodistructiv și un fel de-a face rău propriului său corp. Putem traduce aceasta ca o manifestare de ură împotriva propriei persoane.

Annika Giannini se întoarse spre Lisbeth Salander:

— Tatuajele tale sunt o manifestare de ură împotriva propriei tale persoane?

— Nu, spuse Lisbeth Salander.

Annika Giannini se întoarse din nou spre Teleborian.

— Așadar, dumneavoastră spuneți că eu, care am cercei și de fapt am și un tatuaj, într-un loc extrem de intim, sunt periculoasă pentru mine însămi?

Holger Palmgren pufni în râs, dar își transformă râsul într-un acces de tuse.

— Nu, nu așa... tatuajele pot, de asemenea, să facă parte dintr-un ritual social.

— Prin urmare, vreți să spuneți că Lisbeth Salander nu este inclusă în acest ritual social?

— Puteți vedea și singură că tatuajele ei sunt grotești și-i acoperă importante părți din trup. Nu este un fetișism estetic normal, nici o decorare a trupului.

— Câte procente?

— Poftim?

— Câte procente de suprafață corporală tatuată trebuie să aibă cineva, pentru a înceta să fie fetișism estetic și să se transforme în boală psihică?

— Îmi denaturați cuvintele.

— A, da? Cum se face că, după părerea dumneavoastră, este vorba de un ritual social perfect acceptabil când e vorba de mine sau alte tinere, dar devine probă împotriva clientei mele atunci când trebuie evaluată starea ei psihică?

— În calitatea mea de psihiatru trebuie să am în vedere, după cum spuneam, imaginea de ansamblu. Tatuajele sunt doar un indiciu, unul din multele indicii la care eu trebuie să fiu atent atunci când îi judec starea.

Annika Giannini tăcu câteva secunde, fixându-l cu privirea pe Peter Teleborian. Vorbi apoi foarte rar:

— Dar, doctor Teleborian, ați început s-o legați în cămașă de forță pe clienta mea atunci când ea avea 13 ani. În vremea aceea, nu avea niciun tatuaj, nu-i așa?

Peter Teleborian șovăi câteva secunde. Annika vorbi din nou.

— Presupun că nu ați legat-o pentru că bănuiați că avea de gând să înceapă să se tatueze cândva, în viitor?

— Nu, sigur că nu. Tatuajele nu au de-a face cu starea ei din 1991.

— Prin urmare, suntem din nou la întrebarea mea inițială. Și-a făcut vreodată rău Lisbeth Salander, ca să fie motivat faptul că a fost ținută legată într-un pat timp de un an de zile? De exemplu, s-a rănit cu vreun cuțit sau lamă, sau ceva asemănător?

Peter Teleborian păru nesigur timp de o secundă:

— Nu, dar aveam motive să cred că era periculoasă pentru ea însăși.

— Motive să credeți... Așa că ați legat-o pentru că presupuneați ceva.

— Noi facem aprecieri.

— Am pus aceeași întrebare timp de aproximativ cinci minute. Vorbiți despre comportamentul autodistructiv al clientei mele ca fiind motivul pentru care ați legat-o, în total, mai mult de un an din cei doi în care s-a aflat sub îngrijirea dumneavoastră. Puteți să fiți amabil și să-mi dați în sfârșit un exemplu de comportament autodistructiv pe care îl avea la 12 ani?

— Spre exemplu, fata era subnutrită. Asta se trăgea, printre altele, din faptul că refuza să mănânce. Noi am bănuit o anorexie. Am fost obligați s-o hrănim forțat de mai multe ori.

— Și care era motivul?

— Bineînțeles, pentru că refuza să mănânce.

Annika Giannini se întoarse spre clienta ei:

— Lisbeth, este adevărat că refuzai să mănânci la Sankt Stefan?

— Da.

— De ce?

— Pentru că nemernicul ăsta îmi punea deseori calmante în mâncare.

— Aha. Deci doctorul Teleborian voia să-ți dea medicamente. Și de ce nu voiai să le iei?

— Nu-mi plăceau medicamentele pe care mi le dădea. Mă făceau apatică. Nu mai puteam gândi și eram complet dusă, cea mai mare parte din timpul când nu dormeam. Era neplăcut. Și nemernicul refuza să-mi spună ce conțineau calmantele.

— Prin urmare, refuzai să iei medicamentele?

— Da. Atunci, a început să mi le pună în mâncare. Deci, n-am mai mâncat. De fiecare dată când îmi punea ceva în mâncare, refuzam să mănânc cinci zile.

— Prin urmare, erai flămândă?

— Nu întotdeauna. Câteva dintre infirmiere mi-au dat pe furiș sendvișuri, de câteva ori. Mai ales un îngrijitor îmi dădea mâncare, noaptea târziu. Acest lucru s-a întâmplat de mai multe ori.

— Prin urmare, vrei să spui că îngrijitorii de la Sankt Stefan își dădeau seama că tu ești flămândă și îți dădeau de mâncare, ca să nu mori de foame?

— A fost în perioada în care m-am războit cu nemernicul, din cauza medicamentelor.

— Prin urmare, exista un motiv absolut rațional pentru care refuzai să mănânci?

— Da.

— Deci, nu era din cauză că nu voiai mâncare?

— Nu. Foarte des eram flămândă.

— Este deci corect să spun că a existat un conflict între tine și dr. Teleborian?

— Se poate spune.

— Ai ajuns la Sankt Stefan pentru că ai aruncat benzină pe tatăl tău și i-ai dat foc.

— Da.

— De ce ai făcut asta?

— Pentru că o bătea pe mama mea.

— Ai explicat vreodată acest lucru cuiva?

— Sigur că da.

— Cui?

— Le-am spus polițiștilor care m-au interogat, celor de la serviciile sociale, celor de la protecția copilului, doctorilor, unui preot și nemernicului.

— Prin „nemernic", te referi la...

— Individul ăsta de aici.

Arătă cu degetul spre dr. Peter Teleborian.

— De ce îl numești nemernic?

— Când am ajuns prima oară la Sankt Stefan, am încercat să-i explic ce se întâmplase.

— Și ce a spus doctorul Peter Teleborian?

— Nu a vrut să mă asculte. A afirmat că fantazez. Și, ca pedeapsă, aveam să fiu legată, până voi înceta să fantazez. Pe urmă, a încercat să bage în mine droguri.

— Baliverne, spuse dr. Teleborian.

— De aceea nu vorbești cu el?

— Nu i-am mai spus un cuvânt din noaptea în care am împlinit 13 ani. Eram tot în cămașă de forță. A fost cadoul de naștere pe care mi l-am făcut mie însămi.

Annika Giannini se întoarse din nou spre Teleborian:

— Doctor Teleborian, se pare că motivul pentru care clienta mea refuza să mănânce era că nu accepta să-i dați droguri.

— E posibil ca ea să le fi considerat așa.

— Dar dumneavoastră cum le considerați?

— Aveam o pacientă care era deosebit de dificilă. Afirm că purtarea ei arăta că este periculoasă pentru ea însăși, dar se poate să fi fost doar o chestiune de interpretare. În schimb, era violentă și avea un comportament psihotic. Nu există nicio îndoială asupra faptului că era periculoasă pentru cei din jur. De fapt, venise la Sankt Stefan după ce încercase să-și omoare tatăl.

— Ajungem și la asta. Ați fost răspunzător de îngrijirea ei timp de doi ani. În 381 din aceste zile, ați ținut-o legată în cămașă de forță. S-ar putea ca această cămașă de forță să fi fost folosită ca metodă de pedeapsă, atunci când pacienta mea nu făcea cum spuneați dumneavoastră?

— E o aiureală.

— Este? Am observat că, după cum reiese din dosarul medical, cămașa de forță a fost folosită cel mai mult în primul an... 320 din 381 de zile! De ce s-a renunțat la folosirea cămășii de forță?

— Pacienta a evoluat și a devenit mai echilibrată.

— Oare nu din cauză că metodele dumneavoastră au fost considerate de restul personalului ca exagerat de brutale?

— Ce vreți să spuneți?

— Nu e adevărat că personalul a depus reclamații, printre altele, contra hrănirii cu forța a pacientei?

— Cu siguranță, pot exista întotdeauna diferențe de opinie. Nu e nimic neobișnuit. Dar devenise dificil să fie hrănită cu forța, ținând cont de rezistența ei violentă...

— Pentru că ea refuza medicamentele, care o făceau inertă și pasivă. Nu avea nicio problemă să mănânce, atunci când nu era sedată. Nu ar fi fost o metodă de tratament mai rezonabilă să nu se treacă imediat la măsuri de constrângere?

— Cu tot respectul, doamnă Giannini. De fapt, eu sunt medicul. Bănuiesc că propria mea competență este ceva mai mare decât a dumitale. Este sarcina mea să hotărăsc ce măsuri medicale trebuie folosite.

— E adevărat că nu sunt medic, doctor Teleborian. Dar nu sunt total lipsită de competență. Pe lângă titlul meu de avocat, sunt de fapt psiholog cu studii la universitatea din Stockholm. Sunt cunoștințe necesare în profesia mea.

Se lăsă o tăcere mormântală în sala de judecată. Atât Ekström, cât și Teleborian o priviră uimiți pe Annika Giannini. Ea continuă necruțătoare:

— Nu este adevărat că metoda dumneavoastră de-a o trata pe clienta mea a dus apoi la neînțelegeri violente între dumneavoastră și superiorul dumneavoastră, medicul-șef din vremea aceea, Johannes Caldin?

— Nu... Nu este adevărat.

— Johannes Caldin a murit acum mai mulți ani și nu mai poate depune astăzi mărturie. Dar avem în sala de judecată o persoană care de mai multe ori l-a întâlnit pe medicul-șef Johannes Caldin. Este vorba de cel care mă asistă astăzi, avocatul Holger Palmgren.

Se întoarse spre acesta:

— Poți povesti despre ce era vorba?

Holger Palmgren își drese glasul. Suferea încă de urmările atacului cerebral și trebuia să se concentreze, pentru a formula cuvintele fără să se bâlbâie.

— Am fost numit reprezentant al intereselor lui Lisbeth, atunci când mama acesteia a fost atât de grav lovită de tatăl ei, încât a rămas handicapată și nu s-a mai putut îngriji de fiica sa. Avea leziuni cerebrale ireversibile și repetate hemoragii cerebrale.

— Prin urmare, vorbești despre Alexander Zalachenko?

Procurorul Ekström se aplecă, plin de interes, în față.

— E adevărat, spuse Holger Palmgren.

Ekström tuși, dregându-și glasul:

— Trebuie să amintesc că ne aflăm acum într-o zonă considerată ca secret militar.

— Nu cred că este vreun secret în faptul că Alexander Zalachenko a brutalizat-o pe mama lui Lisbeth Salander timp de mulți ani, spuse Annika Giannini.

Peter Teleborian ridică mâna:

— Faptele nu stau așa cum le prezintă doamna Giannini.

— Ce vreți să spuneți?

— Nu există nicio îndoială că Lisbeth Salander a fost martoră la o tragedie familială, că a fost ceva care a declanșat grava maltratare din 1991. Dar, de fapt, nu există nicio dovadă care să susțină că aceasta ar fi fost o situație care ar fi continuat mai mulți ani, cum afirmă doamna Giannini. Se poate să fi fost vorba de o singură dată sau de o ceartă care a degenerat. Dacă este vorba de adevăr, nu există dovezi nici că cel care i-a brutalizat mama ar fi fost de fapt domnul Zalachenko. Avem informații că ea era prostituată și pot exista alți posibili autori.

Annika Giannini îl privi uluită pe Peter Teleborian. Pentru moment, păru să-și fi pierdut glasul. Apoi, privirea i se concentră.

— Puteți dezvolta această afirmație? îl rugă ea.

— Ceea ce voiam să spun este că, în practică, avem doar afirmațiile lui Lisbeth Salander.

— Da, și?

— În primul rând, erau două fete. Sora lui Lisbeth, Camilla Salander, niciodată nu a făcut acest gen de acuzații. A negat că asemenea lucruri s-au petrecut. Apoi, dacă într-adevăr a avut loc vreo brutalizare în măsura în care o afirmă clienta dumneavoastră, ea ar fi trebuit în mod natural să fie specificată în anchetele sociale și altele de felul acesta.

— Există vreun interogatoriu cu Camilla Salander, la care să avem acces?

— Interogatoriu?

— Aveți vreo documentație care să arate că sora lui Lisbeth, Camilla Salander, a fost măcar întrebată despre ce se întâmpla în casă?

Lisbeth Salander începu să se foiască, atunci când numele surorii sale fu amintit. Aruncă o privire spre Annika Giannini.

— Presupun că serviciile sociale au făcut o anchetă...

— Chiar adineauri ați afirmat că sora lui Lisbeth nu a făcut niciodată aceleași afirmații despre faptul că Alexander Zalachenko a brutalizat-o pe mama lor și că, dimpotrivă, ea a negat acest lucru. Era o declarație categorică. De unde aveți această informație?

Peter Teleborian rămase brusc tăcut, vreme de mai multe secunde. Annika Giannini văzu cum i se schimba privirea, când înțelesese că făcuse o greșeală. Știa ce va spune ea în continuare și nu avea nicio posibilitate să ocolească întrebarea.

— Vreau să amintesc că reiese din ancheta făcută de poliție, spuse el în cele din urmă.

— Vreți să amintiți... În ceea ce mă privește, am căutat cu lumânarea după un raport al poliției asupra incidentului din Lundagatan, când Alexander Zalachenko a fost ars grav. Tot ce-am găsit sunt scurte constatări, făcute de polițiștii care au venit la fața locului.

— E posibil...

— Așa că aș vrea să știu exact cum se face că dumneavoastră ați citit raportul asupra unei anchete făcute de poliție, care nu este disponibil pentru apărare?

— Nu pot răspunde la această întrebare, zise Teleborian. Eu am primit o parte din raport, în legătură cu faptul că în

1991 am făcut o expertiză medico-legală asupra ei, legată de încercarea de a-și omorî tatăl.

— Procurorul Ekström a putut consulta acest raport?

Ekström se răsuci în scaun și se trase de barbișon. Înțelesese deja că o subapreciase pe Annika Giannini. Și, de fapt, nu avea de ce să mintă:

— Da, l-am putut consulta.

— De ce apărarea nu a avut acces la acest material?

— Nu l-am considerat ca fiind important pentru proces.

— Puteți să fiți amabil și să-mi spuneți cum ați avut acces la această anchetă? Când m-am adresat poliției, am primit doar răspunsul că un asemenea raport nu există.

— Ancheta a fost făcută de Säpo. Este document secret.

— Prin urmare, Säpo a anchetat un caz de brutalizare gravă a unei femei și a hotărât să claseze ca secret raportul?

— Asta s-a făcut din pricina făptașului... Alexander Zalachenko. Era un refugiat politic.

— Cine a făcut ancheta?

Tăcere.

— Nu aud nimic. Ce nume se afla pe prima pagină?

— A fost făcută de către Gunnar Björck, de la departamentul pentru străini, din cadrul RPS/Säk.

— Mulțumesc. Este vorba despre același Gunnar Björck despre care clienta mea afirmă că a colaborat cu Peter Teleborian, pentru a contraface expertiza medico-legală asupra ei, în 1991?

— Presupun că da.

Annika Giannini își îndreptă din nou atenția spre Peter Teleborian:

— În 1991, un tribunal de instanță a luat hotărârea de-a o închide pe Lisbeth Salander într-un spital de psihiatrie infantilă. De ce a luat tribunalul această hotărâre?

— Tribunalul a făcut o evaluare atentă a faptelor săvârșite de pacientă și a stării ei psihice — oricum, ea încercase să-și omoare propriul tată cu o bombă cu benzină. Nu este o ocupație la care se dedau adolescenții obișnuiți, indiferent dacă sunt tatuați sau nu!

Peter Teleborian surâse politicos.

— Și pe ce și-a bazat tribunalul decizia? Dacă înțeleg exact situația, ei aveau un singur aviz medico-legal pe care se bazau. Fusese scris de dumneavoastră și de un polițist cu numele de Gunnar Björck.

— Astea sunt teoriile conspiraționiste ale domnișoarei Salander, doamnă Giannini. Aici, eu va trebui să...

— Iertați-mă, dar încă n-am pus întrebarea, spuse Annika Giannini, întorcându-se din nou spre Holger Palmgren. Holger, am vorbit despre faptul că dumneata l-ai întâlnit pe superiorul doctorului Teleborian, medicul-șef Caldin.

— Da. Am fost desemnat ca girant și om de încredere al lui Lisbeth Salander. N-am întâlnit-o decât în trecere. Ca toți ceilalți, am crezut că e grav bolnavă psihic. Dar pentru că asta era însărcinarea mea, m-am interesat de starea ei generală de sănătate.

— Și ce-a spus medicul-șef Caldin?

— Ea era pacienta doctorului Teleborian, iar doctorul Caldin nu-i acordase vreo atenție specială, în afară de cea obișnuită în examinări generale. Abia după un an am început să discut despre reabilitarea ei, pentru a se întoarce înapoi în societate. Eu am propus o familie de adopție. Nu știu exact ce s-a întâmplat la Sankt Stefan, dar la un moment dat, doctorul Caldin a început să se intereseze de Lisbeth Salander.

— Cum se manifesta acest interes?

— Am avut impresia că el făcea altă evaluare decât cea a doctorului Teleborian. Într-o zi, mi-a povestit că hotărâse să schimbe rutinele în îngrijirea ei. N-am înțeles decât mai târziu că era vorba despre legarea ei. Caldin a hotărât, pur și simplu, ca ea să nu mai fie pusă în cămașă de forță. Considera că nu existau motive pentru aceasta.

— Prin urmare, s-a opus doctorului Teleborian?

— Iertați-mă, dar astea sunt simple supoziții, spuse procurorul Ekström.

— Nu, îi replică Holger Palmgren. Nu numai. Am cerut o evaluare asupra felului în care Lisbeth Salander ar putea fi reintegrată în societate. Doctorul Caldin a scris această evaluare. O mai am încă.

Îi dădu o hârtie Annikăi Giannini.

— Aceasta este o scrisoare de la doctorul Caldin, adresată mie. Este datată în octombrie 1992, prin urmare, în perioada în care Lisbeth Salander se afla de 20 de luni la Sankt Stefan. Aici, doctorul Caldin scrie, citez: „Decizia mea ca pacienta să nu mai fie pusă în cămașă de forță sau silită să mănânce a avut ca rezultat evident faptul că ea este acum liniștită. Nu mai are nevoie de medicamente puternice. Pacienta este însă extrem de închisă și puțin comunicativă și continuă să aibă nevoie de sprijin". Sfârșitul citatului.

— Prin urmare, scrie clar că a fost hotărârea lui.

— Așa este. De asemenea, doctorul Caldin personal a luat hotărârea ca Lisbeth Salander să fie reintegrată în societate, cu ajutorul unei familii de adopție.

Lisbeth aprobă cu un gest din cap. Și-l amintea pe doctorul Caldin, la fel cum își amintea fiecare amănunt al șederii ei la Sankt Stefan. Refuzase să vorbească cu acesta, el era doctor de nebuni, încă unul din șirul de halate albe care voiau să răscolească în sentimentele ei. Însă acesta fusese prietenos și binevoitor. Se aflase în biroul lui, ascultându-l atunci când îi explicase ce părere avea despre ea.

Păruse lezat atunci când a refuzat să vorbească cu el. În cele din urmă, îl privise în ochi, explicându-i hotărârea sa: „Nu voi vorbi niciodată cu tine sau cu vreun alt doctor de nebuni. Voi nu ascultați ce vă spun. Puteți să mă țineți închisă aici până la moarte. Asta nu schimbă situația. Nu voi vorbi cu voi". El o privise cu uimire în ochi. Apoi, dăduse din cap, ca și cum ar fi priceput.

— Doctore Teleborian... Am constatat că dumneavoastră ați internat-o pe Lisbeth Salander în clinica psihiatrică. Dumneavoastră ați pus la dispoziția tribunalului raportul care a constituit singurul temei pe care s-a bazat decizia. Este corect?

— În fapt, este corect. Dar eu consider....

— Veți avea suficient timp să spuneți ce considerați. Când Lisbeth Salander a împlinit 18 ani, ați intervenit iar în viața ei, încercând din nou s-o închideți într-o clinică.

— De data aceasta, nu eu am făcut evaluarea medico-legală.

— Nu, ea a fost scrisă de către un anume doctor Jesper H. Löderman. Care, din întâmplare, vă era doctorand la vremea aceea. Prin urmare, evaluările dumneavoastră erau cele care prevalau în acceptarea expertizei.

— Nu există nimic incorect sau imoral în aceste evaluări. Ele au fost făcute după toate regulile.

— Acum, Lisbeth Salander are 27 de ani și pentru a treia oară ne aflăm în situația în care dumneavoastră încercați să convingeți un tribunal că este bolnavă psihic și că trebuie închisă într-o instituție psihiatrică.

Doctorul Peter Teleborian oftă adânc. Annika Giannini era bine pregătită. Îl luase prin surprindere cu un număr de întrebări viclene și reușise să-i răstălmăcească răspunsurile. Nu se lăsase captivată de farmecul lui și-i ignora cu totul autoritatea. Era obișnuit ca oamenii să dea din cap aprobatori, atunci când vorbea.

Cât de mult știe?

Aruncă o privire procurorului Ekström, dar înțelese că nu se putea aștepta la vreun ajutor din partea acestuia. Trebuia să se descurce singur.

Își spuse în gând că era de fapt o autoritate.

N-are nicio importanță ce spune ea. Evaluarea mea contează.

Annika Giannini ridică de pe masă expertiza medico-legală făcută de el:

— Haideți să privim mai de aproape ultima constatare pe care ați făcut-o. Dedicați multă energie analizei vieții spirituale a lui Lisbeth Salander. O parte sunt propriile dumneavoastră interpretări asupra persoanei, comportamentului și obiceiurilor ei sexuale.

— În această analiză am încercat să ofer o imagine de ansamblu.

— Foarte bine. Și, pornind de la această imagine de ansamblu, ați ajuns la concluzia că Lisbeth Salander suferă de schizofrenie paranoidă.

— Nu vreau să mă limitez la un diagnostic exact.

— Dar la această concluzie n-ați ajuns în urma unor discuții cu Lisbeth Salander, nu-i așa?

— Știți prea bine că Salander refuză consecvent să răspundă la întrebări, atunci când eu sau vreo altă persoană oficială încearcă să-i vorbească. Chiar și acest comportament este foarte grăitor. El poate fi interpretat prin aceea că tendințele paranoice ale pacientei se manifestă cu atâta violență, încât ea literalmente nu poate purta nici cea mai simplă discuție cu o persoană oficială. Crede că toți vor să-i facă rău și simte o amenințare așa de mare, încât se închide într-o carapace prin care nu se poate trece, devenind literalmente mută.

— Observ că vă exprimați foarte prudent. Spuneți că aceasta poate fi interpretat ca...

— Da, este adevărat. Mă exprim cu prudență. Psihiatria nu este o știință exactă și trebuie să fiu atent în concluziile mele. În același timp, noi, psihiatrii, nu obișnuim să facem supoziții goale.

— Sunteți foarte atent și rămâneți tot timpul în gardă. În realitate, dumneavoastră n-ați schimbat niciun singur cuvânt cu clienta mea, din noaptea în care aceasta a împlinit 13 ani, pentru că a refuzat consecvent să vorbească cu dumneavoastră.

— Nu numai cu mine. Nu este capabilă să poarte o discuție cu vreun psihiatru, oricine ar fi.

— Asta înseamnă că, după cum scrieți aici, concluziile dumneavoastră se bazează pe experiența și observațiile asupra clientei mele.

— E adevărat.

— Ce poți afla studiind o fată care stă cu brațele încrucișate pe un scaun și refuză să vorbească?

Peter Teleborian oftă adânc, având aerul că era obositor să lămurească niște lucruri atât de evidente. Zâmbi:

— De la un pacient care nu spune nicio vorbă poți afla că acesta este un pacient care e capabil să nu scoată o vorbă. Chiar și asta constituie un comportament deranjat și totuși eu nu-mi bazez toate concluziile doar pe acest fapt.

— În după-amiaza asta, voi chema și un alt psihiatru. El se numește Svante Branden și este medic-șef la Institutul de Medicină Legală, specialist în psihiatrie infantilă. Îl cunoașteți?

Peter Teleborian se simți din nou sigur pe sine. Zâmbi. Prevăzuse că Annika Giannini avea să aducă alt psihiatru, pentru a încerca să pună sub semnul întrebării concluziile lui. Era o situație pentru care era pregătit și va ști fără greutate să facă față fiecărei obiecții, cuvânt cu cuvânt. Avea să fie chiar mai ușor să mânuiască un coleg universitar, într-o dispută amicală, decât o persoană ca această Giannini, care nu avea nicio reținere și era gata să-i răstălmăcească propriile-i vorbe.

— Da. Este un psihiatru de medicină legală cunoscut și foarte competent. Însă, doamnă Giannini, nu știu dacă înțelegeți că a face o analiză de felul acesta este un proces academic și științific. Dumneata poți să nu fii de acord în privința concluziilor mele și un alt psihiatru poate interpreta un comportament sau o întâmplare în cu totul alt fel decât o fac eu. Este vorba de diferite puncte de vedere sau poate, pur și simplu, de măsura în care psihiatrul își cunoaște pacientul. Poate că va ajunge la o altă concluzie despre Lisbeth Salander. Nu este deloc neobișnuit în psihiatrie.

— Nu pentru asta îl voi chema. El nu a întâlnit-o și nu a consultat-o pe Lisbeth Salander și nu va trage niciun fel de concluzii în legătură cu starea ei psihică.

— A, da?

— L-am rugat să vă citească raportul și toată documentarea pe care ați formulat-o despre Lisbeth Salander și să conspecteze dosarul ei medical din anii în care s-a aflat la Sankt Stefan. L-am rugat să facă o evaluare — nu despre starea sănătății clientei mele, ci din punct de vedere strict științific, dacă există acoperire pentru concluziile dumneavoastră, în materialul pe care l-ați prezentat.

Peter Teleborian ridică din umeri.

— Cu tot respectul... Eu cred că am mai bune cunoștințe despre Lisbeth Salander decât oricare alt psihiatru din țara asta. Am urmărit evoluția ei de când avea 12 ani și, din păcate, concluziile mele au fost mereu confirmate de propriul ei comportament.

— Cu atât mai bine, spuse Annika Giannini. Atunci, să privim concluziile dumneavoastră. În raport ați scris că tratamentul a fost întrerupt atunci când avea 15 ani și a fost plasată într-o familie de adopție.

— E adevărat. A fost o greșeală foarte gravă. Dacă am fi dus tratamentul până la capăt, poate că astăzi n-am fi stat aici.

— Vreți să spuneți că, dacă ați fi avut posibilitatea s-o mai țineți în cămașă de forță încă un an, ea ar fi devenit poate mai docilă?

— Este un comentariu destul de ieftin.

— Vă rog să mă scuzați. Citați deseori expertiza pe care a făcut-o doctorandul Jesper H. Löderman atunci când Lisbeth Salander urma să împlinească 18 ani. Scrieți următoarele: „Comportamentul ei autodistructiv și antisocial e confirmat de abuzurile și promiscuitatea pe care le-a arătat după ce a fost lăsată să iasă de la Sankt Stefan". La ce vă referiți, spunând acestea?

Peter Teleborian rămase tăcut câteva secunde.

— Da... Acum trebuie să mă întorc un pic înapoi. După ce Lisbeth Salander a fost lăsată să iasă de la Sankt Stefan, ea a avut — așa cum prevăzusem — probleme cu abuzul de alcool și droguri. A fost arestată de poliție în repetate rânduri. O anchetă socială a stabilit, de asemenea, că avea relații sexuale necontrolate cu bărbați mai în vârstă și că, după toate probabilitățile, se prostitua.

— Hai s-o luăm cu încetul. De câte ori a fost beată?

— Pardon?

— Era beată în fiecare zi, din momentul în care i s-a dat drumul și până ce a împlinit 18 ani? Era beată o dată pe săptămână?

— Desigur, nu pot răspunde la această întrebare.

— Dar ați stabilit totuși că făcea abuz de alcool?

— Era minoră și a fost arestată în repetate rânduri de poliție, pentru consum de alcool.

— E a doua oară când folosiți expresia „a fost arestată în repetate rânduri". Cât de des s-a întâmplat asta? O dată pe săptămână sau o dată la două săptămâni?

— Nu, nu este vorba de așa de multe ori.

— Lisbeth Salander a fost arestată de două ori pentru consum de alcool, când avea 16 și, respectiv, 17 ani. La una dintre ocazii, era așa de beată, că a fost dusă la spital. Acestea sunt prin urmare repetatele ocazii la care vă refeați. A mai fost beată și altă dată?

— Nu știu, dar comportamentul ei...

— Iertați-mă, am auzit exact? Prin urmare, nu știți dacă a mai fost beată și la alte ocazii, dar vă temeți că așa s-a întâmplat. Și totuși trageți concluzia că Lisbeth Salander se învârtea într-un cerc vicios, de droguri și alcool?

— Acestea sunt informațiile serviciului social. Nu ale mele. Era vorba despre întreaga situație a lui Lisbeth Salander. Cum era de așteptat, adeverind presupunerile sumbre pe care le făcusem, tratamentul fusese întrerupt și viața ei devenise un cerc vicios de alcool, arestări și promiscuitate necontrolată.

— Folosiți expresia „promiscuitate necontrolată".

— Da... Este un termen care indică faptul că ea nu avea control asupra propriei sale vieți. Avea raporturi sexuale cu bărbați mult mai în vârstă.

— Ăsta nu este un delict.

— Nu, dar este o comportare anormală la o fată de 16 ani. Se poate deci pune întrebarea dacă ea participa la aceste relații de bunăvoie sau se afla într-o situație de constrângere.

— Dar ați afirmat că se prostitua.

— A fost poate o consecință naturală a faptului că nu avea instrucție, fusese incapabilă să facă față învățământului și să studieze mai departe și, de aceea, nu putea să primească de lucru. E posibil ca ea să fi văzut bărbații mai în vârstă ca pe niște tați simbolici și ca avantajele economice pentru serviciile sexuale să fi venit ca un bonus. În orice caz, pentru mine ăsta e un comportament nevrotic.

— Vreți să spuneți că faptul că o fată de 16 ani face sex este nevrotic?

— Îmi răstălmăciți cuvintele.

— Dar nu știți dacă ea a fost plătită vreodată pentru serviciile sexuale?

— Nu a fost niciodată arestată pentru prostituție.

— Ceea ce nici nu se putea întâmpla, dat fiind că prostituția nu este un delict legal.

— A, da, aveți dreptate. Ceea ce este important în cazul ei este că era vorba de un comportament coercitiv nevrotic.

— Și n-ați avut nicio șovăială să trageți concluzia că Lisbeth Salander era bolnavă mintal, pornind de la acest material redus. Când aveam 16 ani, m-am îmbătat până mi-am pierdut cunoștința, cu o jumătate de sticlă de votcă pe care am furat-o de la tata. Considerați că sunt bolnavă psihic?

— Nu, de bună seamă că nu.

— Este oare exact că și dumneavoastră, când aveați 17 ani, ați fost la o petrecere unde v-ați îmbătat așa de tare, că ați ieșit în oraș și ați început să spargeți vitrine, în piața din Uppsala? Ați fost arestat de poliție și, după ce v-ați trezit, ați scăpat cu o amendă.

Peter Teleborian păru uluit.

— Sau nu-i așa?

— Da... Faci multe prostii, la 17 ani! Dar...

— Dar aceasta nu vă face să trageți concluzia că suferiți de o boală psihică gravă?

Peter Teleborian era iritat. Blestemata asta de... avocată! Îi deforma tot timpul vorbele și se concentra pe tot felul de detalii particulare. Refuza să vadă imaginea de ansamblu. Complet fără nicio legătură, aducea raționamente despre faptul că și el fusese beat... *Cum dracu' dăduse de informațiile astea?*

Tuși, ridicând vocea:

— Rapoartele serviciului social sunt clare și ele confirmă în toate punctele esențiale că Lisbeth Salander ducea o viață care se învârtea în jurul alcoolului, drogurilor și promiscuității. Serviciul social a presupus chiar că Lisbeth Salander era prostituată.

— Nu, serviciul social nu a afirmat niciodată că Lisbeth Salander era prostituată.

— Ea a fost arestată la...

— Nu. Ea nu a fost arestată. A fost percheziționată în parcul Tantolunden, pe vremea când avea 17 ani și se afla în compania unui bărbat cu mult mai în vârstă. În același an, a fost arestată pentru consum de alcool. Și de data aceasta, în compania unui bărbat mult mai în vârstă. Cei de la serviciul social se temeau că poate se ocupa cu prostituția. Însă probe pentru această bănuială nu au apărut niciodată.

— Avea relații sexuale foarte dubioase cu un mare număr de persoane, atât băieți, cât și fete.

— În ancheta dumneavoastră, citez de la pagina 4, vă ocupați de obiceiurile sexuale ale lui Lisbeth Salander. Afirmați că relația cu prietena ei Miriam Wu confirmă temerile despre o psihopatie sexuală. Puteți să ne detaliați?

Peter Teleborian rămase dintr-odată tăcut.

— Sper din tot sufletul că nu vreți să afirmați că homosexualitatea este o boală mintală. Poate fi o afirmație pedepsită de lege.

— Nu, sigur că nu. Mă refer la notele de sadism sexual din relație.

— Vreți să spuneți că este sadică?

— Eu...

— Avem declarația făcută la poliție de către Miriam Wu. În relația lor nu apare niciun fel de violență.

— S-au dedat unor perversiuni, cum ar fi *bondage**, sado-masochism....

— Acum cred că e vorba despre ce-ați citit în tabloide. Lisbeth Salander și prietena ei Miriam Wu s-au distrat de câteva ori cu jocuri sexuale în care Miriam Wu a legat-o pe clienta mea, dându-i în același timp satisfacții sexuale. Nu este nici neobișnuit, nici interzis. De asta vreți s-o internați pe clienta mea?

Peter Teleborian făcu un gest de negație din mână.

— Dacă îmi permiteți să vă fac câteva confidențe... Aveam 16 ani și beam până mă îmbătam, de nu mai știam de mine. Am fost beată de câteva ori, în vremea când mergeam la liceu. Am încercat droguri. Am fumat marijuana și am probat chiar și cocaină o dată, acum douăzeci de ani. Mi-am făcut debutul sexual cu un coleg de clasă, când aveam 15 ani și am avut o relație cu un tip care-mi lega mâi-

---

* Practică sexuală constând în legarea partenerului. (N.red.)

nile de tăblia de la capul patului, la 20 de ani. Când aveam 22 de ani, am avut o relație de mai multe luni cu un bărbat care avea 47 de ani. Cu alte cuvinte, sunt bolnavă mintal?

— Doamnă Giannini... Mă ironizezi, dar experiențele sexuale ale dumitale nu au ce căuta în cazul de față.

— De ce nu? Când v-am citit așa-zisa evaluare psihiatrică a lui Lisbeth Salander, am găsit punct cu punct lucruri care, scoase din context, se aplică și la mine. De ce eu sunt sănătoasă și normală, iar Lisbeth Salander este o sadică periculoasă pentru societate?

— Nu aceste detalii sunt decisive. Dumneata nu ai încercat să-ți omori de două ori tatăl....

— Doctore Teleborian, realitatea este că nu vă privește cu cine vrea Lisbeth Salander să facă sex. Nu vă privește ce sex au partenerii ei sau în ce formă își practică viața sexuală. Și totuși dumneavoastră scoateți aceste amănunte din viața ei și le folosiți ca dovezi că este bolnavă.

— Întreaga viață a lui Lisbeth Salander, de pe vremea când mergea la școala primară, este plină de observații despre nemotivatele ei accese de violență împotriva unor profesori și a colegilor de clasă.

— Un moment...

Vocea Annikăi Giannini devenise ca o răzuitoare de gheață pe fereastra unei mașini:

— Priviți la clienta mea.

Toți o priviră pe Lisbeth Salander.

— Clienta mea a crescut într-o situație familială execrabilă, cu un tată care timp de ani de zile s-a dedat consecvent brutalizării grave a mamei ei.

— Este...

— Lăsați-mă să vorbesc până la capăt. Mama lui Lisbeth Salander era înspăimântată de moarte de Alexander Zalachenko. Nu îndrăznea să protesteze. Nu îndrăznea să meargă la doctor. Nu îndrăznea nici măcar să se adreseze unui centru pentru protecția femeilor. Era măcinată încetul cu încetul și în cele din urmă a fost bătută așa de cumplit, că a avut leziuni cerebrale permanente. Persoana care a trebuit să poarte responsabilitatea, singura persoană care și-a luat responsabilitatea pentru familie, înainte să fi ajuns cel puțin la adolescență, a fost Lisbeth Salander. A trebuit să-și ia o responsabilitate fiindcă spionul Zalachenko era mai important decât mama lui Lisbeth.

— Eu nu pot să...

— Ne aflăm în fața unei situații în care societatea a părăsit-o pe mama lui Lisbeth și pe copii. Sunteți uimit de faptul că Lisbeth avea probleme la școală? Priviți-o. E mică și slabă. Întotdeauna a fost cea mai mică din clasă. Era închisă și diferită și nu avea prieteni. Știți dumneavoastră cum îi tratează colegii de clasă pe cei care sunt diferiți?

Peter Teleborian suspină.

— Pot să mă întorc la dosarele ei școlare și să mă ocup, una după alta, de situațiile în care Lisbeth a devenit violentă, spuse Annika Giannini. Au fost precedate de provocări. Eu recunosc așa de bine semnele persecuțiilor! Știți ce?

— Ce?

— O admir pe Lisbeth Salander. E mai dârză decât mine. Dacă eu aș fi fost pusă în cămașă de forță timp de un an, când aveam 13 ani, probabil că m-aș fi prăbușit total. Ea a întors loviturile cu singura armă pe care o avea. Și anume cu disprețul ei. Ea refuză să vă vorbească.

Annika Giannini ridică dintr-odată vocea. Toată nervozitatea o părăsise de multă vreme. Simțea că are controlul situației.

— În mărturia făcută mai devreme, ați vorbit mult despre fantezii, de exemplu ați afirmat că descrierea făcută violului a fost o fabulație totală.

— E adevărat.

— Pe ce vă bazați această afirmație?

— Pe experiența mea asupra felului ei de a fantaza.

— Experiența despre felul ei de a fantaza... Cum stabiliți când fantazează? Atunci când spune că a stat în cămașă de forță 380 de zile este, conform părerii dumneavoastră, fantezie, cu toate că dosarul scris chiar de dumneavoastră arată că e adevărat.

— Aici e vorba de cu totul altceva. Nu există nicio dovadă despre faptul că avocatul Bjurman ar fi violat-o pe Lisbeth Salander. Vreau să spun, ace în sfârcul sânilor și un viol așa de brutal, că ar fi trebuit să fie dusă cu Salvarea la spital... E de la sine înțeles că așa ceva n-a putut avea loc.

Annika Giannini se întoarse spre judecătorul Iversen:

— Am rugat să se aducă un videoproiector, ca să prezint un DVD...

— Se află aici, spuse Iversen.

— Putem trage perdelele?

Annika Giannini deschise computerul PowerBook și îl conectă la videoproiector. Apoi, se întoarse spre clienta sa:

— Lisbeth. Vom privi filmul. Ești pregătită?

— L-am trăit deja, răspunse Lisbeth Salander pe un ton sec.

— Și am aprobarea ta să-l arăt?

Lisbeth Salander dădu din cap. Tot timpul își ținea privirea fixată pe Peter Teleborian.

— Poți spune când a fost făcut filmul?

— Pe 7 martie 2003.

— Cine l-a înregistrat?

— Eu am făcut-o. Am folosit o cameră ascunsă, care face parte din echipamentul standard de la Milton Security.

— Un moment! strigă procurorul Ekström. Începe să semene cu jongleriile de circ.

— La ce urmează să ne uităm? întrebă judecătorul Iversen cu o voce dură.

— Peter Teleborian afirmă că povestirea lui Lisbeth Salander este o fantezie. Eu voi arăta o dovadă a faptului că, dimpotrivă, este adevărată, cuvânt cu cuvânt. Filmul are nouăzeci de minute, vă voi arăta doar un număr de scene. Vă avertizez că el conține imagini greu de suportat.

— E vorba de vreun montaj? întrebă Ekström.

— Există o foarte bună metodă ca să ne dăm seama de asta, spuse Annika Giannini, pornind DVD-ul din computer.

— *N-ai învățat nici măcar să citești ora?* zise, în loc de bun venit, avocatul Bjurman.

Camera de filmat pătrunsese în apartamentul acestuia.

După 9 minute, judecătorul Iversen lovi cu ciocanul în masă, în momentul în care avocatul Bjurman era imortalizat, vârând cu forța un falus enorm în anusul lui Lisbeth Salander. Annika Giannini pusese sunetul la maximum. Țipetele lui Lisbeth Salander, pe jumătate înăbușite de banda adezivă care îi acoperea gura, se auzeau în întreaga sală a tribunalului.

— Opriți filmul, spuse Iversen cu glas foarte puternic și hotărât.

Annika Giannini apăsă pe butonul de oprire. Lămpile din tavan se aprinseră. Judecătorul Iversen era roșu la față. Procurorul Ekström ședea ca înlemnit. Peter Teleborian era de o paloare cadaverică.

— Avocat Giannini, cât de lung spuneai că este filmul? zise judecătorul Iversen.

— Nouăzeci de minute. Violurile propriu-zise au avut loc de mai multe ori, timp de șase ore, dar clienta mea nu are decât o vagă idee despre violența ultimelor ore.

Annika Giannini se întoarse apoi spre Peter Teleborian:

— În schimb, aici se află scena în care Bjurman străpunge sfârcul sânului cu un ac, ceea ce dr. Peter Teleborian afirma că este o expresie a imaginației dezlănțuite a lui Lisbeth Salander. A avut loc în minutul șaptezeci și doi și eu pot să vă arăt episodul, acum și aici.

— Mulțumesc, nu este nevoie, spuse Iversen. Domnișoară Salander…

Se pierdu un moment, nemaiștiind ce să spună și cum să continue.

— Domnișoară Salander, de ce ați înregistrat acest film?

— Bjurman mă violase deja o dată, și voia să o mai facă. La primul viol, fusesem silită să i-o sug boșorogului ăla dezgustător. Am crezut că va fi o nouă repriză și că în felul acesta voi putea avea o dovadă despre ce făcea, ca să-l silesc să se țină departe de mine. Îl subestimasem.

— Dar de ce nu ați făcut o reclamație la poliție pentru viol, atunci când aveați o… documentare așa de convingătoare?

— Eu nu vorbesc cu polițiștii, spuse Lisbeth Salander sec.

Deodată, Holger Palmgren se ridică din scaunul cu rotile. Se sprijini de marginea mesei. Glasul lui era foarte clar:

— Clienta noastră nu vorbește din principiu cu polițiștii sau alte persoane oficiale, și cu atât mai puțin cu psihiatrii. Motivul este limpede. De când era copil, a încercat, iar și iar, să vorbească cu polițiști, asistenți sociali și alte autorități, pentru a le explica faptul că mama ei era brutalizată de Alexander Zalachenko. Rezultatul a fost, de fiecare dată, că ea era pedepsită, pentru că funcționari de stat hotărâseră că Zalachenko era mai important ca Salander.

Își drese vocea, continuând:

— Și când a înțeles că nimeni nu o asculta, singura ieșire pentru a încerca să-și salveze mama a fost să recurgă la violență împotriva lui Zalachenko. Iar atunci, nemernicul ăsta, care se numește medic — spuse el, arătând spre Teleborian —, a scris un diagnostic psihiatric fals, care o declara nebună și-i dădea lui posibilitatea s-o țină în cămașă de forță la Sankt Stefan timp de 380 de zile. La dracu'!

Palmgren se așeză. Iversen părea uluit de izbucnirea lui Palmgren. Se întoarse spre Lisbeth Salander:

— Dorești poate să luăm o pauză....

— De ce? întrebă Lisbeth Salander.

— Bine, atunci continuăm. Avocat Giannini, caseta video va fi cercetată și vreau să am un aviz tehnic asupra autenticității ei. Dar acum continuăm audierea.

— În regulă. Și eu socotesc că este neplăcut. Însă adevărul este că Lisbeth, clienta mea a fost supusă unor abuzuri fizice, psihice și juridice. Și persoana care poate fi învinuită în cel mai înalt grad pentru acestea este Peter Teleborian. Și-a încălcat jurământul de medic și și-a înșelat pacienta. Împreună cu Gunnar Björck, colaborator într-un grup ilegal din cadrul Säpo, a încropit o expertiză psihiatrică, pentru a putea închide un martor deranjant. Eu cred că această afacere este unică în istoria dreptului suedez.

— Sunt niște acuzații incredibile, spuse Peter Teleborian. Am încercat, în cel mai bun fel posibil, s-o ajut pe Lisbeth Salander. Ea a vrut să-și omoare tatăl. Era foarte clar că ceva nu era în ordine...

Annika Giannini îl întrerupse:

— Vreau acum să atrag atenția asupra celei de a doua expertize medico-legale a doctorului Peter Teleborian, privind starea psihică a clientei mele. Expertiza care a fost prezentată astăzi, în acest proces. Eu afirm că este o minciună, exact cum a fost falsul din 1991.

— Da, dar aceasta este...

— Domnule judecător Iversen, puteți convinge martorul să nu mă întrerupă?

— Domnule Teleborian...

— Am să tac. Dar sunt acuzații uluitoare. E normal să fiu revoltat...

— Domnule Teleborian, păstrați tăcerea, până ce vi se va adresa o întrebare. Continuă, avocat Giannini.

— Acesta este raportul de medicină legală pe care doctorul Peter Teleborian l-a prezentat completului de judecată. El se întemeiază pe așa-numite observații asupra clientei mele, care ar fi avut loc după ce ea a fost mutată la închisoarea Kronoberg, pe data de 6 iunie, iar ancheta aceasta s-ar fi desfășurat până pe 5 iulie.

— Da, așa am înțeles, spuse judecătorul Iversen.

— Doctor Teleborian, este adevărat că nu ați avut posibilitatea să faceți vreun test sau vreo observație asupra clientei mele înainte de 6 iunie? De altfel, ea se afla, după cum se știe, izolată la spitalul Sahlgrenska.

— Da, spuse Teleborian.

— Ați făcut de două ori încercarea de-a intra la clienta mea, la Sahlgrenska. De ambele dăți vi s-a interzis intrarea. Este corect?

— Da.

Annika Giannini își deschise din nou servieta și scoase un document. Înconjură masa, dându-l judecătorului Iversen.

— Aha, spuse Iversen. Este o copie a anchetei doctorului Teleborian. Ce trebuie să dovedească aceasta?

— Vreau să chem doi martori, care așteaptă în fața sălii de judecată.

— Cine sunt aceștia?

— Este Mikael Blomkvist de la revista *Millennium* și comisarul Torsten Edklinth, șef al Comisiei pentru protecția constituției, de la RPS/Säk.

— Și ei așteaptă afară?

— Da.

— Chemați-i înăuntru, spuse judecătorul Iversen.

— Nu se respectă regulile, spuse procurorul Ekström, care era foarte tăcut de o bună bucată de vreme.

Ekström înțelesese șocat că Annika Giannini era pe cale să-i sfâșie în bucăți martorul principal. Filmul fusese distrugător. Iversen l-a ignorat total pe Ekström și a făcut semn unui aprod să deschidă ușa. Mikael Blomkvist și Torsten Edklinth intrară.

— Mai întâi, doresc să-l chem pe Mikael Blomkvist. L-aș ruga pe dr. Peter Teleborian să-i cedeze locul.

— Ați terminat cu mine? întrebă Teleborian.

— Nicidecum, spuse Annika Giannini.

Mikael Blomkvist l-a înlocuit pe Teleborian în boxa martorilor. Judecătorul Iversen a îndeplinit repede formalitățile și Mikael Blomkvist a jurat să spună adevărul și numai adevărul.

Annika Giannini a mers la masa lui Iversen, rugându-l să-i înapoieze raportul medico-legal pe care i-l dăduse. Ea a înmânat copia lui Mikael.

— Ai văzut mai înainte acest document?

— Da, l-am văzut. Am în posesia mea trei versiuni. Pe cea dintâi am primit-o în jur de 12 mai, a doua pe 19 mai și cea de a treia — care este cea de față — pe 3 iunie.

— Poți spune cum ai intrat în posesia acestei copii?

— Am primit-o în calitatea mea de jurnalist, de la o sursă al cărei nume nu intenționez să-l dau.

Lisbeth Salander îl fixă pe Peter Teleborian. Dintr-odată, acesta devenise livid.

— Ce-ai făcut cu expertiza?

— I-am dat-o lui Torsten Edklinth de la Comisia pentru protecția constituției.

— Mulțumesc, Mikael. În continuare, vreau să-l chem ca martor pe Torsten Edklinth, spuse Annika Giannini, luând înapoi copia, pe care i-o dădu iarăși lui Iversen. Acesta o cercetă gânditor.

Procedura cu depunerea jurământului fu repetată.

— Domnule comisar Edklinth, este adevărat că ați primit de la Mikael Blomkvist o expertiză medico-legală, privind-o pe Lisbeth Salander?

— Da.

— Când ați primit-o?

— A fost trecută în registrul RPS/Säk cu data de 4 iunie.

— Și este același document cu cel pe care tocmai l-am dat judecătorului Iversen?

— Dacă semnătura mea se află pe spatele documentului, este același.

Iversen întoarse documentul, constatând că semnătura lui Torsten Edklinth se afla acolo.

— Domnule comisar Edklinth, puteți să mă lămuriți, cum se poate întâmpla să aveți în mână o expertiză medico-legală, care se referă la o persoană aflată izolată la spitalul Sahlgrenska?

— Da, sigur că pot.

— Explicați.

— Expertiza psihiatrică a lui Peter Teleborian este un fals, redactat împreună cu o persoană pe nume Jonas Sandberg, tot așa cum Teleborian produsese un fals asemănător în 1991, împreună cu Gunnar Björck.

— Este o minciună, protestă cu glas slab Peter Teleborian.

— O minciună? întrebă Annika Giannini.

— Nu, deloc. Aș putea eventual adăuga faptul că Jonas Sandberg este una dintre cele zece persoane care, la ordinul procuraturii generale, au fost reținute astăzi. El este arestat pentru complicitate în cazul asasinatului lui Gunnar Björck. Face parte dintr-un grup ilegal, care a operat în cadrul RPS/Säk și care l-a protejat pe Alexander Zalachenko încă din anii '70. Este același grup care s-a aflat în spatele deciziei de-a o închide pe Lisbeth Salander în 1991. Avem suficiente probe, precum și mărturia făcută de șeful acestui grup.

În sala de judecată se lăsase o tăcere mormântală.

— Vrea Peter Teleborian să comenteze cele spuse? întrebă judecătorul Iversen.

Teleborian scutură din cap.

— În cazul acesta, pot să vă anunț că riscați să fiți acuzat de depoziție falsă și alte încălcări ale legii.

— Dacă mă scuzați... spuse Mikael Blomkvist.

— Da? întrebă Iversen.

— Peter Teleborian are probleme mult mai mari. În fața ușii se află doi polițiști care vor să-l ducă la interogatoriu.

— Vreți să intre? spuse Iversen.

— Ar fi o idee excelentă.

Iversen făcu semn aprodului, care le lăsă să intre în sala de judecată pe Sonja Modig și pe o femeie pe care procurorul Ekström o recunoscu imediat. Numele ei era Lisa Collsjö, inspector criminalist de la brigada pentru probleme speciale, acea brigadă din cadrul poliției statului care, printre altele, avea misiunea de-a se ocupa de abuzuri sexuale împotriva minorilor și pornografie cu minori.

— De ce sunteți aici? întrebă judecătorul Iversen.

— Suntem aici pentru a-l aresta pe Peter Teleborian, de îndată ce acțiunea noastră nu va mai stânjeni lucrările completului de judecată.

Iversen îi aruncă o privire Annikăi Giannini.

— Nu am terminat încă cu el, dar puteți s-o faceți.

— Vă rog, spuse Iversen.

Lisa Collsjö făcu câțiva pași, oprindu-se în fața lui Peter Teleborian:

— Ești arestat pentru încălcare gravă a legii împotriva pornografiei cu minori.

Peter Teleborian nu mai respira. Annika Giannini constată că orice sclipire de lumină părea să se fi stins în ochii acestuia.

— Mai exact, pentru posesia a peste 8 000 de fotografii pornografice cu minori, care se află în computerul dumitale.

Ea se aplecă, ridicându-i servieta cu computerul, pe care acesta o avea cu el.

— Computerul a fost sechestrat, spuse ea.

Tot timpul cât acesta a fost condus spre ușă și apoi scos din sala de judecată, privirea lui Lisbeth Salander a fixat, arzătoare ca focul, spinarea lui Peter Teleborian.

28

Vineri 15 iulie — sâmbătă 16 iulie

Judecătorul Jörgen Iversen a bătut cu stiloul în marginea mesei, pentru a face să înceteze murmurul care a urmat scoaterii din sală a lui Peter Teleborian. Apoi, a rămas tăcut un lung moment, șovăind asupra felului în care avea să urmeze procedura. În cele din urmă, s-a întors spre procurorul Ekström:

— Aveți ceva de adăugat la cele ce s-au întâmplat în ultima oră?

Richard Ekström nu avea nicio idee ce să spună. S-a ridicat, l-a privit pe Iversen, apoi pe Torsten Edklinth, înainte de a-și întoarce capul, ca să întâlnească privirea necruțătoare a lui Lisbeth Salander. A înțeles că bătălia era deja pierdută. Și-a mutat privirea spre Mikael Blomkvist, dându-și seama, plin de o spaimă bruscă, că el însuși risca să ajungă în paginile revistei *Millennium*... Ceea ce va fi o catastrofă îngrozitoare.

În plus, nu înțelegea ce se întâmplase. Începuse procesul cu certitudinea că știa exact despre ce era vorba în povestea aceasta.

Înțelesese echilibrul delicat pe care îl cerea securitatea țării, în urma discuțiilor îndelungate și sincere cu comisarul Georg Nyström. Primise, de asemenea, asigurări că raportul Salander din 1991 fusese falsificat. Avea toate informațiile confidențiale necesare. Pusese întrebări — sute de întrebări — și primise răspuns la toate. Un bluf. Și acum, Nyström era arestat, după cum afirma avocata Annika Giannini. Avusese încredere în Peter Teleborian, care părea așa de… competent și atotștiutor. Așa de convingător.

Dumnezeule! În ce ciorbă am nimerit?

Și după aceea:

Cum dracu' am să ies din rahatul ăsta?

Își netezi barbișonul. Își drese glasul. Își scoase lent ochelarii.

— Îmi pare rău, dar cred că am fost fals informat într-un număr de puncte esențiale din acest proces.

Se întrebă dacă să dea vina pe anchetatorii poliției și brusc îl văzu în fața ochilor pe comisarul Bublanski. Acesta nu-l va sprijini niciodată. Dacă Ekström făcea o mișcare greșită, Bublanski va convoca imediat o conferință de presă. Avea să-l distrugă.

Ekström întâlni ochii lui Lisbeth Salander. Ea stătea, așteptând răbdătoare, cu o privire care dezvăluia atât curiozitate, cât și sete de răzbunare.

Nu era posibil niciun compromis.

Mai putea încă să facă în așa fel încât ea să fie condamnată pentru brutalizare gravă, la Stallarholmen. Probabil ar fi putut să ceară să fie condamnată pentru tentativă de omor asupra tatălui ei la Gosseberga. Asta ar însemna că va trebui să-și schimbe din mers întreaga strategie și să lase deoparte tot ce avea de-a face cu Peter Teleborian. Asta însemna că se prăbușeau toate explicațiile care o făceau să apară drept o psihopată, dar asta mai însemna și că se adeverea istorisirea, cu ceea ce se întâmplase începând din 1991. Întreaga punere sub tutelă se prăbușea, și pe urmă...

Și ea avea blestematul ăla de film, care...

Apoi, el fu izbit de certitudine.

Dumnezeule! Fata este nevinovată!

— Domnule judecător... Nu știu ce s-a întâmplat, dar înțeleg că nu mă mai pot baza pe hârtiile pe care le am în mână.

— Nu, spuse Iversen sec.

— Cred că trebuie să iau o pauză și că procesul trebuie întrerupt, până în momentul în care voi reuși să lămuresc exact ce s-a întâmplat.

— Doamnă Giannini? spuse Iversen.

— Cer ca Lisbeth Salander să fie achitată de toate capetele de acuzare și să fie imediat pusă în libertate. Socotesc că trebuie să primească o despăgubire pentru toate jignirile și abuzurile la care a fost supusă.

Lisbeth Salander își întoarse privirea spre judecătorul Iversen.

Niciun compromis.

Judecătorul Iversen privi autobiografia lui Lisbeth Salander. Își mută privirea asupra procurorului Ekström.

— Cred că este o idee bună să se cerceteze exact ce s-a întâmplat. Dar, mi-e teamă că nu dumneata ești persoana potrivită pentru a face cercetarea.

Reflectă un moment:

— În toți anii mei ca jurist și judecător, niciodată nu am trăit ceva care măcar să amintească de ce s-a întâmplat astăzi în sala de judecată. Trebuie să mărturisesc că mă simt copleșit. Niciodată nu am auzit ca martorul principal al acuzării să fie acuzat în mijlocul procesului sau ca probele care păreau convingătoare să se dovedească falsuri. Sincer vorbind, în această situație, nu mai știu care din capetele de acuzare ale procurorului mai rămân în picioare.

Holger Palmgren își drese glasul.

— Da? întrebă Iversen.

— Ca reprezentant al apărării, nu pot decât să împărtășesc sentimentele dumitale. Adesea trebuie să faci un pas înapoi și să lași înțelepciunea să treacă înaintea formalităților. Vreau să subliniez că dumneata, ca judecător, nu ai văzut decât începutul unei afaceri care va zgudui organizațiile administrative din Suedia. În cursul zilei, mai mulți polițiști din Säpo au fost arestați. Ei vor fi acuzați de crimă și de un șir așa de lung de infracțiuni, încât cercetarea lor va lua timp îndelungat.

— Presupun că trebuie să hotărăsc să se ia o pauză în acest proces.

— Iartă-mă, dar cred că ar fi un sfârșit nefericit.

— Te ascult.

Palmgren avea, în mod evident, greutăți în formularea cuvintelor. Dar a vorbit mai rar și fără să se bâlbâie:

— Lisbeth Salander este nevinovată. Autobiografia ei, plină de fantezie, după cum spunea cu mult dispreț domnul Ekström, este de fapt adevărată. Și poate fi dovedită. Ea a fost victima unui scandalos abuz judiciar. În calitatea noastră de membri ai unui de complet de judecată, putem ține seama de formalități și putem continua procesul o vreme, înainte să se producă achitarea. Alternativa este evidentă. Trebuie să lăsăm o nouă anchetă care să strângă toate datele despre cazul Lisbeth Salander. Această anchetă este deja în curs de desfășurare, ca o parte a mizeriei pe care procuratura de stat va trebui să o curețe.

— Înțeleg ce vrei să spui.

— Ca judecător, poți face acum o alegere. Înțelept în cazul acesta este să respingi întreaga anchetă preliminară a procurorului și să-l sfătuiești să-și mai facă o dată temele.

Judecătorul Iversen îl privi gânditor pe Holmer Palmgren.

— Ar fi corect s-o pui imediat în libertate pe clienta noastră. Ea merită în plus scuze, dar reabilitarea va mai lua timp și va fi parte din întreaga anchetă.

— Înțeleg punctul dumitale de vedere, avocat Palmgren. Dar, înainte de a o declara pe clienta dumitale nevinovată, trebuie să-mi clarific întreaga poveste. Va mai dura puțin...

Șovăi, privind spre Annika Giannini:

— Dacă hotărăsc ca procesul să ia o pauză până luni și sunt de acord că nu există motive pentru a o mai ține arestată pe clienta dumitale, ceea ce înseamnă că în niciun caz nu poate să se aștepte la o pedeapsă cu închisoarea, poți să-mi garantezi că ea se va prezenta la continuarea dezbaterilor, când va fi chemată?

— Sigur că da, spuse repede Holger Palmgren.

— Nu, spuse Lisbeth Salander cu voce aspră.

Toate privirile se întoarseră spre ea.

— Ce vrei să spui? întrebă judecătorul Iversen.

— În momentul în care îmi dai drumul, am să plec. Nu am de gând să mai dedic niciun moment din timpul meu acestui proces.

Judecătorul Iversen o privi uluit pe Lisbeth Salander:

— Refuzi să te mai prezinți?

— Exact. Dacă vrei să mai răspund la întrebări, poți să mă ții la pușcărie. În momentul în care îmi dai drumul, din punctul meu de vedere, povestea asta s-a terminat. Și asta nu include faptul ca eu să mă aflu pe timp nedeterminat la dispoziția ta, a lui Ekström sau a poliției.

Judecătorul Iversen oftă adânc. Holger Palmgren avea aerul zguduit.

— Eu sunt de acord cu clienta mea, spuse Annika Giannini. Statul și organele de stat sunt cele care s-au făcut vinovate față de Lisbeth Salander și nu invers. Ea merită să plece pe ușă, cu achitarea în geantă și să lase toată această istorie în spate.

Niciun compromis.

Judecătorul Iversen privi ceasul:

— Este trecut de ora trei. Asta înseamnă că mă silești să-ți țin clienta în detenție.

— Dacă aceasta este hotărârea dumneavoastră, o acceptăm. Ca reprezentantă a lui Lisbeth Salander, cer să fie achitată de delictele pentru care o acuză procurorul Ekström. Cer s-o puneți în libertate, fără condiții și imediat. Și cer ca punerea ei sub tutela anterioară să fie ridicată, iar ea să-și reprimească toate drepturile cetățenești.

— Problema scoaterii de sub tutelă este un proces mult mai lung. Trebuie să primesc o expertiză de la un medic, care s-o examineze. Aceasta nu se poate hotărî pe loc, printr-un semn al mâinii.

— Nu, spuse Annika Giannini. Nu acceptăm acest lucru.

— Cum așa?

— Lisbeth Salander are toate drepturile cetățenești, ca toți ceilalți suedezi. Ea a fost victima unui delict. A fost declarată iresponsabilă pe baza unui act fals. Falsul poate fi dovedit. Prin urmare, decizia de-a o pune sub tutelă este lipsită de temei juridic și va trebui ridicată necondiționat. Nu există absolut niciun motiv pentru ca ea să se supună unui examen psihiatric medico-legal. Nimeni nu trebuie să arate că nu e nebun, atunci când a fost victima unui abuz.

Iversen reflectă un scurt moment.

— Doamnă Giannini, spuse el. Înțeleg că este vorba de o situație excepțională. Acum, declar o pauză de cincisprezece minute, pentru a ne permite să ne întindem picioarele și să ne reculegem o clipă. Nu am nicio dorință de-a o mai ține o noapte pe clienta dumitale la închisoare, dacă este nevinovată, dar asta înseamnă că procesul va continua, până ce vom fi gata.

— Sună bine, spuse Annika Giannini.

În timpul pauzei, Mikael își sărută sora pe obraz.

— Cum a mers?

— Mikael, am fost strălucitoare cu Teleborian! Pur și simplu, l-am distrus.

— Ți-am spus că vei fi de neînvins în acest proces. La urma urmei, în povestea asta nu e vorba în primul rând de spioni și organizații secrete de stat, ci despre obișnuita violență împotriva femeilor și despre bărbații care o fac posibilă. Din puținul pe care l-am văzut, ai fost fantastică. Prin urmare, va fi eliberată.

— Da. Nu mai există nicio îndoială.

După pauză, judecătorul Iversen bătu în masă:

— Vreți să fiți amabili, să-mi spuneți din nou povestea, de la cap la coadă, ca să pot să-mi fac o părere asupra a ceea ce s-a petrecut de fapt?

— Cu cea mai mare plăcere, spuse Annika Giannini. Să începem cu uluitoarea istorie a unui grup de polițiști de la Säpo, care se numesc Secția și care au pus mâna pe un transfug sovietic la mijlocul anilor 1970. Întreaga poveste este publicată în cartea atașată revistei *Millennium,* care a apărut astăzi. Probabil va fi principala știre la toate emisiunile de știri din seara aceasta.

La ora șase seara, judecătorul Iversen a decis ca Lisbeth Salander să fie eliberată și să i se ridice imediat tutela.

Totuși, a pus o condiție. Judecătorul Iversen cerea ca Lisbeth să se supună unui interogatoriu în care ea, în calitate de martor, să declare oficial tot ce știa despre afacerea Zalachenko. La început, Lisbeth a ezitat. Refuzul ei a dus la un schimb de cuvinte, până ce judecătorul Iversen a ridicat vocea. S-a aplecat înainte, privind-o cu severitate:

— Domnișoară, eu îți ridic punerea sub tutelă, ceea ce înseamnă că ai exact aceleași drepturi ca toți ceilalți cetățeni. Dar asta înseamnă că ai și aceleași îndatoriri. În consecință, e blestemata dumitale de datorie să ai grijă de propriul buget, să plătești impozite, să asculți de lege și să ajuți poliția la anchetarea delictelor grave. Prin urmare, o să fii chemată la interogatoriu, ca oricare alt cetățean care are de dat informații într-o anchetă.

Logica argumentației a părut să aibă efect asupra lui Lisbeth Salander. A făcut o mutră nemulțumită, dar a încetat să mai protesteze.

— După ce poliția va avea depoziția dumitale, șeful anchetei preliminare — în cazul acesta, procurorul statului — va face o apreciere, dacă va trebui să fii chemată ca martor într-un eventual proces viitor. Ca toți ceilalți cetățeni suedezi, poți refuza să răspunzi la o asemenea convocare. Cum vei proceda, nu mă interesează, dar dumneata nu vei fi scutită; dacă nu te prezinți, la fel ca toți ceilalți cetățeni suedezi, la fel ca toate celelalte persoane majore, vei fi condamnată pentru sfidarea legii sau depoziție falsă. Nu există nicio excepție.

Lisbeth Salander s-a întunecat și mai tare.

— Ce-ai decis? a întrebat judecătorul Iversen.

După un minut de cugetare, ea a dat scurt din cap.

OK. Un mic compromis.

În restul serii, trecând în revistă afacerea Zalachenko, Annika Giannini l-a atacat serios pe procurorul Ekström. Încetul cu încetul, Ekström a fost silit să admită că lucrurile se petrecuseră așa cum le descria Annika Giannini. El acceptase, în ancheta preliminară, ajutorul comisarului Nyström și primise informații de la Peter Teleborian. În ceea ce-l privea pe Ekström, nu era vorba de nicio conspirație. Dacă făcuse jocul Secției, fusese de bună credință, în calitatea lui de șef al anchetei preliminare. Când și-a dat seama de ceea ce se petrecuse de fapt, a decis să abandoneze procesul împotriva lui Lisbeth Salander. Decizia însemna că o grămadă de formalități birocratice puteau fi lăsate deoparte. Iversen a oftat ușurat.

Holger Palmgren era complet epuizat, fusese prima lui zi într-o sală de tribunal, după mulți ani. A fost obligat să se reîntoarcă în patul său de la clinica de recuperare din Ersta. A fost condus de un paznic în uniformă de la Milton Security. Înainte de-a pleca, a pus mâna pe umărul lui Lisbeth Salander. S-au privit unul pe altul. După o vreme, ea a dat din cap, zâmbindu-i.

La ora șapte seara, Annika Giannini i-a telefonat în grabă lui Mikael Blomkvist, comunicându-i că Lisbeth Salander fusese achitată de toate capetele de acuzare, dar că avea să mai rămână câteva ore la sediul poliției, pentru interogatoriu.

Vestea a sosit când toți angajații revistei *Millennium* se aflau în redacție. Telefoanele sunaseră neîntrerupt, din momentul în care primele exemplare fuseseră distribuite, la vremea prânzului, de către trimiși speciali, pe la celelalte redacții din Stockholm. După-amiaza, TV4 prezentase primele emisiuni speciale despre Zalachenko și Secție. Era un adevărat Crăciun mediatic.

Mikael s-a dus în mijlocul încăperii, a pus degetele în gură și pur și simplu a fluierat:

— Tocmai am aflat că Lisbeth a fost achitată de toate învinuirile.

S-a aplaudat spontan. Apoi, toți au continuat să vorbească la telefon, ca și cum nimic nu s-ar fi întâmplat.

Mikael a ridicat ochii, privind televizorul din mijlocul redacției. Tocmai începeau *Știrile* la TV4. Se prezenta un scurt extras din filmul care îl arăta pe Jonas Sandberg, plasând cocaina în apartamentul din Bellmansgatan: „Aici, un angajat al Säpo pune cocaină acasă la jurnalistul Mikael Blomkvist, de la *Milllennium*".

Apoi, a început jurnalul propriu-zis.

„Zece angajați ai RPS/Säk au fost arestați în cursul zilei pentru delicte grave, printre care asasinate. Bun venit la această lungă ediție specială."

Mikael opri sonorul, atunci când fata de la TV4 apăru în imagine și se văzu pe sine însuși într-un fotoliu din studio. Știa deja ce spusese. Își mută privirea la biroul la care lucrase Dag Svensson. Urmele reportajului despre traficul de femei dispăruseră și biroul începuse din nou să fie un loc de depozitare pentru ziare și grămezi de hârtii, de care nimeni nu avea nevoie.

Pentru Mikael, la acest birou începuse afacerea Zalachenko. Își dori brusc ca Dag Svensson să fi putut trăi finalul. Câteva exemplare din cartea proaspăt tipărită a acestuia despre comerțul cu femei se aflau acolo, împreună cu cartea despre Secție.

Ți-ar fi plăcut mult, Dag.

Auzi sunând telefonul de pe masa lui, dar nu avea putere să răspundă. Închise ușa, intrând la Erika Berger și lăsându-se să cadă în fotoliul confortabil de lângă măsuța de la fereastră. Erika vorbea la telefon. El privi în jur. Erika se întorsese de o lună, dar încă nu apucase să încarce camera cu toate obiectele personale pe care le strânsese atunci când plecase, în aprilie. Rafturile bibliotecii erau încă goale și ea nu-și atârnase pe pereți niciun tablou.

— Cum te simți? îl întrebă, punând receptorul în furcă.

— Cred că sunt fericit, spuse el.

Ea începu să râdă.

— *Secția* a devenit un mare succes. Se agită ca nebunii, în toate redacțiile. Ai chef să te duci la ora 9, la Actualități, să vorbești?

— Nu prea.

— Bănuiam.

— O să tot vorbim despre asta luni de zile. Nu e nicio grabă.

Ea dădu din cap:

— Ce faci în seara asta, mai târziu?

— Nu știu.

El își mușcă buza:

— Erika... eu...

— Figuerola, spuse Erika Berger, zâmbind.

El aprobă.

— E serios?

— Nu știu.

— Ea e foarte îndrăgostită de tine.

— Cred că și eu sunt de ea, zise el.

— Am să mă țin la distanță, până știi sigur.

El dădu din cap.

— Poate, zise ea.

La ora opt, Dragan Armanski și Susanne Linder au bătut la ușa redacției. Considerau că ocazia cerea șampanie și aveau cu ei o sacoșă de la System[54], plină de sticle. Erika Berger a îmbrățișat-o pe Susanne Linder, conducând-o prin redacție, în vreme ce Armanski se așeză la biroul lui Mikael.

Au băut. Nimeni n-a spus nimic, un lung moment. Armanski a fost cel care a rupt tăcerea:

— Știi ce, Blomkvist? Când ne-am întâlnit prima oară, în legătură cu istoria aia de la Hedestad, mi-ai displăcut profund.

— Zău?

— Ai venit când ai angajat-o pe Lisbeth ca să facă cercetări pentru tine.

— Mi-aduc aminte.

— Cred că eram gelos pe tine. O cunoscuseși abia de câteva ore. Râdea cu tine! Eu încercam de mulți ani să fiu prietenul ei, dar niciodată nu reușisem nici măcar s-o fac să zâmbească...

— Păi... nici eu n-am fost prea norocos.

Rămaseră tăcuți o vreme.

— E bine că s-a sfârșit, spuse Armanski.

— Amin, zise Mikael.

Inspectorii criminaliști Jan Bublanski și Sonja Modig au fost cei care au făcut interogatoriul formal cu Lisbeth Salander. Amândoi tocmai ajunseseră acasă la familiile lor, după o zi lungă, când fură obligați să se întoarcă imediat la sediul poliției.

Salander era asistată de Annika Giannini, care însă nu a avut motive să facă prea multe remarci. Lisbeth Salander

---

[54] În Suedia băuturile alcoolice, inclusiv șampania și berea se pot cumpăra doar la magazine speciale aparținând monopolului de stat, așa-numitul System Bolaget.

își formula într-o manieră foarte precisă răspunsurile la toate întrebările puse de Bublanski și Modig.

A mințit consecvent asupra a două puncte centrale. În descrierea celor care se întâmplaseră la Stallarholmen, a afirmat cu încăpățânare că Sonny Nieminen fusese cel care din greșeală îl împușcase pe Carl-Magnus „Magge" în picior, în același moment în care ea îl atinsese cu pistolul electric. De unde avea pistolul electric? Îl confiscase de la Magge Lundin, a spus ea.

Atât Bublanski, cât și Sonja Modig păreau foarte sceptici. Însă nu exista nicio probă și niciun martor pentru a-i contrazice explicația. Poate că Sonny Nieminen ar fi putut protesta, dar acesta refuza să spună ceva despre incident. De fapt, el nu avea habar despre cele ce se petrecuseră în secundele în care fusese făcut knockout de șocul electric.

În ceea ce privea motivul pentru care Lisbeth se dusese la Gosseberga, ea spunea că scopul său fusese să-și întâlnească tatăl și să-l convingă să se predea poliției.

Lisbeth Salander avea un aer nevinovat.

Nimeni nu putea să hotărască dacă spunea sau nu adevărul. Annika Gianinni nu avea nicio opinie în această chestiune.

Singurul care știa că Lisbeth Salander mersese la Gosseberga cu intenția clară de-a termina odată pentru totdeauna relația cu tatăl ei era Mikael Blomkvist. Dar el ieșise din sala de tribunal la scurt timp după ce fuseseră reluate dezbaterile. Nimeni nu știa că el și Lisbeth Salander purtaseră lungi discuții noaptea, pe internet, în timpul în care aceasta era izolată la Sahlgrenska.

Mass-media ratase complet eliberarea. Dacă momentul exact ar fi fost cunoscut, o mulțime de ziariști ar fi umplut sediul poliției. Dar aceștia erau epuizați după haosul care se declanșase în cursul zilei, atunci când apăruse *Millennium* și anumiți polițiști de la Säpo fuseseră arestați de către alți polițiști, tot de la Säpo.

Fata de la TV4 era singurul jurnalist care știa, ca de obicei, despre ce era vorba. Intervenția ei, lungă de o oră, a devenit după aceea un clasic care, câteva luni mai târziu, a fost premiată pentru cea mai bună emisiune de televiziune a anului.

Sonja Modig a scos-o pe Lisbeth Salander de la poliție și le-a dus cu mașina pe ea și pe Annika Giannini până la biroul avocatei, din Kungsholms Kyrkoplan. Acolo, au schimbat mașina, urcându-se în cea a Annikăi Giannini. Annika a așteptat ca Sonja Modig să dispară, înainte de a porni motorul. Se îndreptă spre Södermalm. Când treceau prin fața palatului parlamentului, a rupt tăcerea:

— Încotro? a întrebat.

Lisbeth a reflectat câteva secunde:

— Poți să mă lași undeva pe Lundagatan.

— Miriam Wu nu se află acolo.

Lisbeth i-a aruncat o privire piezișă.

— A plecat în Franța, la scurtă vreme după ce a ieșit din spital. Locuiește la părinții ei, în caz că vrei să intri în contact cu ea.

— De ce nu mi-ai spus?

— N-ai întrebat niciodată.

— Hmm.

— A avut nevoie să se distanțeze puțin. Mikael mi-a dat astea azi-dimineață, spunând că probabil le vrei înapoi.

Îi dădu un mănunchi de chei. Lisbeth le luă, fără vreun comentariu.

— Mulțumesc. Atunci, poți să mă lași undeva pe Folkungagatan.

— Nu vrei să-mi povestești unde locuiești, nici măcar mie?

— Mai târziu. Acum vreau să fiu lăsată în pace.

— OK.

Annika își pornise telefonul mobil, atunci când părăsise sediul poliției, după interogatoriu. Acesta începu să sune când trecură de Slussen. Privi numărul.

— E Mikael. A sunat din zece în zece minute, în ultimele ore.

— Nu vreau să vorbesc cu el.

— OK. Dar pot să-ți pun o întrebare personală?

— Da?

— Ce ți-a făcut, de fapt, Mikael, de-l urăști atât de tare? Vreau să spun, dacă n-ar fi fost el, probabil că în seara asta ai fi fost închisă la balamuc pentru tot restul vieții.

— Nu-l urăsc pe Mikael. El nu mi-a făcut nimic. Vreau doar să nu-l întâlnesc acum.

Annika Giannini o privi pe furiș.

— Nu am de gând să mă amestec în relațiile tale, dar ești îndrăgostită de el, nu-i așa?

Lisbeth privi pe geamul lateral, fără să răspundă.

— Fratele meu este total iresponsabil când este vorba de relații. Regulează în stânga și-n dreapta, fără să priceapă cât rău poate provoca femeilor, care îl consideră ceva mai mult decât un amant întâmplător.

Lisbeth îi întâlni privirea.

— Nu vreau să discut cu tine despre Mikael.

— OK, spuse Annika.

Parcă lângă trotuar, chiar lângă Erstagatan.

— E bine aici?

— Da.

Rămaseră tăcute un moment. Lisbeth nu făcu niciun gest pentru a deschide portiera. După un moment, Annika opri motorul.

— Acum ce se mai întâmplă? întrebă în cele din urmă Lisbeth.

— Ceea ce se întâmplă acum este că tu, începând de astăzi, nu mai ești sub tutelă. Poți să faci ce vrei. Chiar dacă ne-am ținut tari astăzi, mai rămâne o grămadă de hârțogăraie de rezolvat. Vor urma anchete asupra responsabilităților, în cadrul organelor de Tutelă, chestiunea despăgubirilor și altele de genul ăsta. Îți propun să-ți iei un avocat care să te reprezinte.

— Nu vrei să fii în continuare avocata mea?

Annika își frecă ochii. După evenimentele zilei, se simțea complet golită. Voia doar să ajungă acasă, să facă un duș și să-și pună bărbatul să-i maseze spinarea.

— Nu știu. Tu nu ai încredere în mine. Și eu nu am încredere în tine. Nu am niciun chef să fiu târâtă într-un proces lung, în care să fiu întâmpinată doar de tăcere frustrantă, de câte ori o să vin cu vreo propunere sau o să vreau să discutăm ceva.

Lisbeth rămase mult timp tăcută.

— Eu... Eu nu sunt așa de pricepută în relații. Dar, de fapt, am încredere în tine.

Suna aproape ca o scuză.

— E posibil. Însă nu este problema mea dacă ești nepricepută în relații. Va fi problema mea însă dacă va trebui să te reprezint.

Tăcere.

— Vrei să fiu în continuare avocata ta?

Lisbeth dădu din cap. Annika oftă.

— Locuiesc pe Fiskargatan 9. Deasupra Pieței Mosebacke. Poți să mă duci acolo?

Annika îi aruncă o privire. În cele din urmă, porni motorul. O lăsă pe Lisbeth s-o dirijeze până la adresa respectivă. Se opriră la oarecare distanță de casă.

— OK, spuse Annika. Facem o încercare. Acestea sunt condițiile mele. Eu te voi reprezenta. Atunci când vreau să dau de tine, doresc să-mi răspunzi. Atunci când vreau să știu cum dorești să acționez, vreau să am răspunsuri clare. Dacă te sun și îți spun că trebuie să întâlnești un polițist sau un procuror, sau vreo altă persoană care are legătură cu ancheta judiciară, înseamnă că am considerat că este necesar s-o faci. Atunci îți cer să te afli la locul stabilit și la ora stabilită, fără să creezi probleme. Îți convine?

— E OK.

— Dacă începi să-mi faci probleme, încetez imediat să-ți fiu avocată. Ai înțeles?

Lisbeth dădu din cap.

— Încă un lucru. Nu vreau să fiu la mijloc în povestea dintre tine și fratele meu. Dacă ai probleme cu el, rezolvă-le. Dar, de fapt, nu este dușmanul tău.

— Știu. Am să le rezolv. Însă am nevoie de timp.

— Ce-ai de gând să faci acum?

— Nu știu. Poți să mă contactezi prin e-mail. Promit să răspund de îndată ce pot, dar s-ar putea să nu mi-l verific în fiecare zi...

— Nu ai devenit sclavă doar pentru că ți-ai angajat un avocat. Pentru moment, ne mulțumim cu asta. Acum, jos din mașina mea! Sunt moartă de oboseală și vreau să merg acasă, să mă culc!

Lisbeth deschise ușa, pășind pe trotuar. Se opri, înainte de a închide portiera. Avea aerul că încerca să formuleze ceva, dar că nu-și găsea cuvintele. Pentru o clipă, Annikăi i se păru foarte vulnerabilă.

— E în ordine, spuse Annika. Du-te acasă și culcă-te. Și nu intra în încurcături, măcar pentru o vreme.

Lisbeth Salander rămase pe trotuar, privind în urma Annikăi Giannini, până ce luminile din spate dispărură după colț.

— Mulțumesc, spuse ea în cele din urmă.

29
Sâmbătă 16 iulie — vineri 7 octombrie

Și-a găsit computerul Palm Tungsten T3 pe comoda din hol. Acolo se mai aflau și cheile de la mașină și geanta de umăr, pe care o pierduse atunci când Magge Lundin se aruncase asupra ei, în fața imobilului de pe Lundagatan. Mai era și corespondență, deschisă și nedeschisă, care fusese adusă din cutia poștală de pe Hornsgatan. *Mikael Blomkvist.*

În tăcere, făcu un tur prin partea mobilată a apartamentului său. Peste tot găsea urmele lui. Dormise în patul ei și lucrase la biroul ei. Folosise copiatorul ei și în coșul de gunoi găsi ciornele textelor despre Secție, însemnări și mâzgălituri.

A cumpărat un litru de lapte, pâine, brânză, pastă de pește și zece pachete de Billys Pan Pizza, pe care le-a pus în congelator.

Pe masa din bucătărie găsi un plic mic alb, cu numele ei scris pe el. Era o bucată de hârtie de la el. Mesajul era scurt. Numărul telefonului mobil. Nimic altceva.

Lisbeth Salander înțelese că mingea se afla la ea. El nu avea de gând s-o contacteze. Își terminase articolul, îi înapoiase cheile apartamentului și n-avea de gând să-i mai dea vreun semn de viață. Dacă ea voia ceva, n-avea decât să telefoneze. *Încăpățânat afurisit.*

Puse de cafea și făcu patru sendvișuri, se așeză pe pervazul ferestrei și privi spre Djurgården. Își aprinse o țigară, meditând.

Totul se terminase și totuși își simțea viața mai închisă ca niciodată.

Miriam Wu plecase în Franța. *A fost vina mea că aproape ai murit.* Se temuse de momentul în care va fi obligată s-o întâlnească pe Miriam Wu și hotărâse că va fi prima oprire, atunci când va fi liberă. *Și ea plecase în Franța.*

Era dintr-odată îndatorată multor oameni.

Holger Palmgren. Dragan Armanski. Trebuia să-i contacteze, să le mulțumească. Paolo Roberto. Și Plague, și Trinity. Chiar și blestemații de polițiști Bublanski și Modig, fuseseră de fapt de partea ei. Nu-i plăcea să fie îndatorată cuiva. Se simțea ca o piesă într-un joc pe care nu-l putea controla.

Afurisitul de Kalle Blomkvist. Și poate chiar și Afurisita de Erika Berger, cu gropițele ei în obraji și hainele frumoase, și siguranța de sine pe care o afișa.

Se terminase, spusese Annika Giannini, când părăsiseră sediul poliției. Sigur. Procesul era terminat pentru Mikael Blomkvist, care-și publicase textul și avea să ajungă la televizor și cu siguranță va primi și vreun blestemat de premiu.

Dar nu se terminase pentru Lisbeth Salander. Era doar prima zi din noua ei viață.

La ora patru dimineața, s-a oprit din reflectat. Și-a aruncat costumația punk pe dușumea, s-a dus la baie și a făcut un duș. Și-a șters de pe față tot machiajul pe care îl avusese la proces și s-a îmbrăcat în pantaloni de bumbac ușori, închiși la culoare, maiou alb și o geacă subțire. A împachetat o geantă cu un schimb de haine, lenjerie de corp, câteva maiouri și și-a pus în picioare pantofi comozi.

A luat computerul Palm și a chemat un taxi, s-o aștepte în piața Mosebacke.

A ajuns la Arlanda cu puțin înainte de ora șase. A studiat panoul de plecări și și-a luat un bilet în prima direcție care i s-a ivit în fața ochilor. Folosea pașaportul propriu, pe numele propriu. A fost mirată că nimeni de la rezervări sau de la îmbarcări nu a părut s-o recunoască sau să reacționeze la nume.

A primit loc într-un avion spre Malaga și a aterizat în mijlocul zilei, într-o căldură cumplită. A rămas o clipă nesigură la terminal. Apoi, s-a dus să studieze o hartă, gândindu-se ce-ar putea face în Spania. După câteva minute, s-a hotărât. Nu avea puterea să piardă timpul cu linii de autobuz și alte mijloace de transport. Și-a cumpărat o pereche de ochelari de soare dintr-un magazin din aeroport, apoi a mers la stația de taxiuri, așezându-se pe bancheta din spate a primului taxi liber.

— Gibraltar. Plătesc cu carte de credit.

Drumul a durat trei ore, de-a lungul noii autostrăzi de pe coasta de sud. Taxiul a lăsat-o la controlul de frontieră, pe granița cu teritoriul englez și ea a mers pe jos până la Rock Hotel, de pe Europa Road, pe panta stâncii de 425 de metri înălțime, unde a întrebat dacă era vreo cameră liberă. A găsit o cameră dublă. A rezervat-o pe două săptămâni și a plătit cu cartea de credit.

A făcut duș și, înfășurată în prosop, s-a așezat pe balcon, privind peste strâmtoarea Gibraltar. Se vedeau vapoare și câteva bărci cu pânze. Putea distinge vag în ceață Marocul, pe celălalt mal. Un peisaj liniștitor.

După o vreme, a intrat în cameră, s-a vârât în pat și a adormit.

S-a trezit la cinci și jumătate dimineața. S-a ridicat din pat, a făcut un duș și a băut o cafea la barul hotelului de la parter. La ora șapte, a părăsit hotelul, s-a dus să cumpere mango și mere, apoi a luat un taxi până sus, pe The Peak, unde s-a dus să vadă maimuțele. Era așa de devreme că turiștii nu apucaseră să apară și era aproape singură cu animalele.

Iubea Gibraltarul. Era la cea de-a treia vizită pe stânca ciudată din Mediterana, cu orașul englez absurd de suprapopulat. Gibraltarul era un loc care nu semăna de fapt cu niciun altul din lume. Orașul fusese izolat timp de decenii, o colonie care refuza cu încăpățânare să se anexeze Spaniei. Spaniolii protestau, natural, împotriva ocupației. Lisbeth Salander credea însă că spaniolii ar trebui să-și țină gura, câtă vreme ocupă enclava Ceuta, teritoriu marocan de pe cealaltă parte a strâmtorii Gibraltar.

Era un loc ciudat de retras de tot restul lumii, un oraș care consta dintr-o stâncă bizară și o suprafață de ceva mai mult de 2 km pătrați, având un aeroport care începea și sfârșea în mare. Colonia era așa de mică, încât fiecare centimetru pătrat era folosit și expansiunea trebuia să se facă pe mare. Pentru a ajunge în oraș, vizitatorii erau obligați să treacă peste pista de aterizare a aeroportului.

Gibraltar dădea un nou conținut expresiei *compact living*.

Lisbeth văzu un mascul puternic ridicându-se pe un zid, lângă alee. Se holba la ea. Era o *Barbary ape.* Ea știa foarte bine că nu trebuia să încerce să mângâie vreunul dintre animale.

— Hei, amice, spuse ea. M-am întors din nou.

Prima oară când vizitase Gibraltarul, nici măcar nu auzise despre maimuțele acestea. Se dusese doar până în vârf, ca să privească peisajul și fusese complet surprinsă când, urmând un grup de turiști, s-a aflat brusc în mijlocul unei cete de maimuțe care se cățărau peste tot, de o parte și de alta a drumului.

Era o senzație foarte specială să te plimbi pe o potecă și dintr-odată să ai douăzeci și ceva de maimuțe în jurul tău. Le privise cu cea mai mare neîncredere. Nu erau periculoase, nici agresive. În schimb, aveau suficientă forță să provoace mușcături foarte rele, dacă erau ațâțate sau se simțeau amenințate.

Îl găsi pe unul dintre îngrijitori, îi arătă punga și întrebă dacă poate să le dea fructe maimuțelor. El o asigură că e în ordine.

Lisbeth scoase un mango, punându-l pe zid, la o mică distanță de mascul.

— Micul dejun, spuse, sprijinindu-se de zid și mușcând dintr-un măr.

Maimuța o privi, își arătă dinții și luă mulțumită fructul.

Pe la ora patru după-amiaza, cinci zile mai târziu, Lisbeth Salander a alunecat de pe scaunul de la Harry's Bar, aflat pe o stradă care pornea din Main Street, la patru case de hotelul ei. De când părăsise muntele maimuțelor, fusese constant beată și majoritatea destrăbălărilor avuseseră loc la Harry O'Connell, proprietarul barului, care vorbea cu accent irlandez cu toate că niciodată nu pusese piciorul în Irlanda. El o observa cu o expresie preocupată.

Când comandase primul pahar, cu patru zile înainte, îi ceruse pașaportul, pentru că fata părea minoră. Știa că se numește Lisbeth și o striga Liz. Obișnuia să vină după ora prânzului, se așeza pe un scaun înalt, în fundul barului, sprijinindu-se de perete. Apoi, se dedica ocupației de-a înghiți un număr respectabil de beri și de pahare cu whisky.

Când bea bere, nu era interesată de marcă sau fel; lua ce-i dădea el. Când comanda whisky, alegea întotdeauna Tullamore Dew, în afară de o singură dată, când studiase sticlele din spatele barului și propusese Lagavulin. Când primise paharul, mai întâi îl mirosise. Își ridicase sprâncenele și pe urmă luase o foarte mică înghițitură. Apoi, pusese jos paharul, privindu-l fix timp de un minut, cu o expresie care sugera că pentru ea conținutul acestuia era un dușman amenințător.

În cele din urmă, împinsese paharul din fața ei și îi spusese lui Harry să-i dea ceva ce nu era folosit la călăfătuirea unei bărci. El îi turnase din nou Tullamore Dew și ea se pusese iar pe băut. În răstimpul celor patru zile, băuse singură mai mult de o sticlă. Iar la bere, el nici nu încercase să țină socoteala. Harry era cel puțin uluit că o fată cu o constituție atât de fragilă putea să toarne în ea așa de mult, însă el considera că dacă aceasta voia să bea spirt, o va și face, indiferent dacă în barul lui sau altundeva.

Fata bea pe îndelete, nu vorbea cu nimeni și nu provoca scandal. Singura ei ocupație, în afară de consumul de alcool, era să se joace cu un computer de buzunar, pe care din când în când îl cupla la telefonul mobil. De câteva ori, el încercase să înceapă o conversație, dar fusese întâmpinat de o tăcere posomorâtă. Alteori, când era prea multă lume în bar, ea se muta la mesele de afară, de pe stradă, iar de câteva ori se dusese la un restaurant italienesc, două uși mai departe, ca să cineze, după care revenise la Harry și comandase din nou Tullamore Dew.

De obicei, părăsea barul pe la zece seara și o lua clătinându-se spre nord.

În ziua aceasta băuse mai mult și mai repede decât înainte și Harry începuse s-o supravegheze. După ce băgase în ea șapte pahare de Tullamore Dew în mai puțin de două ore, el hotărâse să nu-i mai dea alcool. Înainte de a-și pune în practică hotărârea, fata alunecase de pe scaun.

Harry lăsă din mână paharul pe care tocmai îl ștergea, înconjură tejgheaua barului și o ridică. Fata avu aerul ofensat.

— Cred că ai băut destul, spuse el.

Ea îl privi cu ochii împăienjeniți.

Se ținea de bar cu o mână, scormonind după bani în buzunarul de la piept; apoi, porni clătinându-se spre ieșire. El o prinse blând de umăr.

— Așteaptă o clipă. Ce-ar fi să te duci la baie, să vomiți alcoolul și să mai rămâi în bar o vreme? Nu vreau să te las să pleci în halul ăsta.

Lisbeth protestă și Harry o conduse la baie. Fata își vârî degetele în gât, făcând cum îi propusese el. Când se întoarse la bar, îi turnă un pahar mare de sifon. Ea îl bău, râgâind la urmă. Îi mai turnă un pahar.

— O să te simți ca dracu' mâine, spuse Harry.

Ea aprobă.

— Nu e treaba mea, dar dacă aș fi în pielea ta, aș încerca să rămân treaz câteva zile.

Ea aprobă din nou. Apoi, merse din nou la baie, ca să vomite.

A mai rămas în barul lui Harry vreo oră, înainte ca privirea să i se limpezească suficient, iar ca Harry să aibă curajul s-o lase să plece. L-a părăsit pe picioare nesigure și a mers până la aeroport, continuând pe țărm, până în port. S-a plimbat până s-a făcut ora opt și jumătate și pământul a încetat să i se clatine sub picioare. Abia atunci s-a întors la hotel. A urcat în cameră, s-a spălat pe dinți și pe față, și-a schimbat hainele și s-a înapoiat în foaierul hotelului, unde a comandat o ceașcă de cafea neagră și o sticlă de apă minerală. A rămas neobservată lângă una din coloane, studiind oamenii. A văzut o pereche de vreo treizeci de ani, cufundată într-o discuție cu voce scăzută. Femeia era îmbrăcată într-o rochie de vară deschisă la culoare. Bărbatul îi ținea mâna pe sub masă. Două mese mai departe se afla o familie de africani, el cu tâmplele grizonante, ea într-o rochie frumoasă, viu colorată. Aveau doi copii aproape adolescenți. A mai observat un grup de oameni de afaceri, cu cămăși albe și cravate, cu hainele puse pe spătarul scaunelor. Beau bere. A văzut un grup de pensionari care, fără îndoială, erau turiști americani. Bărbații aveau șepci de baseball, purtau tricouri și pantaloni lejeri. Femeile aveau jeanși de firmă, bluze roșii și ochelari de soare cu lanțuri. A mai văzut un bărbat cu un costum de in, cămașă gri și cravată închisă la culoare, care intrase de pe stradă și ceruse cheia la recepție, înainte de-a comanda o bere. Se afla la trei metri de el și privirea îi deveni atentă atunci când bărbatul ridică telefonul mobil și începu să vorbească în germană:

— *Bună, eu sunt… e totul bine? E în ordine, avem întâlnirea următoare mâine după-amiază… nu, nu cred că se rezolvă… mai rămân cel puțin cinci, șase zile, și pe urmă merg la Madrid… nu, nu vin acasă înainte de sfârșitul săptămânii viitoare… și eu… te iubesc… sigur… te sun mai târziu, în cursul săptămânii… te sărut.*

Avea 1,85 înălțime, 50, poate 55 de ani, avea părul cărunt, lăsat un pic mai lung, cu bărbie moale și burtă. Totuși, destul de bine conservat. Citea *Financial Times.* Când a terminat berea, pornind spre lift, Lisbeth Salander s-a ridicat și ea, urmându-l.

El a apăsat pe butonul de la etajul șase. Lisbeth s-a plasat lângă el, sprijinindu-și capul de peretele ascensorului.

— Sunt beată, a spus.

El a privit-o:

— Serios?

— Da. Sunt așa de o săptămână. Lasă-mă să ghicesc. Ești om de afaceri, vii de la Hanovra sau din altă parte din nordul Germaniei. Ești căsătorit. Îți iubești soția. Și trebuie să mai stai aici la Gibraltar câteva zile. Atât am înțeles din discuția ta telefonică.

El a privit-o uluit.

— Eu sunt din Suedia. Simt o nevoie irezistibilă de a face sex cu cineva. Nu-mi pasă că ești însurat și nu vreau să am numărul tău de telefon.

El și-a înălțat sprâncenele.

— Locuiesc în camera 711, etajul de deasupra ta. Am de gând să urc în cameră, să mă dezbrac, să fac un duș și să mă așez în pat. Dacă vrei să-mi ții companie, trebuie să-mi bați la ușă peste o jumătate de oră. Altfel o să adorm.

— E vreun soi de glumă? a întrebat el, când s-a oprit liftul.

— Nu. Nu-mi vine să ies la vreun bar, să agăț. Ori îmi bați tu la ușă, ori renunț.

Douăzeci și cinci de minute mai târziu, se auzi un ciocănit în ușa camerei lui Lisbeth. Ea avea un prosop de baie în jurul corpului, când deschise.

— Intră, spuse ea.

Bărbatul intră, privind bănuitor prin cameră.

— Numai eu sunt aici, zise ea.

— Ce vârstă ai, de fapt?

Ea întinse mâna, luă pașaportul și i-l dădu.

— Pari mult mai tânără.

— Știu, spuse, desfăcându-și prosopul de baie și aruncându-l pe un scaun.

Se duse spre pat, dând la o parte cuvertura.

El îi privi fix tatuajele. Lisbeth îi aruncă o privire peste umăr.

— Nu e nicio cursă. Sunt femeie, nemăritată și rămân aici câteva zile. Nu am făcut sex de mai multe luni.

— De ce m-ai ales tocmai pe mine?

— Pentru că erai singurul din bar care nu părea să aibă companie.

— Sunt însurat...

— Iar eu nu vreau să știu cine este ea și nici măcar cine ești tu. Și nu vreau să discutăm sociologie. Vreau să fac sex. Dezbracă-te sau pleacă în camera ta.

— Doar așa, pur și simplu?

— De ce nu? Ești matur și știi ce trebuie să faci.

El rămase reflectând o jumătate de minut. Părea că se gândește să plece. Ea se așeză pe marginea patului, așteptând. El își mușcă buza de jos. Apoi, își scoase pantalonii și cămașa și rămase în chiloți, neștiind ce să facă.

— Dezbracă-te de tot, spuse Lisbeth Salander. N-am de gând să mă culc cu un bărbat care are chiloții pe el. Și trebuie să folosești prezervativ. Știu unde am fost eu, dar nu știu unde ai fost tu.

El își scoase chiloții, se apropie de ea și îi puse mâna pe umăr. Lisbeth închise ochii, când bărbatul se aplecă, sărutând-o. Avea un gust bun. Îl lăsă să o culce pe pat. Îl simțea greu, deasupra ei.

Avocatul Jeremy Stuart MacMillan a simțit cum i se ridică părul în cap de spaimă în momentul în care a deschis ușa biroului său din Buchanan House, de pe Queensway Quay, deasupra portului de agrement. Simțise miros de tutun și a auzit un scaun scârțâind. Era puțin înainte de ora șapte dimineața și primul său gând a fost că surprinsese un hoț.

Apoi, a simțit mirosul de cafea din chicinetă. După câteva clipe de șovăială, a trecut peste prag, a străbătut holul și a privit în biroul său spațios și luxos mobilat. Lisbeth Salander se afla în scaunul lui, întoarsă cu spatele și cu picioarele pe pervazul ferestrei. Computerul lui era pornit și, după cum se vedea, ea nu avusese nicio problemă să-i afle parola. După cum nu avusese nicio problemă să-i deschidă seiful. Avea pe genunchi un dosar, conținând corespondența lui cea mai confidențială și contabilitatea.

— Bună dimineața, domnișoară Salander, spuse în cele din urmă.

— Mmm, mormăi ea în semn de răspuns. Găsești cafea proaspătă și cornuri în chicinetă.

— Mulțumesc, zise, oftând resemnat.

De bună seamă, cumpărase biroul cu banii și la îndemnul ei, dar nu se așteptase ca aceasta să se materializeze fără să-l prevină. În plus, Salander găsise, după cum se părea și o revistă cu pornografie homo, pe care el o ascunsese într-un sertar al biroului.

Doamne, ce jenant.

Sau poate nu era.

Când era vorba de Lisbeth Salander, el avea impresia că aceasta era persoana cea mai severă față de oameni care o enervau, dar că niciodată n-ar fi ridicat nici măcar o sprânceană când era vorba de slăbiciunile umane. Lisbeth știa că în mod declarat era heterosexual, dar că secretul lui cel mai întunecat era că-l atrăgeau bărbații și că, după divorțul din urmă cu cincisprezece ani, începuse să-și pună în practică cele mai ascunse fantezii.

Ciudat. Mă simt în perfectă siguranță cu ea.

Pentru că se afla la Gibraltar, Lisbeth hotărâse să-l viziteze pe avocatul Jeremy MacMillan, care se ocupa de situația ei financiară. Nu mai luase legătura cu acesta de la sfârșitul anului trecut și voia să știe dacă profitase de absența ei, ca s-o ruineze.

Dar nu fusese nicio grabă și nici nu era motivul pentru care venise direct în Gibraltar, după eliberare. O făcuse pentru că simțea nevoia acută de-a scăpa de toate, iar în această privință Gibraltarul era excelent. Petrecuse aproape o săptămână beată și apoi încă vreo câteva zile făcând sex cu omul de afaceri german, care sfârșise prin a-i spune că se numește Dieter. Ea se îndoia că acesta era numele lui adevărat, dar nu făcuse nicio cercetare. Acesta își petrecea zilele la diferite întâlniri, iar serile lua cina cu ea, ca pe urmă să se retragă în camera lui sau a ei.

Nu era deloc prost la pat, constatase Lisbeth. Poate un pic neobișnuit și uneori inutil de brutal.

Dieter fusese sincer surprins de faptul că ea, dintr-un simplu impuls, agățase un om de afaceri german supraponderal, care nici măcar nu voia să fie acostat. Era căsătorit și nu obișnuia să fie necredincios sau să caute companie feminină în călătoriile sale de afaceri. Dar când posibilitatea i s-a servit pe tavă, sub forma unei fete subțirele și tatuate, nu putuse să se împotrivească tentației. Spunea el.

Lui Lisbeth Salander nu-i păsa prea mult ce zicea el. Nu aștepta altceva decât sex de relaxare, însă spre uimirea ei, de fapt se străduia s-o mulțumească pe deplin. Abia în cea de-a patra noapte, ultima împreună, făcuse un acces de panică și începuse să se întrebe ce va spune nevasta lui. Lisbeth Salander considera că trebuie să-și țină gura și să nu-i povestească nimic.

Dar nu-i spusese ce gândea.

Era matur și ar fi putut să-i refuze invitația. Nu era problema ei că acum era lovit de remușcări sau că-i va mărturisi ceva nevestei. Rămăsese întoarsă cu spatele, ascultându-l timp de cincisprezece minute până ce, iritată, înălțase ochii spre cer, se întorsese și se urcase călare pe el.

— Crezi că poți să încetezi cu regretele și în schimb să mai facem sex o dată? întrebase ea.

Cu Jeremy MacMillan era o altă poveste. Pe Lisbeth n-o atrăgea deloc din punct de vedere sexual. Era un escroc. În chip destul de amuzant, era foarte asemănător la înfățișare cu Dieter. Avea 48 de ani, era șarmant, un pic supraponderal, cu păr buclat blond-închis, care începea să încărunțească și pe care-l pieptăna pe spate. Avea ochelari cu rame subțiri de aur.

Pe vremuri, fusese jurist de afaceri, cu studii la Oxford și domiciliu la Londra. Avea un viitor promițător și fusese asociat într-un birou de avocatură, care era angajat de firme mari și de *yuppies* plini de bani, ca să cumpere case și să planifice impozitele. Petrecuse veselul deceniu opt întâlnindu-se cu celebrități proaspăt îmbogățite. Băuse din greu și trăsese pe nas cocaină, împreună cu oameni cu care de fapt n-ar fi fost încântat să se trezească a doua zi. Nu fusese niciodată pus sub acuzație, dar își pierduse soția și cei doi copii și fusese dat afară după ce girase prost afacerile și se prezentase beat la un proces de conciliere.

Fără să reflecteze prea mult, când se trezise din beție, fugise rușinat din Londra. De ce alesese tocmai Gibraltarul, nu știa, dar în 1991 se asociase cu un jurist local și deschiseseră un birou de avocatură modest, pe o stradă dosnică, care oficial se ocupa cu succesiuni și testamente mai puțin spectaculoase. Ceva mai puțin oficial, MacMillan & Marks se îndeletnicea cu constituirea de societăți fictive și îndeplinea funcția de reprezentant pentru diferite figuri obscure din Europa. Afacerea nu mersese grozav până ce Lisbeth Salander îl alesese pe Jeremy MacMillan ca să-i administreze cele 2,4 miliarde de dolari pe care ea le furase din imperiul prăbușit al omului de afaceri Hans-Erik Wennerström.

MacMillan era fără îndoială un escroc. Dar îl considera *escrocul ei*, și el se surprinsese pe sine însuși, fiind ireproșabil de cinstit față de Lisbeth. Mai întâi, ea îl angajase pentru o sarcină mai puțin importantă. Contra unei sume modeste, acesta constituise o serie de firme fictive, pe care ea le putea folosi și în care plasase un milion de dolari. Îl contactase prin telefon, fiind doar o voce îndepărtată. El nu întrebase niciodată de unde veneau banii. Făcuse ce-l rugase, rezervându-și cinci procente din sumă. Puțin după aceea, ea făcuse să-i parvină o sumă mai importantă, pe care el trebuia s-o folosească pentru a crea o societate, Wasp Entreprises, pentru a cumpăra un apartament la Stockholm. Contactul cu Lisbeth Salander devenise astfel rentabil, chiar dacă, în ceea ce-l privea, era vorba de sume mici.

Două luni mai târziu, ea venise pe neașteptate în vizită la Gibraltar. Îi telefonase, propunându-i o cină privată în camera ei de la The Rock, care era hotelul poate nu cel mai mare, dar cel mai select de pe Stâncă. El nu știa exact la ce se așteptase, dar nu crezuse în niciun caz că această clientă a lui era o fată cu înfățișare de păpușă și care părea încă adolescentă. Crezuse că i se făcea vreo glumă bizară.

Și-a schimbat părerea repede. Ciudata fată vorbea nepăsătoare cu el, fără să zâmbească ori să arate vreo căldură personală. Sau răceală. Rămăsese paralizat când, în cursul a câteva momente, ea făcuse să se prăbușească întreaga fațadă de respectabilitate profesională pe care el voia așa de mult s-o păstreze.

— Ce vrei? o întrebase.

— Am furat o mare sumă de bani, răspunsese fata cu cea mai mare seriozitate. Am nevoie de un escroc să mi-o administreze.

Se întrebase dacă era normală, dar îi jucase jocul cu multă amabilitate. Era o posibilă victimă a unui dribling rapid, care ar fi putut să-i aducă un mic venit. Pe urmă, rămăsese ca lovit de trăsnet atunci când aceasta i-a explicat de la cine furase banii, cum făcuse și cât de mare era suma. Afacerea Wennerström era cel mai fierbinte subiect de conversație din lumea financiară internațională.

— Înțeleg.

Posibilitatea i se strecura în creier.

— Ești un bun jurist financiar și un bun investitor. Dacă ai fi fost un idiot, niciodată n-ai fi primit însărcinările pe care le-ai avut în anii 1980. În schimb, te-ai purtat ca un idiot și ai reușit să fii dat afară.

El înălță sprâncenele.

— În viitor, voi fi singura ta clientă.

Îl privise cu cei mai inocenți ochi pe care-i văzuse vreodată:

— Am două cerințe. Una este ca niciodată să nu comiți vreun delict sau să fii amestecat în ceva ce-ar crea probleme pentru noi și ar concentra interesul autorităților asupra firmelor și conturilor mele. Cea de a doua cerință este să nu mă minți niciodată. Absolut niciodată. Nici măcar o singură dată. Din niciun motiv. Dacă mă minți, relația noastră de afaceri încetează imediat și, dacă mă superi îndeajuns de mult, te ruinez.

Ea îi turnă un pahar de vin.

— Nu există niciun motiv pentru care să mă minți. Eu știu deja tot ce merită să fie știut din viața dumitale. Știu cât câștigi într-o lună bună și cât într-una proastă. Știu cât cheltuiești din ce câștigi. Știu că de fapt nu-ți ajung banii. Știu că ai 120 000 de lire datorii, atât pe termen lung, cât și pe termen scurt, și că trebuie să-ți asumi tot timpul riscuri și să faci șmecherii, ca să te descurci cu dobânzile. Te îmbraci elegant și încerci să păstrezi aparențele, dar ești în rahat și nu ți-ai mai cumpărat un costum de mai multe luni. De altfel, ai lăsat un costum vechi la croitor, ca să-ți ajusteze căptușeala, acum două săptămâni. Obișnuiai să colecționezi cărți vechi, dar le-ai vândut, una câte una. Luna trecută, ai vândut o ediție foarte veche din *Oliver Twist*, cu 760 de lire.

Lisbeth tăcu, fixându-l cu privirea. El înghiți în sec.

— Săptămâna trecută, ai făcut totuși o mică afacere. O escrocherie destul de ingenioasă împotriva văduvei aceleia pe care o reprezinți. Ai pus mâna pe 6 000 de lire, de care nu va duce lipsă prea mult.

— De unde dracu' știi?

— Știu că ai fost însurat, că ai doi copii în Anglia care nu vor să te întâlnească și că după divorț ai călcat alături, iar în prezent nu ai decât relații homosexuale. Probabil că te rușinezi, pentru că eviți cluburile de pederaști și să fii văzut în oraș cu vreunul din partenerii tăi. Adesea treci peste graniță, în Spania, ca să te întâlnești cu bărbați.

Jeremy MacMillan rămăsese mut de uimire. Dintr-odată era încremenit de spaimă. Nu avea nici cea mai mică idee de unde aflase ea toate informațiile, dar știa suficient de mult ca să-l distrugă.

— Îți spun asta doar o dată. Nu-mi pasă absolut deloc cu cine faci sex. Nu mă privește. Eu vreau să știu cine ești, dar niciodată nu voi folosi ceea ce știu. Nu te voi amenința și nu te voi șantaja.

MacMillan nu era prost. Înțelegea, evident, că ceea ce știa ea reprezenta o amenințare. Ea avea controlul. O clipă doar se gândi s-o ridice și s-o arunce peste marginea terasei, dar se stăpâni. Niciodată până atunci nu fusese așa de speriat.

— Ce vrei? reuși să spună.

— Vreau să facem o asociere. Vei renunța la toate celelalte afaceri cu care te ocupi acum și vei lucra exclusiv pentru mine. Vei câștiga mai mult decât ai visat vreodată.

Îi explică ce voia să facă el și cum dorea să se desfășoare lucrurile.

— Vreau să fiu invizibilă. Tu ai grijă de afacerile mele. Totul va fi legal. Ce fac eu nu va avea niciodată de-a face cu tine și nu va putea fi legat de afacerile noastre.

— Înțeleg.

— Prin urmare, voi fi singura ta clientă. Ai o săptămână să scapi de toți ceilalți clienți și să pui capăt micilor escrocherii.

El înțelegea, de asemenea, că primise o ofertă care n-avea să se mai repete niciodată. Reflectase 60 de secunde și pe urmă acceptase. Avea doar o întrebare:

— Cum vei ști dacă nu te înșel?

— N-o face. O vei regreta tot restul vieții tale mizerabile.

Nu exista niciun motiv ca să trișeze. Lisbeth Salander îi oferise o însărcinare care potențial avea margini așa de aurite, că ar fi fost absurd să riște ceva pentru câteva parale. Atât timp cât nu avea cine știe ce pretenții absurde și nu încurca ceva, avea viitorul asigurat.

Nu avea intenția s-o înșele pe Lisbeth Salander.

Prin urmare, devenise cinstit sau cel puțin atât de cinstit cât putea să fie un avocat veros, administrând o sumă de aceste proporții astronomice.

Lisbeth era total neinteresată de administrarea averii sale. Sarcina lui MacMillan era să-i plaseze banii și să aibă grijă să existe acoperire la cărțile de credit pe care le folosea ea. Discutaseră mai multe ore. Ea îi explicase cum voia să funcționeze sistemul ei. Treaba lui era să aibă grijă ca acesta să funcționeze.

O mare parte din banii furați fuseseră plasați în fonduri stabile, care o făceau independentă financiar tot restul vieții, chiar dacă i-ar fi venit ideea să ducă un trai desfrânat și să cheltuie nemăsurat. Din fondurile acelea erau alimentate cărțile ei de credit.

Cu restul de bani, el putea să se joace și să-i investească după capul lui, având grijă doar să nu investească în ceva ce-ar fi putut provoca în vreun fel probleme cu poliția. Ea îi interzisese să comită furturi meschine sau să se dedea vreunei escrocherii de duzină care — dacă ar fi fost scoasă la iveală — ar fi putut rezulta în anchete care, la rândul lor, ar fi atras atenția asupra ei.

Ceea ce rămânea de hotărât era ce câștig va avea el.

— Îți plătesc o sumă inițială de 500 000 de lire. Cu asta îți poți rezolva toate datoriile și totuși îți mai rămâne o sumă bună. După aceea, îți câștigi banii singur. Pornești o firmă cu noi doi ca acționari. Tu primești 20% din tot profitul pe care îl aduce firma. Vreau să fii suficient de bogat ca să nu fii tentat să începi cu cine știe ce șmecherie, dar nu atât de bogat, încât să nu-ți mai dai silința.

El își începuse slujba la 1 februarie. La sfârșitul lui martie, își plătise toate datoriile personale și își stabilizase situația financiară. Lisbeth insistase ca el să pună pe primul loc stabilizarea bugetului personal, așa încât să fie solvabil. În mai, el a rupt asocierea cu colegul său alcoolic George Marks, cea de-a doua jumătate a firmei MacMillan & Marks. Avea mustrări de conștiință față de partenerul său, dar era exclus să-l amestece în afacerile lui Lisbeth Salander.

Discutase problema cu Lisbeth Salander atunci când aceasta revenise la Gibraltar într-o vizită neașteptată, la începutul lui iulie, și descoperise că MacMillan lucra din propriul său apartament, în loc de biroul de pe strada laterală, unde se aflase mai înainte.

— Partenerul meu este alcoolic și nu va putea să se descurce în treaba asta. Dimpotrivă, va fi un enorm factor de risc. Cu mai mult de cincisprezece ani în urmă, mi-a salvat viața, atunci când am venit în Gibraltar, și m-a luat în firma lui.

Ea reflectă două minute, în vreme ce studia atentă chipul lui MacMillan.

— Înțeleg. Ești un escroc loial. E fără îndoială o calitate lăudabilă. Îți propun să deschizi un mic cont cu care să se joace el. Ai grijă să câștige câteva hârtii de o mie pe lună, ca să se descurce.

— E în ordine din partea ta?

Ea dăduse din cap, privind în jur la locuința lui de burlac. Stătea într-o cameră cu chicinetă, pe una din străduțele de lângă spital. Singurul lucru agreabil era priveliștea. De altminteri, era ceva greu de evitat în Gibraltar.

— Ai nevoie de un birou și de-o locuință mai bună, spuse.

— N-am avut timp, îi răspunse el.

— OK, zise ea.

Pe urmă, a ieșit și a cumpărat un birou pentru el, alegând unul de 130 de metri pătrați cu o mică terasă spre mare, în Buchanan House, pe Queensway Quay, ceea ce era în mod definitiv *upmarket*[55] în Gibraltar. A angajat și un designer interior, ca să renoveze și să mobileze apartamentul.

MacMillan își amintea că, în timp ce el însuși era ocupat cu hârtiile, Lisbeth supraveghease personal instalarea sistemului de alarmă, a echipamentului informatic și a seifului, în care tocmai răscolea în momentul în care el venise la birou, în dimineața aceea.

— Mă aflu în dizgrație? întrebă el.

Ea lăsă deoparte dosarul cu corespondență, în care fusese adâncită.

— Nu, Jeremy. Nu te afli în dizgrație.

— Bine, spuse el, ducându-se după cafea. Ai un talent deosebit să-ți faci apariția când se așteaptă omul mai puțin.

— Am fost ocupată în ultima vreme. Voiam doar să mă pun la curent cu ce s-a mai întâmplat.

— Dacă am înțeles exact situația, ai fost urmărită pentru triplu asasinat, împușcată în cap și acuzată pentru o grămadă de infracțiuni. O vreme am fost foarte îngrijorat. Credeam că mai ești încă la pușcărie. Ai evadat?

— Nu. Am fost achitată de toate capetele de acuzare și mi-au dat drumul. Cât de mult ai auzit?

El șovăi o secundă.

— Bine. Nicio minciună, oricât de bine intenționată ar fi. Când am înțeles că te afli în rahat, am recurs la un birou de traducători care să piguleasă presa suedeză și ei m-au ținut tot timpul la curent. Sunt relativ bine informat.

— Dacă îți bazezi cunoștințele pe ce s-a scris în ziare, nu ești deloc informat. Dar presupun că ai descoperit o grămadă de secrete despre mine.

---

[55] De bună calitate, la modă.

El dădu din cap, aprobând.

— Și acum, ce se întâmplă?

Ea îl privi mirată.

— Nimic. Continuăm ca mai înainte. Relația noastră nu are nimic de-a face cu problemele mele din Suedia. Povestește-mi ce s-a mai întâmplat cât am fost eu plecată. Te-ai purtat bine?

— Nu beau, spuse el. Dacă la asta te referi.

— Nu. Viața ta particulară nu mă privește. Voiam să spun, sunt mai săracă sau mai bogată decât acum un an?

El își trase scaunul pentru vizitatori și se așeză. Într-un fel, nu avea nicio importanță că ea îi ocupase locul. Nu exista niciun motiv să intre în lupte de prestigiu cu ea.

— Mi-ai livrat 2,4 miliarde. Am pus 200 de milioane în fonduri pentru tine. Mi-ai dat restul să mă joc eu cu ei.

— Da.

— Fondurile tale personale nu s-au schimbat cu mult, în afară de dobândă. Aș putea mări profitul dacă...

— Nu sunt interesată să măresc profitul.

— OK. Ai folosit o sumă de nimic. Cele mai mari cheltuieli au fost apartamentul pe care l-am cumpărat pentru tine și fondul de binefacere pentru avocatul acela, Palmgren. În rest, ai avut doar un consum normal și nu unul deosebit de mare. Dobânzile au fost avantajoase. Te afli aproape de stadiul inițial.

— Bine.

— Restul l-am investit. Anul trecut, n-am obținut sume prea mari. Eram destul de ruginit și am folosit timpul ca să învăț din nou mersul pieței. Am avut cheltuieli. Abia anul acesta am început să mergem pe câștig. În vreme ce ai fost închisă, am scos mai mult de șapte milioane. De dolari, vreau să spun.

— Din care 20% sunt pentru tine.

— Din care 20% sunt pentru mine.

— Ești mulțumit?

— Am câștigat peste un milion de dolari în jumătate de an. Da. Sunt mulțumit.

— Știi ce... Nu căsca gura după prea mult. Poți să ieși, când te simți mulțumit. Dar continuă să te ocupi de afacerile mele câteva ore, ici și colo.

— Zece milioane de dolari, spuse el.

— Ce spui?

— Când am făcut zece milioane, mă retrag. E bine că ți-ai făcut apariția. Avem o grămadă de discutat.

— Spune.

El desfăcu brațele:

— Sunt așa de mulți bani, că mor de frică. Nu știu ce să fac. Nu știu care e rostul afacerilor, în afară de-a câștiga și mai mulți bani. La ce or să fie folosiți ei?

— Nu știu.

— Nici eu. Dar banii pot deveni un scop în sine. Și asta nu e bine deloc. De aceea m-am hotărât să ies din joc după ce câștig zece milioane. Nu vreau să mai am o astfel de răspundere.

— OK.

— Înainte să plec, vreau ca tu să te hotărăști cum vrei să fie administrată în viitor această avere. Trebuie să existe un țel și linii directoare și o organizație căreia să-i încredințezi răspunderea.

— Hm.

— E imposibil ca o singură persoană să se ocupe de afaceri de felul acesta. Eu am împărțit suma în investiții pe termen lung — proprietăți, acțiuni și altele asemănătoare. Ai lista completă în computer.

— Am citit-o.

— Cealaltă jumătate o folosesc pentru speculații, dar sunt mulți bani de care trebuie să ai grijă și eu nu apuc s-o fac. De aceea, am deschis o firmă de investiții în Jersey. Tu ai pentru moment șase angajați la Londra. Doi plasatori tineri și pricepuți și personal administrativ.

— Yellow Ballroom Ltd.? Tocmai mă întrebam ce poate fi.

— Firma noastră. Aici, în Gibraltar, am angajat o secretară și un tânăr jurist promițător... de altfel, își vor face apariția peste vreo jumătate de oră.

— Aha. Molly Flint, 41 de ani și Brian Delaney, 26.

— Vrei să-i întâlnești?

— Nu. Brian este iubitul tău?

— Ce? Nu!

El părea șocat.

— Eu nu amestec....

— Bine.

— De altfel... eu nu sunt interesat de băieți tineri... neexperimentați, vreau să spun.

— Nu, tu ești atras mai ales de tipi cu atitudine mai dură decât poate oferi un puști cu caș la gură. În continuare, nu e treaba mea, dar, Jeremy...

— Da?

— Fii atent.

De fapt, nu planificase să rămână în Gibraltar mai mult de două săptămâni, pentru a-și regăsi o direcție în viață. Descoperise dintr-odată că nu avea nici cea mai mică idee ce trebuia să facă sau unde să se ducă. Rămase douăsprezece săptămâni. Își controla poșta electronică o dată pe zi și răspundea cuminte la e-mailurile Annikăi Giannini, de cele câteva ori când aceasta îi dădea de veste. Nu-i spusese unde se afla. Nu răspundea la alte mesaje.

Continua să viziteze Harry's Bar, dar acum se ducea doar pentru câteva beri, seara. Petrecea cea mai mare parte a timpului la The Rock, ori pe terasă, ori în pat. Mai avusese o relație ocazională cu un ofițer din marina britanică de vreo 30 de ani, dar fusese *one night stand*[56] și, în general, o experiență neinteresantă.

Înțelegea că era plictisită de moarte.

La începutul lui octombrie, a luat cina cu Jeremy MacMillan. Se întâlniseră doar de câteva ori în timpul șederii ei acolo. Se întuneca și ei beau vin alb cu parfum de fructe, discutând despre modul în care trebuiau folosite miliardele lui Lisbeth. Dintr-odată, el o luă prin surprindere, întrebând-o ce îi apasă inima.

Îl privi gânditoare. Apoi, la fel de neașteptat, îi povesti despre relația ei cu Miriam Wu, cum fusese aceasta bătută și aproape ucisă de Ronald Niedermann. Fusese greșeala ei. În afară de un salut transmis de Annika Giannini, nu avea nicio veste despre Miriam Wu. Și acum, aceasta se instalase în Franța.

Jeremy MacMillan a rămas tăcut vreme îndelungată.

— Ești îndrăgostită de ea? întrebă el brusc.

Lisbeth Salander reflectase la răspuns. În cele din urmă, clătină din cap.

— Nu. Nu cred că sunt tipul de om care se îndrăgostește. Mi-e prietenă. Și face bine dragoste.

— Niciun om nu poate evita să se îndrăgostească, spuse el. Poate vrei să negi, dar prietenia este cea mai obișnuită formă de dragoste.

Ea îl privi uluită.

— Te superi dacă voi fi prea intim?

— Nu.

---

[56] O aventură de o noapte.

— Du-te la Paris, pentru numele lui Dumnezeu! spuse el.

A aterizat pe aeroportul Charles de Gaulle la două și jumătate după-amiaza, a luat autobuzul până la Arcul de Triumf și timp de două ore s-a plimbat prin jur, căutând o cameră de hotel. A mers în direcția sud, spre Sena și în cele din urmă a găsit o cameră, la micul hotel Victor Hugo, pe rue Copernic.

A făcut un duș și apoi i-a telefonat lui Miriam Wu. S-au întâlnit la ora nouă seara într-un bar, în apropiere de Notre-Dame. Miriam Wu era îmbrăcată în cămașă albă și taior. Arăta superb. Lisbeth s-a simțit imediat jenată. S-au sărutat pe obraz.

— Îmi pare rău că nu ți-am dat vești despre mine și că nu am venit la proces, spuse Miriam Wu.

— E în ordine. Oricum, procesul s-a ținut cu ușile închise.

— Am zăcut în spital trei săptămâni și, pe urmă, când am revenit pe Lundagatan, totul era un haos. Nu puteam să dorm. Aveam coșmaruri despre blestematul de Niedermann. Am telefonat la mama și i-am spus că vreau să vin acasă.

Lisbeth dădu din cap.

— Iartă-mă.

— Nu fii idioată. Eu am venit aici ca să te rog *pe tine* să mă ierți.

— Pentru ce?

— Nu m-am gândit. Niciodată nu mi-a trecut prin cap că te expuneam la un pericol de moarte, lăsându-ți apartamentul și continuând să fiu înregistrată acolo. A fost vina mea că aproape ai murit. Te înțeleg dacă mă urăști.

Miriam Wu păru uluită:

— Nici măcar nu mi-a trecut prin minte. Ronald Niedermann a încercat să mă omoare. Nu tu.

Rămaseră tăcute o vreme.

— Așa, spuse Lisbeth Salander în cele din urmă.

— Da, completă Miriam Wu.

— N-am venit după tine pentru că sunt îndrăgostită de tine, spuse Lisbeth.

Miriam aprobă tăcută.

— Faci dragoste al naibii de bine, dar eu nu sunt îndrăgostită de tine, sublinie ea.

— Lisbeth... eu cred...

— Voiam să spun că am sperat că... la dracu'!

— Ce?

— Nu am mulți prieteni...

Miriam Wu aprobă.

— Rămân o vreme la Paris. De studiile mele de acolo, din Suedia, s-a ales praful și m-am înscris aici la universitate. Voi rămâne cel puțin un an.

Lisbeth dădu din cap.

— Pe urmă, nu mai știu. Dar voi reveni la Stockholm. Plătesc chiria pentru apartamentul din Lundagatan și am de gând să-l păstrez. Dacă e OK pentru tine.

— E apartamentul tău. Faci ce vrei cu el.

— Lisbeth, ești foarte specială, spuse ea. Vreau să fiu în continuare prietena ta.

Au vorbit vreme de două ore. Lisbeth nu mai avea niciun motiv să-și ascundă trecutul pentru Miriam Wu. Afacerea Zalachenko era cunoscută de toți care aveau acces la vreun jurnal suedez și Miriam Wu urmărise povestea cu mare interes. Ea îi povesti amănunțit ce se întâmplase la Nykvarn, în noaptea când Paolo Roberto îi salvase viața.

Apoi, merseră în camera de student a lui Miriam Wu, din apropierea universității.

EPILOG
INVENTAR DE SUCCESIUNE

Vineri 2 decembrie — duminică 18 decembrie

Annika Giannini a întâlnit-o pe Lisbeth Salander în barul de la teatrul Soder, la ora nouă seara. Lisbeth bea bere și era pe cale să-și termine cel de-al doilea pahar.

— Îmi pare rău că am întârziat, spuse Annika, aruncând o privire ceasului de mână. Am avut probleme cu un alt client.

— Aha, spuse Lisbeth.

— Ce sărbătorești?

— Nimic. Am doar chef să mă îmbăt.

Annika o cercetă cu scepticism, așezându-se.

— Ți se întâmplă des?

— M-am îmbătat turtă când am fost eliberată, dar n-am nicio înclinație spre alcoolism, dacă la asta te referi. Pur și simplu, am realizat că pentru prima oară în viață sunt majoră și am dreptul legal să mă îmbăt aici, în Suedia.

Annika comandă un campari.

— OK, spuse ea. Ai chef să bei singură sau vrei să ai companie?

— Mai bine, singură. Dar dacă nu vorbești prea mult, poți să stai și tu. Bănuiesc că nu dorești să vii la mine acasă să facem sex.

— Poftim?! întrebă Annika Giannini.

— Nu, știam eu. Ești una dintre acele persoane înverșunat heterosexuale.

Annika Giannini păru dintr-odată foarte amuzată.

— E prima oară când unul dintre clienții mei îmi propune să facem sex.

— Ești interesată?

— *Sorry*. Absolut deloc. Dar, mulțumesc pentru invitație.

— Ce voiai de fapt, doamnă avocată?

— Două lucruri. Ori renunț la însărcinarea de a-ți fi avocat, pe loc, ori începi să răspunzi la telefon, când te sun. Am avut o discuție despre asta, când ai fost eliberată.

Lisbeth Salander o privi pe Annika Giannini.

— Am încercat să dau de tine o săptămână întreagă. Am sunat, am scris și am trimis e-mailuri.

— Am fost plecată.

— Cea mai mare parte din toamnă, a fost imposibil să dau de tine. Nu merge așa. Am acceptat să fiu reprezentanta ta juridică în toate problemele litigioase cu statul. Asta înseamnă formalități și documentație de care trebuie să am grijă. Hârtiile trebuie să fie semnate. Trebuie să se răspundă la întrebări. Eu trebuie să dau de tine și nu am niciun chef să stau ca proasta și să nu știu unde te afli.

— Înțeleg. Am fost plecată în străinătate două săptămâni. Am venit acasă ieri și te-am sunat imediat ce am auzit că m-ai căutat.

— Nu e de ajuns. Trebuie să știu unde te afli și să dai un semn de viață cel puțin o dată pe săptămână, până ce toate chestiunile astea cu despăgubiri și restul sunt rezolvate.

— Mi se rupe de despăgubiri. Vreau ca statul să mă lase în pace.

— Dar statul nu te va lăsa în pace, oricât ai vrea. Eliberarea ta în sala de judecată a avut un lung șir de consecințe. Nu e vorba numai despre tine. Peter Teleborian va fi acuzat pentru ce a făcut împotriva ta. Asta înseamnă că va trebui să depui mărturie. Procurorul Ekström este obiectul unei anchete, fiind învinuit de greșeală profesională și s-ar putea, de asemenea, să fie pus sub acuzare, dacă se dovedește că în mod conștient și-a neglijat datoriile profesionale la cererea Secției.

Lisbeth Salander înălță sprâncenele. Pentru o secundă, avu aerul aproape interesat.

— Totuși, nu cred că se va merge până la punerea sub acuzare. El a fost victima unei înscenări și, de fapt, nu are nimic de-a face cu Secția. Însă, nu mai târziu de săptămâna trecută, un procuror a început ancheta preliminară împotriva Comisiei de tutelă. Mai multe reclamații au fost depuse la *ombudsman*[57] și o reclamație a fost trimisă la cancelaria ministerului de justiție.

— Nu am reclamat pe nimeni.

— Nu. Dar este evident că s-au săvârșit grave greșeli de serviciu și toate acestea trebuie anchetate. Tu nu ești singura persoană de care e răspunzătoare Comisia de tutelă.

Lisbeth înălță din umeri:

— Nu mă privește. Dar promit să țin mai bine contactul cu tine. Aceste două săptămâni au fost, de fapt, o excepție. Am lucrat.

---

[57] Ombudsman — termen consacrat ca atare: reprezentant oficial al intereselor unui grup social (minoritari, copii, de ex.).

Annika Giannini își privi neîncrezătoare clienta.

— Ai lucrat la ce?

— Consultanță.

— OK, spuse ea în cele din urmă. Cea de-a doua problemă este că succesiunea a fost făcută.

— Ce succesiune?

— După tatăl tău. Avocatul statului a luat contact cu mine, deoarece nimeni nu pare să știe cum să dea de tine. Tu și sora ta sunteți unice moștenitoare.

Lisbeth Salander o privi pe Annika Giannini fără să i se miște vreun mușchi al feței. Apoi, prinse privirea chelneriței, făcându-i semn spre paharul gol.

— Nu vreau să am nicio moștenire de la tatăl meu. Fă ce naiba vrei cu ea.

— Greșit. *Tu* trebuie să faci ce vrei cu moștenirea. Datoria mea este să am grijă ca tu să ai posibilitatea să faci aceasta.

— Nu vreau să am niciun *öre* de pe urma porcului ăluia.

— OK. Trimite banii la *Green Peace* sau așa ceva.

— Mi se rupe de balene.

Vocea Annikăi deveni dintr-odată autoritară:

— Lisbeth, dacă ții să ai toate drepturile, trebuie de fapt să începi să te comporți ca un om matur. Nu-mi pasă ce-o să faci cu banii. Scrie pe hârtia asta că i-ai primit și pe urmă n-ai decât să te îmbeți în pace.

Lisbeth o privi pe sub breton și pe urmă își fixă privirea în tăblia mesei. Annika luă aceasta drept un fel de gest de regret, care fi putut fi tradus printr-o eventuală scuză în registrul atât de limitat de expresii al lui Lisbeth Salander.

— OK. Cât e?

— O sumă frumușică. Tatăl tău avea peste 300 000 de coroane în obligațiuni de bancă. Proprietatea din Gosseberga va da la vânzare cam 1,5 milioane — cuprinde și un pic de pădure. Pe lângă asta, tatăl tău mai poseda trei proprietăți.

— Proprietăți?

— Da. Se pare că investise o parte din bani. Nu sunt cine știe ce valori excepționale. Poseda un imobil închiriat în Uddevalla, cuprinzând șase apartamente care procură ceva venit din chirii. Dar imobilul este în stare proastă și el nu s-a îngrijit de renovări. S-a aflat chiar pe lista caselor prost îngrijite. N-o să te îmbogățești de pe urma lui, dar la vânzare va aduce ceva. Mai poseda o casă de vacanță în Småland, care e evaluată la 250 000 de coroane.

— Aha.

— Apoi, mai avea și un local industrial lângă Norrtälje.

— Pentru numele lui Dumnezeu, de ce-a adunat toate gunoaiele astea?

— N-am nicio idee. În mare, după ce vor fi făcute toate vânzările, moștenirea va fi de patru milioane și ceva după plata impozitelor, dar...

— Da?

— După aceea, moștenirea va fi împărțită între tine și sora ta. Problema este că nimeni nu pare să știe unde se află sora ta.

Lisbeth o privi pe Annika Giannini într-o tăcere mormântală.

— Ei?

— Ei, ce?

— Unde se află sora ta?

— N-am nicio idee. N-am văzut-o de vreo zece ani.

— Ea deține informații protejate prin legea secretului de stat, dar mi s-a transmis că nu se mai află în Suedia.

— Aha, spuse Lisbeth cu un interes stăpânit.

Annika suspină resemnată:

— OK. Atunci, ți-aș propune să transformăm în bani toate proprietățile și să depunem într-o bancă jumătate din sumă, până ce sora ta va fi localizată. Pot începe negocierile dacă îmi dai mână liberă.

Lisbeth înălță din umeri:

— Nu vreau să am de-a face cu banii lui.

— Pot să te înțeleg. Dar succesiunea trebuie făcută, în orice caz. E o parte din responsabilitatea ta de persoană majoră.

— Atunci, vinde tot rahatul. Pune jumătate la bancă și trimite restul cui ai tu chef.

Annika Giannini înălță una din sprâncene. Înțelesese că Lisbeth Salander avea de fapt bani ascunși undeva, dar nu pricepuse că de fapt clienta ei era așa de bine aranjată, încât își permitea să ignore o moștenire care se ridica la aproape un milion de coroane, poate și mai mult. De asemenea, nu avea nici cea mai mică bănuială de cum făcuse Lisbeth rost de banii ei sau despre ce sume era vorba. În schimb, era foarte interesată ca toată procedura birocratică să fie rezolvată.

— Lisbeth, te rog... Citește inventarul și semnează ca să termin chestia asta.

Lisbeth bombăni un moment, dar în cele din urmă se predă și puse dosarul în geantă. Promise să-l citească și să-i dea Annikăi instrucțiuni despre cum să procedeze. Apoi, se ocupă de berea ei. Annika Giannini îi ținu tovărășie o oră, timp în care bău mai ales apă minerală.

Abia câteva zile mai târziu, când Annika Giannini a sunat, amintindu-i de succesiune, Lisbeth Salander a scos hârtiile mototolite. S-a așezat la masa din bucătărie acasă, în apartamentul de lângă Mosebacke și a început să citească documentația.

Inventarul de succesiune cuprindea mai multe pagini și conținea informații despre tot felul de gunoaie — ce farfurii se aflaseră în dulapul din bucătărie la Gosseberga, hainele rămase, valoarea aparatelor de fotografiat și a altor obiecte personale. Alexander Zalachenko nu lăsase în urma lui multe lucruri de preț și niciunul dintre aceste obiecte nu avea nici cea mai mică valoare afectivă pentru Lisbeth Salander. Ea reflectă o vreme și după aceea hotărî că nu-și schimbase întru nimic atitudinea față de cea avută la bar, când o întâlnise pe Annika. Vinde rahatul, arde banii. Sau cam așa ceva. Era profund convinsă că nu voia să aibă niciun *öre* de la tatăl ei, dar bănuia pe criterii temeinice că adevăratele valori ale lui Zalachenko se aflau îngropate undeva unde niciun portărel nu le căutase.

Apoi, deschise cadastrul localului industrial din Norrtälje.

Proprietatea era un local industrial format din trei clădiri, care aveau în total 20 000 de metri pătrați, în apropiere de Skederid, între Norrtälje și Rimbo.

Funcționarul făcuse o vizită rapidă la locul respectiv, constatând că era vorba despre o fabrică de cărămizi părăsită, care fusese mai mult sau mai puțin goală după închiderea fabricii în anii 1960, apoi fusese folosită ca depozit de scânduri, în anii 1970. El constatase că halele erau *în stare extrem de proastă* și nu puteau fi renovate pentru vreo altă activitate. Starea proastă consta, printre altele, în faptul că ceea ce era descris drept „clădirea de nord" arsese și se prăbușise. Totuși, unele reparații fuseseră făcute în „clădirea principală".

Ceea ce a intrigat-o pe Lisbeth Salander a fost istoricul acestor clădiri. Alexander Zalachenko și le procurase pe nimica toată, în 12 martie 1984, dar cea care semnase hârtiile de cumpărare fusese Agneta Sofia Salander.

Prin urmare, mama lui Lisbeth Salander fusese proprietara lor. Dar din 1987, dreptul ei de proprietară încetase. Zalachenko le cumpărase de la ea, pentru suma de 2 000 de coroane. Pe urmă, clădirile rămăseseră goale mai mult de cincisprezece ani. Inventarul de succesiune arăta că la 17 septembrie 2004, firma KAB angajase întreprinderea de construcții NorrBygg AB, pentru a face lucrări de renovare care, printre altele, cuprindeau repararea podelei și a tavanului, precum și îmbunătățirea alimentării cu apă și electricitate. Reparațiile duraseră mai mult de două luni, până în ultima zi din noiembrie 2004, când fuseseră întrerupte. NorrBygg trimisese o factură care fusese plătită.

Din toate bunurile lăsate de tatăl ei, acesta era singurul consternant. Lisbeth Salander încruntă sprâncenele. Posesia unui local industrial ar fi fost de înțeles, dacă tatăl ei ar fi vrut să arate că firma lui legală, KAB, ducea vreo formă de activitate sau avea vreo intenție să o facă. De asemenea, era lesne de înțeles că el o folosise pe mama lui Lisbeth drept om de paie la cumpărare, ca apoi să pună mâna pe contract.

Dar, pentru numele lui Dumnezeu, de ce aruncase în 2004 aproape 440 000 de coroane ca să renoveze niște clădiri gata să cadă care, conform portărelului care făcuse succesiunea în 2005, continuau să nu folosească la nimic?

Lisbeth Salander era în continuare nedumerită, dar nu cine știe ce interesată. Îndoi hârtiile și o sună pe Annika Giannini.

— Am citit inventarul. Hotărârea mea rămâne în picioare. Vinde rahatul și fă ce vrei cu banii. Nu vreau să am nimic de pe urma lui.

— OK. Atunci, am grijă ca jumătate din sumă să fie depusă în bancă, pe numele surorii tale. Pe urmă, am să-ți fac câteva propuneri de donații.

— OK, spuse Lisbeth, punând telefonul în furcă fără alte comentarii.

Se așeză pe pervazul ferestrei, își aprinse o țigară și privi spre Saltsjön[58].

Lisbeth Salander a petrecut săptămâna următoare ajutându-l pe Dragan Armanski într-o misiune urgentă. Era vorba de depistarea și identificarea unei persoane, bănuită de-a fi fost angajată să fure un copil, într-o dispută asupra îngrijirii lui, un proces de divorț între o femeie suedeză și un cetățean libanez. Contribuția lui Lisbeth Salander se limita la controlarea poștei electronice a acelei persoane care se presupunea că este interesată. Misiunea a fost întreruptă prin concilierea celor două părți, care au recurs la reglarea legală a situației.

18 decembrie era duminica de dinaintea Crăciunului. Lisbeth s-a trezit la ora șase și jumătate dimineața, constatând că trebuia să cumpere un cadou de Crăciun pentru Holger Palmgren. A rămas reflectând o vreme dacă să mai cumpere și alte daruri — pentru Annika Giannini, eventual. N-avea nicio grabă când s-a dat jos din pat; a făcut duș și a mâncat micul dejun, care consta din pâine prăjită cu brânză și marmeladă de portocale.

Nu planificase nimic anume pentru ziua aceea și a petrecut o vreme strângând de pe masă hârtii și ziare. Apoi, privirea i-a căzut pe mapa cu inventarul de succesiune. L-a deschis, citind din nou pagina cu cadastrul localului industrial din Norrtälje. În cele din urmă, suspină adânc. *OK. Trebuie să aflu ce naiba avea de gând să facă.*

---

[58] Saltsjön: „Lacul Sărat" — este vorba de marea propriu-zisă, care se întâlnește la Slussen („Ecluza") cu apele dulci ale lacului Mälaren.

S-a îmbrăcat cu haine călduroase și cu bocanci. Era opt și jumătate când a scos Honda vișinie din garajul de sub imobilul din Fiskargatan 9. Era ger, dar vremea era frumoasă, cu soare și cer albastru-pastel. A apucat-o pe drumul peste Slussen și, prin pasajul de la Klara, pe autostrada E 18, în direcția Norrtälje. Nu se grăbea. Era aproape zece, când a oprit la o stație de benzină OK, câțiva kilometri după Skederid, ca să întrebe despre drumul spre vechea fabrică de cărămizi. Chiar în momentul în care parca, a înțeles că nu mai era nevoie să întrebe.

Se afla pe o mică înălțime, cu vedere bună asupra unei văi, de cealaltă parte a drumului. La stânga, în direcția Norrtälje, a observat un depozit de vopsele și materiale de construcții, precum și un depou pentru escavatoare. La dreapta, în marginea zonei industriale, la mai mult de 400 de metri de drumul principal, văzu o clădire tristă de cărămidă, cu hornul prăbușit. Fabrica de cărămidă părea ultimul post de pază al zonei industriale, un pic izolată, pe cealaltă parte a drumului și lângă un mic râu. A privit gânditoare clădirea, întrebându-se ce-o făcuse să-și piardă ziua venind până în Norrtälje.

A întors capul spre stația de benzină OK, unde tocmai se oprise un TIR. Brusc a înțeles că se afla pe șoseaua principală care ducea la portul de mărfuri de la Kapellkär, pe unde trecea o mare parte a traficului de mărfuri între Suedia și țările baltice.

A pornit din nou mașina, ieșind pe șosea, apoi a cotit spre fabrica de cărămizi părăsită. A parcat în mijlocul curții și s-a dat jos din mașină. Era ger, sub zero grade și și-a pus o căciulă neagră și mănuși de piele, tot negre.

Clădirea principală avea două niveluri. La parter, toate ferestrele fuseseră blocate cu placaj. La etaj, multe ferestre erau sparte. Fabrica de cărămizi era mult mai mare decât își imaginase. Părea extrem de hărtănită și n-a putut distinge vreo urmă de reparații. N-a văzut niciun suflet viu, dar a observat că cineva aruncase un prezervativ folosit în spațiul de parcare și că o parte din fațadă fusese obiectul atacului artiștilor de graffitti.

De ce naiba avusese Zalachenko nevoie de clădirea asta?

A dat roată clădirilor și a găsit aripa prăbușită din spate. A constatat că toate ușile corpului central fuseseră bine închise, cu lacăte și lanțuri. În cele din urmă, a început să studieze frustrată o ușă, aflată pe partea laterală. La toate celelalte uși, lanțurile erau prinse cu șuruburi solide și scânduri. Lanțul de la ușa laterală părea mai slab și era fixat numai cu un șurub grosolan. *Ah, ce dracu, sunt doar proprietăreasa clădirii!* S-au uitat în jur și, într-un morman de gunoaie, a găsit o țeavă subțire de fier pe care a folosit-o ca să scoată șurubul în care era prins lanțul.

A intrat în casa scării, care se deschidea spre spațiul de la parter. Ferestrele acoperite cu placaj făceau să fie aproape beznă, în afară de câteva fâșii de lumină care se ițeau pe la marginile plăcilor. A rămas nemișcată mai multe minute, lăsându-și ochii să i se obișnuiască cu întunericul și a distins, încetul cu încetul, un munte de gunoaie, taburete de lemn, vechi bucăți de mașini și scânduri, într-o sală lungă de 45 de metri și lată de aproximativ 20 de metri, cu tavanul susținut de stâlpi masivi. Vechile cuptoare în care se ardeau cărămizile fuseseră demontate și luate de acolo. Vatra lor se transformase în bazine pline cu apă și pe pământ se vedeau bălți mari și mucegai. În încăpere se simțea o duhoare de putreziciune. Și-a astupat nările.

Apoi s-a întors și a urcat pe scară. Etajul superior era uscat și consta din două săli, care dădeau una în alta, cam de 20 pe 20 de metri și înalte de opt metri. Ferestrele înalte erau inaccesibile, fiind aproape de tavan. Ele nu permiteau să se vadă în afară, dar aduceau o lumină plăcută la etaj. Ca și parterul, acesta era plin de tot felul de resturi și gunoaie. A trecut pe lângă zeci de cutii de ambalaj înalte de un metru, stivuite unele peste altele. A încercat să ridice una dintre ele. Cutia nu s-a mișcat din loc. Pe lemn era scris *Machine parts O-A77*. Dedesubt se mai afla un text, în rusește. A observat și un ascensor de mărfuri, în mijlocul laturii lungi a primei săli.

Un depozit de mașinării de cine știe ce fel, care nu puteau aduce prea mult câștig, câtă vreme stăteau și rugineau în vechea fabrică de cărămizi.

A trecut pragul spre sala din fund și a înțeles că se afla în locul în care se făcuseră reparațiile. Încăperea era plină de resturi, lăzi și vechi mobilier de birou, plasate într-un fel de ordine labirintică. O parte din dușumea fusese degajată și se puseseră scânduri noi. Lisbeth își dădu seama că lucrările de renovare se întrerupseseră brusc. Unelte, un fierăstrău circular și unul fix, un pistol de împușcat cuie, o rangă, fiare ascuțite și lăzi cu unelte se mai aflau acolo. Își încruntă sprâncenele. *Chiar dacă lucrările se întrerupseseră, firma de construcții ar fi trebuit să-și strângă uneltele.* Dar și această întrebare își primi răspunsul atunci când, ridicând o șurubelniță, văzu că textul de pe mâner era în rusește. Zalachenko importase uneltele și poate chiar mâna de lucru.

Se apropie de fierăstrăul circular și răsuci comutatorul. Se aprinse un bec verde. Clădirea avea curent electric. Răsuci comutatorul la loc.

În fundul sălii se aflau trei uși, care dădeau în încăperi mai mici, poate fostele birouri. Apasă pe clanța ușii dinspre nord. Închisă. Se uită în jur. Apoi, întorcându-se la unelte, căută o rangă. I-a luat o vreme să spargă ușa.

În odaie era beznă și un miros închis. Pipăi cu mâna găsind un comutator care aprinse un bec gol, atârnând din tavan. Lisbeth privi uimită în jur.

Mobilierul din odaie era format din trei paturi cu saltele murdare și încă trei saltele, plasate direct pe podea. În jur era risipită lenjerie murdară. La dreapta, se afla o plită de gătit și câteva cratițe, lângă un robinet ruginit. Într-un colț se afla o găleată de metal și un sul de hârtie de toaletă.

Cineva locuise acolo. Mai multe persoane.

Observă brusc că ușa nu avea clanță în interior. Simți un fior înghețat pe șira spinării.

În fundul odăii se afla un dulap mare de haine. Deschise ușa și găsi două valize. O trase pe cea de sus. Cuprindea îmbrăcăminte. Răscoli prin valiză și ridică o fustă, cu etichetă și text rusesc. Mai găsi și o poșetă și o răsturnă, golindu-i conținutul pe jos. Printre farduri și alte fleacuri găsi un pașaport aparținând unei femei brunete de vreo douăzeci de ani. Textul era în rusește. Ea descifră prenumele: Valentina. Lisbeth Salander ieși încet din cameră. Avea o senzație de *déjà vu*. Făcuse o cercetare asemănătoare într-o pivniță din Hedeby, cu un an și jumătate în urmă. Haine de femeie. O închisoare. Rămase nemișcată, reflectând îndelung. O neliniștea faptul că pașaportul și hainele se mai aflau acolo. Nu era semn bun.

Apoi, merse din nou la colecția de unelte și cotrobăi printre ele, până ce găsi o lanternă puternică. Controlă dacă avea baterii și coborî la parter, în sala cea mare. Apa bălțoacelor de pe podea îi intra în bocanci.

Mirosea îngrozitor a putreziciune, cu cât înainta în încăpere. Duhoarea părea să fie mai puternică în mijlocul încăperii. Se opri lângă unul dintre fostele cuptoare, care acum nu mai avea partea de sus și era plin cu apă până la buză. Ea lumină apa neagră cu lanterna, dar nu se putea distinge nimic. Suprafața era în parte acoperită de alge, care formau un fel de mucilagiu verde. Se uită prin jur, găsi un fier de armătură, lung de vreo trei metri. Îl băgă în bazin și începu să-l răsucească. Apa avea doar vreo jumătate de metru adâncime. Aproape imediat fierul se opri în ceva. Ea forță câteva secunde, înainte ca trupul să urce la suprafață, cu fața în sus, ca o mască rânjită a morții și descompunerii. Ea respira pe gură, privind fața la lumina lanternei și constată că aparținea unei femei, poate femeia din fotografia de pe pașaport. Nu avea niciun fel de cunoștințe despre viteza descompunerii cărnii în apă rece, dar trupul părea să se găsească în bazin de mai multă vreme.

Văzu brusc cum se mișca ceva la suprafața apei. Larve de cine știe ce fel.

Lăsă trupul să se scufunde din nou sub apă și căută mai departe cu fierul. La marginea bazinului mai dădu de ceea ce părea să fie încă un trup. Îl lăsă să zacă acolo, scoase fierul și-l lăsă să cadă pe podea. Rămase gânditoare la marginea bazinului.

Lisbeth Salander a urcat din nou la etaj. A folosit ranga ca să spargă ușa din mijloc. Camera era goală și nu părea să fie folosită.

S-a apropiat de a treia ușă, potrivind ranga, dar, înainte să apuce să spargă ușa, aceasta s-a deschis. Era neîncuiată. A deschis-o împingând-o cu ranga și a privit în jur.

Camera avea cam treizeci de metri pătrați. Avea ferestre plasate la înălțime normală, cu vedere spre pajiștea din fața fabricii. Putea să vadă benzinăria, pe ridicătura de deasupra drumului. Se afla acolo un pat, o masă și un dulap de bucătărie cu farfurii. Apoi, a observat pe podea o geantă mare de voiaj deschisă. A văzut bancnotele. Uluită, a făcut doi pași, înainte de a realiza că era cald. Privirea i-a căzut pe un radiator electric, aflat în mijlocul încăperii. Era și un filtru de cafea. Se vedea becul roșu aprins.

Camera este locuită. Nu sunt singură aici.

S-a întors, străbătând cu cea mai mare iuțeală prima sală, îndreptându-se spre ieșire. S-a oprit brusc la cinci pași de scară, când a descoperit că ușa care dădea afară fusese închisă cu lacăt și lanț. Era prizonieră. S-a întors încet, privind în jur. Nu putea să vadă pe nimeni.

— Hei, surioară, auzi o voce subțire dintr-o parte.

Răsuci capul și văzu făptura uriașă a lui Ronald Niedermann materializându-se la marginea unor lăzi cu piese de mașină.

El avea în mână o baionetă.

— Am sperat să te întâlnesc din nou, spuse Niedermann. Prima oară a fost prea în grabă.

Lisbeth privi în jur.

— Nu e o idee bună, spuse Niedermann. Suntem doar tu și cu mine și nu e nicio ieșire, în afară de ușa încuiată din spatele tău.

Lisbeth întoarse din nou privirea spre fratele ei vitreg.

— Cum îți e mâna? întrebă ea.

Niedermann îi zâmbi din nou. Ridică mâna dreaptă, arătându-i-o. Degetul mic dispăruse.

— S-a infectat. Am fost obligat să-l tai.

Ronald Niedermann suferea de analgezie congenitală și nu putea simți durerea. Lisbeth îi rănise mâna cu o sapă la Gosseberga, cu câteva secunde înainte ca Zalachenko s-o împuște în cap.

— Ar fi trebuit să-ți dau în cap, spuse Lisbeth Salander pe un ton indiferent. Ce dracu faci aici? Credeam că ai dispărut în străinătate de atunci.

El îi zâmbi.

Dacă Ronald Niedermann ar fi încercat să răspundă la întrebarea lui Lisbeth Salander, despre ce făcea în fabrica de cărămizi pe jumătate dărâmată, n-ar fi putut s-o facă; nici lui însuși nu știa ce să-și spună.

Lăsase în urmă Gosseberga cu un sentiment de eliberare. Credea că Zalachenko era mort și că el avea să preia firma. Știa că este un excelent organizator.

Schimbase automobilul la Alinsås, îngrămădind-o pe asistenta-dentistă Anita Kaspersson, înspăimântată, în portbagaj și se îndreptase spre Burås. Nu avea niciun plan. Improviza pe măsură ce mergea. Nu se gândise la soarta Anitei Kaspersson. Nu-i păsa dacă trăiește sau moare și presupunea că va trebui să scape de un martor deranjant. Undeva, la marginea orașului Burås, a înțeles brusc c-o putea folosi într-un alt fel. A luat-o spre sud, găsind o zonă împădurită pustie, în apropiere de Seglora. Acolo a legat-o într-o magazie și a abandonat-o. Se gândea că ea avea să se dezlege în câteva ore și pe urmă va îndrepta cercetările poliției spre sud. Iar, dacă nu reușea să se dezlege, și avea să moară de foame sau de frig în magazie, nu era problema lui.

În realitate, el s-a reîntors la Burås și a luat-o apoi spre est, spre Stockholm. S-a dus direct la clubul motociclist din Svavelsjö, dar a ocolit cu grijă clădirea propriu-zisă a clubului. Era iritat de faptul că Magge Lundin se afla la pușcărie. În locul acestuia, îl căutase pe *the Sergent-at-Arms*[59] al clubului, Hans-Åke Waltari, direct la el acasă. Îi ceruse ajutor și o ascunzătoare, ceea ce Waltari îi găsise, trimițându-l la Viktor Göransson,

---

[59] „Omul de gardă".

casierul și șeful financiar al clubului. Acolo stătuse doar câteva ore.

Teoretic, Ronald Niedermann nu avea nicio grijă financiară. El lăsase, desigur, 200 000 de coroane în urma lui, la Gosseberga, dar avea acces la sume mult mai mari plasate în fonduri de investiții în străinătate. Problema era doar că avea îngrozitor de puțini bani lichizi. Göransson se îngrijea de banii clubului și Niedermann înțelesese că se ivise o ocazie să-și rezolve problema. A fost foarte simplu să-l convingă pe Göransson să-i arate drumul până la casa de bani din grajd și să se aprovizioneze cu aproape 800 000 de coroane, bani lichizi.

Niedermann își aducea parcă aminte că se aflase și o femeie în casa aceea, dar nu era foarte sigur ce făcuse cu ea.

Göransson mai contribuise și cu un mijloc de transport care încă nu era căutat de poliție. Niedermann a condus mașina spre nord. Plănuia să ajungă la unul din feriboturile spre Tallin care plecau din Kapellskär.

A ajuns la Kapellskär și a oprit în parcare. A stat acolo 30 de minute, cercetând împrejurimile. Era plin de polițiști.

A pornit din nou motorul și a condus mai departe, fără niciun plan. Avea nevoie de o ascunzătoare unde să stea liniștit o vreme. Chiar lângă Norrtälje, i-a venit în minte vechea fabrică de cărămizi. Nici nu se gândise la ea de mai mult de un an, de când cu reparațiile. Frații Harry și Atho Ranta o foloseau ca depozit pentru marfa din și spre țările baltice, dar frații Ranta se aflau peste hotare de câteva săptămâni, de când jurnalistul Dag Svensson de la *Millennium* începuse să cotrobăie în comerțul cu prostituate. Fabrica de cărămizi era goală.

A ascuns Saabul lui Göransson într-o magazie, în spatele fabricii și a intrat înăuntru. Fusese obligat să spargă o ușă de la parter, dar, după aceea, una din primele măsuri luate a fost să-și aranjeze o ieșire de rezervă, printr-o bucată de placaj care se desfăcea, în zidul lateral de la parter. Mai târziu, a înlocuit lanțul rupt. S-a instalat în odaia confortabilă de la etaj.

Se scursese o după-amiază întreagă înainte să audă zgomotele din pereți. Mai întâi, a crezut că sunt obișnuitele fantome. A rămas extrem de încordat, ascultând vreo oră, înainte să se ridice brusc și să se ducă în sala mare, ca să asculte. N-a auzit nimic, dar a rămas răbdător acolo, până ce a simțit un fel de râcâit.

A găsit cheia pe masa de lângă chiuvetă.

Rareori Ronald Niedermann a fost așa de uimit ca atunci când, deschizând ușa, a dat de cele două curve rusoaice. Erau scheletice și nu mai mâncaseră — a înțeles el — timp de mai multe săptămâni, după ce un ultim carton cu orez se terminase. Trăiseră cu ceai și apă.

Una dintre curve era așa de slăbită, că nu mai reușea să se ridice din pat. Cealaltă era în formă mai bună. Vorbea doar rusește, dar el avea suficiente cunoștințe de rusă ca să înțeleagă că femeia mulțumea lui Dumnezeu și lui însuși, că fuseseră salvate. Femeia a căzut în genunchi, cuprinzându-i picioarele cu brațele. El era așa de uluit, că n-a putut decât s-o împingă și s-a retras, închizând ușa.

Nu știa ce să facă cu curvele. A fiert o supă din conservele pe care le găsise în bucătărie și le-a dat-o, în vreme ce se gândea. Femeia cea mai istovită, din pat, a părut că-și recapătă o parte din puteri. El a petrecut seara interogându-le. I-a luat o vreme până să înțeleagă că cele două femei nu erau prostituate, ci studente care îi plătiseră pe frații Ranta ca să le aducă în Suedia. Li se promisese slujbă și permis de ședere. Veniseră în februarie de la Kapellskär și au fost conduse direct la depozit și închise acolo.

Niedermann s-a întunecat la chip. Blestemații de frați Ranta aveau afaceri despre care nu îi spuseseră lui Zalachenko. Apoi, pur și simplu, uitaseră de femei sau poate le lăsaseră cu bună știință sorții lor, atunci când au părăsit în mare grabă Suedia.

Întrebarea era doar ce să facă el cu femeile. Nu avea niciun motiv să le facă rău. Dar nici nu putea să le dea drumul, gândindu-se că ele, cu cea mai mare probabilitate, aveau să aducă poliția la fabrica de cărămizi. Așa de simplu era. Nu putea să le trimită înapoi în Rusia, pentru că ar fi însemnat să meargă cu ele la Kapellskär. Era prea riscant. Fata brună, al cărei nume era Valentina, îi oferise sex, ca să le ajute. El nu era absolut deloc interesat să facă sex cu fetele, dar oferta făcută o transformase într-o curvă. Toate femeile sunt curve. Simplu.

După trei zile, obosise de rugămințile lor fără sfârșit, de țipete și bătăi în perete. Nu vedea nicio altă ieșire. Voia doar să fie lăsat în pace. În consecință, deschisese ușa o ultimă dată și rezolvase rapid problema. O rugase pe Valentina să-l ierte, înainte să întindă mâinile și, cu o singură mișcare, să-i rupă gâtul, între vertebra a doua și a treia a grumazului. Apoi, a mers la fata blondă de pe pat, al cărei nume nu-l cunoștea. Ea a zăcut pasivă, fără să-i opună vreo rezistență. A transportat trupurile până la parter, ascunzându-le într-un bazin plin cu apă. În sfârșit, putea să simtă un fel de pace.

Intenția lui nu fusese să rămână în fabrica de cărămizi. Se gândise doar să rămână acolo până ce se mai linișteau cercetările poliției. Și-a ras părul și a lăsat barba să-i crească de un centimetru. Înfățișarea lui se modificase. A găsit o salopetă, care aparținuse unuia dintre lucrătorii de la NorrBygg și care îi era aproape pe măsură. Și-a pus pe el salopeta și o caschetă uitată de la Beckers Färg, a vârât în buzunar un metru de tâmplărie și a condus mașina până la stația de benzină OK, de pe ridicătura de lângă drum, ca să facă niște cumpărături. Avea o grămadă de bani lichizi de la Svavelsjö MC. A făcut cumpărăturile pe înserate. Arăta ca un muncitor obișnuit, care se oprise pe drumul spre casă. Nimeni nu părea să-i acorde vreo atenție. Și-a luat obiceiul de-a merge să facă cumpărături o dată sau de două ori pe săptămână. La stația de benzină OK, îl salutau întotdeauna prietenește și îl recunoșteau imediat.

La început, petrecuse mult timp apărându-se de fantomele care populau clădirea. Ele se aflau în pereți și ieșeau, la vreme de noapte. Le auzea rătăcind prin sală.

El se baricada în odaia lui. După multe zile, a socotit că era de ajuns. S-a înarmat cu o baionetă, pe care o găsise într-un sertar al dulapului de bucătărie și a mers să înfrunte în sfârșit monștrii. Trebuia să se termine.

Dintr-odată descoperise că aceștia dădeau înapoi. Pentru prima dată în viață, el era cel care hotăra asupra prezenței lor. Fugeau, când se apropia. Putea să le vadă cozile și trupurile deformate strecurându-se în spatele lăzilor și dulapului. El urla în urma lor. Iar monștrii fugeau.

S-a întors uluit în cămăruța lui confortabilă și a rămas treaz noaptea întreagă, așteptând ca monștrii să revină. Au dat un nou atac în zori și el i-a înfruntat din nou. Au fugit.

Oscila între panică și euforie.

Toată viața lui, fusese vânat de aceste făpturi ale întunericului și pentru prima oară simțea că el era cel care stăpânea situația. Nu făcea nimic. Mânca. Dormea. Reflecta. O viață tihnită.

Zilele deveniseră săptămâni și venise vara. La aparatul de radio cu tranzistori și în ziarele de seară putuse urmări cum vânătoarea pe urmele lui Ronald Niedermann se domolea. Notase cu interes vestea morții lui Alexander Zalachenko. *Așa de nostim. Un bolnav psihic a pus capăt vieții lui Zalachenko!* În iulie, interesul lui a fost din nou trezit, odată cu procesul împotriva lui Lisbeth Salander. A fost uluit când, pe neașteptate, aceasta a fost achitată. Nu era bine. Ea era liberă, în vreme ce el era obligat să se ascundă.

A cumpărat revista *Millennium* de la stația de benzină și a citit numărul cu temă despre Lisbeth Salander, Alexander Zalachenko și Ronald Niedermann. Un jurnalist cu numele de Mikael Blomkvist zugrăvise un portret al lui Ronald Niedermann ca fiind un caz patologic de criminal și psihopat. Niedermann și-a încruntat sprâncenele.

Dintr-odată venise toamna și el încă nu plecase. Când s-a făcut mai rece, a cumpărat un calorifer electric, de la stația de benzină OK. Nu putea să-și explice de ce nu părăsea fabrica.

De câteva ori, câțiva tineri veniseră pe pajiștea din fața fabricii, dar nimeni nu-l deranjase și nu încercase să intre în clădire. În septembrie, un automobil parcase în fața fabricii și un bărbat în haină albastră a încercat ușile și s-a plimbat pe terenul din jur, cercetând. Niedermann îl observa de la fereastra de la etaj. La intervale egale, bărbatul scria ceva într-un carnet. Rămăsese acolo douăzeci de minute, înainte de-a mai privi o dată în jur, urcând apoi în mașina sa și părăsind locul. Niedermann a oftat ușurat. Nu avea nicio idee despre cine era bărbatul și ce treabă avusese, dar părea că făcuse o evaluare a fabricii. Nu-i trecuse prin minte că moartea lui Zalachenko făcuse necesar un inventar de succesiune.

Se gândea mult la Lisbeth Salander. Nu se aștepta s-o revadă vreodată, dar ea îl fascina și îl îngrozea. Ronald

Niedermann nu era speriat de oamenii vii. Sora lui însă — soră, pe jumătate — făcuse o impresie ciudată asupra lui. Nimeni altcineva nu-l învinsese în felul în care o făcuse ea. Se întorsese, deși o îngropase. Venise să-l vâneze. O visa în fiecare noapte. Se trezea ud de transpirație și înțelegea că aceasta înlocuise obișnuitele lui fantome.

În octombrie, s-a hotărât. N-avea să părăsească Suedia înainte de a-și căuta sora și a o distruge. Nu avea un plan, dar viața lui își recăpătase un scop. Nu știa cum să dea de urma ei. Rămânea în odaia de la etajul fabricii de cărămizi privind țintă pe fereastră, zi după zi, săptămână după săptămână.

Până când Honda vișinie parcase neașteptat pe pajiștea din fața clădirii și el, spre nemăsurata lui uimire, o văzuse pe Lisbeth Salander coborând din mașină. *Dumnezeu e bun,* gândise el. Lisbeth Salander avea să țină tovărășie celor două femei, al căror nume nu și-l mai amintea, în bazinul de la parter. Așteptarea sa se terminase și el putea în sfârșit să-și continue viața.

Lisbeth Salander evaluă situația și ajunse la concluzia că aceasta nu era deloc sub control. Creierul ei lucra la turația maximă.

Clic, clic, clic. Încă mai avea ranga în mână, dar înțelese că era o armă fragilă împotriva unui bărbat care nu simțea durerea. Se afla închisă într-un spațiu de aproximativ o mie de metri pătrați, împreună cu un robot ucigaș ieșit din Infern.

Când Niedermann se deplasă brusc spre ea, aruncă în el ranga. El se feri liniștit. Lisbeth se lansă. Puse piciorul pe un taburet și se urcă pe o cutie de ambalaj, continuând să se cațere ca un păianjen, două lăzi mai sus. Se opri, uitându-se în jos la Niedermann, aflat la vreo patru metri sub ea. Acesta se oprise, așteptând.

— Vino jos, spuse el calm. Nu poți fugi. Nu ai ce să faci.

Se întrebă dacă avea vreo armă de foc. *Aceasta* ar fi o problemă.

El se aplecă, luă un scaun și-l aruncă. Ea se feri, aplecându-se.

Niedermann păru dintr-odată iritat. Puse piciorul pe taburet și începu să se cațere după ea. Lisbeth așteptă până ce el aproape ajunsese, înainte să-și ia elan cu doi pași repezi și să sară peste aleea centrală, aterizând pe o ladă, câțiva metri mai departe. Apoi, coborî pe dușumea, recuperând ranga.

Niedermann nu era de fapt greoi. Însă știa că nu trebuie să riște, sărind de pe lăzi, ca eventual să-și rupă un picior. Era obligat să coboare atent, fără să încerce să sară. Era nevoit să se miște încet și metodic și învățase o viață întreagă să-și stăpânească corpul. Aproape atinsese podeaua, când auzi pași în spate și apucă să-și răsucească corpul, parând cu umărul lovitura de rangă. Pierdu baioneta.

Lisbeth dădu drumul la rangă chiar în momentul în care lovise. N-avu timp să ia baioneta, ci o aruncă de acolo cu o lovitură de picior, apoi evită un dos de palmă uriașă și se retrase din nou pe lăzile aflate de partea cealaltă a trecerii. Cu coada ochiului îl întrezări pe Niedermann întinzându-se după ea. Își trase fulgerător picioarele. Lăzile de ambalaj formau două rânduri, zidite câte trei, de o parte și de alta a despărțiturii centrale, și câte două, în partea exterioară. Ea coborî pe rândul al doilea și se propti cu spinarea în lada de sus, împingându-se în picioare cât putea de tare. Lada trebuie să fi cântărit vreo

200 de kilograme. O simţi mişcându-se şi apoi aceasta se răsturnă pe aleea centrală.

Niedermann văzu lada venind şi reuşi în ultimul moment să se arunce într-o parte. Un colţ al lăzii îl lovi în piept, dar el scăpă fără alte răni. *Asta se împotrivea de-adevăratelea!* Se căţără după ea. Tocmai ridicase capul deasupra rândului al treilea, când ea îl lovi. Bocancul îl atinse drept în frunte. El scoase un mormăit, ridicându-se deasupra lăzilor. Lisbeth Salander fugi, făcând un salt înapoi pe lăzile de pe partea cealaltă a despărţiturii centrale. Se lăsă imediat să alunece peste marginea lăzii şi dispăru din câmpul lui vizual. El îi auzi paşii şi o întrezări trecând prin cadrul uşii, spre sala interioară.

Lisbeth Salander privea în jur, calculând. *Clic.* Ştia că nu avea nicio şansă. Cât timp va reuşi să evite pumnii uriaşi ai lui Niedermann şi se va ţine la distanţă, va supravieţui, dar, de îndată ce va face o greşeală — ceea ce va face, mai devreme sau mai târziu —, va muri. Trebuia să-l evite. O singură dată trebuia să pună mâna pe ea, pentru ca lupta să se sfârşească.

Avea nevoie de o armă.

Un pistol. O mitralieră. O grenadă. O rachetă antitanc. O mină.

Orice fel de blestemată de armă.

Dar aici nu existau arme.

Privi în jur.

Niciun fel de arme.

Numai unelte. *Clic.* Privirea îi căzu pe fierăstrău, dar ar fi trebuit să fie extrem de convingătoare, ca să-l facă să se culce pe masa pe care era fixat fierăstrăul. *Clic.* Văzu o bară de metal ascuţită, care ar fi putut funcţiona ca suliţă, dar era prea grea pentru a o folosi în mod eficient. *Clic.*

Aruncă o privire pe ușă, văzând că Niedermann reușise să coboare de pe lăzi, la 15 metri de ea. Era din nou în drum spre ea. Ea începu să se depărteze de ușă. Mai avea poate cinci secunde avans, înainte ca Niedermann să ajungă. Aruncă o ultimă privire uneltelor.

O armă... sau o ascunzătoare. Se opri brusc.

Niedermann nu se grăbea. Știa că nu exista nicio ieșire și că, mai devreme sau mai târziu, avea să pună mâna pe sora lui. Dar aceasta era fără îndoială periculoasă. Dincolo de toate, ea era fata lui Zalachenko. Iar el nu voia să fie rănit. Era mai bine s-o lase să obosească.

Se opri pe pragul sălii din fund, privind grămada de unelte, dușumeaua de scânduri neterminată și mobilele. Se ascunsese.

— Știu că ești aici. Te găsesc.

Ronald Niedermann rămase nemișcat, ascultând. Nu auzi decât propria sa respirație. Se ascundea. Zâmbi. Îl provoca. Vizita ei se transformase brusc într-un joc între frate și soră.

Apoi, auzi un foșnet imprudent dinspre un loc nedeterminat, din mijlocul sălii. Întoarse capul, dar nu putu să-și dea seama imediat de unde venea zgomotul. Apoi, zâmbi din nou. În mijlocul încăperii, la oarecare distanță de restul gunoaielor, se afla un banc de lucru de lemn, lung de cinci metri, cu un rând de sertare și sub ele spații închise cu uși glisante.

Se apropie dintr-o parte, privind în spate, ca să se asigure că nu încerca să-l păcălească. Nimic.

S-a ascuns în dulap. Ce prostie.

Smuci prima ușă a dulapului, din stânga.

Auzi imediat cum cineva se mișca în interiorul dulapului. Zgomotul venea din partea din mijloc. Făcu doi pași rapizi și deschise ușa, cu o expresie triumfătoare pe chip.

Gol.

Apoi, auzi o serie de pocnituri seci, care sunau ca focurile de pistol. Zgomotul venise așa de rapid, încât mai întâi îi fu greu să-și dea seama de unde se aude. Întoarse capul. Apoi, simți o apăsare ciudată pe piciorul stâng. Nu era durere. Privi în jos, tocmai la timp ca să vadă mâna lui Lisbeth deplasând pistolul de împușcat cuie, spre piciorul lui drept.

Ea era sub dulap!

Rămase ca paralizat câteva secunde, pe care ea le folosi ca să mai înfigă cinci cuie de 7 inch în podea, direct prin piciorul lui.

Încercă să se miște.

I-au trebuit câteva clipe prețioase până să înțeleagă că avea picioarele fixate pe dușumeaua recent refăcută. Mâna lui Lisbeth Salander deplasă pistolul înapoi, spre piciorul lui stâng. Suna ca o armă automată, care arunca proiectile, unul după altul. A mai apucat să tragă încă patru cuie, ca întărire, înainte ca el să reacționeze.

Se aplecă înainte, ca să-i prindă mâna, dar își pierdu imediat echilibrul și abia reuși să și-l recapete, sprijinindu-se cu mâna de dulap, în vreme ce auzea pistolul aruncând cuiele, *cha-blam, cha-blam, cha-blam.* Ea revenise la piciorul lui drept. O vedea cum trăgea cuiele pieziș prin călcâi, în dușumea.

Ronald Niedermann începu să urle, dintr-odată nebun de furie. Se întinse din nou, ca să-i prindă mâna.

De la locul ei de sub dulap, Lisbeth Salander a văzut cracul pantalonului ridicându-se, semn că acesta tocmai se apleca în față. A dat drumul pistolului de împușcat cuie. Ronald Niedermann i-a văzut mâna dispărând sub dulap cu iuțeala unei reptile, înainte ca el s-o ajungă.

S-a întins după pistol, dar chiar în clipa în care îl atingea cu vârful degetelor, Lisbeth Salander îl trase de firul electric, sub dulap.

Spațiul dintre dușumea și dulap era ceva mai mare de douăzeci de centimetri. Cu toată forța pe care și-o putea strânge, el trase într-o parte dulapul. Lisbeth Salander îl privi de jos, cu ochii mari și o expresie ofensată. Ea răsuci pistolul și trase, de la o jumătate de metru distanță. Cuiul îl nimeri în fluierul piciorului.

În momentul următor, ea lăsă pistolul să-i cadă și se rostogoli cu viteza fulgerului, sărind în picioare, la o distanță la care el n-o putea ajunge. Se mai dădu în spate cu doi metri, oprindu-se apoi.

Ronald Niedermann încercă să se deplaseze, dar își pierdu din nou echilibrul, clătinându-se înainte și înapoi, cu brațele vâslind prin aer. Regăsi balansul și se aplecă înainte, scos din minți de furie.

De data aceasta, ajunse la pistol. Îl înălță, îndreptând țeava spre Lisbeth Salander. Trase.

Nu se întâmplă nimic. Privi zăpăcit pistolul. Apoi, ridică din nou ochii spre Lisbeth Salander. Cu o privire indiferentă, ea îi arăta priza. Furios, aruncă pistolul drept în ea. Se feri cu viteza fulgerului, eschivându-se într-o parte.

Apoi, vârî din nou ștecherul în priză și trase spre ea pistolul.

El îi întâlni ochii lipsiți de expresie și simți deodată o mare uimire. Știa deja că fusese învins. *Este supranaturală.* Instinctiv, încercă să-și desprindă piciorul de dușumea. *Este un monstru.* Reuși să ridice piciorul cu câțiva milimetri, înainte ca măciulia cuielor să-l oprească. Cuiele se înfipseseră în diferite unghiuri și, ca să se elibereze, ar fi trebuit literalmente să-și sfâșie picioarele. Nici măcar cu forța lui aproape supraomenească nu se putea desprinde din podea. Câteva secunde, se clătină înainte și înapoi, ca și cum ar fi fost gata să leșine. Nu se putea desface. Văzu cum o baltă de sânge începea, încet, încet, să se formeze între pantofii săi.

Lisbeth Salander se plasă chiar în fața lui, pe un scaun fără spătar, urmărindu-l să vadă dacă reușea să-și smulgă picioarele din dușumea. Pentru că el nu simțea durerea, ar fi fost doar o chestiune de forță, să tragă până ce măciulia cuielor ar fi trecut prin carne. Rămase nemișcată timp de vreo zece minute, contemplându-i lupta. Toată vremea, ochii ei erau total lipsiți de expresie.

După o vreme, ea se ridică, dându-i ocol și-i propti pistolul în șira spinării, mai jos de ceafă.

Lisbeth Salander reflecta intens. Bărbatul din fața ei importase, drogase, maltratase și vânduse femei angro și cu bucata. Ucisese cel puțin opt oameni, inclusiv un polițist în Gosseberga și un membru al clubului de motociclism din Svavelsjö. Nu avea nicio idee câte alte vieți omenești mai avea fratele ei vitreg pe conștiință, dar, din cauza lui, fusese fugărită prin întreaga Suedie, ca un câine turbat, acuzată de trei crime săvârșite de acesta.

Degetul i se odihnea greu pe trăgaci.

Îi ucisese pe Dag Svensson și pe Mia Bergman.

Împreună cu Zalachenko, o ucisese și pe *ea*, și *o* îngropase la Gosseberga. Iar acum încercase s-o omoare din nou.

Puteai să te enervezi pentru lucruri mai puțin importante.

Nu vedea niciun motiv să-l lase să trăiască mai departe. O ura cu o patimă pe care ea n-o putea înțelege. Ce se va întâmpla dacă îl dădea pe mâna poliției? Proces? Închisoare pe viață? Când va primi prima permisie?[60] Cât de repede va evada? Și acum, când tatăl lor dispăruse în sfârșit — câți ani va trebui să aștepte ca fratele să-și facă brusc apariția, din nou? Simțea în mână greutatea pistolului. Putea termina afacerea, odată pentru totdeauna.

Analiza consecințelor.

Își mușcă buza de jos.

Lui Lisbeth Salander nu-i era frică nici de oameni, nici de lucruri. Înțelegea că-i lipsea fantezia necesară pentru așa ceva — încă o dovadă că era perfect normală.

Ronald Niedermann o ura și ea îi răspundea cu o ură la fel de neîmpăcată. Era unul din rândul celor ca Magge Lundin, Martin Vanger, Alexander Zalachenko și încă mulți alți nemernici care, după mintea ei, nu aveau nicio scuză că se mai aflau printre cei vii. Dacă ar fi putut să-i strângă pe toți pe o insulă pustie și să arunce peste ei o bombă atomică, ar fi fost perfect mulțumită.

Dar crimă? Merita asta? Ce se va întâmpla cu ea dacă îl ucidea? Ce șanse avea să nu fie descoperită? Ce era pregătită să ofere în schimbul satisfacției de a mai apăsa o dată pe butonul pistolului de împușcat cuie?

Putea să invoce legitimă apărare și... nu, în niciun caz, cu picioarele lui fixate în dușumea.

Se gândi brusc la Harriet Vanger, care, de asemenea, fusese chinuită de tatăl și de fratele ei. Își amintea schimbul de replici pe care îl avusese cu Mikael Blomkvist, atunci când ea o condamnase pe Harriet Vanger în cele mai dure cuvinte. Era vina Harrietei Vanger că fratele ei continuase să ucidă, an după an.

Ce-ai fi făcut tu? întrebase Mikael.

---

60 În Suedia, cei aflați la închisoare primesc permisii.

Aș fi ucis nemernicul! răspunsese, cu o convingere care venea din adâncul sufletului ei înghețat.

Și acum se afla exact în aceeași situație în care fusese Harriet Vanger. Cât de multe femei va mai ucide Ronald Niedermann, dacă ea îl va lăsa să scape? Era majoră și responsabilă social pentru faptele sale. Câți ani din viață era dispusă să sacrifice? Câți ani din viață voise Harriet Vanger să sacrifice?

Apoi, pistolul de cuie deveni prea greu pentru a-l mai ține lipit, cu amândouă mâinile, de șira spinării lui.

A coborât arma și a simțit că se întoarce la realitate. A descoperit că Ronald Niedermann mormăia cuvinte fără șir. Vorbea în germană. Vorbea despre un diavol, care venise să-l ia.

Brusc a realizat că acesta nu vorbea cu ea. Părea că vede pe cineva aflat în celălalt capăt al încăperii. Ea a întors capul, urmărindu-i direcția privirii. Nu era nimeni. A simțit cum i se zburlește părul pe ceafă.

S-a răsucit pe călcâie, a căutat drugul de fier și a plecat spre prima sală, căutându-și geanta. Când s-a aplecat să și-o ridice, a văzut că baioneta mai era pe dușumea. Mai avea încă mănușile pe mâini când a ridicat arma.

A șovăit o clipă, apoi a plasat-o la vedere, pe drumul dintre cele două rânduri de lăzi. După aceea, a folosit drugul de fier, chinuindu-se vreo trei minute ca să rupă lanțul care bloca ieșirea.

Ședea nemișcată în mașină, reflectând. În cele din urmă, a deschis telefonul mobil. I-a luat două minute ca să afle numărul de telefon de la clubul motociclist din Svavelsjö.

— Da, auzi ea o voce la celălalt capăt.

— Cu Nieminen, zise.

— Așteaptă.

A așteptat trei minute înainte ca Sonny Nieminen, președinte executiv al clubului motociclist Svavelsjö, să răspundă.

— Cine e?

— Nu-i treaba ta, spuse Lisbeth cu voce așa de joasă, că abia i se distingeau cuvintele. El nu putea nici măcar să-și dea seama dacă cel care sunase era bărbat sau femeie.

— Aha. Ce dorești?

— Vrei informații despre Ronald Niedermann?

— Să vreau... ce?

— Termină cu rahaturile. Vrei să știi unde se află sau nu?

— Ascult.

Lisbeth îi dădu descrierea drumului spre fabrica de cărămizi dezafectată de lângă Norrtälje. Îi spuse că acesta se va mai afla acolo destul timp ca Nieminen să-l găsească, dacă se grăbea.

A închis telefonul mobil, a pornit mașina și a condus până la stația de benzină OK, de pe partea cealaltă a drumului. A parcat în așa fel, încât să aibă clădirea fabricii în față.

A trebuit să aștepte mai mult de două ore. Era aproape unu și jumătate după prânz, când a observat o dubă care trecea lent prin fața ei, pe drumul din vale. Mașina s-a oprit în parcare, a așteptat cinci minute, a întors și s-a angajat pe drumul de acces spre fabrica de cărămizi. Începea să se însereze.

Ea deschise torpedoul, scoțând un binoclu Minolta 2x8 și văzu duba parcând. Îl văzu pe Sonny Nieminen, pe Hans-Åke Waltari și încă trei persoane, pe care nu le cunoștea. *Restructurare. Au trebuit să-și schimbe personalul.*

Când Sonny Nieminen și companionii lui au intrat pe ușa întredeschisă, ea și-a luat din nou telefonul mobil. A compus un mesaj, trimițându-l centralei de poliție din Norrtälje:

[UCIGAȘUL DE POLIȚIȘTI R. NIEDERMANN SE AFLĂ ÎN VECHEA FABRICĂ DE LÂNGĂ BENZINĂRIA OK DIN SKEDERFRID. ÎN ACEST MOMENT ESTE PE CALE SĂ FIE ASASINAT DE S. NIEMINEN & MEMBRII CLUB MOTO SVAVELSJÖ. FEMEIE MOARTĂ ÎN BAZINUL DE LA PARTER.]

Nu putea să vadă nicio mișcare din fabrică.

A așteptat.

În timpul acesta, a scos cartela *SIM* din telefon și a distrus-o, tăind-o bucăți cu o forfecuță de unghii. A deschis fereastra laterală, aruncând bucățile. Apoi, a scos din portofel o cartelă *SIM* nouă, pe care a introdus-o în telefon. Folosea cartele Comviq, aproape imposibil de depistat. A sunat la Comviq, încărcând 500 de coroane pe noua cartelă.

Au trecut unsprezece minute până când un furgon de poliție fără sirenă, doar cu girofarul pornit, a sosit la fabrică din direcția Norrtälje. Furgonul a parcat pe drumul de acces. A fost urmat după vreun minut de două mașini de poliție. S-au sfătuit și toate mașinile s-au îndreptat în grup spre fabrică, parcând lângă duba lui Nieminen. Ea a ridicat binoclul. L-a văzut pe unul din polițiști ridicând un *wallkie-talkie* și raportând numărul dubei. Polițiștii au privit în jur, dar au rămas în așteptare. Două minute mai târziu, a mai văzut un furgon, apropiindu-se în mare viteză.

Brusc a înțeles că în sfârșit totul se terminase.

Istoria care începuse în ziua nașterii ei luase sfârșit la fabrica de cărămidă.

Era liberă.

Când poliţiştii au scos arme din furgon, şi-au pus vestele antiglonţ şi au început să se răspândească pe terenul fabricii, Lisbeth Salander a intrat în staţia de benzină şi a comandat o *coffee to go* şi un sendviş. A mâncat stând în picioare la o măsuţă din cafeneaua benzinăriei.

Când s-a înapoiat la maşină, era întuneric. Tocmai deschidea uşa, când a auzit două pocnituri îndepărtate de la ceea ce i se păru a fi un pistol, venind de pe cealaltă parte a drumului. A văzut mai multe siluete negre de poliţişti stând lipite de perete, aproape de intrarea laterală. Apoi, a auzit sirena unui alt furgon care venea dinspre Uppsala. Mai multe automobile particulare se opriseră la marginea drumului, privind la cele ce se petreceau.

A pornit motorul Hondei vişinii, a cotit-o pe E 18 şi a condus spre casă, spre Stockholm.

Era ora şapte seara când Lisbeth Salander, spre nemărginita sa iritare, a auzit soneria de la uşă. Ea se afla în cadă, în apa care încă mai scotea aburi. De fapt, exista doar o singură persoană care, în mod logic, putea să-i sune la uşă.

Mai întâi, s-a gândit să ignore soneria, dar la al treilea semnal a oftat, înfăşurându-se într-un prosop de baie. S-a bosumflat şi a pornit spre uşă, şiroind pe parchet.

— Bună, spuse Mikael Blomkvist, când îi deschise.

Ea nu-i răspunse.

— Ai ascultat ştirile?

Ea clătină din cap.

— Mă gândeam că poate vrei să ştii că Ronald Niedermann e mort. A fost ucis astăzi, de o bandă de la Svavelsjö MC, din Norrtälje.

— Chiar aşa? spuse Lisbeth cu voce stăpânită.

— Am vorbit cu polițistul de gardă din Norrtälje. Pare să fi fost o reglare de conturi. După cât se pare, Niedermann a fost torturat și tăiat cu o baionetă. Se afla acolo o geantă de voiaj cu mai multe sute de mii de coroane.

— Așa.

— Banda din Svavelsjö a fost prinsă la fața locului. În plus, s-au și împotrivit. A avut loc un schimb de focuri și poliția a trebuit să cheme forța de intervenție națională, de la Stockholm. Cei de la Svavelsjö au capitulat, astă-seară la ora șase.

— Aha.

— Prietenul tău, Sonny Nieminen, de la Stallarholmen, a luat-o razna. Și-a ieșit complet din minți și a încercat să scape trăgând.

— Bine.

Mikael Blomkvist rămase tăcut câteva secunde. Se priviră prin crăpătura ușii.

— Te deranjez? întrebă el.

Ea dădu din umeri.

— Eram în cadă.

— Văd. Vrei să ai companie?

Ea îi aruncă o privire ascuțită.

— Voiam să spun în general, nu în cadă. Am covrigi cu mine, spuse el, ridicând o pungă. Și am cumpărat cafea, pentru espresso. Dacă tot ai în bucătărie un aparat Jura Impressa X7, trebuie cel puțin să înveți să-l folosești.

Ea înălță sprâncenele. Nu știa dacă trebuia să fie dezamăgită sau ușurată.

— Numai companie? întrebă ea.

— Numai companie, confirmă el. Eu sunt un prieten bun, care face o vizită unui alt prieten bun. Dacă sunt bine-venit, desigur.

Ea șovăi câteva secunde. Timp de doi ani de zile, se ținuse departe de Mikael Blomkvist. Și totuși el păruse tot timpul să se lipească de viața ei ca o gumă de mestecat de talpa pantofului, fie pe internet, fie în viața reală. Pe internet, mergea. Acolo se aflau doar electroni și litere. În viața reală, în fața ușii ei, el continua să fie bărbatul acela al naibii de atrăgător. Și care îi știa secretele, tot așa cum ea știa secretele lui.

Îl cercetă, constatând că nu mai avea sentimente pentru el. În orice caz, nu felul acela de sentimente.

În anul care se scursese, el îi fusese de fapt bun prieten.

Avea încredere în el. Poate. O irita faptul că unul dintre puținii oameni în care avea încredere era un bărbat pe care ea îl evita tot timpul.

Se hotărî brusc. Era stupid să se prefacă că el nu exista. Privirea lui nu-i mai provoca durere.

Deschise ușa și-i dădu din nou drumul în viața ei.

STIEG LARSSON
«... unul dintre rarele romane polițiste care m-au făcut să mă trezesc în miezul nopții pentru a continua lectura.» Pascal Bruckner
bărbați care urăsc femeile
millennium 1
TREI
3
FICTION CONNECTION

Bărbați care urăsc femeile. Millennium 1
Stieg Larsson

MÄN SOM HATAR KVINNOR (The Millennium Series. Book 1)

Limba originală: suedeză
Traducere de: Elena-Maria Morogan

Jurnalist suedez, Stieg Larsson a murit în 2004, în mod neașteptat, în urma unei crize cardiace, la vârsta de 50 de ani, imediat după ce apucase să-i predea editorului său *Millennium*, o serie de trei romane, însumând 1935 de pagini. *Millennium* a devenit între timp un fenomen editorial. În țările nordice, „nicio carte în afară de Biblie nu a mai înregistrat astfel de vânzări!"

Suedia: peste 3 milioane de exemplare vândute
Franța: 3 000 – 4 000 de exemplare pe zi
Primele locuri în topurile de vânzări din Italia, Spania, UK și SUA:

#1 Los Angeles Times
#2 Boston Globe
#3 New York Times
#4 Publishers Weekly
#7 San Francisco Chronicle
#8 Barnes & Noble

Mikael Blomkvist, un jurnalist căzut în dizgrație, este angajat să facă investigații asupra unui caz neobișnuit. Însă când acesta face legătura între dispariția Harrietei și un lanț de crime terifiante, săvârșite cu 40 de ani în urmă, misiunea lui devine imposibil de finalizat fără ajutorul unui asistent. Lisbeth Salander, o tânără de 24 de ani, cu o înfățișare de hacker și o inteligență de geniu, pare a fi candidatul perfect pentru această poziție. Neobișnuiții parteneri descoperă un fir ce îi conduce spre un secret incredibil care îi aruncă în plasa corupției de la cel mai înalt nivel.

„*Millennium* de Stieg Larrson a detronat thrillerul anglo-saxon. Este o trilogie extraordinară din toate punctele de vedere: dimensiune, personaje inedite, intrigă complexă ce punctează teme ale lumii contemporane. *Millennium* este unul dintre rarele romane polițiste care m-au făcut să mă trezesc în miezul nopții pentru a continua lectura. Există un „înainte" și un „după" *Millennium*: îți va fi absolut imposibil să nu aderi la clubul cititorilor împătimiți de această serie!"
Pascal Bruckner